narrazioni chiare**lettere**

© Chiarelettere editore srl
Soci: Gruppo editoriale Mauri Spagnol S.p.A.
Lorenzo Fazio (direttore editoriale)
Sandro Parenzo
Guido Roberto Vitale (con Paolonia Immobiliare S.p.A.)
Sede: corso Sempione, 2 - 20154 Milano

ISBN 978-88-6190-946-5

Prima edizione: settembre 2017

Published by arrangement with The Italian Literary Agency

Per l'immagine della R4 in copertina l'editore si dichiara a disposizione degli aventi diritto.

Realizzazione editoriale: studio pym / Milano

www.chiarelettere.it
BLOG / INTERVISTE / LIBRI IN USCITA

Antonio Ferrari

Il Segreto

chiare**lettere**

IL SEGRETO

A Leonardo Sciascia,
che mi ha onorato della sua amicizia e stima:
Maestro, le chiedo il dono di poter prendere a prestito
la dedica che lei scrisse per il suo *L'affaire Moro*.

«La frase più mostruosa di tutte:
qualcuno è morto "al momento giusto".»
Elias Canetti, *La provincia dell'uomo*

Uno

L'inverno, finalmente, era passato. La primavera si annunciava mite e diffondeva una sensazione di languore. Anche nell'angolo, in fondo a sinistra, del giardino che Hendrika aveva voluto tutto per sé, il roseto dava segni di vita. Hendrika sorrise. «Che la vita ricominci?» Poi si rabbuiò. «No, è tardi, maledettamente tardi.»

Aveva trascorso tre mesi all'ospedale, e là, su quel letto, si era trovata a ripercorrere, avanti e indietro, ossessivamente, il fallimento dei suoi quarant'anni. Il matrimonio naufragato, due aborti, una serie interminabile di tragedie famigliari. Con Ron tutto era stato sbagliato, fin dall'inizio. Lo aveva conosciuto in un ristorante di New York. Vestiva con gusto, e i modi gentili soffocavano la goffaggine del portamento. Testa grossa, guance rosse, pingue. Non era quel che si dice un adone, però ci aveva saputo fare. Eccome se ci aveva saputo fare.

L'aveva illusa, con una storia che era tanto fantastica da sembrare verosimile. Forse che le storie fantastiche non sono, qualche volta, verosimili? Aveva raccontato, Ron, di un'azienda di strumenti elettronici, di affari colossali, di una villa in Messico e di emozioni da condividere. «Andremo in Europa, vedrai Parigi, Roma, Atene...»

Ci era cascata. Non aveva avuto neppure il tempo di far domande. Un giorno, lui si era presentato da sua madre. E aveva conquistato anche lei, vedova da tredici anni. Quel giorno sembrava persino più bello. Si era tagliato i capelli, i baffi erano curati. Aveva comprato un abito italiano.

«Domani ci sposiamo» aveva detto, facendole andare di traverso una polpetta.

«Domani? Ma non è possibile!» disse la madre.

«Domani, signora. È tutto pronto. Devo partire per un lungo viaggio in Europa. Non potrei stare tanto tempo lontano da Hendrika.»

Le gambe della ragazza cominciarono a tremare. Non sapeva che cosa rispondere. Era spaventata, confusa, però il decisionismo di quell'uomo, che sarebbe diventato suo marito, le piaceva, le regalava una sicurezza sconosciuta. Ebbe solo la forza di sussurrare: «Mamma, digli di sì».

La madre, povera donna, provava le stesse emozioni della figlia. La stessa gioia, la stessa confusione. Acconsentì. Lui si alzò in piedi e annunciò che la cerimonia si sarebbe svolta la mattina dopo. I testimoni, qualche amico. Suggerì a Hendrika di preparare una valigia, e di riempirla con poche cose. «Roba leggera. Ti compro tutto il resto.» Era un sogno che si avverava. Finì quasi subito.

In vent'anni di matrimonio Hendrika aveva capito che cosa fosse l'inferno. La ragnatela delle illusioni si era strappata in poche settimane. Al ritorno dal viaggio di nozze in Europa, che fu pari alle attese e alle più rosee speranze, davanti alla donna si spalancò il baratro di una vita da vedova bianca. Lentamente, giorno dopo giorno, Ron l'aveva abituata alla segregazione, in una casetta a due piani, nel Maryland. Una casetta con il giardino, un gatto e un cagnolino bastardo. Le promesse erano svanite.

Lui si assentava anche per sei, sette mesi di seguito. Le passava un mensile di settecento dollari, e in quei settecento dollari Hendrika doveva far entrare tutto: l'affitto, il cibo, la luce, il telefono. Il telefono, presto, cessò di squillare. Ogni tanto la giovane donna chiamava sua madre. All'inizio le bugie. «È tutto come pensavo, mamma, è favoloso.» Poi i primi spiragli di verità. Alla fine, la confessione: «È terribile, non ce la faccio più».

Non aveva ancora capito, Hendrika, che cosa Ron facesse. Era taciturno, misterioso. Riceveva strane visite. Una volta arrivò a casa un marcantonio stracciato, un brutto ceffo. Ron lo fece entrare nel salotto e disse alla moglie che doveva lasciarli soli. Lei non resistette al desiderio di soddisfare la curiosità e, dal buco della serratura, vide un pacchetto passare dalle mani dello sconosciuto a quelle di suo marito. In cambio, Ron consegnò una pila di biglietti da cento dollari. Potevano essere dieci-quindicimila? Hendrika non ne aveva mai visti tanti tutti insieme, e la sera, quando gli confessò che aveva spiato dal buco della serratura, lui reagì con una violenza che lei non gli conosceva, e che mai avrebbe potuto immaginare. Con una mano le prese le braccia, bloccandogliele dietro la schiena. Poi con l'altra le afferrò la gola. «Maledetta puttana, ti avevo detto di non ficcare il naso nei miei affari.»

Era stravolta. Mai aveva visto il suo Ron in quello stato. Lui s'accorse di avere esagerato. Fecero l'amore. Erano due mesi che non la toccava. Lo perdonò. Le sue carezze la fecero rabbrividire, come le prime volte, durante il viaggio di nozze in Europa. Un mese e mezzo dopo, ebbe la certezza. Era incinta.

Corse a casa, felice di potergli dire che Ron James Stewart stava per avere un erede. Lo trovò coricato sul letto, con una bottiglia di whisky semivuota sul comodino. «Me ne fotto. Voglio stare in pace» fu la risposta che ottenne. Quella notte lui uscì di casa. Due giorni più tardi lei seppe, da un telegramma della polizia, che suo marito era stato arrestato: spaccio di droga. Non voleva che lei gli facesse visita, in carcere. «Lasciami solo. È meglio.» Hendrika, dopo una notte d'angoscia, decise che avrebbe ucciso la creatura che si portava dentro. Mai avrebbe permesso che il suo bimbo nascesse figlio di un detenuto.

Ron venne scarcerato. Era cambiato. Giurò che, da quel momento, la sua vita sarebbe stata diversa. «Non so come fai a sopportarmi, tesoro. Ti ho raccontato un sacco di balle. L'industria, la villa in Messico, i soldi a palate, una vita brillante. Sono un fallito, invece, sono davvero un fallito.» Lei lo consolò, felice di sentirsi importante per quell'uomo che odorava di mistero. Non voleva più sapere che cosa nascondesse, in realtà, suo marito Ron J. Stewart.

Nei primi tempi fu ineccepibile. La riempì di tenerezze. Una volta alla settimana la portava al ristorante. Il mensile era improvvisamente raddoppiato. Era tornato ad aver cura della sua persona, come all'inizio. Hendrika chiamò sua madre, per dirle che aveva cominciato una nuova vita.

L'illusione durò due mesi, poi si riaprirono le porte dell'inferno. Ron partì in missione. «Torno fra due settimane.» La lasciò sola due anni. Lei riceveva, per posta, l'assegno, e ogni tanto una telefonata. Un signore, senza nome e con la voce gentile, le faceva sapere che Ron stava bene, che la salutava e che presto sarebbe riapparso.

Un giorno le sembrò di impazzire. Cristo, aveva diritto o no una moglie di cercare il proprio marito? Si presentò nell'ufficio dell'*attorney general*, Lee M. Closter. Era un vecchio amico di suo padre, un uomo pacato, di buon senso. Gli raccontò tutto: Ron sparito, il denaro ricevuto per posta, le strane telefonate. Closter fu comprensivo, promise di interessarsi personalmente. «Appena so qualcosa, mi farò vivo.»

Quando le telefonò, proponendole un appuntamento, Hendrika si sentì felice. Le avrebbe detto dov'era Ron, dove avrebbe potuto raggiungerlo. Gli avrebbe fatto una sorpresa. Entrò nell'ufficio con il cuore che le scoppiava.

L'*attorney general* la fece accomodare. C'erano due poltrone in similpelle rossa. Closter si sedette, le prese la mano destra tra le sue e sospirò. «Per il momento, signora, non potrà vedere suo marito.»

Il cuore di Hendrika si fermò. «È in galera?»

«No, signora. Sta svolgendo compiti delicati.»

«Che razza di compiti?»

«Non lo so nemmeno io.»

«È in America?»

«Non me l'hanno detto, signora Stewart.»

«È diventato un delinquente?»

«No, signora. Suo marito sta servendo gli Stati Uniti d'America. Di più non posso dirle.»

Non faticò molto a realizzare: una spia. Era diventata la moglie di una spia. Non un delinquente, non un fuorilegge, «sta servendo lo Stato in faccende delicate». Una spia. Tornò a casa e non ebbe neppure il coraggio di telefonare a sua madre. Di sera andava a letto impasticcata di calmanti. Si svegliava con gli incubi. Una spia.

Un sogno le portò un'immagine sconosciuta: la residenza del capo di Stato di un paese africano. Il presidente che beve un bicchiere di vino e che crolla sul tavolo, fulminato. Veleno! Ecco i volti dei camerieri. Tutti neri. Eccetto uno. Un bianco. "Ron, no, perché ridi, Ron? Sei un assassino, sei un assassinooooo." Si svegliò, madida di sudore. "Non è possibile, è stato soltanto un brutto sogno."

Quando, due sere dopo, la televisione trasmise un filmato sul Cile, sconvolto dallo sciopero dei camionisti, e raccontò che c'era il sospetto del coinvolgimento dei servizi segreti americani, nella mente di Hendrika si materializzò un altro incubo. Magari è là, magari rischia la vita. In libreria comprò tutti i libri disponibili sulla Cia. Sapeva ogni cosa, ormai, della sede di Langley, a una manciata di chilometri dalla capitale federale. Una base con 10.000 dipendenti, più della metà come minimo laureati. Ma suo marito non aveva una laurea. "Chissà che cosa gli faranno fare: magari i servizi più bassi, uccidere per esempio. No, Ron non può uccidere. Non è possibile."

Quando Ron tornò a casa, per una breve e inaspettata visita, avrebbe voluto dirgli tutto, scaricargli addosso due anni di sofferenze, di angoscia, di sospetti. "Adesso glielo dico: 'Tu, Ron James Stewart, mio marito, sei una spia. Lo so'." E se, dicendoglielo, avesse rovinato tutto, e per sempre? L'importante era averlo, "qui, adesso, subito". Ron fu ancora più premuroso dell'ultima volta. Le avrebbe parlato lui, a tempo debito. Hendrika era felice, stupidamente felice. Furono giornate intense. Ron, finalmente, tutto per lei: la mattina, la sera, la notte. Si fece forza, gli disse in un soffio: «Adesso, il figlio lo voglio davvero». Avrebbe potuto morire di gioia quando lui rispose: «Anch'io».

L'illusione, per l'ennesima volta, ricominciava. Ma prima che la donna si accorgesse che era soltanto un'illusione, era già finita. Ron sparì, e non lo vide più. Il ricordo di quelle due settimane felici la aiutò a sperare ancora, per qualche tempo. L'unico appuntamento era una fredda busta azzurra, con dentro il mensile: sempre la stessa somma, nessun messaggio, nessuna firma. Le telefonate non arrivavano più, non sentiva più quella voce dolce e frettolosa dello sconosciuto che le dava notizie, vere o false, del marito: era sempre meglio di quel silenzio di tomba. Si ammalò, conobbe le miserie dell'ospedale. I ricoveri sempre più frequenti. Le smorfie dei medici. «Dovete dirmi la verità.» Gliela dissero. Aveva un cancro.

Quante volte avrebbe voluto farla finita. "Ma ora no." Nel momento di maggior pericolo ci si aggrappa alle cose che ti sono attorno. Anche a una rosa che sta sbocciando. Non voleva morire. Aveva perduto Ron per sempre, ma non voleva morire. Che Ron fosse perduto per sempre, lo capì dal volto del dottor Closter, quando le disse: «Signora, so che suo marito non svolge più quei compiti speciali per conto del governo».

«E allora che cosa fa?» chiese rassegnata. Ormai era pronta a tutto.

«Non lo so, signora Stewart. Nessuno lo sa.»

Non sapeva più nulla, e si stava abituando all'idea di non sapere più nulla. Quella sera andò a letto sollevata, in qualche modo. Forse la primavera, forse la disperata speranza che, prima o poi, qualcosa sarebbe cambiato nella sua vita. Forse il desiderio di vivere, nonostante il tumore al seno. Un'altra scommessa? Povera Hendrika Stewart, come si era ridotta!

Alla tv rivide *Via col vento*. La bocca di Clark Gable le parve conosciuta. Ma sì, certo, era la bocca del suo Ron. La bocca di Ron che le prometteva i viaggi in Europa, a Parigi, a Roma, ad Atene. Si lasciò cullare da quell'immagine. Chissà, un giorno lui sarebbe tornato... Si addormentò su quel dolce e impossibile pensiero. L'ultimo.

Era passata da poco la mezzanotte. Agilissimo, un ragazzo magro con i capelli neri fece leva sull'infisso della finestra del salotto, e la forzò. Indossava guanti color marrone scuro. Si tolse le scarpe. Raggiunse la stanza da letto. Hendrika dormiva, profondamente. Lui estrasse dalla tasca una robusta corda. Si avvicinò. Con decisione afferrò la testa della donna, fece passare la corda attorno al collo e strinse i due capi con tutta la forza che aveva. Hendrika aprì gli occhi, pronunciò ancora una volta quel nome, «Ron», e non ebbe neppure il tempo di rendersi conto che era finita. Passò dalla vita alla morte in pochi attimi.

Il giovane si rimise le scarpe, poi scivolò nel salotto. Sollevò il quadretto che raffigurava un paesaggio marino. Dietro c'era una piccola cassaforte. Tirò fuori dalla tasca un foglietto e lesse la combinazione: 8-4-2-0-3-0-5. La cassaforte si aprì. Vi erano quattro pacchetti, due pieni di banconote da cento dollari. Nel terzo due braccialetti d'oro e una catenina. Nell'ultimo, l'anello che Stewart aveva regalato alla moglie durante il viaggio di nozze, un libretto d'assegni e una carta di credito. Mise tutto in una borsa di plastica, aprì i cassetti di un armadio, prese due vecchi candelabri d'argento, rovesciò una poltrona. Alla fine, come un felino, dopo aver seminato le tracce di un improbabile furto, scavalcò la finestra e si dileguò.

Il telefono squillò molto presto, quella mattina, nella stanza numero 312 del motel Gulf di Tupelo, nel Tennessee. Un uomo, grugnando e bestemmiando, accese la luce. "Ma chi diavolo può essere?"

«Pronto, Ron?»

«Sono io. Chi parla?»

«Quel che ci avevi chiesto è stato fatto con un po' di anticipo. A dopodomani. Gli altri aspettano dove sai. Ciao e sogni d'oro.»

"Hendrika – pensò Ron J. Stewart –, mi dispiace. Non potevo continuare a farti vivere così."

Due

Da quando Jimmy Carter era diventato presidente degli Stati Uniti, era la prima volta che al Marriott Hotel di Washington si faceva gran festa, con sfoggio di bandiere, di cappellini di paglia bordati con le stelle e le strisce, con majorette e canti americani. Era la prima volta perché a Washington tutti sapevano che il Marriott Hotel era il ritrovo preferito di Richard Nixon, il presidente del Watergate.

L'America di Jimmy Carter stava ritrovando unità e ideali. Quell'unità e quegli ideali che lo scandalo più devastante nella storia del paese della libertà aveva compromesso. Non che Carter fosse un personaggio carismatico. Al contrario. Troppo sudista per essere considerato un vero americano. Troppo ambiguo per essere credibile. Troppo sorridente per essere ritenuto serio.

Il dottor Alfred Greninger sogghignò, guardando la copertina di un noto settimanale che aveva racchiuso il sorriso del presidente dentro il perimetro di una nocciolina. "Un venditore di noccioline – rifletté Greninger –, ecco il massimo che può esprimere questo paese. Colpa dei liberali, dei radicali e di tutto quel marciume intellettuale che qui ascoltano tanto." Sorrise fieramente, Alfred Greninger, pensando a quella sera nel Mississippi e al proprietario del Blu Inn che cacciava a calci nel culo quel «negro insolente» che aveva cercato di entrare nel suo tempio del divertimento riservato ai bianchi. E sorrise ancor più soddisfatto, il dottor Greninger, pensando a quello stupido italiano che, in un dancing dell'Alabama, aveva chiesto ai musicisti di suonargli *John Brown*. Bravo era stato il cantante del gruppo a rispondere: «*John Brown? We don't know John Brown*. E chi lo conosce, quel maledetto? Negri e comunisti hanno rovinato il mondo».

Al Marriott Hotel i dodici stand con i cibi caratteristici dei grandi Stati americani erano illuminati a giorno. Improvvisati chef distribuivano consigli, tagliavano fette di carne, guarnendo i piatti con insalate variopinte e salse francesi. In mezzo al salone del ristorante iniziava lo spettacolo. Un giovane biondo, camicia bianca e pantaloni neri, attaccò: «*This is the country of freedom*». "Ma certo, siamo o non siamo il paese di tutte le libertà?" Pensò questo, Alfred Greninger, mentre due uomini si avvicinavano al suo tavolo. Ebbe il tempo di squadrarli, compiaciuto, prima delle presentazioni. Lubo era alto, biondo, occhi azzurri, corporatura da mezzofondista, armonioso, accattivante. La parte migliore del suo paese. Ron era goffo. Camminava con le piante dei piedi leggermente oblique. "La parte peggiore di questo paese – si disse Greninger –, però ci sarà utile. È con la parte peggiore di questo paese che potremo annientare quegli straccioni di comunisti."

«*Welcome*, Mister Keminar... *Welcome*, Mister Stewart... Accomodatevi.»

Come un perfetto *maître*, Alfred Greninger fece sedere i suoi ospiti, i suoi commensali. Lo spettacolo era appena cominciato. «*America... America...*» Le parole della celebre canzone bombardavano il locale.

«Suggerirei un filetto del Texas» disse Greninger, ottenendo l'assenso dei suoi ospiti. «E per bagnarlo una bottiglia di vino italiano» aggiunse trionfante, notando un lampo di gratitudine sul volto di Lubo Keminar, il cecoslovacco.

Ron J. Stewart aveva incontrato Lubo Keminar pochi minuti prima. Era stata una hostess del Marriott Hotel a presentarli, rapidamente. Aveva aggiunto: «Il signor Greninger vi sta aspettando».

Tra un boccone di filetto, tenerissimo, una foglia d'insalata e un sorso di vino, chiacchierarono di cose futili. Il campionato di football americano, le bizze atmosferiche, i pregi e i difetti delle donne dell'Europa centrale. «In Cecoslovacchia – disse Greninger – avete le ragazze più belle del mondo.» Era un complimento patriottico che Lubo Keminar gradiva, oltre ogni altro. Stewart annuì, anche se in vita sua non aveva mai incontrato una cecoslovacca. Annuì, ma si interrogò allarmato: "Chi sarà questo Keminar? Un esule? Un transfuga? Uno dei cinquantadue che, la scorsa settimana, hanno chiesto asilo politico?".

Non aveva il coraggio di domandare, Ron J. Stewart. Aveva imparato, in anni di gavetta, che non bisogna mai chiedere niente, se non si è certi che la cosa non imbarazzerà l'interlocutore, e tantomeno l'ospite straniero. Sì, perché era stato invitato da Alfred Greninger. Ed era stato Greninger a offrirgli decine di migliaia di dollari per entrare nella sua organizzazione. Era stato Greninger ad aiutarlo a risolvere il problema della moglie. Era stato sempre Greninger ad annunciargli che avrebbe vissuto l'esperienza più interessante della sua vita.

L'americano si alzò, si sbottonò la giacca, afferrò il calice di Barolo. «Propongo un brindisi» disse. «Un brindisi alla nostra amicizia.» I tre bicchieri si sfiorarono, e il vino accostò quei tre uomini così diversi, così lontani, e sorprendentemente complici.

La musica attaccò: «*John Brown's body...*». Un lampo d'odio percorse il volto di Alfred Greninger. I due commensali non se ne accorsero.

«Avviamoci. Ho prenotato una suite. Andremo a chiacchierare lassù.»

La hostess, servizievole, si avvicinò. «Mister Greninger, avete bisogno di qualcosa?»

«La chiave della stanza e due bottiglie, una di bourbon e una di vodka... Va bene, Mister Keminar?»

Il cecoslovacco annuì, con un sorriso metà metallico e metà convinto. Stewart, in disparte, osservava meditabondo.

Nel salotto della suite, i tre presero posto. Greninger si piazzò accanto alla finestra. Era un uomo sui sessant'anni, capelli grigi, fisico asciutto. Portava spesse lenti da miope. Lubo Keminar affondò nella poltrona più vicina. Stewart si sedette di fronte a entrambi.

«Signor Stewart, il signor Keminar e io abbiamo bisogno di lei... c'è mezzo mondo che ha bisogno di lei.»

«Non capisco» disse Stewart, sorpreso, anzi esterrefatto da quella dichiarazione.

«Forse sarà stupito di vedere un conservatore americano, anzi un reazionario, come dicono i radicali, accanto a un comunista. O no?»

Stewart trattenne a stento un'esclamazione. E contenne la sconcertante sorpresa con un prudente: «In un certo senso».

«Appunto... capisco il suo stupore, caro Stewart, ma è proprio così. Il mondo risponde a regole che vanno oltre la politica e oltre le divisioni tra i blocchi... Si dice così, mi pare» insistette Greninger, quasi a voler rimarcare, con cinico disgusto, quel concetto di blocchi che tanto rientrava tra gli stereotipi del giornalismo internazionale.

«E io che cosa dovrei fare?»

«Al tempo, Mister Stewart... Avremo modo di spiegarci... credo che lei abbia già avuto la possibilità di misurare l'efficienza dell'organizzazione...»

«Va bene» rispose Ron, scacciando con un cenno il brutto pensiero. «Che cosa vi serve?»

«Lei forse non immagina, caro Ron, posso chiamarla così?, che nessuno potrà mai più vincere una guerra. Le armi nucleari hanno dato a ciascuno, intendo le potenze più grandi, la possibilità di distruggere l'altro, ma anche di distruggere se stesse... A Yalta già si sapevano queste cose.»

Stewart annuì. Il ragionamento non faceva una grinza.

«Perciò, caro amico, si sarà accorto che nel mondo non esistono più scelte irreversibili. Gli Stati Uniti contro l'Unione Sovietica. L'Unione Sovietica contro gli Stati Uniti. A Yalta si decise anche questo.»

Keminar, con uno strano sorriso di sufficienza, aggiunse: «Si decise, per esempio, di attribuire a due paesi, uno per ciascun blocco, il ruolo di sfiatatoio delle reciproche tensioni. I due paesi sono la Francia e la Romania. Si è accorto, signor Stewart, che la Francia, dalla fine della guerra, fa politica per conto suo? Si è accorto, signor Stewart, che la Romania è libera di tessere, come le par meglio, i suoi rapporti internazionali? Le sembra normale che Nicolae Ceauşescu riceva le visite di personaggi che, nell'Unione Sovietica, sono considerati il fior fiore della reazione? E per quale ragione, secondo lei, l'Urss non interviene, come ha fatto, per esempio, prima in Ungheria e poi nel mio paese?»

Non aveva, Ron J. Stewart, una grande preparazione politica. Per denaro era entrato nella Cia. Per denaro aveva accettato di uscirne. Per denaro aveva scelto una nuova vita, decidendo di sbarazzarsi dell'ingombrante Hendrika. Per denaro, molto denaro, aveva acconsentito a un incarico al buio. «Mi pare tutto chiaro e affascinante – disse –, ma non riesco ad afferrare che cosa dovrei fare. Il mio ruolo, insomma.»

«Sì, e allora, caro Stewart, le diremo che tempo fa si è deciso di costituire una commissione speciale, chiamiamola così... Una commissione che si occupi di problemi delicati, in ogni parte del mondo. Della commissione facciamo parte noi, e anche voi. Nessuno ufficialmente sa niente. Ed è bene che non sappia. Agiamo, insieme, nell'interesse di entrambi» spiegò Keminar.

Stewart sgranò gli occhi. «*Insieme?* Ma come è possibile?»

Keminar sospirò. «Le ricorderò un particolare. Sa dove si trovava il presidente americano Johnson quando i sovietici invasero Praga? Era nel suo ranch, nel Texas, ed era perfettamente al corrente di quel che stava accadendo. Le sto parlando di fatti ufficiali, con i governi informati. Ma vi sono faccende che i governi non possono e non devono conoscere. Ci muoviamo noi al loro posto.»

«Insieme?» chiese di nuovo Stewart allibito.

«Insieme!» risposero a tempo due voci.

«E ora dove bisogna agire?»

«Il problema riguarda l'Italia.»

«L'Italia?»

«Sì, quel paese sta creando seri fastidi a entrambi.»

Alfred Greninger rincarò la dose. «I comunisti italiani sono dei pazzi intrattabili. Credono che si possano inquinare gli equilibri del mondo con teorie ridicole. Che cos'è il marxismo-leninismo libertario? Oppure il neocapitalismo comunista?»

«È una spina fastidiosissima anche per noi» intervenne Keminar. «Non si possono costruire due poli di una medesima idea rivoluzionaria. Già c'è la Cina a rompere le scatole. È una malattia che non possiamo tollerare. Persino il Papa è stato coinvolto in questa folle impresa che compromette equilibri sui quali abbiamo investito credibilità e prestigio.»

Ron J. Stewart non era preparato a tanto. Mai avrebbe immaginato di mettersi al servizio di un organismo internazionale, senza consenso diretto dei governi, per fare cosa poi? Quella domanda ossessiva girava nella sua mente come l'ottovolante di un luna park. "Fare che cosa, e per conto di chi? Della libertà? Del progresso? Dei bolscevichi? Di tutti quanti?"

«Un servizio reso a tutti e due» sentenziò Greninger dopo essersi versato un generoso bicchiere di bourbon. «Bisogna impedire che l'Italia precipiti nel baratro. Basterà orientare certe scelte... e intervenire soltanto quando sarà strettamente necessario... È tutto, per adesso... Buon viaggio, signor Stewart... Parigi la sta aspettando. La invidio, in un certo senso...»

Tre

Dal terrazzino dell'Hotel Yalta di Praga, lungo il vialone che si chiama piazza San Venceslao, essendone il prolungamento, la voce del cantante Karel Gott raggiungeva la strada, addolcendo la torrida sera d'estate. A un tavolino, un'anziana coppia di turisti ungheresi, impegnata ad attaccare un piatto di prosciutto, guarnito con la micidiale salsa di rafano; poco lontano, un giovanotto, in jeans e maglietta, con in mano una caraffa di birra da un litro. In un angolo, leggermente in disparte, un signore sulla quarantina, in un vestito di lino blu, camicia bianca aperta sul collo. Avrebbe potuto essere scambiato per un diplomatico mediterraneo di fresca nomina, oppure per un mediatore, o persino per un violinista, vuoi per le dita lunghe e magre, vuoi per gli occhialetti scivolati a metà naso. Il cameriere, in uno smoking nero che aveva conosciuto tempi migliori, arrivò ondeggiando. «Il suo gin tonic, signore.»

Il professor Mario Crotti assaggiò il gin autarchico, fece una smorfia, poi versò nel bicchiere mezza bottiglietta di Schweppes. Bevve due sorsi della bibita, estrasse dalla tasca un fazzoletto di seta, si asciugò il sudore. Poi si alzò, di scatto. «Eccoli!»

«*Sto korun*» disse il tassista. Cento corone. Lubo, Dana, Roberto e Dusho si guardarono, sorridenti. Roberto allungò la banconota e aggiunse anche una moneta di mancia. Per cento corone avevano vissuto un pomeriggio a Praga. La visita al palazzo del Parlamento, la Stare Mesto (città vecchia), la sinagoga, la casa di Kafka, persino un'escursione al castello di Karlštejn a poco più di venti chilometri dal centro. Cento corone, al cambio ufficiale, erano meno di dieci dollari. Al cambio nero, quattro dollari.

Roberto saltò giù dal taxi e corse a stringere la mano del professor Crotti. Lubo Keminar prese a braccetto la moglie, una ragazza bellissima con i capelli biondo naturale, gli occhi blu cobalto e un corpo perfetto:

seno pronunciato ma non abbondante, vita stretta, gambe lunghe e affusolate. Portava una maglietta verde, jeans e una fascetta indiana intorno alla fronte. Dusho se ne stava in disparte.

«Lui è Dusho Zerpinski. È arrivato ieri da Varsavia» disse Lubo al professore. «Credo che ti interesserà conoscere il suo pensiero e ascoltare i suoi racconti.»

Dana Keminarova sorrise.

«E tu sei sempre più bella» esordì, galante, Mario Crotti, esibendosi in un perfetto baciamano.

«Quando sei arrivato, Roberto?»

«Due giorni fa, professore.»

«Come vanno le cose in Italia?»

«Al solito. D'estate, come sai, di vita politica se ne fa poca. I compagni stanno preparando le iniziative per l'autunno. Farà caldo, quest'autunno.»

Mario Crotti rispose con un'innaturale e sguaiata risata. «Bene, amici. Si va tutti da Schweik.»

Schweik è la caricatura del bravo soldato cecoslovacco. Brontolone, lavoratore, fantasioso, ingenuo, un po' testardo. È l'anima buona di questo paese intelligente e mite, che è capace di controllare i nervi, che vive di speranze, di fierezza ma anche di rassegnazione. Gli hanno dedicato un ristorante.

«Mezza corona» disse la guardarobiera, raccogliendo la giacca del professore e il giubbotto di Roberto.

Nell'enorme salone, con i camerieri che giravano portando sulle spalle giganteschi vassoi pieni di boccali di birra vuoti, c'era un'atmosfera *fin de siècle*. Un giovanotto con la divisa bianca aprì la credenza. Ne uscì un buffo Schweik metallico, con tanto di accompagnamento musicale, prodotto da un accattivante carillon.

«*Prosim*» disse Dana sollevando la sua caraffa di birra bionda.

«*Prosim*» ripeterono gli altri.

Dana aveva ventidue anni, Lubo era vicino ai quaranta. Si erano conosciuti a Bratislava, nella discoteca V Club, un ritrovo studentesco con un dj improvvisato, sempre a caccia degli ultimi successi stranieri. Era nato l'amore. Gli occhi blu, il sorriso aperto e il corpo fantastico della giovane cecoslovacca avevano conquistato il maturo boemo. «Vorrei sapere se sei felice» gli aveva chiesto, al primo lento, l'intraprendente studentessa di filosofia. Una dolce aggressione può sbloccare anche il più timido degli uomini.

«Ci vediamo domani?» domandò lui, nascondendo il rossore del viso dietro il capo di lei.

Le punte delle dita di Dana sfiorarono le braccia muscolose dell'uomo. «Domani a mezzogiorno, in Gottwaldova namesti.» La piazza di Gottwald. Dana era arrivata con qualche minuto di anticipo. Lui le aveva circondato la vita con il braccio ed erano andati a colazione in un ristorante italiano, il Perugia, dove servivano – dolce orrore – una pizza imbottita di spaghetti. Avevano parlato di politica prima di far scivolare la conversazione sulle proprie vicende personali. Dana aveva conosciuto le purghe del dopo Sessantotto. Suo padre, funzionario d'alto grado, era stato brutalmente rimosso perché aveva partecipato attivamente al «nuovo corso» di Alexander Dubček. Adesso lavorava come portiere di notte in un albergo. «La vera tragedia – disse lei – è che si sente felice. Può esistere la felicità oltre la disperazione?»

Lubo sembrava più duro. Era impiegato in un'industria di prodotti chimici, ma in passato aveva fatto politica attiva, nell'entourage di uno dei falchi del regime, Vasil Bilak. Sull'invasione dell'agosto '68 aveva idee in piena sintonia con quelle ufficiali. «Era inevitabile. Le forze della controrivoluzione stavano impossessandosi dei centri di potere.» Una frase che Dana, allora ragazzina, aveva ascoltato centinaia di volte, fino a provarne nausea. Ma ora non importava. Che senso aveva parlare di politica, appena nato un amore?

«*Lubim ta*», ti amo, disse lei come per soffocare l'immagine sgradevole di un attimo prima.

Quello stesso pomeriggio, Lubo la portò in un minuscolo cottage di legno, con servizio a ore, si avvinghiarono in un dolce abbraccio. Le carezze sempre più audaci. I pensieri in corsa verso tutto l'estremo possibile e poi sciolti nella tenerezza dell'amplesso. Dana gli era già entrata nel sangue.

«Altre quattro birre e quattro involtini al formaggio.» Il cameriere annotò le consumazioni. Lubo si accese una Sparta con filtro. Dana sorrise. Dusho osservava i volti degli avventori, cercando di carpirne emozioni e segreti. Il professor Crotti diede fuoco a un sigaro toscano e, dopo aver aspirato una lunga boccata, spedì verso le arcate del locale un pennacchio di fumo denso.

«Ho chiesto di vedervi per una faccenda molto seria» esordì Lubo. «Immagino sappiate di cosa si tratta.»

Roberto aspettava da almeno mezz'ora il suo momento. «Nei gruppi dell'ultrasinistra italiana c'è confusione, smarrimento. Le Brigate rosse sono troppo distanti dagli altri compagni. E il lavoro politico per colmare questo distacco stellare è sempre più difficile.»

Lubo, imperturbabile: «E gli operai? Come reagiscono gli operai?».

«Gli operai, all'inizio, ci vedevano con simpatia – spiegò Roberto –, adesso è cambiato il clima. Gli omicidi delle Brigate rosse hanno allontanato dalla lotta per la rivoluzione centinaia di migliaia di potenziali alleati. Il Partito comunista ci è contro, istericamente, e sta cercando di far pulizia alla sua sinistra. Vuole accreditarsi come partito di governo. I sindacati? Idem. Va bene, c'è qualche sfasatura, ma sostanzialmente anche loro sono favorevoli all'abbraccio con le forze cattoliche. Si sta preparando, insomma, un "regimone". E chi non è d'accordo può anche emigrare. Credo sia necessaria, per recuperare, una doppia strategia: contenere il potenziale offensivo delle Br e consolidare quello delle forze più vicine alla società, più dentro ai suoi bisogni. Noi autonomi facciamo rivoluzione sui problemi che via via si presentano: la casa, la disoccupazione, il carovita, il riarmo, la cassa integrazione. Le Brigate rosse, invece, ammazzano. Spesso la scelta degli obiettivi è infausta. Vanno a colpire gente che ha fama d'essere progressista.»

«Al contrario» intervenne Crotti. «È essenziale sviluppare al massimo il potenziale delle Brigate rosse. Il terrore che diffondono nell'apparato istituzionale è grande. Lo Stato sta rispondendo con leggi che mettono in crisi la sua stessa credibilità democratica. Quando la maschera cadrà completamente, arriveranno anche le masse. Ora non è necessario... Non la vedete, l'Italia degli scandali? La gente ne ha le scatole piene. I ceti medi pagano anche per l'alta borghesia. Gli stipendi, anche i più elevati, sono falcidiati dalle tasse. Mentre i grandi professionisti, i grandi ladri, continuano a portare soldi all'estero, a far vacanze da nababbi, a sfruttare la povera gente. Prima o poi capiranno tutti.»

Lubo aveva ascoltato in silenzio. Con tono grave disse: «Sì, dobbiamo far qualcosa per questi nostri amici».

«Quali amici?» chiese Roberto.

«Quelli delle Brigate rosse. Compagni che lottano per il comunismo.»

«Ma sono veramente comunisti?» domandò Dana, con una punta di malizia. La voce di Crotti coprì le altre.

«E chi possono essere, se non comunisti?»

«Dei rivoluzionari travestiti, magari servi dell'imperialismo» rispose la ragazza, e i suoi grandi occhi blu cercarono invano un cenno d'assenso.

«Chi te l'ha detto?» l'apostrofò Roberto.

«Al partito, all'università. L'ho letto anche sul "Rudé Právo".»

«Certo il governo è contro. Sono contro sia il compagno Brežnev sia il compagno Husák, come sono contro tutti gli altri segretari dei partiti comunisti fratelli» intervenne Lubo. «Ma questo non significa che anche noi si debba esserlo. Ci sono decisioni che si possono prendere, anche contro la volontà dei governi. Che cosa credete? Che in America sia molto diverso? Il presidente Kennedy andava in giro per il mondo a predicare la sua nuova frontiera, a battersi per i diritti civili, e intanto la Cia, magari a sua insaputa, organizzava complotti reazionari. Vi sembrerà un paradosso, ma a volte è necessario agire nel senso contrario a quello ufficialmente dichiarato da un'istituzione, proprio per poter rafforzare l'istituzione stessa.»

«Incredibile» balbettò Dana.

«Invece è proprio così» ribatté secco Lubo, come se volesse far tacere la moglie. Poi, rivolto a Dusho: «Parlaci dell'esempio polacco. Spiega come stanno le cose».

Dusho, che se ne era rimasto zitto, in disparte, finalmente aprì bocca. «Vedete, sono molto confuso. Non so più dove si trovi la strada migliore, ma penso che Lubo non sbagli. Io lavoro in una miniera, e là stiamo facendo una buona operazione di sensibilizzazione sindacale. Ci sono fermenti interessanti, e ho sempre pensato che fosse necessario farli crescere con metodo e prudenza. Ma la tragedia è che non succede niente, proprio niente. So bene, adesso, come certe forze reazionarie spingano perché si provochi la rissa, perché si faccia esplodere il sistema. Ma ci sono anche compagni, molto ascoltati nel partito, che incitano alla lotta dura, e subito... Forse è opportuno provocare la mano pesante dello Stato per ottenere qualche risultato. Nulla si cambia, altrimenti.»

Dana inorridì. Guardò Lubo negli occhi. Lo vedeva, per la prima volta, sotto una luce diversa. Sussurrò: «Ma il partito sa quel che stai facendo?».

«No.»

«E allora perché lo fai?»

«Perché lo ritengo giusto.»

«I sovietici sono d'accordo?»

«No, nemmeno loro sanno.»

«E se il Kgb scoprisse che tu aiuti i brigatisti italiani?»

«Che cosa credi? Che esista soltanto un Kgb ufficiale, che risponde direttamente al governo? Credi che in America esista soltanto una Cia ufficiale, che fa quel che vuole il presidente?»

Dana rimase interdetta. Sul volto del professor Crotti si disegnò un sorriso cinico, che neppure Roberto colse.

«Che cosa possiamo fare per voi, professore?» chiese Lubo, rompendo l'imbarazzante atmosfera.

«Abbiamo bisogno di armi e denaro.»

«Vedremo di accontentarvi. Dovremo prima studiare bene la situazione. Penso che ci sarà facile reperire la merce, un po' più complicato farla passare... Riceverete le necessarie istruzioni. Tutto il possibile, e anche l'impossibile sarà fatto. Bisogna evitare, costi quel che costi, che "il progetto politico", come dite voi, dell'abbraccio fra cattolici e comunisti – comunisti per modo di dire – venga messo in pratica.»

Lubo pagò il conto. Tutti si alzarono. Roberto era scuro in volto. Crotti lo prese per un braccio e precedette gli altri verso l'uscita. Dusho era immerso nei suoi pensieri. Un'ombra copriva il bel volto di Dana. Era turbata, nervosa. Lubo le cinse la vita. La ragazza tremava.

«Non andiamo a casa, stasera. Ti porto a dormire all'Albatros.» Ai residenti a Praga era vietato dormire in albergo, ma quando Lubo scese i gradini della nave di cemento, costruita sul greto del fiume Moldava, il portiere gli venne incontro, ossequioso. Le mance del signor Keminar erano un extra sempre gradito.

L'Albatros è un albergo costruito come se fosse un traghetto. Le stanze rivestite in legno, e al posto delle finestre gli oblò, ai quali di mattina i gabbiani si avvicinano nella speranza di raccogliere qualche briciola di pane.

«La stanza numero 23, signor Keminar» disse il portiere, servizievole. Lubo infilò cinquanta corone nella tasca della sua giacca. «Buonanotte.»

«Sei contenta, cara?»

«No, non sto bene.»

«È per quello che hai ascoltato da Schweik?»

«Anche.»

«Non ti va bene?»

«No, non mi piace. È una sporca faccenda.»

«Ma cara, staremo meglio tutti e due.»

«Non m'importa... Lubo, sei diventato una spia?»

«Ma no, tesoro. Ho soltanto capito come va il mondo.»

«Non provi mai rimorsi?»

«Perché dovrei? E poi preferisco il rimorso al rimpianto.» La abbracciò tanto forte, come se la stesse soffocando. Poi la spogliò, sollevò il lembo del lenzuolo, la depose sul letto. Un attimo dopo era dentro di lei. Godette quasi subito e si addormentò, senza accorgersi che il bel volto di Dana era rigato dal pianto. Quella notte qualcosa si era rotto. Per sempre.

Quattro

«Signore e signori, abbiamo cominciato la discesa verso Parigi, aeroporto Charles de Gaulle, dove prevediamo di atterrare tra venticinque minuti. I passeggeri sono pregati di allacciare le cinture...»

Ron J. Stewart aprì gli occhi, si stirò tendendo i muscoli delle braccia. Poi si lasciò nuovamente cadere sulla poltrona di prima classe del jumbo della TWA. Aveva la gola secca. Chiamò la hostess. «Vorrei un bourbon con del ghiaccio.»

"Parigi" pensò Stewart. A Parigi si comincia. Le «istruzioni» gli erano state recapitate al Wellington Hotel di New York: un numero di telefono, un indirizzo di rue du Birague, una carta di credito dell'American Express intestata a Peter Grock, il suo secondo nome; due passaporti, quindicimila dollari in biglietti da cento e ottomila franchi. Guardò l'orologio, con la rettifica del fuso. Le 17.42, domenica. Il «New York Times» riportava, in seconda pagina, un articolo del corrispondente da Roma, con notizie e dettagli sull'ultimo attentato terroristico: un consigliere della Regione Lazio ferito alle gambe da un commando delle «Red Brigades». Sotto il titolo, la fotografia del comunicato di rivendicazione. Una stella a cinque punte, con le due inferiori allungate. "Buffa" disse fra sé Ron J. Stewart, mentre la hostess gli porgeva il bicchiere di bourbon.

Bevve d'un fiato. Accese una Pall Mall senza filtro e chiuse gli occhi. Si sentiva eccitato e, insieme, meschino. Non era stato lui a scegliere quella vita avventurosa, sempre sul filo della galera. Era stata la vita avventurosa a scegliere lui. Lui, così goffo, senza personalità, senza grinta, senza carattere, condizionato dagli altri e sempre disponibile a essere oggetto, mai soggetto. Una sola volta aveva fatto di testa sua, in un'impennata d'orgoglio. Aveva deciso, su due piedi, di sposare Hendrika. Era stato un fallimento.

«... Vi ricordiamo di non dimenticare il bagaglio a mano e gli effetti personali.»

Stewart si alzò, prese la ventiquattrore e si mise in coda. Cinque minuti dopo infilò un franco nel primo telefono a gettoni e compose il numero lasciatogli insieme alle istruzioni. Una voce maschile.

«Pronto?»

«Sono Stewart.»

«Bene arrivato. Passa in albergo. Là troverai un messaggio.»

Parigi aveva il solito aspetto estivo. Autobus di turisti, traffico caotico. «Le Monde» riportava la notizia dell'invito rivolto a Brežnev, per una visita ufficiale in Francia, da parte del presidente Valery Giscard d'Estaing.

L'usciere dell'Hotel Sheraton aprì la portiera del taxi.

«Stanza 402. Dovrebbe esserci una prenotazione.»

«Certo, signor Grock. Un documento, per cortesia.»

Stewart rischiò di combinare il primo pasticcio. Estrasse dalla ventiquattrore ambedue i passaporti; poi, piegandosi in avanti e uscendo dal campo visivo dell'addetto al ricevimento, ne sfogliò uno. Peter Grock. Infilò l'altro nella borsa e porse il documento.

«C'è un messaggio per lei.»

Era una piccola busta gialla, chiusa con graffette. Stewart entrò nell'ascensore. L'inserviente gli aprì la porta della stanza. Ron strappò la busta. «Ti aspetto subito, in rue du Birague 4. La riunione è per domani sera. Ben arrivato a Parigi. Alain.»

L'americano scosse il capo. "Non poteva dirmelo al telefono?" pensò. Poi, infilandosi sotto la doccia, si chiese: "Chi sarà mai questo Alain?". L'acqua gli scivolò addosso, inondandolo di piacevoli sensazioni. Ron si ricordò di quando giocava a baseball. Per vincere la fatica, dopo la gara, c'era un solo sistema: entrare sotto la doccia calda e, lentamente, riavvitare uno dei flussometri e svitare l'altro, per passare all'acqua fredda.

Uscì intirizzito, si infilò nell'accappatoio, accese il televisore. Stavano trasmettendo una partita di calcio: Francia-Cecoslovacchia. «Panenka, Panenka, solo davanti al portiere... Goool.» L'urlo del telecronista scosse Stewart, che osservò con più attenzione: i giocatori in maglia bianca e pantaloncini rossi si abbracciavano felici, in primo piano. Fu colpito da un volto. Somigliava a quello di Lubo Keminar.

«Rue du Birague numero 4.»

Il tassista rispose con una smorfia. Corsa breve. Innestò la prima e partì. Alain era in attesa, quando Ron suonò il campanello. «Entra.»

«Mi chiamo Alain Lapierre.»

«Piacere, Ron Stewart.»

«Accomodati.»

Quella confidenza immediata sembrò a Stewart innaturale, frettolosa, fuori luogo. Aveva un che di affettato, di complice, e poi l'americano leggeva sul volto di Lapierre un altezzoso disprezzo. Come se si rivolgesse a una sottospecie di uomo. Uno strumento, sempre uno strumento.

«Hai fatto buon viaggio?»

«Niente male. Grazie.»

«Dobbiamo prepararci all'incontro di domani. È molto importante.»

«Dove?»

«A Deauville, centottanta chilometri da Parigi. Ti darò l'indirizzo della casa. Ti verranno a prendere alla stazione.»

Stewart osservava. Alain Lapierre, docente di Fisica all'università, non aveva il volto né il portamento del professore, ma quello di un annoiato dandy di provincia. Scarpe di gomma, jeans sdruciti, camicia bianca in misto seta, i capelli lunghi, l'abbronzatura calda e uniforme. Avrà avuto sì e no trentacinque anni. Eppure sembrava teso ed emozionato. «Abbiamo grandi progetti. La politica è affascinante.»

Parlava a scatti. Come se ogni parola e ogni concetto dovessero essere messaggi fondamentali, come se ogni desiderio potesse tradursi immediatamente in realtà. «Noi siamo la parte intellettuale del problema.» Ron Stewart capiva sempre meno chi aveva di fronte.

"Un bovaro – pensò Lapierre –, ma è meglio così. Occorrono personaggi incolori per il progetto. Il malato di protagonismo sarebbe un ostacolo. Noi non possiamo permetterci ostacoli."

«Andremo nella *maison de campagne* di Philippe Guimard, un mio amico avvocato, un compagno. Ci ha messo a disposizione la sua villa.»

«Quanti saremo?»

«Quattro. Tu, io, un romeno che fa il tuo stesso mestiere, e un mio collega italiano, il professor Mario Crotti. Forse te ne hanno parlato.»

«No, non so nulla.»

«Meglio così.»

«Perché meglio così?»

«Niente. Bevi qualcosa?»

«Un bourbon con ghiaccio, grazie.»

«Non ho il bourbon. Non sono abituato a frequentare americani. Se vuoi ho del Ballantine's dodici anni. Fa lo stesso?»

Stewart sorseggiò il whisky. Più andava avanti meno quella storia gli piaceva. Si alzò, infastidito. «Posso avere un taxi?»

«Te lo chiamo subito. Ci vediamo domani. C'è un treno che arriva a Deauville, da Parigi, alle 17. Appena sceso, chiama il 335.869. Verranno a prenderti. Mi raccomando la puntualità.»

Stewart uscì come liberato da un'angosciosa oppressione, alla quale non era in grado di attribuire né origine né connotati. In realtà Lapierre non gli piaceva. Con i suoi gridolini da intellettuale isterico che ha scoperto la rivoluzione, con quel suo fare da «ducetto» dell'ultrasinistra, suonava falso. Meglio lo schietto e reazionario Alfred Greninger. Più genuino.

«Ho voglia di ostriche» disse al tassista. «Mi porti in un ristorante dove si mangiano ostriche.»

«Quale ristorante?»

«Faccia lei.»

«Le va bene Les Halles?»

«Gliel'ho detto. Faccia lei.»

Allo Sheraton, il portiere di notte si avvicinò, con circospezione. «C'è un signore che l'attende da un paio d'ore. È là, al bar.»

Ron J. Stewart non aspettava visite, non aveva previsto appuntamenti, tantomeno notturni. Dopo le ostriche e la bottiglia di Chablis, si avvicinò esitante al bancone.

«Il signor Stewart, immagino.»

«Veramente mi chiamo Grock» bofonchiò l'americano.

«Non si preoccupi. So tutto. Mi chiamo Ian Isgrulescu. Forse facciamo il medesimo schifosissimo lavoro.»

«È lei il romeno che...»

«Per l'appunto. Ma diamoci del tu. Siamo sulla stessa barca di merda. Vogliamo raggiungere insieme Deauville, domani?»

«Non so. Cioè sì, per me va bene.»

«Oh, non farti condizionare dalle stronzate che sicuramente ti ha propinato quel figlio di puttana di Lapierre. La verità, Stewart, è che io volevo vederti prima. È una storia sporca. Questi ci usano e poi ci fanno fuori. Io sono entrato nel giro perché avevo chiesto un favore.»

Adesso mi adoperano per bassi servizi, porcate di regime, oppure porcate private che sono sempre di regime. Ma il prezzo che chiedono, stavolta, è eccessivo.»

«Che prezzo?» sbottò Stewart allarmato.

«Colpire in alto, molto in alto.»

Ron si guardò intorno. Alla Cia gli avevano insegnato che un microfono può nascondersi ovunque. Persino nel taschino della giacca del cameriere che si stava avvicinando. E che chiese: «Gradiscono un drink?».

«No, grazie» tagliò corto l'americano. «Ian, vuoi seguirmi nella mia stanza?»

Isgrulescu si sedette su una poltrona di pelle scura. Stewart aprì il mini bar, afferrò la bottiglia di bourbon. Riempì due bicchieri.

«Mi devi spiegare tutto, adesso.»

Il romeno raccontò, nei dettagli, quel che sapeva: un piano per destabilizzare l'Italia. «E tu sarai il mezzo, lo strumento, Stewart. Questo hanno deciso.» Ron fu scosso dai brividi e si lasciò cadere sul letto. Stavolta aveva davvero paura.

«Ci vediamo domani verso mezzogiorno, Ian. Passa a prendermi in albergo.» Una vigorosa stretta di mano unì, per un attimo, due uomini deboli, coinvolti in un gioco mortale. Stewart si spogliò e si addormentò. Anche l'uomo che aveva ascoltato, battuta per battuta, la conversazione nella stanza 402 dell'Hotel Sheraton si tolse la cuffia, accese il motore dell'auto e partì. Doveva preparare il rapporto, prima di andare a dormire.

Cinque

«Buongiorno, signor Grock. Una chiamata per lei.»

«Grazie.»

«Buongiorno, caro amico. Sono Alfred Greninger. Tutto bene?»

«Dipende dai punti di vista.»

«Sono certo che tutto andrà bene. Si metta a completa disposizione di Lapierre.»

«Vorrei sapere, però...»

«Però niente. Non c'è tempo per discutere. Buon lavoro.» E riattaccò.

"A completa disposizione di Lapierre", senza discutere. Che cos'altro aveva da chiedere quel ragazzetto viziato con l'aria dell'intellettuale in cerca di emozioni estreme? Stewart si rivestì, consumò la colazione, diede un'occhiata distratta a «Le Figaro», chiamò l'ascensore. Al portiere disse: «Tornerò per mezzogiorno».

Uscì a piedi. Aveva voglia di una passeggiata. E poi aveva bisogno di biancheria, di un abito, di qualche camicia. Entrò in un negozio di abbigliamento di Saint-Germain-des-Prés. Chiese un completo blu, taglia forte, numero 60, andava bene anche quello in vetrina. Bene anche il prezzo, novecento franchi. Se lo provò. La giacca, più o meno, calzava. I pantaloni erano leggermente stretti, ma soprattutto lunghissimi. Ron Stewart era alto un metro e settanta.

«Per quando ne ha bisogno?»

«Passerò domattina.»

Lasciò un acconto di cinquecento franchi e tornò sulla strada. Erano anni che non vedeva Parigi. Decise di fare un giro sulla metropolitana. Acquistò un biglietto per la corsa più lunga. Alla fermata di Saint-Paul diede un'occhiata fuori. Un vistoso cartellone pubblicitario attirò la sua attenzione. L'ultimo film con Annie Girardot. Fu colpito dalla fotografia dell'attrice. Quegli occhi gli ricordavano qualcuno, Hendrika.

Il cuore cominciò a battere, all'impazzata. Stewart, per un attimo, temette che il giovane che gli stava seduto di fronte se ne accorgesse, comprendesse il suo turbamento e realizzasse che lui, Ron J. Stewart, alias Peter Grock, aveva fatto ammazzare sua moglie.

Si strinse nelle spalle, girò la testa. Fu colto da un'improvvisa stanchezza. Aveva bisogno di bere. Scese dal metrò, salì sulla scala mobile, e uscì all'aperto. Al primo bar, proprio dietro l'angolo, si sedette. Ordinò due uova sode e un Pernod. Lo trangugiò d'un fiato.

«Me ne porti un altro.»

Alle 11.45 chiamò un taxi e si fece accompagnare in albergo. Ian Isgrulescu lo stava aspettando. Adesso lo vedeva bene. Carnagione scura, capelli neri e corti, labbra sottili, una magrezza da Twiggy.

«Buongiorno, Ian.»

«Ciao Ron» disse a bassa voce, per non farsi sentire dal cameriere.

«Si parte?»

«Si parte.»

«Faccio chiamare un taxi?»

«No, ti porto con la mia macchina. È una vecchia Mini Morris, ma funziona bene.»

«Sarà un problema parcheggiarla, davanti alla stazione.»

«Ma noi non andiamo in stazione. Andiamo a Deauville.»

«Alain, però, mi aveva parlato di un treno.»

«C'è stato un cambio di programma. Gli ho telefonato, gli ho detto che ci eravamo incontrati, e che ti avevo proposto di fare il viaggio insieme.»

«E lui?»

«Si è fatto una gran risata. "Ah, ah, i miei due 007... Portalo su in macchina, con la tua. È più sicuro."»

«Gli hai detto tutto? Anche del racconto di ieri notte?»

«Sei matto? Di Alain non mi fido. È prepotente e crudele. Non farne parola, o ci lascio la pelle. Sai, avevo bevuto, avevo bisogno di sfogarmi e ho scelto di farlo con te. Non che di te mi fidi. Soltanto, non ti conosco. Quindi, per il calcolo delle probabilità, sei meglio di loro, di quella gentaglia, di quei serpenti.»

"Strano uomo" pensò Stewart, mentre la Mini imboccava l'autostrada. "Non mi ha mai visto, e così, su due piedi, mi ha confidato cose tanto gravi." Alla Cia gli avevano spiegato che la diffidenza era l'arma più sicura. "Farò attenzione" si disse.

La casa era su una collinetta, a duecento metri dalla spiaggia. Dalla veranda si vedeva il mare. Laggiù, oltre gli ombrelloni, decine di bambini correvano incontro alle onde. Alain aprì la porta. «Ben arrivati.»

La villetta era stata costruita non più di dieci anni prima. Si arrivava sul retro, dove c'era uno spiazzo selciato capace di ospitare tre vetture. Una piccola scala di sassi conduceva giù. C'erano due ingressi. Uno, in fondo, subito a destra, l'altro, di fronte alle scale, era quello principale. Alain li fece accomodare. In mezzo alla veranda, la cui enorme vetrata si apriva alla vista del mare, c'era un lungo tavolo di legno nero, montato su un sostegno metallico a forma di esse. Le sedie erano di ferro, verniciate di bianco. Quattro. Fogli per gli appunti, un taccuino.

«Abbiamo ancora qualche minuto. Crotti dovrebbe essere qui a momenti» disse Alain, senza nascondere la propria eccitazione.

«Quanto costerà questa villetta?» chiese Stewart. Aveva sognato fin da ragazzino un tranquillo rifugio sul mare. Lo aveva sognato, qualche volta, con Hendrika. Un mese all'anno in Europa, in un posto piacevole. "Ci alziamo quando ci pare, ci infiliamo i costumi, saltiamo il pranzo, prendiamo il sole fino alle cinque del pomeriggio, poi torniamo su. Tu prepari la cena e io ti aiuto." Lo aveva sognato.

Stewart scosse il capo, mentre Alain stava dicendo: «Ho chiesto anch'io a Philippe di vendermela. Mi ha risposto che è impossibile. L'ha pagata solo sessantamila franchi, lui. Un vero affare».

Suonò il campanello. Prima un trillo lungo, poi uno breve.

«È lui.»

Il professor Mario Crotti entrò nella stanza. Bastò un attimo a Ron per fotografarlo. "Questo sì che ha l'aria dell'intellettuale." Lapierre, premuroso e deferente, lo fece accomodare a capotavola. Lui si sistemò dalla parte opposta, Stewart e Isgrulescu ai lati.

«Non abbiamo molto tempo» disse Lapierre. «È opportuno cominciare.»

Crotti fece un cenno di assenso e Alain attaccò.

«Le notizie che ho sono drammatiche. Per me, per i miei amici, per tutta la sinistra. Il Partito comunista italiano è diventato un partito borghese. Alle elezioni ha preso i voti di una parte del ceto medio, e anche quelli di una fetta di quella borghesia intellettuale che l'aveva vigorosamente osteggiato in passato. Vogliono sicurezza, e il Pci gliela dà. Si fidano. Pensate che Berlinguer ha detto, in un'intervista al "Corriere della Sera", che gli va bene persino l'ombrello protettivo della

Nato. La tragedia è che non c'è più un'opposizione al "progetto". Gli extraparlamentari divisi, il terrorismo che cresce, senza criterio, giorno dopo giorno. Esiste sempre un rapporto tra causa ed effetto, ma ora bisogna procedere al contrario: arrivare alle cause passando attraverso gli effetti. Occorre evitare che questo male dilaghi, e che la sinistra ne esca distrutta.»

Stewart non capiva. Che ne sapeva, lui, dei sottili sofismi della politica italiana? Per quale ragione il Partito comunista avrebbe dovuto distruggere l'intera sinistra europea? Crotti lesse le domande sul suo volto e intervenne.

«Le sue perplessità sono legittime ma noi, che abbiamo studiato il problema a fondo, sappiamo che non c'è scampo. È proprio così. L'unica carta che possiamo giocare è quella dell'eversione.»

«In che modo?» chiese Stewart.

«Semplice. Favorendola.»

«E magari suggerendo chiavi interpretative» intervenne Lapierre. «Ma questo è un problema che spetta a noi.»

«Per esempio?» insisté l'americano.

«Per esempio reagire all'imbarbarimento dello Stato seminando, attraverso opportuni canali, la convinzione che il terrorismo è il parto naturale di una società malata.»

«Non è così?» domandò ancora Stewart.

«Non è soltanto così. Le radici sono quelle – spiegò Crotti –, però c'è sempre la possibilità di intervenire, per orientarle e correggerle.»

Lapierre, ansimando per l'eccitazione: «Noi, da una parte aiuteremo le Brigate rosse, e dall'altra denunceremo lo Stato repressivo che annienta le autonomie e recide, con il bisturi della reazione più brutale, ogni voce di dissenso. Anche la destra, quella intelligente, sarà d'accordo con noi».

Isgrulescu, a testa bassa, disegnava alberelli su un foglio di carta. Lapierre lo squadrò: «Tu mi aiuterai per le armi».

«Per le armi – intervenne Crotti –, ho trovato chi fa al caso nostro. È un mio amico cecoslovacco, Lubo Keminar. Credo che lei, signor Stewart, l'abbia conosciuto.»

"Ecco – pensò Stewart –, il primo cerchio che si chiude. Le armi che arrivano da Est, gli ordini da Ovest, e a Parigi il nodo che tutto sintetizza e tutto ridistribuisce. Anche la copertura ideologica."

«Veniamo a te, Ron.»

La voce di Lapierre, stavolta, era fredda. Le annotazioni precise, quasi da contabile. «Dopodomani parti per l'Italia. Nelle prime tre settimane ti fermerai a Milano. Scegli un buon albergo. Entra nel giro dei piccoli e medi spacciatori di droga. Prometti "roba", fa' capire che hai mezzi a disposizione. Sarà questa la tua copertura: uno spacciatore internazionale. Cerca di non farti prendere subito. A fine agosto sarà bene che ti sposti a Genova, in Liguria. Là sono annunciate importanti manifestazioni di tutta quell'area politica che non condanna il terrorismo... Corrompi i drogati, fai quel che ti pare... là bisogna far scintille.»

Alain si versò un bicchier d'acqua e proseguì.

«A fine settembre raggiungerai Ian... Lui ti consegnerà le armi, vedremo poi dove e come... L'importante è che vengano distribuite con criterio. Il grosso dell'arsenale dovrà comunque finire alle Brigate rosse... In ultimo, se tutto andrà bene, saremo pronti per il grande appuntamento... Credo che bisognerà far sparire un uomo politico.»

Stewart trasalì.

La voce di Alain era alta, il tono perentorio. «Tutto chiaro, allora? Ian, tu fermati. Dobbiamo parlare delle armi... Mario, torniamo a Parigi insieme, stasera? Mia moglie ha preparato una cena fredda... Bene, mi pare un ottimo inizio... Vieni Stewart, ti accompagno alla stazione.»

«Ciao Ron. Fai un buon viaggio» augurò Isgrulescu.

«Arrivederci» fu il saluto di Crotti.

Non parlarono fino a quando la macchina si fermò davanti all'ingresso della *gare*. Alain scese dall'auto, strinse la mano a Stewart e, con fare complice, si congedò con un altro mistero.

«Non potevo dirtelo là, davanti agli altri, ma ho bisogno di un favore molto personale, prima che tu parta per l'Italia.»

«Si tratterebbe?»

«Te lo farò sapere... Ho letto sulla tua scheda che sei specialista nel creare incidenti che sembrano incidenti e non lo sono...»

«Come sarebbe a dire?»

«Calma, amico. Ricorda che hai un debito con l'organizzazione. Sai che esiste l'estradizione per i mandanti dell'assassinio della propria moglie?»

Ron J. Stewart fu attraversato da un fremito. "Bastardo, maledetto, verme schifoso."

Il gioco dei ricatti era cominciato.

Sei

L'incontro era stato preparato con due settimane di anticipo. Il 21 luglio 1977, dalla federazione provinciale del Partito comunista di Reggio Emilia, sarebbero arrivati a Scandiano il segretario e due tra i più preparati giovani del direttivo. Scandiano era considerato uno dei paesi più caldi della Bassa. Ventunmila abitanti, duemilasettecento iscritti al Pci. La linea ufficiale del partito aveva naturalmente il consenso della maggioranza, ma vi era pur sempre una calda minoranza di vecchi partigiani, che ancora teneva le armi della guerra di Liberazione sotterrate nel cortile, in attesa della rivoluzione. Accanto agli anziani, un'agguerrita pattuglia di giovani iscritti costituiva la disperazione e l'alibi della federazione reggiana. Disperazione perché le critiche, aspre e violente dei dissidenti, seguaci di Pietro Secchia – il suo carteggio con Togliatti, edito da Feltrinelli, era il bestseller di Scandiano: vendeva più dei libri di Pavese, Calvino e Soldati –, costringevano sempre più spesso i dirigenti a ricorrere a quell'odiosa frase: «Compagni, alla fine lo sapete: qui c'è il centralismo democratico». Questa era la disperazione. Ma anche l'alibi, perché consentiva alla federazione di offrire alle critiche l'immagine di un partito tollerante, ricettivo, aperto al dialogo e ai dissensi. Quando le truppe del Patto di Varsavia invasero la Cecoslovacchia, dalla sezione di Scandiano partì un telegramma, con sei firme, diretto al compagno Leonid Brežnev. «Grazie per quello che hai fatto, in difesa del socialismo internazionale. I compagni di Scandiano (Reggio Emilia).»

Inutile ricordare che il telegramma fu pubblicato dalla «Pravda» e salutato con enfasi. Il titolo dell'articolo era esplicito: *Il grazie dei compagni italiani*. Come se tutti i compagni italiani avessero voluto plaudire all'intervento armato, e non soltanto sei partigiani della Bassa. Il telegramma era stato volutamente ignorato dalla federazione. Il segretario aveva detto, in un'intervista: «Rispettiamo l'opinione di alcuni compagni. Noi ne abbiamo un'altra». E quando il cronista aveva chiesto di chiarire quale fosse l'*altra*, il segretario della federazione di Reggio Emilia aveva risposto: «È quella pubblicata su "l'Unità"».

Era il Sessantotto, d'accordo, molte cose in quasi dieci anni erano cambiate. Ma non era cambiata la determinazione dei dissidenti. Giusto Semprini, ventidue anni, studente universitario e, insieme, lavoratore, era uno di loro. Bianca Marini, la sua ragazza, la pensava più o meno come lui. Ma sì, alla fine ci si poteva trovare tutti, in trattoria, davanti a un piatto di prosciutto crudo o di culatello, a una fetta di zampone e a un bicchiere di Lambrusco, però la politica era una cosa seria, troppo seria, per arrivare al «centralismo democratico» discusso a tavola.

Il segretario Romano Coletti entrò nella sala conferenze della sezione del Pci con una cartella sotto il braccio. Faceva caldo, ma lui indossava l'abito blu, la camicia, la cravatta. «Guarda, Giusto – disse Bianca –, anche lui sembra in doppiopetto.»

L'applauso che accolse il segretario fu soffocato da una salva di fischi. «Venduti.» «Ma che compagni! Siete dei leccaculo della Democrazia cristiana.» Dalle prime file, quattro forzuti giovanotti del servizio d'ordine si alzarono e raggiunsero, saltellando, la siepe dei dissidenti. «Adesso basta, compagni. Se avete qualcosa da dire, chiedete la parola.»

«Taci, testa di cazzo! Tutto il paese sa che ti sei iscritto solo per avere il posto alla cooperativa.»

«Ora avete rotto i coglioni!»

«Compagni» intervenne il segretario, per placare gli animi. «Compagni!»

E giù fischi. «Compagni, siamo qui per discutere con voi, per raccogliere le vostre opinioni, le opinioni della nostra vera e unica forza.»

«Buffone.» «Venduto.» «Non ti vergogni?»

Esauriti gli insulti, i microfoni portarono dentro e fuori dalla sezione la voce del segretario. «Ancora una volta siamo chiamati a dimostrare la grande forza della classe operaia. Una forza che gli elettori ci hanno dato, una forza che ci sprona a cambiare. Soltanto con il Partito comunista italiano si può cambiare questo paese.»

«A braccetto con la Dc, per farci sbranare» gridò una donna dalle ultime file.

«No, non con la Dc, ma a fianco delle forze democratiche, cattoliche e progressiste. Senza di noi, senza il nostro apporto, l'Italia precipiterà nella confusione. Soltanto il Partito comunista può portare la forza per correggere la rotta della storia.» Non avrebbe voluto pronunciare quella frase, il segretario. Ma la foga, un po' di retorica e lo stimolo della contestazione ebbero il sopravvento.

«Che cosa volete da noi?»

«Il vostro consenso. Può essere che si debba accantonare il progetto dell'alternativa di sinistra per qualche tempo, ma intanto avremo la possibilità di occupare gli spazi necessari per il passaggio a uno Stato socialista e democratico.»

«Che cosa? Socialdemocratico?»

«Ho detto socialista e democratico... Chiediamo soltanto la vostra fiducia. Se saranno necessari sacrifici, li faremo. Sappiamo bene che è sempre la classe operaia a farsi carico dei problemi più gravi.»

L'applauso delle prime dieci file rincuorò il segretario. I due giovani del direttivo fecero, con gli occhi e con la mente, un rapido conto. Almeno il 75 per cento dei presenti era d'accordo. Uno dei due annotò su un foglietto la percentuale, poi nascose il pezzo di carta sotto la bottiglia dell'acqua minerale. Il segretario allungò la mano, prese la bottiglia, versò due dita d'acqua nel bicchiere e lesse. "Poteva andar peggio" pensò. In realtà le percentuali complessive erano rassicuranti. Nella sua provincia oltre l'80 per cento degli iscritti era con Berlinguer. Il cosiddetto «compromesso storico» stava passando, anche nella base.

Giusto Semprini prese Bianca per un braccio, uscì silenzioso e scuro in volto dal portone della sezione di Scandiano. Aprì il portafoglio, estrasse la tessera del partito. La strappò. «Questi hanno tradito, Bianca. Questi non sono più i custodi della sinistra.»

La ragazza non si stupì. Quel gesto era la logica conclusione di un travaglio che anche lei aveva vissuto, accanto al suo ragazzo.

«Ti capisco, Giusto.»

«Bianca, credo che l'unica sinistra rimasta sia quella degli extraparlamentari. Il marxismo-leninismo lo devono difendere loro, adesso.»

Giusto Semprini sorrise beffardo, guardando il muro che faceva angolo con la strada di casa sua. Qualcuno aveva dipinto, con lo spray rosso, la stella asimmetrica delle Brigate rosse.

"Ve lo meritate" pensò, voltando la testa nella direzione della sezione del Pci di Scandiano.

Sette

Era giovedì. Giusto Semprini afferrò la cornetta del telefono e compose il numero 15. Occupato. Riprovò. Libero. Attese tre minuti buoni prima che un'assonnata voce maschile rispondesse: «Desidera?».

«Vorrei Praga, Cecoslovacchia, il 47891.»

Chissà perché quel rapporto continuava. Un tempo c'era stata un'avventura, una passione estiva. Avevano parlato persino d'amore. Lei diceva: «È un'illusione stupenda». Lui era d'accordo. Gli piacevano quel corpo ambrato, quelle labbra innocenti e insieme maliziose, i suoi occhi espressivi, lo sguardo profondo. Non parlavano la stessa lingua, ma a volte non serve parlare. Se la cavavano con qualche frase, in inglese, rubacchiata nel sottoscala dei ricordi scolastici. E lei rideva divertita quando Giusto invece di *better* diceva *more good*. Era una risata contagiosa.

I genitori di lei avevano sognato un bel matrimonio. «Taliansko?», Italia, aveva detto la madre, pensando a Roma, a Venezia, a Firenze, al Papa, al calore del Sud, a *'O sole mio*, alla pizza fatta con l'acqua di Napoli. Il padre, meno sognatore e più concreto, punteggiava la conversazione con domande trabocchetto. Voleva sapere se il giovane italiano era una persona seria, che cosa faceva, dove lavorava, quanto guadagnava. Giusto, forse con leggerezza, aveva preso quell'amore come un gioco. Un giorno aveva chiesto alla ragazza: «Ti andrebbero due settimane in Ungheria, sul lago Balaton?». Lei aveva sorriso, entusiasta. Dalla Cecoslovacchia non poteva uscire per andare in Occidente. Ma per un altro paese dell'Est tutto era semplice. Mezz'ora di coda, un timbro sul passaporto, e via.

Arrivarono a Budapest, si fermarono a dormire all'Hotel Margarethe, cinquecento fiorini per notte. Giù, nella hall, avevano conosciuto una coppia di italiani. Simpatico lui, simpatica lei. Avevano cenato insieme, e c'era stata anche una gara di canzoni napoletane. Vinceva chi ne sapeva di più. Avevano riso di gusto, in una saletta del ristorante Zio Mathas tra creme, gelati e violini, quando Giusto si era esibito in un trascinante *Funiculì Funiculà*. Al ritorno in albergo le due coppie scoprirono di avere camere adiacenti. Giusto abbracciò la sua ragazza, la spogliò febbrilmente. Cominciarono a toccarsi, poi le carezze si fecero più audaci. «Prendimi!» urlò lei. «Prendimi ora! Fai di me ciò che vuoi.» Dalla stanza vicina il nuovo amico italiano, punto nell'orgoglio nazionale, non poté trattenersi dal fare il tifo. «Forza azzurri!» gridò, rivolto al muro.

Sul lago Balaton, a Siófok, era stato davvero un sogno. Avevano la tenda. La sera prendevano l'auto e andavano ad ascoltare concerti e a bere Tocai. Che notti d'amore e di passione! Ma i sogni durano poco. Giusto tornò in Italia. Dopo qualche mese il pensiero di quell'estate era diventato un ricordo.

Lei continuava a scrivergli. «Ti decidi? Quando?»

Lui rispondeva «Vedremo», evasivo come sempre.

Era andata avanti così, per lunghe settimane, al ritmo lento di una telefonata ogni sette giorni. Il padre di Giusto si lamentava per la bolletta della Sip, sempre più salata. Un giorno Dana gli aveva mandato un telegramma. «Ho conosciuto un uomo stupendo. Mi sposerò, ma non ti dimenticherò mai. Voglio restarti amica. Potrai chiamarmi quando vorrai. Magari il giovedì sera, alle 23, a casa dei miei.»

Lui rimase interdetto. In un attimo capì quel che aveva perduto. Non fu facile rassegnarsi, però realizzò di potersi accontentare anche di quel rapporto a distanza. E quel «patto telefonico» era pur sempre un legame.

«Il suo numero, per cortesia.» Il centralinista lo strappò ai suoi pensieri.

«Scandiano, 26005.»

«La richiamo.»

«Mi scusi, quanto ci sarà da aspettare?»

«Abbiamo qualche problema con la Cecoslovacchia e la Romania.»

«La prego, insista.»

«Va bene, se non riesco via Milano, proverò a passare dalla linea di Trieste.»

Quante cose avrebbe voluto raccontare a Dana! Bianca non sapeva nulla. Quello era infatti il suo piccolo grande segreto. Nei momenti delle scelte ricorreva sempre a lei, a quella voce da Praga. Bastavano poche parole, in inglese, e lei capiva. Restituiva consigli, suggerimenti, sempre in inglese. Una volta gli aveva detto che non l'avrebbe mai lasciato: «La tua voce mi aiuta a superare anche le difficoltà con mio marito». Gli aveva fatto un immenso piacere.

Erano passati dieci minuti. Giusto attaccò lo stereo e mise sul piatto un disco degli Hollies. «*He ain't heavy... is my brother.*» Quella canzone gli provocava sempre un brivido. L'aveva ascoltata con lei. «*The Road is long...*» Squillò il telefono.

Dana.

«Ha chiesto Praga, 47891?»

«Sì.»

«Non risponde nessuno.»

«Non è possibile. Riprovi.»

«Le passo la linea. Così può ascoltare anche lei che squilla a vuoto.»

Il segnale, un suono breve e un suono lungo, gli bombardava la testa. "Dove sei, perdio! Rispondi!" Passarono quattro minuti e mezzo. La voce del centralinista si inserì. «Signore, proverò più tardi. Va bene?»

«Sì, provi tutta la notte. Se risponde, mi svegli.»

«D'accordo.»

Non si spogliò neppure, Giusto Semprini. Si lasciò cadere sul letto così com'era. Chiuse gli occhi. Due immagini si sovrapposero: Dana e Bianca. Dana dolce, sensuale, passionale, però lontana, sposata, di un altro. Bianca comprensiva, impulsiva, possessiva. Bianca sapeva della sua crisi politica, Dana la ignorava. Eppure era giovedì, il giorno dell'appuntamento telefonico. Che Dana avesse dei problemi? Si addormentò su quella doppia immagine femminile. Il telefono non squillò, quella notte.

Aprì gli occhi e un raggio di luce, filtrato dalla tapparella, lo investì. Guardò l'orologio. Le sette meno cinque. Accese la Brionvega che teneva sul comodino.

Giornale radio: «Il consiglio dei ministri ha approvato, ieri a tarda sera, i provvedimenti economici. Da mezzanotte la benzina costa cinquecento lire al litro».

Aprì la porta della stanza, raggiunse la cucina, camminando sulle punte dei piedi per non far rumore. Dal frigo tolse la scatola di cartone del latte, riempì un bicchiere, tornò in camera.

«... L'attentato, di cui abbiamo avuto notizia pochi minuti fa, non è stato ancora rivendicato. La vittima si trova nella sala operatoria dell'ospedale di Reggio Emilia. Le sue condizioni, come ha detto il professor Guberti, non sono gravi.»

"Reggio Emilia?" pensò Giusto Semprini. "E chi può essere?"

La radio continuò: «Ecco una scheda preparata negli ultimi minuti dalla nostra redazione di Bologna».

Semprini tese l'orecchio. «Romano Coletti, segretario della federazione comunista di Reggio Emilia, ferito alle gambe stamane da un commando, probabilmente composto da terroristi, ha quarantadue anni, è nato a...»

Giusto ebbe un sussulto. "Coletti? Ma era qui ieri sera. Come è possibile? Chi è stato? I compagni di Scandiano? No, lo escludo. Mi dispiace. Ma no, non mi dispiace, anzi non mi dispiace per niente. Chi ha detto 'colpirne uno per educarne cento'? Be', chi l'ha detto aveva ragione. Un po' di paura non guasta. In fondo, Coletti è un traditore. O forse no, è soltanto un esecutore di ordini. Certo, ma anche i poliziotti sono esecutori di ordini. Dovrebbero disertare, allontanarsi, venire con noi. Ecco quel che dovrebbero fare... Venire con noi... Ma *noi* chi?"

Semprini si lavò la faccia, i denti, e scese in strada. La notizia era già di dominio pubblico. Uno dei vecchi del partito, perfettamente in linea con Berlinguer, lo apostrofò con una frase ironica. «T'ho visto, Giusto, strappare la tessera... Hai sentito quel che è successo a Reggio?»

«Sì, ho sentito alla radio.»

La domanda, stavolta, era davvero pesantissima.

«Dov'eri, stanotte, Giusto?»

Semprini scrollò le spalle. Che ne sapeva, quel vecchio barbagianni, degli affari suoi? Che cosa avrebbe dovuto rispondergli? Che aveva cercato di parlare al telefono con Dana, in Cecoslovacchia, e che si era addormentato vestito?

Decise di rispondere: «Ero sul letto a riflettere sulla fine di un partito operaio».

All'edicola, Giusto comprò i soliti tre quotidiani, «il Resto del Carlino», «l'Unità» e «Lotta Continua». Si sedette al bar, ordinò un caffè. Lesse un paio di articoli sulla stretta economica. Si diresse verso casa. Erano le 8.30. Il postino lo raggiunse.

«Un telegramma.»

«Da dove?»

«Dall'estero.»

Non attese neppure un attimo. L'aprì. Lesse prima la firma, Dana, poi il messaggio: «Se hai provato a chiamare, giovedì sera, mi dispiace. Sono fuori. Sono triste. E forse *groggy*. Ti scriverò una lettera. Ho bisogno di te. Dana».

Giusto sorrise. *Groggy* era una delle parole alle quali, violentando il vocabolario, avevano attribuito una particolare traduzione, quindi un nuovo significato. Si rabbuiò. "Cristo – pensò –, *groggy* vuol dire sconvolta."

E perché?

Otto

Aprì la lettera e lesse: «Isgrulescu deve scomparire. Crea un incidente. Alain». C'era anche un post scriptum: «Inutile ricordarti tua moglie».

«Lerci bastardi.» Ron J. Stewart imprecava ad alta voce. Era preparato al peggio, ma il peggio che lui aveva pensato non era evidentemente *il peggio*. La prima reazione fu di scappare. Aveva denaro. Avrebbe potuto raggiungere l'aeroporto, salire sul primo aereo. Fuggire in Messico, in Brasile, oppure in Australia. Scoppiò a piangere. Erano anni che non piangeva. "Vogliono annientarmi, distruggermi. Come possono chiedermi di ammazzare Isgrulescu, l'unico essere umano di questa sporca storia? Vogliono avere un robot nelle loro mani. Non ho scelta. Se scappassi mi troverebbero. Dappertutto. Quelli non scherzano."

«Può chiamarmi un taxi?»

«... Rue du Birague al 4, subito.»

Alain Lapierre era a casa. Forse si aspettava la visita.

«Che cosa volete da me, mascalzoni?» attaccò Stewart.

«Ahi, ahi, calma, ragazzo... ricordati i patti.»

«Io t'ammazzo.»

«Io non lo farei» disse una voce, dalla stanza vicina. Il professor Mario Crotti impugnava una pistola. «Stewart, è l'ultima volta che perdiamo tempo con lei.»

Lapierre, con tono persuasivo: «Non è necessario, Mario... Il nostro amico ha capito. Ne sono sicuro. Vero, Ron?».

L'americano si morse le labbra. Non aveva scampo. In fondo era stato lui ad accettare la partita, compresi gli imprevisti. Crollò, supino, tra le braccia del cinismo.

«Va bene. Ma non voglio vedere Ian. Ditemi dov'è la macchina.»

«La macchina la conosci. È una Mini Morris blu.»

«Sì, lo so... Dov'è la casa? Dov'è posteggiata la Mini?»

«L'appartamento è in rue des Martyrs, al numero 24. Ian parcheggia sempre la vettura vicino al portone. La strada è in discesa. Non ti sarà difficile... Conclusa la faccenda, parti per l'Italia.»

«E le armi che Ian doveva portare?»

«Fottitene. Al momento opportuno ti rintracceremo.»

«Altri ordini per me, professori?»

«No. Bevi qualcosa?»

«Grazie, no. Mi ripugna la vostra presenza. Chiamatemi un taxi.»

Erano passate da poco le 23. Ron J. Stewart si infilò nell'abito blu, comprato nel negozio di Saint-Germain-des-Prés. Aveva studiato attentamente la cartina. La strada di Montmartre, dove abitava Ian, sfociava nel boulevard De Clichy. Il taxi, dall'albergo, impiegò circa un quarto d'ora. L'americano scese e, per prima cosa, fece un sopralluogo. Il civico 24 di rue des Martyrs aveva un piccolo lampioncino, sulla sinistra del portone. Ron vide che la strada era un senso unico, in discesa, e che, su entrambi i lati, erano posteggiate le auto. Cercò con lo sguardo la Mini blu. Percorse la via, avanti e indietro. Niente. "Non è ancora arrivato – pensò –, meglio entrare in un locale e aspettare."

Lungo il tragitto cercò di fotografare con la mente tutto il possibile. L'uscita delle autoambulanze al numero 77 (aperta giorno e notte). Il Michou Cabaret al numero 80. Una saletta con film porno al 23. E poi, di fronte, due ristoranti, praticamente contigui, divisi soltanto da un portone. Sulla sinistra il Phenix Imperial, con specialità vietnamite; sulla destra il Palace d'Eté, cucina cinese.

Stewart si accorse che tutta la vita della strada finiva per concentrarsi in fondo alla discesa, verso la confluenza con il boulevard De Clichy. La parte alta di rue des Martyrs era fatta di soli condomini. "Diminuiscono i rischi" pensò. E si fece schifo. Era già entrato nella parte dell'assassino.

Si infilò nel Palace d'Eté, e fu avviluppato dagli odori della cucina. Si sedette al primo tavolino, subito dietro la porta d'ingresso, sulla sinistra, spalle al muro. Era una precauzione alla quale era abituato, anche quando non era necessario prendere precauzioni.

«Due *spring-rolls*, un piatto di ravioli al vapore, anatra fritta e riso cantonese.»

La cameriera annotò l'ordinazione su un consunto libretto, con la fascetta rossa, e chiese: «Da bere?».

«Una bottiglia di bourbon.»

«Mi spiace. Non abbiamo bourbon.»

«Allora whisky.»

«Whisky? Una bottiglia?»

«Sì, una bottiglia di whisky e del ghiaccio.»

Gli occhi a mandorla della cameriera si spalancarono.

«Le costerà centocinquanta franchi, *monsieur*.»

«E chi se ne frega. Ecco qui duecento franchi. Gliela pago subito. Va bene?»

La ragazza si allontanò, spaventata. Parlottò in cinese con la signora che stava alla cassa. Quest'ultima si alzò, si avvicinò al tavolo e porse le sue scuse.

«La servirò io, *monsieur*. Eccole i suoi duecento franchi. Pagherà alla fine.»

Ron J. Stewart non aveva voglia di mangiare, e tantomeno aveva voglia di cucina cinese. Coprì con la salsa liquida e nera uno *spring-roll*, ne assaggiò una fettina, fece una smorfia, versò nel bicchiere tre dita di whisky e trangugiò, avidamente.

«Ciao Ron. Che ci fai qui?»

Il whisky gli andò di traverso. Cominciò a tossire. Il volto era diventato paonazzo. La signora della cassa si avvicinò con un bicchier d'acqua. Gli diede due o tre pacche sulla schiena.

«Lasci, signora. Faccio io.»

La mano di Ian Isgrulescu si abbatté, con affettuosa convinzione, per cinque o sei volte, sulla schiena del robusto americano. Ron stava già bene, ma finse d'essere ancora in preda alla momentanea congestione. Non sapeva che cosa dire. Avrebbe voluto incontrare chiunque, ma non Ian, l'unico che gli avesse offerto un po' di umanità. In cambio, quella sera, si preparava a ucciderlo. Pensò alle cose più tristi, al funerale di sua madre, al cadavere di Hendrika, al ricatto, a quel lercio lavoro che aveva accettato. Riprese il controllo di se stesso.

«Accomodati, Ian, e scusami. Bevi un whisky?»

«Volentieri, ma dimmi: come mai sei finito da queste parti? Qui abito io.»

«Un caso. Ho chiesto all'albergo l'indirizzo di un ristorante cinese.»

«Strano. Non avrei mai immaginato che allo Sheraton conoscessero questo postaccio. Io ci vengo a bere qualcosa, prima di andare a dormire. Vivo qui, duecento metri più avanti. C'è un po' di salita, ma dopo un paio di whisky non guasta.»

Parlarono delle rispettive missioni. Isgrulescu raccontò che la mattina dopo sarebbe partito, in aereo, per Berlino Ovest. Stewart disse che aveva già prenotato un volo per Milano. Poi rifletté: se Ian parte in aereo, non prenderà l'auto. Occorreva trovare un'alternativa. La parte del killer si stava imponendo. Stewart era pronto a uccidere l'amico. Pagò il conto.

Ian propose: «Sali a casa mia. Beviamo l'ultimo goccio».

«Ti ringrazio, ma sono distrutto. Ho soltanto voglia del mio letto.»

«Allora ti accompagno allo Sheraton in auto.»

«No, lascia, prendo un taxi. Non c'è problema, come sai, per le note-spese.»

Ian rise. «Non lo dicevo per quello. È che, accompagnandoti, avrei fatto stasera quel che, invece, dovrò fare domattina. Visto che la missione durerà alcuni giorni, ho pensato di lasciare la Mini nel garage di un amico, a un chilometro da qui. Gli ho telefonato poco fa.»

Ron cercò di essere convincente. «Ma no, pensaci domani. Sei stanco anche tu.» Poi trattenne il fiato, in attesa della risposta.

Ian firmò la sua condanna a morte. «Hai ragione. Mi hai convinto.»

Il taxi si fermò davanti al locale. Ian salutò affettuosamente il collega e si diresse verso casa. Stewart salì sull'auto e, ad alta voce, ordinò: «Allo Sheraton». Ma dopo cinque minuti cambiò idea e disse all'autista di lasciarlo davanti al primo bar aperto. Scese, pagò venti franchi, entrò nel locale, si avvicinò al telefono, compose il numero del radiotaxi. La vettura arrivò quasi subito. Ron propose all'assonnato tassista una lauta mancia, oltre al prezzo della corsa, in cambio di un bel giro di Parigi *by night*. Lo chiese in inglese. "Un turista nottambulo" pensò l'uomo del taxi.

Dopo tre quarti d'ora Ron J. Stewart era nuovamente in fondo a rue des Martyrs. Sia il ristorante cinese sia quello vietnamita erano chiusi. Scese, consegnò la mancia promessa e si avviò. La strada, che saliva con una pendenza da far venire il fiatone anche a un podista, era deserta. Neppure un'anima.

Vide la Mini blu. Era quasi in cima alla via, posteggiata sulla destra. Dietro, quasi attaccata, c'era una Citroën. Davanti, un metro di spazio, poi la coda di una Renault. "Un metro dovrebbe bastare" si disse. Poi osservò a lungo il portone numero 24. Era lì, a non più di sette, otto metri. Alzò lo sguardo. Nessuna finestra illuminata.

Ora.

Infilò la mano sinistra nella tasca dei pantaloni. Sì, c'erano tutte e due. La chiave poligonale numero 2 e la numero 8. La prima serviva per il lavoro interno alla vettura, la seconda per il lavoro esterno. "Ma se manometto il raccordo interno – rifletté Stewart –, quello domattina vede la macchia d'olio, e magari controlla, prima di partire. Meglio operare dentro il cofano."

Era stato fortunato. Il cofano anteriore della vecchia Mini Morris poteva essere aperto senza chiave. Si guardò attorno. Non c'era nessuno. Afferrò la chiave poligonale numero 2. Dalla tasca destra estrasse una torcia.

La levetta si piegò con un cigolio. Stewart sollevò il cofano. Davanti a lui l'apparato motore, disposto orizzontalmente. Sulla destra, due tozzi cilindri con i rispettivi cavetti e i rispettivi raccordi. Sapeva a memoria quel che doveva fare: cilindro di destra frizione, cilindro di sinistra freno. Prese la chiave poligonale e la agganciò facilmente al raccordo di sinistra. Una spinta secca. Tre giri. Poteva bastare. Fece fare al raccordo metallico un altro giro, per precauzione. Poi abbassò il cofano e guardò sotto. Neppure una goccia d'olio. "Perfetto" pensò. "Non si accorgerà di nulla. Salirà in macchina, uscirà dal posteggio e appena tenterà di frenare l'olio verrà spurgato con estrema facilità. Dopo dieci metri, sarà inutile schiacciare il pedale."

Ron J. Stewart vedeva già la vecchia Morris finire contro un camion, oppure contro una vettura o contro il muro. Povero Ian. Scacciò l'immagine dalla mente. Scese rue des Martyrs, imboccò boulevard De Clichy. Si fermò sul marciapiede, in attesa. Passarono cinque minuti buoni. Il taxi.

«All'Hotel Sheraton. In fretta. Grazie.»

Nove

Lo spettacolo dei travestiti era una delle attrazioni stagionali di Berlino. Una pièce teatrale, con gag raffinate, il ballo del can can, perfette imitazioni di Liza Minnelli in *Cabaret*. Infine, uno spogliarello, con le luci che si spegnevano dopo la scomparsa dell'ultimo velo. Bruno Rocco, proprietario della pizzeria Santa Lucia mandava sempre lì, la sera, i suoi clienti. E quando i clienti parlavano italiano affidava il locale alla moglie e usciva con gli improvvisati nuovi amici. Tutti gli italiani, e gli emigrati soprattutto, hanno nostalgia di casa. Basta una voce, un tricolore e un successo sportivo a farli sentire in piazza Duomo, al Colosseo o a Piedigrotta. Bruno Rocco era arrivato a Berlino dieci anni prima e aveva fatto i soldi. Si era comprato la Mercedes Pagoda e, all'inizio di ogni luglio, partiva, con il marco pesante nel portafoglio. Le vacanze, naturalmente, le trascorreva giù, al paese, in provincia di Avellino.

«Andiamo, allora» disse ai due nuovi amici.

«Andiamo.»

Il locale era piccolo e affollato. Lo show fu più breve del previsto. Quello delle 20 durava quarantacinque minuti. Ma ce n'era un altro, alle 23, che andava avanti per un'ora e mezzo. Si fecero portare tre long drink, pagarono il conto – centoventi marchi – e decisero di cenare da Churrasco. Churrasco è una catena di ristoranti, seminati in tutte le città della Germania. Specialità: carne argentina.

«Tre bistecche, tre insalate e birra per tutti» ordinò Rocco, indicando la parte preferita nel disegno del bue e del vitello che era in mostra su ogni tavolo. La ragazza, bardata come una fazendera della periferia di Buenos Aires, annotò l'ordinazione e sorrise al ristoratore. «Amici tuoi?» esclamò in tedesco. «*Ja*» rispose Rocco. "Amici per modo di dire – pensò –, amici da poche ore."

Alain Lapierre chiese come si trovava a Berlino. Il professor Mario Crotti accese il suo mezzo toscano e domandò quando vi era stata l'ultima manifestazione dell'ultrasinistra, quali i danni, quanti feriti, quanti arrestati.

«Questi giovani bastardi ci stanno trascinando nella merda» sbottò Rocco. «La gente ne ha piene le palle. Vuol lavorare in pace, vuole ordine.»

Lapierre annuì.

«E poi – proseguì Rocco, incitato dall'assenso dei commensali –, vedremo alle elezioni. I socialdemocratici, virtualmente, sono già sconfitti.»

«Davvero?» intervenne Crotti.

«Certo. E ci sono anche altre cosette interessanti. Tra i giovani che vanno a lanciare sassi contro le vetrine del Kurfürstendamm, ogni tanto si infilano strani personaggi. Tutti vestiti di nero, i capelli tagliati cortissimi. Hanno bastoni e catene. Il bello è che nessuno interviene per fermarli. Uno mi ha confidato che sono poliziotti.»

«Poliziotti?» Gli occhialetti di Crotti scivolarono sulla punta del naso.

«Sì, e magari Strauss ne sa qualcosa.»

«Impossibile.»

«No, ma no. Più aumentano i casini più la gente si incazza. E alle elezioni va a votare per personaggi come Strauss, che garantisce legge e ordine. È così dappertutto, o no?»

«Forse» ribatté Lapierre, lasciando cadere il discorso.

La ragazza arrivò con le bistecche, le insalate e le birre.

«Amici miei, salute» augurò Rocco sollevando il boccale.

«Salute» fecero gli altri.

Mangiarono di gusto. Il filetto era tenero, la salsa sull'insalata appetitosa. Il locale si stava riempiendo. Entrò un gruppo di musicanti. Tromba, trombone, piatti, clarinetto. «*Berlin is still Berlin*» attaccò uno, in inglese, accennando i versi di una famosa ballata. "Ma sì, Berlino è sempre Berlino" pensò Lapierre.

Dopo un whisky, uscirono da Churrasco. Si salutarono. «A domani.» Rocco raggiunse la sua Mercedes. Lapierre e Crotti svoltarono sulla sinistra. Erano già arrivati. L'insegna verde dell'Hotel City era proprio all'angolo, sul Kurfürstendamm. La padrona gli aveva consegnato le chiavi. Dopo le 22 il servizio di portineria era sospeso.

L'impresa più difficile cominciava il giorno dopo. Entrare a Berlino Est, contattare l'uomo delle armi, tornare a Berlino Ovest. Quasi facile la prima parte, delicatissima la seconda.

Alain Lapierre si coricò sul letto. I pensieri si affollavano e si accavallavano nella sua mente. Stewart che sistema per sempre Isgrulescu. Stewart in Italia. Il convegno dell'ultrasinistra a Genova. E poi le armi. Che grande scoperta era stata, una scoperta favolosa. Quel provvidenziale articolo dell'Accordo quadripartito su Berlino, firmato dai rappresentanti delle potenze occupanti – Stati Uniti, Unione Sovietica, Inghilterra e Francia – aveva risolto tutto.

"Fantastico" pensò Lapierre. Aveva saputo soltanto da dieci giorni di quell'articolo. Prevedeva, per esempio, che un ufficiale (o un sottufficiale) potesse passare dall'altra parte del Muro esibendo soltanto il documento di appartenenza alle forze occupanti. Aveva letto, Lapierre, che numerosi soldati, temendo i mille trucchi dei Vopos, guardie armate appartenenti alla polizia popolare della Repubblica democratica tedesca, avevano preso opportune precauzioni. Alla frontiera, per esempio, tiravano su i finestrini e mostravano il lasciapassare dietro il vetro. Infatti era capitato che gli agenti della Germania comunista, a finestrini abbassati, ne avessero approfittato per lasciar cadere dentro l'auto microspie o altri minuscoli aggeggi. Fatto sta che uno, appartenendo alle forze di occupazione, avrebbe potuto passare rapidamente. Auto e passeggero erano come una valigia diplomatica. Anche il presidente degli Stati Uniti, in teoria, avrebbe potuto fare altrettanto, come comandante in capo delle forze armate americane.

Era su tutto ciò che Lapierre aveva puntato. Su questo sorprendente e regolarissimo marchingegno, piovuto dal cielo grazie a una propizia documentazione, e naturalmente su un po' di fortuna. "Non si impara mai abbastanza."

Riassunse mentalmente il progetto. Avevano scartato i «passaggi» dai settori francese e inglese. Troppo controllati e troppo rischiosi. Poi si era presentata l'opportunità. Paul Cayatte si era detto disponibile. Era partito con tutte le istruzioni la sera prima per Berlino Est, con un regolare passaporto francese e con in tasca il pass di un ufficiale americano, abilmente contraffatto. Si era comprato una divisa da capitano, con tanto di berretto, e aveva letto fino a mandarlo a memoria il manuale del perfetto soldato americano a Berlino.

Il prezzo della corruzione era stato di quattromila dollari. Un giovane ufficiale statunitense, il vero titolare del passaporto, era entrato a Berlino Est con una Land Rover. L'aveva lasciata dall'altra parte, ed era tornato nel settore occidentale da un altro versante del Muro, con un pass che certificava che era entrato a piedi.

Paul Cayatte avrebbe preso il suo posto. Avrebbe riempito la Land Rover di armi, e sarebbe rientrato dal Checkpoint Charlie con il suo carico «diplomatico». Gli americani non avrebbero fatto storie. Avrebbero riconosciuto la Land Rover e avrebbero fatto cenno all'ufficiale di passare. Tutto perfetto.

Cayatte rischiava più degli altri, ma gli avevano promesso un'adeguata ricompensa. In più c'era la «questione ideale»: anche lui apparteneva all'organizzazione.

Lapierre accese una sigaretta. "Dunque, io vado dall'altra parte, incontro Lubo, ci mettiamo d'accordo. Assisto allo stivaggio delle armi. Verso sera arrivo a Checkpoint Charlie, qualche minuto prima di Paul. Lo seguo con lo sguardo mentre attraversa la frontiera. Andrà tutto bene" concluse Alain. Spense la sigaretta e si addormentò.

«Allora siamo intesi, ci ritroviamo qui alle 22.»

Mario Crotti assentì. Era eccitato come il collega francese. Eccitato e convinto che non vi sarebbero stati ostacoli.

«Monsieur Lapierre, al telefono» disse la cameriera del City. Alain, che stava facendo colazione, corse nella sua stanza, sollevò il ricevitore. «*Hello!*»

«Sono già rientrato. Stasera vengo a ritirare la Land Rover e i soldi. Nessun sospetto. La macchina è in un garage della Unter den Linden. Credo che lei sappia già tutto. Arrivederci e auguri» disse la voce.

Lapierre cercò di immaginare che volto avesse quella voce. Tutta la faccenda era stata organizzata da un amico berlinese.

Si scoprì sorridente. La Unter den Linden, il viale dei tigli, il vialone delle parate hitleriane. Che strana la vita.

Tornò a tavola per l'ultimo sorso di caffè. «Tutto a posto» disse.

«Bene» si congedò Crotti. «È meglio che tu vada.»

Lapierre chiamò un taxi.

«Al Checkpoint Charlie.»

Il taxi costeggiò il Muro. Sulle pietre di quell'artificiale barriera tra due mondi avevano disegnato slogan, graffiti, vignette. «Dio ti stramaledica, Mauer» diceva una scritta con la vernice nera.

«Eccoci arrivati, ventidue marchi e cinquanta.»

Lapierre pagò, si sistemò la cravatta. Piovigginava. Oltrepassò la linea bianca. Un soldato americano fece un cenno di saluto poi, con un gesto della mano, lo invitò a proseguire.

Il primo cancello. Lapierre non aveva nulla da nascondere. Il suo passaporto era in regola. Il suo nome non figurava nella lista dei ricercati, e neppure in quella dei sospetti. Era abituato al rischio, il professore, ma più in teoria che in pratica. Stavolta provava un senso di fastidio. Il Vopo sfogliò il passaporto, guardò la foto, scrutò il volto del francese e lo lasciò passare.

Superato il primo ostacolo, bisognava svoltare a sinistra. Un secondo cancello apriva ai pedoni la via di uno stretto camminamento, coperto da una grondaia. Le barriere erano tre. Prima il minuzioso controllo del passaporto, poi il cambio obbligatorio (venti marchi dell'Ovest per una bustina sigillata con dentro venti marchi dell'Est), dopo la dichiarazione della valuta che si porta con sé. Infine, l'ultimo cancello.

Al controllo minuzioso il Vopo prese il passaporto di Lapierre e lo passò al collega dentro la guardiola. Il francese volse lo sguardo sulla sinistra, verso il passaggio delle vetture. Le auto transitavano a non più di due metri dal camminamento. "Ottimo – pensò –, potrò seguire Paul minuto per minuto."

Accese una sigaretta. "'Quanto sono lunghi" ragionò Lapierre. Erano passati dieci minuti. Spense il mozzicone. Il giovane Vopo che gli aveva ritirato il passaporto si avvicinò.

«Ancora qualche minuto, signor Lapierre.»

«C'è qualcosa che non va?»

«No, semplicemente un controllo.»

«Sarà una cosa lunga?»

«No, stia tranquillo... So che non dovrei chiederlo, ma lei cosa viene a fare a Berlino?»

Lapierre si ricordò che per i tedeschi dell'Est Berlino è la loro Berlino, l'altra è solo Berlino Ovest. Rapidamente trovò la risposta.

«Sono un maestro elementare. Vado a visitare due amici in vacanza.»

«In vacanza?»

«Sì, sono ospiti del comitato per l'amicizia tra la Francia e la Repubblica democratica tedesca.»

«Ah, *Ja*» rispose il giovane Vopo con un largo sorriso.

La pioggia, fuori, si era fatta insistente. Passarono altri dieci minuti. Per cinque ragazze, che erano dietro di lui, il cancello si aprì. Per lui no.

«C'è qualche difficoltà, signor Lapierre.»

«Che cosa?» fece impallidendo.

«La foto sul passaporto... non è incollata bene.»

«Non è possibile.»

«Signor Lapierre, se accade qualcosa ci andiamo di mezzo noi.»

«Io non capisco.»

«Non si preoccupi. Il collega sta chiamando il ministero degli Esteri. È la procedura.»

Il giovane Vopo girò il capo. Lo stavano chiamando dalla guardiola, e così non vide la patina di sudore, sudore freddo, che si era formata improvvisamente sul volto del francese. "Adesso – pensò – che cosa faccio? Passaporto maledetto, maledetto l'ufficio che me l'ha dato, maledetto quel coglione che ha attaccato la foto. Tutto compromesso per una stramaledettissima foto. L'americano che deve ritirare la Land Rover stasera. Paul che mi aspetta. Crotti in attesa al City." Si accese un'altra sigaretta. Era passata un'ora.

«Signor Lapierre, c'è qualcuno che possa garantire per lei?» chiese il Vopo, e fu come una frustata sul volto. Avrebbe potuto fare il nome di Lubo Keminar? Mai. Il nome di Paul? Mai.

Rimase interdetto per quattro o cinque secondi. Poi, raccogliendo le forze per sembrare il più naturale possibile, esibì un falso sorriso e rischiò. «Chiamate il segretario del comitato per l'amicizia tra la Francia e la Repubblica democratica tedesca.»

Trattenne il respiro, mentre il Vopo si avvicinava al collega. Parlottarono, l'altro alzò la voce, afferrò la cornetta del telefono, attese venti interminabili secondi e cominciò un dialogo, fitto fitto, in tedesco. Poi il giovane Vopo, stavolta con il passaporto in mano, si avvicinò al cancello.

«Va bene, signor Lapierre. Al ministero sanno che molti francesi entrano a Berlino, in questi giorni. Però non può trattenersi oltre mezzanotte. Attenzione, a quell'ora la frontiera chiude. Passerebbe dei guai.»

Lapierre era raggiante. Allungò la mano, strinse d'istinto quella del giovane agente, poi fece sghignazzare i due poliziotti della seconda barriera perché dichiarò sul foglietto persino i *pfennig*, nelle varie pezzature. «Fossero tutti precisi come lei.»

L'ultimo cancello. Era dall'altra parte. Entrò in un bar. Chiamò un taxi. «Unter den Linden, numero 246.»

Dieci

Uno sciopero improvviso dei piloti contro il nuovo contratto di lavoro aveva costretto l'Alitalia a cancellare quasi tutti i voli.

Ron J. Stewart era a Orly, in attesa dell'imbarco dalle 9 del mattino. Un pellegrinaggio ossessionante: dal bar all'ufficio informazioni dell'Alitalia. Aveva voglia di andarsene da Parigi, Stewart. Voleva dimenticare in fretta. Era sconvolto. Vedeva la Mini blu con il freno allentato, la vedeva scivolare, senza guida, inesorabilmente, giù per rue des Martyrs, e schiantarsi contro il muro. "Che ne sarà di Ian? Morto? Ferito? Ricoverato, in fin di vita, all'ospedale? Mi staranno cercando? No, non è possibile. Chi potrebbe cercarmi? Lapierre però... così ambiguo." Scacciò il pensiero.

«Mister Grock – disse la signorina dell'Alitalia –, le ho trovato un posto sul volo AZ 233 delle 19.55. Va bene?»

Stewart non era abituato a sentirsi chiamare Grock.

«Mister Grock!» insistette l'hostess.

Lui realizzò e si girò di scatto.

«Diceva a me?»

«Sì, dicevo a lei.»

«La ringrazio, signorina.»

Erano le 17.30. Stewart si diresse verso l'edicola. Il pacco di «Le Monde» era appena arrivato. Lasciò cadere tre monetine sul piatto di plastica blu e ritirò la sua copia. Tornò al bar, si sedette. Cercava una notizia. L'unica notizia importante. Pagina 7, titolo a due colonne: *Misteriosa morte di un funzionario dell'ambasciata romena.* Lesse avidamente le trenta righe di testo.

«Un giovane funzionario dell'ambasciata della Repubblica di Romania, il signor Ian Isgrulescu, di trentasei anni, è rimasto vittima, stamane, di un grave incidente stradale. La vettura sulla quale viaggiava, una Mini

Morris color blu, piuttosto vecchia, è finita a velocità sostenuta contro un autocarro, in fondo a rue des Martyrs, a Montmartre. L'auto si è accartocciata. Il volante si è conficcato nello stomaco del passeggero che, a quanto risulta, è morto all'istante. Un colpo di sonno? Vi sono diversi aspetti sconcertanti in questo episodio. L'incidente è avvenuto a non più di trecento metri dal portone della casa di Isgrulescu. L'auto, secondo le prime risultanze, aveva i freni manomessi, anche se non si può escludere che la recisione sia stata provocata dall'incidente. Inoltre il signor Isgrulescu era atteso nell'officina-garage di René Tambuy, a un chilometro circa dal luogo dell'incidente. "Lo aspettavo – ha dichiarato il signor Tambuy –, mi aveva detto che partiva per un lungo viaggio e che mi avrebbe lasciato la macchina." Un portavoce dell'ambasciata romena ha dichiarato a un giornalista dell'Afp (Agence France-Presse) che verrà presentato un esposto alla magistratura. Del caso si sta già occupando il giudice di turno, *maître* Olivier Fleuret.»

Stewart rilesse il trafiletto tre volte. "Sospettano qualcosa – pensò –, o forse no. Magari all'ambasciata hanno avuto notizie riservate. Ma da chi? Dal governo? Impossibile." Prese posto sull'aereo.

Le luci di Milano si disegnarono sul finestrino di Stewart intorno alle 21.15. Il DC-9 atterrò. Ron mostrò il passaporto all'agente della polizia di frontiera, attese un quarto d'ora la sua valigia, salì sul primo taxi e disse: «All'Hotel Manin». L'aveva trovato sulla guida.

In Italia, finalmente. Era arrivato. Fece una doccia e uscì. La cena, sul DC-9, non era stata granché. Decise che aveva ancora fame. Le istruzioni erano state precise. Doveva entrare nel giro della droga. Gli avevano parlato di una certa piazza Vetra. La raggiunse e si infilò nella prima trattoria. Consumò il pasto rapidamente, ma non aveva fretta. Accese una Pall Mall, si fece portare un'altra bottiglia di vino e cominciò, tra un sorso e l'altro, a scrutare gli avventori. Mancavano venti minuti all'una quando un giovane si avvicinò.

«Hai della roba?»

Stewart con l'italiano elementare se la cavava.

«No, ma posso procurarla. Che cosa ti serve?»

«Eroina.»

«Cosa mi dai in cambio?»

«Non ho soldi.»

«Vuoi aiutarmi?»

«Che dovrei fare?»

«Non conosco nessuno, qui.»

«E allora?»

«Aiutami a entrare nel giro.»

«Sei della polizia?»

«Ma no, stupido. Sono un americano. Prendi questi.» Allungò una banconota da cinquanta dollari. «Comprati la dose.»

Il giovane fece, mentalmente, il calcolo. Ci sarebbero scappate due dosi, forse tre. Non si domandò neppure per quale ragione lo straniero gli avesse regalato cinquanta dollari. I suoi occhi si illuminarono.

«Grazie, americano. Vieni domani pomeriggio, qui. Ti farò conoscere chi vorrai.»

Stewart annuì. Come inizio non c'era male. Pagò il conto, uscì e si diresse, a piedi, verso l'albergo. "Una buona passeggiata – decise – mi farà bene."

«Stanza 101» disse al portiere.

«A che ora vuole la sveglia?»

«Mi sveglierò da solo. Ho bisogno di una bella dormita.»

Salì in camera, si tolse la camicia, prese la cornetta del telefono, compose il numero 9.

«Centralino? Vorrei Washington. Il Marriott Hotel. Numero 761504.»

«Vuole il portiere, oppure una stanza?»

«È sufficiente il portiere.»

La chiamata giunse quasi subito.

«Buona sera. Posso lasciare un messaggio per il signor Greninger?»

«*Yes, sir.*»

«Scriva così. Tutto fatto a Parigi. Sono a Milano, Hotel Manin. Saluti, St...»

«Come ha detto, scusi?»

«Saluti, Grock.»

«*Ok, Mister Grock. Thank you.*»

Undici

«Giusto mio, avevo una grande voglia di scriverti. Non so se sia passato tanto tempo, oppure poco. Sentivo il bisogno di trasmetterti qualcosa di molto serio. Mi hai telefonato? Non mi hai trovata? Hai ricevuto il telegramma? Sono sconvolta, Giusto, terribilmente. Lubo è cambiato. Ci sono cose che non riesco più a comprendere. Un tempo discutevamo del partito, del futuro, dei nostri pensieri, dei nostri desideri, a volte anche dei nostri sogni. Adesso è come se parlassimo due lingue diverse. È diventato freddo, distante. Anche a letto. Non è più come prima. Tu capisci che cosa voglio dire! Una si butta nel fuoco per il suo uomo, finché lo sente, finché può condividere emozioni, *zenzazioni*, proprio con tutte le zeta che ti facevano tanto ridere. Ci scommetto che stai già ridendo... Giusto mio, caro, adorato, non ce la faccio più, è peggio di un tradimento. Lubo si è messo con strana gente, intellettuali occidentali, ambigui americani: ha parlato di un certo Stewart. Ieri sera mi ha detto che partiva per Berlino. Tornerà dopodomani. Poi mi ha proposto un viaggio a Parigi. Non so proprio che cosa lui debba fare a Parigi. Sono confusa. Ho paura. Ti voglio bene, Giusto. Rispondimi. Ciao, *zlato*, tesoro mio, la tua Danicka.»

Giusto ripiegò la lettera, la infilò nella busta, la chiuse in un cassetto. Fu aggredito da un plotone di pensieri. "Piccola Danicka, sapessi quanti casini ho anch'io. A casa rompono. Al partito sono diventati diffidenti, sospettosi, e poi io non ho più la fede di un tempo. Al lavoro mi sento sempre più oggetto. All'università è una barba. Bianca? Ti parlerò di lei. È una ragazza coraggiosa, onesta, straordinaria, ma con te era un'altra cosa. Penserai: 'Lo immagino, il solito italiano parolaio'. Non è così. Bianca mi dà la certezza del giorno dopo giorno, mi è vicina, mi coccola. Ti ricordi le coccole, Danicka? Ricordi quanto era facile godere insieme a te? Ogni volta una scoperta, un brivido, un nuovo lampo di passione.

Con Bianca è diverso. Tutto prevedibile, scontato, ripetitivo. Prevedibile, scontato, ripetitivo. Proprio come al partito" rifletté Giusto. "Mai uno slancio, un salto. L'altra sera mi sono incazzato, ho strappato la tessera, l'hanno saputo tutti, anche quelli che non avrebbero dovuto saperlo. Il Pdup, cioè quelli che non hanno tradito il proletariato, mi ha chiesto di entrare in lista per il prossimo consiglio comunale. Amici autonomi mi hanno offerto una collaborazione. Ma quale collaborazione? Quella di lanciare due o tre molotov? Di far paura al viceconsigliere di quartiere della Democrazia cristiana?"

I pensieri si attorcigliavano. "Sono una testa di cazzo, Dana. Una grande testa di cazzo. O forse no. Cristo, quanto vorrei misurarmi, pesarmi, sapere che cosa so fare, che cosa voglio fare, che cosa posso fare."

Aprì un libro, che aveva letto e riletto, *Vogliamo tutto*. "Che cosa voglio io? Avrei il coraggio di andare ai cancelli della Fiat? E se il padrone mi offrisse la somma che 'non puoi rifiutare'? Che fallimento!"

Suonarono alla porta. Era Maurizio, un altro dissidente.

«A Padova domani c'è un'assemblea... Andiamo?»

Disse di sì perché non aveva la forza di dire di no. E poi Padova gli piaceva. Era una città felice abitata da infelici. Se la felicità si misura con i soldi, allora Padova è felice; se si misura sulle emozioni, sugli ideali e sul resto, allora è infelice. "Chissà quanti compagni di Padova la penseranno come me."

Se ne stava accorgendo, attimo dopo attimo, l'Autonomia lo stava risucchiando, come una piovra potente e invincibile. La voglia di coniugare il marxismo con il più sfrenato desiderio di libertà e di soddisfazione dei bisogni. Ma quali bisogni? Era la passione che lo stava travolgendo. "Beati i trentenni – pensò –, che hanno vissuto il Sessantotto, le passioni contro la guerra nel Vietnam, e quelle contro il golpe dei colonnelli in Grecia. Beato mio cugino che ha applaudito, al cinema di Scandiano, *Z, l'orgia del potere*. Beata la rivoluzione nelle scuole. Beata la voglia di sentirsi diverso dagli altri. Quanto avrei voluto amare Bob Dylan, Joan Baez, Pete Seeger, Leonard Cohen. Beati gli altri" concluse, prima di addormentarsi.

In sogno gli apparve Dana.

Dodici

La vettura si fermò davanti al numero 246 della Unter den Linden. Pioveva a dirotto. Alain Lapierre porse tre monete da un marco al tassista e scese, correndo verso il portone. Suonò il campanello. Uno scalpiccio.

«Chi è?»

«Red forever.»

Era la parola d'ordine. Lubo Keminar aprì la porta.

«Entra Alain, presto. Sei tutto inzuppato.»

La casa, con un capace garage sulla sinistra, era di un cugino del cecoslovacco, che in quei giorni si trovava per lavoro in Unione Sovietica. Era stata scelta per due ragioni: distava non più di quattro minuti di automobile dal Checkpoint Charlie e nell'edificio abitavano due giovani ufficiali della polizia tedesco-orientale, amici del cugino di Keminar. Nessuno avrebbe potuto immaginare che, dal garage, sarebbe uscito un carico di armi destinato alle Brigate rosse. La Land Rover era entrata senza problemi. Tutti sapevano che l'affittuario era un commerciante che aveva contatti con l'Occidente, che lavorava anche per gli Stati Uniti d'America. I contatti con i capitalisti portavano valuta pregiata nelle casse del primo paese industrializzato dell'Est europeo, Urss esclusa. Era un importante titolo di merito.

«Paul deve ancora arrivare. Sediamoci a far due chiacchiere» propose Lubo. Lapierre annuì.

Discussero per un'ora della situazione nella Germania comunista. Certo, di libertà manco a parlarne, ma c'erano molte cose che funzionavano. Il prodotto interno lordo era salito, nell'ultimo anno, del 7,5 per cento. I rapporti economici con l'Ovest erano intensi e redditizi.

«Mio cugino – spiegò Lubo – dice che il vero problema è il rispetto dell'orario di lavoro. Pensa che alcune aziende hanno chiesto di posticipare l'orario dei voli per Milano, Londra e Parigi proprio per costringere i funzionari in partenza a non disertare l'ufficio. Il salario medio è decoroso, seicentocinquanta-settecento marchi. L'affitto di un appartamento di sessanta metri quadrati si porta via non più di un decimo dello stipendio. Il problema della casa non esiste. Migliaia di famiglie hanno persino la seconda, in campagna. L'assistenza sanitaria è buona. Certo, la stampa è un disastro. Peggio che altrove. Il culto della personalità del segretario del partito è asfissiante. Non c'è cosa che Honecker non faccia. Esiste persino un giochetto di società: indovinare quante volte il capo è stato nominato sul tal quotidiano. Non si azzecca mai. Si sbaglia per difetto, naturalmente.»

Paul arrivò verso le 14. Era bagnato come un pulcino.

«Fatti una doccia» suggerì Alain. Ridacchiando, aggiunse: «Per te non c'è problema di abiti. Dovrai indossare la divisa nuova nuova, e attraverserai il Muro al coperto. Pensa a me che dovrò andare a piedi. A proposito, Lubo, hai un ombrello?».

«Certamente.»

Raggiunsero il garage. La Land Rover era pronta, con il muso rivolto verso l'uscita. Rientrarono in casa, scesero in cantina. Le armi erano stivate in tre gigantesche valigie.

«Controlliamo» disse Lubo.

Otto kalashnikov e cinque Nagant nelle prime due. Nella terza era nascosto un bazooka con tanto di cavalletto e di bocca sputafuoco. In un solitario sacchetto, che sembrava destinato ai rifiuti, otto bombe a mano.

«C'è un'altra piacevolezza che voglio mostrarvi. Un vero bijou» sentenziò Lubo eccitatissimo. Dentro un porta-abiti, che il cecoslovacco aprì con gesti quasi sacrali, erano custoditi tre fucili d'assalto.

«Che roba è?» domandò Lapierre, che di armi era completamente a digiuno.

«Questi sono veri gioielli. Prototipi, calibro 5.56.»

Intervenne Paul: «Ma è un calibro Nato!».

«Esattamente, caro. Questi Heckler & Koch andranno in dotazione all'esercito tedesco occidentale tra qualche tempo. Come capite, sono una vera primizia.»

«Come li hai avuti?»

«Anch'io voglio custodire i miei piccoli segreti. Quando scopriranno una di queste meraviglie in Italia, già immagino i titoli dei giornali – disse Keminar sghignazzando –, *La Rote Armee Fraktion ruba le armi Nato per aiutare i compagni delle Brigate rosse... Se sapessero...*»

Paul andò sotto la doccia, si lavò i capelli, si fece la barba, si asciugò, si pettinò e, davanti allo specchio, provò la divisa. Prese il pass, osservò prima la fotografia, poi la sua immagine riflessa e, tutto fiero, esclamò: «Perfetto».

Pioveva ancora quando Alain Lapierre abbracciò Lubo Keminar. «Grazie. Ti aspetto a Parigi, la prossima settimana. Porta anche Dana. Sarete nostri ospiti. Ci tengo molto.»

«D'accordo, ciao Alain. Domattina riparto per Praga. In bocca al lupo.»

Lapierre aprì l'ombrello e si diresse, a piedi, verso l'angolo del vialone. Sulla destra, più avanti c'erano le luci del Checkpoint Charlie. Il Muro, intorno, era ancora più cupo e sinistro.

Al primo controllo una donna, con la divisa verde dei Vopos, diede un'occhiata svogliata al passaporto e fece cenno di proseguire. Alain guardò l'orologio. Le 22.15.

"Paul – pensò – dovrebbe essere in arrivo."

Prima di avvicinarsi al secondo controllo si fermò, trattenendo il respiro. Un motore, alle sue spalle, si era spento. Una torcia si accese. "Stanno controllando il pass dal finestrino." Lapierre ebbe la tentazione di voltarsi. Non lo fece. Udì il motore che ripartiva. "Adesso – disse fra sé – comincia la parte peggiore. Calma." Entrò nel camminamento. Da una porticina lo invitarono a passare all'interno. Consegnò il foglietto con l'attestazione del possesso di valuta, e uscì dall'altra parte. Paul era già arrivato, ma era stato costretto a fermarsi dietro un'altra macchina, una Volvo. Lapierre vide che l'amico sventolava il pass, per chiedere la strada. Un Vopo si avvicinò. «Niente fretta, capito?» gli gridò con un accento tedesco da mettere i brividi.

Gli occhi del francese fissarono quelli del ragazzo in divisa da capitano americano. Avrebbe voluto fulminarlo. "Cretino, idiota, bastardo, stai calmo. Che cosa vuoi? Farti prendere con le armi?"

«Avanti, avanti» urlò il Vopo dalla guardiola. «Signore, forza, si è addormentato?»

Alain Lapierre non poteva fermarsi. Doveva procedere. Maledetta Volvo, maledetto Paul, maledette le armi. Il francese ricevette un ironico saluto dal Vopo e si avviò verso l'ultimo cancello. Le due guardie non c'erano. Stavano correndo verso la casamatta. Un soldato dalla torretta intimò: «Lei!».

Lapierre si voltò. Era pallido. Teneva l'ombrello chiuso nella mano sinistra. Era bagnato e sudava. Portò la destra sul petto, come per dire «A me?»

«*Ja*» gridò il Vopo, ancor più forte. «Via, via.»

Il francese non sapeva cosa fare. Sicuramente, dietro, era successo l'irreparabile. Forse avevano riconosciuto Paul, forse avevano scoperto i mitra e i fucili d'assalto. Forse Paul stava raccontando che aveva un socio, lui, «proprio quel signore che sta uscendo».

Fu questo il pensiero vincente. Lapierre allungò il passo, quasi di corsa. Dalla guardiola i soldati americani gli fecero cenno di fermarsi. Mostrò il documento. Un agente chiese: «Che cosa sta succedendo laggiù? Abbiamo visto una nostra vettura».

Alain sentì che la frittata era fatta. Adesso non pensava più a Paul, e neppure al carico della Land Rover. Paul non sapeva che lui e Crotti stavano all'Hotel City. Decise, mentalmente, di scaricare tutti e preoccuparsi solo di se stesso. Poi rifletté. "E se fosse per la Volvo? E se, con il casino della Volvo, fermassero anche la Land Rover?"

Disse, rapidamente, in inglese: «C'è una Volvo davanti alla vostra vettura. Credo ce l'abbiano con quella».

«*Ok, Ok. Goodbye*» fece l'americano in divisa.

Il professore corse lungo la stradina, di fronte al Checkpoint Charlie, inciampò, si rialzò ormai fradicio. All'angolo vide un bar. Entrò. Chiese un tè caldo. Stava versando lo zucchero nella tazza quando udì un grido. Poi una raffica di mitra. Un altro grido. Un'altra raffica di mitra.

Chiuse gli occhi, impietrito. Un unico pensiero gli attraversò la mente: "È proprio finita".

Tredici

«Per lei, signor Grock. Da Washington.»

«Grazie.»

«Pronto?»

«Buongiorno, Grock. Ho avuto il suo messaggio. Complimenti per l'ottimo lavoro. Il nostro, come chiamarlo?, accordo sta dando frutti molto interessanti. Un amico le farà avere un po' di lire, in albergo, con il solito sistema. Si presenterà facendo il mio nome. Desideriamo che lei non abbia problemi e possa affrontare, con tranquillità, qualsiasi evenienza.»

«Sto prendendo i primi contatti, ehm... con il mondo della polvere. Chiaro?»

«Chiarissimo. Cerchi di entrare, con sicurezza, in un doppio abito: quello del facoltoso uomo d'affari e quello dello sbandato di lusso, quando le sarà necessario avere certe entrature.»

«Serve altro?»

«No, caro Peter. Buon lavoro. Siamo fieri di lei.»

Stewart pranzò in albergo, si infilò sotto la doccia e si preparò per il pomeriggio. Uscì dall'hotel praticamente irriconoscibile. Jeans, maglietta con la scritta Fruit of the Loom, scarpe da tennis.

«Buona passeggiata, Mister Grock» disse il portiere. E aggiunse fra sé: "Che strani questi americani".

Il taxi costeggiò piazza Vetra. Quattro bambini stavano rincorrendosi, festosi, intorno allo scivolo. Un ragazzino – avrà avuto sì e no sette anni – raccolse qualcosa sul tappeto erboso e lo portò alla madre. «Che cos'è mamma?»

La donna sgranò gli occhi.

«Dove l'hai trovata?»

«Lì» disse il bimbo, mostrando l'erba spelacchiata.

«Buttala subito, e non toccarla più.»

«Fanno male le iniezioni, mamma?» insistette il bambino.

«Ti ho detto di buttarla» gridò lei. Poi afferrò la mano destra del figlio e si allontanò, lanciando anatemi contro il mondo intero.

Ron J. Stewart aveva seguito la scena per intero. "È incredibile" pensò. "Uno dei centri di spaccio qui, nel giardino dove giocano i bambini."

«Buongiorno, amico.»

Stewart si girò. Era il ragazzo della sera prima.

«Ciao. Hai fatto qualcosa per me?»

«Tra poco arriveranno gli altri.»

Presero posto attorno a un tavolino all'aperto. Dopo cinque minuti si palesò un brutto ceffo. Alto, magro, con un giubbotto di finta pelle, nonostante il gran caldo. Si sedette. Il ragazzo dei cinquanta dollari fece un cenno d'assenso. «È lui.»

«Senti, bastardo» esordì il ceffo. «È bene che tu sappia subito una cosa. Devi andartene fuori dai coglioni, e in fretta.» Per rafforzare la minaccia aprì il giubbotto, mostrando una Magnum infilata nella cintura dei pantaloni. «Hai capito?»

Stewart lo lasciò sfogare. Lo aveva previsto. Era logico. Tanti spacciatori avevano cercato di entrare nel giro di piazza Vetra. Qualcuno ci aveva lasciato la pelle. Giravano troppi soldi intorno a questo giardino milanese.

L'americano guardò dritto negli occhi il ceffo e in tono aggressivo disse, scandendo le parole, nel suo imperfetto italiano: «Sono abituato a discutere, prima di decidere o di andarmene».

«Che cosa vorresti discutere?»

«D'accordo, sono nuovo dell'ambiente, almeno qui in Italia. Ma potremmo trovare soddisfazione entrambi».

«Non m'incanti, figlio di puttana.»

«Lasciami parlare, prima. In Belgio abbiamo un'industria per raffinare la roba. Niente porcate, per carità. Le bustine sono già pronte. Niente stricnina, niente gesso, niente talco. Addizioniamo alla polvere un preparato chimico innocuo, assolutamente innocuo. La roba sembra pura.»

«Chi se ne frega!»

«Dimmi: quanto pagate una bustina a quei filibustieri che guidano il mercato?»

Lo smilzo con il giubbotto fu colto di sorpresa. La domanda era diretta al suo portafogli. Non avrebbe voluto rispondere, ma le parole gli uscirono dalla bocca: «Venticinquemila lire».

«E a quanto la rivendete?»

«Trentacinque, quarantamila lire. Dipende. Ma tu chi sei? Uno sbirro maledetto?»

«Ti ho appena detto che in Belgio fabbrichiamo una bustina che potrebbe far guadagnare milioni a te e a me.»

Il ceffo si era calmato. Aveva abbassato la guardia. C'era odore di denaro, di affari. Chiese: «E tu a quanto la vendi?».

«Quindici dollari a bustina.»

Lo Smilzo si alzò, afferrò la copia spiegazzata del quotidiano del pomeriggio «La Notte», sfogliò fino alla pagina economica. Quel giorno il dollaro, al cambio ufficiale, era stato quotato 820 lire. Fece un rapido calcolo: dodicimila e trecento a bustina.

«Se stai scherzando, ti ammazzo» disse lo Smilzo.

«Non sto scherzando. Domani ti porterò dieci bustine.»

«Accetto. Tu vieni qui verso le nove di sera e ti diranno dove mi puoi trovare. Non prendermi in giro, eh, amico!»

Ron J. Stewart finse di non sentire. Si alzò e se ne andò. Ora il programma era semplicissimo. Trovare le dieci bustine di droga, venderle – rimettendoci – allo Smilzo, poi chiedere all'organizzazione di far arrivare la roba dal Belgio. Era stato Lapierre a spiegargli che vi era molto interesse a lanciare il prodotto sul mercato internazionale. Uno dei canali di finanziamento doveva essere quello, concluse l'americano, entrando nella hall dell'Hotel Manin.

«È atteso, Mister Grock. C'è, per lei, il signor Vasco.»

Era un ragazzo di ventitré-ventiquattro anni. Magro, alto, con i capelli neri e ricci. Gli strinse la mano e notò che la presa era molle, poco virile. Giudicava sempre male, Stewart, gli uomini che non avevano una stretta di mano virile.

«Ben arrivato a Milano, *sir*. Il dottor Greninger la saluta. Serve aiuto?»

L'americano, per principio, si era imposto di non sgarrare un'altra volta. Il rapporto di lavoro doveva essere di stretto lavoro.

«Mi servono dieci bustine di droga. Pura, mi raccomando.»

«Altro?»

«Per ora no.»

«Per quando le servono?»

«Per domani mattina.»

«Bene. Arrivederci.»

"Perfetto" pensò Stewart, mentre nella sua mente, ancora una volta, si disegnava l'incubo del freno manomesso di una Mini Morris blu. "Scusami Ian, me l'avevi detto tu che era una vita di merda."

Quattordici

Il traghetto *Clodia*, della società di navigazione Tirrenia, impiegato sulla rotta Genova-Porto Torres e ritorno, chiuse il portellone alle 23, con cinque ore di ritardo sull'orario previsto per la partenza. A Genova e in Sardegna accadeva ogni anno. Nonostante le raccomandazioni, gli appelli, gli annunci pubblicati sui giornali, centinaia di passeggeri in attesa erano senza biglietto e senza prenotazione, ma prendevano comunque d'assalto le banchine. Cercavano un buco dentro quella bocca metallica capace di trasportare cinquecento auto e oltre mille passeggeri. Una bocca che aveva tutti gli angoli e gli anfratti prenotati fin da marzo. Quel giorno era andata anche peggio. Avevano chiuso il porto ai senza biglietto. Era dovuta intervenire la polizia. Una ragazza aveva preso una manganellata sul collo. Un oste di Castelsardo aveva rimediato anche un paio di manette per insulto a pubblico ufficiale. Aveva urlato dando del figlio di puttana a un finanziere. Lo avrebbero rilasciato il giorno dopo.

Giovanni Setti guardò la moglie Ileana e, fiero di se stesso, disse: «Beata la mia previdenza. Ce l'abbiamo fatta». La cabina, di seconda classe, era stata bloccata per tempo. Oddio, avevano impiegato trenta minuti per raggiungerla dal garage del traghetto. Ma adesso erano dentro, isolati dalla baraonda che stava crescendo fuori. L'architetto Setti aprì la porta di dieci centimetri, giusto per dare un'occhiata. Vide, attraverso la generosa fessura, decine di persone coricate nei sacchi a pelo, lattine di Coca-Cola e di Fanta. Sentì un puzzo acre di sudore. «Al bar non hanno più panini» gridò una vecchietta, disperata. Il figlio tentava inutilmente di calmarla.

L'architetto richiuse, si avvicinò al letto a castello. Su, in cima, Mirko era già nel mondo dei sogni. Tanto aveva pianto laggiù, sulla banchina del porto di Genova, quanto adesso sembrava un angioletto. "Tre anni – pensò Setti –, ma è già grande." Si coricò nel lettino sottostante. Spense la luce.

«Buonanotte tesoro.» Ileana non lo sentì. Dormiva già.

Privato Galletti era ricercato da quattro anni. Ormai non teneva più il conto dei mandati e degli ordini di cattura che fioccavano sulla sua testa. Gli avevano attribuito cinque omicidi, sette ferimenti, dodici attentati, oltre al reato di «associazione sovversiva e costituzione di banda armata, denominata Brigate rosse». Viveva con lo stipendio che gli passava il cassiere delle Br. Non aveva dimora fissa, anche se – come responsabile del fronte logistico – di dimore ne aveva a decine. Si spostava in continuazione. Era stato mandato a Napoli per organizzarvi una colonna di terroristi. E a Napoli era riuscito a trovare un posto-ponte sul traghetto per Cagliari. Da lì avrebbe proseguito, in treno, fino a Sassari e da Sassari – con l'autostop – a destinazione.

Mirella Zambelli era in clandestinità da due anni. Un testimone l'aveva vista sparare a un avvocato di Torino. Un altro l'aveva vista aprire il fuoco contro un agente di custodia. Un terzo l'aveva vista assestare il colpo di grazia a un giovane poliziotto. Aveva lasciato il continente sei mesi prima. Le Br le avevano chiesto di trasferirsi in Sardegna, per fondare una base sull'isola. Viveva ad Arzachena, in una casa di pastori. Quella sera inforcò il motorino e si mise in viaggio.

Franco Marozzi, il leader militare delle Brigate rosse, aveva scelto la strada più complicata, ma anche la meno rischiosa. Ne aveva mille motivi. Lo cercavano in tutta Europa. Una decina di volte era riuscito, miracolosamente, a sfuggire alla cattura. I giornali l'avevano soprannominato, senza gran fantasia, Primula rossa. All'inafferrabile Primula rossa spettavano quasi tutte le decisioni politiche e organizzative. Era lui l'unico rappresentante delle colonne riunite nel comitato esecutivo: un organismo che, di volta in volta, indicava e curava la strategia dell'organizzazione.

Marozzi era uscito dall'Italia cinque anni prima. Vi rientrava soltanto quando era assolutamente indispensabile. Da ventisei mesi non mandava notizie alla moglie e ai due figlioletti, che vivevano in Toscana. La casa era sorvegliata dai carabinieri. Il telefono era sotto controllo. Un anno prima si era trasferito nella Francia meridionale. Bazzicava la Costa Azzurra. Amici transalpini gli offrivano alloggi e protezione. Poteva permettersi di frequentare lo yacht di un noto industriale parigino. Su quello yacht stava raggiungendo la Sardegna.

"Domattina – pensò – saremo a Porto Cervo." Aveva anche tre dele-ghe, Franco Marozzi. Questo significava che, alla fine, la maggioranza era fuori discussione. Ridacchiò. La riunione della direzione strategica nel paradiso delle vacanze. "Chissà come saranno Setti e la moglie. Le referenze sono decisamente buone, sono entrambi incensurati e inso-spettabili. Quel che ci vuole. Sicuramente Galletti romperà le scatole. Citerà Curcio, la purezza dell'organizzazione, il rischio di diventare come i Nuclei armati proletari, fregati da troppi disinvolti contatti esterni. Al diavolo. Se non ci apriamo un poco, non riusciremo nell'impresa. Ha ragione il professore. Abbiamo vissuto come monaci trappisti e abbiamo perduto persino la sicurezza."

Lo yacht cominciò a ballare. Erano arrivati all'altezza delle Bocche di Bonifacio. Marozzi si addormentò.

Costa Paradiso non era nata per caso. Anche qui il capitale aveva avuto la sua parte. Occorreva ingegno, coraggio, spirito d'avventura, gusto per il rischio, e ovviamente denaro. Il fondatore della Costa Smeralda era stato un principe orientale. Quello di Costa Paradi-so, un industriale lombardo. Un lombardo che aveva tutte le doti necessarie. L'antropologo Bachisio Bandinu aveva individuato, con grande acutezza, le cause di questo «terremoto vacanziero», che aveva permesso alla grande ricchezza di impossessarsi delle aree più belle dell'isola. Era una questione di cultura. Le terre vicine al mare, nei tempi passati, valevano assai meno delle terre dell'interno, dove le capre trovavano opportuno nutrimento. Così, quando un possidente moriva, lasciava ai maschi i terreni più fertili e alle femmine i terreni costieri, con le rocce e gli arbusti, che s'affacciavano su un mare ver-de, trasparente.

Il grande capitale lo aveva capito. Per poche lire si era impadronito di un fantastico patrimonio. Le coste, da una decina d'anni, erano diventate la fortuna della Sardegna. Guadagnava miliardi chi aveva investito e costruito. Guadagnava (magari le briciole) chi si era aggregato al carro del denaro, comprendendo che una fetta della torta, bene o male, sareb-be rimasta sull'isola. Prima erano arrivati i ricchi veri, grandi capitani d'industria, sceicchi arabi. Poi le coste, status symbol del successo, si erano affollate di nuovi ricchi, benestanti, medio-borghesi, impiegati che risparmiavano per un anno pur di concedersi una vacanza da raccontare.

I supermarket dei grandi villaggi sparavano prezzi proibitivi. Offrivano la comodità dell'acquisto a chilometro zero; negavano il desiderio, o almeno l'illusione, del risparmio. Giovanni Setti aveva preso in affitto, per il mese di agosto, la villetta di proprietà di una famiglia olandese. Un milione di lire più le spese di luce e gas. Era una grossa cifra, più di uno stipendio medio, ma ne valeva la pena.

Il traghetto Clodia approdò a Porto Torres verso le due del pomeriggio. Non aveva recuperato neppure un minuto delle cinque ore di ritardo. L'architetto, la moglie e il piccolo Mirko salirono a bordo della loro A112 e partirono. Si fermarono a mangiare una pizza a Castelsardo e, alle 16, entrarono nel paese di Valledoria. Chiesero di un supermercato. Gli indicarono Concas, proprio dietro la farmacia. Caricarono le provviste e si avviarono per l'ultimo tratto: una trentina di chilometri.

La casa disegnava un quadrato perfetto. Al centro c'era il salotto, con due alti gradini rossi a fianco del camino. Tutt'intorno, la cucina, tre stanze con due letti ciascuna, due bagni. Ileana trovò la casa pulita e in ordine.

«Non si vede ancora nessuno» disse Setti. «Andrò a dare un'occhiata al bar.» A trecento metri c'era il bar. L'unico ritrovo estivo della tranquilla comunità di Costa Paradiso. Il proprietario era un uomo che portava bene i suoi cinquant'anni. Setti lo giudicò simpatico a prima vista. Lui chiese: «È lei l'architetto che ha affittato la villa degli olandesi?».

«Sì, siamo arrivati adesso.»

«Le auguro una felice vacanza. Se ha bisogno di qualcosa, sa dove trovarmi. A proposito, stasera le faccio mandare la bombola del gas.»

«È molto gentile. Grazie.»

Setti uscì, si sedette sul muretto con in mano una copia del settimanale «Oggi». Era il segnale. Un uomo e una donna si avvicinarono. Privato Galletti si presentò: «Ciao vecchio, come stai? Hai fatto buon viaggio?».

Sentendosi osservato dal personale del bar, l'architetto si alzò e, con trasporto, andò incontro ai due che neppure conosceva. A Privato una vigorosa stretta di mano, a Mirella un bacio su entrambe le guance.

«E Franco?» chiese.

«Credo sia già andato giù, alla villa. D'accordo, non ci sono pericoli, però è meglio che non si faccia vedere troppo.»

La voce di Comita, proprietario del bar, li raggiunse alle spalle come una staffilata. «Buongiorno, signor procuratore.» Era rivolto a un magistrato in vacanza. Setti, Galletti e la Zambelli si guardarono, sorrisero e si diressero, a piedi, verso casa.

Alle 20 erano tutti intorno al tavolo. Franco aveva giocato con il piccolo Mirko. Ileana aveva preparato un enorme piatto di affettati, dieci fogli di pane sardo e due bottiglie di rosatello.

Un'ora dopo il bambino era a dormire. Cominciò la riunione. Galletti accese una Marlboro e, tanto per non smentirsi, accese anche la miccia. «Vorrei sapere come è nata la geniale trovata di vederci qui, in Sardegna!» La domanda non era una domanda ma una critica provocatoria rivolta a tutti, generosamente. Marozzi capì che era per lui e fece finta di niente. Mirella intervenne: «Sono stata io a suggerire l'idea della villa. Sono venuta da queste parti più di una volta. Se uno fa una vita riservata, nessuno ti infastidisce. Puoi startene in casa e non incontrare anima viva.»

Franco uscì dal silenzio: «E poi, ditemi voi chi potrebbe immaginare che la riunione della direzione strategica delle Brigate rosse si svolge a Costa Paradiso?».

Ancora Galletti: «Chi sono i nostri ospiti? A quale colonna appartengono?».

Marozzi: «A nessuna colonna. Li abbiamo contattati tre mesi fa. Garantisco io per loro».

Galletti: «Tu devi essere proprio un pazzo. Vuoi che l'organizzazione vada a puttane?».

Il capo militare aveva previsto questa domanda, e ne aveva immaginato il tono stizzito. Avrebbe preferito non rispondere, ma decise che era meglio chiudere l'argomento. «Chi me li ha presentati gode della massima fiducia da parte del vertice delle Br. Se non mi fidassi di lui, sarebbe meglio chiudere bottega.»

Galletti: «Chi è questo *lui*?».

«Compagno Galletti, adesso basta! Hai dimenticato le regole? Siamo qui per discutere. Non tollero questioni idiote.» L'autorità e il carisma di Franco Marozzi erano fuori discussione. La Primula rossa si versò il rosatello nel bicchiere, poi rivolse un dolce sorriso a Ileana: «Cara, è stata una cena stupenda. In pochi minuti hai risolto il problema della nostra fame. Sei una compagna valorosa». Ileana arrossì e si rifugiò in cucina.

Gli occhi azzurri e freddi di Franco Marozzi fecero, per intero, il giro del salotto. Ormai aveva inquadrato tutti: la volenterosa coppia di «irregolari», esterni all'organizzazione ma necessari, anzi indispensabili, per la futura operazione. La grintosa Mirella, compagna tutta d'un pezzo, rispettosa delle gerarchie. Infine l'inquieto e indisciplinato Galletti. "Ci vuole anche gente come lui" pensò il capo. Gente che rompe i coglioni ma che ti ricorda, in ogni momento, i rischi che corri. C'era silenzio nella villa. Mirko dormiva. Ileana era in cucina. Franco, solennemente, prese la parola.

«Compagni, vi devo prima di tutto alcune spiegazioni. Il comitato esecutivo, nella sua ultima riunione, ha radiografato attentamente lo stato di salute delle Br. Il lavoro politico e militare ha dato risultati sorprendenti. Due campagne concluse con buoni successi, nelle fabbriche e nelle carceri. Novantaquattro attentati, di cui soltanto sette assolutamente inutili. Una percentuale del 7-8 per cento è tollerabile, ma dobbiamo migliorare. Un'azione inutile può trasformarsi in un danno irreparabile e può compromettere il nostro progetto di transizione al comunismo.

«Lo stato delle colonne, e io sono qui a rappresentare anche i compagni della Liguria, del Lazio e del Veneto, è abbastanza soddisfacente. Soltanto quattro compagni minori sono stati arrestati. Il fronte logistico – e questo grazie a te, Privato – funziona a meraviglia. Però adesso è necessario un convinto salto di qualità.»

Lusingato per l'inatteso complimento, Galletti si addolcì e chiese: «Quale salto, Franco?».

«Un salto convinto e importante. Finora erano i compagni clandestini a occuparsi del reperimento delle case, degli acquisti, degli affitti. Troppo rischioso. Come sapete, siamo stati costretti a eliminare il commissario dell'antiterrorismo di Firenze. Aveva imparato – purtroppo per lui, ma anche per noi – il sistema. Pazienti indagini nell'ufficio del registro, controlli sui passaggi di proprietà. No, troppo pericoloso. Privato, il fronte logistico deve trovare altre strade. Abbiamo pensato che è necessario coinvolgere gente insospettabile, pulita, in alcun modo collegabile all'organizzazione. Avremo dei "fiancheggiatori" – li chiama così la stampa di regime? – volanti. Persone che ci daranno ospitalità temporanea e vivranno la vita delle Br soltanto per un periodo di tempo limitato a un'operazione o a una campagna.»

Galletti non era convinto. «Credi che, con questo, diminuiranno i rischi?»

«Sicuramente non aumenteranno. Prendi il dottor Setti. A Milano è un professionista stimato. Sua moglie altrettanto. Hanno un figlio meraviglioso, un appartamento grande in un quartiere discreto. Chi potrebbe pensare che sono amici nostri? Sta a noi, piuttosto, proteggerli, avvolgere con mille precauzioni la loro rispettabilità.»

Mirella, che aveva ascoltato attentamente, intervenne. «Che cosa bolle in pentola, Franco? Ci hai parlato di salti di qualità, di prospettive. Ma in concreto?»

«Al tempo, Mirella, al tempo. Prima di pensare al domani dobbiamo creare il clima giusto. Capisci?»

La ragazza assentì.

«Per "clima giusto" intendo raccordare un po' meglio le idee di tutti i compagni. Ricordate che il nostro obiettivo è la costruzione del Partito comunista combattente.»

Mirella: «Quando diventeremo un partito?».

Franco: «Lo stiamo già diventando».

Marozzi espose il suo piano. Parlò della grande occasione che si sarebbe presentata all'inizio di settembre. I compagni dell'Autonomia avevano organizzato un convegno contro la repressione, a Genova. «Genova – disse il capo militare delle Br – è una delle nostre piazze più importanti. Occorrerà, quindi, inserirci con cautela ma con decisione. I leader del Movimento hanno compreso che senza di noi sono poca cosa. Noi abbiamo compreso che senza di loro l'obiettivo finale è irraggiungibile. Saranno loro a portarci le masse. Abbiamo già strappato la promessa di un pubblico dibattito sul tema "E se le Br avessero ragione?". Certo, il risultato sarà una raffica di no. Tuttavia, nella fase attuale del nostro processo rivoluzionario, sarà più che sufficiente parlarne. Ai compagni del Movimento dobbiamo riconoscere una capacità dialettica che noi non abbiamo. Tutto questo, pur comprendendo che i due mondi nei quali operiamo devono restare nettamente separati.»

L'architetto e la Zambelli erano affascinati da tanta lucidità. Privato Galletti, invece, ascoltava silenzioso e perplesso.

Franco si sentì legittimato a proseguire. «La rottura con la sinistra ufficiale deve essere drastica, senza tentennamenti. Il Partito comunista di Berlinguer ci ha dichiarato guerra, combatte con furia contro di noi e sarà pronto a combattere, rabbiosamente, anche contro tutte le espressioni del Movimento. Si sentono già al governo, quelli.»

«Che cosa faremo per impedirlo?» chiese Galletti.

«Lo impediremo. Presto saprete» promise Franco.

«E il progetto politico? I documenti? Chi preparerà la bozza della risoluzione strategica?»

Marozzi sorrise. «È già pronta. A fine anno, la valuteremo e la correggeremo insieme.»

Galletti, irritato: «E nel frattempo che cosa facciamo?». Si pentì immediatamente della domanda. Privato non voleva riconoscere pubblicamente a Franco Marozzi più leadership di quanto il capo militare ostentasse.

«Compagni, dopo l'appuntamento di Genova sarà necessario promuovere due nuove campagne: colpire uomini e strumenti di potere della Democrazia cristiana; non dare tregua ai traditori del Pci. Anzi, li chiameremo "pic-ioti", come idioti con la targa. I volantini dovranno poi richiamarsi ai temi generali: lotta al Sim, lo Stato imperialista delle multinazionali; lotta agli apparati di potere palesi e occulti; lotta ai pennivendoli di regime; lotta ai lacchè del capitalismo, chiunque essi siano.»

L'architetto, che aveva ascoltato tutto senza perdere una sola battuta, si permise un'osservazione. «Non so se mi è consentito un intervento...»

Marozzi, invitante: «Ma certo, Giovanni. Sei dei nostri o no?».

Setti: «Credete veramente che sia opportuno scatenare un'offensiva contro i progressisti, quelli che chiamate "il cuscinetto che impedisce allo Stato torturatore e fascista di gettare la maschera"?».

Marozzi non ebbe esitazioni. «Il comitato esecutivo ha scelto proprio loro. Sono i peggiori. I veri nemici della lotta di classe. Questo dev'essere ben chiaro... Qual è il mio letto? Domattina parto prestissimo.»

Quindici

Il cameriere si avvicinò alla porta e abbassò la saracinesca. Alain Lapierre si lasciò cadere su una sedia. Tremava. Sudava. Dalle fessure delle palpebre vide che le lampade al neon del locale ballavano, sempre più velocemente.

«Signore, non si sente bene?» chiese la cassiera.

«No, non è nulla.»

«Lei sta sudando. Aspetti che le porto dell'aceto.»

«Che cosa è successo, là fuori?»

«Stia calmo, non si preoccupi. Faccio questo mestiere, in questo dannato posto, da vent'anni. Sapesse quante serate così ho vissuto! A volte, il giorno dopo, i giornali ne parlano. Spesso, però, non c'è neppure una riga... Ah, la politica, che brutta bestia la politica... Trovano un accordo, e mettono tutto a tacere.»

"Magari – pensò Lapierre –, magari mettessero tutto a tacere." Poi si riprese e cominciò a ragionare. Lui era lì, prigioniero in un bar, mentre fuori, a trenta metri di distanza, si sparava. Forse Paul era stato ucciso. "Meglio" si disse, cinicamente. "Non potrà raccontare più niente. Al diavolo le armi, al diavolo l'organizzazione, al diavolo le Brigate rosse."

Passarono dieci minuti buoni. Il cameriere sollevò la saracinesca. Lapierre si affacciò. C'era un silenzio di tomba. Udì solo il rumore di un motore.

La Land Rover usciva dal Checkpoint Charlie. Paul gli passò vicino, lo guardò. Tremava. La vettura svoltò a sinistra. Lapierre, dimenticandosi di pagare il tè, si mise a correre.

«Fermati, perdio!»

Le luci rosse del freno si accesero. La Land Rover si arrestò. Paul aprì la portiera e si accasciò sul sedile. Era svenuto. Il francese spense il motore e tornò di corsa al bar. "Se gli americani si accorgono che la macchina è ferma, siamo fritti. Sia io sia Paul." Chiese la bottiglietta dell'aceto.

«Signore, si fermi. Lei è ancora pallido. Potrebbe star male per strada» disse il cameriere.

«Sto benissimo. Non si preoccupi... Eccole cinquanta marchi e tenga il resto... Grazie.»

Tornò ansimando verso la vettura. Si tolse la cravatta, la inzuppò di aceto e la premette sul volto del giovane. Paul scosse il capo. «Che cosa è successo?»

«Lo chiedo a te, cretino. Avanti, siediti al mio fianco. Guido io per un chilometro o due.»

Paul si riebbe quasi subito e cominciò a piangere.

«Allora, vuoi parlare o vuoi farci arrestare, qui, con una bella divisa da ufficiale americano e una Land Rover piena di armi tra cui un bazooka?»

Lapierre, con i nervi ormai al limite del collasso, stampò sul volto del giovane un sonoro ceffone. Paul guardò il professore, si scusò e cominciò a raccontare. Non aveva capito, esattamente, quel che fosse successo all'uomo della Volvo. Avevano aperto la macchina, l'avevano controllata sopra, sotto, dentro. Non avevano trovato niente. Poi un Vopo, con il passaporto in mano, aveva piantato sul volto dell'autista della Volvo una torcia. «Io ho aperto il finestrino di un paio di centimetri. Ho sentito che l'agente urlava: "Chi te l'ha dato? Chi te l'ha dato?". Allora l'uomo è balzato giù, si è messo a correre. Hanno tentato di fermarlo, poi hanno sparato. L'hanno fatto secco, capisci? Secco. Mi sono sentito morire.»

«E invece?»

«Dopo tre, quattro minuti, mi hanno fatto cenno di passare. L'ultimo Vopo ha gridato: "Visa, visa". Mi ero dimenticato di sollevare il pass, dietro il finestrino. Ero sconvolto.»

«Bell'idiota.»

«Scusami Alain. Tremavo come una foglia.»

«Bel comportamento per un ufficiale...»

«Perdonami.»

«Gli americani cosa ti hanno detto?»

«Niente. Mi hanno solo detto "*bye*", e poi ti ho visto sulla porta del bar.»

Lapierre sospirò. "È andata." Gli intimò: «Adesso vai a lasciare la macchina. Ci vediamo fra un'ora. Vieni in albergo, Hotel City, sul Kurfürstendamm, vestito con i tuoi abiti civili, mi raccomando. Infila la divisa in una borsa e mettila nel bagagliaio della Rover. Torneremo poi a ritirare tutto quanto».

Mancavano dieci minuti all'una quando tre figure entrarono all'Hotel City, praticamente incustodito, con tre pesanti valigie e due borse. Nessuno ci fece caso.

Crotti prese la sua chiave. Lapierre lo imitò. Diede una busta a Paul e disse: «Buonanotte».

«E le armi?» domandò il giovanotto.

«Domattina, anzi stamattina verso le cinque, verranno a ritirarle. Il nostro compito è finito, grazie al cielo. Finito... per adesso» aggiunse il francese rivolto a Mario Crotti, con un sorriso d'intesa.

Sedici

Era rimasto impietrito. Fulminato. Sentiva il battito del suo cuore. Il volto, prima paonazzo, era diventato pallido. "Sono in trappola" Ron J. Stewart risentiva nella mente la frase del centralinista. «C'è un poliziotto che l'aspetta, Mister Grock.» Non aveva neppure risposto. Aveva riattaccato, mentre il sangue gli gelava le vene. "Un poliziotto che mi cerca, che sa dove mi trovo, che magari mi ha seguito, forse dall'aeroporto. Un poliziotto che mi ha visto in piazza Vetra, che forse ha registrato la conversazione con lo Smilzo, che magari ha visto Vasco, lo ha scoperto con le dieci bustine, e Vasco ha detto che erano per me. Ma no, impossibile. Vasco non è uno stupido. L'organizzazione non può scegliere uno stupido. O..." Stewart chiuse gli occhi, non voleva pensarci. Poteva esserci una denuncia dell'Interpol per la storia della Mini Morris. Avevano scoperto il freno manomesso. La padrona del ristorante cinese poteva aver raccontato di aver visto un americano, descrivendolo alla perfezione, in amichevole colloquio con Ian Isgrulescu la sera prima dell'incidente, cioè prima del delitto. No, non avrebbero mandato un poliziotto. "Perché, se il portiere mi ha detto poliziotto, vuol dire che ha visto una divisa." Per convincersi, ma soprattutto per calmarsi, aveva deciso di scartare tutte le ipotesi. Ma più le accantonava, più quella domanda gli bombardava il cervello: "Che cosa vorrà da me quel poliziotto?".

Si era placato. Una calma innaturale lo aveva avvolto, dalla testa ai piedi. Aveva recuperato l'autocontrollo. Alzò l'apparecchio, compose il numero del centralino. Disse solo le parole strettamente necessarie: «Avvisi il poliziotto che scendo subito», e riattaccò.

Chiamò l'ascensore. Si accese la luce del bottone con la T. Ancora un attimo. I battenti metallici si aprirono. Stewart puntò lo sguardo sul portiere, senza girarsi. Cercò di prendere tempo.

«È là, signor Grock.»

Stewart si voltò. Ebbe un sussulto. Recuperò il self control, sorrise e allungò la mano, andando incontro all'ospite.

«Carissimo amico, si accomodi. Beve qualcosa?»

«Grazie, signor Grock. Un caffè è quel che ci vuole.»

Vasco. Era proprio lui. Vasco, un poliziotto! Un travestimento? No, impossibile. Come avrebbe potuto Vasco, travestito da poliziotto, entrare in uno degli alberghi più noti di Milano?

«So quel che sta pensando, signor Grock... Sono veramente un agente di polizia.»

«Come ci è entrato?»

«Con un regolare concorso. Che ho vinto.»

«Riesce a conciliare il suo lavoro con...»

«Da una posizione di privilegio. La divisa mi dà rispettabilità e credito. Per il resto basta stare attenti.»

Stewart non sapeva se chiedere o meno delle bustine di droga. Anche stavolta fu Vasco a toglierlo d'impaccio.

«Non si giri. Faccia finta di niente. Quando me ne andrò prenda questo giornale, come se fosse suo. Dentro ci sono le bustine e un pacchetto. Nel pacchetto troverà cinque milioni in tagli da cinquantamila.»

«Vasco, lei è veramente in gamba.»

«La ringrazio, signor Grock. Mi è stato detto di comunicarle che, fra tre giorni, arriveranno due cassette del prodotto... quello belga. Le è chiaro?»

«Perfettamente. E dove le porterete?»

«Le farò avere le chiavi di un appartamento, nella zona di Porta Ticinese. Lo usiamo come ripostiglio. Là troverà la roba.»

«Tutto funziona alla perfezione, dunque.»

«Non proprio, signor Grock.»

«Che cosa è accaduto, ancora?»

«Il magistrato francese impegnato sul caso della Mini Morris blu ha chiuso e poi, improvvisamente, riaperto le indagini. Sembra che vi sia un rapporto riservatissimo dei servizi segreti. Ci mancavano anche quelli a rompere le scatole.»

«E allora?»

«Il magistrato sta interrogando un mucchio di gente, seminando domande provocatorie. Qualcuno sistemerà la faccenda.»

Stewart scrollò le spalle. "Tanto meglio. L'importante è che il caso non si dilati. I romeni – pensò – avranno tutto l'interesse a non sollevare polveroni."

«Ha saputo qualcosa delle armi?»

«Sì, ottime notizie. Il carico arriverà in Italia tra una settimana.» Stewart ridacchiò, tra lo stupito e l'ammirato. "Quel diavolo di un Lapierre ce l'ha fatta ancora una volta. Far passare un arsenale dal Muro di Berlino è da fantapolitica." Salutò Vasco, risalì in camera, si cambiò. Poi si lasciò cadere sul letto. Era stata una giornata di forti emozioni. Mise la sveglia alle 18.30.

«Lo Smilzo ha detto di aspettarlo fuori dal bar.»

Mancavano pochi minuti alle 22. Al tavolino si avvicinarono in due. Riconobbe subito il brutto ceffo avido di affari.

«Hai portato la roba?»

«Sì... e lui chi è?»

«Un amico.»

«Ma io tratto con te.»

«Chi se ne fotte.»

«Al diavolo. Ecco le dieci bustine che ti avevo promesso.»

Lo Smilzo si alzò e si allontanò, per tornare dopo dieci minuti.

«Ho controllato. Ecco i soldi.»

«Hai fatto in fretta.»

«Ci vuole poco per uno del mestiere.»

«Sei più tranquillo, adesso?»

«Quando arriva il grosso?»

«Fra qualche giorno.»

«Voglio tutto.»

«Calma.»

«Tutto, ho detto. Pago anche duemila lire in più per bustina.»

«Ma ci sarà roba per mezzo miliardo.»

«Non importa. Paghiamo in contanti, io e i miei amici.»

«Vedremo.»

«O tutto o t'ammazzo» fu il congedo dello Smilzo.

Diciassette

La vita di Jean Paul Tissier era cambiata in quattro giorni. La sezione speciale degli Affari generali, legata al ministero dell'Interno, in sostanza «servizi segreti», aveva il compito di seguire l'estremismo politico di destra e di sinistra, e faceva di solito un lavoro di routine. Ogni tanto a qualche politico veniva in mente che la Francia era troppo liberale, e allora si ordinavano indagini riservate, giri di vite. Intercettazioni telefoniche, pedinamenti. Nessuna inchiesta aveva prodotto risultati clamorosi, però un paio di volte i dossier compilati da Jean Paul Tissier, giovane funzionario del servizio segreto francese, avevano scosso il mondo politico. Aveva scoperto, per esempio, una complessa storia di spionaggio industriale che riguardava due aziende. Le indagini erano state classificate come «riservate». Probabilmente avevano a che fare con il ministero della Difesa. Erano coinvolti nello scandalo sette dipendenti dell'ambasciata sovietica e due di quella israeliana. Poteva scoppiare il finimondo. Non scoppiò niente. Il dossier rimase nel cassetto del ministro. Nessun dipendente delle due ambasciate venne dichiarato «persona non gradita», e in sostanza invitato a lasciare il paese. Tutt'altro: Russia e Israele aumentarono sensibilmente i loro scambi commerciali con la Francia.

Un'altra volta c'era di mezzo la vita privata del segretario di un partito dell'opposizione. Una storia poco chiara di festini, droga e tangenti. Anche in quella circostanza il ministro tenne il dossier nel cassetto. In ben due occasioni, grazie a imprevisti appoggi esterni, il governo fu salvato dal naufragio.

Ma stavolta la posta era molto più alta. Tissier ne ebbe subito la percezione. Aveva ricevuto, sbuffando, l'ordine di far sorvegliare l'appartamento di Parigi e la *maison de campagne* dell'avvocato Philippe Guimard, notoriamente vicino alla sinistra extraparlamentare. "I soliti rompiballe" pensò. "Che cosa gliene può fregare di un *frillo*, una nullità, come Guimard?" Aveva incaricato due dei suoi uomini. Uno a Parigi, l'altro a Deauville. Microspie, intercettazioni, punti d'ascolto. "Fatica sprecata" aveva concluso Tissier.

L'agente inviato a Deauville entrò in ufficio il lunedì mattina. Era raggiante. «Credo che qui dentro ci sia una cosa interessante. Mi scusi, signor Tissier, ma l'inizio della conversazione non è registrato... Sa, mi ero allontanato per bere un caffè.»

«Bravo, idiota. Una volta tanto che c'è lavoro.» Si mise all'ascolto senza entusiasmo. Subito, dopo la prima frase, Tissier si rese conto che non era la solita pratica.

La voce di un francese era chiara e forte: «... Il grosso dell'arsenale dovrà comunque finire alle Brigate rosse... In ultimo, se tutto andrà bene, saremo pronti per il grande appuntamento... Credo che bisognerà far sparire un uomo politico».

Tissier trasalì. L'assassinio di un uomo politico. Fermò il registratore. «François – gridò –, portami la cassetta con la voce dell'avvocato Guimard.»

«Immediatamente.»

Tissier cambiò cassetta. Ascoltò con attenzione. «No, la memoria non mi ingannava. Non è Guimard. Chi è, allora?»

Ripose la bobina con la voce di Guimard e rimise nella scatoletta del registratore il nastro precedente.

«... Ian, tu fermati. Dobbiamo parlare delle armi... Mario, torniamo a Parigi insieme, stasera? Mia moglie ha preparato una cena fredda...» Tissier annotò i nomi: Ian e Mario.

Poi riattaccò.

«... Vieni, Stewart, ti accompagno alla stazione.»

Ecco un altro nome, Stewart. Un americano? Un inglese?

La bobina era quasi alla fine. L'agente disse: «Ci sono soltanto i saluti».

Tissier: «A volte anche i saluti possono essere importanti. Non pensi?». Riaccese: «... ciao Ron. Fai un buon viaggio».

Il funzionario dei servizi segreti sbottò: «Vedi, stupido, che abbiamo trovato un'altra notizia? Quello Stewart si chiama Ron. Ron Stewart... però aspetta. Torna indietro. Voglio riascoltare quella voce».

«... Ciao Ron. Fai un buon viaggio.»

Jean Paul Tissier rabbrividì. Quel timbro di voce era inconfondibile, era di una persona che conosceva. «Ian, è Ian che parla.» Poi si alzò, aprì un cassettone, ne estrasse un pacco di ritagli di giornale. «È lui, perdio... Ian Isgrulescu. L'incidente... Cristo, ma allora non è stato un incidente.»

Aveva conosciuto Ian, tre mesi prima, a un ricevimento all'ambasciata italiana. «Ian, ma in cosa diavolo ti eri cacciato?»

Tissier ascoltò le ultime parole incise.

«Arrivederci...» qualcuno disse in italiano.

Riassunse mentalmente il tutto. Nella villetta di Deauville, di proprietà dell'avvocato Guimard, che è assente o comunque non parla mai, vi sono quattro persone che discutono della sparizione di un uomo politico, forse italiano, e che accennano ad armi da consegnare alle Brigate rosse. I quattro sono: un romeno, Ian Isgrulescu, morto in un incidente d'auto alquanto sospetto. Un americano, o un inglese, che si chiama Ron Stewart. Un francese senza nome (almeno per adesso) e un italiano, Mario. Isgrulescu è in confidenza con Stewart. L'italiano invece no. Alla fine si congeda con un formale "arrivederci" e non con il "ciao" affettuoso di Ian. Ian e il francese devono parlare delle armi, evidentemente delle armi destinate alle Br.

«François, quando hai fatto la registrazione?»

«Giovedì, capo. Gliela avrei portata anche prima, ma non sapevo dove trovarla durante il weekend.»

Tissier consultò il ritaglio. Ian Isgrulescu era morto la mattina di sabato. "Due giorni" pensò il funzionario. "Che cosa sarà successo?"

Chiese un appuntamento al capo dell'ufficio. Era un personaggio scorbutico, ma in fondo un buon diavolo. Anche se, invece di pensare alla sicurezza nazionale, si occupava di coltivare relazioni con i politici. Non si aspettava granché dall'incontro. Lui gli avrebbe detto di procedere, «ma con la massima cautela», e di inviare un succinto rapporto al magistrato che indagava sull'incidente, spiegando che «ai servizi segreti risultava che Ian fosse coinvolto in una storia poco chiara di armi e di terrorismo».

Mentre il capo parlava, Tissier annuiva, accompagnando mentalmente, parola per parola, gli ordini. Aveva commesso un solo errore: «poco chiara» al posto di «oscura».

Tissier inviò il suo rapporto alla cancelleria del procuratore. Poi tornò in ufficio e chiamò i suoi collaboratori. Cinque agenti per i quali, finalmente, era arrivata la grande occasione.

Fu sbrigativo: «Voglio sapere tutto di questi personaggi. Di Isgrulescu, che è morto, mi occupo io. Voi pensate agli altri. Controllate

negli alberghi, negli aeroporti. Voglio sapere chi è questo Stewart...
Voglio sapere tutto di questo Mario, e naturalmente del francese. Da
oggi le due case di Guimard dovranno essere tenute sotto controllo
ventiquattr'ore su ventiquattro. Se uno di voi sgarra, lo caccio a calci nel
culo. Chiaro? Avrete rinforzi. Dalla sezione H, di massima sicurezza, mi
hanno promesso sei uomini: prenderanno servizio subito. A qualcuno
questa storia deve aver messo il sale sulla coda. Buon lavoro. Avverti-
temi appena trovate qualcosa... Dimenticavo. Se siete fuori, durate il
weekend, per chiamarmi servitevi del solito sistema. Telefonate a chi
sapete, e lui si metterà in contatto con me». Era una precauzione che
Jean Paul Tissier, conoscendo perfettamente le insidie delle microspie,
prendeva quando il caso era molto delicato. Stavolta tutte le precauzioni
erano più che giustificate.

Diciotto

Dalla cuffia che le circondava il capo, si insinuarono nelle orecchie di Dana le parole di una dolce melodia. Era un brano di Marta Kubišová, voce scomoda per il regime di Praga. Una sua canzone sulla primavera del Sessantotto era stata messa all'indice. Tuttavia gli ammiratori della Joan Baez praghese custodivano gelosamente quel cimelio. C'era chi conservava il 45 giri, chi aveva il pezzo su una cassetta. Dana lo stava ascoltando. Lubo le era seduto accanto e la fissava. "Quanto sei bella, Dana."

I pensieri della donna, invece, correvano lontano. Sulla melodia di Marta Kubišová rivedeva gli attimi più felici della sua vita. L'incontro con Giusto, l'amore per Giusto, l'amicizia con Giusto. Poi l'incontro con Lubo, l'amore per Lubo, e infine la delusione. Le restavano un amico, a quasi mille chilometri di distanza, e una voce, che non poteva avere né profumo né calore. Una voce che cercava di racchiudere tutto in tre minuti di conversazione telefonica.

«Quanto manca?»

«Venti minuti, tesoro.»

L'aereo si posò dolcemente sulla pista del Charles de Gaulle.

«Speriamo che Alain abbia fatto in tempo» disse Lubo.

Alain e Catherine sporsero il naso, dietro la siepe di folla in attesa. Lubo portava due pesanti valigie. Dana, una borsa di pelle e una busta di plastica, con dentro whisky e sigarette.

«Dana carissima, che gioia rivederti» gridò Catherine.

Si erano conosciute a Praga l'anno prima. Ma a Dana quella donna non piaceva. Fredda, falsa, calcolatrice. Democratica a parole, reazionaria nei fatti. L'aveva liquidata così. Catherine aveva capito di non godere della sua simpatia, ma faceva buon viso. Anche Dana, quella sera, fece buon viso e contraccambiò.

«Ciao Catherine. Sei stupenda!»

Lubo strinse la mano di Alain e il francese strizzò l'occhio, con fare complice. Alain baciò Dana, Catherine Lubo. Si avviarono verso l'uscita. Le due donne davanti, gli uomini dietro.

Alain, raggiante: «Caro amico, tutto procede per il verso giusto. Stiamo preparando il clima per la grande operazione. Soltanto qualche piccola seccatura».

«Per le armi?»

«No, le armi sono passate.»

«Ma ho letto di un incidente alla frontiera.»

«Non riguardava noi, anche se ci siamo passati vicino.»

«Che genere di difficoltà, allora?»

«Ricordi che ti parlai di quel romeno che doveva aiutarci?»

«Sì, e che foste costretti a sopprimere.»

«Appunto. Stewart ha fatto un ottimo lavoro. Preciso, senza tracce. Il magistrato aveva già chiuso l'inchiesta.»

«Qual è il problema, dunque?»

«L'inchiesta è stata riaperta. Alla cancelleria della procura è arrivato un rapporto dei servizi segreti.»

«Hanno scoperto tutto?»

«Pare di no. La mia fonte sostiene che il rapporto era generico. Vi si accennava del coinvolgimento di Ian Isgrulescu in una storia di armi e di terrorismo.»

«Che strano.»

«Più che strano. Con Ian parlai delle armi soltanto quel giovedì, a Deauville, dove tenemmo la riunione. Da allora non l'ho più visto.»

«Che cosa pensi?»

«Che quel coglione ha parlato con qualcuno dell'ambasciata romena. Sai come vanno queste cose...»

«Be', direi che non c'è da preoccuparsi.»

«Appunto» esclamò Alain voltandosi. «Mie belle signore, stasera vi porto a cena in un posticino simpatico.»

«Oh sì» fece Dana. «Ho un languorino.»

Lo disse guardando negli occhi Alain. "Strano uomo" pensò la giovane cecoslovacca. "Affabile, simpatico, premuroso. Però ha qualcosa di sfuggente, qualcosa in comune con Lubo." Lo sentiva ambiguo, misterioso, isterico. "Chissà come saranno i suoi rapporti intimi con Catherine. Che abbia ragione Lubo, quando dice che a lei piacciono le donne?"

Un agente della frontiera si avvicinò.

«Signor Keminar?»

Lubo si voltò, sorpreso.

«Mi dica.»

«Vuole seguirci? Solo un istante.»

Lapierre impallidì. Il cecoslovacco, invece, non fece una piega. Ripensò a cinque minuti prima, quando il suo passaporto era stato schiacciato sotto una macchina che sembrava una fotocopiatrice, e invece era il terminale di un cervello elettronico. Si avviò, senza esitazioni.

«Scusatemi un secondo» disse agli amici.

Entrò in un ufficio della polizia.

«Ci perdoni. È questione di un attimo. Ha mai visto questo signore?»

Lubo Keminar osservò la fototessera. Non vi erano indicazioni. Né il nome né il cognome del personaggio ritratto.

«Mai. Chi è?»

«Un giovane romeno. Sa, abbiamo ricevuto una segnalazione.»

«Un delinquente? Un ricercato?»

«No, è morto.»

«E che segnalazione avete ricevuto?»

«Cerchiamo un cecoslovacco. Di nome Kaminar.»

«Ma io mi chiamo Keminar, con la "e"...»

«Appunto. Ancora le nostre scuse, *monsieur*.»

Lubo uscì e rispose con una scrollata di spalle allo sguardo interrogativo di Alain e delle due donne. Un errore, uno scambio di persona.

«Mi hanno fatto vedere la foto di un romeno morto. Mi hanno detto che cercavano un cecoslovacco. Tale Kaminar.»

Alain s'irrigidì. «Com'era questo romeno?»

«Giovane, volto affilato, occhi infossati, capelli neri.»

Era la descrizione di Ian Isgrulescu.

Mentre i quattro si allontanavano, turbati dal contrattempo, l'agente di frontiera afferrò la cornetta del telefono. «François, è atterrato un aereo da Praga. Sopra c'era un tale di nome Lubo Keminar. Sì, Keminar con la "e". Abbiamo la fotografia del passaporto... Niente, forse è un'altra persona.»

«Era solo?»

«No, era con un signore e due donne. Una aveva viaggiato con lui.»

«Hai il nome di quest'ultima?»

«È la moglie, rompiballe... Mai contento... Aspetta... Ecco, Dana Keminarova, con la "ova" finale. Lo sai che in quei paesi la consorte porta il nome del marito con l'aggiunta di "ova"?»

«Lo so, Pierre. Grazie di tutto.»

François rilesse il rapporto riservato che l'ambasciata romena aveva consegnato ai servizi segreti francesi. Ian Isgrulescu aveva confidato a qualcuno d'essere atteso, a Berlino Est, da un tale Kaminar. In coda annotò: «Nessuna indicazione utile alle indagini, per ora». E chiuse il fascicolo.

Diciannove

«Pronto, Monsieur Tissier. Sono H6.»

«Buongiorno H6. Sono contento che ti abbiano mandato da noi.»

«La ringrazio... Volevo dirle che ho fatto una scoperta. So chi è Mario.»

«Bravissimo. Tra un'ora in ufficio?»

«D'accordo.»

Jean Paul Tissier era eccitato. Finalmente una novità, dopo tanti giorni di inutili ricerche. H6 era uno dei migliori agenti degli Affari generali, sezione di massima sicurezza. Un cane da tartufi, testardo, impiccione, curioso, gran lavoratore. Piccoletto, grassoccio, sudaticcio, senza capelli. Lo avresti scambiato per un barbone. Al «servizio» ne andavano giustamente fieri. Da solo, aveva risolto più di un caso spinoso.

«Allora, H6, raccontami tutto.»

«Un colpo di fortuna incredibile, capo.»

«Avanti. Evitami i preamboli.»

«È stata mia figlia ad aiutarmi.»

«Tua figlia?»

«Sì, Annette ha diciotto anni e mi dà molte preoccupazioni. Insomma, flirta con gente dell'estrema sinistra.»

Tissier era impaziente. «Comprendo il tuo cruccio, ma che cosa c'entra con la nostra vicenda?»

«C'entra, capo, c'entra. Ieri sera Annette mi ha detto che andava a un dibattito sullo "strapotere delle multinazionali". C'era anche la pubblicità sui giornali. Si tratta di un ciclo di conferenze, con tanto di nuovi filosofi, psicanalisti e cervelloni vari che parlano di politica e di rivoluzione sociale. Gli incontri si tengono nell'aula magna di un istituto di ricerca che si chiama KYRIE. Sì, proprio KYRIE: credo che in greco voglia dire "Signore". Gente snob, raffinata. Non ho detto niente a mia figlia. Ci sono andato anch'io. E così, per abitudine, mi sono portato il registratore.»

«Il registratore?»

«Sì, e ho potuto prelevare qualche campione di voce.»

«Non capisco.»

«A un certo punto hanno presentato uno degli oratori, il professor Mario Crotti, docente universitario italiano.»

«Il nostro Mario!»

«Non ci sono dubbi. Ascolti qui.»

Accese il registratore. «... l'attuale congiuntura politica pone drammaticamente in primo piano il tema della repressione... pertanto sarà necessaria una mobilitazione di tutti i compagni... arrivederci a Genova.»

«Ha sentito quell'"arrivederci", capo?»

«Sì, ricordo la voce di Mario che salutava Stewart con un "arrivederci". Ma non basta una sola parola per ritenere attendibile un prelievo di voce» osservò, deluso, Tissier.

«Sono d'accordo. Aspetti un attimo... Avrà meno dubbi dopo aver ascoltato quest'altro pezzo registrato.»

Era un discorso in francese, un ottimo francese, sulla necessità di "riformare la lotta politica, bagnando nei problemi del sociale le strategie di attacco".

«Ricorda, capo, quel francese di cui non sapevamo il nome? Della sua voce non abbiamo soltanto un "arrivederci" ma un buon mezzo minuto di bobina... Ricorda la frase "Mario, torniamo a Parigi insieme, stasera?"»

«Perfettamente.»

«Vuol risentire quella registrazione?»

«Subito.»

Tissier ascoltò, per tre volte, la voce del francese alla conferenza e la voce «prelevata» a Deauville. Scattò in piedi.

«È lui, non c'è dubbio. Sai come si chiama?»

«Certo. Alain Lapierre. È un professore universitario e collabora con l'istituto KYRIE.»

«Pensi che potrei vederlo?»

«Stasera e domani ci sono altre due conferenze. L'istituto KYRIE è al numero 23 del quai Saint-Michel.»

«Perfetto. Sei un mostro di bravura, H6.»

L'agente arrossì.

«H6, voglio che tutti i telefoni dell'istituto KYRIE siano messi sotto controllo. Tappezzate le stanze di microspie, mettetele anche nei gabinetti, nei ripostigli, dappertutto. Occupati tu della faccenda. Dimmi quanti uomini occorrono, quanti turni si possono fare. Neppure un alito deve sfuggirci. Dobbiamo agire in fretta. Nessuno sospetta, per adesso.»

Squillò il telefono. Tissier non intendeva rispondere. Poi, vista l'insistenza, afferrò la cornetta.

«Sì?»

«Monsieur Tissier, è lei? Sono Roland.»

Roland era uno dei più preziosi informatori della sezione speciale, impegnata sul fronte del terrorismo.

«C'è una fuga di notizie, *monsieur*.»

«Dove, perdio?»

«Negli ambienti dell'ultrasinistra si dice che il magistrato ha riaperto le indagini sull'assassinio di un romeno, coinvolto in storie di armi e di terrorismo.»

«Grazie Roland. Ho capito.»

Riattaccò. Era furente. Vorrei sapere chi è il maledetto spione. E mentalmente diede ragione al suo capo. "Ha fatto bene a ordinarmi quel rapporto succinto e ambiguo. Non c'è dubbio che lo spione ha riferito quel che era scritto sulla paginetta inviata al procuratore, e non sul dossier integrale." «Domattina vado da *maître* Olivier Fleuret» e aggiunse, ad alta voce, congedando H6: «Domani sera si va tutti a lezione di ultrasinistra».

Venti

Ormai Ron J. Stewart conosceva Milano abbastanza bene. Aveva deciso di limitare l'uso del taxi, alternandolo con auto a nolo. Prese in affitto una 131 alla Hertz di piazza Duca d'Aosta. Non era questione di risparmio ma di sicurezza. La roba era arrivata da qualche giorno. Venerdì, con le chiavi dell'appartamento di corso di Porta Ticinese, numero 26, era andato a controllare. La sera prima aveva consegnato allo Smilzo una cassa di bustine: il famoso prodotto di Bruxelles. Lo Smilzo era stato perentorio: «Voglio il resto».

Ron aveva detto di sì, pensando però a quel che più gli stava a cuore. I contatti con il mondo dell'ultrasinistra procedevano bene. Con la collaborazione assidua e discreta di Vasco, aveva incontrato due clandestini e un leader dell'Autonomia organizzata. I clandestini appartenevano rispettivamente alla colonna genovese delle Br e al gruppo bergamasco di Prima linea. Contatti cauti, raccolta di frammenti di notizie, offerta di aiuto. Con l'autonomo e con il «piellino» era andato tutto liscio. Con il brigatista un po' meno. Però Stewart era preparato. Vasco gli aveva spiegato che i più diffidenti erano proprio loro, in quanto convinti che la forza stesse nella rigida compartimentazione, nell'evitare infiltrazioni e contiguità inquinanti. Rapporti con la malavita? Mai. Per questo Stewart si presentò come un trafficante senza scrupoli, al quale non interessava sapere dove finisse la merce che vendeva. Voleva soldi, solo soldi, tanti soldi.

Fu un'immagine vincente. Il rappresentante delle Br disse che occorrevano armi e che non si badava al prezzo. Stewart annuì. Spiegò che era possibile.

Ron poi sapeva ormai tutto sul convegno di Genova contro la repressione, che si sarebbe aperto il 1° settembre. Il Comune aveva concesso il Palasport, una moderna costruzione che si affacciava sul mare. Anche la federazione provinciale comunista non si era opposta. Sperava di attenuare quell'immagine di partito repressivo che si stava diffondendo alla sua sinistra. Un consigliere del Pci aveva dichiarato al quotidiano «Il Secolo XIX»: «Ben vengano le idee che non sono armate».

Stewart aveva studiato con cura la pianta della città ligure. Aveva scelto un albergo periferico, a Nervi, porta della riviera di Levante. Un hotel di prima categoria, lungo il viale delle Palme.

Quella sera, prima di partire, doveva consegnare la seconda partita di droga «corretta». Caricò lo scatolone nel bagagliaio della 131 e si diresse verso piazza Vetra. Posteggiò l'auto a trecento metri dal bar. Scese e si avviò a piedi all'appuntamento. C'era un concerto rock sul tappeto verde e spelacchiato del parco, offerto, con il patrocinio dell'amministrazione comunale, ai milanesi che non erano ancora partiti per le vacanze. «Ci mancava anche il rock» grugnì Stewart, che non aveva mai amato la musica, tantomeno quella chiassosa.

Si sedette al solito tavolino. Ordinò una birra. Vide il ragazzo dei cinquanta dollari, fece un cenno di saluto. Quello non rispose. "Che gli sarà successo? Sarà imbottito di droga" concluse l'americano.

Lo Smilzo non arrivava. Le 22. Le 22.15. Il gruppo era scatenato. Le parole dei brani cantati in un inglese che Stewart non riusciva a comprendere gli indebolirono l'udito. Non si accorse che qualcuno lo stava chiamando. *Mister, mister* gridò una ragazza. Era troppo tardi. Un'auto azzurra e bianca, con la sirena accesa, si fermò davanti al bar. Scesero tre agenti. Ron vide sbucare lo Smilzo, che si sbracciava. «È lui. È lui.»

L'americano finalmente realizzò. L'auto azzurra e bianca della polizia era arrivata per lui.

«Ci segua – disse un agente, dopo avergli messo le manette –, senza tante storie.»

«Sono uno straniero, un americano.»

«Lo sappiamo.»

«Che cosa volete da me?»

«Lo saprà tra breve.»

Stewart era sconvolto, ma benedisse il momento in cui aveva deciso di parcheggiare la 131, con il carico, lontano dal parco. "Forse non sanno dello scatolone."

Lo fecero entrare in via Fatebenefratelli, in questura. Il capo della squadra narcotici attendeva, nel suo ufficio.

«Ecco qui il nostro americano.»

«Che cosa volete?» chiese Stewart in inglese, fingendo di non capire.

«Sappiamo che lei parla benino la nostra lingua... Non faccia l'idiota... Da dove arrivano le bustine?»

«Quali bustine?»

«Quelle che aveva questo ragazzo. Le bustine di eroina.»

«Non ne so niente.»

«Non è vero. Il ragazzo ha detto che è stato lei a vendergliele.»

«È falso.»

«Non insista. Anche il ragazzo al quale lei ha allungato cinquanta dollari conferma... Il magistrato sta arrivando.»

Giovanissimo e assonnato, il giudice di turno varcò la soglia della questura dopo una buona mezz'ora. Diede un'occhiata. Disse all'americano che lo avrebbe interrogato il giorno dopo, e che avrebbe fatto bene a scegliersi un avvocato.

«Di che cosa mi si accusa?»

«Le domande le faccio io» tagliò corto il giudice. «Come si chiama?»

«Mi chiamo Grock. Peter Grock.»

«Dove alloggia?»

«Da amici.»

«Quali amici?»

«Glielo dirò quando sarà qui il mio avvocato.»

Stewart aveva deciso di non rivelare che aveva una stanza all'Hotel Manin.

«Mettetelo dentro! Vedrete che una notte al fresco farà un gran bene a questo signore.»

Ron si alzò. Fu condotto in una camera di sicurezza. Guardò l'orologio. Erano le due di notte del 25 agosto. Riuscì a addormentarsi quasi subito. Perché temere? Non era forse nei desideri dell'organizzazione la copertura di spacciatore di droga? La fiducia nell'organizzazione stava diventando assoluta.

Ventuno

Anche Jean Paul Tissier nascose un minuscolo ma potente registratore nel taschino della giacca. Scese dall'auto e si avviò verso il portone dell'istituto KYRIE. Aveva raccolto un certo numero di informazioni. Il KYRIE era nato sei anni prima, per iniziativa di un ristretto comitato per lo sviluppo scientifico in Europa. Ne facevano parte, all'inizio, sette docenti universitari: due italiani, tre francesi, due tedeschi. L'anno precedente, come Tissier aveva letto su «Le Figaro», vi era stato uno scandalo. Tre studenti si erano rivolti alla magistratura, ritenendosi truffati. Infatti il corso (salatissimo) prevedeva trentotto lezioni, mentre ne erano state tenute soltanto ventiquattro. Erano stati i genitori degli studenti a stimolare l'iniziativa giudiziaria. Avevano tutte le ragioni per essere irritati. Il corso costava tremila franchi.

Dopo lo scandalo, i sette docenti se ne erano andati, e al KYRIE era entrata una nuova équipe, composta da italiani e francesi. Anche i prezzi erano sensibilmente calati, e non c'erano state più storie. Certo, da qualche tempo – notò il funzionario dei servizi segreti – si parlava sempre meno di didattica e sempre più di politica attraverso i dibattiti che si tenevano nell'aula magna. Tissier aveva notato la ripetitività dei temi: *Una nuova via per la rivoluzione*; *Il ruolo politico dell'Ira*; *Società e ribellione*; *Perché il potere combatte il diritto al dissenso*; *Condizioniamo i condizionamenti*; *Vinciamo la guerra della fantasia*.

Neppure un argomento scientifico, a parte quel *Rivoluzione e psicanalisi* che l'aveva fatto sorridere. Secondo la valutazione un po' frettolosa di Tissier, gli psicanalisti erano dei giullari di corte, degli stregoni, e più di una volta si era domandato perché il potere avesse sempre bisogno di stregoni.

All'ingresso del KYRIE c'era un giovanotto con la barba, che consegnava agli ospiti un foglietto con il programma. Per terra, notò Tissier, c'era una soffice moquette di tessuto color marrone. Mobili d'epoca, aria condizionata. Un ambiente lussuoso.

Al bar una ragazza, in pantaloni di raso nero e camicetta di seta bianca, gli sorrise. «Desidera bere qualcosa?»

Tissier contraccambiò il sorriso e chiese un Pernod. "Credevo d'essere invecchiato – pensò –, ma forse sono ancora interessante per qualcuno." Era un uomo virile e insieme dolce. Gli occhi castani, sempre in movimento, lo sguardo magnetico. Non era un narciso, ma quel sorriso inatteso gli diede la carica giusta.

Attraversò un lungo corridoio, illuminato con lampade da teatro d'avanguardia. Salì le scale, due rampe, e si trovò all'ingresso dell'aula magna. Una trentina di file di poltroncine rivestite con velluto rosso, e poi il tavolo della presidenza: microfoni a giraffa, bicchieri, acqua minerale.

Tissier si sedette nella ventesima fila, praticamente al centro della sala. Prese il foglietto del programma e rifletté sull'argomento della tavola rotonda: *Per un socialismo possibile*. Lesse i nomi dei conferenzieri: Mario Crotti, docente di Lettere e filosofia a Milano; Alain Lapierre, docente di Fisica a Parigi; Lubo Keminar, insegnante cecoslovacco; Alphonse De Murier, docente di Chimica applicata all'istituto KYRIE; Rita Fabre, direttrice della rivista «Femme».

Tissier lesse e rilesse i cinque nomi. Li accostò a quello di Ian Isgrulescu. Sperava che da quel cocktail di pensieri arrivasse una risposta alle sue tante domande. Anche l'incontro con *maître* Olivier Fleuret non aveva aggiunto nulla di rilevante. Il funzionario conosceva il giudice, ne rispettava le doti morali e lo scrupolo professionale. Lo aveva avvertito della fuga di notizie, e il magistrato aveva risposto: «Purtroppo qui in procura non mi fido di nessuno». Jean Paul, violando le regole che si era imposto, aveva accennato a Fleuret di possibili importanti sviluppi nelle indagini. «Temo – aveva concluso – che qualcuno prima o poi metterà di mezzo il segreto di Stato, ma vedrò di farle avere, in via riservatissima, a casa, un rapporto sull'andamento delle nostre ricerche.»

I fitti pensieri non avevano permesso a Tissier di controllare l'afflusso degli ospiti alla conferenza. Alzò gli occhi e vide la sala piena. Soltanto nelle ultime due file c'era ancora qualche macchia rossa, che rompeva la compatta siepe dei presenti.

Un giovane in jeans si avvicinò al microfono. «Do subito la parola al segretario dell'istituto KYRIE per alcune comunicazioni.»

Tissier si concentrò immediatamente sul volto del cinquantenne con i capelli grigi, la giacca blu e la maglietta rossa che afferrò la giraffa metallica e se la portò all'altezza della bocca.

«Vogliamo, prima di tutto, ringraziare tutti i compagni che sono qui, oggi. Il programma dell'istituto KYRIE, come vedete, prosegue anche d'estate. Gli appuntamenti che ci attendono sono numerosi, ed è necessario che i compagni abbiano tutte le migliori opportunità di dibattere temi che, quest'anno e nel prossimo, dovranno dominare la discussione all'interno della sinistra. Ci sono compagni italiani che chiedono aiuto politico. Noi siamo qui con una solenne promessa: glielo daremo.»

Un lungo applauso accolse le ultime parole del segretario del KYRIE, parole che Tissier aveva registrato.

Prese il microfono Alain Lapierre. Esordì: «Prima di cominciare, desidero presentarvi un compagno che ci è molto vicino, che segue il nostro lavoro con passione, che condivide i nostri timori ed è alleato delle nostre speranze: il dottor Lubo Keminar, appena arrivato da Praga».

Jean Paul controllò che la bobina del suo Sony girasse e allungò il collo.

«Pensate – disse Lapierre – che Lubo, l'altro ieri, è stato persino fermato dalle autorità di frontiera, all'aeroporto. L'avevano scambiato per un altro. Ma i cecoslovacchi sono abituati agli inconvenienti.»

Un nuovo applauso scaldò la platea.

Lapierre iniziò il suo intervento, ma più che un intervento sembrava un sermone. Del tema originario, *Per un socialismo possibile*, neppure una parola. Lunghe dissertazioni, invece, sul pericolo che incombeva su tutta la sinistra italiana ed europea. «Un'ondata repressiva sta travolgendo i nostri compagni di Milano, Roma, Genova, Padova, Bologna, Firenze, Torino... il potere, accecato dal terrorismo, ha perso la testa. Lanciare una molotov è tanto grave quanto sparare in fronte a un nemico di classe... Incapaci di decidere e di colpire gli obiettivi giusti, le istituzioni hanno scelto la rete con le maglie più strette. Decine di giovani sono in prigione... A Bologna, dove il partito eurocomunista di Berlinguer detta legge, gli studenti vivono nell'emarginazione, senza alloggi, senza corsi adeguati... A Genova hanno arrestato un compagno soltanto perché aveva detto di non essere contrario alla soppressione di un magistrato fascista, soppressione eseguita dalle Brigate rosse... Dalle Brigate rosse, come sapete, ci separa un abisso. Sono ottuse, intransigenti, politicamente miopi. Ma tra le Brigate rosse e uno Stato marcio, bene, compagni, non saprei proprio chi scegliere, o forse lo saprei...»

Parlava ormai da un'ora. A un cenno del segretario, Lapierre si sedette. Breve intervallo, in attesa dell'arrivo del professor Crotti.

Tissier si alzò, tornò al bar, ordinò un altro Pernod. Si girò verso il muro e non si accorse che lì, a mezzo metro da dove si trovava, erano giunti Lapierre, Keminar e due donne.

«Bravo Alain, incisivo come sempre» disse Keminar.

«Secondo voi – intervenne Catherine – com'è il pubblico di stasera?»

«Tanti italiani, tantissimi» rispose Lapierre. «Un bel gruppo di studenti del KYRIE, qualche professore... Ma state tranquilli. Ci sarà qualcuno che ascolta per riferire.»

Il funzionario degli Affari generali si sentì toccato da quella frase buttata là come se niente fosse.

«Altre spie?» intervenne Dana, ridendo.

«Forse» commentò Lubo.

Tissier istintivamente si voltò. Keminar, Lapierre e la moglie del francese (che parlava con inflessioni tipicamente parigine) gli davano le spalle. Di fronte, fra le teste dei due uomini, gli apparve, incorniciato, il bel volto di Dana. I loro sguardi si incrociarono. Gli occhi di Tissier erano irresistibilmente attratti da quelli azzurri della ragazza. Ci sono emozioni che solo gli occhi possono accendere. Lei resse lo sguardo per una decina di secondi, poi arrossì e si rivolse ad Alain.

Era confusa. «A che ora arriva Crotti?» chiese senza convinzione.

Lapierre: «Dovrebbe essere già qui. Che hai, Dana? Mi sembri turbata».

«Non sono abituata alla vita parigina» rispose la ragazza incrociando, ancora una volta, lo sguardo del funzionario dei servizi segreti.

Jean Paul Tissier era impacciato. "Ma guarda se, a quarant'anni, con la vita che faccio, mi devo incantare davanti a una ragazzina" pensò. Tornò in sala e si fermò all'inizio della sua fila, la ventesima.

Dana e Keminar, a braccetto, sopraggiunsero. La ragazza lo vide. Si staccò dal marito. Il corridoio era stretto. Passò accanto a Tissier, sfiorandolo con la mano. Il suo viso non era più rosso. I suoi occhi lanciarono sull'uomo una carezza di luce e si strinsero leggermente, in un timido sorriso. Tissier ricambiò. Dana fu visibilmente percorsa da un fremito. Mario Crotti aveva appena cominciato il suo intervento quando Jean Paul si alzò e uscì.

«Non è interessante?» chiese il giovane con la barba, all'ingresso.

«Oh sì, ma ho un terribile mal di testa.»

Raggiunse la sua auto e si diresse verso l'ufficio. Chiuse la porta e accese la luce. Si sedette sulla poltrona, dietro la scrivania. Estrasse dal taschino il registratore e riascoltò. Una frase, soprattutto, l'aveva colpito: a proposito dello strano incidente capitato a Lubo Keminar all'aeroporto.

Chiamò François. Gli rispose una voce impastata di sonno.

«Ah, è lei. Mi scusi, capo, non l'avevo riconosciuta.»

«Ricordi il rapporto dei servizi romeni, a proposito di Isgrulescu?»

«Perfettamente. Non c'è niente di interessante.»

«Chi era l'uomo che Ian avrebbe dovuto incontrare a Berlino per le armi?»

«Un certo Kaminar.»

«Kaminar o Keminar?»

«È strano. Ieri mi ha telefonato un amico della polizia di frontiera del Charles de Gaulle. Mi ha detto che avevano controllato una persona, un cecoslovacco, un certo Keminar, ma cercavano un Kaminar.»

«Imbecille.»

«Dice a me?»

«Sì, imbecille!» E riattaccò.

Il Kaminar di cui aveva parlato Isgrulescu, probabilmente, era proprio il cecoslovacco che Tissier aveva incontrato al KYRIE. Lui e la sua stupenda moglie.

Dana.

Ventidue

"Che squallore" pensò Stewart lasciandosi alle spalle il portone di via Filangieri. Un portone che separava l'inferno del carcere di San Vittore dalla libertà. Era stata una parentesi più lunga del previsto, ma alla fine era andata come Ron aveva sperato. Alcuni testimoni avevano accusato di falso lo Smilzo e avevano difeso l'americano. E il giudice istruttore aveva deciso di concedere la libertà provvisoria. La copertura di Stewart, alias Grock, era ormai costruita.

Salì su un taxi e si fece portare nella zona di piazza Vetra. La 131 era ancora là, con il carico di eroina e con il parabrezza tappezzato di multe. Ron prese i foglietti, li strappò, mise in moto e raggiunse l'Hotel Manin.

Il portiere rimase stupefatto. «Credevamo che se ne fosse andato, Mister Grock.»

Stewart si schermì. «Scusatemi, avevo dimenticato di informarvi. Sono dovuto partire improvvisamente per la Svizzera.»

«Noi comunque le abbiamo tenuto la stanza.»

«Grazie. Posso vedere il conto?»

«Perdoni se abbiamo dubitato, ma...»

«Ecco l'American Express. Pago il mio conto fino a oggi compreso. Credo che mi fermerò.»

Stewart aprì il portafoglio e fece scivolare verso le mani del portiere una banconota da centomila lire.

«Ma signor Grock, non doveva...»

«Non doveva» notò Stewart, anziché «non deve.» Esibì un sorriso e un gesto eloquente. Come per dire: «ci mancherebbe».

«A proposito, c'è un messaggio per lei. L'ha lasciato un poliziotto, il signor Vasco.»

«Ah, bene.»

«Le confesserò che è stato proprio lui a rassicurarci. Ci ha detto che lei, comunque, avrebbe tenuto la stanza. Sa, un poliziotto! Non avevamo motivo di dubitare. Ci scusi ancora.»

Stewart aprì la busta. «Ron, bentornato tra noi. Abbiamo fatto il possibile per venirle incontro. L'avvocato difensore che le abbiamo mandato è stato eccellente, e lei impeccabile. Ritiri il pacco, lo porti nell'appartamento di Porta Ticinese, poi riconsegni l'auto alla Hertz e ne prenda un'altra. L'organizzazione mi fa presente che per le armi vi sono delle difficoltà... Uno dei nostri corrieri è stato arrestato, prima che potesse prendere in consegna le valigie... Per questo motivo il signor Lapierre ha deciso che le armi verranno distribuite a Genova... Va benissimo per l'hotel di Nervi. Sarebbe consigliabile partire subito. Milano può diventare pericolosa e poi lei, in Liguria, avrà molte cose da fare. Mi terrò in contatto. L'abbraccio, Vasco.»

Quel «Ron» confidenziale e quell'«abbraccio» complice procurarono all'americano una piacevole sensazione: non era solo. Aveva amici potenti che lo avrebbero aiutato. Sempre.

Si recò per prima cosa in corso di Porta Ticinese, e abbandonò il carico. Raggiunse un'altra agenzia di autonoleggio, quella dell'Avis, e prenotò una nuova 131. «Sarà pronta fra un'ora.» Si sedette, sfogliò senza interesse i dépliant pubblicitari. Gli consegnarono l'auto. Salì, accese il motore. Tornò in albergo, fece le valigie, pagò gli ultimi extra, lasciò in una busta, indirizzata «al signor Vasco», le chiavi dell'appartamento e partì. Ovviamente dopo aver allungato al premurosissimo portiere un'altra lauta mancia.

Genova alla fine di agosto è ventilata e accogliente. L'americano uscì dall'autostrada al casello di Nervi, che però dista tre chilometri dalla circoscrizione. Superò il cavalcavia in corso Europa e si diresse, sulla Pedemontana, verso Levante. Aprì il finestrino, inspirò una profonda boccata di quell'aria che aveva il sapore del mare e delle vacanze. Il viale delle Palme brulicava di annoiati turisti a fine vacanza. Erano le 21.30 quando Ron J. Stewart decise che sarebbe stato opportuno presentarsi in albergo con la sua vera identità. Pensò: "Se a Milano scoppia qualche grana, parleranno di Peter Grock, non del sottoscritto".

«Non abbiamo stanze» disse il portiere dell'Hotel Astor.

Decise di non perdere tempo e sfilò un biglietto da centomila dalla tasca interna dell'abito scuro.

«Si accomodi al bar. Vedo se posso fare qualcosa.»

Quel qualcosa arrivò nel giro di dieci minuti. Stewart non aveva ancora finito di bere la sua birra, quando una voce mielosa lo chiamò. «*Sir*, la sua stanza è pronta.»

Mezz'ora dopo era a letto.

Ventitré

Per due notti aveva dormito male. Lo ossessionavano due pensieri: la trama che stava seguendo, che aveva come obiettivo la sparizione di un uomo politico, e un volto di donna. Dana. I suoi occhi azzurri e luminosi, e insieme quello sguardo triste che gli aveva regalato al KYRIE.

"Al diavolo – si disse Tissier –, non mi starò mica rincoglionendo?" Si preparò un bagno caldo con i sali del Mar Morto che gli aveva regalato un amico dell'ambasciata israeliana, si rasò, si lavò i denti e uscì di casa. Erano le otto meno dieci. Aveva dato appuntamento a tutti i suoi uomini alle nove in punto.

Arrivò in place Beauvau, svoltò a destra ed entrò al Santa Lucia. Di solito i dipendenti del ministero dell'Interno frequentavano il bar La Présidence, dalla parte opposta della strada. Ma Tissier non aveva voglia di intrattenersi con i *flic*, e di perder tempo con le loro stupide domande.

Al cameriere del Santa Lucia chiese un cappuccino e una fetta di torta.

«Cercavo proprio te, Jean Paul!»

Tissier si girò, di scatto. «Charles, amico mio. Cosa ci fai da queste parti?»

«Banalmente dovrei risponderti che se Maometto non va alla montagna, allora è la montagna che va da Maometto. Ma non mi sembra una risposta intelligente. Che cosa devo fare per vederti qualche volta in boulevard Mortier?»

«Ho tanto lavoro, Charles. E tante grane. Ma un giorno o l'altro...»

«Ti consiglierei di accelerare i tempi della tua visita. Credo di poterti raccontare alcune faccenduole interessanti.»

«A proposito di che cosa?»

«Amico mio, che controspionaggio saremmo se non fossimo al corrente che hai per le mani uno straordinario *affaire*?»

Jean Paul Tissier si raddrizzò sulla sedia. Di Charles si fidava. Avevano studiato insieme alle superiori. Poi le loro strade si erano divise.

Lui aveva scelto la carriera civile, al ministero dell'Interno; l'altro quella militare, al ministero della Difesa. Charles Clermont era un ufficiale dello Sdece, il servizio di documentazione estera e di controspionaggio. Tra i due servizi segreti non era mai corso buon sangue. Gli Affari generali accusavano lo Sdece d'essere fascista. Lo Sdece rinfacciava agli Affari generali troppa superficialità.

Il palazzone dello Sdece, in boulevard Mortier, alla periferia della città, era quanto di più brutto si potesse immaginare: un blocco di cemento grigio, enorme, in stile sovietico, con potenti antenne e centri d'ascolto. Per raggiungerlo, dal centro di Parigi, nelle ore di punta, non bastava un'ora.

«So che è scomodo, ma stavolta ne vale la pena» disse Clermont.

«Verrò, Charles, te lo prometto. Ma ora devi accennarmi qualcosa...»

«Gli italiani si stanno agitando...»

«I servizi?»

«Anche loro, ma non soltanto loro...»

«Chi, allora?»

«Sottobosco politico. Centri di potere economico. Qualcuno deve averli informati che qui a Parigi si sta lavorando con troppa solerzia. Capisci?»

«Ma cosa c'è sotto questa storia, Charles?»

«Dev'essere roba che scotta, per tutti. Mi hanno riferito che c'è grande agitazione in alcune ambasciate, dell'Ovest ma anche dell'Est, poi in Sud America e Medio Oriente. Ne riparleremo... Vacci cauto. Non vorrei perdere un amico.»

Aveva un'aria aggressiva, quella mattina, il funzionario degli Affari generali. Aggressiva e nervosa.

"Qualcosa non va" pensò François.

«Allora, ragazzi, vediamo i rapporti» esordì Tissier.

Dalle postazioni intorno alla casa dell'avvocato Guimard, niente. A Deauville erano stati giorni di silenzio assoluto: in casa non c'era nessuno. Tre o quattro volte il telefono aveva squillato, ma a vuoto. Nell'appartamento parigino del professionista non era accaduto nulla di rilevante: ventisei telefonate, ma tutte di lavoro, pratiche legali, processi da studiare, esposti da presentare. Poi una litigata intima tra l'avvocato e la moglie. Niente.

«E al KYRIE?» domandò Tissier.

Si fece avanti H6, con una valigetta piena di nastri.

«Caro H6, come è andata la caccia?»

«Benino capo. Benino anche stavolta.»

«Hai scoperto qualcosa sul nostro Lapierre e sul professor Crotti?»

«Non su di loro, capo.»

«Su chi, allora?»

«Ieri mattina è arrivato al KYRIE un certo Franco.»

«E chi è questo Franco?»

«Non lo so.»

«Che cosa ha fatto o detto?»

«Ha parlato a lungo con il segretario del KYRIE.»

«Cose importanti?»

«Per una buona mezz'ora un sacco di filastrocche ideologiche, che mi sono sembrate noiosissime. Verso la fine, però...»

H6 estrasse dalla valigetta una bobina. Lesse sulla fascetta il numero progressivo, la infilò nel registratore e attaccò. La voce di un italiano, senza particolari inflessioni. «... come ti dicevo è andata bene, anzi benissimo. Il posto era stupendo, il mare una tavola. Lui è un uomo posato, serio, intelligente. Mi piace anche la moglie: riservata, rassicurante.»

Il segretario del KYRIE: «Cosa avete deciso?».

«Che si procederà verso l'obiettivo... Credo che, politicamente, il progetto stia maturando in una soffice bambagia. A proposito, andrete a Genova?»

«Io no, ma ci saranno sicuramente Lapierre e Crotti. Vai anche tu?»

«Forse.»

«Credo che ne valga la pena.»

«Le armi sono arrivate?»

«No, uno dei corrieri è stato arrestato.»

«Le hanno trovate?»

«Per fortuna no. Verranno consegnate a Genova.»

Il fruscio del nastro indicò la fine della registrazione. H6 guardò il capo.

«Ottimo – disse Tissier –, adesso sappiamo qualcosa di più. Ma chi sarà mai questo Franco?... Portatemi l'elenco dei ricercati.»

Sfogliarono l'elenco. «Franco Nargiu, ventidue anni, tre attentati, ricercato dalla procura della Repubblica di Cagliari per costituzione di banda armata.»

«Non è lui» concluse Tissier.

«Franco Poretta, milanese, ventisei anni, accusato di tre omicidi, ricercato dalle procure di Milano, Genova e Pisa per costituzione di banda armata e per cinque attentati.»

"Forse" pensò Tissier.

«Franco Marozzi, trentaquattro anni, dodici omicidi, ritenuto il capo militare delle Brigate rosse, imprendibile.»

«Eccolo!» esclamò il funzionario degli Affari generali, ma poi scacciò con un gesto della mano quel facile entusiasmo. "Franco potrebbe anche essere un nome di battaglia." «Desidero che i controlli continuino.»

«Serve altro?»

«Sì, H6. Sai quando ci sarà la prossima conferenza all'istituto KYRIE?»

«Stasera, signore.»

«Ci saranno anche Lapierre e Crotti?»

«No, non ho letto i loro nomi sul programma. Però non escludo che possano essere in sala... Parleranno dei tedeschi. Il tema è *Stammheim*. Come ricorderà, il carcere degli omicidi-suicidi di alcuni detenuti appartenenti all'estrema sinistra.»

Jean Paul Tissier sorrise. La conferenza su Stammheim era un pretesto. Ma il KYRIE era l'unico posto dove avrebbe potuto rivedere Dana.

Ventiquattro

Era sempre festa, nel cosmo variopinto dell'Autonomia, quando arrivava un transfuga del Pci, uno che aveva deciso di strappare la tessera di un partito che aveva tradito l'idea rivoluzionaria. Il mondo dell'Autonomia era fatto a cerchi, come i gironi dell'Inferno dantesco. Il primo girone, per gli entusiasti, era aperto a tutti i contributi: movimenti di liberazione, femministe, simpatizzanti radicali, gay, indiani metropolitani. Il secondo girone, che si poteva raggiungere dopo un esame sommario e tollerante, era il cuore movimentista dell'Autonomia: un campo-scuola, dove i problemi sociali venivano vissuti da dietro la lente della violenza, anche se non si accettavano le regole spietate del terrorismo. Il terzo girone, con i servizi d'ordine inquadrati e disciplinati. E così via, verso «uffici» sempre più segreti, dove al neofita era rigorosamente vietato l'accesso.

Giusto Semprini fu accolto nel secondo girone, quello delle sbornie politiche, dei proclami, delle riviste che parlavano di fucile purificatore, ma condannavano gli assassinii. Avrebbe voluto sapere tutto, il giovanotto di Scandiano. Gli suggerirono di procedere per gradi. Per l'indomani, a Bologna, era previsto un corteo di protesta contro la Dc, il Pci, il sindacato, Lama e la Fiat.

«Ci sarà violenza?» chiese Semprini.

«Non penso» gli rispose un capetto dell'Autonomia. «Però non si possono escludere provocazioni.»

Aveva vissuto quella sera di attesa con l'emozione e la paura della prima volta. "I compagni comunisti mi vedranno, qualcuno mi riconoscerà" si disse Giusto. "Gli sta bene, a quei venduti. Domattina arriverà anche Bianca. Sfileremo insieme. Il passamontagna? Ma che passamontagna! Voglio che mi vedano bene in faccia, tutti quanti."

Alle 16 il corteo prese il via. L'associazione commercianti aveva invitato gli iscritti ad abbassare le saracinesche: non si sa mai. Un volantino della federazione comunista, facendo eco a una dichiarazione del sindaco Renato Zangheri, invitava «i giovani del corteo a un civile dissenso».

Il primo slogan. Un nerboruto autonomo imbracciò il megafono e attaccò: «Compagno / che muori / non sei caduto invano / già mille proletari / hanno il fucile in mano». Dalle file del centro-corteo un ragazzo, con la sahariana e la barbetta, scattò come un centometrista, raggiungendo la testa della manifestazione. Prese per un braccio quello del megafono, gli disse due o tre parole all'orecchio, e il nerboruto, sbuffando, acconsentì.

Il secondo slogan era di taglio diverso: «È ora / è ora / è ora di cambiare / la fantasia / deve governare». Giusto inspirò profondamente, gonfiandosi i polmoni. Gli piaceva. «È ora / è ora / è ora di cambiare...»

Gli striscioni e le bandiere sventolavano, con i loro colori variopinti. Le scritte erano severe ma composte. «Berlinguer vattene», «Dc, sei l'origine di tutti i mali», «Una sola sinfonia: si chiama Autonomia».

I bolognesi, per strada, osservavano in silenzio. Ogni tanto un rimbrotto. Fa parte del carattere emiliano. Un anziano iscritto al Pci, forte e autorevole con il suo volto da vecchio combattente, si fece avanti. «Ma chi ve l'ha detto che il Pci è leccaculo? Non avete capito. Parliamone.»

La risposta fu corale. «Scemooo... scemoooo...» Tre ragazzine del servizio d'ordine, che avranno avuto sì e no sedici anni, gridarono, isteriche, la loro protesta: «Il Pci / non è qui / lecca il culo / alla Dc». Lo slogan, amplificato dal megafono, si impadronì del corteo. «Il Pci / non è qui / lecca il culo / alla Dc.» Era diventato un'unica voce, un unico grido unificatore. I leader del Movimento si scambiarono occhiate d'intesa. Tutto andava secondo il progetto più roseo. Intanto, dai piani superiori della Bologna altoborghese che non vedeva l'ora di sporcare l'immagine rassicurante di quella bandiera rossa che governava da sempre la città, si levarono risate scomposte. Ancor più scomposte quando lo slogan dei dimostranti toccò il mostro sacro del sindacato, Luciano Lama. «Lama / venduto / la pagherai / il proletariato / non dimentica i suoi guai.»

«Gli hanno dato del venduto, hai sentito?» diceva al marito una signora bionda e ingioiellata, che stava assistendo, eccitata, al passaggio del corteo. Nelle prime file, c'erano due dei suoi quattro figli. «Quel porcello con la pipa se lo merita» rispose sottovoce l'uomo.

In piazza Maggiore i giovani entrarono di corsa, sfondando il debole steccato del servizio d'ordine. Si disposero nel centro, alzarono le dita della mano destra. Il pollice in alto, l'indice e il medio tesi, a mimare la pistola. «Una sola giustizia / un solo motto / vogliamo / vogliamo / la P38.»

Poi via, ancora di corsa. Giusto Semprini, ebbro di quella velenosa libertà, si mise con i primi. Gli lanciarono un fazzoletto rosso. Sempre correndo, lo legò intorno al volto. «Avanti, avanti, al supermercato.» I leader del corteo frenarono, si fecero da parte. Dei millecinquecento manifestanti, in pochi minuti, ne rimasero una cinquantina. Semprini era con loro.

Le vetrine della Standa andarono in frantumi. Un commesso non fece in tempo ad abbassare la saracinesca e a chiudere il cancello. Una molotov lo sfiorò, incendiandosi. «È un esproprio proletario. Avanti.» Giusto era ormai fuori di sé. Afferrò delle mutande, un maglioncino, un paio di scarpe, una bottiglietta di profumo. Uscì di corsa. «Dentro, dentro» gridava un altro. «Alle casse, alle casse.»

S'irrigidì, Giusto Semprini. Tra le mani di un compagno aveva visto una pistola. «Che fai? Sei pazzo?»

«La polizia, la polizia, sta arrivando la polizia.»

Fu una retata gigantesca. In venti finirono in questura. Furono identificati, ma di nessuno si riuscì a provare l'«esproprio». Tutti avevano fatto in tempo a liberarsi della merce rubata.

«Bravo Giusto» disse uno dei fermati al nuovo arrivato. «Sei stato formidabile. Hai saputo della Bianca?»

«Che cosa le è successo?»

«Ha preso una manganellata sulla testa dalla polizia.»

«Maledetti.»

«Non ti preoccupare. Nulla di grave.»

«Stramaledetti.»

Alle 21 erano tutti in libertà. "A Genova, adesso" disse fra sé Giusto Semprini. "La pagheranno!"

Venticinque

Uscì senza dir niente a nessuno. Estrasse dalla borsetta la cartolina e la spedì. «Caro Giusto, sono a Parigi. Ci sentiamo presto. Dana.» Un pensiero per l'amico italiano. Era felice, la ragazza. La notizia, che l'aveva resa quasi euforica, era su tutti i giornali. "Stasera, all'istituto KYRIE, dibattito sul tema *Stammheim*. Sarà là?" si chiese Dana. "Oppure no. Magari è uno straniero di passaggio, come me."

"Bisogna che vada, a tutti i costi" si ripeté. Alain e Catherine avevano ospiti a cena. Lubo, sicuramente, sarebbe rimasto con l'amico francese. Era la serata giusta.

Alle 20.45 il taxi scaricò Dana davanti all'istituto. C'era il giovanotto con la barba, c'era l'ormai familiare moquette marrone, c'era la ragazza del bar, la sala era semivuota. Contò, seguendo il dito indice della mano destra: diciassettesima fila, diciottesima, diciannovesima, ventesima. Si sedette alla metà della ventesima. L'aria condizionata le dava fastidio, e si infilò la casacca di pelle che teneva appoggiata sulle spalle. Aprì un libro. Si mise a leggere. Mancavano ancora trenta minuti all'inizio della conferenza.

Ogni tanto sbirciava in direzione dell'ingresso della sala. Arriva, non arriva. Poi si immerse nella lettura, e non si accorse che un uomo si era seduto accanto a lei. Udì il rumore di un accendino, si voltò. Ebbe un sussulto.

«Salve» disse Tissier.

«Salve» rispose lei.

«Si ricorda di me?»

«Mi pare di ricordare» mentì Dana. «Era qui l'altra sera.»

«Appunto.»

«Interessante quel dibattito. Le è piaciuto l'intervento del professor Lapierre?»

«Molto. Ma credo che anche stasera sarà interessante.»

«Oh sì, adoro queste conferenze.» Era la seconda palese menzogna di Dana.

«Italiana?» chiese Tissier seguendo quel piacevole gioco di bugie.

«No, cecoslovacca. Sono di Praga.»

Le nocche delle dita del segretario del KYRIE batterono sul microfono. L'incontro stava per cominciare. Dana chiuse il libro, dopo aver piegato un angolo della pagina che stava leggendo, e finse di concentrarsi sul primo oratore, un docente dell'Università di Francoforte.

Tissier la guardava, senza più sotterfugi. Lei si girò. Sorrise. Lo stesso sorriso della prima sera. Era tesa. Aveva le dita intrecciate. Lui si avvicinò, e prima che lei potesse realizzare posò una mano sopra le sue. Dana si contrasse come per tentare una timida reazione, ma non desiderava reagire. Guardò Tissier, dritto negli occhi.

«Non so cosa mi succede» fece lui.

«Nemmeno io.»

«Ha voglia di ascoltare questa conferenza fino alla fine?»

«No, ho molta sete.»

«Posso offrirle una bibita al Drugstore?»

«Volentieri.»

In macchina le prese la mano. Non dissero nulla. Tissier parcheggiò in rue de l'Université. Passarono, a piedi, davanti al Deux Magots, attraversarono il boulevard ed entrarono al Publicis.

«Prendiamo anche qualcosa da mettere sotto i denti?»

«Magari...»

«C'è un piatto di pesce scandinavo niente male.»

«Perfetto.»

«Vino?»

«Oh, sì.»

Attesero il cameriere, mano nella mano. Non smettevano di guardarsi. Le dita del funzionario dei servizi segreti frugarono delicatamente il palmo vellutato di Dana. Lei fece altrettanto, e chiuse gli occhi.

«Chi è lei?» disse a un tratto.

«Un infelice. Come lei.»

«È sposato?»

«No. Lo sono stato, un tempo.»

«Come fa a sapere che sono infelice?»

«Mi è bastato guardarla negli occhi, l'altra sera.»

«È vero» disse lei rabbuiandosi.

«Lo so, Dana.»

«Come sa che mi chiamo Dana?»

«La chiamavano così i suoi amici, quella sera.»

«Amici, amici... quante volte si spreca questa parola così importante. Uno è mio marito, l'altro è Lapierre, un suo collega francese. E lei, piuttosto, come si chiama?»

«Mi chiamo Georges. E dammi del tu, ti prego.» Tissier aggiunse quella seconda frase, invitante, un po' perché gliela aveva dettata qualcosa da dentro, e un po' per soffocare l'effetto di quella bugia sul suo nome.

«Ti trattieni tanto a Parigi?»

«No, Georges, parto domani sera.»

Il viso di Tissier espresse tutta la delusione possibile. Questo non l'aveva previsto. Ma forse era meglio così. "Se sapesse qual è il mio lavoro, che cosa sto scoprendo su suo marito, su Lapierre, sul professor Crotti. No, meglio che non sappia."

«Stai in albergo, con tuo marito?»

«No, sto a casa di Lapierre.»

«Non ti piace quell'uomo, eh?»

«No. È falso. Sia lui sia mio marito sono impegnati in faccende che non riesco a comprendere. Progetti che mi paiono astrusi, pericolosi. Lubo è molto cambiato nelle ultime settimane.»

"Quanto hai ragione" pensò Tissier, accarezzandole entrambe le mani. Cenarono e uscirono.

«Ti riaccompagno a casa.»

«Sei gentile.»

«Dove vado?»

«Rue du Birague, numero 4.»

Sotto casa non c'era nessuno. Tissier l'attirò a sé. Dana non oppose resistenza. Le baciò gli occhi, le guance, il collo, poi le accarezzò la bocca. Fu un bacio lunghissimo, accompagnato da carezze che si stavano facendo sempre più audaci.

Dana aprì gli occhi. «Lubim ta.»

«Che cosa vuol dire?»

«Niente. Scusami. Ti voglio bene.»

«Puoi stare fuori stasera?» chiese Tissier, ma in cuor suo, in fondo, sperava che lei gli dicesse di no. Non voleva rovinare, con la fretta, la magia di quell'incontro stupendo.

«Come faccio, tesoro? Mi aspettano lassù.»

«Me ne devo andare?»

«Scusami, Georges... Scrivimi. Ti lascio il mio indirizzo di Praga.» Su un foglietto annotò il nome di una strada e un numero di telefono. «È la casa dei miei genitori. Chiama là e lascia detto quando richiamerai. Sarò puntuale.»

Jean Paul Tissier, il duro Tissier, sulle cui spalle il servizio segreto francese aveva caricato tante responsabilità, ebbe un attimo di smarrimento. Aveva gli occhi lucidi. Dana gli strinse il capo fra le mani e gli restituì il bacio. L'incrocio fra quelle labbra e fra quelle lingue sembrava non avere fine. Tissier frugava nella bocca di Dana con un'eccitazione incontrollabile. Le accarezzò i capezzoli. Erano turgidi. Anche lei si abbandonò a un fuggevole tocco sul suo membro. Come volesse fissare il ricordo di qualcosa che ormai sentiva suo. Un colpo di clacson li riportò alla realtà. Dana si girò, spaventata. Uno sconosciuto si stava sbracciando. Cercava di entrare nel parcheggio, che la vettura di Tissier ostruiva. Scoppiarono a ridere entrambi.

«Ciao amore mio. A presto.»

«Ciao piccola: che Dio ti benedica.»

«Cos'hai detto?»

«Niente, niente.»

Dana premette il terzo bottone luminoso, in alto, a destra. Tissier innestò la prima e partì. "Ti devo difendere, tesoro" pensò. A casa, chiamò François.

«Di' ad H6 che ho un altro appartamento da controllare. Ho scoperto dove abita Lapierre. Probabilmente la casa è intestata alla moglie. Ecco perché non figura nell'elenco.»

«Come l'ha scoperto?»

«Lascia perdere. Ci vediamo domani.»

Aveva ancora addosso il profumo della ragazza. Nella bocca il sapore della sua. Si lasciò cadere sul letto, vestito. Non voleva cancellare neppure un atomo di quel che lei gli aveva lasciato. "Sono diventato un romantico" disse fra sé. Spense la luce e si addormentò.

Ventisei

La raccomandazione-presentazione era inattaccabile. Era stato Vasco a mandarglielo. Avevano combinato di incontrarsi al bar San Siro, che rimaneva aperto fino alle tre del mattino. Nervi, di sera, offre ai turisti il fresco abbraccio dei suoi parchi e la passeggiata sul lungomare che porta il nome di Anita Garibaldi.

Il bar San Siro era in cima a via Gazzolo. Finita la passeggiata, Ron Stewart scorse le bianche sedie del luogo dell'appuntamento. Si accomodò. Non aspettò molto. Ennio Merani sopraggiunse, puntualissimo. "Almeno quarant'anni" stimò l'americano. Guance gonfie, occhi piccoli, abito blu, cravatta granata.

«Vasco?!»

«Vasco!»

«Le porto i suoi saluti.»

«Contraccambi.»

Stewart non temeva trappole. Come avrebbe potuto temere una trappola da Vasco? Impossibile. E non temeva neppure di parlar chiaro. Era giunto il momento dell'azione.

«È tutto pronto per il raduno?» chiese.

«Sì. Domani cominceranno ad affluire i dimostranti.»

«Quanti saranno?»

«Quaranta-cinquantamila. Secondo i giornali, anche sessantamila.»

«Vasco le ha spiegato che cosa bisogna fare?»

«No, mi ha detto di mettermi a sua disposizione per qualsiasi cosa.»

«Qualsiasi?»

«Qualsiasi.»

«Sarà lei ad agire?»

«No, non posso. Devo restare coperto. Le manderò uno dei ragazzi più fidati.»

«Benissimo.»

«Qual è il compito?»

«Uccidere un autonomo.»

Ennio Merani rimase immobile. Accese una sigaretta e, con cinismo tutto professionale, disse: «Occorreranno soldi. Tanti».

Stewart sorrise. «No. Ho di meglio. Una grossa partita di droga.»

«Eroina?»

«Sì, roba per 250 milioni.»

«Ullallà! Ne basterà un terzo.»

«Veda lei.»

«Quando dovrebbe succedere il... insomma l'incidente?»

«Preferirei nel giorno conclusivo della manifestazione. I giornali avranno la possibilità e il tempo per montare il baccano necessario.»

«Vuole che si agisca in piena manifestazione?»

«No, no, meglio di no. Troppi rischi. Con decine di migliaia di ospiti non sarà difficile agire in un luogo, magari centrale, ma isolato.»

«Il centro storico?»

«Non lo conosco. Decida lei.»

«Lei dove alloggia, signor Grock, o signor Stewart?»

«Stewart. Ron J. Stewart. Sto all'Astor, qui a Nervi.»

«E la roba? Preferirei prelevare un piccolo anticipo.»

«Non ha che da seguirmi lungo il viale delle Palme, fino al parcheggio della stazione ferroviaria di Nervi.» Imboccarono via Oberdan, raggiunsero la piazza centrale e poi giù, verso l'albergo. Era quasi mezzanotte quando Ennio Merani si allontanò con una busta di plastica sotto il braccio. L'anticipo del prezzo di un delitto.

Ventisette

«Ma è assurdo.»

«Calma, Tissier, calma. Sapevo che avrebbe reagito come un cavallo furioso.»

«Non è questione di cavallo furioso, capo. È questione di rigore professionale. Ma come? Stiamo seguendo uno dei casi più clamorosi dalla nascita della Quinta Repubblica, e ora bastano le bizze di qualche papavero per bloccare tutto?»

«Chi le ha detto che bloccheremo tutto?»

«Non ci vuol molto a immaginare.»

«Lei è giovane e impulsivo, Tissier. Impari una cosa: le vicende politiche cambiano, noi restiamo. Certo, si tratterà di agire con ancor maggiore prudenza, ma ciò non toglie che il dossier debba essere completato. Poi vedremo che cosa fare.»

Meglio di niente, ma il funzionario degli Affari generali era sempre infuriato. Chissà chi stava mettendo i bastoni fra le ruote. Qualcuno della maggioranza? Inutile chiederlo al capo dell'ufficio. Non gliel'avrebbe detto. Si sarebbe limitato a ripetere l'ordine di servizio: «Moderare gli entusiasmi e le iniziative perché qualcuno si è lamentato».

Il direttore si alzò in piedi. «Proceda pure, ma attenzione. Utilizzi soltanto gli uomini più fidati. Non voglio rimetterci il posto. E mi tenga informato su tutto.»

Il funzionario si irrigidì in un perfetto, e ironico, saluto.

«Lasci perdere, Tissier... A proposito, che cosa fa domani sera? C'è un party nella villa del ministro. Mi piacerebbe presentargli il mio gioiello professionale.»

«Non si offenda, capo. I party non mi attirano. La ringrazio comunque.»

Uscì. Aveva un diavolo per capello. E di capelli Jean Paul Tissier ne aveva tanti. Scese le scale e tornò in ufficio. Decise, mentalmente, come procedere. Avrebbe dirottato alcuni uomini su altre piste, e per quell'inchiesta avrebbe utilizzato sette collaboratori: il fedele ma ingenuo François e la squadra H al completo. Agli ordini di H6, naturalmente.

Li convocò, e raccontò dettagliatamente le nuove disposizioni.

«Ho capito. Stiamo rompendo i coglioni» sbottò H6.

«Credo di sì» rispose Tissier.

«Dobbiamo continuare i controlli?»

«Con più scrupolo di prima, ma anche con la massima cautela. Ufficialmente dobbiamo far sapere che il caso è chiuso.»

«Chiuso?» disse François.

«Sì, *ufficialmente chiuso*. Però noi continuiamo, con più lena e rabbia di prima.»

Pensò a Dana, alla piccola Dana. Ormai la sentiva *sua*. Non avrebbe potuto fermarsi, Jean Paul Tissier. Era una promessa che, in cuor suo, le aveva fatto.

«Ci sono novità?» domandò.

Il solito H6 si fece avanti.

«Ancora tu, diavolo di un uomo. Che cosa hai trovato?»

«Una chicca, signore.»

«Quale chicca? Raccontaci subito.»

«Quell'americano della registrazione, Ron Stewart, ricorda? Ha telefonato, da Genova, al professor Lapierre.»

Tissier si appoggiò ai braccioli della poltrona.

«E gli ha detto?»

«Che entro un paio di giorni, a Genova, farà molto caldo.»

«Ovviamente Stewart non ha detto dove si trovava. Un albergo? Una casa privata?»

«Ovviamente.»

«Abbiamo qualcuno a Genova?»

«Sì, c'è R3, un giovane agente.»

«Meglio di no. Il capo non vuole baccano.»

«Altri ordini?»

«Continuate i controlli. A Genova penso io. È ora che il mio amico Fleuret sappia qualcosa di più, alla faccia di chi vuol romperci le scatole. Avrà pure qualche contatto con la magistratura italiana.»

«Altro?»

«Sì. H6, voglio sapere chi andrà a Genova. Lapierre, sua moglie. Tutti i francesi, insomma. Voglio un elenco completo.»

«D'accordo.»

«Ancora una cosa, H6. Perché hai detto che Stewart è americano? Fino a poco tempo fa non ne avevi la certezza.»

«Ah sì, adesso è sicuro. Lapierre ha detto, alla fine della conversazione: "Ciao, amico americano".»

Ventotto

Nella città che diede i natali a Cristoforo Colombo, la disputa è sempre aperta. Ci sono quartieri e circoscrizioni, a Genova, che si fanno la «guerra» (con parole, libri e documenti), contendendosi addirittura la casa natale del grande navigatore. L'opinione degli storici, almeno quella prevalente, è che Colombo sia nato a Porta Soprana, in un angolo tra i più amati dai genovesi.

Porta Soprana si affaccia su piazza Dante, dove hanno sede numerosi uffici importanti. Dalla casa di Colombo si scende, su larghi scalini, verso la strada. Gli scalini ospitano il moderato e tollerato mercato dei contrabbandieri di sigarette.

«Il solito?»

«Il solito.»

Giovanni Rutelli, dirigente dell'Italsider, allungò la banconota e ritirò la stecca di Marlboro. Non sempre erano buone come quelle originali. Anzi, c'era chi sosteneva che le Marlboro di contrabbando venissero fabbricate e confezionate a Napoli. Rutelli nascose la stecca rossa e bianca dentro la copia del giornale e scese verso la piazza.

«Dottor Rutelli!»

Si girò, istintivamente. Un uomo e una donna si avvicinarono. Vide gli occhi di lei, neri, fiammeggianti. Vide anche due pistole. Uno, tre... cinque... sette colpi, sotto le ginocchia. Avvertì una serie di fitte lancinanti, cadde, il sangue scorreva in fondo ai pantaloni. Giornale e stecca di Marlboro erano volati tre metri più avanti.

L'uomo guardò la donna. «Via... adesso.» Salirono su una motoretta e imbucarono la galleria, inghiottiti dal traffico delle 7.30 del mattino.

«Chiamate un'ambulanza! Chiamate la polizia» gridava il contrabbandiere. Il dottor Rutelli, nonostante le ferite, era ben presente a se stesso. «Prenda il fazzoletto, nella tasca sinistra... Ecco, adesso lo strappi e me ne leghi i lembi attorno alle cosce... Stringa forte, mi raccomando. Quando arriva la polizia, dica che chiamino casa. Con cautela, per carità. Mia moglie soffre di cuore.»

Il centralinista del «Corriere Mercantile», unico giornale del pomeriggio, sollevò la cornetta del telefono.

«Qui Brigate rosse.»

«*Turna* – rispose in dialetto genovese –, chi è il belinone che scherza a quest'ora?»

«Nessuno scherzo, cretino. Scrivi: "Qui Brigate rosse. Il porco Rutelli l'abbiamo azzoppato noi. Seguirà comunicato".»

«Pronto? Pronto?»

Aveva riattaccato. All'agente dell'antiterrorismo il centralinista del «Mercantile» raccontò: «Voce di uomo, senza inflessioni... Sì, credo che parlasse da una cabina, ma non ci giurerei».

Il direttore del giornale chiamò il caporedattore e gli disse che bisognava smontare subito la prima pagina. «Con il casino che ci sarà alla manifestazione, e con l'intervista al questore, sarà bene fare un bel titolo su questo ferimento.» Nell'intervista, il questore diceva: «La città, ospitando il convegno del Movimento, compie un gesto di grande tolleranza e di grande correttezza. Speriamo che la manifestazione non venga turbata da incidenti. Troppo spesso alla violenza delle parole è seguita la violenza dei fatti».

«Ecco» spiegò il direttore. «Sotto il titolo del ferimento facciamo una seconda riga con la frase del questore... La voglio in nero, come la prima riga. Aperte le virgolette: "Troppo spesso alla violenza delle parole è seguita la violenza dei fatti", chiuse le virgolette.»

Mezza Genova non gradiva quel convegno degli autonomi, e il giornale sosteneva apertamente questa posizione. I grandi quotidiani nazionali avevano inviato nel capoluogo ligure i loro corrispondenti. Così avevano fatto il francese «Le Monde», la tedesca «Frankfurter Allgemeine Zeitung», lo spagnolo «El País» e il «Guardian» di Londra. La rete televisiva americana Nbc aveva mandato una troupe. La cornice del grande spettacolo era garantita.

Piazza della Vittoria sembrava un enorme campeggio. Code ai caselli delle autostrade. Le Ferrovie dello Stato avevano organizzato due treni straordinari; la polizia controllava il quartiere delle università scientifiche, i carabinieri quello delle facoltà letterarie. All'ufficio politico della questura erano arrivate le segnalazioni di due cortei, prima dell'inizio della manifestazione. La prefettura, non avendo ricevuto alcuna richiesta ufficiale, aveva vietato «qualsiasi assembramento di dimostranti, per non turbare i lavori del convegno».

Erano le 16. Da via Balbi, dove ha sede la facoltà di Lettere e filosofia, almeno venti giovani con il passamontagna si misero a correre verso piazza Acquaverde, a due passi dalla stazione ferroviaria di piazza Principe. Altri venti erano in attesa di un ordine. Un secondo gruppo stava arrivando da piazza De Ferrari.

«Facciamo vedere a questi stronzi di che pasta siamo fatti» gridò uno dei più scalmanati. I passamontagna si abbassarono. I carabinieri si disposero di fronte ai dimostranti.

«Assassini / assassini / assassiniiiii...» Il grido, ritmato, accese un lampo d'ira sui volti dei militari.

Quattro dimostranti decisero un improvvisato raid. «Avanti, assaltiamo il bar della stazione» urlò uno. Il secondo gruppo era praticamente giunto alle spalle dei carabinieri. Un giovane tenente: «Attenzione, attaccano anche da questa parte». Si udì un colpo di pistola.

«Maledetti. Sparano pure!» imprecò il tenente.

«Maledetti siete voi» rispose un autonomo, brandendo la P38.

La cassiera del bar della stazione si affacciò.

«Chiuda, perdio!» urlò il tenente. «Chiuda!»

La donna, che non aveva compreso quel che stava accadendo, uscì sbraitando dal locale.

«Dentro! Dentro! All'assalto. È un esproprio, compagni!» Entrarono in dieci. Uscirono con le mani piene di brioche e di chewing gum. Uno tentò di aprire la cassa. Non ci riuscì. «Via! Via.»

I carabinieri, attaccati da due parti, rispondevano con i lacrimogeni. Uno degli autonomi si voltò di scatto. Impugnava un'automatica. Allargò le gambe, sistemò le mani sull'impugnatura della pistola. Uno sparo, due, tre.

Dalla siepe dei militari partì un colpo di fucile. L'autonomo fu abbattuto. Un brigadiere, ferito alla spalla sinistra, si piegò su se stesso e cadde a terra. Grida di rabbia e di paura. «Dio mio, che tristezza» urlò una donna.

L'autonomo Francesco Scopeto, ventitré anni, ucciso da un proiettile alla fronte. Il sottufficiale Federico Sunni, ventisette anni, sessanta giorni di prognosi.

Genova è una città sensibile, sotto la patina di un burbero distacco. La notizia della morte del giovane dimostrante si diffuse rapidamente, raggiungendo i giovani del convegno, le segreterie dei partiti, il sindaco, il prefetto, il questore, l'arcivescovo, migliaia di lavoratori.

«Quale violenza ha ucciso?» era scritto sul cartello che un autonomo-sandwich portava, davanti a un'edicola di piazza Corvetto.

Ron J. Stewart ascoltò alla radio le prime notizie. "Già un morto" si disse. "Ci hanno aiutato prima che ci muovessimo."

Ormai nessuno, neppure gli inviati dei giornali, pensavano all'apertura della manifestazione. Non c'erano orecchi né macchine per scrivere che non fossero concentrati sulla morte di Francesco Scopeto.

Si formò un corteo spontaneo di dimostranti. Una pioggia di slogan. «Compagno / Francesco / sarai vendicato / dalla giustizia / del proletariato.» «A morire / sarete voi / Francesco / è vivo / e lotta insieme a noi.» Poi: «Carabiniere / non lo scordare / abbiamo Francesco / da vendicare».

Alle 21 un leader dell'Autonomia dichiarò aperto il convegno al Palasport, salutando gli ospiti illustri: il professor Mario Crotti, il professor Alain Lapierre, gli intellettuali che avevano scelto la battaglia del dissenso. Alle 22.15 Stewart avrebbe ricevuto, nel giardinetto davanti all'Hotel Astor, l'uomo che era pronto a uccidere.

Ventinove

Il «Corriere della Sera» titolava, in prima pagina: *Genova, uno dei giovani dimostranti ucciso in un conflitto a fuoco*. Simile l'apertura de «La Stampa» di Torino: *Conflitto a fuoco, ucciso un dimostrante alla vigilia del convegno di Genova*. Decisamente più cruda «la Repubblica»: *Giovane autonomo ucciso dai carabinieri*. Anche se c'era un sottotitolo per ricordare che il dimostrante impugnava una P38. Il quotidiano genovese «Il Secolo XIX» apriva, a tutta pagina, con *Ucciso un giovane autonomo a Genova, dopo il sanguinoso attentato delle Br*, riassumendo quindi i due fatti di cronaca che lanciavano ombre sinistre sul convegno del Palasport. Di merito il titolo del giornale comunista «l'Unità». *Purtroppo si è già imposta la violenza. Ucciso un giovane dell'Autonomia*.

Giusto Semprini lanciò il pacco di quotidiani sul sedile posteriore della sua 127. I suoi occhi sembravano di fuoco. Bianca lo accarezzò dolcemente sulla nuca. «La pagheranno, Bianca.» La ragazza non disse nulla. Quando lo vedeva rabbuiato e nervoso, se ne stava in silenzio. Era il suo modo di dimostrargli affetto, di fargli capire che lei era lì pronta – appena lui l'avesse chiesto – a offrirgli comprensione e tenerezza.

Semprini posteggiò l'utilitaria su piazzale Kennedy, davanti al Palasport, e si diresse verso l'ingresso, dove tre giornalisti stavano discutendo con uno dell'organizzazione.

«Per entrare si paga.»

«Quanto?»

«Dipende. Giornalista di quotidiano borghese, cinquantamila lire; giornalista di quotidiano locale, trentamila; giornalista di quotidiano di partito, cinquemila.»

«E gli stranieri?»

«Loro gratis.»

«Perché questa discriminazione?»

«Perché abbiamo bisogno che le nostre voci si diffondano nel mondo. Se obbligassimo all'obolo gli stranieri, non scriverebbero nulla.»

«E se anche noi italiani facessimo il black out?»

L'organizzatore ridacchiò: «Impossibile... Di questo fatto dovrete parlare per forza».

I giornalisti si riunirono e parlottarono a lungo. C'erano due posizioni. Chi era disposto a pagare l'obolo, che sarebbe comunque finito nella nota-spese; chi era contrario. Fu proposto un compromesso. «Trecentomila lire ed entriamo tutti. Siamo trenta, diecimila a testa.»

«Un momento e ve lo saprò dire» rispose, baldanzoso, l'addetto alla colletta. Si allontanò e tornò, cinque minuti dopo, con il responso. Sì, i leader avevano accettato, ma la regola era valida solo per quel giorno. «Vedremo cosa scriverete domani, e ne riparleremo.»

«Ma questo è un ricatto bello e buono!» sbottarono l'inviato del «Corriere» e quello de «La Stampa».

«Prendetelo come vi pare.»

«Benissimo. Noi ce ne andiamo. Decideranno i nostri rispettivi direttori.» Arrivarono, dopo un'oretta, le prime risposte. La maggioranza era d'accordo nel pagare l'obolo, ma non accettava censure. I giornalisti stranieri, colpiti da tanta insolenza, avevano deciso di solidarizzare con i colleghi italiani. Alla fine vinse l'equilibrio. Si tornò all'ipotesi delle trecentomila lire complessive, senza più censure, per tutto il convegno.

Semprini squadrò la pattuglia dei cronisti e degli inviati con un'occhiata di sufficienza. "Servi, ecco quel che siete" pensò. "Spesso, servi sciocchi. Però servi, e da servi servirete ancor più la nostra causa." Vide un giornalista de «l'Unità» che aveva incontrato a Bologna. L'uomo fece un cenno di saluto. Giusto lo guardò dalla testa ai piedi e accennò uno sprezzante sorrisetto, che pareva dire «povero coglione».

Dentro il Palasport c'era un baccano infernale. Un'orchestra improvvisata stava eseguendo un pezzo dei Beatles, *Yesterday*. Un attempato autonomo ricordò ai più giovani che proprio lì, al Palasport, si erano esibiti, nel loro primo tour italiano, i divini scarafaggi, i veri Beatles. «Ci sono andato grazie a un coupon che veniva offerto ai lettori del giornale "Ciao amici", con un fantastico sconto.»

Al tavolo della presidenza, cinque persone. Stavano discutendo animatamente. Giusto lesse le targhette con i nomi: Alain Lapierre, Mario Crotti, Elisabetta Bivi, Francesco Leardi, Nino Bertone. Tutti nomi famosi nel mondo dell'ultrasinistra.

«Da dove arrivate?» chiese un giovanotto a Giusto e a Bianca.

«Da Scandiano, provincia di Reggio Emilia.»

«Compagni?»

«Sì, sono un ex comunista. Molto ex» rispose fiero, Semprini.

«Splendido. Qua la mano.»

«Hai sentito quel che è successo ieri?»

«Ho letto sui giornali.»

«Balle. Hanno raccontato un sacco di balle. Francesco è stato delibera-tamente ammazzato da un carabiniere. Volevano il morto, quei bastardi!»

«Però tutti i quotidiani scrivono che Francesco aveva la P38. Che ha sparato anche lui.»

«Falso, credimi. Una menzogna spudorata. Quei pennivendoli meri-terebbero una lezione.»

Erano a due passi da Lapierre. Il professore sembrava incuriosito da quello scambio di opinioni e trattenne, a stento, una risatina cattiva, perfida, cinica, fredda. "Questo è niente" pensò.

Mentre al Palasport l'ululato di una sirena invitava i convenuti al si-lenzio, una decina di chilometri a Levante il portiere dell'Hotel Astor sollevava il naso.

«Chi devo dire?»

«Dica che sono un amico di Merani.»

«Pronto? Signor Stewart? C'è qui un amico del signor Merani che cerca di lei... Sì... d'accordo.» E quindi, rivolto all'uomo: «Scende immediatamente».

Passarono tre minuti. Come un perfetto gentleman l'americano si presentò.

«Eccomi qui, signor...»

«Mi chiamo Riccardo.»

«Accomodiamoci laggiù... Sa già, immagino, che cosa le chiediamo!»

«Il signor Merani mi ha spiegato.»

«Quando crede sia possibile agire?»

«Anche subito.»

«Subito no, soprattutto dopo quel che è accaduto ieri.»

«Allora domani?»

«Magari di notte. I giornali avranno così tutto il tempo di studiare, ehm... l'incidente.»

«Ha un obiettivo particolare?»

«No, l'importante è che si tratti di un autonomo, uno del convegno.»

«Di questo può star certo. Ho già trovato il luogo giusto... Piuttosto, per la ricompensa?»

«Merani cosa le ha detto?»

«Mi ha consegnato soltanto venti bustine.»

«Lei quante ne chiede?»

«Duecento possono bastare.»

«Va bene. Metà subito e il resto a missione compiuta.»

«D'accordo, signor Stewart. Grazie.»

Il sostituto procuratore della Repubblica Giovanni Lori chiuse il fascicolo. L'inchiesta sull'uccisione dell'autonomo in piazza Principe non aveva fatto passi avanti. Il magistrato stava per prendere una sofferta decisione. Firmare un ordine di comparizione per il tenente dei carabinieri che, come dimostrava un documento fotografico, aveva sparato. Lori ne aveva parlato a lungo con il capo dell'ufficio. Era stato un colloquio drammatico. Il procuratore era contrario, in linea di principio, e l'aveva fatto presente al suo sostituto, anche se il titolare dell'azione penale era Lori e a lui toccava l'ultima parola.

Giovanni Lori era uomo di grande rigore morale. Era uno statalista convinto, un fedele chierico delle istituzioni. Di solida formazione cattolica, aveva attraversato, negli ultimi tempi, una profonda crisi politica, che lo aveva portato a simpatizzare per il Partito comunista. Non era iscritto e non era neppure un aperto sostenitore. Dei comunisti, o almeno di certi comunisti, apprezzava la coerenza e l'autodisciplina. Non aveva avuto la minima esitazione a mettere sotto inchiesta due funzionari del partito, coinvolti in uno scandalo edilizio, unto con le tangenti. Se con gli altri era disponibile alla tolleranza, con i due comunisti era stato inflessibile. Ne aveva chiesto, e ottenuto, un'esemplare condanna.

Credeva nel garantismo, Giovanni Lori, e credeva nell'indipendenza della magistratura. "Quando si accende un'azione penale – era il suo credo – bisogna spogliarsi di tutto: di sentimenti, di passioni, di debolezze, di amicizie, di pregiudizi." Vi era solo un vangelo: il codice. Il codice prevedeva che Lori chiamasse il tenente dei carabinieri. Il pm firmò il provvedimento.

Trenta

«Quindi la nostra risposta, compagni, non può che essere politica. La politica si fa a parole, ma soprattutto con i fatti. Quali fatti?, chiederete. Già vedo volti preoccupati. No, nessun timore. Noi siamo per le armi della critica, non per la critica delle armi. Però attenzione. Non tollereremo di essere ricacciati nelle buie caverne della storia. Se lo Stato ci parlerà con violenza, risponderemo con la violenza.» Un lungo applauso, condito di grida scomposte e fischi, all'americana, soffocò la voce del professor Crotti, che, abilmente, aveva evitato la domanda-base della tavola rotonda pubblica sul tema: *E se le Br avessero ragione?*

"Furbo" pensò Lapierre. "Abile e furbo. Non c'è niente da obiettare. Questi italiani sono maestri nel dire e nel non dire. Ogni interpretazione è possibile. Ci sarà chi ha colto, nell'intervento, un sì alla lotta armata e al terrorismo. Chi, invece, avrà colto un messaggio politico sul filo della legalità, ma pur sempre nell'ambito della legalità stessa."

«Domande?»

Si alzò un notissimo giornalista, famoso per le sue interviste pungenti, sospettato di simpatie per il Pci.

«Lei dice testualmente: "Noi siamo per le armi della critica, non per la critica delle armi". Non crede, però, che esista anche una violenza delle parole, che equivale, e spesso supera, la violenza di un attentato?»

Una bordata di fischi accompagnò le ultime parole del giornalista. «Buffone!» «Leccaculo!» «Cocco di mamma.» «Valle a raccontare al tuo direttore queste puttanate.»

Mario Crotti afferrò il microfono. «È intollerabile, compagni. Stiamo partecipando a un convegno contro la repressione, e qui vogliamo reprimere l'opinione di un giornalista? È una manifestazione da pezzenti, da poveri ignoranti. Adesso basta.»

Il carisma del professore era indiscusso. Le sue parole furono come frustate. La massa si era improvvisamente zittita, per ordine di uno dei suoi leader.

«Diceva, allora?»

Il giornalista proseguì. «La ringrazio, professore... Dicevo che... Ma forse è meglio un esempio. Professor Crotti, immaginiamo che lei sia un illustre personaggio che vive in un paesone, quasi una piccola città. Un giorno si presenta ai suoi compaesani e impartisce un ordine sotto forma di suggerimento: "Bisogna ammazzare tutti coloro i quali portano i baffi rossi".»

Risate, grida di scherno. Ancora la voce di Crotti: «Silenzio. Lasciatelo continuare».

«Poi, lei ripete l'invito una seconda, una terza, una quarta volta. Una bella mattina viene trovato il cadavere di un uomo con i baffi rossi. La mattina dopo, un altro cadavere, sempre con i baffi rossi. Lei, a quel punto, professore, si sentirebbe responsabile, magari morale, magari indiretto, di quei delitti?»

"Ben detto" pensò Lapierre. Ottima domanda. Bravo giornalista. Anche se i due docenti stavano sulla stessa barca, vi era pur sempre il gusto della competizione, il gusto di superarsi, il gusto di godere delle difficoltà dell'altro, tipico di una certa bizzosa borghesia intellettuale.

Mario Crotti sorrideva sotto i suoi... «baffi rossi». Amava la provocazione, amava il contraddittorio intelligente. Era il suo pane, la sfida con se stesso.

«Apprezzo molto la sua domanda... È stimolante. Risponderò subito. Lei mi paragona, per assurdo ovviamente, al predicatore che invita le masse a uccidere tutti gli uomini con i baffi rossi. Voglio replicare, aprendo il Vangelo, che Gesù cacciò i mercanti dal tempio. I nostri mercanti potrebbero essere gli uomini malvagi con i baffi rossi, mentre il predicatore potrebbe essere l'anima popolare di un paese che chiede giustizia. Certo, capisco la sottigliezza del suo esempio e l'acutezza della sua metafora. Lei vuol dire che se io sostengo che bisogna ammazzare, e qualcuno raccoglie l'invito e ammazza, allora io sono il mandante degli assassinii. Certo, se ordino di uccidere, posso avere delle, come le chiamate?, responsabilità morali. Ma se indico alla gente chi sono i birboni, i bricconi, i ladri, gli sfruttatori, gli usurai, allora no, caro giornalista! Non mi sento responsabile di come gli altri possano accogliere i miei giudizi. Che cosa vogliamo? Distruggere il diritto alla critica?

Se andiamo avanti di questo passo, dove finiremo? Finiremo che se, per ipotesi, viene ucciso un uomo politico, nessuno potrà più criticare la classe politica, pena la patente di mandante morale dell'omicidio!»

Applauso convinto, grida isteriche. "Un vero furfante" pensò Lapierre, ammirato. "Quel Crotti è un genio del male." Provava un pizzico di invidia, anzi uno strano cocktail di invidia e ammirazione. Gli strizzò l'occhio, con fare complice.

«La parola – intervenne lo speaker – al professor Lapierre.»

Il francese si alzò in piedi, salutò un gruppo di amici, si schiarì la voce e attaccò. «Mi si chiede: "E se le Br avessero ragione?". Rispondo no, non hanno ragione. Se questo vostro stupendo paese sta marciando nel tunnel della repressione, è anche colpa loro, ma non soltanto loro. Quel che mi preoccupa è che, nel calderone, adesso, anneghino tutti: le oneste voci del dissenso, le voci di chi non accetta le lusinghe del potere, le voci delle femministe, dei fricchettoni, dei drogati, dei diversi, di tanti compagni sospettati ingiustamente... Il mio è un no, con una sola riserva: "Attenzione: non vorremmo, un giorno, essere costretti a iscriverci alle Brigate rosse perché lo Stato ci rifiuta".»

Applausi da stadio dopo un gol. "Mascalzone" concluse Crotti. Un vero mascalzone. Anche a Genova la «strana coppia» aveva vinto.

I giornalisti fecero i conteggi. Dei partecipanti alla tavola rotonda, la maggioranza diceva no alle Br: «Non hanno ragione». Ma le riserve erano tali che pareva proprio vero il contrario.

Franco Marozzi sorrise. Era soddisfatto.

Trentuno

Dalla pensione Rosa di piazza Soziglia, al numero 10, Walter Bianchi uscì intorno alle 21. L'ultima serata, prima della conclusione del convegno. Studente di Scienze politiche all'Università di Padova, era venuto a Genova per «tastare il polso al Movimento». Del comitato di agitazione, nella turbolenta facoltà veneta, non era un leader ma un personaggio ascoltato. Le sue analisi, intrise di prudenza, rappresentavano spesso un punto d'incontro, soprattutto nei momenti della più stupida irrazionalità collettiva.

Bianchi era convinto che il processo di transizione al comunismo dovesse, giocoforza, passare per il Movimento. Un Movimento che aveva bisogno di nutrimento ideologico, di compattezza organizzativa. «Occorre – aveva spiegato più di una volta nelle assemblee – incanalare le spinte centrifughe sul binario di una possibile unità d'intenti»: concetto espresso con il tipico linguaggio sinistrese, che però era traducibile in termini chiari. E cioè: eliminare le azioni spontanee e imbecilli; utilizzare tutte le forze e renderle funzionali a un unico programma, quello rivoluzionario.

Era rimasto deluso, a Genova. L'orgia di parole si stava scioccamente infrangendo contro il muro dei luoghi comuni. Di concreto non veniva fuori niente.

I vari gruppi, lontani mille miglia dalla volontà di dialogo, continuavano a farsi la guerra su questioni di principio a volte, e su insignificanti dettagli altre. Anzi, i dettagli stavano prevalendo sui princìpi. "Crotti – pensava Walter Bianchi – ha un bel dire con la sua proposta sulla 'centralità del Movimento'. Ma se qui non esiste neppure un Movimento, che cosa diavolo si può centralizzare?"

Uscì dal portone. La piazzetta sembrava deserta. Soltanto una vecchia prostituta, grassa e sudata, con la gonna dieci centimetri sopra il ginocchio e la sigaretta in bocca, stava sull'angolo della strada, in attesa di un improbabile cliente.

Riccardo Basile era in agguato. Aveva seguito Walter Bianchi sin dal primo pomeriggio. Lo squadrò ancora una volta. "Non mi scappi più. A stanotte" pensò, allontanandosi.

Era passata da poco l'una. Il convegno era finito. Il tentativo di concluderlo con un corteo era fallito. Bianchi, deluso, non aveva voglia di parlare con nessuno. Risalì, sul marciapiede di sinistra, via XX Settembre. In piazza De Ferrari scese nel sottopassaggio, si fermò a guardare la vetrina illuminata di un negozio di dischi, uscì dalla parte opposta e imboccò il primo carruggio. La città e i suoi vicoli parevano deserti. "Domattina si parte" pensò.

«Vuoi roba?»

Era entrato in piazza Soziglia e la domanda gli arrivò da dietro le spalle. Si girò. Vide un'ombra.

«Che cosa?»

«Ti interessa una dose?»

«Droga? No, amico, hai sbagliato indirizzo.»

«Peggio per te.»

Walter Bianchi vide scintillare, sotto la pallida luce del lampione, un oggetto metallico.

«Che cosa fai?»

Non ebbe il tempo di aggiungere altro. Tre colpi, sparati con il silenziatore, lo raggiunsero al volto. Cadde all'indietro. Un rivolo di sangue si allungò sulla piazzetta genovese. La vecchia prostituta, che aveva trovato un occasionale cliente, si affacciò alla finestra, vide un giovane correre, poi guardò giù, sotto il lampione.

«Dio mio, l'hanno ammazzato! L'hanno ammazzato!»

Il grido fece spalancare, improvvisamente, tutte le finestre. Ci fu uno scalpiccio convulso. «È morto?» «No, è ferito.» «Chiamate l'ambulanza.» «Chiamate il 113.»

«113? Pronto? C'è un ferito in piazza Soziglia. Forse è morto. Fate presto.» Il centralinista compose il numero del medico di turno, al pronto intervento. «Dottore, c'è un morto in piazza Soziglia.»

La voce di Ennio Merani era vivace e secca, nonostante l'ora tarda.

«La stanza del signor Stewart, per cortesia.»

«Pronto?»

«Sono Merani. Tutto bene. Buona notte.»

Trentadue

Il sostituto procuratore Giovanni Lori fu svegliato intorno alle 3. Era appena riuscito a prendere sonno.

«Scusi se la disturbo dottore, ma è successo un fatto gravissimo.»

«Che altro è successo?»

«C'è un morto in piazza Soziglia.»

«Droga?»

«Non so. Il giovane non è di Genova. Ventidue anni, abita a Padova. Aveva affittato una stanza alla pensione Rosa. Il titolare dice che era qui per il convegno.»

«Un autonomo?»

«Credo proprio di sì. Gli hanno sparato tre colpi alla testa.»

«Dio mio.»

«Se vuole l'aspetto in ufficio, dottore.»

«Grazie. Penso sia meglio svegliare anche il dottor Giri.»

«Lo chiamo subito.»

Da pochi mesi Andrea Giri era il capo della Digos. Un commissario coraggioso, giovane, efficiente. Giri e Lori erano buoni amici. Si frequentavano assiduamente e, a conti fatti, avevano idee analoghe sull'eversione, sull'attacco che il terrorismo stava portando alle istituzioni democratiche.

Quando Lori arrivò in questura, trovò Giri sul portone.

«Brutta faccenda, amico mio. Proprio a convegno concluso.»

«Come è accaduto?»

«Non si capisce bene. Il ragazzo stava rientrando in albergo. Sembra che gli abbiano sparato a bruciapelo.»

«È un autonomo?»

«Sì. Ho fatto chiamare uno dei capi del Movimento. Gli ho chiesto se Walter Bianchi si drogasse. Mi ha risposto: "Impossibile".»

«Un delitto premeditato, allora?»

«E chi lo sa.»

«Testimoni?»

«Sì, una donna.»

«Attendibile?»

«Le ho detto di venire in questura, subito. Sarà bene che l'aspettiamo di là, nell'ufficio del funzionario di turno.»

La donna arrivò dopo pochi minuti, insieme a un tipo alto, magro, con un giubbotto di pelle nera sulle spalle. L'attività di entrambi era inequivocabile: prostituta lei, protettore lui.

«Allora, signora?»

«Dottore, non mi metta nei guai. Lui mi ha detto che se gli procuro dei casini mi picchierà a sangue.»

«Lui chi?»

Fece un cenno del capo, indicando l'uomo che l'aveva accompagnata, e che era rimasto fuori dall'ufficio.

«Non si preoccupi, signora, Nessuno saprà nulla.»

«Dottor Giri – supplicò la malcapitata –, io non c'entro con la politica.»

«Lo so, lo so. Stia tranquilla. Vuole un caffè?»

«Grazie, ne ho bisogno. Mamma mia, che notte» disse la donna nel suo inconfondibile accento meridionale.

«Stavo lavorando, lei capisce? Stavo su, al secondo piano. Ho sentito un tonfo e mi sono affacciata. Ho visto un giovane che correva. Poi ho guardato là, sotto il lampione. Mio Dio, che scena, che scena!»

«Ha riconosciuto il giovane che scappava?»

«Dottore, non me lo chieda.»

Giovanni Lori si fece avanti. «Signora, sono un magistrato, amico del dottor Giri. Dica quel che sa senza paura. Le garantisco che la giustizia le sarà riconoscente.»

«Ma io, veramente... non sono proprio sicura.»

«Però quel giovane l'aveva incontrato qualche volta?»

«Mi sembra di sì.»

«Uno spacciatore di droga?»

«Mi sembra di sì.»

«Il nome» sbottò Giri. «Il nome, signora.»

«Non posso, non posso. Il mio uomo mi farà la pelle.»

«Il suo uomo non le torcerà un solo capello.»

La donna, tremante, scoppiò a piangere. Singhiozzava e pregava, si fece il segno della croce.

«Glielo dico, dottore, glielo dico» rispose singhiozzando.

«Come si chiama, allora?»

«Si chiama Riccardo. Il cognome non lo so.»

«Grazie signora, può andare. Non racconti a nessuno quel che ci ha detto. Neppure al suo uomo. La chiameremo, se avremo bisogno.»

Il capo della Digos uscì e andò a scartabellare l'archivio. Nelle buste dei «politici», rossi e neri, non trovò nessun Riccardo. Scese al primo piano, squadra narcotici. Si fece dare l'elenco di tutti gli spacciatori conosciuti. Ebbe fortuna. C'era un Riccardo, ed era l'unico. Riccardo Basile, ventisei anni. Che fosse lui?

Trentatré

H6 staccò che erano quasi le 9. Ancora una volta aveva vinto la sua testardaggine. «Prima o poi telefoneranno al KYRIE e noi saremo pronti ad ascoltare» aveva detto a Tissier. Ne era convinto. Ne era sicuro.

Quella chiamata lo fece sorridere. Prese la bobina e attaccò. «... Caro segretario, come va a Parigi?... Qui a Genova abbastanza bene... No, Franco non l'ho visto, ma sicuramente era presente alla tavola rotonda... Se lo senti, chiedigli che impressioni ha ricavato... L'operazione è andata bene... Il nostro amico ha fatto un buon lavoro... Due incidenti in quattro giorni hanno acceso la città... La temperatura è da febbre alta... Rientriamo tra poche ore... Dovresti chiamare Lubo, a Praga... Digli che il primo tempo è finito con un buon vantaggio... A presto.»

Tissier ascoltò in silenzio. Poi afferrò il telefono e chiamò l'agente incaricato della rassegna stampa.

«È successo qualcosa a Genova?»

«Sì, capo. Sto ritagliando un flash dell'Agence France Press. Un giovane autonomo di Padova, il signor Walter Bianchi, è stato ucciso stanotte in una piazzetta del centro storico di Genova, appena dopo la conclusione del convegno contro la repressione.»

«Maledizione!»

«Vuole subito il flash dell'Afp?»

«No, aspetta ancora. Ritaglia tutto. Voglio, per mezzogiorno, una rassegna completa, anche di quel che hanno detto i notiziari radiofonici italiani.» Il funzionario era scuro in volto. Ce l'avevano fatta. La prima parte del progetto era stata puntualmente eseguita. Questo rafforzava la convinzione che sarebbero riusciti a realizzare anche la seconda. "Stewart. Bisogna trovare Stewart." Tissier telefonò al giudice Fleuret.

«Maître, ho bisogno di vederla.»

«Sarò in ufficio tra mezz'ora.»

Olivier Fleuret ascoltò in silenzio il racconto di Tissier. Un racconto che era la prova lampante di un sospetto terribile: *quelli* stavano facendo sul serio.

«Ha qualche collaboratore a Genova?»

«No – rispose il giudice –, non ne ho. Spesso, però, ho avuto contatti con un magistrato di Milano. Potrei rivolgermi a lui.»

«È persona fidata?»

«Credo proprio di sì. Gli chiederò il nome di chi conduce l'indagine sulla morte dell'autonomo, anzi dei due autonomi. Motiverò la richiesta spiegando che stiamo analizzando la possibilità di sondare gli ambienti dell'Autonomia francese e dei suoi eventuali legami con quella italiana.»

«Può essere una buona strada.»

«Lei riferirà ai suoi superiori gli ultimi sviluppi?»

«Non ho urgenza, *maître*. Stenderò il rapporto più avanti.»

«Penso sia meglio. È opportuno restare coperti, adesso. La partita sta diventando delicatissima. Ufficialmente non aprirò alcuna inchiesta. Meglio non lasciar tracce.»

Trentaquattro

Riccardo Basile varcò il cancello del carcere di Marassi alle 15.15. La donna l'aveva riconosciuto sulla fotografia. «È lui. Non ho dubbi.» La polizia si era presentata a casa del giovane spacciatore. Stava dormendo. Davanti alle divise restò impassibile.

«Credo ci sia un errore. Sarà facile appurarlo.»

«D'accordo. Si vesta e ci segua.»

L'interrogatorio durò una ventina di minuti. Una serie interminabile di «No», «Non ne so niente», «Per ieri sera ho l'alibi».

«Quale sarebbe l'alibi?»

«Stavo con una ragazza.»

«E chi è questa ragazza?»

«Non posso dirlo. È minorenne. E poi io sono un gentiluomo.»

«Spiacente, signor Basile. Sono costretto a firmare l'ordine di cattura.»

«Firmi pure. La verità verrà a galla.»

Giovanni Lori se ne andò, ma Andrea Giri si trattenne con il giovane per un'altra oretta. Cercò di farlo ragionare. «Questa è una storia sporca» gli disse. «Sappiamo che sei soltanto una pedina. Chi ti ha chiesto di ammazzare l'autonomo?» Niente da fare. Cocciuto come un mulo, il ragazzo aveva scelto il silenzio.

Giri perse la pazienza. Gli stampò sulle guance due robusti ceffoni.

«Lei è un bastardo, un torturatore.»

«Dillo ancora una volta e raddoppio la dose.»

«Bastardo e torturatore.»

Quattro sventole, due da una parte e due dall'altra, raggiunsero il volto di Riccardo Basile. Sempre irremovibile.

«Prima o poi ti faccio cantare» promise Andrea Giri, e se ne tornò in ufficio.

I giornali del pomeriggio pubblicavano, in prima pagina, la notizia del nuovo assassinio. Riferivano di manifestazioni spontanee organizzate, all'alba, dagli autonomi. Il resoconto del delitto avvenuto nel centro storico era abbastanza dettagliato. Nonostante il segreto istruttorio, qualche indiscrezione era trapelata. Il cronista, condendo il suo articolo con abbondanti condizionali, metteva in risalto, sintetizzandoli per punti, i misteri dell'omicidio: «Uno: non vi sono spiegazioni plausibili di questo gravissimo atto di violenza. Due: il titolare della pensione dove Bianchi alloggiava esclude che il giovane avesse strane frequentazioni. "Usciva e rientrava a orari regolari. Gli orari del convegno." Tre: un delitto nel mondo della droga? Gli amici e i compagni di Walter Bianchi lo escludono radicalmente. "Non aveva mai visto una siringa. Sosteneva che la droga era uno strumento del potere." Quattro: un delitto politico? Difficile. Chi e per quale ragione avrebbe dovuto ammazzare il giovane autonomo di Padova?» In coda all'articolo, quattro righe per dire che «vi sarebbero dei testimoni, tra i quali una donna, in grado di riconoscere il killer di piazza Soziglia».

Giri strinse i pugni, rabbiosamente. Qualcuno aveva parlato. Aveva sperato, il commissario, di poter contare almeno su un black out di ventiquattr'ore, ma era andata male. Andava sempre male. C'era *sempre* qualcuno disposto alla «soffiata». "Potrei chiamare il cronista, chiedere al magistrato che indaghi sulla fuga di notizie" pensò Giri. Inutile. Perché tanto, prima o poi, la notizia sarebbe uscita.

Ebbe quasi una folgorazione. Compose il numero di telefono di un giornalista che stimava.

«Vecchio mio, che ne diresti di una chiacchierata?»

Il reporter si precipitò in questura.

«Niente registratore, però. Prendi appunti.»

Così il commissario gli raccontò che il delitto di piazza Soziglia aveva probabilmente un'origine oscura. Il colpevole, Riccardo Basile, era stato arrestato, però la polizia era convinta di avere di fronte un caso estremamente complesso. «Anzi, puoi scrivere che si sta seguendo una pista delicatissima, con implicazioni per il momento non rivelabili... Puoi aggiungere anche che si cercano i mandanti... Oh, naturalmente tu non mi hai visto, io non ti ho raccontato niente...»

«Eccetera eccetera» esultò il giornalista raggiante. «Stai tranquillo, Giri. Tra noi i patti sono sempre stati chiari.»

«Al capocronista annuncia la cosa soltanto a tarda sera. È meglio.»

«Posso proporre come titolo *Un giallo politico dietro il delitto di piazza Soziglia.*»

«Magari con il punto interrogativo» si congedò il commissario.

Alle 17.25 una telefonata raggiunse Ron J. Stewart. Era Merani.

«Hanno preso il ragazzo.»

«Non me lo dica.»

«Purtroppo è così.»

«È uno che canta?»

«Lo escluderei. Però è opportuno essere prudenti. Io cambio aria e lo consiglio anche a lei. Arrivederci.»

Era un imprevisto che l'americano giudicò molto serio. Avrebbe potuto far le valigie, tornare a Milano, recuperare la sua identità di Peter Grock. Ma le armi? "E se arrivano le armi?"

La voce di Vasco, al telefono, sciolse ogni dubbio.

«Parta immediatamente. Il fagotto arriverà a Milano.»

In dieci minuti Ron fece tutto. Pagò il conto. Salì sull'auto e imboccò l'autostrada.

Trentacinque

Il comitato esecutivo delle Brigate rosse gli aveva dato il più ampio mandato. La campagna acquisti dipendeva esclusivamente da lui, da Franco Marozzi, il grintoso colonnello della rivoluzione «in nome del comunismo».

Aveva voluto carta bianca e l'aveva ottenuta. Anche le aperture nei confronti del Movimento, da lui suggerite, erano state accolte quasi con calore dai vertici politici dell'organizzazione. A Genova, Marozzi era arrivato come osservatore.

La segnalazione gli era giunta da un compagno dell'Autonomia organizzata. Segnalazione interessante. Si trattava di scambiare quattro chiacchiere con un giovanotto molto intelligente, ex Pci, incazzatissimo con il partito, approdato nel cuore del Movimento.

«Te lo presento?»

«Sì, con cautela.»

Fu un incontro «fortuito», al bar.

«Ah, Giusto, ecco un compagno milanese molto in gamba. Si chiama Franco.»

«Piacere.»

«Che te ne pare del convegno?»

Giusto Semprini non sospettava di avere di fronte uno dei big delle Brigate rosse. Disse, con freddezza: «Mi aspettavo di più».

«Che cosa non va?»

«Manca coesione politica, non c'è un progetto ben definito. Il Movimento sembra l'armata Brancaleone... Anche sul ruolo della lotta armata, mi pare che le idee siano poco chiare. "Compagni che sbagliano" è una solenne stronzata. Certo, di errori politici ne hanno commessi, ma non si può sminuire o addirittura isolare il contributo che questi misteriosi brigatisti danno alla lotta di classe.»

«Certo – aggiunse Franco –, ma è difficile dilatare, senza preparazione, il potenziale rivoluzionario della lotta di classe.»

«Difficile sì, ma non impossibile. I compagni hanno bisogno di stimoli e di punti di riferimento. Non c'è maturità politica, ecco.»

«Credo che tu abbia sentito parlare, da qualche compagno, della proposta di sdoppiare la strategia complessiva: una più accurata disciplina militare da una parte, e un ristretto gruppo politico che studia il da farsi dall'altra.»

«Sì, mi sembra una proposta sensata. Se non si coglie la portata della delusione provocata dal tradimento della sinistra istituzionale, non si è capito proprio niente. Se per coordinare le lotte occorre un doppio livello, mi sta bene. Ma in questa chiamiamola "dialettica" devono entrare anche le avanguardie. Non si fa la rivoluzione senza avanguardie.»

Franco Marozzi rimase colpito dal lucido ragionamento del giovane neofita. Gli promise un «Ci rivediamo».

Poche ore più tardi Giusto Semprini era sconvolto. Due morti in quattro giorni. Che cosa vogliono? L'estremo imbarbarimento? La fine del confronto? La distruzione del dissenso? In lui si fece strada, lentamente, una certezza: era stato il potere a volere i morti di Genova. Il potere aveva bisogno di radicalizzare la lotta con sangue proletario? Avrà la risposta che merita.

Ne parlò a lungo, Giusto, con la sua Bianca.

«C'è bisogno di gente nuova, che abbia voglia di cambiare le cose. Io ci sono.»

Lei non rispose. Aveva capito. Ancora una volta non se la sentiva di ostacolare il progetto del suo uomo. Se l'avesse fatto, l'avrebbe perduto.

Franco Marozzi era pronto, in agguato. Si incontrarono una seconda volta, sempre «casualmente».

«Sono stanco, Franco. Stanco e deluso. Questa è una carneficina.»

«Che cosa vorresti fare?»

«Mi hanno detto che i compagni delle Brigate rosse hanno bisogno di linfa nuova.»

«Tu saresti pronto?»

«Lo sono.»

«Vedrò di mettere in giro la voce.»

Trentasei

La copia del quotidiano comparve, come per incanto, ai piedi del lettino di Riccardo Basile, che si trovava in isolamento. Qualcuno era entrato nella cella e l'aveva depositata in fondo alla brandina. Il ragazzo si svegliò e fu sconcertato da quella sorpresa. In isolamento, teoricamente, i giornali erano proibiti, come era proibito il televisore. Lesse avidamente. Fu colpito da quel titolo in prima pagina: *Un giallo politico dietro il delitto di piazza Soziglia*. Il sottotitolo era ancor più allarmante. *Catturato il killer, caccia aperta ai mandanti. Imboccata una pista delicatissima.*

Basile impallidì. La sicumera del giorno prima era svanita. I pensieri più neri si affollarono nella sua mente. "Mi hanno scaricato. Hanno raccontato tutto. Adesso sono qui, solo, in gabbia, tutto per duecento stramaledette bustine. Bastardo Merani. Bastardo Stewart." Neppure un dubbio sfiorò il giovane. Il piano di Andrea Giri era riuscito.

«Voglio parlare con il commissario!»

L'agente di custodia fece un cenno d'assenso e si allontanò. Giri non stava più nella pelle. Chiamò il giudice Lori. «Ci siamo – disse –, il nostro ha abboccato.»

Salirono insieme sull'auto della polizia, diretta al carcere di Marassi. Giovanni Lori era assorto nei suoi pensieri.

«Che c'è, amico mio? Non sei soddisfatto della piega che sta prendendo l'inchiesta?» chiese Giri.

«Lo sono, Andrea. Ma sono anche turbato da qualcos'altro.»

«Cioè?»

«Mi ha telefonato un collega di Milano. Mi ha detto di aver avuto una dritta da un giudice francese suo amico. Una dritta che potrebbe servirmi. Una dritta che non capisco.»

«Sarebbe?»

«Ha fatto il nome di un misterioso americano. Un tale Stewart. Dice che dovrebbe trovarsi a Genova.»

«Perché questo Stewart interessa al giudice francese?»

«Non so. Lui sta conducendo un'inchiesta sui legami internazionali dell'Autonomia.»

L'auto si fermò in via del Piano. Il giudice e il commissario scesero. Riccardo Basile era già stato accompagnato nella sala colloqui. Era pallido. Le sue mani tremavano. Chiese una sigaretta.

«Commissario, lui chi è?»

«È il giudice che ha aperto l'inchiesta.»

«Ascolta anche lui?»

«È meglio di sì.»

«Io vi dico tutto, o quasi. Domando però due cose: portatemi in un posto sicuro, lontano da Genova. E dite ai miei genitori che non sono il delinquente che loro immaginano.»

I due uomini di legge si guardarono e assentirono. Le richieste erano ragionevoli, e il magistrato promise che avrebbe fatto il possibile per alleggerire la posizione del giovane omicida.

«Sono entrato nel giro della droga da poco tempo» iniziò la confessione. «Sono rimasto prigioniero di un uomo che mi ha irretito. Prima mi faceva trovare le dosi gratis. Poi ha preteso servizi sempre più grandi, sempre più pericolosi. Ero costretto ad accettare. Alla fine mi sono messo in proprio. Spaccio anch'io.»

«Chi è quest'uomo?»

«Non posso dirlo, signor commissario. Quello mi fa la pelle anche in galera.»

«Va bene. Ce ne andiamo.»

«No, no, restate. Quello sfruttatore non c'entra con la storia di piazza Soziglia. È soltanto un intermediario.»

«Un intermediario?»

«Sì, l'intermediario di un americano.»

«Un americano?» Lori guardò il capo della Digos. Strinse gli occhi. «Ha detto un americano?»

«Sì, alla fine ho trattato io la cosa. Sono andato a trovarlo in albergo, e lui mi ha offerto duecento bustine in cambio di un favore.»

«L'assassinio di Walter Bianchi?»

«L'assassinio di un autonomo. Uno qualsiasi. Purché fosse un autonomo.»

«Incredibile.»

«È così, commissario.»

«Il nome dell'americano?»

«Si chiama Stewart. Ron Stewart, e sta all'Hotel Astor di Nervi. Dovrebbe essere ancora là.»

"Stewart?" pensò Lori. "Ma che razza di storia è mai questa? Da Parigi, via Milano, segnalano il nome di un certo Stewart, e qui un furfantello viene a raccontarci che è stato Stewart a ordinare l'assassinio di un autonomo."

Si alzarono in piedi, congedarono con molte rassicurazioni il giovane spacciatore. Risalirono in macchina.

«Presto, a Nervi, Hotel Astor» disse Giri all'autista.

Il portiere del lussuoso albergo annegato nel verde ebbe un sussulto di fronte alla tessera del capo della Digos.

«Cerchiamo un americano, un certo Stewart. È qui?»

«Il signor Stewart è andato via ieri sera. Ha ricevuto una telefonata ed è partito.»

«Per dove?»

«Non l'ha detto.»

Trentasette

"Ci siamo" pensò Andrea Giri. Era una costante nelle storie di terrorismo. "Aprire una finestra giusta, anche un piccolo oblò, significa sollevare vespai, scatenare polemiche, seminare timori." La convinzione del commissario veniva dall'esperienza, dall'esperienza che aveva maturato in anni di lotta contro l'eversione. C'era una specie di terra di nessuno che pareva impossibile attraversare. I sociologi si sforzavano di dimostrare che il terrorismo era il parto naturale di una società malata. Però la spiegazione non bastava a colmare l'enorme distanza tra la militanza di un brigatista, per esempio, un brigatista con una storia politica ben connotata, e l'ambiguità di certi giochi di potere che affioravano e scomparivano con la medesima velocità. L'assassinio di Walter Bianchi ne era una prova. Un assassinio su commissione, e il committente era un misterioso americano, subito scomparso da Genova. "Chi c'è dietro queste diavolerie?" si chiese Giri. L'ultima diavoleria arrivava dalle colonne di un quotidiano, che aveva raccolto e nobilitato una voce palesemente falsa. «L'uomo che ha confessato l'assassinio dell'autonomo sottoposto a torture e sevizie in carcere.»

L'articolo era un abile collage di «indiscrezioni raccolte in ambienti bene informati». Vi si accennava persino del colloquio che il commissario Giri aveva avuto con il recluso, prima della confessione. Il fatto più sconcertante era che i parenti di Riccardo Basile, forse all'insaputa del prigioniero, avevano presentato una denuncia alla magistratura, e che un giudice istruttore pareva intenzionato a procedere contro i responsabili delle presunte torture.

Giri chiamò l'amico Lori. Era agitatissimo.

«Così si favorisce il terrorismo!»

«Lo so, Andrea. Ne ho parlato a lungo con il procuratore capo. Gli ho spiegato che ero presente anch'io al colloquio.»

«Ma allora da dove nasce questa volontà di colpirci?»

«Temo che abbiamo sfiorato una di quelle camere di compensazione di cui gli sciocchi o le persone in malafede negano l'esistenza.»

«Questo è un attentato alla democrazia. Farò una dichiarazione ai giornali.»

«Sarebbe peggio, Andrea. L'unica nostra forza è il silenzio.»

Giri era amareggiato. I risultati dell'inchiesta passavano improvvisamente in secondo piano. Anche questa era una costante ben conosciuta. Decine di magistrati e decine di investigatori avevano pagato caro il prezzo di un'eccessiva solerzia, di un'eccessiva curiosità. Giri ripensò ai tanti amici caduti, al commissario Roberto Capuano, un galantuomo cocciuto e coraggioso. Dove era arrivato il commissario Capuano, suo predecessore, prima che lo mandassero anticipatamente in «pensione» in una minuscola stazione della pubblica sicurezza? Che cosa aveva scoperto prima che lo ammazzassero?

Era un pensiero che lo tormentava. Quel pensiero era diventato poi un incubo. Chiese un appuntamento al questore. Si sfogò, disse che non poteva sopportare una campagna calunniosa e vergognosamente falsa. Il questore cercò di rabbonirlo. «Parlerò con il signor ministro, stia tranquillo. Sarà lui, eventualmente, a rilasciare una dichiarazione pubblica.»

Tornò in ufficio abbattuto. Lo attendeva una sorpresa. Una lettera, senza firma, che portava sulla busta il timbro di Milano. L'aprì. Era scritta a macchina. Poche righe: «Egregio commissario Giri. Lasci perdere. La pista della droga che sta seguendo è pericolosa. Soprattutto per lei. Ci sono questioni sulle quali bisogna soprassedere. Il consiglio di un amico».

Giri rilesse quel messaggio mafioso tre o quattro volte, poi fece chiamare una macchina e raggiunse, in procura, il giudice Lori.

«Tieni, mi hanno mandato questa.»

Il magistrato lesse. La fronte s'accartocciò in profonde rughe. Si lasciò cadere sulla poltrona, sfiduciato.

«Che schifo, Andrea. È una storia che si aggrava e che peggiora, ora dopo ora.»

«C'è dell'altro?»

«Temo di sì. Domani vado a Milano a incontrare quel giudice francese, *maître* Fleuret. Credo che non immaginiamo nemmeno il grado di pericolo di questa faccenda.»

Andrea Giri non disse nulla. Accese una sigaretta e seguì, con lo sguardo, i cerchietti di fumo che uscivano dalla sua bocca.

«Giovanni, porto mia moglie e il bambino in montagna, stasera. Non voglio che siano esposti a rischi, in questi giorni.»

«È meglio, Andrea. Riposati anche tu.»

«No. Io torno subito.»

Quella sera stessa la 127 del commissario, carica di bagagli, partì da Genova. Laura e il piccolo Luca dormivano. Andrea Giri guidò come un automa. A Milano imboccò la tangenziale e prese la direzione di Bergamo. Alle 22 stava già arrancando sulla Presolana, il monte che divide due pittoresche valli.

A Schilpario, un paesone della Val di Scalve, andava tutti gli anni per una ventina di giorni. La pensione Gleno gli riservava sempre la stanza. E i prezzi erano abbordabili. C'era poi un'aria stimolante. A mille metri si ragiona meglio, si evitano gli incubi notturni. Laura e Luca, appena arrivati, si misero a letto. Giri ordinò una Coca-Cola e si mise a sorseggiarla nel cortile dell'alberghetto.

«Non ha sonno?» chiese la titolare.

«Sono solo un po' stanco. Ma adesso vado anch'io. Domattina riparto.»

«Così? Subito?»

«Purtroppo.»

Trentotto

Sono già arrivati a me? Ron J. Stewart non voleva crederci. Anzi, non ci avrebbe creduto se la notizia non gli fosse giunta da Vasco. L'uomo non l'aveva mai ingannato. L'informazione, poi, era precisa, anche nei dettagli. La polizia di Genova e la magistratura sapevano il suo nome, sapevano che era sceso all'Hotel Astor di Nervi, sapevano che aveva ordinato l'assassinio dell'autonomo. Tutta colpa di quel Basile. Stewart era consapevole anche, sempre grazie alla fonte Vasco, che la storia delle torture era stata diffusa ad arte. Qualcuno aveva provveduto a spaventare la famiglia del giovane spacciatore, obbligandola a sporgere denuncia. Dunque, Basile aveva parlato senza torture. Ma perché aveva deciso di spifferare tutto?

Stewart si arrovellava su questa domanda, nelle stanze buie dell'appartamentino di corso di Porta Ticinese dove era rinchiuso da tre giorni. Vasco gli portava, ogni mattina, viveri e giornali. «Sarà meglio aspettare ancora un poco. Bisogna che la temperatura scenda» aveva consigliato il poliziotto. «Qualcuno potrebbe averti visto, quindi potrebbe riconoscerti.»

Anche a Parigi e persino a Washington erano informati dell'imprevisto. La risposta era stata di adottare tutte le possibili misure di sicurezza. Non si poteva compromettere con una scemenza l'obiettivo dell'intera operazione. Anche la consegna delle armi era stata rinviata.

Qualcuno bussò alla porta. Stewart ebbe un sussulto. Si avvicinò al battente. Guardò l'orologio. Le 22. Chi diavolo poteva essere, a quell'ora? Stette immobile, trattenendo il respiro. Il pugno tornò a colpire la porta.

«Sono io, fammi entrare!»

Stewart non rispose.

«Sono Lapierre.»

L'americano attraverso uno spiraglio riconobbe il volto del francese. Respirò profondamente, sganciò la catena e aprì.

«Scusa, ma non sapevo.» Quel tono confidenziale gli venne spontaneo.

«Sono io, Cristo!»

Invece di rientrare a Parigi, il professore era stato costretto a quella sosta milanese, che non desiderava ma che si era resa urgente. Sembrava sconvolto, i capelli spettinati, gli abiti stropicciati.

«Siamo nei guai, caro Ron. Guai grossi.»

L'americano pensò alle indagini sull'assassinio dell'autonomo. Lapierre scosse il capo. «Una bazzecola, quella storia... C'è dell'altro, purtroppo. Abbiamo commesso delle imprudenze, ma nessuno di noi riesce a capire come e dove. Almeno due servizi segreti sanno molte cose del progetto. Qualcuno, probabilmente, ha tradito. Sanno che c'è un americano che si è spostato in Italia; sanno che l'incidente dell'autonomo è stato provocato; sanno che esiste il grande piano, anche se non conoscono il fine ultimo. Almeno per ora.»

«Ne sei certo?»

«Certissimo. Un sottufficiale dei servizi francesi, domattina, andrà a parlare con il capo della Digos di Genova, un certo Andrea Giri.»

«Secondo te c'è la volontà di rendere pubblico tutto?»

«No, credo di no. Ma, in un certo senso, è peggio.»

«Non capisco.»

«Qualcuno, di sicuro, vorrà utilizzare quel che sa per tessere ricatti, per minacciare, e altre cose del genere.»

«Un pasticcio.»

«Sì, un brutto pasticcio. E noi dobbiamo tirarci fuori in fretta. L'operazione va anticipata, a tutti i costi.»

«E come?»

«Prima è necessario mandare un segnale. Far capire a chi di dovere che si sta scherzando con la morte.»

«Che tipo di segnale?»

«Uccidere Andrea Giri.»

«Il commissario?»

«Sì. È un maledetto testardo. Quello sarebbe capace di raccontare tutto ai giornali. È un rischio che non possiamo correre. In altri ambienti, più responsabili, non si commetterebbero simili imprudenze.»

«Chi dovrà occuparsi del commissario Giri?»

«Tu, Stewart. Con lo stesso sistema usato per far tacere quel fesso di Isgrulescu.»

«Io? Genova, per me, è un campo minato.»

«Non abbiamo altra scelta.»

«Quando dovrei partire?»

«Domattina. Con un'altra automobile che affitterai.»

«Come trovo Giri? Dove abita? Non lo conosco. Non ne so niente.»

«In questa busta – Lapierre allungò un piccolo plico – troverai tutte le istruzioni. A operazione conclusa, non tornerai a Milano. Sarà bene cambiare aria. Abbiamo pensato a Brescia. È distante un'ora di macchina ed è più sicura... Là ti faremo avere le armi.»

«Se non c'è altra scelta, d'accordo» disse Stewart rassegnato. Si versò da bere e si avvicinò alla finestra. Impallidì. Tre auto erano ferme di fronte al portone: due Alfetta e una 131.

«Alain, la polizia!» esclamò con voce strozzata.

«La polizia?»

«Guarda anche tu.»

Il francese si accostò alla finestra e lanciò un'occhiata alla strada. «In trappola, siamo in trappola. Forse mi hanno seguito. Forse non sanno che sei qui.»

«Bisogna trovare una via d'uscita.»

«C'è un cortile interno?»

«Sì, ma non c'è scelta. Bisogna passare accanto all'ingresso principale.»

Alain Lapierre, badando a non far rumore, fece scattare la serratura della porta. Udì uno scalpiccio, al piano di sotto. Richiuse.

«Niente da fare, Stewart. La nostra avventura è finita.»

«Alain, di là ci sono le armi!»

«Inutile. Sarebbe un suicidio. È finita, Stewart» disse sottovoce Lapierre. Qualcuno aveva bussato alla porta.

«Aprite, polizia!»

Trentanove

«Cara Dana, piccola Dana. Credo che questa sarà l'ultima lettera. Forse mi sarà impossibile anche telefonarti, d'ora in avanti. Nella mia vita sono accadute cose importanti, decisive. Ecco, diciamo che sono precipitato in una profonda crisi: politica, morale, personale. Sono stanco di accettare regole che disprezzo. Sono stanco dell'ipocrisia. Mi è difficile qui, per lettera, spiegarti tutto. Un giorno, forse, lo farò. Ho bisogno di cambiare aria, di fare qualcosa in cui credo. Sappi che non ti dimenticherò mai. Ci rivedremo. Ti abbraccio e ti bacio, Giusto.»

«Cara Bianca, grazie per essermi stata vicina. Il tuo affetto e la tua dolcezza mi hanno reso meno difficile la decisione che tu, probabilmente, immagini. È arrivato il momento delle scelte e ho scelto. Voglio che tu stia fuori da questa storia. Ai miei puoi parlare, magari accenna qualcosa. Spero di poterti far avere mie notizie. Se ti interrogano, di' che sei rimasta sconvolta dalla mia inspiegabile scomparsa. Nient'altro. Distruggi questo messaggio. Ciao, amore. Il tuo Giusto.»

Giusto Semprini aveva deciso in fretta. Il segnale lanciato a quel Franco durante il convegno di Genova era stato raccolto con incredibile rapidità. Il giorno prima era arrivato un tizio da Milano. Avevano chiacchierato per un'ora. Non era stato un sondaggio. Piuttosto un'infarinatura di quella che, a breve, sarebbe stata la sua nuova vita. Segno che la «raccomandazione» di Franco non era stata soltanto una raccomandazione. L'uomo di Milano, che aveva come nome di battaglia Ciro, sciolse ogni dubbio.

«A te non occorre l'abilitazione. La garanzia l'ha data uno dei capi.»

«Uno dei capi delle Br?»

«Sì, Franco. Quello che hai conosciuto a Genova.»

Franco uno dei capi delle Br! Semprini ne fu colpito. Il primo moto di reazione fu un'esclamazione ammirata. "Che mimetizzazione, che freddezza" pensò. Lui, il super ricercato, era arrivato a Genova, nascondendosi nell'oceano del Movimento, sfidando i controlli della polizia e dei carabinieri.

«Quando dovrei cominciare?»

«Prima cominci, meglio è.»

«Per domattina?»

«Sì. Ecco l'indirizzo di Milano. È un appartamento nella zona di Lambrate. Il tuo nome di battaglia sarà Nettuno.»

«Nettuno come il pianeta?»

«Esattamente.»

Se ne era andato, senza aggiungere altro. Semprini si chiuse in camera. Accese il giradischi, pose sul piatto un disco di Bob Dylan, poi ripiegò le lettere che aveva scritto a Dana e a Bianca, e si lasciò guidare dai pensieri. "Sono un brigatista. Sono diventato un brigatista." Improvvisamente fu aggredito da un incubo, e gli incubi, da svegli, sono più terribili di quelli nel sonno. "Dovrò sparare. Dovrò uccidere." La morte. Si coprì il volto con entrambe le mani. Cercò di cacciare quell'immagine terribile. "Le Brigate rosse – riflettè – non possono essere soltanto morte. Devono essere soprattutto vita. Qualche caduto non potrà distruggere la più alta espressione di vita possibile, quella della conquista del potere, della fine delle ingiustizie, dell'insediamento di un governo rivoluzionario." Giusto alzò gli occhi e, con lo sguardo, accarezzò i due volti che i poster – appesi al muro con lo scotch – gli mostravano. Che Guevara e Camilo Torres.

Riuscì a chiudere gli occhi verso le due. Era sempre agitato. Gli comparve nel sogno una stradina di periferia. Un amico lo chiamava: «Giusto!». Lui non aveva la forza di voltarsi. «Io non sono più Giusto, sono Nettuno adesso.» Poi una voce di donna, la voce di Bianca: «Giusto!». «No, neanche a te, Bianca, posso rispondere. Non sono più Giusto.» Un'altra voce, quella di Dana. «*Lubim ta*, Giusto.» «Nemmeno a te, Dana, posso spiegare.» Cominciò a piangere. Si svegliò di soprassalto, nel cuore della notte. Era madido di sudore. Accese la luce, bevve un sorso d'acqua. Lo assalì un dubbio. "Forse potrei fare qualche passo indietro, dire no, dimenticare Nettuno, sentire di essere quel che sono sempre stato." Barcollando, tornò a coricarsi. Si addormentò profondamente. La sveglia lo fece sobbalzare alle otto meno un quarto. Si lavò la faccia, si guardò allo specchio. L'espressione era tornata quella del giorno prima: dura, determinata. Si infilò una maglietta, i jeans, fece scivolare nelle tasche tre biglietti da cinquantamila lire e le due lettere che doveva imbucare.

Il treno per Milano sarebbe partito di lì a venti minuti. Raggiunse il binario, comprò i giornali, si mise a leggere. L'espresso si fermò, sferragliando. Giusto salì, cacciò la testa in uno scompartimento. Fece una smorfia. Aveva riconosciuto uno della federazione del Pci.

«Giusto, che ci fai sul treno a quest'ora?»

Non disse nulla, voltò le spalle all'uomo, si mise a correre, passò nel vagone contiguo, poi in quello successivo. Ansimava. Si sedette.

Il treno partì. Il viaggio di Nettuno verso la clandestinità era cominciato.

Quaranta

«Apri, Stewart!» ordinò Lapierre. «Qualcuno ci aiuterà a uscire dai guai.»

«Magari tappandoci la bocca per sempre» rispose l'americano, che tremava come una foglia.

Il francese era tornato in possesso del suo sangue freddo.

«Fai come ti ho detto.»

Stewart si avvicinò alla porta, fece scattare la serratura, aprì. Ebbe un tuffo al cuore. C'era Vasco, con il mitra spianato, e dietro di lui altri due agenti.

«Scusate per il disturbo. Abbiamo avuto una segnalazione. In questo palazzo, al piano di sotto, dovrebbe esserci un covo di terroristi» disse Vasco, strizzando l'occhio.

Stewart riprese fiato e colore.

«Terroristi? Ma dove?»

«Al piano di sotto.»

«Che cosa devo fare?»

«Niente. Volevamo soltanto avvertirla. Vede, potremmo essere costretti a provocare un po' di baccano.»

«Terroristi di che genere?»

«Di estrema sinistra. Prima linea, a quanto pare. Buona sera, e scusateci ancora per il fastidio.»

Stewart richiuse la porta. Lapierre lo guardò, sorridendo.

«Quel Vasco è un genio.»

Partì una raffica di mitra. Poi un'altra. Si affacciarono alla finestra e videro due giovani, con le mani congiunte dietro la nuca, spinti sulle due Alfetta e circondati dagli agenti. Le auto ripartirono e il francese, come se nulla fosse accaduto, si congedò da Ron.

«A presto, vecchio mio. Credo che di emozioni, per oggi, ne abbiamo avute abbastanza.»

Alain uscì, raggiunse a piedi la prima stazione di taxi e si fece portare all'Hotel Jolly. Ordinò un paio di toast e una birra e si sedette nel salottino, proprio di fronte al bar. Divorò in fretta la sua cena, sorseggiò metà della bottiglietta di birra, poi accese una sigaretta. Sembrava soddisfatto, nonostante tutte le difficoltà delle ultime ore, il professor Lapierre. Soddisfatto soprattutto per aver evitato di cadere in una trappola che poteva diventare fatale. Se fosse andata male, e l'organizzazione avesse deciso di scaricare entrambi? Li conosceva, Alain Lapierre, i sistemi dell'organizzazione. Tutti utili, nessuno indispensabile. Quando uno diventava potenzialmente dannoso, ecco che si muovevano i sicari. Erano le regole del gioco, un gioco che il francese aveva accettato e condiviso.

Gettò un'occhiata in giro. Due uomini, vestiti con trasandata eleganza, stavano parlottando a bassa voce, all'altro angolo del salone. "Due uomini d'affari" pensò il francese. Decise che aveva sonno. Al portiere chiese: «La chiave della 204, per favore».

Passarono dieci minuti. I due uomini seduti nel salotto si alzarono e si diressero verso l'uscita.

«Arrivederci *maître*, e grazie.»

«*Au revoir*» rispose *maître* Olivier Fleuret, e girò su se stesso, diretto al banco della reception.

«*Chambre 206, s'il vous plaît.*»

Il giudice Giovanni Lori salì sulla sua automobile e partì per Genova. Anche lui, adesso, ne sapeva abbastanza. "Ad Andrea" pensò "sarà bene raccontare questi retroscena per gradi. È un emotivo. Non vorrei che gli scappasse una sola virgola. Qui si rischia davvero la pelle." Rabbrividì.

Quarantuno

A Genova la pioggia era attesa come la manna. Da dieci giorni i contadini delle valli facevano riti propiziatori. A memoria d'uomo non si ricordava un periodo così lungo di siccità. In un mese e mezzo erano caduti solo due millimetri d'acqua. Sul monte di Portofino gli incendi si moltiplicavano. L'assenza di pioggia era diventata la migliore alleata degli speculatori, si bruciavano i boschi per ragioni di interesse.

Quella notte si alzarono grida di giubilo. Il pericolo della sete non c'era più. Tonnellate d'acqua bagnarono tutta la riviera, provocando più di un guasto. Genova, una città in salita, è impreparata ad affrontare sia le grandi piogge sia la neve. Decine di scantinati allagati, incidenti stradali, il centralino dei vigili del fuoco bombardato di telefonate.

L'auto del consolato francese si fece strada dentro l'enorme pozzanghera di piazza Brignole, e si diresse verso la questura. Scese un giovanotto, vestito di blu. Chiese del commissario Giri.

«Secondo piano.»

Salì le scale, in fretta, due gradini per volta. Il piantone chiese chi doveva annunciare.

«Marcel Touvet, del consolato francese.»

Passarono venti secondi. «S'accomodi, dottore.»

«Buongiorno, sono il commissario Andrea Giri. Mi dica.»

«Signor commissario, è lei che indaga sull'assassinio del giovane autonomo Walter Bianchi?»

«Sì» rispose il funzionario, con uno sguardo sospettoso. «Perché?»

«Da Parigi ci hanno inviato questo plico. Con doppia "R". Credo immagini cosa voglia dire.»

«Riservatissimo.»

«Per l'appunto. Io non so di cosa si tratti, ma presumo che la questione sia molto delicata. Il ministero degli Esteri vuole collaborare con la giustizia italiana. Sa... dopo le note polemiche...»

«Capisco» disse Giri, soppesando il plico sigillato.

«Arrivederci, *monsieur*.»

Il commissario strappò i sigilli e aprì la lettera. La nota era scritta in francese, e tradotta in italiano. Giri lesse avidamente.

«Spettabile ufficio, abbiamo in corso indagini riservate ed estese, sulle quali stiamo concentrando i nostri sforzi. Ci sarebbe un'organizzazione internazionale interessata a inserirsi nei gruppi del terrorismo italiano, al fine di compiere atti gravissimi contro uomini politici. Ci risulta che un americano, membro dell'organizzazione, si trovi a Genova. Il suo progetto era di ammazzare un giovane autonomo, durante il convegno contro la repressione. Il suo nome è Ron J. Stewart. Risulta, a questo ufficio, che anche alcuni francesi appartengono all'organizzazione.»

«Cristo, ancora Stewart» imprecò Giri, e ripeté: «Al fine di compiere atti gravissimi contro uomini politici». Compose il numero del giudice Lori. Il magistrato non era in ufficio. Alla segretaria dettò: «Giovanni, ti sto cercando. Urgentemente. Andrea».

Era nervoso e spaventato, il capo della Digos. Si alzò e risedette sulla poltrona una decina di volte. Il dubbio si impossessò della sua mente: "Avviso o non avviso il questore?". Non se lo era mai posto sul serio prima, quel dubbio, il commissario Andrea Giri. Per quale ragione, pensò, l'informativa dei francesi era arrivata direttamente sul suo tavolo, invece di passare attraverso i canali ministeriali? Oppure, più logicamente, i canali dei servizi segreti? "Non si fidano" concluse istintivamente. Anche lui non si fidava dei servizi. Certo, si era esagerato nelle ben note teorie del coinvolgimento nel terrorismo di alcuni organi dello Stato. Però qualcosa di vero doveva pur esserci. Anzi, c'era di sicuro.

Il pensiero fu interrotto dallo squillo del telefono. Sollevò la cornetta. «Giri.»

«Sono Giovanni. Mi hai cercato?»

«Sì, devo vederti. Subito.»

«Vuoi venire qui?»

«No, è meglio se ci incontriamo fuori.»

«A colazione.»

«Da Pacetti?»

«Da Pacetti.»

L'antica osteria Pacetti era stata semidistrutta dall'alluvione del 1970. Tutto il quartiere di Borgo Incrociati, che si trova alle spalle della stazione ferroviaria di Brignole, portava ancora i segni di quella tragedia, che costò oltre quaranta morti, centinaia di feriti e danni per miliardi di lire. Pacetti era risorto grazie alla buona volontà del proprietario e della sua famiglia. Era uno dei ritrovi tradizionali dei genovesi.

Il commissario e il giudice arrivarono praticamente insieme. Giovanni Lori era pensieroso e preoccupato. Andrea Giri, teso ed euforico. Lori notò che le mani dell'amico tremavano vistosamente.

Si sedettero. Il capo della Digos snocciolò il suo racconto con foga, pur essendo costretto a parlare sottovoce. A ogni frase il volto del magistrato si rabbuiava. Alla fine il giudice, che era stato informato da *maître* Fleuret, disse: «So già tutto. Ieri a Milano ho incontrato un magistrato francese».

«Allora cosa consigli di fare?» Era quasi una supplica, quella di Andrea Giri, che aveva cieca fiducia nell'equilibrio dell'amico.

«Andrea, mi sembra pazzesca la storia che stiamo vivendo. Temo che entrambi ci troviamo in un vicolo cieco. Certo, potremmo denunciare tutto. Far saltare, una volta tanto, il velo delle omertà, dei silenzi. Ma io sono pessimista. So che nessuno ci crederebbe. I servizi segreti smentirebbero ogni cosa. Il potere politico ci salterebbe addosso. Siamo entrati, purtroppo, dentro quella famosa camera di compensazione. Di questo sono sicuro.»

«Ma non possiamo, adesso, far finta di niente. Ignorare tutto, magari affossare ogni cosa. Abbiamo un dovere da compiere.»

«Certo, Andrea, certo. Però penso sia meglio, per ora, tacere e aspettare. È solo l'inizio della storia.»

«Ma qui si parla di atti gravissimi contro uomini politici.»

«Lo so. Ci ho pensato tutta la notte.»

«Che cosa dico al ministero? Parlo con il questore? Mando un fonogramma?»

«Sei tenuto a comunicare subito?»

«No, ma prima o poi dovrò farlo.»

«Allora aspetta quarantott'ore. Può darsi che la fortuna ci assista, che si riesca a trovare quello Stewart. A quel punto potremo agire e diffondere la notizia.»

«E adesso?»

«Silenzio più assoluto. Come se niente fosse.»

Andrea Giri era perplesso. Tornò in ufficio, ordinò ai suoi collaboratori di indagare nell'ambiente della droga, per cercare altre informazioni sull'assassinio di Walter Bianchi.

A mezzanotte la sua 127 trovò uno spazio per il posteggio, a dieci metri dal portone di casa, in via Donaver.

Andrea Giri stava affannosamente prendendo sonno. In quello stesso momento un'ombra sinistra si avvicinò alla sua automobile. Un uomo tarchiato con in mano la chiave poligonale numero 8.

Quarantadue

Jean Paul Tissier bestemmiò, con tutta la rabbia che aveva in corpo. Quella che doveva essere un'inchiesta riservatissima stava sbrecciandosi. Fughe di notizie, confidenze, e poi l'incredibile iniziativa del ministero.

«Ma questi vogliono sputtanare tutto» gridò, sbattendo la porta dell'ufficio del capo degli Affari generali.

Il dirigente numero uno, come al solito, cercò di calmare il bollente Tissier, e gli raccontò una tortuosissima storia. Il ministero degli Esteri francese era stato violentemente attaccato dalle autorità italiane per via di certe tolleranze usate nei confronti di terroristi neri e rossi, che a Parigi trovavano accoglienza e indulgenza. E così aveva deciso di compiere un gesto distensivo.

«L'informativa è stata inviata ai servizi segreti?»

«No.»

«Al ministero degli Esteri italiano?»

«No.»

«Alla questura di Genova, magari?» Tissier era stravolto.

«Sì, alla questura di Genova.»

«Ma voi siete pazzi. Siete un branco di criminali.»

«Calma, Tissier. È una decisione che viene dall'alto. Vogliono vedere se c'è la volontà di rendere pubblica la cosa. Se avessero mandato il plico ai servizi, come sai, sarebbe finito in un cassetto. Il solito gioco, insomma.»

«Chi è il povero Cristo che ha in mano quel plico?»

«Il capo della Digos di Genova, la squadra politica.»

«Non scommetterei un franco sulla sua pelle» sbottò Tissier, rosso in viso.

«Non esageri, Jean Paul. Noi in questa storia non c'entriamo» disse il capo, conciliante.

«Ma certo. Siamo tutti dei Ponzio Pilato. Ce ne laviamo le mani...
Non è vero che non c'entriamo. E i vari professori francesi coinvolti
in questo merdaio?»

«Questioni marginali, Tissier. È una faccenda che riguarda la sicurezza
interna di un paese amico e alleato. E basta.»

«Sa che cosa le dico? Al diavolo tutto. L'inchiesta la affidi a un altro.»

«Andiamo, Jean Paul, non faccia il bambino. Sappia che il ministero
tiene molto a che si proceda. Con una triplicata cautela, beninteso.»

Tissier uscì, e al furore si sovrapposero cupi presagi. In ufficio lo aspettava H6.

«È di cattivo umore, capo?»

«Pessimo» rispose Tissier.

«Ho qualcosa per lei. Cercherò di tirarla su. So che lei gradisce le
mie chicche...»

«Non me ne frega niente, H6, proprio niente.»

«Come, non gliene frega niente? E l'inchiesta? E il KYRIE?»

«Scusami, sono nervoso. Racconta, allora.»

H6 ci era rimasto male. Credeva di meritarsi, anche stavolta, i complimenti del superiore. Aveva lavorato due giorni e aveva passato persino una
notte in bianco per poter raccogliere quella nuova esplosiva registrazione.

Tissier l'osservò. Beato l'entusiasmo di questi ragazzi. Loro qui a
rischiare la pelle, e i papaveri, lassù, a decidere se evitare altri assassinii
o se affossare le indagini. Fu travolto da un altro moto di rabbia.

«Forza, H6, dimmi tutto. Dobbiamo andare avanti, perdio!»

«Quel tal Franco è andato di nuovo al KYRIE, ieri pomeriggio. Ha
parlato a lungo con il professor Lapierre. Questi gli ha detto che c'era stata
una soffiata, che vi erano dei problemi, che almeno due servizi segreti
avevano saputo di Stewart, dell'operazione di Genova e del progetto finale.»

«Cristo, *due* servizi. Anche questo sanno?»

«E non solo. Lapierre ha spiegato che la sua fonte aveva rivelato un
particolare importante. Un funzionario del consolato francese avrebbe
dovuto consegnare un plico con un'informativa al capo della Digos di
Genova, il commissario Andrea Giri.»

Tissier balzò in piedi. I suoi cupi presagi erano più che giustificati.
H6 fissò il capufficio. «... e poi Lapierre ha raccontato a Franco d'aver
dato l'incarico, ancora una volta, a Stewart.»

«Per ammazzare il commissario Giri?»

«Esattamente... Poi c'è un passaggio che non ho capito bene. Franco ha detto che avrebbe studiato anche un piano alternativo.»

Non c'era un minuto da perdere. Tissier uscì dall'ufficio, si infilò in un taxi e raggiunse la procura. Doveva raccontare tutto a *maître* Olivier Fleuret. Il giudice doveva chiamare immediatamente il collega genovese che aveva incontrato a Milano, e avvertirlo del pericolo che stava correndo il capo della Digos.

Maître Fleuret afferrò la cornetta del telefono e al centralino ordinò: «Con anticipo su tutte le chiamate, mi passi la procura della Repubblica di Genova, Italia. È urgentissimo. All'apparecchio voglio il dottor Giovanni Lori. Faccia presto, la prego.»

«Faccio subito, *maître* Fleuret.»

Quarantatré

«Pronto? Amore? Come stai?»

«Bene, Andrea, mi sono appena alzata. Ieri sera faceva fresco. Abbiamo dovuto mettere il golf.»

«Luca?»

«Sta benone, anche se è caduto per le scale e si è sbucciato un ginocchio. Non ti preoccupare per noi. Qui, in albergo, sono tutti molto gentili.»

«Ho voglia di vederti.»

«Quando arrivi?»

«Se riesco, faccio un salto questa sera. Ho proprio bisogno di un paio di giorni di montagna. Qui c'è una storia che non mi piace.»

«Sta' attento, Andrea, riguardati. La vita non è solo l'ufficio, e poi hai un piccolo Giri, un Girino da far crescere.»

«Certo amore, ti bacio. A stasera.»

Si sentiva meglio, il commissario Giri. Quell'opprimente peso che sopportava dal giorno prima sembrava persino più leggero dopo la telefonata alla moglie. Mise sul fornello la caffettiera. Guardò l'orologio. Le otto e un quarto. Sorseggiò lentamente il caffè. Si vestì. Sollevò la tenda della finestra. Il cielo era grigio. Pioveva. "Ma sì, chiedo la macchina. Non ho voglia di guidare."

Compose il numero della questura.

«Sono il commissario Giri. Potete mandarmi un'auto? Sì, sono a casa.»

«Subito, dottore.»

Giri sorrise. Quel «subito» voleva dire almeno venti minuti. Si guardò allo specchio. Annodò la cravatta, si pettinò. Uscì di casa, chiuse la porta con due mandate di chiave. Erano le 8.30 quando aprì l'ombrello. L'Alfetta della polizia stava attraversando corso Sardegna.

«Dai, altrimenti il dottore romperà i coglioni con la solita battuta» disse l'agente all'autista.

Il commissario scrutò il fondo di via Donaver. Ridacchiò. «Ci avrei scommesso.»

Una voce alle sue spalle: «Andrea Giri?».

Si voltò. «Sì?»

L'uomo che gli si parò di fronte era alto, capelli castani, portava un paio di occhiali scuri. Sembrava immobile. Poi le labbra si mossero. «Muori, bastardo!»

Il commissario portò la mano destra verso la tasca interna della giacca, dove teneva la pistola. Riuscì anche a impugnarla e a esplodere un colpo. I proiettili lo raggiunsero al volto, al cuore, al fegato, all'intestino. Cadde sul manico dell'ombrello e rimbalzò sul marciapiede. Il sangue e l'acqua formarono un rivoletto rosato, che scendeva lungo via Donaver.

Il giovane terrorista attraversò la strada, salì su una 128 verde. «Via» disse ai tre che lo stavano aspettando. L'auto sparì dall'orizzonte di via Donaver proprio mentre, all'imbocco della strada, compariva l'Alfetta bianca e azzurra della polizia.

«Dottore, dottore. Noooooooooo...» L'urlo dell'agente lacerò l'aria. Da un bar uscirono di corsa quattro o cinque persone.

«Che cosa è successo?»

Il poliziotto, singhiozzando, prese il microfono dell'autoradio. «Centrale! Centrale! Centrale! Hanno ammazzato il dottor Giri.» Non ebbe la forza di aggiungere altro.

Alle nove in punto un redattore dell'agenzia Ansa ricevette una telefonata. Voce di donna. «Il porco Andrea Giri l'abbiamo ammazzato noi. Qui Brigate rosse. Colonna Walter Bianchi. Seguirà comunicato.»

Giovanni Lori era appena entrato in ufficio. «E chi sarà mai a quest'ora?» disse, afferrando la cornetta del telefono.

«Sono Olivier Fleuret. Chiamo da Parigi.»

«Buongiorno *maître* Fleuret. Che cosa succede ancora?»

«Temo che vogliano ammazzare il commissario Andrea Giri.»

«Il commissario Giri? Ma gli ho parlato ieri sera.»

«Lo chiami adesso, giudice. Ho paura che stia per accadere l'irreparabile. Quello Stewart gli ha manomesso la macchina. Hanno pronto anche un piano alternativo.»

«Andrea.»

«Sanno che aveva ricevuto il plico, dottor Lori. Sanno tutto, quei maledetti. Mi tenga informato, la prego.»

Giovanni Lori, tremando, compose il numero di casa dell'amico. Lasciò squillare per due minuti buoni. "È già uscito" pensò. Poi credette di morire. «Stewart... l'auto... Stewart.»

Scese le scale di corsa, attraversò l'atrio del palazzo di giustizia. Un usciere gli venne incontro. «Dottor Lori, dottor Lori.»

Capì al volo. Si portò le mani sul volto, scoppiò a piangere, disperato. Non ascoltò neppure la voce del commesso che ripeteva: «Hanno ucciso il commissario Giri».

Stramaledetti serpenti, ce l'avevano fatta. Avrebbe dovuto immaginarlo. All'autista disse di raggiungere subito via Donaver. Le vetture della polizia stavano presidiando l'intera zona. C'erano il questore, il prefetto, il sindaco, e una folla di almeno cento persone.

Il giudice lo vide. Il corpo era ancora lì, in mezzo al sangue e all'acqua piovana. Si avvicinò, si inginocchiò, si fece il segno della croce.

«Amico mio, te lo giuro. Gliela farò pagare.»

Si rialzò, lanciando occhiate di fuoco.

«Buongiorno, signor giudice.»

«Signor prefetto» rispose Lori, cercando di controllare un'ira senza confini.

«È terribile!»

«Sì, è terribile.»

«Terroristi?»

«Presumo.»

Un cronista si avvicinò per comunicare che era arrivata una telefonata di rivendicazione. «Brigate rosse, colonna Walter Bianchi.»

Lori si diresse verso un gruppo di agenti. Li conosceva quasi tutti. Abbracciò uno dei sottufficiali della Digos, che piangeva sommessamente.

«Dottore, so che lei era molto amico di Andrea.»

«Sì, molto amico. La pagheranno. Ve lo prometto.»

Erano frasi dettate dalla rabbia e dal dolore, pensò qualcuno. Ma Lori sapeva la verità.

Ebbe un soprassalto. L'auto. Dov'è l'auto del dottor Giri? Vide la 127 posteggiata un isolato più avanti. Chiese a due agenti di seguirlo.

«Aprite la macchina.»

Il giudice vide che il freno a mano era tirato. Allora, lentamente, schiacciò il pedale del freno. Andava fino in fondo, senza resistenza.

Si abbassò, sotto il cruscotto. Poi richiuse la portiera. Si inginocchiò e frugò sotto la ruota anteriore destra. Il raccordo esterno della 127 era allentato. Sotto, si era formata una grande macchia d'olio.

«Assassini schifosi. Avevano preparato anche la soluzione alternativa» disse ad alta voce.

Il questore si avvicinò al magistrato. «C'è qualcosa, dottore?»

«Sì, signor questore. Sarà bene che l'auto venga prelevata con il carro attrezzi. Ha il freno inutilizzabile.»

«Il freno inutilizzabile? Ma il dottor Giri, questa mattina, aveva chiesto la macchina di servizio.»

«Sì, ma loro avevano pronte due soluzioni» rispose il giudice. Adesso spettava a lui, e soltanto a lui, il compito più difficile, il compito che mai avrebbe voluto svolgere. Compose il numero della pensione Gleno, a Schilpario, mentre il cuore gli batteva all'impazzata.

«Sono il giudice Lori. C'è la signora Giri? È urgente.»

«È di là, con il bambino. Stanno facendo colazione. Gliela chiamo.»

«Pronto, Laura? Sono Giovanni.»

«Ciao, Giovanni. Come stai? Ho sentito Andrea due ore fa. Mi sembrava preoccupato. Mi ha detto che a Genova c'è una brutta storia.»

«Laura, Dio mio, devo dirti che Andrea ha avuto un incidente. Adesso è all'ospe...»

Il grido che udì trafisse il cuore del giudice.

«No, Giovanni, non dirmelo. Io non...»

«Laura, io...»

«È morto? Dimmi se è morto, ti prego.»

«Sì, Laura. L'hanno ammazzato.»

La voce della donna si ammantò di una calma disperata.

«Giovanni, voglio tornare subito a Genova. Voglio vederlo. Lascio qui Luca. Mandami una macchina.»

«Vengo a prenderti io, Laura. Parto immediatamente.»

Quarantaquattro

Brescia aveva l'aspetto della ricca città di provincia che Ron J. Stewart aveva immaginato. Opulenta, borghese, vivace ma anche bacchettona. In corso Martiri della Libertà, l'americano lanciò un'occhiata in direzione del tribunale. Poi andò avanti, girò a destra, verso piazza della Loggia. Posteggiò l'auto e proseguì a piedi. L'Hotel Vittoria stava per cambiare proprietà. L'americano presentò il passaporto.

«Buona sera, signor Grock. Ben arrivato.»

Si lasciò cadere sul letto. Era esausto. Quella vita di agente senza nome lo stava distruggendo. Andavano bene i soldi, andava bene tutto, non andava bene niente. Hendrika, Isgrulescu, Walter Bianchi, il commissario Giri. Che ne sapeva lui del commissario Giri? Era sposato? Aveva figli? Gli avevano ordinato di manomettere la 127, e lui aveva eseguito. Era uno schiavo, ormai. Uno schiavo, un mercenario, un killer, ma in nome di chi?

Si svegliò alle 18. Un'ora e mezzo dopo era nella hall. Non ne poteva più di alberghi e di curiose gimcane mentali per ricordare agli altri, e soprattutto a se stesso, che non era più Ron J. Stewart ma Peter Grock. Al bar ordinò un bourbon e andò a prendere posto davanti al televisore. Alle 19.45 si udì la sigla del telegiornale, Rai2.

Era nervoso. Di lì a pochi minuti lo speaker avrebbe detto: «Genova. Un misterioso incidente al capo della Digos. L'auto, senza guida, è finita contro un camion. È morto il commissario Andrea Giri». Chiamò a raccolta i nervi, scrutò i clienti seduti ai tavolini, accostati al muro. Volti anonimi. Commercianti, artisti, banchieri, pensò Stewart mentre la conduttrice del telegiornale annunciava i titoli di testa.

«Roma. La prossima settimana il segretario della Democrazia cristiana partirà per gli Stati Uniti. Previsti colloqui con esponenti dell'amministrazione Carter.»

«Genova. Un commando di terroristi delle Brigate rosse ha ucciso il capo della Digos Andrea Giri. I terroristi, forse temendo di poter mancare il bersaglio, avevano manomesso anche la sua automobile.»

«Terni. Un incendio ha distrutto...»

Ron J. Stewart si guardò attorno. Si sentiva osservato. Non era vero. Si sentiva braccato. Non aveva capito la notizia del telegiornale. Ma come? Era stato lui a manomettere i freni della 127 e ora si parlava di un omicidio eseguito da un commando delle Brigate rosse. Si trascinò verso la portineria. «Posso avere una linea in cabina?»

«Mi vuol fornire il numero?»

«Fa lo stesso. Chiamerò dalla camera, in teleselezione.» Salì, compose un numero di Parigi.

«Pronto, Lapierre?»

«Sono io.»

«Hai sentito?»

«So tutto.»

«Adesso basta. Voglio sapere a che gioco giochiamo.»

«Giochiamo al gioco del silenzio. Non potevamo rischiare, capisci?»

«Io so che ho rischiato la pelle.»

«Hai sempre saputo di doverla rischiare.»

«Tutto ciò non ha senso.»

«Ha senso, ha senso Ron. Ora calmati.»

«Andate a fare in culo.»

«Dove sei adesso, Stewart?»

«In albergo.»

«Stai sereno. Domani ti chiamerà Vasco.»

"Fottutissimi sfruttatori" pensò Stewart.

"Stramaledetti assassini" pensò H6, che aveva registrato la telefonata. Neppure un accenno, neppure una traccia. In quale albergo si trovava l'americano? A Genova? A Milano?

Chiamò Tissier.

«Stewart ha telefonato a Lapierre, capo.»

«Dov'è Stewart?»

«Non l'ha detto.»

«Al diavolo.»

Quarantacinque

Il letto era duro, ma forse non era vero. Faceva troppo caldo, ma forse non era vero. C'era traffico giù sulla strada, ma forse non era vero. Nella mente di Giusto Semprini era esplosa la confusione di uno stadio di calcio la domenica pomeriggio. Una frenetica circolazione di emozioni, ricordi, dubbi, paure, tenerezze, delusioni, speranze, certezze, di vita, di morte. Era la morte il pensiero dominante. Giusto finiva sempre lì. Pensava al commissario Andrea Giri: "Chissà che cosa avrà provato quando è stato raggiunto dalla prima pallottola. Avrà pensato alla moglie, al figlio, oppure a se stesso? Era cattolico? Avrà pensato al Paradiso? Oppure al castigo eterno? O forse avrà soltanto sperato: 'Non è ancora finita! Adesso ce la faccio a sparare'". Era rimasto colpito, Giusto, da quel particolare. La mano dentro la giacca, la pistola in pugno, il colpo esploso. Un colpo contro una scarica di proiettili mortali. Era necessario ucciderlo?

«Che colpe aveva il commissario Giri?»

Mirella Zambelli, la compagna Clara, guardò il nuovo venuto con un sorriso che non aveva nulla di canzonatorio. «Nettuno, credo che se i compagni di Genova hanno deciso di sopprimerlo, avranno avuto le loro buone ragioni.»

«Era un persecutore di proletari?»

«Probabilmente. Di sicuro era un servo, che si era messo la maschera perbene di quella sinistra trasformista che vorrebbe distruggerci.»

«Hai mai pensato che potresti morire in un'azione di fuoco?»

Clara si rifugiò nel silenzio per due minuti buoni, poi disse: «Qualche volta. Ma fa parte del rischio».

Era stato colpito, Giusto Semprini, dalla frase scritta su un giornale di Milano. «Non sono invincibili.» Era stato colpito da quella frase e ora ne chiedeva spiegazioni.

«E se anche noi non avessimo previsto la possibilità della cattura? Come i samurai giapponesi?»

«Sciocchezze – rispose Clara –, numerosi compagni sono in prigione da anni, non hanno tradito, continuano a lottare.»

Erano tre giorni che viveva da clandestino. Gli avevano dato un nuovo passaporto. Non era più Semprini Giusto, ma Lusuardi Giacinto. Il documento in bianco era stato rubato, due settimane prima, in provincia di Napoli. Era stato preparato, con tanto di fotografia e timbri. La contraffazione era perfetta. Gli avevano dato una pistola, una 6.35.

Privato Galletti, il compagno Bruno, aveva spiegato che, nei primi tempi, Nettuno non avrebbe dovuto sparare. Si sarebbe occupato delle telefonate di rivendicazione e della stesura dei volantini. «Qui ci sono i testi con le istruzioni. Questi sono i temi della prossima campagna, questi i concetti da sviluppare. Di volta in volta avrai le informazioni.»

Nonostante l'arroganza di Galletti, Semprini provò da subito un moto di simpatia nei confronti del brusco capo della logistica. Era il prototipo del rivoluzionario vero, o almeno come se l'era immaginato. Convinto di agire nell'interesse superiore della classe operaia. Convinto di lottare, con le armi, per raggiungere l'obiettivo finale. Abbastanza critico sulle ultime scelte delle Brigate rosse.

L'incontro tra il capetto e Nettuno non era stato dei migliori. «So che sei super raccomandato. Sappi però che io, ai bambocci, non affiderei neppure il lavoro di pelapatate.»

Semprini aveva risposto con un sorriso disarmante. L'altro si era quasi intenerito. «Va là, bambino. Avrai tempo di crescere.»

La prima notte non aveva dormito, la seconda si era addormentato verso le quattro del mattino. Poi sembrava più tranquillo. Il giorno dopo ci sarebbe stata un'azione dimostrativa: la gambizzazione di un dirigente della Breda.

Galletti, a cena, aveva fatto ridere tutti, ironizzando pesantemente su alcuni compagni della colonna romana.

«Quelli sono nati romani e restano romani, non c'è niente da fare. Pensate che, la settimana scorsa, hanno fatto sghignazzare per mezz'ora due cronisti de "Il Messaggero". Dunque, c'era stato un attentato, e si trattava di dettare la rivendicazione. Il compagno compone il numero e il cronista risponde: "Pronto, scusi un attimo, sto parlando sull'altra linea". Passano cinque minuti. Il compagno fischietta, non ne può più di aspettare. "Pronto?" dice il cronista. "Aho – risponde il nostro –, che modi sono questi? C'avemo un comunicato delirante da detta', e ci hai lasciato cor telefono appizzato?" Potete immaginare che figura di merda. Tutti a ridere. Se la raccontano ancora, quei pennivendoli.»

Risero anche loro, di gusto. Clara e Nettuno prepararono il caffè. Bruno si mise a fare i conti della settimana. Avevano speso un po' meno del previsto. «Per la prossima possiamo concederci un paio di bottiglie di whisky. Che ne dici, Nettuno?»

Semprini si sentiva rinfrancato. Lo stavano accettando in «famiglia». Quella sera prese dalla libreria dell'appartamento di Lambrate un libro che da tempo voleva leggere: *Dieci giorni che fecero tremare il mondo.* Si addormentò sognando la patria del socialismo reale. Avrebbe voluto anche lui essere sepolto al Cremlino, accanto al giornalista americano che l'Urss venerava.

Privato chiuse il taccuino e si avvicinò a Clara. Le accarezzò i capelli, poi la mano destra scese lungo la schiena.

«Lascia perdere, Bruno. Non ho scelto le Br per amore, io.» Galletti arrossì. Non disse nulla e se ne andò a letto.

Quarantasei

Il rapporto di H6 non era un rapporto. Era una raffica di informazioni che Tissier faticò a digerire. Dunque, capitolo primo, il commissario Andrea Giri, dopo aver ricevuto un plico dai servizi segreti francesi, era stato ucciso da un commando delle Brigate rosse. Logico, quindi, supporre che: 1) la fuga di notizie coinvolgesse proprio i servizi segreti francesi; 2) fra le Brigate rosse e l'organizzazione internazionale vi fossero legami organici. "Probabilmente quel Franco" pensò il funzionario degli Affari generali.

Il secondo capitolo riguardava il KYRIE. H6 aveva fatto una strana scoperta. Dall'ufficio di rappresentanza di una ditta italiana, che aveva sede a Como, qualcuno, parlando un ottimo francese, aveva telefonato all'istituto chiedendo di Lapierre. Il professore non c'era e la voce, maschile, aveva detto che avrebbe richiamato.

La voce aveva richiamato, ma Lapierre era stato evasivo. «C'è qualche complicazione. Non so se sia possibile anticipare di tanto.»

Tissier s'incupì: «H6, come hai fatto a capire che la telefonata arrivava da Como, mentre l'altro giorno, per la chiamata di Stewart a Lapierre, non sei riuscito a trovare il numero di provenienza?».

H6, impassibile: «*Monsieur*, abbiamo sistemato l'apparecchio più sofisticato al KYRIE. Con quello riusciamo a bloccare il numero di partenza. Nella casa di Lapierre ci sono soltanto microspie tradizionali... Sa, i fondi, le spese, non...».

«Ho capito, maledizione, ho capito. Andiamo avanti.»

La voce aveva insistito: «Sì, è necessario, è urgentissimo anticipare. I guai si stanno moltiplicando. Non c'è tempo da perdere».

Lapierre: «Quanto tempo?».

La voce: «Due settimane al massimo».

Lapierre: «Impossibile».

La voce: «Deve essere possibile».

Lapierre, osservò Tissier, non aveva mai chiamato per nome la voce. H6 aveva scoperto che la casa madre dell'azienda, con tanto di ufficio di rappresentanza a Parigi, si occupava di abbigliamento.

Terzo capitolo, il più misterioso. Il funzionario degli Affari generali, però, riuscì a trovare una risposta. Finalmente capì qual era uno dei servizi segreti a conoscenza del progetto.

Un agente del Mossad, persona nota a H6, aveva chiamato Lapierre al KYRIE per chiedergli un appuntamento. Anche stavolta il professore era sembrato sfuggente come un'anguilla.

L'altro aveva minacciato: «Non vorremmo essere costretti a raccontare ogni cosa».

Lapierre: «Che volete?».

L'agente israeliano: «Una spiegazione su tutto questo casino che state combinando. Stewart, Genova, gli assassinii, le armi».

Il francese se l'era cavata abilmente: «Ci interessa mettere in crisi il Partito comunista italiano».

L'agente: «Interessa anche a noi».

«Quindi – concluse Tissier –, gli israeliani conoscono una parte del progetto, ma non tutto. Meglio così.»

Non era finita. Il tocco conclusivo venne ancora dal KYRIE e da Alain Lapierre. Il quale, la sera prima, aveva ricevuto, in una stanzetta dell'istituto, un rappresentante dell'Fplp, il Fronte popolare per la liberazione della Palestina, inviato direttamente da George Habash. Curiosamente, non avevano parlato di politica ma di contropartite.

«Professore, stiamo aspettando la contropartita di Berlino.»

«Quale contropartita?» aveva chiesto Lapierre.

«Lei sa di cosa si tratta.»

«Mi creda, non lo so.»

«Chieda al signor Keminar. Le valigie sono nostre. In cambio avevamo chiesto un favore.»

«Si rivolga al signor Keminar. Io non ne so niente.»

Jean Paul Tissier era rimasto interdetto. Di quella conversazione aveva capito poco o niente.

Poi, un lampo. «Ci sono, Cristo. Le armi sono passate da Berlino.» Era la prima risposta, e fu l'ultima.

L'unico personaggio che restava sullo sfondo era proprio Lubo Keminar, il marito di Dana. Si accorse soltanto in quel momento che c'era un messaggio del capo sul suo tavolo. «Proseguire le indagini, senza alcun contatto con l'esterno.»

«Questo lo vedremo» disse Tissier. E si fece accompagnare nell'ufficio di *maître* Olivier Fleuret. L'operazione era sempre più vicina.

Quarantasette

Erano le tre di notte. L'auto si fermò in una stradina a un chilometro dall'abitato di Moniga, un paesino sul lago di Garda. Scese un giovane con i capelli biondi e il giubbotto di pelle. Tirava un forte vento dal lago. Il giovane accese una sigaretta e si appoggiò alla portiera destra della vettura, una Due cavalli, che certamente aveva visto stagioni migliori.

Passarono dieci minuti. Il lampo degli abbaglianti di un'altra macchina, una Bmw. S'infilò nella stradina di campagna non asfaltata, percorse mezzo chilometro e si fermò accanto a un albero. Scesero in due. Soltanto un cenno di saluto.

«Aspettiamo.»

Ron J. Stewart si fece attendere una quarantina di minuti. Aveva studiato il luogo dell'incontro con molta attenzione ma, all'ultimo momento, un contrattempo l'aveva trattenuto a Brescia.

«Esse i emme» disse l'americano.

«Emme i esse» risposero gli altri. Erano le parole d'ordine. Il giovane della Due cavalli aprì il bagagliaio. Quattro grosse valigie furono sistemate accanto all'albero.

«Mi hanno spiegato che deve decidere lei» disse il giovane biondo, rivolto a Stewart. L'americano riusciva a malapena a distinguere il volto degli altri due personaggi nella penombra. Accese un fiammifero e osservò le targhette delle valigie.

«Queste due sono per le Brigate rosse, e queste per gli altri.» L'unica risposta fu un frettoloso «D'accordo.» Le valigie furono ingoiate dal bagagliaio della Bmw. L'auto invertì la marcia, sconfinando in un prato, e se ne andò. Stewart rimase solo con il giovane della Due cavalli.

«Mi ha detto Vasco che lei avrà presto sue notizie. Ha detto anche che sono possibili, tra poco, grosse novità. Buonanotte.»

L'americano ripartì, in fretta. Anche il capitolo delle armi poteva considerarsi chiuso. Il giorno dell'operazione più importante si stava avvicinando. Tornò in albergo e trovò un messaggio. "Che strana vita" pensò. Hotel, telefono, messaggi, ordini, pericoli e morte. Sempre più ingranaggio, sempre più alla mercé di tutti. Qualche volta Stewart si era sentito un agente segreto classico, una specie di privilegiato-predestinato, scelto per sapere quello che gli altri non dovevano sapere. Ma adesso no.

Lesse il messaggio. «Sono a Brescia per una conferenza. Vorrei incontrarla. Le andrebbe bene domattina alle dieci, davanti all'edicola di piazza Arnaldo? Saluti, Crotti.»

"Mi deve andar bene per forza" concluse Stewart. Che cosa avrebbe potuto fare per opporsi a quello che, oltre la cortesia formale, sembrava un ordine perentorio? Decise di non pensarci più e non si accorse neppure dell'uomo seduto nella hall dell'albergo che stava leggendo il giornale. Lo sconosciuto si tolse gli occhiali, si alzò e si avvicinò all'americano.

«Mister Grock!» disse ad alta voce. E a voce bassa: «O Mister Stewart?». Ron si girò di scatto. Non aveva mai visto quell'individuo. Sulla cinquantina, calvo, piuttosto grasso, vestito di blu.

«Parla a me?»

«A chi altri? Non è lei Mister Grock?»

«E allora?»

«Piacere. Mi chiamo Renato. Renato Goldstein» esclamò, tendendo la mano.

«Forse c'è un errore. Io non la conosco.»

«Noi sì, Mister Grock. *Noi* la conosciamo bene e ci complimentiamo per la sua abilità. Il lavoro fatto a Genova era di prim'ordine.»

«Genova? Che ne so io di Genova?» si schermì Stewart.

«Su, su, non faccia il misterioso. Sappiamo tutto. Vuole qualche particolare? Le bustine di droga offerte al signor Merani, e poi l'ordine di uccidere l'autonomo Walter Bianchi. Ordine eseguito dal signor Riccardo Basile. L'Hotel Astor di Nervi... Le basta, Mister Grock?»

«Chi è lei? Non so di cosa stia parlando.»

«Lei sa benissimo di cosa sto parlando. Capisco il suo imbarazzo. La nostra organizzazione è molto interessata al suo lavoro. Vorremmo, però, saperne di più. Per esempio, a chi ha consegnato le armi stanotte?»

Stewart trasalì, lanciò un'occhiata furtiva all'anziano portiere di notte e fece un cenno all'interlocutore, indicandogli la porta d'ingresso dell'albergo. Goldstein ripiegò il giornale e uscì.

«Che cosa volete da me?»

«Niente, Mister Grock. Anzi, ora che siamo soli posso tranquillamente chiamarla Stewart. Ci interessa molto decifrare tutto questo movimento che lei e i suoi amici state facendo.»

«Lei chi rappresenta?»

«Faccio il suo stesso lavoro.»

«Sarebbe a dire?»

«Lei non lavora per la Cia?»

«Ho lavorato, fino a molti anni fa, per la Cia. Adesso non più.»

«Però continua a fare questo mestiere... insomma, quello che faccio io.»

«Lei per chi lo fa?»

«Per uno Stato che è attento e interessato a tutto quel che accade in Italia.»

«Cioè?»

«Anche a noi preme che il clima si riscaldi. I comunisti ci piacciono poco.»

«Lavora per Israele?»

«Non ci voleva molto.»

«Rientriamo?»

«Sì, ma è inutile che lei si attacchi al telefono per chiamare Vasco. Abbiamo contattato anche lui.»

«Cosa vi ha detto?»

«Poco. Troppo poco.»

«Alla larga, signor Renato Goldstein. Alla larga.»

«Come crede, Mister Ron J. Stewart. Vuole che la chiami così, davanti al portiere? O vuole che parli con il giudice di Genova che non sa darsi pace in quanto non immagina dove sia finito quel benedetto Mister Stewart che era sceso all'Hotel Astor, e improvvisamente ripartito?»

L'americano deglutì. "Bastardo." Non andava certo per il sottile.

«Allora, una volta per tutte, che cosa volete da me?»

«Sapere, per adesso, a chi avete consegnato le armi.»

Stewart pensò che la confidenza che stava per fare fosse il male minore. Disse: «Alle Brigate rosse e ad altre formazioni dell'ultrasinistra».

«Va bene così. Grazie, per il momento.»

Il portiere consegnò le chiavi delle stanze.

«Arrivederci, Mister Grock» augurò ad alta voce l'agente israeliano.

Quarantotto

Non era una visita ufficiale. Non erano previste cerimonie particolari quando Sua Santità riceveva un amico, oppure i parenti, nella sua residenza estiva di Castel Gandolfo. Quella mattina vi era stata una festosa manifestazione del Centro turistico giovanile, un gruppo cattolico che coniugava la fede con i viaggi e il turismo. Il Papa era apparso affaticato, anche se l'entusiasmo dei cinquecento pellegrini, giunti in gran parte dalla Lombardia (la sua terra) l'aveva contagiato. Nel cortile del palazzo vi erano stati inni e canti. Gli anziani del Ctg ricordavano una festa analoga, diciassette anni prima, quando Giovanni XXIII li aveva accolti con simpatiche battute. «Lasciatemi la palla. Nonostante sia vecchio, una parata posso ancora farla.»

Quanto erano diversi i due pontefici, entrambi lombardi. Schietto, popolare ed estremamente arguto il primo, più intellettuale e sofferente il secondo. Dopo la recita dell'Angelus vi erano stati i saluti, un canto di montagna, e infine il grido «Viva il Papa», ripetuto una ventina di volte.

L'uomo politico aveva atteso la fine della giocosa riunione, poi si era avvicinato al portone.

«Si accomodi, onorevole. Sua Santità l'attende.»

C'era amicizia, solida e vera, ma anche grande e reciproco rispetto culturale tra due uomini ai quali il destino e i disegni divini avevano affidato compiti delicati. Al successore di Pietro era toccato di dirigere la Chiesa nel momento più difficile, mentre nel mondo sembravano prevalere l'edonismo e il materialismo più sfrenato. All'uomo politico era toccato il compito di guidare il primo partito in Italia, la Democrazia cristiana, nel tunnel di alleanze che si stavano facendo sempre più ardue e complicate. Il paese aveva assorbito trent'anni di governo democristiano senza traumi particolari. "In fondo – si diceva il segretario della Dc –, la nostra instabilità è la nostra stabilità. Hanno ragione gli americani. I governi cadono come birilli, ma alla fine dei conti non cambia niente, o cambia poco." La lezione del principe di Lampedusa era stata esportata dalla Sicilia al Continente.

L'uomo politico lo sapeva e ne soffriva. Nella sua fede cattolica, resa ancor più rocciosa da un mantello di illuminismo, aveva colto, con dolore, i segnali impietosi della storia. Amava il suo partito di un amore viscerale e insieme controllato. Al tempo stesso, ne disprezzava più di un esponente. La crisi della Dc, pensava, era una crisi di valori. In un paese più cattolico di quanto dicessero le statistiche, occorreva un governo di stile laico. Un governo che potesse calamitare il meglio di tutte le forze istituzionali, per restituire all'opinione pubblica almeno l'immagine del rinnovamento.

Erano queste le sofferenze del segretario della Dc. Sofferenze autentiche. Tenere congelato il 30 per cento dei voti era un errore e un suicidio. Un errore per la credibilità del sistema democratico italiano. Un suicidio per la Dc, costretta ad assumersi sempre l'onere di tutte le responsabilità. Non era molto d'accordo con quel suo collega di partito che un giorno aveva detto che «il potere logora chi non ce l'ha». Al contrario, pensava il segretario, chi non ha il potere ha dalla sua lo spazio e i tempi per indebolirlo, forse irreparabilmente.

«Santità, la vedo in ottima salute. Ne sono felice.»

Si inginocchiò, deferente. Baciò l'anello. Il Papa lo invitò a sedersi. Aveva bisogno, il segretario della Dc, di quella voce, di quel lucido sostegno morale e culturale, per rafforzare la sua fede nel passo che stava compiendo.

«Monsignore mi ha portato il suo messaggio che, come sempre, mi ha riempito di gioia.»

«So delle immense difficoltà che lei sta incontrando.»

«E so con quanta serenità, nonostante gli impegni pastorali, Sua Santità segua i nostri poveri sforzi per aiutare questo paese. Il Signore ci aiuti.»

«Ritiene realmente che soltanto un'ipotesi di governo allargato possa far uscire la nostra cara Italia dagli effetti esplosivi e implosivi della sua crisi politica, economica, morale?»

«In politica, Santità, non esistono scelte definitive e irreversibili. Il "sì" assoluto è una via impraticabile. Il divorzio è previsto. Anzi, a volte è necessario.»

Il Papa sorrise, ma era un sorriso amaro il suo. L'Italia che tanto amava, quel paese capace di entusiasmi ineguagliabili, di generosità grandiose e miserie mortificanti, era al vertice dei suoi pensieri.

«Che il Signore la illumini, caro amico. Possa il Signore indicarle la via della giustizia.»

«Santità, so con quanta correttezza e con quanta lealtà segue le nostre vicende. Che il Signore mi sia vicino, prima di ogni scelta.»

«Come sta la sua famiglia?»

«Bene, adesso. Ho avuto qualche preoccupazione, ma il peggio è passato.»

«Sappia che potrà sempre contare sulla nostra amicizia.»

«La ringrazio, anche a nome dei miei familiari.»

Quarantanove

«Ingegner Marchetti?»

La folla del metrò udì il richiamo. Il treno era partito dalla stazione di Lima per condurre, dentro le bocche nere delle gallerie sotterranee, centinaia di lavoratori. Angelo Marchetti, capo del personale della Breda, era uscito di casa, come ogni mattina, alle 7.35. A Porta Venezia era sceso nel metrò.

Il treno frenò alle prime segnalazioni della stazione di Loreto.

«Ingegner Marchetti?»

Si girò. Un amico? Un funzionario della Breda? Un dipendente? Chi era quel giovanotto che stava facendosi largo per raggiungerlo? Lo squadrò, sotto la luce del neon. No, non l'aveva mai visto.

«Dice a me?»

«Sì, a lei.»

Comparve la pistola. Poi i colpi, in rapida sequenza, tutti giù, sotto il ginocchio. Tre, quattro, cinque colpi con il silenziatore. La folla si accorse che dai pantaloni dell'ingegner Marchetti usciva sangue. Il freno di emergenza fu tirato, mentre la vettura stava per ripartire.

Giusto Semprini era lì, a pochi passi. Aveva voluto vedere che cosa succede quando viene colpito un «nemico del proletariato». Si avvicinò al funzionario. «Come sta?... Stia fermo, vedo di tamponarle le ferite.»

Una ragazza, che si trovava accanto, diede una mano. Arrivò la polizia. Marchetti non era grave. Semprini attese che i paramedici portassero via l'ingegnere ferito, poi risalì sul metrò e scese due stazioni dopo.

Era teso come una corda di violino ed eccitato come un bambino. Estrasse il gettone dalla tasca destra dei jeans. Era il suo primo compito. Non doveva fallire. Si guardò intorno. Nella cabina telefonica c'era una donna piuttosto anziana. Parlava concitatamente, forse con il marito, forse con il figlio. Semprini controllava volti, frugava sguardi. Ogni persona che passava poteva essere un nemico, o magari un pericoloso testimone. Transitò, in motorino, una ragazza, con un pacco di libri. Una studentessa. Era bella, i capelli lunghi e castani liberi sulle spalle, gli occhi blu. La guardò. Lei sorrise. "Dana" pensò. "Dana." Rimase imbambolato per qualche attimo. Poi udì il cigolio della porta della cabina.

Il telefono era libero. Infilò il gettone, compose il numero. Il cuore gli batteva. Ripassò mentalmente la frase che doveva dire.

«Pronto, Ansa? Qui Brigate rosse...»

«Che cosa ha detto?» rispose una voce maschile.

«Pronto, Ansa?»

«No, qui non è l'Ansa.»

«Che numero ha, scusi?»

«Mi dica il numero che ha fatto.»

«Ho fatto il 78...»

«Ha sbagliato. Buongiorno.»

L'uomo riattaccò. Semprini si asciugò il sudore dalla fronte. Alla prima prova c'era stato un intoppo, ma nessuno l'avrebbe saputo. Che diamine, può capitare a tutti un errore. E poi, a volte, ci sono le interferenze, i numeri si accavallano. Estrasse dalla tasca un altro gettone, mentre un tale si stava avvicinando alla cabina. "Un poliziotto?" si chiese Semprini. "Ma no, non è possibile. Eppure, forse hanno registrato la chiamata di prima, hanno individuato la cabina, sono arrivati. Sì, è così. Sono arrivati."

«Ne ha ancora per tanto?» domandò seccata la «voce», fuori dalla cabina. Giusto Semprini, cioè Nettuno, fu preso in contropiede. Uscì, disse: «Faccia lei, il mio numero è occupato».

Si allontanò. "Cammina sempre con calma" gli avevano suggerito. Lui si mise a correre. Scese nella stazione del metrò. Vide una postazione telefonica senza protezioni. Gli avevano detto di non usarla mai. Meglio le cabine isolate. Più sicure. Ma lui doveva telefonare. Guardò l'orologio. Dio, le 9.20. Era in ritardo di dieci minuti. Al diavolo. Fece il numero.

«Sì, Ansa.»

Avevano risposto loro, erano proprio loro. Una voce di donna, "una ragazza, una cronista, una pennivendola" pensò Giusto e si fece forza.

«Ansa?»

«Sì.»

«Qui Brigate rosse, colonna Walter Bianchi. L'ingegner Marchetti l'abbiamo azzoppato noi. Seguirà comunicato.»

«Come ha detto, scusi?... colonna?»

«Ho detto colonna Walter Bianchi.»

Riattaccò. "Bestia, non sono che una bestia. Che casino. Dovevo dire colonna Francesco Scopeto. Il nome è nuovo. A Walter Bianchi è intitolata quella di Genova, quella che ha ucciso il commissario Giri. Magari questo errore creerà dei problemi ai compagni, sarà un colpo irreparabile per l'immagine del nostro gruppo."

Tornò sui suoi passi. Con l'autobus, arrivò in centro. Scese di nuovo nel metrò. Due stazioni dopo, un altro autobus. Il manuale prevedeva che si cambiasse spesso mezzo pubblico. Così facendo, si evitava o almeno si riduceva il rischio di pedinamenti. Entrò in un bar. Chiese un caffè.

Erano le 10. La radio, una radio privata, interruppe le trasmissioni. «Stamane, alla stazione del metrò di Lima, un commando delle Brigate rosse ha ferito alle gambe il capo del personale della Breda, Angelo Marchetti. Quaranta minuti fa c'è stata una telefonata all'agenzia Ansa. Una voce maschile ha rivendicato l'attentato. Secondo quanto riportato, il ferimento dell'ingegner Marchetti è stato eseguito dalle Brigate rosse, colonna Walter Bianchi.»

Si dimenticò di mettere lo zucchero nella tazzina. Bevve un sorso, piantò lì tutto. "Galletti sarà furioso" pensò. "La Clara dirà che sono un povero coglione. Bell'esordio, *comandante* Nettuno. Macché comandante, posso essere veramente, al massimo, un discreto pelapatate. Ha ragione Bruno."

Erano le 11.10 quando arrivò davanti al portone di Lambrate. Galletti aprì la porta. Semprini abbassò lo sguardo.

«Ho sentito, pelapatate» lo accolse ridendo.

Semprini non aveva il coraggio di guardarlo in faccia. L'altro aggiunse: «Forse è meglio così. Penseranno che la colonna milanese non è in grado di operare nella zona. Tanto di guadagnato».

Il volto di Nettuno si illuminò.

«Tanto di guadagnato» ripeté Galletti. «Ma ciò non toglie che questi errori non bisogna farli. Sono autentiche idiozie. E adesso, bamboccio, mettiti alla macchina. C'è da stendere il volantino. Un foglio fitto fitto e, mi raccomando, non sbagliare la firma. Devono continuare a credere che sono stati quelli di Genova. Penserò io ad avvertire i compagni.»

Giusto Semprini si sentì rinfrancato. La Olivetti gli sembrò curiosamente familiare. «Oggi, 14 settembre, un'avanguardia delle Brigate rosse ha impartito una lezione al boia di fabbrica...»

Cinquanta

Almeno tre volte il segretario della Dc aveva salvato il paese dalla cata-strofe. Dieci persone soltanto ne erano al corrente. La moglie sapeva qualcosa. Un poco di più sapevano cinque fidati collaboratori, due noti giornalisti e due amici personali dell'onorevole.

Ci fu un momento molto particolare. 1974. Uno dei più fidati collaboratori dell'uomo politico invitò a cena due *opinion leaders* noti per rigore morale, correttezza professionale e autorevolezza. Fu uno scambio di idee drammatico.

«Sono state scoperte trame indicibili. Neppure l'opinione pubblica più smaliziata potrebbe comprendere, fino in fondo, il baratro morale che è stato sfiorato.»

«Si potrebbe denunciare tutto, magari anche accennando a certe responsabilità, e lanciando qualche avvertimento» disse uno dei gior-nalisti.

«Abbiamo pensato anche questo» rispose l'interlocutore. «Impossibile. La ragnatela degli interessi è così estesa che coinvolgerebbe, inevitabil-mente, i gangli vitali dello Stato.»

«Lui ha pensato qualcosa?» chiese l'altro giornalista.

«Lui soffre, in silenzio, e dice che l'unica medicina possibile è quella del tempo. Anzi, sono due: quella del tempo e quella della discrezione. Lui è in grado di narcotizzare gli impulsi irrazionali, ma non basta. Se il prezzo che il paese deve pagare è il disastro morale, allora lui ha ragione su tutto. Non resta che seguirlo. Meglio una morbida iniziativa politica che il clamore assordante dei mass media.»

«Vi sono connessioni con la politica filo-araba del nostro amico?»

«Anche, anche. Come potete capire, a molti non sta bene. Sono disposti a tutto pur di intralciarla.»

«E gli intrecci dei servizi segreti?»

«Di questo volevo parlarvi, a questi alludevo. Ci sono strane commi-stioni, strane alleanze... Il nostro è uomo di grandi aperture, conosce a fondo il ruolo che la storia ha assegnato a questo paese. Un'indipendenza assoluta è impossibile. Il caso Mattei ha insegnato molte cose. L'Italia è in libertà vigilata.»

«Ma questo è il soffocamento dell'autonomia nazionale!»

«Ha usato il termine giusto. Soffocamento. Che significa, o può signi-ficare, asservimento. Vi erano due strade, quella della pubblica denuncia e quella del silenzio, consentendo a Lui di ricucire, di ammorbidire gli effetti degli urti violenti. Non è escluso che anche Lui sia stato sfiorato, e quindi costretto a chiudere un occhio, su certe deviazioni. Ne abbia-mo parlato a lungo. Alla fine mi ha convinto: è la sua la strada giusta, comunque la meno dannosa.»

Il segretario della Dc, pagando al paese il proprio pesantissimo tributo, nonostante la stampa che sotto sotto l'odiava, era riuscito a salvare le istituzioni. Lui conosceva l'Italia più di ogni altro, conosceva le de-bolezze degli italiani, conosceva le colpe dei suoi colleghi di partito, conosceva le holding internazionali che facevano piovere sulla penisola una pioggia di gravi ricatti. «La Democrazia cristiana – disse una vol-ta – è l'unico baricentro possibile. L'alternativa è l'avventura e forse la sventura.»

Anche i comunisti, che a parole lo disprezzavano, nei fatti stavano cominciando ad apprezzarlo. Il loro leader Enrico Berlinguer aveva perfettamente capito che Lui, l'intellettuale, si era posto – da solo – contro un gioco al massacro, un gioco impossibile.

«È una scommessa» aveva detto al direttore di un giornale del Tri-veneto, suo amico da tempo. «Una scommessa con la storia italiana.»

Che fosse una scommessa l'aveva capito prima degli altri. Sorrise, leggendo il pungente articolo di fondo di un celebre commentatore. «Lui non dice quello che pensa, ma pensa quello che dice.»

«Se dicessi quel che penso – aveva concluso –, precipiteremmo nell'abisso.» Un abisso che il segretario della Dc aveva ben presente. Il «nemico» era insidioso come un serpente, abile come uno spadaccino, imprevedibile come un numero al lotto.

Pesavano forse, nella sua strategia politica corretta con il Tavor, le origini meridionali, il fatalismo, la superstizione, le gioie e i dolori della famiglia alla quale era profondamente legato. Quando scoprì che la moglie aveva mandato le due figlie a proteggerlo, durante un caldo convegno nella Bassa padana, sorrise, divertito e felice. Amava sentirsi circondato di affetto. Lui che di affetto, nel mondo che lo vedeva protagonista, non ne aveva mai ricevuto.

Con l'anima e il cuore bombardati da sollecitazioni e assediati dai dubbi, si accinse al viaggio più difficile della sua vita. Doveva spiegare all'alleato più importante le coordinate del suo nuovo progetto politico. Non dimenticava il fastidio che gli americani (o certi americani) nutrivano nei suoi confronti. Ci rimase male una volta, quando Henry Kissinger, dopo averlo ascoltato per una mezz'ora, disse, irritato: «Non ho capito niente. Chiamatemi Agnelli. Lui, forse, mi aiuterà a capire».

"Rozzi" pensava. "Rozzi, primitivi e incolti." Come avrebbe proposto la sua nuova linea? Non lo sapeva. Confidava nella sua intelligenza, confidava nel destino, confidava in Dio.

Cinquantuno

In piazza Arnaldo c'era il traffico dei giorni di mercato. Stewart chiese all'edicolante una copia del «Giornale di Brescia». Il professore si avvicinò. «Buongiorno.»

«Buongiorno.»

«La vedo in ottima salute.»

«Grazie. Anche lei è in forma.»

Si allontanarono, evitando pericoli che forse non esistevano, almeno nella mente del professor Crotti. L'americano, invece, aveva più di un motivo di apprensione. Renato Goldstein poteva essere nascosto da qualche parte, poteva osservarlo, poteva magari tornare alla carica, chiedergli chi fosse il suo interlocutore, e quale sarebbe stata la prossima mossa.

Mario Crotti passeggiava tenendo il giornale tra le mani, dietro la schiena.

«La vedo stranamente guardingo, *mister*.»

«Be', dopo quel che è successo a Genova.»

«Certo, mi rendo conto. Ma ormai ci siamo.»

«Quando, professore?»

«Tra breve, tra breve.»

«Nessun intoppo?»

«Vede, Stewart – disse l'italiano, infilando confidenzialmente una mano sotto il braccio di Ron –, la delicatezza del compito è grande... Non vorrei che nascessero divergenze.»

«Divergenze? Tra chi?»

«Vede... Questi francesi sono diventati invadenti.»

«Allude a Lapierre?»

«In generale, Stewart, in generale. L'operazione non è una semplice questione militare, ma è una questione politica. I francesi sono i messaggeri, ma dobbiamo essere noi gli ispiratori dei messaggi. Politicamente, prenderemo una decisione. Ma più avanti.»

«Mi scusi, non capisco.»

«Ne riparleremo, Ron. Ne riparleremo.»

«Forse lei voleva dire che non devo più prendere ordini da Lapierre?»

«Ma no, amico, naturalmente. Tutto continua come prima. Ecco, vorrei che il medesimo rapporto si stabilisse tra lei e me.»

«Io non ho difficoltà, però non vorrei che...»

«Non abbia timore. Non accadrà nulla. Piuttosto mi piacerebbe che la nostra... amichevole conversazione restasse una faccenda privata.»

Ron J. Stewart, ancora una volta, era perplesso. Questa organizzazione era sempre più curiosa. Tutto era stato previsto, e tutto poteva cambiare. C'erano amici, che erano amici di fronte e nemici alle spalle. Pensò che vi fosse una confusione indescrivibile. "Prima mi mandano a Genova, mi fanno rischiare la pelle, poi il commissario Giri viene ammazzato da un gruppo di terroristi. Compare l'israeliano che vuol sapere a chi sono state distribuite le armi. L'agente conosce tutto: segue i miei movimenti, i miei contatti. Tutto. E ora questo Crotti che viene a pregarmi, in confidenza, di prendere le distanze da Lapierre."

«Anch'io devo rivelarle una cosa» disse Ron a un tratto. «Mi è capitata una strana faccenda, ieri notte. Sono stato bloccato da un agente del Mossad: lui sa tutto, proprio tutto.»

Il docente universitario si fermò.

«Un agente del Mossad?»

«Sì, mi aspettava in albergo. Sapeva di Genova, dell'assassinio di Walter Bianchi, delle armi.»

«Impossibile.»

«Le dico che è così. Ero appena tornato dall'operazione-consegna delle armi, in piena notte. Conosceva entrambi i miei nomi: sia Stewart sia Grock.»

Mario Crotti ascoltò attentamente, e pensò che qualcosa di incontrollabile era accaduto. Lapierre? No, impossibile. Ci dev'essere un'altra spiegazione. Washington? Praga? Sapeva, Crotti, che al Mossad il problema Br stava a cuore, ma non riusciva a immaginare la strada che aveva seguito per giungere a Ron.

«Se dovesse rifarsi vivo, lei stia abbottonato. Spieghi quel che le pare ma non accenni all'organizzazione, né all'operazione che ci attende. Poi mi faccia sapere.»

«Attraverso Vasco?»

«No. Mi lasci un messaggio nella cassetta numero 458 della Stazione centrale di Milano. Questa è la chiave. Io ho il duplicato.»

Cinquantadue

«Amici, non vi nascondo la mia moderata soddisfazione. I colloqui stanno procedendo per il verso giusto.»

I collaboratori del segretario della Dc, che lo avevano seguito nel viaggio in America, riacquistarono, immediatamente, il buonumore. La prima giornata di incontri si era conclusa senza bocciature. Soprattutto due esperti di politica internazionale dell'amministrazione Carter si erano mostrati sensibili e ricettivi alle teorie dell'uomo politico italiano. L'analisi che l'onorevole aveva fatto della situazione combaciava, più o meno, con la loro. Entrambi giovani, entrambi discreti conoscitori della realtà italiana.

«Il vero pericolo è che il congelamento del quadro politico rischia di trasformarsi in una trappola per topi. La Democrazia cristiana è costretta a vivere permanentemente nel freezer del governo, con il rischio di diventare un iceberg. Vi lascio immaginare che cosa succederebbe se la situazione dovesse scaldarsi oltremisura. » Quell'espressione «freezer del governo» aveva colpito simpaticamente gli interlocutori.

«Il Titanic!» disse uno degli esperti.

«Appunto. C'è un estremo bisogno di ricambio. Ma un ricambio non è possibile, perché non esiste alternativa di governo. Un coinvolgimento, magari temporaneo, magari breve, magari l'astensione del Partito comunista, potrebbe consentire alla Dc di tirare il fiato. Costringerebbe il Pci a rivedere, ancor più profondamente, i già affioranti e rilevanti sintomi di irritazione nei confronti dell'Unione Sovietica.»

«E le forze laiche potrebbero quindi rafforzarsi, offrendo alla Dc, per il futuro, nuovo ossigeno» disse uno dei due americani.

«La mia analisi è proprio questa. E poi favorire l'erosione dalla sfera di Mosca di un Partito comunista un po' ribelle non sarebbe da sottovalutare, anche da parte degli alleati.»

«Ne parleremo con il presidente.»

«Grazie.»

Era probabilmente la prima volta, dai tempi dell'amministrazione Kennedy, quando vi fu la sofferta adesione dell'apertura ai socialisti, che uomini del governo degli Stati Uniti non si barricavano dietro i canoni stilizzati della formula: «con i comunisti mai!». Era il segnale di un rinnovato interesse? "Forse la politica della solidarietà nazionale – pensò il segretario della Dc – può essere accettata dal nuovo governo americano?" Non ne era del tutto convinto, anche se l'attenzione degli interlocutori e la volontà di comprendere i nodi della vita politica italiana gli erano parsi segnali confortanti.

Prima di una nuova tornata di colloqui, bisognava affrontare la comunità italoamericana. Per la sera dopo era previsto un cocktail con alcuni personaggi di rilievo, che potevano ritenersi interpreti dell'immagine italiana nei circoli che contavano. Il segretario della Dc sapeva che quegli uomini contavano non poco sulle scelte dell'amministrazione. L'America, con i suoi milioni di italiani, non poteva ignorare le voci di una tra le lobby più potenti.

L'onorevole temeva quell'incontro. Non certo per i numerosi italoamericani che conosceva e aveva incontrato un nugolo di volte. Sapeva infatti che al cocktail, spesso, erano presenti strani sensali, faccendieri senza scrupoli. Se ne incontravano anche a Roma. L'onorevole diffidava. Il suo carattere meridionale, incline al sospetto, lo proteggeva e gli consigliava di concentrare sempre la sua fiducia su poche e sceltissime persone. Qualcuno dei suoi, forse, Lui lo aveva pensato più di una volta, era corrotto. Ma non l'avrebbe mai tradito. La corruzione, entro margini tollerabili, come aveva scritto Borges, è fisiologica in una democrazia.

I collaboratori dell'uomo politico raggiunsero il circolo intitolato a Giuseppe Mazzini con mezz'ora di anticipo. Tastarono gli umori, raccolsero le prime fuggevoli impressioni. Il quadro che ne ricavarono non fu troppo confortante, e ne accennarono al segretario della Dc, prima che quest'ultimo entrasse, accolto da un lungo applauso.

«Attento, qui non vanno tanto per il sottile. Ho sentito battute taglienti.»

«D'accordo, ho capito.»

Raffaele Tuminiello, proprietario di un bar-ristorante a New York, figlio di un pugliese, fece gli onori di casa. Presentò all'onorevole gli ospiti. Una decina di industriali, che – come amano gli americani – si erano fatti da soli, ed esibivano il loro passato di povertà come la più prestigiosa delle medaglie; un paio di finanzieri; un ex calciatore del campionato italiano trasferitosi in una squadra americana; una ventina di ristoratori.

«Cerchiamo di fare il possibile per tenere alto il tricolore» disse Tuminiello, alzando la coppa di spumante e strappando un facile consenso.

L'onorevole non amava i bagni di folla, come non amava le dimostrazioni di orgoglio nazionale. Era un fatto istintivo, che faceva scattare impercettibili meccanismi di difesa.

«Che ne sarà del nostro governo?» chiese Tuminiello, ad alta voce, catturando all'improvviso l'attenzione di tutti.

Il segretario della Dc si aspettava questa domanda. Ne aveva calcolato i tempi, e aveva preparato anticipatamente la risposta.

«Il paese ha conosciuto bene la grande forza stabilizzatrice della Democrazia cristiana che è, e resterà, l'unico vero baricentro del sistema politico italiano.»

Gli applausi furono intensi e convinti.

«E i comunisti?» fece Tuminiello. «Continuano o no a fare l'occhiolino alla grande madre Russia?» L'italoamericano aveva studiato per giorni quella domanda, ma non immaginava che gli sarebbe venuta tanto spontanea, tanto convincente. Nella sala si fece silenzio. Un silenzio innaturale.

L'uomo politico ragionò nel tempo più breve che può essere concesso a una persona abituata al bruciore della domanda improvvisa. Decise per una risposta diplomatica.

«I comunisti sono pur sempre il 30 per cento dell'elettorato italiano. Anche se il processo di maturazione democratica del Pci è sufficientemente avanzato, non si può ancora ipotizzare un loro coinvolgimento nell'area di governo.»

Gli applausi stavolta furono tiepidi, e al battimano si sovrappose rapidamente un fastidioso brusio. Quel «processo di maturazione democratica sufficientemente avanzato» non era stato per nulla digerito. Tuminiello, che già tanto aveva osato, propose un nuovo brindisi, mentre un gruppetto intonava l'inno nazionale. Alfred Greninger se ne stava in disparte, e ogni tanto sfiorava, con la punta delle dita, il suo papillon di seta nera. "Imbecille e pazzo" pensò. "Ecco cosa sei."

Cinquantatré

Franco Marozzi entrò al KYRIE verso mezzogiorno, vestito come un dandy. Abito di lino bianco stropicciato, camicia azzurra, colletto bianco, cravatta bordeaux, occhialetti civettuoli. Salì al secondo piano. Lapierre era seduto nell'ufficio del direttore dell'istituto.

«Credo che l'operazione, più che urgente, sia da ritenere imminente» esordì Lapierre.

«Così presto?» rispose Franco. «Non so se saremo pronti.»

«Hai abbastanza carisma per imporre i tempi che riterremo opportuni. Credo che mai, come adesso, si possa presentare occasione più propizia.»

«Che cosa vuoi dire?»

«Noi pensavamo che la crisi di governo esplodesse in primavera. Previsione sbagliata. La crisi è già in atto. Hanno tentato di comporla con un governo di emergenza, con dentro i repubblicani. Niente. L'incarico è stato respinto. Non ci sono più margini. Il compromesso storico è alle porte.»

Franco: «Non così presto».

Lapierre: «Lo pensi tu. La Democrazia cristiana si sta muovendo con incredibile rapidità. Il segretario è stato a Washington, ha parlato con uomini dell'amministrazione Carter».

Franco: «Avranno visto il progetto come una pugnalata».

Lapierre: «Al contrario. Ci devono essere state delle aperture. Si vede che gli Stati Uniti stanno cominciando a realizzare che, con i comunisti dentro – e con quei comunisti soprattutto –, la stabilità è garantita, anche se si deve sacrificare un principio».

Franco: «Disco verde, dunque?».

Lapierre: «Calma, calma. Non è proprio così. Ci sono settori americani che non tollereranno mai l'ingresso dei comunisti nel governo in Italia, in barba a tutte le amministrazioni Carter della terra. Il segretario della

Dc è andato a parlare agli italioamericani. C'era anche Greninger. Ha difeso l'asse centrale della Dc nell'esecutivo italiano, però ha riconosciuto che il processo di democratizzazione del Pci è sufficientemente avanzato, anche se non è ipotizzabile un inserimento del partito di Berlinguer nell'area di governo».

Franco: «Non potrà rimangiarsi tutto, allora».

Lapierre: «C'è sempre la formula dell'astensione. Un governo senza comunisti dentro e senza comunisti contro».

Franco: «La stessa cosa».

Lapierre: «Appunto. Ma credo che qualcuno gli abbia già fatto capire che è fuori strada... A proposito, ieri sera l'Agence France Press ha rilanciato il succo di un articolo comparso sulle pagine di "Izvestia", a Mosca. Secondo il commentatore, potenti gruppi occidentali stanno manovrando per sfruttare, a loro vantaggio, il terrorismo italiano».

Franco: «Ma loro non sono d'accordo con noi?».

Lapierre: «I governi e i loro giornali non sanno nulla. Te l'ho già spiegato tre o quattro volte. Non credo che, ufficialmente, gli uni e gli altri sarebbero favorevoli al nostro progetto. Non c'è più tempo da perdere, compagni. Bisogna procedere. Lui arriverà a Milano fra tre giorni».

Franco: «Lui?».

Lapierre: «E chi se non Lui?».

Franco: «Ci salteranno addosso come lupi famelici. Ci sono altri obiettivi. Per esempio il...».

Lapierre: «No, Franco. Lui e soltanto Lui. A Milano, possibilmente. Devi occuparti personalmente della faccenda».

Franco: «Non sarà imprudente?».

Lapierre: «Non esistono alternative praticabili. Non possono più esserci rinvii».

Le voci si interruppero. H6 spense il registratore. La microspia aveva funzionato alla perfezione. Stavolta non c'erano più dubbi né difficoltà di interpretazione. Quelli del KYRIE e Franco, indubbiamente un capo delle Brigate rosse, avevano deciso di colpire proprio Lui, il segretario della Democrazia cristiana. L'avrebbero rapito? L'avrebbero ucciso? Pensava a tutte queste cose H6 mentre, rischiando anche un incidente stradale, stava per raggiungere l'ufficio.

Jean Paul Tissier era dietro la scrivania, assorto nelle sue riflessioni. Aveva intuito che l'affare stava prendendo contorni sempre più gravi. L'antivigilia, lo sentiva, stava diventando vigilia.

In quel mentre, H6 si precipitò nella stanza del funzionario.

«Cose grosse, H6. Ci scommetto.»

«Sì, capo. Hanno deciso di agire. Nei prossimi giorni, probabilmente a Milano.»

«Qual è l'obiettivo?»

«Il segretario della Democrazia cristiana.»

Tissier impallidì. «Aspettami. Torno subito.»

Salì le scale di corsa. Entrò nell'ufficio del direttore senza bussare.

«Mi scusi, Tissier. Sto parlando al telefono con il signor ministro. Soltanto qualche minuto.»

"Al diavolo il ministro, al diavolo il capo, al diavolo tutto" pensò il funzionario degli Affari generali. "Qui c'è da salvare la vita di un uomo, anzi di un leader di un paese amico, altro che balle. Il governo francese non potrà rendersi complice di questa ignominia. Bisogna denunciare tutto."

«Venga, venga Tissier. Che c'è ancora?»

«Quelli vogliono ammazzare il segretario della Democrazia cristiana italiana.»

«Quelli chi?»

«Quelli che stiamo seguendo da settimane.»

«Siamo sicuri?»

«Ho ricevuto il rendiconto pochi minuti fa.»

«Amico mio, non possiamo commettere errori. Se sbagliamo, lei e io abbiamo chiuso con la carriera... Informerò il ministro.»

«Capo, bisogna avvertire i servizi segreti italiani. Pur scassati, faranno qualcosa.»

«Prepari un breve rapporto. Scriva che, da informazioni riservate, risulterebbe in pericolo di vita il segretario della Democrazia cristiana.»

«Soltanto questo?»

«Soltanto questo.»

«E tutto il resto? Quello che abbiamo raccolto?»

«Sapesse quante segnalazioni si ricevono su probabili attentati a uomini politici di mezzo mondo! A decine, Tissier, a decine.»

«Ma stavolta è seria. Molto seria, capo.»

«Anche tutte le altre volte. Faccia come le ho detto.»

Tissier non tornò neppure da H6, che lo stava aspettando. Uscì, salì in macchina. Raggiunse un bar, vicino a casa. Ordinò una bottiglia di Pernod. Un'ora dopo era praticamente ubriaco. "Politica maledetta" pensò, rientrando nel suo appartamento. Barcollando, riuscì a comporre il numero del suo ufficio.

«H6?»

«Sì, capo. È stata lunga, eh?»

«Lunghissima, H6. Ci vediamo domattina.»

L'agente rimase interdetto. Nessuno aveva voglia di occuparsi di quella bomba che teneva nascosta nelle cassette del suo piccolo registratore.

Cinquantaquattro

I dubbi del ritorno erano i medesimi dell'andata. Anche se ai dubbi si erano accostati i confortanti segnali di apertura colti anche nel secondo incontro con i due consiglieri per la politica estera del presidente Jimmy Carter. La risposta della Casa Bianca era stata indiretta. Non c'era, in linea di principio, un'assoluta preclusione a un modesto contributo del Partito comunista italiano, con il vincolo della formula dell'astensione, al nuovo governo. Però, pur nel rispetto delle «autonomie nazionali» l'amministrazione lasciava intendere di non gradire che esponenti del Pci potessero ricoprire cariche, anche marginali, nell'esecutivo.

Il segretario della Dc, in fondo, non sperava di più. L'assenso del principale alleato era timido, ma pur sempre un assenso.

La hostess disse di allacciare le cinture, e il jumbo dell'Alitalia si staccò dal nastro d'asfalto dell'aeroporto JFK di New York alle 21.30. Soltanto allora l'onorevole richiamò l'attenzione dei suoi due fidati collaboratori.

«Non vi ho detto una cosa. Ma ora è giusto che la sappiate.»

«Minacce?»

«Non so come interpretarle. L'altra sera, dopo il cocktail, sono stato avvicinato da un signore che non conosco, ma che era riverito da tutti. Mi ha detto, senza neppure presentarsi: "Lasci perdere, onorevole". E poi, brutalmente: "Non rischi la sua vita. Non ne vale la pena".»

I due collaboratori del segretario democristiano si guardarono dritto negli occhi. Non osarono commentare la frase che l'uomo politico aveva riferito. Troppo intense erano le angosce che attendevano il responsabile del partito di maggioranza relativa, per aggiungerne altre.

L'aereo atterrò a Fiumicino. L'onorevole si fece accompagnare a casa, si cambiò d'abito e raggiunse piazza del Gesù. La mattina dopo, alle 9, sarebbe stato chiamato dal presidente del Consiglio incaricato, per l'inizio delle consultazioni. La gravità della situazione politica, la persistenza della crisi economica e l'assedio del terrorismo imponevano alla responsabilità dei partiti l'urgenza di imboccare una strada che superasse diffidenze e differenze, per lavorare insieme in difesa della democrazia italiana.

Le prime copie dei giornali del mattino erano appena arrivate nelle edicole, quando il segretario della Dc prese fra le mani il quotidiano comunista, «l'Unità». Il titolo di prima pagina era eloquente. *Un segnale per salvare la democrazia.*

L'onorevole fu colpito dalle attestazioni di stima che arrivavano da ambienti storicamente ostili al partito di maggioranza relativa. La gradevole scoperta riuscì a mitigare i commenti velenosi che affioravano da un mondo politico chiacchierone e sospettoso. La dichiarazione di un ex ministro provocò nel segretario della Dc una reazione quasi emotiva. L'ex ministro aveva detto che non si poteva distruggere la democrazia e le sue regole sull'altare dell'emergenza. Ma era proprio l'insensibilità all'emergenza a corrodere le fondamenta della democrazia, pensò.

I rapporti economici di fine estate offrivano un panorama desolante. L'afflusso di valuta straniera, pilotato dalla macchina turistica, era stato inferiore alle previsioni. Si stagliava all'orizzonte lo spettro di un infarto economico-finanziario. Secondo dati ufficiali, almeno mille piccole-medie imprese avrebbero dovuto chiudere. Le grandi fabbriche, Fiat in testa, annunciavano massicci ricorsi alla cassa integrazione «a zero ore», il tasso di disoccupazione aveva superato l'11 per cento. Si prevedevano aumenti delle tariffe dell'elettricità, del telefono, dei biglietti ferroviari. I piloti erano in sciopero da due settimane. L'immagine-Italia appariva degradata, vicina all'abisso.

L'incontro con i rappresentanti delle confederazioni sindacali si era concluso con un mezzo fallimento. Il presidente incaricato sperava di ottenere l'assenso alla prima fase del piano di austerità, che prevedeva una sensibile riduzione del costo del lavoro, in cambio dell'accresciuto volume di investimenti sociali. I sindacati avevano ribattuto che il primo problema doveva essere la salvaguardia del posto di lavoro. Ma come si faceva a garantirla? «Fate pagare le tasse a tutti» rispose, con una brusca battuta, il segretario generale della Cisl.

Mica facile. Quattro o cinque volte, con tutte le cautele possibili, era stato scalfito il solido muro delle clientele. Almeno in tre occasioni si era cercato di affondare il bisturi nella piaga dei capitali in fuga. Il presidente incaricato scosse il capo. Anche lui sapeva benissimo che, con il rientro dei miliardi illegalmente espatriati, e con una politica fiscale severa con tutti, numerosi problemi non sarebbero neppure esistiti.

Ci fu una pausa. Il presidente incaricato chiamò il segretario della Dc. Spiegò le difficoltà del colloquio, gli irrigidimenti della controparte, i margini entro i quali si poteva operare. «Potremmo proporre – disse l'uomo politico – il blocco dei prezzi per quattro mesi. Credo che le confederazioni sindacali, con questa carta da offrire ai lavoratori, accetterebbero una parte dei sacrifici richiesti.»

La delegazione della Cgil fu subito interessata all'idea, e anche le altre due confederazioni mostrarono di gradire quella prova di buona volontà. La macchina con il motore acceso e con il cambio in folle aveva finalmente innestato la prima. Era comunque un risultato. La sera stessa, potenti emissari delle categorie che avrebbero dovuto pagare il prezzo di quella decisione bombardarono di telefonate la segreteria democristiana. Le linee clientelari, abituate all'andazzo del privilegio e alla certezza dell'intoccabilità, non sopportavano per niente l'onere che il paese aveva intenzione di chiedere.

L'onorevole sapeva decifrare i segnali, ne sapeva leggere le pieghe, ne individuava le sfumature e ne percepiva il non detto. Quel che lo preoccupò non fu tanto l'aggressività verbale dei rappresentanti della Confcommercio, ma quel messaggio che gli giunse a tarda sera, portato da uno dei suoi collaboratori. «La magistratura si sta muovendo. Potrebbe riaprirsi quella vecchia vicenda di tangenti.»

Era un messaggio chiarissimo. La Dc, o almeno una parte di essa, stava conducendo il paese fuori dalle secche, con una decisa operazione di chirurgia politica, ed ecco, puntualissime, le lobby che facevano pesare le loro carte segrete, condimento di una prassi ricattatoria purtroppo consolidata.

«Non ce la faremo» disse il segretario del partito di maggioranza. «Una volta esaurite tutte le riserve di mediazione, occorrerà stringere i tempi. Il paese non può aspettare.» Lo disse con tono solenne, convinto, deciso, tonico, tanto da stupire i suoi fedelissimi, abituati alle robuste razioni di Tavor nei momenti di difficoltà.

«Dopodomani vado a Milano. Sono stato invitato dall'Associazione industriali. Credo che ci sarà da soffrire anche là. Il giorno dopo il presidente incaricato si presenterà in Parlamento per chiedere la fiducia.»

Chiamò la macchina. I suoi fedeli guardiani, due agenti e due carabinieri attendevano, davanti all'ingresso di piazza del Gesù. Il capo scorta, del quale l'onorevole si fidava ciecamente, suggerì un itinerario alternativo per tornare a casa.

«Onorevole, quando arriva l'auto blindata?»

«Non lo so. Mi hanno detto che non ci sono i fondi necessari.»

«Ma lei rischia la vita. Se ne rende conto?»

Il leader politico sorrise. Era un sorriso terribilmente amaro.

Cinquantacinque

Soltanto Privato Galletti aveva ricevuto una fuggevole confidenza. Il momento della grande operazione era vicino. Avvertì i compagni. «Stasera si va tutti a Piacenza. In un paesino della provincia, che si chiama Centovera, vi sarà la riunione operativa. Arriveranno i compagni di quasi tutte le colonne.»

Semprini non riuscì a trattenere un grido di esaltazione. Finalmente avrebbe potuto conoscere i personaggi più importanti delle Brigate rosse, gli uomini delle grandi azioni militari, gli irriducibili paladini di quella battaglia che lui, ex pc-iota, e adesso neofita della lotta armata, pensava di imitare.

«Ci sarà anche Franco?» chiese.

«Naturalmente.»

Mirella Zambelli se ne stava in cucina. Sapeva che quello era un momento particolarmente intenso. Soltanto tre anni prima era stata convocata, in tempi tanto stretti, la riunione operativa. E la compagna Clara era consapevole che le riunioni operative plenarie preludevano a qualche impresa clamorosa. Viveva in silenzio l'angoscia e l'eccitazione della nuova avventura. Aveva conosciuto Mara Cagol, e a lei si ispirava. Ne avrebbe voluto catturare il coraggio, l'idealismo, la straordinaria capacità di azione politica rivoluzionaria. Dicevano che Mara fosse entrata nelle Br per amore del marito, Renato Curcio. Lei aveva sempre rifiutato, sdegnosamente, questo stupido stereotipo. Certo, la stampa borghese insisteva sulla singolare attrattiva che la lotta armata esercitava sulle donne. Sapeva di compagne che avevano sposato l'avventura per non abbandonare il letto del loro uomo. In fondo le disprezzava. Per lei non era stato così. Il rigetto della «società malata» era esploso nelle aule dell'università. La sua, ne era convinta, non poteva che essere classificata come una scelta di fede.

Entrò nel soggiorno, con un cestino di patate fritte. Disse: «Ci saranno anche Giovanni Setti e la moglie?».

«Certo, Clara» rispose Galletti. «Sai cosa significa?»

«Che il giorno dell'operazione è vicinissimo.»

«È proprio così.»

«Chi sarà l'obiettivo?»

«Non lo so. Lo sapremo stasera. Non è escluso che, già da domani, qualcuno di noi cambi casa... Consiglio di scaglionare le partenze per Centovera. Nettuno prenderà il treno diretto a Piacenza, poi da lì proseguirà in corriera, fino al paese. Io e te, Clara, andremo in automobile. Subito dopo la piazza centrale di Centovera, si gira a destra. Cento metri più avanti c'è un casolare, con il fienile e un carretto. Ci troveremo là.»

Giusto salì sull'espresso Milano-Bologna. Era quasi una rimpatriata. Quante volte aveva preso quel treno per tornare a casa, dopo una gita a Milano. Era sempre un piacere rivedere i confini dell'Emilia che amava, che sentiva amica, tollerante, ricca di passioni e onestà.

«L'espresso Milano-Bologna è in partenza al binario 16. Ferma a Piacenza, Fidenza, Parma, Reggio Emilia, Modena e Bologna» disse la voce che annunciava i treni. Nettuno ebbe un tuffo al cuore. "La mia Reggio" pensò. "Potrei proseguire, cambiare il biglietto, tornare a casa. Una scappatella, nessuno sospetterebbe nulla. Potrei rivedere Bianca. Oggi è giovedì, potrei telefonare a Dana. Potrei, potrei..."

Scese a Piacenza. Salì sull'autobus e saltò giù alla stazione di piazza Cavalli. La corriera partì alle 11. Era quasi piena. C'erano contadini, che erano venuti in città per le operazioni bancarie; c'erano due suore, un'anziana signora vestita di nero e con le calze di lana, nonostante fosse ancora estate. San Giorgio. Ecco Centovera.

Giusto vide il campanile della chiesetta che dominava l'incrocio fra quattro prati squadrati. "Sono arrivato" pensò.

Erano passate da poco le 18. Decine di giovani, in motoretta, tornavano dai campi, dove erano andati a raccogliere pomodori. Giusto imboccò la prima via a destra, vide il casolare. Si fece coraggio. Bussò. Venne ad aprire un giovanotto con lunghi baffi neri e gli occhiali.

«Genova?»

«No, arrivo da Milano.»

«Chi sei?»

«Mi chiamo Nettuno.»

«Entra, entra. Ho sentito parlare a lungo di te da Franco.»

Salirono al piano superiore. Intorno a un lungo e vecchio tavolo da pranzo, erano seduti in sei.

L'uomo con i baffi disse: «Io sono Marcello. Il mio nome... originale è Alberto De Stefanis, colonna di Roma. Dovresti averne sentito parlare» e puntò il dito indice della mano destra verso un uomo e una donna. «Giovanni Setti e sua moglie Ileana.» Un attimo di pausa. «Questo signorino, con l'aria da professore che non ti vuol dare la sufficienza, è Luigi Crovetto, nome di battaglia Gennaro, colonna napoletana. E Pasquale Migliani, Francesco, colonna torinese.»

«Piacere, compagni» esordì Semprini, imbarazzato.

«Infine quello laggiù. Credo che vi siate conosciuti.» Franco Marozzi spense la sigaretta e si alzò in piedi. Aveva un'aria diversa da quella dell'autonomo al convegno di Genova. Più sicura, più «pesante».

«Caro Nettuno, come va a Milano? Sei pronto per il gran salto? Abbiamo bisogno di gente come te.»

Semprini era confuso ma, nello stesso tempo, fiero di quel pubblico attestato di stima. Osservò Franco con la deferenza dello scolaro per il maestro. Era veramente lui, il leggendario capo delle Brigate rosse.

«Accomodati.»

Galletti e la Zambelli erano andati a comprare qualche bottiglia di birra. Arrivarono puntuali per l'inizio della riunione. Non ci furono preamboli. Franco gettò sul tavolo la voce e l'imponenza della sua figura di leader.

«Pensavamo di avere più tempo. Dobbiamo invece agire in fretta. Fra tre giorni.»

«Tre giorni?» sbottò il solito Galletti.

«Abbiamo valutato assieme ai compagni del comitato esecutivo ogni piega, ogni risvolto, ogni rischio. Dobbiamo agire subito. La situazione politica è favorevole. Ci inseriremo in questa battaglia del compromesso storico» disse ridacchiando. Era la prima volta che si entrava nel merito di uno specifico problema politico. Giusto Semprini tese le orecchie.

«Nettuno! Tu e Clara, già domattina, lascerete la casa di Lambrate e vi trasferirete nell'abitazione dell'architetto Setti. Dovrete prendere confidenza con l'appartamento e con tutti i suoi angoli. La biblioteca del nostro amico vi terrà compagnia.»

Poi, rivolto agli altri: «Noi dovremo agire. I compagni di Genova arriveranno a Milano domani. Avremo il tempo di studiare il percorso, cronometrare i tempi, preparare le armi. L'operazione è prevista per lunedì all'alba».

Galletti: «Qual è l'obiettivo?».

Franco: «Il segretario della Democrazia cristiana».

Clara: «Lo uccideremo?».

Franco: «Non lo so. Saremo però costretti ad annientare subito la scorta».

Galletti esplose: «Cazzo, è una follia! Quello ha quattro agenti che lo proteggono».

Nettuno ebbe un fremito. Era sconvolto. Volevano colpire il segretario della Dc, l'uomo delle aperture. Azzardò: «Sono state valutate le conseguenze politiche dell'operazione? Non temete che il paese si rivolterà contro di noi? Proprio nel momento in cui un partito di sinistra, fesso quanto vi pare, si avvicina all'area di governo?».

Era rosso in viso mentre bofonchiava la sua domanda. Franco Marozzi comprese al volo le difficoltà del giovane e, raccordandosi alle sue ultime parole, neutralizzò il pericolo di quell'imbarazzante silenzio. «Certo, Nettuno. Abbiamo considerato anche questi rischi. L'uomo passa per un progressista, ed è questo volto ignobile che dobbiamo smascherare. Sarà anche compito tuo.»

«Mio?»

«Sì, anche tu parteciperai al processo che il proletariato istruirà contro il segretario della Dc. Mi darai una mano. Ti passerò una scaletta di domande, e poi ci lavoreremo insieme. Io presiederò la fase esecutiva. A un certo punto dovrò assentarmi, ma tornerò presto.»

Galletti, impaziente: «Quando avete saputo che Lui verrà a Milano?».

Franco: «Tre giorni fa. Dovrà partecipare a una riunione di industriali, incazzati neri per questa svolta di governo. Noi lo prenderemo la mattina dopo».

Semprini: «È necessaria la strage?».

Franco: «Ragazzo mio, ne farei volentieri a meno. Però è inevitabile. Non possiamo permetterci il lusso di scomodi testimoni».

Galletti: «Quanto durerà la detenzione nel carcere del popolo?».

Franco: «Vedremo».

Galletti: «Alla fine? Pollice su o pollice verso?».

Franco: «Vedremo».

Il capo congedò il gruppo di Milano. Lui sarebbe ripartito con gli altri la mattina dopo. Aveva una notte per discutere con il commando militare i dettagli dell'operazione. L'architetto Setti aveva già adattato la sua casa. In pratica, l'appartamento era diviso in due, e una parte era stata insonorizzata. Avevano provviste per due mesi.

Cinquantasei

Si era fatto giorno da appena mezz'ora. La luce filtrava dietro la tapparella metallica, e cercava di violentare gli stretti canaletti orientati verso l'alto. Il cameriere bussò con il caffè e i giornali. Era il rito mattutino di Ron J. Stewart, inviato a fare il sicario di un'organizzazione della morte. Sorseggiò il suo espresso, aveva uno strano gusto. Non si era ancora abituato a quel sapore, l'americano. Gettò un'occhiata alla prima pagina di un quotidiano. Sotto la testata, vide la sua faccia e rabbrividì.

Accese la luce. Non era possibile. Un'allucinazione, oppure un sosia. Ma il titolo non lasciava adito a dubbi, e neppure la didascalia. «È a Brescia l'americano-corriere della droga, ricercato dalla magistratura milanese per spaccio di sostanze stupefacenti.» Sotto la foto, «una recente immagine di Ron J. Stewart».

Era proprio lui, e la fotografia era davvero recente, recentissima. "Ma diavolo", era stata scattata il giorno prima, a Brescia, in piazza Arnaldo, mentre lui aspettava il professor Crotti. Lesse l'articoletto, cominciando a sudare. Diceva che il cittadino statunitense era anche sospettato di attività collegate all'estremismo di sinistra.

Si fissò allo specchio e riguardò la foto. Chi aveva potuto tradirlo? "Goldstein" pensò. "Non può essere stato che lui." Forse aveva concluso la sua missione e aveva voluto rendere un servizio agli italiani che cercavano l'americano, oppure agli americani stessi. Si convinse che non poteva esserci altra spiegazione. Non aveva ancora preso in considerazione, Stewart, tutte le complicazioni che ne sarebbero derivate. Certo, in albergo era il signor Peter Grock. Ma quella foto non sarebbe passata inosservata. Una battuta del portiere, lo sguardo di un passante. Si sentì in gabbia. Squillò il telefono.

«Mister Grock, sono Goldstein.»

«Stavo pensando proprio a lei, bastardo.»

«Calma, *mister*. Ho visto anch'io la fotografia sul "Giornale di Brescia", e sono preoccupato per lei.»

«Vuole farmi arrestare subito? Non ha che da chiamare i carabinieri e vuotare il sacco.»

«Non faccia il cretino. Crede che avrei telefonato se fossi stato io a combinare lo scherzo?»

«Anche questo è vero. Ma non ci sono alternative. Chi altri se non lei?»

«Questo è affar suo, Mister Grock. A noi interessa che lei non abbia guai. L'aiuterò a scappare.»

«E come?»

«Lei non si muova dalla stanza, e non si stupisca per quel che potrà accadere. Tra un'oretta pagherà il conto e, regolarmente, uscirà dall'albergo. Vedrà.»

Il portiere e l'uomo della reception rimasero sconcertati quando due agenti in borghese si presentarono, si qualificarono e chiesero del signor Grock.

«È un vostro cliente?»

«Sì, è in camera.»

«Lo preghi di venire, appena gli è possibile.»

Ron Stewart scese le scale e vide i due uomini. Uno, con molta cortesia, disse ad alta voce: «Buongiorno, signore. Siamo stati incaricati di accompagnarla a Milano».

L'altro si avvicinò al giovane portiere e bisbigliò: «È un pezzo grosso, questioni di sicurezza». Quello annuì e si fece da parte.

Stewart recuperò il suo self control. «Vuole prepararmi il conto, per gentilezza?»

«Con piacere.»

«Salgo a ritirare i bagagli, e arrivo.»

«Non si preoccupi, signor Grock, facciamo noi» intervenne premuroso il portiere. «Sono già pronti?»

«Sì, sono pronti.»

Pagò in contanti e fu scortato fuori. I due carabinieri lo fecero salire su un'anonima vettura blu, una 132. Il «graduato» chiese le chiavi dell'auto noleggiata dall'americano.

«Quella la portiamo via noi... E ora destinazione Sant'Eufemia» disse al collega.

A Sant'Eufemia, frazione di Brescia, Renato Goldstein era in attesa, in una pensioncina. Una robusta stretta di mano e un compiaciuto commento.

«I miei amici hanno fatto un buon lavoro, eh?»

«Vuol dire i carabinieri?»

«Sono bravi come i carabinieri i miei collaboratori.»

Goldstein aveva procurato abito, camicie e una cravatta nuova. Suggerì all'americano di tagliare barba e baffi e di accorciare i capelli. Alla fine Stewart si guardò allo specchio e controllò la fotografia sul giornale. Un'altra persona. Soltanto chi lo avesse conosciuto veramente bene avrebbe potuto trovare qualche somiglianza.

«Che cosa volete adesso, signor Goldstein?»

«Niente, amico. Spero di rivederla. È libero di andare dove crede. Se fossi in lei, però, mi guarderei dai suoi soci. Ho il vago sospetto che, fra loro, ci siano dei malintenzionati.»

Ron era stordito. La confusione mentale era diventata un vero e proprio caos. Da chi doveva guardarsi? Da Greninger? Da Lapierre? Da Crotti? Da Keminar? Da questo furetto di Goldstein che mostrava di aver tanto a cuore la sua libertà?

Recuperò la sua auto a noleggio e decise di tornare a Milano. Là avrebbe cercato Vasco. Era l'unica persona che poteva incontrare, e in fondo – ne era convinto – era l'unico che non lo aveva tradito. Quel Goldstein, nonostante tutto, non gli piaceva.

Imboccò l'autostrada e si fermò al primo distributore. Da una cabina compose il numero dell'albergo di Brescia.

«Pronto, sono Grock.»

«Dica, signor Grock. C'è qualche problema?»

«Se dovessero chiamare da Milano, spieghi che arriverò nella tarda mattinata.»

«In effetti qualcuno ha già chiamato per lei. Il signor Vasco.»

«Ah, ho capito.»

«Noi gli abbiamo detto che lei era dovuto partire improvvisamente, che erano venuti a prenderla. Il signor Vasco l'aspetta a Milano. Pronto?... Mister Grock?»

Aveva riattaccato.

Cinquantasette

La strigliata aveva dato i frutti attesi. Jean Paul Tissier aveva deciso di rimettersi in riga, dopo la scenata con il capo. Non c'era molto da scegliere: accettare le regole del servizio oppure finire emarginato, magari nell'ambasciata di un piccolo paese del Terzo Mondo. In tal caso, si correva sempre il rischio di una misteriosa scomparsa. Tissier era un ribelle, ma in fondo era proprio il suo carattere la sua forza. Era l'alibi del sistema. Veniva pagato anche perché rompiscatole, perché intollerante, perché intrigante, perché indisciplinato. Il servizio aveva bisogno di gente come lui. Prima o poi sarebbe venuto il momento di lasciarlo correre a briglie sciolte. Al capo sarebbero arrivati i complimenti dell'esecutivo; al ministro quelli del presidente; al funzionario degli Affari generali l'aumento di stipendio. E avrebbe ricominciato, con l'entusiasmo ritrovato.

Erano le regole che i «marpioni» ben conoscevano. Le avevano sperimentate di persona. Tutti erano partiti con la voglia di fare o di strafare, con l'indifferenza per le spietate regole della politica e della diplomazia. Tutti erano finiti nelle stanze del potere, con un bagaglio di «saggezza» e di prudenza, avendo compreso che, in certe occasioni, agitarsi troppo non è producente. Anzi, al contrario.

Pareva che questa fosse una di quelle occasioni. Anche se vi erano evidenti contraddizioni. Il funzionario degli Affari generali aveva insomma capito che al servizio interessava procedere nell'inchiesta, ma senza clamore, tenendo tutto nel cassetto, ben chiuso a chiave. Certo, agli italiani bisognava pur far sapere qualcosa, magari per evitare spiacevoli accuse in futuro. Qualcosa sì, ma non più di tanto.

Il messaggio era stato pesato con il bilancino di un orefice. «Il segretario della Democrazia cristiana, secondo quanto risulta a questo ufficio, sta correndo rischi molto gravi. Vi è un'organizzazione internazionale interessata alla sua soppressione. Vi terremo informati su ogni possibile sviluppo.» La busta, sigillata, fu inviata a Roma con il corriere diplomatico.

Il suo compito era finito, ma quell'atmosfera da vigilia che Tissier aveva colto due giorni prima era destinata a diventare sempre più frenetica.

Jean Paul vide H6. Era accigliato, nervoso, intrattabile. Lo guardò con comprensione, quasi con tenerezza.

«Capisco il tuo disappunto, H6. Ma queste sono le regole.»

«Lo so, capo, però mi permetta di dissentire. Sono regole di merda.»

«O anche peggio» aggiunse Tissier. «Noi dobbiamo continuare. Credo, amico mio, che agiremo in silenzio. Con tutti. Anche con gli altri collaboratori. Intesi?»

«Intesi» bofonchiò H6.

«Se sarà il caso avvertiremo noi, direttamente, la magistratura italiana. Ho già provveduto con *maître* Fleuret.»

«Lui che cosa le ha risposto?»

«È d'accordo, però c'è un problema... Noi potremo aiutare i giudici italiani soltanto se questi ultimi ce lo chiederanno. In tal caso, dal punto di vista formale non vi sarebbero ostacoli.»

Furono interrotti. Un giovane agente entrò di corsa nella stanza.

«Che cosa accade, H3?»

«C'è un dispaccio riservato dell'ambasciata cecoslovacca. È stato consegnato ai sovietici.»

«Testo?»

«L'informatore mi ha detto che si parla di armi passate alle Brigate rosse e dell'arresto, avvenuto a Praga, di Keminar, Lubo Keminar.»

«Hanno saputo, allora...» commentò Tissier.

«Come, capo?»

«Niente, H3. E grazie per l'informazione.»

Il giovane uscì. H6 era agitatissimo. Disse: «Sarà bene che vada a dare un'occhiata ai ragazzi che stanno nei pressi del KYRIE».

«Credo anch'io.»

La partita si complicava ulteriormente. Forse i sovietici avevano sentito odor di trappola e avevano messo in guardia i cecoslovacchi. C'era, insomma, una corsa alle contromisure, per non sporcarsi le mani. "Questo – pensò Tissier – riuscirà magari a far saltare l'operazione."

Dana. Gli era venuta in mente cinque minuti prima. "Stasera la chiamerò al telefono. Devo sapere. Non è escluso che Keminar sia stato portato via, all'estero." Stava ragionando su tutte queste cose, il funzionario, quando H6 rientrò, trafelato.

«Altre novità, capo. Ho incontrato uno dei nostri. Dunque, Lapierre ha detto, in un ufficio del KYRIE, che qualcuno dall'America stava tentando di bruciare Stewart. Ha fatto anche un nome, quello di un certo Greninger.»

«Guarda negli archivi.»

«Subito, capo.»

Era un puzzle. Evidentemente, in questa guerra di posizione, si stavano materializzando contrasti mortali. "Ma allora, da che parte sta Lapierre? Da che parte Crotti? Da che parte Stewart?" No, Stewart era soltanto una pedina. E questo Greninger?

«Niente, capo. Negli archivi non c'è traccia di questo Greninger.»

«Lo immaginavo.»

«Lapierre ha poi detto che alla polizia italiana era arrivata una fotografia di Stewart, assieme alla notizia che l'americano si trovava a Brescia.»

«A Brescia. Lombardia. Ma dove?»

«Non si sa.»

«Continuate ad ascoltare.»

Jean Paul Tissier tornò a casa. Si spogliò. Si rivestì nervosamente: jeans e maglioncino. Mezz'ora dopo era ai telefoni pubblici. Compose lentamente il numero.

«Dana?»

«*Ano*, sì.»

«Dana, sono Georges.»

«Georges, caro, adorato.»

Gli venne la pelle d'oca. Era proprio lei, la dolce Dana, la *sua* Dana. Quanti ricordi. Il primo sorriso al KYRIE, l'incontro alla seconda conferenza, la cena al Publicis, la mano nella mano, i baci, le carezze sempre più audaci, la promessa.

«Dana, tesoro. Che cosa sta accadendo?»

«È terribile, Georges.» Una breve pausa. «Tu cosa sai?»

«Ho saputo che hanno preso Lubo.»

«Come lo hai saputo?»

«Lascia perdere. Raccontami come è successo.»

«Per una settimana, dopo il ritorno da Parigi, non gli hanno dato tregua. Un giorno sì e uno no era convocato alla polizia. Domande, accuse, minacce.»

«Di che tipo?»

«Lo accusano di disinformazione ai danni del paese.»

«Ho capito.»

«Te l'avevo detto, Georges, che il suo comportamento non mi piaceva. Sono sola. Adesso vivo dai miei genitori. Ho paura. Puoi venire ad aiutarmi?»

«Magari potessi, tesoro. Non parlare con nessuno. Vedrò cosa posso fare.»

«Georges, chi sei tu?»

«Uno che ti vuole molto bene.»

Uno strano fruscio si inserì nella comunicazione.

«Pronto? Pronto?»

Non c'era più nessuno. Riprovò il numero. Occupato. Lo provò ancora. Era libero, ma Dana non rispondeva. Chiese al centralino. Dopo dieci minuti, la risposta. «Le linee con la Cecoslovacchia sono guaste. Spiacente, *monsieur*.»

Cinquantotto

Il governo era fatto. I comunisti mostravano soddisfazione e ostentavano un «certo ottimismo». La Democrazia cristiana esibiva una sofferta compattezza, ma i grandi capi delle correnti scaricavano, in periferia, nei dibattiti, negli incontri con la base, il «profondo disappunto» per quella svolta imprudente. Un ministro aveva sibilato: «Alla fine si faranno i conti politici di questa operazione». I principali giornali di opinione, generalmente vicini al governo, ponevano l'accento sulle gravi difficoltà economiche del paese, e gli editorialisti compivano abili slalom per dimostrare che l'unica arma possibile per fronteggiare l'emergenza era quella della «solidarietà nazionale». I socialisti erano perplessi. In un corsivo pubblicato sull'«Avanti!», organo ufficiale del partito, avevano elencato i rischi di una corsia preferenziale tra i due blocchi confessionali dell'arco politico, con pericoli di emarginazione delle forze laiche e, appunto, socialiste.

Il segretario della Dc scese dall'aereo alle 11.50. Accigliato, con la fedele borsa di pelle piena di documenti, salì sulla vettura che l'attendeva all'uscita dell'aeroporto di Linate. Dietro la 132 blu, un'Alfetta con tre uomini di scorta.

Il piccolo corteo si fermò davanti all'Hotel Marino alla Scala, dove l'uomo politico si fermava abitualmente. L'incontro con gli industriali era previsto per le 16 del pomeriggio, ma Lui aveva bisogno di tempo per consultare una serie di dossier che gli erano stati consegnati la sera prima, e per completare un articolo di fondo che sarebbe comparso, il giorno dopo, su un quotidiano milanese con il quale collaborava da anni.

Non consumò il pasto. Si fece portare in camera un toast e mezzo litro di vino. Chiamò Roma una decina di volte. Alle 14 telefonò il prefetto.

«Buongiorno, onorevole. Le porgo il benvenuto.»

«Buongiorno, signor prefetto.»

«Avrei bisogno di dieci minuti del suo tempo. È urgente, onorevole.»

«Può andar bene verso le 19?»

«Preferirei subito. Non mi sarei permesso di disturbarla se non fosse per una questione della massima serietà.»

«Va bene.»

«Mi faccio accompagnare immediatamente da lei.»

Il prefetto non si perse in preamboli. Disse che vi erano segnalazioni preoccupanti sulla sicurezza personale del segretario della Democrazia cristiana. E aggiunse: «Il signor questore mi ha detto che, per domattina, metterà a disposizione due uomini, in aggiunta a quelli della sua scorta».

«Non so se sia necessario. Non vorrei creare problemi.»

«Onorevole, ci mancherebbe. Si tratta di un breve tragitto: dall'albergo all'aeroporto. So che a Roma hanno previsto un rafforzamento della sua scorta.»

«Si preoccupano troppo della mia persona» rispose. Forse c'era un velo di ironia. Appena percettibile.

Il segretario della Dc entrò nella sede dell'Associazione industriali con il suo passo lento, e con un sorriso triste. Strinse numerose mani, ma notò che nel salone delle riunioni il clima non era sereno. L'«animale politico» sa cogliere al volo queste sfumature. Si sedette, si versò un bicchiere di acqua minerale, aprì la borsa, estrasse una scatoletta, inghiottì due pastiglie. «Sono per la pressione» disse al presidente dell'Associazione industriali.

Erano previsti tre discorsi ufficiali. Il rappresentante delle piccole imprese illustrò le drammatiche difficoltà che la stretta creditizia stava provocando nel tessuto connettivo della produzione lombarda. Per le medie imprese, un dirigente chiese gli interventi della Democrazia cristiana e del governo per ottenere, finalmente, la promessa riduzione del tasso di sconto.

Venne il momento dei big. Quello che l'uomo politico più temeva. Già sapeva che i temi trattati non sarebbero stati soltanto economici. Uno dei più apprezzati industriali prese la parola. Disse che la svolta di governo poteva essere accettata come conseguenza inevitabile di un'emergenza gravissima, ma che dovevano essere assunti, soprattutto dalla Dc, due impegni: contenere al massimo il periodo dell'emergenza; tornare in fretta alla collaborazione con i soli alleati naturali.

"Come se ci fossero alleati naturali e innaturali" pensò il segretario della Democrazia cristiana.

L'intervento si concluse con un chiaro accenno alle «questioni di carattere internazionale, che non consentono, almeno per ora, di portare il Partito comunista nell'area di governo».

L'uomo politico aveva preso appunti, con diligenza, fissando, con numeretti, la priorità degli argomenti. Esordì con la sua voce stanca e bassa, illustrando le difficoltà che il presidente incaricato aveva dovuto incontrare per formare il nuovo governo.

«Quella che voi chiamate svolta è stata un'iniezione necessaria. Era l'unica strada praticabile per affrontare l'emergenza, dividendo equamente oneri e responsabilità. Il paese non può sopportare che, nei momenti di maggior sacrificio, siano sempre gli stessi a pagare i prezzi politici più alti. Parlo del mio partito, della Democrazia cristiana... Certo, nulla è irreversibile. Tuttavia la maggioranza, con l'astensione del Partito comunista italiano, potrà fronteggiare le difficoltà, offrendo al paese l'immagine di una compatta volontà di rinascita.» Si versò due dita d'acqua. Lo fece per prendere tempo. Poi concluse: «Quando i problemi sembrano insormontabili, ogni sottigliezza diventa un alibi. Ogni discriminazione può essere esiziale. Per tutti».

«Ma non per i comunisti!» gridò un giovane industriale.

Il segretario della Dc si sedette. Non si aspettava applausi. Aveva messo in conto di dover pagare un prezzo a un mondo per il quale la Democrazia cristiana non rappresentava la legge.

«Ce lo dica, onorevole. A quando una presidenza del consiglio Berlinguer?»

L'onorevole non sopportava le aggressioni, anche se verbali. Nutriva disprezzo per l'intolleranza. Non era fatto, lui, per il contraddittorio. C'erano suoi colleghi di partito che avevano sempre la battuta pronta, e riuscivano persino a essere spiritosi. Lui no. Non ce l'aveva e non la voleva avere. Pensò all'effetto che avrebbe prodotto una frase scherzosa, in quella riunione. Si chiuse in un silenzio pensieroso. Si scoprì a pregare, mentalmente. Come da bambino, quando i genitori, nel mese di maggio, lo portavano in chiesa e lui doveva ripetere, a memoria, quelle preghiere in latino che non capiva.

La riunione si concluse. Qualcuno se ne andò senza salutare. Capannelli di industriali discutevano per le scale. Il segretario della Dc, accompagnato dal presidente dell'Associazione, raggiunse la sua macchina. Era esausto. Disse all'autista che doveva consegnare l'articolo al quotidiano. Scambiò due parole con il suo amico direttore.

«Che Dio ci illumini» disse, uscendo.

Cinquantanove

«Cosa fai, mamma?»

Ileana Rometti si girò, di scatto.

«Via, Mirko, via. Vai di là.»

«Mamma, perché hai messo il mobile davanti alla porta?»

«Ti ho detto di andare di là. Dai, Mirko, non farmi arrabbiare.»

Poco convinto da quell'irritato ordine, il piccolo tornò in cucina, aprì il frigo e, per dispetto, prese un vasetto di yogurt al gusto di banana. L'aprì, facendo un buchetto nel tappo di carta argentata. Lo finì prima dell'arrivo della mamma. Era trionfante. Come se volesse dire: «Anch'io te l'ho fatta».

La casa della via privata Antonio Smareglia 25 si trovava all'angolo con via Negroli. Duecentoventi metri quadrati, che adesso erano divisi in due parti. Nel primo settore la cucina, il salotto, due stanze da letto, il bagno e uno stretto terrazzo. Nel salotto, dietro il mobile a muro, si apriva il secondo settore. Pareti rivestite con spessi pannelli. Tre stanze, bagno, uscita di servizio. Sarebbe stata quella la prigione dell'onorevole.

Tutto era pronto. Privato Galletti e Mirella Zambelli, con l'aiuto di Giusto, avevano appeso alla parete, servendosi di spessi chiodini, il drappo con la scritta Brigate rosse e con la stella a cinque punte, le due inferiori allungate. Galletti avrebbe voluto sistemare, al centro della stanza, una tenda da campo, ma era stato Semprini a dissuaderlo. «Sarebbe inutile. Dobbiamo guardarlo in faccia, per bene.»

L'architetto Setti aveva sistemato la stanza dell'ospite come uno studio fotografico. Aveva acquistato da un amico una polaroid a soffietto. Poi si era procurato due Nikon e un teleobiettivo. Il bagno, abbastanza ampio, sarebbe servito anche come camera oscura, per sviluppare e stampare le fotografie del prigioniero.

Le altre due stanze sembravano copiate da un collegio. Letti a castello, brande, tavolini. In un angolo c'era una cassa, dentro un completo di pistole, mitragliatrici, plastico e bombe a mano. Accanto, un fornello elettrico per cucinare nel caso ci fossero degli ospiti nell'altro settore dell'appartamento. C'erano pacchi di spaghetti, barattoli di conserva, tonno, sardine sott'olio, scatole di carne Simmenthal, bottiglie di vino e di acqua minerale.

«Mi sembra che ci siamo» disse Galletti.

Setti scese in cantina. C'era un tortuoso labirinto da percorrere prima di arrivare al garage, che aveva un'altra uscita. Fece, a piedi, il tragitto che l'auto avrebbe dovuto compiere per trasportare il prigioniero. L'architetto sarebbe rimasto di guardia. Dopo la discesa, bisognava voltare a destra. Il box era il penultimo, numero 18. Setti aveva deciso di posteggiare sulla strada, lungo il marciapiede esterno, la sua 127.

«Una volta scaricato il prigioniero – riassunse l'architetto –, ci saranno da fare cinquanta metri di corridoio. Poi lo metteremo sull'ascensore. Io aspetterò al piano, controllando che non ci sia nessuno – chi dovrebbe esserci alle 7 del mattino? L'unico altro inquilino del pianerottolo è un pensionato. Esce, generalmente, alle 8.30, per andare a comprare il giornale. Nessun pericolo. Perfetto.»

C'era una strana euforia in tutti. Ileana aveva cucinato due conigli per sfamare i suoi ospiti. De Stefanis era l'unico del commando militare che si trovava già sul posto. Gli altri, Crovetto, Migliani e Marozzi sarebbero arrivati l'indomani mattina.

Giusto era eccitato. Aveva provato e riprovato i tasti della Olivetti sulla quale avrebbe dovuto scrivere i comunicati.

Squillò il telefono. Ileana sollevò il ricevitore. «Pronto? Ciao papà. Come va? Noi bene... Ho avuto un fastidioso mal di stomaco, la scorsa notte... sì?... Mirko?... Va bene, te lo passo...»

Il piccino afferrò il telefono con entrambe le mani.

«Nonno, senti, quando mi porti i cioccolatini?... Sai che la mamma non mi voleva far entrare nell'altra parte?... Ha messo il mobile... Io l'ho punita, ho preso lo yogurt e me lo sono mangiato.»

Ileana gli strappò di mano la cornetta.

«Te l'ho detto, papà, è un birbante... ma no, stavamo facendo le pulizie e gli ho detto di allontanarsi. Sai, avevo dato la cera... Ah. Sì, è proprio un furfantello... Ciao papà, a presto.»

Il padre di Ileana Rometti era un piccolo industriale che aveva fatto fortuna con le scatolette di cibo per cani. Aveva cominciato come operaio, adesso vantava un fatturato di alcuni miliardi all'anno, cinquanta dipendenti, la villa al mare, la barca. Per le nozze della figlia, le aveva regalato l'appartamento che adesso stava per diventare la «prigione del popolo» del segretario della Democrazia cristiana.

«Il bello è che mio padre è democristiano» disse, ridendo, Ileana. Gli ospiti mangiarono di gusto. Verso le 19 telefonò Franco.

«Cara Ileana, tutto bene?»

«Certamente, Franco. Tutto a posto.»

«A domani.»

«A domani.»

Sessanta

Il capo della Digos di Milano fece chiamare i due agenti chiesti in prestito al collega della squadra mobile. Erano Salvatore Giusti e Antonio Cureddu. Fu sbrigativo. «Domattina c'è da accompagnare una persona all'aeroporto. Alle sei in punto, davanti all'Hotel Marino alla Scala. Mi raccomando. Puntuali e accorti.»

Salvatore Giusti uscì sbuffando. Quella doveva essere la sua mattina libera, e aveva già un impegno urgente con la moglie. Doveva portarla all'ospedale per gli esami del sangue. Glielo aveva promesso. Se ne lamentò con i colleghi. Vasco Leoni era lì, ascoltò. Si fece avanti. «Se vuoi vado io al posto tuo.»

Salvatore: «Non voglio crearti casini, Vasco. So che domani è anche il tuo giorno di riposo».

«Fa lo stesso, Salvatore. Io non ho niente da fare.»

«Vedrò di ricambiare appena possibile.»

«Va bene. Andiamo dal capo.»

Il capo aveva tutt'altro a cui pensare, in quelle ore. C'era stato un regolamento di conti nel mondo della droga. Tre morti alle Varesine. Disse un: «Sì, fate quello che vi pare. L'importante è che siate in due». Un lampo di trionfo attraversò il volto di Vasco. Anche Salvatore era molto contento: in quel momento non poteva neppure immaginare che il prelievo del sangue di sua moglie gli avrebbe salvato la vita.

Vasco Leoni uscì con la pattuglia. Era allegro e, ogni tanto, stringeva i denti, rabbiosamente. Chiese all'autista di fermarsi in un bar.

Compose il numero.

«Pronto?» disse Ileana.

«Se telefona Franco, ditegli che domani ci sarò anch'io, come previsto.»

«Ma Franco ha già telefonato!»

«Richiamerà.»

«Chi devo dire?»

«Vasco. Di' che ha chiamato Vasco.»

«Sei un compagno?»

«Certo che sono un compagno. Ci conosceremo domani.»

Alle 16 finì il suo turno. Si tolse la divisa e si diresse in corso di Porta Ticinese, dove Ron J. Stewart l'aspettava. Aspettava qualcuno, insomma.

Era lì, prigioniero in un appartamento, assediato dai misteri e aggredito dai sospetti. Tremò di paura quando bussarono alla porta.

«Vasco?» disse.

«Sì, sono io.»

«Grazie al cielo, Vasco. Non so che cosa stia accadendo.»

«Raccontami.»

L'americano, agitatissimo, fece un rapporto dettagliato degli ultimi avvenimenti. La consegna delle armi, l'incontro con l'agente del Mossad, la fotografia pubblicata sul «Giornale di Brescia», lo strano aiuto del misterioso Goldstein. «E ora sono qui.»

«Meno male. È un gran casino. Ho parlato con Lapierre, ieri sera. A Praga hanno arrestato Keminar, dagli Stati Uniti rompono i coglioni. Hanno paura tutti, adesso, ma è troppo tardi per avere paura. L'operazione si fa domani.»

«Domani?»

«Sì, domattina.»

«E io che cosa dovrò fare?»

«Niente. Aspettarmi. Da domattina non sarai più solo. Un giorno sì e uno no ci sarò anch'io.»

«Il mio compito?»

«Dovrai tenere i contatti con Lapierre. Uscirai una volta al giorno, a ore diverse, e lo chiamerai al telefono, al posto pubblico di piazza Cordusio. Non commettere imprudenze. Sai che sei cambiato, Mister Stewart? Non ti avrei riconosciuto. Meglio così. Si correranno meno rischi.»

«Non dovrò far nulla, allora? Di concreto, intendo.»

«Non lo so. Staremo a vedere come si svilupperà la situazione. Temo che da domani scoppierà un baccano infernale.»

«Quando non ci sarai, come faremo a comunicare?»

«Vedi quel bar là sotto? Puoi andarci, tra le 18 e le 19. Chiamerò là e chiederò di Giulio. Di' al barista che Giulio sei tu.»

«Lo ammazzerete?»

«No, gli ordini sono di sequestrarlo.»

«È il segretario della Democrazia cristiana?»

«Come lo sai?»

«Non poteva che essere lui. Lo avevo capito. Tra l'altro, ho letto che si trova a Milano.»

Vasco si congedò. Mezz'ora dopo Stewart era in Stazione centrale. La chiavetta si mosse dentro la serratura della cassetta numero 458. Lasciò una busta, richiuse. Al professor Crotti aveva scritto: «Prenderanno domattina il segretario della Democrazia cristiana. Presumo che lei sappia già. Se vuol comunicare con me, usi lo stesso sistema».

Non aveva voluto, Stewart, scrivere il suo indirizzo. Era diventato diffidente con tutti. Camminò fino a piazza della Repubblica. Si mise in fila, in attesa del taxi. Vide passare due automobili, ad andatura sostenuta. Andavano verso via Manzoni. Una 132 davanti, un'Alfetta dietro. Guardò dentro la prima e lo vide. La sua foto, da dieci giorni, era sulle prime pagine di tutti i giornali. "Ci sarà a maggior ragione domani" pensò Stewart, salendo sulla vettura gialla.

Sessantuno

«Domani, capo. Lo prendono domani. Ammazzeranno la scorta.»

H6 era rosso in viso, aveva corso come un disperato, su per le scale. Erano le 20, era tardissimo. Temeva che Tissier se ne fosse andato. Invece lo trovò là, nel suo ufficio, i piedi sulla scrivania. Non si mosse.

«Ha compreso, capo?»

«Sì H6. Però credo che non sia possibile.»

«Lapierre, al KYRIE, l'ha detto chiaramente.»

«Lapierre può dire ciò che vuole. Io sono sicuro che il progetto salterà. Dalle informazioni che ho, si sono fermati tutti. Questo progetto, in certe stanze che contano, è straconosciuto. C'è gente terrorizzata. I governi hanno saputo ogni cosa, e si stanno adoperando per disinnescare il mortale giocattolo. Forse ce la faranno. È già accaduto, H6.»

«Sarà, ma io non ci credo.»

«È tardi, H6. Andiamocene a casa.»

«No, capo. Io torno al posto d'ascolto, se non le dispiace.»

«Fai come ti pare. Io vado a cena, poi a letto. Non ne posso più di questa storia.»

H6 era deluso. "Forse ha ragione Tissier" pensò. "Forse il terrorismo si combatte anche con le minacce, lasciando intendere che si potrebbe fare quello che non si farà mai."

Raggiunse H3 nel furgoncino sistemato nei pressi del KYRIE.

«Niente?»

«Silenzio assoluto. Sono usciti tutti. Che facciamo?»

«Andiamo sotto la casa di Lapierre. L'impianto funziona bene?»

«Perfettamente. C'è una microspia nel telefono e ce n'è una in ogni stanza. Raccogliamo anche i sospiri.»

H8 era nei pressi della casa di Lapierre dalla mattina.

«Come va, collega?»

«Che cosa è successo?»

«Il professore ha fatto una decina di telefonate. È eccitatissimo. Dice che domani è il grande giorno.»

«Uhm» fece H6.

«Ha chiamato anche in Italia?»

«No, però ha ricevuto una telefonata dal professor Crotti.»

«Cosa ha detto Crotti?»

«Che sapeva tutto... Che tutto era pronto per l'indomani.»

H6 era sempre più nervoso. Certo, Tissier avrà avuto tutte le ragioni della terra, ma la sicumera di Crotti e di Lapierre non gli piaceva. E se i governi non fossero riusciti a bloccare l'operazione? Guardò l'orologio. Le 23.

Squillò il telefono, in casa Lapierre. I tre agenti infilarono le cuffie e accesero i registratori.

«Ah, Vasco, sei tu?»

"Vasco? E chi è questo Vasco?" si chiese H6.

«Va tutto a meraviglia. L'appartamento è pronto. Domani sarò della partita.»

«Andrai in divisa?»

«Certo. Come avevo previsto, sono riuscito a strappare il posto a un collega. Il capo della Digos tiene molto a questo servizio di superscorta per il segretario della Democrazia cristiana.»

«Povero fesso.»

«Pensa al culo che ha avuto Salvatore, il mio collega. Quello non sa di aver evitato il cimitero, cedendomi il suo posto.» E giù una fragorosa risata.

«A che ora è?»

«Andiamo a prenderlo domattina in albergo.»

«Presto?»

«Molto presto. Deve tornare subito a Roma... O almeno, *doveva* tornare... Sai, credo che qui abbiano il sale sulla coda. Si stanno preoccupando parecchio per l'onorevole. Gli hanno rafforzato la scorta.»

«Troppo tardi.»

«Certo. Troppo tardi. Ormai è fatta.»

«Che farai domani, quando scopriranno che un poliziotto è tra i rapitori dell'onorevole?»

«Andrò anch'io nell'appartamento, e ogni tanto passerò a trovare Stewart.»

«Sii prudente, mi raccomando.»

«A chi lo dici.»

«Tra qualche giorno arriveremo anche noi.»

«In Italia?»

«Sì, ci saranno nostri collaboratori.»

«Dove?»

«Abbiamo inaugurato due, ehm, succursali – dite così voi? – del KYRIE. Due succursali volanti. Soltanto per il tempo necessario.»

H6 sbottò: «Altro che progetto bloccato! Questi sono riusciti a infiltrare un poliziotto nella scorta. H3, andiamo a casa di Tissier».

Mancavano pochi minuti all'una. Suonarono il campanello. H6, sempre più agitato: «Non è ancora rientrato, maledizione. Proviamo a telefonare. Forse sta dormendo». Entrò in un bar, infilò un franco nella feritoia del telefono, compose il numero.

«Rispondi, Cristo!»

Beffardo, il segnale di libero si riproduceva, amplificato, nella testa di H6.

«Senti, H3. Io chiamo il capo supremo.»

«Tu sei pazzo.»

«Devo farlo, H3. Non voglio cadaveri sulla coscienza.»

«Aspettiamo ancora. Aspettiamo un'ora. C'è tempo.»

H6 ordinò una bottiglia di birra, si sedette in automobile, la trangugiò avidamente. Poi accese una sigaretta. Distrusse, a morsi, il filtro. Scese dall'auto, cercò di distendersi con quattro passi. Tornò indietro.

«H3, io chiamo.»

«Senti, tienimi fuori da questa storia. Non voglio grane.»

«Sei il solito codardo.» Salì sull'auto civetta. Fece il numero del ministero.

«Vorrei il direttore.»

«Chi parla?»

«Sono l'agente H6.»

«Il direttore riposa.»

«È una questione di vita o di morte.»

«Chiami Tissier.»

«Tissier non è casa.»

«Allora lo aspetti.»

«Non posso aspettare. La prego. Non c'è un solo minuto da perdere.»
«Attenda.»

Passarono tre interminabili minuti. Il tempo necessario al centralinista per collegarsi con l'abitazione del direttore, e per avvertirlo.

«Mi dica, agente H6. Le ricordo che nessuno di voi è autorizzato a disturbarmi, tantomeno nel cuore della notte.»

«Mi scusi, *monsieur*. Non l'avrei fatto se non fosse urgentissimo. Tra poche ore in Italia ci sarà una strage. Sequestreranno il segretario della Dc. C'è un poliziotto che...»

«Adesso basta con questa storia!» gridò il direttore degli Affari generali. «Mi avete proprio rotto i coglioni.» E riattaccò.

"Fottutissimo stronzo, bestione pieno di merda, verme schifoso" disse fra sé H6. "A quello non gliene fotte niente. A nessuno fotte di quei poveri cristi che stanno per andare al macello in Italia."

Jean Paul Tissier, in quel momento, scese dall'auto.

«Capo, finalmente. Grazie a Dio l'abbiamo trovata.»

«Che succede?»

«Ho telefonato al capo supremo.»

«Sei un pazzo, H6. Pazzo e idiota. Che cosa ti ha detto?»

«Era furioso.»

«Lo immagino. Ragazzi, non vi sembra di esagerare? Domani quello ci caccia tutti.»

«È colpa mia» disse H6, scagionando H3.

«Che cosa è successo di tanto tragico?»

«Senta qua.»

H6, tremando, infilò la bobina nel registratore. Le voci del professor Lapierre e di Vasco erano limpide.

Tissier si sentì mancare. Allora ce l'avevano fatta, quei bastardi. Tutti gli interventi, tutte le assicurazioni non erano serviti a niente. Guardò l'orologio. Le 3.20.

«Non c'è un attimo da perdere.»

H6 era caricatissimo. Finalmente qualcuno gli dava retta. Aveva avuto ragione lui, fin dall'inizio. Adesso bisognava correre sul filo dei secondi. Jean Paul tentò di mettersi in comunicazione con il giudice Fleuret. Fece un gesto di stizza. Si era dimenticato che il magistrato era fuori per due giorni. Un passo formale era impossibile, senza il permesso degli alti papaveri. Gli venne in mente il giudice genovese Giovanni Lori. Gliene aveva parlato Fleuret.

Alle 4.20 l'assonnato centralinista della procura della Repubblica di Genova, che non capiva una parola di francese, bofonchiò qualcosa: negli uffici non c'era nessuno, e lui non era autorizzato a dare i numeri di casa. Potevano riprovare dopo le 9. Tissier chiamò la direzione dei telefoni. Ordinò una chiamata con la doppia "U". Urgentissima. Rispose il vicedirettore.

«Questione della massima sicurezza, *monsieur*. Sono Jean Paul Tissier, dei servizi segreti.»

«Mi dica» rispose imbarazzato l'altro. «Non so cosa potrò fare per lei, a quest'ora.»

«Mi occorre un numero di Genova. Il numero di casa del giudice Giovanni Lori.»

«Dove la faccio richiamare?»

«Telefono io fra dieci minuti.»

«Va bene, spero di riuscirci.»

Tissier si tolse l'orologio e rimase immobile a osservare i numeri digitali che si inseguivano. Richiamò.

«Spiacente. Non è possibile. Il collega italiano dice che il numero è riservatissimo. Occorre l'autorizzazione dell'interessato.»

«Ma è un caso della massima gravità.»

«Sono spiacente. Non mi è possibile aiutarla, in alcun modo.»

Il funzionario degli Affari generali adesso era il più agitato.

«A che ora hanno detto che lo prenderanno?»

«Vasco ha detto domattina presto, senza specificare.»

«Ovviamente non ha menzionato il nome dell'albergo dove è sceso il segretario della Dc.»

«*Ovviamente.* Ha ascoltato anche lei.»

Jean Paul sudava freddo. Si asciugò la fronte. Doveva tentarle tutte.

«Mi passi il direttore.»

«Chi parla?»

«Sono Tissier.»

«Ha già chiamato un suo agente.»

«Lo so... Mi passi il direttore.»

«Il direttore riposa. Non vuole più essere disturbato.»

«Me lo passi, senza tante storie.»

«L'avverto che il capo supremo è seccatissimo.»

«Me lo passi, e tenga per sé i suoi commenti.»

«Pronto?»

«Senta, Tissier, forse non ci siamo capiti. I suoi uomini osano sve-
gliarmi a notte fonda per raccontarmi le solite panzane. Sono stanco
di questa storia. Mi auguro che quel che ha da dirmi sia di eccezionale
gravità. Altrimenti sarò costretto a trasferirla.»

«Faccia quel che le pare, signor burocrate. Ma adesso dia una bella
sciacquata alla sua facciona gonfia e delicata e telefoni ai suoi colleghi
italiani. Ci sarà una strage tra pochissime ore. I terroristi delle Brigate
rosse sono riusciti a infiltrare nella scorta dell'onorevole un poliziotto
traditore, un loro uomo. Quell'uomo, come le ripeto, farà da scorta al
segretario della Democrazia cristiana. Domattina, anzi stamattina, anzi
fra pochi minuti, nel centro di Milano. Pensi almeno alla sua carriera,
signor padrone...»

«La invito a usare un tono diverso, signor sottoposto! La sua insolenza
non ha limiti. Io...»

«Direttore, non c'è tempo da perdere.»

«Che ora è?»

«Le sei meno un quarto.»

«Tissier, io mi muovo. Ma se è un buco nell'acqua, stavolta la paga
cara.»

«Vada a fare in culo.» Rumorosamente, appese il telefono.

Jean Paul si calmò. H6 gli strinse la mano. Anche H3 si congratulò.
Mandare a fare in culo il capo supremo era stato il tocco finale.

«Che la fortuna ci assista, ragazzi. Andiamo in ufficio.»

Sessantadue

Era una tipica alba milanese di fine estate. Il cielo non aveva però la limpidezza e la luminosità manzoniane. Si prospettava infatti una mattina senza contorni, come una fotografia sfocata. Il sole si stava alzando, ma sembrava che i primi deboli raggi fossero frenati da una serie di spessi filtri. Si intravedeva, soltanto, una chiazza luminosa.

Roberto Ulergiu, di origine sarda, proprietario del piccolo supermercato di viale Corsica, alzò la saracinesca a mezz'asta. Mancavano ancora tre ore all'apertura del negozio, ma c'erano tante cose da sistemare. Doveva prezzare la merce arrivata la sera prima. «Prezzare», nel suo linguaggio, significava applicare sui cartoni la targhetta con l'importo. Era un uomo onesto, Roberto Ulergiu. Non caricava mai oltre il venti per cento. Ci stava dentro comodo. «La clientela – diceva – si conquista con la fiducia. Oggi guadagno cinque, domani dieci.»

Giovanni Setti si alzò dal letto, spalancò la finestra della stanza, si tolse il pigiama. Era sudato. Aveva dormito poco e male. Entrò in bagno, lasciò scendere l'acqua nella vasca, giocando sulle due manopole. Fece cadere, sotto lo spruzzo, molte gocce di Badedas. Poi scivolò dentro, coprendosi di schiuma.

Ron J. Stewart aveva messo la sveglia alle 6. Lo squillo, ripetuto venti volte, lo fece sobbalzare.

Alain Lapierre non aveva chiuso occhio. Nella sua casa di Parigi meditava, eccitatissimo, su quel che sarebbe accaduto.

Il direttore degli Affari generali aveva inviato il suo messaggio. I campanelli del telex avrebbero cominciato a suonare, di lì a poco, al ministero, a Roma.

Franco Marozzi e gli altri erano già sul posto. Avevano due automobili, rubate la sera prima: una 128 e una Volvo metallizzata.

Il segretario della Democrazia cristiana scese le scale fino al pianterreno, nella hall dell'albergo. Il sottufficiale della scorta si avvicinò. «Buongiorno, onorevole. Sono arrivati i rinforzi.» Il politico sorrise e, un po' impacciato, porse la mano ai due agenti. Vasco Leoni ebbe un attimo di imbarazzo. Si sentiva un Giuda. Di lì a pochi minuti avrebbe tradito. Un carabiniere in borghese arrivò con il pacco dei giornali.

«Oh, grazie» rispose Lui.

Salutò il portiere. Uscì. Avrebbe provveduto la segreteria provinciale della Dc a pagare il conto del soggiorno. La 132 si mise in moto. Davanti, l'auto bianca e azzurra della questura. Dietro, l'Alfetta con la scorta fissa.

L'onorevole pescò dalla mazzetta dei giornali un quotidiano milanese. Vide l'articolo con la sua firma. Era l'apertura della prima pagina. Titolo a due colonne: *La speranza di una sfida*. Gli piacque. Era un fatto inconsueto. Generalmente non condivideva quei titoli laconici e secchi che qualche volta, anzi spesso, forzavano il contenuto dell'articolo. Fosse stato per lui, i titoli sarebbero stati lunghissimi, pieni di «se» e di «ma». Come si fa a sintetizzare un pensiero complesso? Però aveva simpatia per i giornalisti. Di alcuni (pochissimi) ammirava il rigore e il gusto per l'analisi. Di altri apprezzava (ed era un sentimento molto diverso) la capacità di rendere plastica ed efficace un'immagine. Sapeva che un giornalista era portato, naturalmente, alla simpatia per l'uomo politico capace di offrire, nei suoi interventi, il titolo, il sommario e magari l'occhiello di un pezzo. Lui non era di questi. Il suo pensiero doveva essere sempre interpretato. Odiava le frasi fatte tanto quanto disprezzava gli slogan, magari originali ma a effetto. Anche se, senza volerlo, qualche slogan l'aveva inventato anche Lui.

Si rilesse. Lo faceva sempre. Notò che vi era un errore, un refuso, all'inizio del terzo capoverso. Sorrise. Le prime volte si arrabbiava, ma adesso non ci si soffermava più. Il mondo dei giornali, per Lui, restava qualcosa di misterioso. L'articolo che finiva, titolato, con quelle strane sigle in testa alla prima cartella; il tipografo che lo ricopiava sulla linotype; il correttore che rileggeva la bozza; l'impaginatore che disponeva il pezzo sul telaio. Quanti passaggi, in pochi minuti. Troppi. L'aveva pensato un nugolo di volte.

Il piccolo corteo imboccò corso di Porta Vittoria. Il segretario della Dc lanciò un'occhiata al palazzo del tribunale. Quanti segreti, là dentro. E quanta onestà. Lui, meridionale, teneva in grande considerazione i magistrati milanesi. Ne apprezzava la serietà, l'ostinazione, la determinazione. Pensò, amaramente: "Quante volte fummo costretti a portarvi via le inchieste". A Milano la ragnatela del potere era, in un certo senso, meno efficace, e quindi più vulnerabile che altrove. Fosse stato per lui, l'Italia avrebbe dovuto somigliare al capoluogo meneghino.

Il sottufficiale, che sedeva accanto all'autista, accese una sigaretta.

«Non le dà fastidio, onorevole, vero?»

«No, lo sa bene. Certo non capisco come faccia a fumare di mattina presto.»

«Il vizio, onorevole. Anche mia moglie me lo dice sempre.»

Imboccarono corso XXII Marzo, sulla corsia riservata ai tram e ai taxi. Il segretario della Dc ripensò al suo governo. Lo sentiva proprio *suo*. Lo aveva voluto nonostante le difficoltà, nonostante gli avvertimenti, nonostante le minacce. Era assediato dai dubbi, ma ormai aveva deciso di difendere, fino alla fine, quella sua scelta.

Viale Corsica. In fondo c'era il cavalcavia che precedeva viale Forlanini. Guardò l'orologio. Le 6.20. Pescò dalla mazzetta il «Corriere della Sera». Erano fermi a un semaforo, all'angolo con via Carbonera. Ebbe il tempo di leggere: «Stamane alla Camera la fiducia al governo». Il corteo ripartì.

L'auto bianca e azzurra frenò, improvvisamente. L'autista si accasciò sul sedile. Le due vetture che seguivano, quella con l'onorevole e quella della scorta, furono circondate. Quattro, cinque, sei uomini armati di mitra. Cominciò un infernale tiro a segno. Il sottufficiale tentò di estrarre la pistola. Un proiettile lo raggiunse in fronte, un altro al cuore. I tre agenti che si trovavano sull'Alfetta spalancarono le portiere, pistola in pugno. Un massacro.

«Dio mio, no, no» mormorò il segretario della Democrazia cristiana. Vasco, con il mitra in mano, si unì ai terroristi per completare la carneficina. A terra c'erano cinque cadaveri. Fu proprio il traditore ad aprire la portiera della 132 crivellata di proiettili, e a trascinare fuori l'uomo politico. Lui perdeva sangue da una gamba.

«Via, via, via...» Le vetture, già pronte, si misero in moto. Roberto Ulergiu s'affacciò. «Signore benedetto, quanti morti», e cominciò a urlare come un ossesso. Un tram si era fermato. Le due vetture, la 128 e la Volvo, fecero inversione, entrarono in via Lomellina, poi imboccarono via Negroli, e si infilarono nella privata Antonio Smareglia. La 128 scese verso il garage dove Setti stava aspettando. La Volvo scomparve nel traffico. Franco e gli altri l'abbandonarono in una laterale di piazzale Loreto. Scesero, chiusero le portiere e si mischiarono fra i passeggeri del metrò.

Il segretario della Democrazia cristiana fu trascinato nella sua «cella». Erano le 6.55. Otto minuti prima, a Roma, una telescrivente aveva cominciato a battere: «Urgentissimo. Stamane è previsto un grave attentato, a Milano, contro il segretario della Democrazia cristiana. Attenzione, urgentissimo». L'agente, davanti al telex, ebbe un sussulto.

«Pronto, dottore. C'è un messaggio-telex da Parigi. Stanno per fare un attentato al segretario della Dc, a Milano.»

«Non è possibile.»

«Che ne so, dottore. Questo è il telex.»

Il capo della Digos di Roma chiamò, a casa, il suo collega di Milano. Là sapevano già tutto.

Sessantatré

Udì l'ululato delle sirene, si affacciò alla finestra. Decine di auto della polizia e dei carabinieri sfrecciavano, come impazzite, dribblando tram, evitando incauti pedoni. Guardò l'orologio. Le 7.10. "Hanno già fatto" pensò. "Quanti morti? Avranno ucciso anche il segretario della Democrazia cristiana?" Non si dava pace. Accese la radio. La notizia, probabilmente, non era ancora giunta in redazione. Al GR1 si stava parlando di tasse e di Iva. A un certo punto la voce s'interruppe. «Riceviamo, in questo momento, un'agghiacciante notizia.»

Ron J. Stewart alzò il volume. «Il segretario della Democrazia cristiana è stato rapito, questa mattina, a Milano. La sua scorta – quattro persone – è stata annientata. Ucciso anche l'autista. Uno degli agenti che erano stati inviati per rinforzare la scorta dell'onorevole è scomparso... Non si hanno notizie più precise. L'ipotesi che si sta accreditando è che l'agente, di nome Vasco Leoni, fosse complice dei terroristi.»

L'improvvisa notizia mandò all'aria l'«impaginazione» del giornale-radio. Un redattore tracciò un ritratto molto sommario dell'uomo politico. Ci fu un collegamento con Roma. Voci concitate al ministero dell'Interno.

«Ecco, proprio adesso apprendiamo che uno sconosciuto ha telefonato alla redazione del quotidiano "La Notte" per rivendicare il sequestro e la strage. "Qui Brigate rosse, colonne riunite. Abbiamo sequestrato noi il segretario della Democrazia cristiana, che verrà sottoposto al giudizio del proletariato, e abbiamo annientato la sua scorta. Seguirà comunicato."»

Nessuna emozione, nella voce del messaggero di tanta efferatezza. Nessuna titubanza. Il segretario del Partito repubblicano dopo qualche minuto parlò ai microfoni della Rai: «Ci vuole la pena di morte per questi assassini».

Stewart rimase immobile, incamerando nella mente informazioni, sensazioni. Ce l'avevano fatta, allora. Tutto era andato secondo i piani. Accese il televisore. C'erano le immagini dell'edizione straordinaria del telegiornale. Vide il luogo dell'agguato. Vide i corpi degli agenti ammazzati. Vide la fotografia dell'uomo politico.

"Tutto questo per che cosa?" si chiese Stewart. "Che cosa otterranno da questi assassinii, ai quali anch'io indirettamente ho partecipato? Forse le armi sono fra quelle che io stesso ho consegnato ai terroristi."

Le telecamere inquadrarono il presidente incaricato, alla Camera, in una bolgia indescrivibile: grida, gesti scomposti, scene isteriche. La vita continuava. Ogni tanto c'era uno stacco. Collegamenti con le redazioni di Milano, Napoli, Genova, Torino, Venezia, Bari, Palermo. Centinaia di migliaia di lavoratori per le strade, scioperi spontanei. Pianto degli amici ma anche degli avversari dell'uomo politico.

Verso mezzogiorno Stewart andò in edicola. Quasi tutti i quotidiani uscivano con un'edizione straordinaria. Ne comprò quattro e tornò a casa. Sapeva, l'americano, che il programma di morte prevedeva l'eliminazione del segretario della Dc. Lo sapeva fin dall'inizio, almeno l'aveva intuito. Ma allora perché non ucciderlo subito? Che cosa volevano carpirgli? Segreti di Stato? Ripensò a una frase di Lapierre: «Alla gestione politica penseremo noi». Che cosa intendesse per «gestione politica» lo comprese mezz'ora dopo, quando uomini di governo, capi dei partiti, sindacalisti e giornalisti, intervistati dalla radio e dalla televisione, dichiararono: «Sia chiara una cosa: con quei delinquenti non si tratta. Lo Stato non può scendere a patti con gli assassini».

"Che strano" mugugnò l'americano. "Parlano di non trattare anche se non c'è alcuna proposta di trattativa. Ma poi, che trattativa potrebbe esserci?"

Lo sguardo gli cadde sulla fotografia di Vasco Leoni. Dunque, quel diavolo d'un uomo era riuscito nell'impresa. Si era infiltrato nella scorta. Incredibili la sua scaltrezza e il suo cinismo. Il ministro dell'Interno stava spiegando che Leoni era probabilmente il «perfetto infiltrato». «Un agente di qualità, attivo, efficiente, intelligente, accorto. E lo troviamo tra gli assassini.» Oltre la commozione, oltre l'emozione che attraversava il paese dopo il nuovo orrendo massacro, si imponeva proprio quella domanda: "Ma allora non possiamo più fidarci di nessuno?".

Un germe pericoloso, lo riconoscevano tutti: dallo scaltro personaggio politico all'uomo della strada.

Nel pomeriggio andò in onda una lunga e documentata biografia del sequestrato. Finalmente Stewart seppe chi era, che era sposato, che aveva dei figli. Ascoltò i suoi discorsi più importanti, le sue arringhe, le tribolazioni del centro-sinistra. Fino alle ultime «aperture» che, probabilmente (*certamente*, come ben sapeva Stewart), erano la causa del rapimento e della strage.

Alle 17.30, sempre davanti al televisore, ebbe un tuffo al cuore. «Registriamo, per dovere di cronaca, una delle tante notizie che arrivano sul nostro tavolo» disse il giornalista. «Un uomo ha telefonato all'Ansa di Milano per raccontare che il sequestro dell'uomo politico è stato deciso ed eseguito dalle Brigate rosse per conto di potenti organizzazioni straniere. La polizia ha scoperto che il telefono dell'autore della chiamata era sotto controllo, come pure il telefono dell'agenzia Ansa. L'uomo è stato rintracciato e arrestato. Il suo nome è Renato Goldstein. Forse si tratta di un mitomane.»

Goldstein.

Stewart rimase perplesso, per l'ennesima volta. Goldstein. L'uomo che lo aveva salvato a Brescia era un mitomane? No, non era possibile. Un mitomane non avrebbe potuto sapere tutte le cose, verissime, che Goldstein sapeva. Un mitomane non poteva sapere delle armi alle Brigate rosse, dell'assassinio su commissione di Walter Bianchi. "Pedine, tutte pedine di un brutale gioco al massacro. Nessuno è più sicuro di niente. Neppure di se stesso. E io chi sono? Ron J. Stewart, l'agente senza nome che ha fatto ammazzare la propria moglie e che va in giro per il mondo a manomettere i freni alle auto scomode? Oppure Peter Grock, un nome che forse non esiste nemmeno. O magari esiste e appartiene a un internato in manicomio?"

Con tutti questi pensieri che si affollavano nella sua mente, raggiunse il bar di fronte. Squillò il telefono.

«Cercano Giulio!»

«Sono io.»

«Allora è per lei.»

«Sono Vasco. Tutto bene. Arrivo domattina.»

Stewart pagò il bourbon, prese un taxi e raggiunse la Stazione centrale per l'appuntamento con la cassetta numero 458. L'aprì. Vide che c'era una busta. Non era quella che aveva lasciato il giorno prima. «Caro amico, stiamo accorti. Non vorrei che la situazione ci scappasse di mano. Vorremmo considerarla dalla nostra parte. Saluti, Mario.»

«Stiamo accorti? Non vorrei che la situazione ci scappasse di mano? Vorremmo considerarla dalla nostra parte?» Che cosa volevano dire quelle parole di Crotti? Stewart maledì il momento in cui era entrato in quella sporca storia. Vide un barbone addormentato, in un sudicio sacco a pelo, accanto allo scalone. "Beato te" pensò. Se ne andò, diretto a casa.

Sessantaquattro

«Tissier?»

«Sì, direttore.»

«Abbiamo fatto il possibile e l'impossibile. Siamo arrivati tardi.»

«La strage!»

«Sì, Tissier. Le informazioni sue e dei suoi collaboratori, purtroppo, erano terribilmente esatte.»

«L'hanno ammazzato?»

«No, il segretario della Dc è stato rapito. Quattro agenti morti. Morto l'autista. Uno dei poliziotti è scomparso. Forse era l'infiltrato di cui mi avete parlato la scorsa notte.»

«Cristo!»

«Tissier, a lei e ai suoi uomini devo tutte le mie scuse. Il ministro vi ringrazia per la vostra dedizione.»

«Al diavolo il ministro... Si poteva evitare.»

«Non so... Ci sono volontà che sfuggono a tutti, governi compresi. La prego, continui a indagare e mi tenga informato, minuto per minuto. Temo che il peggio debba ancora venire.»

«Lo temo anch'io.»

Sul volto di H6 c'era un sorriso amaro. Tutte le previsioni più nere erano ora triste realtà. In altre condizioni, sarebbe stato un giorno felice per lui. Era invece il giorno della rabbia, dell'impotenza, del rancore.

«Ce l'avevamo messa tutta, capo.»

«Lo so, H6. Tu più di me. Grazie.»

«Continuiamo?»

«Dobbiamo continuare.»

«Per chi? A che scopo? Pensa che si farebbe qualcosa se scoprissimo il progetto dettagliato di un attentato alla vita del presidente della Repubblica francese?»

«L'ironia è inutile, H6.»

L'agente uscì per andare a indossare, nuovamente, quella cuffia che regalava incredibili ma inutili segreti.

Anche le più cocenti delusioni passano in fretta. Tissier però non sapeva capacitarsi. L'eccessiva prudenza del suo governo lo lasciava perplesso. Che cosa c'era, vivaddio, dietro questo *affaire*? Si imbottì di informazioni. Tutte le interpretazioni collimavano. Era stato scelto l'uomo del «compromesso storico», dell'ingresso dei comunisti italiani – seppur attraverso la porta di servizio dell'astensione – nell'area di governo. Un notista di «Le Monde», intervistato, disse: «Verrebbe da chiedersi chi c'è dietro le Brigate rosse».

"Io qualcosa credo di sapere" commentò tra sé e sé Tissier.

Aveva addosso una strana agitazione. Forse la notte passata in bianco, forse quell'altalena di emozioni, capace di stroncare il più duro agente segreto, o forse la delusione per aver fatto tardi, per non essere riuscito a evitare una strage. Non aveva fame. Non aveva sonno. Tornò in ufficio. Vide H6 intento a scartabellare tra le schede dell'archivio. «Sto cercando quella di un certo Georges... Ma non c'è nulla.»

«Hai detto Georges?»

«Sì, poco fa una ragazza si è presentata al KYRIE e ha domandato di Georges.» Tissier rimase impietrito. No, non era lei, non poteva essere lei.

«Ha detto come si chiamava?»

«No, ha chiesto soltanto quando era prevista la prossima conferenza.»

Georges. La conferenza. Ma allora è lei. Dana. Un lampo di gioia infantile infiammò il volto del funzionario degli Affari generali. Piantò lì l'agente, chiamò un taxi. «In rue du Birague, numero 4.» "Sarà andata a casa di Lapierre" pensò. Vide l'auto civetta, duecento metri più avanti. Riconobbe H3.

«Buongiorno, capo.»

«Novità?»

«Più di queste! Aveva ragione H6 ieri notte.»

«Lascia perdere. Telefonate da parte del nostro amico?»

«A decine. Le vuole ascoltare?»

«No, le ascolterò più tardi. Telefonate in arrivo?»

«Sì, dieci minuti fa. Voce di donna, con accento straniero: ha detto Dena o Dana. Ha dato appuntamento al professore al Cafè de Flore.»

Tissier ringraziò l'agente. Fermò un altro taxi. «Al Cafè de Flore.»

Era turbato. "Lei è qui." Ma sì, era felice. Adesso avrebbe potuto spiegarle tutto. Voleva dirle che non doveva fidarsi di Lapierre, anche se non poteva evitarlo. Sarebbe stato controproducente. La vide, seduta a un tavolino, all'aperto. Gli dava le spalle. Aveva un tailleur verde. Stava bevendo il caffè.

Gli occhi della ragazza si volsero verso di lui. Li spalancò. Sembravano due piccoli globi azzurri e profondi. «Tu? Ti ho cercato.»

«Dana.»

La ragazza gli buttò le braccia al collo, lo strinse con quanta forza aveva in corpo. Lo baciò avidamente, incurante della gente, incurante di tutto.

«Come sei arrivata? Quando?»

«Poco fa. Con lo stesso volo dell'altra volta. Sono stati loro a pregarmi di far fagotto. E io sono partita.»

«Loro chi?»

«La polizia di Praga.»

«Che cosa fai adesso?»

«Ho telefonato ad Alain. Dovrebbe essere qui a minuti. Te lo presento.»

«No, ora non posso spiegarti. Tu non dirgli di me, non dir nulla, ti prego. Fai finta di essere appena arrivata, non parlare di Georges, non parlare delle conferenze del KYRIE, e anche sulla storia di Lubo stai abbottonata.»

«Ma perché, Georges? Chi sei tu? Spiegami.»

«Te lo ripeto. Uno che ti vuole bene. Fidati di me.»

«Sì, Georges, mi fido di te.»

«D'ora in avanti chiamami Jean Paul. È il mio vero nome. Domattina ti spiegherò tutto. Vediamoci dall'altra parte della strada, al Publicis come la scorsa volta. Ti prego, fidati di me e non dire nulla.»

«D'accordo, amore.»

L'abbracciò. Le accarezzò i capelli. Stava arrivando una macchina.

«È lui, Jean Paul.»

«Ciao tesoro. A domani.»

Lei si sedette e portò alle labbra la tazza di caffè. Tissier si allontanò di alcuni tavoli, andandosi ad accomodare in fondo. Dana lo aveva seguito con lo sguardo. Capì. Fece un cenno, poi scattò in piedi. «Alain, che piacere rivederti.»

Sessantacinque

Si svegliò, coricato sul letto. La gamba destra gli doleva. Le fasce che gli avevano arrotolato intorno alla ferita erano strette. Guardò la finestra. Buio pesto. "È già notte" pensò. Gli avevano praticato un'iniezione per farlo dormire. "Dove sono?" Fu il risveglio più terribile della sua vita. Iniziava a ricordare tutto. Il corteo di automobili verso l'aeroporto. L'agguato. Le sventagliate di mitra. I morti. "Tutti, hanno ammazzato tutti." Accarezzò mentalmente il volto degli uomini della sua scorta. Nel pensiero li chiamò per nome, uno per uno. "Poveri amici, siete morti per me. E io sono vivo. Ma dove?" Sognò di lanciare un bacio alla moglie e ai figli. Aveva la camicia strappata. La cravatta. Dov'era la cravatta? Ebbe un capogiro. Le pillole. «Dov'è la mia borsa?»

«Stia calmo, onorevole.»

Non si era neppure accorto di non essere solo. In un angolo della stanza intravide un paio di pantaloni, una maglietta, un cappuccio nero.

«Di che cosa ha bisogno?»

«Le mie pillole. Sa, sono per la pressione.»

«Queste?»

«Sì sì, grazie.»

«Adesso le porto un bicchier d'acqua.»

«Grazie.»

Inghiottì le pillole e tornò a distendersi. Non aveva chiesto niente. Non voleva chiedere niente, almeno per il momento. In politica era abituato a valutare attentamente le situazioni prima di muoversi. Era prigioniero. Ma di chi? Terroristi, non c'erano dubbi. Ma non sapeva spiegarsi altro. Dovevano averlo addormentato subito, e si era appena svegliato. C'era una candela accesa in fondo alla stanza. Vide un lungo drappo appeso al muro. Strinse gli occhi, per concentrare tutta la capacità visiva su quella macchia scura. Vide la stella. In un attimo comprese ogni cosa.

«Li avete ammazzati tutti?»

«Siamo stati costretti, onorevole.»

Era colpito da quel tono gentile, da quella deferenza che la voce «incappucciata» non cercava assolutamente di nascondere. Aveva letto che, quasi sempre, i brigatisti rossi davano del tu ai prigionieri. Quel «lei» suonò persino rassicurante.

«Anche lei ha partecipato all'azione?» chiese.

«No, io no, ma è inutile che faccia domande. Non sono autorizzato a rispondere fino a quando comincerà il processo.»

«Che processo avreste intenzione di fare?»

«Che processo faremo, vuol dire?»

«Sì, che processo farete?»

«Il processo a un leader di uno Stato imperialista delle multinazionali. Avrà anche diritto a difendersi. Naturalmente sarà lei l'avvocato di se stesso.»

«Intendete uccidermi?»

«Non lo so, onorevole. Molto dipende dall'esito del processo.»

Bussarono alla porta. Il brigatista aprì. Era Ileana. Teneva in mano una tazza di brodo. Richiuse.

«È per lei, onorevole. Un po' di brodo le farà bene.»

Il segretario della Democrazia cristiana prese la tazza e inghiottì il liquido caldo.

«È quasi pronta la cena.»

«La ringrazio, ma credo di non aver fame.»

«Sarà meglio che consumi qualcosa, onorevole. Non può restare digiuno.»

Lui tornò a coricarsi. Nella sua mente, abituata all'esercizio dell'analisi, la realtà si presentava complessa e contorta. Rivide le ultime settimane come un film. Tutto era nitido. Il viaggio negli Stati Uniti; le difficoltà nella formazione di quel governo che Lui, ma non solo Lui, aveva voluto; gli incontri con i segretari degli altri partiti; la conferenza con gli industriali a Milano; l'ultimo articolo scritto per il quotidiano; e poi le minacce, i timori, i sospetti. Era accaduto l'irreparabile. Una strage. Lui prigioniero. Pensò alle reazioni che vi sarebbero state nel paese. Già se le immaginava. Pensò ai suoi compagni di partito, agli amici, al Santo Padre, alla sua famiglia. Si fece il segno della croce.

Bussarono ancora. Entrò un altro uomo incappucciato.

«La sua cena, onorevole.»

Il secondo brigatista teneva, sotto il braccio, un fascio di giornali. «Sono le edizioni straordinarie. Credo che le interessi dare un'occhiata.»

«Oh, grazie.»

Gli misero la candela vicino alla branda-letto. Lui lesse i titoli, vide le fotografie scattate sul luogo dell'attentato. Vide i volti degli uomini ai quali era stata affidata la sua vita. Vide l'immagine del poliziotto scomparso. Vasco Leoni. Ricordò di avergli stretto la mano, nella hall dell'Hotel Marino alla Scala. Lesse le affrettate cronache. Una frase lo colpì più delle altre: «Ai ricatti dei terroristi non si cederà. Mai». Pensò che era sciocca e inopportuna quell'espressione. Primo, perché nessuno aveva parlato di trattative; secondo, perché era possibile offrire un suggerimento ai suoi carcerieri.

«Begli amici, eh, onorevole!»

Il segretario della Democrazia cristiana non rispose. Si sedette sul letto e decise di consumare la cena.

Il primo brigatista si congedò. Salutò l'ultimo venuto.

«A più tardi. Buonanotte, onorevole.»

«Buonanotte.»

Entrò in cucina, si tolse il cappuccio, si versò un bicchiere di vino. «Tutto bene?» gli chiese Ileana.

«Tutto bene» rispose Nettuno. «Certo, non so se sia stato giusto uccidere tutti quei poliziotti. Che cosa c'entravano, loro?»

Sessantasei

L'ultimo incubo lo aveva portato il giornale radio di mezzanotte. Renato Goldstein era stato ucciso in carcere. Gli avevano stretto attorno al collo una cordicella di nylon. Stewart non ne poteva più. Tremava di paura. Si girò e rigirò nel letto. Ripensò ai bei tempi della Cia. Anche allora si rischiava la pelle, magari si ammazzava, però si sapeva distinguere un amico da un nemico, una gioia da un dolore, un rischio da un aiuto. Adesso, in questo pantano mortale, si sentiva perduto. La storia di questi terroristi delle Brigate rosse, per esempio. Non erano forse, i brigatisti, dei comunisti delusi che speravano nella rivoluzione? E dunque, per quale motivo si accordavano con elementi reazionari e con ambienti nei quali la parola «democrazia» era come una spina piantata in fronte?

Poteva capire Lapierre che era, a suo modo, un rivoluzionario, seppur da salotto, cioccolatini e champagne. Ma allora perché Crotti, estremista pure lui, ne diffidava? Che cosa avevano da spartire Alfred Greninger e il cecoslovacco Lubo Keminar? Come poteva un semplice travet in divisa, Vasco Leoni, ottenere credito e offrire collaborazione a un'organizzazione che combatteva quel comunismo che lui, invece, sosteneva?

Fu una notte di paura. Il volto di Hendrika, la stretta di mano del povero Isgrulescu, e poi quel commissario che neppure conosceva e che aveva dovuto uccidere. Ma no, non l'aveva ammazzato lui, erano stati i brigatisti. Se però loro non avessero sparato, Andrea Giri sarebbe salito sulla sua auto e sarebbe andato ugualmente incontro alla morte. E ancora quel ragazzo, Walter Bianchi, la droga. Il doppio nome, Stewart e Grock. Balzò sul letto, pallido, sudato. Le mani tremavano.

Qualcuno aveva bussato alla porta.

«Apri, Stewart!»

Riconobbe la voce di Vasco. Si infilò l'accappatoio. Andò ad aprire.

«Fammi un caffè.»

Stewart obbedì. Non aveva la forza di reagire. "Sono gli ultimi ordini che ricevo" pensò. "Stasera me ne vado. Facciano quel che vogliono. Raccontino la storia di Hendrika, quella di Isgrulescu, di Bianchi, di Giri, e magari aggiungano pure l'omicidio di Goldstein. Meglio la prigione a vita, in un carcere americano, che questa esistenza da cinghiale braccato, esposto alle bizze di un intellettuale che si masturba sognando l'assassinio e di un finto poliziotto che non ci pensa due volte ad ammazzare i suoi colleghi."

Vasco, nonostante fosse sconvolto, colse al volo lo stato d'animo del «socio».

«Attento, Stewart. Non fare scherzi.»

«Che scherzi?»

«Ti piacerebbe abbandonare, eh?»

«Non l'ho detto.»

«Sì, ma l'hai pensato.»

«Adesso devi censurarmi anche i pensieri?»

«Certo, verme schifoso. Tu andrai avanti, fino in fondo.»

«Basta con le minacce e gli insulti.»

«Vuoi scappare? Fallo. Tira fuori le palle che non hai. Sappi che non riusciresti ad arrivare alla frontiera. L'organizzazione ha previsto tutto se te ne vai. Ti facciamo secco.»

L'americano si accasciò su una sedia.

«No, non me ne andrò.»

«Meglio così.»

Il finto poliziotto, recuperata la calma, raccontò a Ron quel che stava accadendo nell'appartamento-covo di via Antonio Smareglia. Stewart chiese: «Si fidano di te?».

«Non tutti. Conosco soltanto un paio di persone.»

«Sanno che appartieni all'organizzazione?»

«Uno solo sa, e tanto basta. Degli altri me ne fotto. Faranno quello che vorremo noi.»

«Lo libereranno?»

Vasco ridacchiò, istericamente. «Possono pensare ciò che vogliono. Quello deve morire e morirà.»

Sessantasette

Il cameriere del Drugstore era insensibile a qualsiasi stravaganza. Un locale aperto ventiquattr'ore su ventiquattro è abituato ai clienti che scambiano il giorno con la notte. Quindi non si stupì della richiesta – «Pesce scandinavo e birra» – alle 8.30 del mattino.

Dana era triste ma splendida. Non aveva dormito.

«Sono stanca, Jean Paul» disse accarezzandogli la mano.

«Anch'io, tesoro» rispose Tissier.

«Stanca di misteri, stanca di segreti, stanca di tutto. Ah, fossi rimasta con il piccolo Giusto. Forse mi avrebbe sposata.»

«Chi è Giusto?»

«Giusto Semprini. Un ragazzo italiano, di Reggio Emilia, che ho conosciuto qualche anno fa. Era pulito, non aveva misteri, lui.»

«Mi stai accusando, Dana?»

«No, Jean Paul. Non accuso nessuno. Vorrei capire, ecco.»

Tissier sapeva che quel momento sarebbe arrivato. Avrebbe voluto raccontarle tutto per filo e per segno. Cercò di prendere tempo. Poteva veramente fidarsi di Dana? Decise che avrebbe rivelato soltanto qualcosa, non tutto.

«Dana, sono un agente dei servizi segreti, ma agisco nell'interesse della Francia, del mio paese.»

«Un agente segreto? E che cosa ci faceva un agente segreto al KYRIE?»

«Cercavo di scoprire una brutta storia, molto amara, Dana.»

«C'entra anche Lubo, vero?»

«Sì, ma non solo lui.» Ormai Tissier aveva rotto gli argini. Si spinse oltre. «C'entrano Lapierre, Crotti e una spietata organizzazione internazionale.»

«Comunisti?»

«Anche, ma non soltanto. Comunisti alleati con reazionari. I governi non sanno nulla. Almeno ufficialmente.»

Dana spalancò gli occhi. Quella frase le ricordava qualcosa. Tornò con la memoria a Praga a quella serata da Schweik. A Lubo che le disse di lavorare senza il consenso del partito. Rabbrividì. Le armi alle Brigate rosse. Le venne spontaneo: «Hanno a che fare con quella strage di Milano? Con il sequestro dell'uomo politico?».

«Purtroppo sì, tesoro. Purtroppo sì.»

«Vogliono ucciderlo?»

«Temo di sì.»

«C'entra la Russia?»

«Non lo sappiamo. Credo che i governi non siano informati di questa porcata.»

«Ma allora che cos'è questa organizzazione?»

«Un'associazione di delinquenti e affaristi. Ci sono dentro americani, francesi, italiani, cecoslovacchi e via dicendo.»

«E tu come l'hai scoperto?»

«Per caso, amore. Per puro caso. Il ministero aveva disposto delle intercettazioni telefoniche, dei punti d'ascolto. Così siamo venuti a sapere cosa si stava tramando.»

«Perché non avete impedito la strage?»

«Non siamo arrivati in tempo. Questione di minuti.»

«Perché tu, adesso, non denunci tutto? Perché non fai arrestare Lapierre, Crotti e gli altri?»

Jean Paul sorrise. Premette il pollice della mano destra sul dorso della sinistra di Dana.

«Lo avrei fatto, amore, ma non posso. Devono decidere i miei superiori.»

«Jean Paul, ma allora ha ragione il "Rudé Právo" quando scrive che le Brigate rosse sono serve dell'imperialismo.»

«Credo non sia così facile. Forse le Brigate rosse, parlo dei singoli uomini, della maggioranza, non sanno neppure d'essere strumenti di un losco disegno.»

«Perché si prestano?»

«Qualcuno li ha convinti. Qualcuno che sa. Tutto.»

«Amore, è assurdo. Se non fossi tu a parlarmene, non ci crederei. Sei sicuro che sia la verità?»

«Vorrei tanto che non fosse la verità.»

Dana assaggiò appena il piatto di pesce, sorseggiò la birra, poi appoggiò il capo fra le mani.

«Lapierre mi ha fatto un mucchio di domande.»

«Su tuo marito?»

«Sì, mi ha chiesto se Lubo aveva accennato a questioni riservate.»

«E tu?»

«Ho detto di no. Ho fatto la parte della moglie ignara di tutto.»

«Meglio così. Resta ancora un paio di giorni in quella casa. Poi racconta che vai a trovare dei parenti. Inventa un posto qualsiasi, la Svizzera, la Germania, la Gran Bretagna. Ti troverò io una sistemazione.»

«Credi che potrò tornare a Praga?»

«Adesso no. Un giorno, forse...»

La ragazza scoppiò a piangere. Tissier avvertì una fitta allo stomaco.

«Ora andiamo, piccola.»

Raggiunsero, in taxi, la casa del funzionario degli Affari generali. Salirono in ascensore. Tissier aprì la porta. Dana continuava a singhiozzare. L'accarezzò, con tutta la dolcezza di cui era capace.

«Ti accompagno di là, in camera. Hai bisogno di dormire. Io aspetterò nel salotto. Fai come se fossi a casa tua.»

Dana prima entrò nel bagno, si lavò il viso. Poi si lasciò cadere sul letto. Tissier, con grande tatto, aveva chiuso la porta. Passarono cinque minuti. La porta si aprì.

«Hai proprio intenzione di lasciarmi sola?»

I suoi occhi erano tornati a splendere. Aveva addosso soltanto il lenzuolo, arrotolato intorno alla vita.

«Tesoro, non ti ho portata qui per venire a letto con te.»

«Allora non mi vuoi?»

«Ma che cosa dici, Dana. Ti adoro.»

«Che cosa aspetti, allora, Jean Paul?»

Non aspettava che quello. La prese in braccio, la adagiò sul letto. Spense la luce.

«No – disse lei –, accendila. Ti voglio guardare.»

La baciò, avidamente, su tutto il corpo. La lingua frugava gli angoli più segreti. Dana gemette. Era felice, finalmente.

«È meraviglioso, Jean Paul.»

Lui si sollevò, entrò dentro di lei con dolce violenza, quasi vergognandosi della passione che lo stava travolgendo. Spinse lentamente, facendola sussultare a ogni accelerazione.

Dana trattenne il respiro.

«Oh, amore, ti prego. Fai di me ciò che vuoi.»

Tissier affondò il membro. A ogni colpo, era un grido. Di gioia. Dana ansimava. «Ora, ora. *Lubim ta.*»

Tissier si fermò.

«No, non uscire. Dentro di me, dentro di me. È mia, solo mia!»

Fu una pioggia dolcissima di umori, di sensazioni, di delicatezza. Si addormentarono abbracciati. Erano le due del pomeriggio, quando squillò il telefono.

«Sono H6, capo. Buon pomeriggio. Passa in ufficio?»

«Novità?»

«Non dovrebbe neppure chiedermelo.»

Sessantotto

Il terzo interrogatorio cominciò all'alba. Nella stanza del prigioniero c'erano quasi tutti: Franco Marozzi, Privato Galletti, Giusto Semprini, Alberto De Stefanis, Pasquale Migliani, Luigi Crovetto, Mirella Zambelli. Mancavano soltanto i padroni di casa. E mancava Vasco.

Semprini era turbato. Quel Vasco proprio non gli piaceva. Un imbroglione della rivoluzione, aveva concluso il suo vivace intuito contadino.

Il segretario della Dc si sedette sul bordo del letto. Aveva la barba lunga, le dita intrecciate, il capo leggermente chino sulla spalla sinistra.

Franco, che aveva preparato uno schema con le domande, si mise in un angolo. Gli altri si disposero a semicerchio. Erano tutti incappucciati. Tutti meno Franco. Il capo fece un cenno a Galletti, sfiorandogli la spalla. «Comincia tu.»

Galletti si schiarì la voce.

«Onorevole, la Democrazia cristiana si è macchiata di crimini orrendi contro il proletariato. Ci parli della strage di piazza Fontana.»

Lui scosse il capo, tristemente.

«Credo che siate su una strada sbagliata. La Democrazia cristiana non è responsabile di quella strage.»

«Forse la vollero i servizi segreti?»

«Credo di no. Ma non sono informato di tutto ciò che hanno fatto, o potuto fare, i servizi segreti.»

Intervenne De Stefanis: «E la strage di piazza della Loggia? E quella dell'Italicus?».

«Non possiedo segreti su questi tragici capitoli della storia italiana. Per quanto riguarda Brescia, un amico, un collega di partito, mi disse che, da qualche parte, si accusavano uomini della Dc: ma io non credo che sia vero.»

«Lei vuol forse negare deviazioni istituzionali?»

«Non ho detto questo. Non posso escludere che vi siano state e che vi siano tuttora.» Non si fermò. «Loro, piuttosto – attaccò frontalmente l'uomo politico –, si rendono conto del pessimo servizio che stanno facendo alla democrazia di questo paese?»

La domanda lasciò sbigottiti Semprini, la Zambelli, e persino Galletti.

Dal fondo si udì la voce di Franco: «Onorevole, le domande le facciamo noi».

«Mi auguro che loro siano in buona fede. So che vi sono potenti gruppi internazionali che vogliono eliminarmi. E non sono propriamente forze rivoluzionarie.»

Semprini scattò: «Quali gruppi?».

«Recentemente sono stato minacciato.»

«Quando?»

«Nel corso del mio ultimo viaggio all'estero.»

«Sappiamo dove è andato. Chi l'ha minacciata?»

«È una persona che non conosco.»

«Adesso basta» intervenne Franco, alzando la voce.

«Perché non lo fai parlare» sbottò Semprini.

L'uomo politico fissò gli occhi del giovane, che spuntavano dal cappuccio nero, e accennò un timido sorriso.

«Nettuno – ordinò Franco –, passa la parola, per favore.»

Piovvero domande a 360 gradi sulla politica estera dell'Italia, sui rapporti con il mondo arabo, con Israele, con gli Stati Uniti, con l'Urss, con la Cina; poi sulla politica italiana, sugli scandali, sugli interventi per il Mezzogiorno, sui fondi per i terremotati.

Lui replicò senza dir nulla di rilevante, ma più procedeva l'interrogatorio, più si aveva l'impressione che i ruoli si fossero invertiti. Spesso era Lui a fare le domande. Gli altri litigavano, però rispondevano.

"È incredibile la tempra di quest'uomo" pensò Giusto. "Eppure non l'avrei detto. Sembrava docile, remissivo. Invece ci tiene testa." Si censurò un moto di simpatia. Sorrise, sotto il cappuccio nero, quando l'onorevole ricordò a Franco Marozzi, che lo stuzzicava sulla politica filo-israeliana del paese, che era stato proprio Lui l'artefice di una coraggiosa strategia di apertura verso i paesi arabi mediterranei, e proprio nei momenti di crisi più alta.

Aggiunse: «Non vorrei essere stato colpito proprio per questo». Lo disse con un sospiro, il segretario della Dc, e quella frase più il sospiro scivolarono sui volti dei presenti come acqua gelata. L'interrogatorio, per le Br, stava prendendo una brutta piega.

«Per oggi basta» decise Franco. «Domani continueremo.»

Uscirono tutti. Soltanto Privato Galletti rimase nella stanza del prigioniero. Gli altri si congedarono. Il capo militare si avvicinò a Semprini.

«Lo tratti troppo bene quello, Nettuno. Bisogna essere più duri.» Semprini arrossì.

«Comunque va bene. Domani lo interrogherete tu, Clara e Bruno. Cercate di scavare.»

«Come oggi?»

«Nettuno, sei appena arrivato e già fai dell'ironia? Mettiti alla macchina per scrivere e prepara un comunicato. Fuori devono sapere che il segretario della Dc sta collaborando.»

«Sta collaborando? Ma se oggi ci ha messo in croce!»

«*Sta collaborando*, Nettuno. Devi scrivere così.»

«D'accordo, Franco. Vuoi che accenni alla possibilità di una trattativa?»

«Perché no? Un accenno generico. Scrivi che il processo proletario potrebbe concludersi, in tempi brevi, con la condanna a morte del nostro ostaggio. Si deciderà poi sulla scadenza dell'ultimatum.»

«Va bene.»

Giusto si fece preparare un panino da Ileana. Mirella prese il posto di Privato. Galletti era stranamente pensieroso.

«Qualcosa non va?»

«No, niente. Quel porco prima o poi parlerà.»

«Credi?»

«Nettuno, non so se credo. Questa azione esemplare mi convince poco. Ma adesso bisogna andare avanti. Il movimento rivoluzionario non può arrendersi. Noi siamo il partito comunista combattente, ricordalo!»

Squillò il telefono. Ileana andò a rispondere. Era una sua amica. L'architetto non era ancora rientrato per la cena. Galletti si chiuse nel bagno. Semprini era in cucina. Vide Mirella togliersi il cappuccio.

«Che fai, Clara, lo lasci solo?»

«Un attimo soltanto. Di là fa un caldo infernale. E poi, con quest'affare sulla testa...»

«Che impressione hai avuto?» domandò Giusto.

«Non so. Strana, direi.»

Si misero a chiacchierare e a discutere sulle risposte dell'onorevole. Il piccolo Mirko inseguiva la palla. Diede un potente calcio alla sfera di plastica. La palla finì nella stanza dell'armadio. L'armadio era spostato. Il bimbo si allungò fino alla maniglia e aprì. La porta non era stata chiusa a chiave.

Lui era seduto su una sedia.

«E tu chi sei?» chiese Mirko.

«Ciao, piccino.»

«Sai che somigli al nonno?»

«Be', sì, potrei essere il nonno. Vieni qui.»

Gli accarezzò i capelli, gli diede un bacio sulla fronte.

«Adesso vado, nonno.»

Uscì, richiuse la porta. Nessuno si era accorto di quella pericolosissima incursione.

Giusto Semprini si infilò il cappuccio ed entrò nel «covo».

«È il suo bambino?» chiese l'onorevole.

«Il mio bambino? Quale? Io non ho figli.»

«Poco fa è entrato un bambino.»

«Santo cielo.»

Giusto uscì di corsa. Chiuse a chiave. Vide Ileana.

«Cristo! Mirko è andato là.»

«No.»

«Sì, invece, e lo ha visto.»

La mamma chiamò: «Mirko?».

Suonarono il campanello. Era Giovanni Setti. Il bimbo lo aspettava, dietro la porta.

«Papà, sai che di là c'è un signore che somiglia al nonno? Anzi, è come il nonno.»

L'architetto restò impietrito. Che cosa poteva rispondere? Che non era vero? No, il bimbo non gli avrebbe creduto. Trascorsero venti interminabili secondi.

«Un signore? Ah sì, è un amico di papà. Mi sta aspettando.»

«E perché l'avete chiuso là dentro e non l'avete mandato in salotto, come gli altri?»

L'architetto si chinò. Aveva avuto il tempo di studiare la risposta. Disse all'orecchio del figlioletto: «Sai, Mirko. Non volevo che tu lo vedessi. Il signore ha una fabbrica di giocattoli e io volevo comprartene uno di nascosto, per farti una sorpresa». Mirko sembrò convinto. Ileana si asciugò il sudore sulla fronte. Giusto, Privato e Mirella erano già chiusi dall'altra parte. Il segreto, forse, era salvo.

Sessantanove

Genova. Era un assalto quotidiano. Il giudice Giovanni Lori fece una smorfia. «No, non mi risulta.»

«È vero che potrebbe esserci una connessione tra l'assassinio di Walter Bianchi, quello del commissario Giri e il sequestro del segretario della Dc?»

«Non confermo e non smentisco.»

«Allora conferma?»

«Signori, ho sempre avuto il massimo rispetto per gli operatori dell'informazione. Vi prego, quindi, di non travisare le mie parole. Ho detto che non confermo e non smentisco.»

«Quando saranno resi pubblici i verbali dell'inchiesta su Walter Bianchi?»

«Non sta a me deciderlo.»

«È vero che l'omicida dell'autonomo ha fatto, in carcere, il nome di uno dei mandanti?»

«Non posso rispondere.»

«Si parla di uno straniero...»

«Scusatemi, signori. Si è fatto tardi.»

«Ancora una cosa dottore, l'ultima... Che cosa aveva scoperto il commissario Giri?»

Il giudice sbiancò. Stavolta il colloquio fra i cronisti e l'inquirente, al quinto piano del palazzo di giustizia di Genova, era proprio finito. Giovanni Lori guardò dritto negli occhi il giornalista. Non replicò. Quando tutti furono usciti si sedette sulla poltrona. "Povero Andrea" pensò. "Se sapessero che cosa aveva scoperto."

Milano. Procura della Repubblica. Sesto giorno di indagini. «Amici miei, oggi nulla» esclamò il capo dell'ufficio, dopo essersi sistemato la cravatta per comparire in ordine davanti alle telecamere. Facile quell'«oggi nulla». Facile per un magistrato. Molto meno per un giornalista. Un giornalista mica può telefonare al direttore e dire che non c'è nulla, quando il paese sta vivendo le ore della tragedia, dopo la strage e il sequestro da parte delle Brigate rosse del segretario della Democrazia cristiana.

«Fermi? Arresti?»

«Nulla.»

«Seguite una pista precisa?»

«Stiamo indagando in tutte le direzioni.»

«Pensa che la prigione possa trovarsi in città, oppure fuori?»

«Se lo sapessi, vi risponderei.»

«Pensa che il sequestro sia veramente opera delle Brigate rosse?»

«E di chi altri? Ci sono le telefonate, i comunicati.»

«Quanto durerà, signor procuratore?»

«Dio solo lo sa. Tremila uomini stanno setacciando Milano. Interi quartieri sono stati controllati, porta a porta. Certo, ci vorrebbe un aiuto, un'imbeccata. Milano ha un ventre così ampio da poter nascondere tutto, purtroppo.»

«Quindi lei pensa che l'onorevole sia qui, in città...»

«Vi ho detto che Dio solo lo sa! Certo, l'allarme è scattato abbastanza in fretta. Per deduzione, quindi, siamo portati ad attribuire una percentuale di probabilità abbastanza elevata a questa ipotesi. Ma potrebbe essere nell'hinterland, in Brianza, a Monza, vai a sapere...»

Si fece avanti un giornalista romano. Alto, mezza età, ben introdotto. Era stato l'autore di numerosi scoop nel giornalismo d'inchiesta.

Chiese: «È vero che la mattina della strage giunse al ministero un telex? Un telex che annunciava una situazione di gravissimo pericolo per il segretario della Democrazia cristiana?».

Il procuratore scrutò il cronista. Era sinceramente stupito.

«A noi non risulta. Lei come lo ha saputo?»

«Fonti confidenziali» rispose il giornalista, fiero della propria uscita, mentre la telecamera lo inquadrava, in primo piano.

«Ebbene – rispose stizzito il procuratore –, sarà così cortese da raccontarci qualcosa, magari con tanto di verbale, di queste... sue... fonti confidenziali.»

Il cronista arrossì. «Signor procuratore, mi scusi. Erano soltanto chiacchiere raccolte a Roma. Sa, c'è gente al ministero che parlotta. Una voce qua, una voce là.»

«E allora, giovane amico, certe domande vada a farle al ministero, non a me.»

«Già fatto, se è per quello.»

«Che cosa le hanno detto?»

«Hanno smentito.»

Brescia. Procura della Repubblica. Il giudice istruttore al quale era stata affidata l'inchiesta sull'assassinio di Renato Goldstein scese di corsa le scale.

«Giudice? Giudice?...»

«Niente, niente... Ho fretta... Domani, forse... vedremo.»

«È vero che Goldstein sapeva che avrebbero rapito il segretario della Democrazia cristiana?»

«Chi ve l'ha detto?»

«È un'ipotesi. Non si spaventi.»

«Niente, signori, niente. A domani.»

«È vero che Goldstein è stato visto assieme a un cliente dell'Hotel Vittoria, un americano, un certo signor Grock, Peter Grock?»

Stavolta il magistrato si fermò. «Grock? Mah, certa gente dovrebbe tacere.»

Peter Grock, alias Ron J. Stewart, salì sull'autobus. C'era traffico, a Milano, quel pomeriggio. I giornali della sera pubblicavano, in apertura, la fotografia dell'uomo politico. Era stata diffusa in mattinata dalle Brigate rosse. L'immagine lo ritraeva davanti al drappo con la stella a cinque punte. Aveva, appesa intorno al collo, la prima pagina di un quotidiano dello stesso giorno. Significava che Lui era ancora vivo. Gli altri, sull'autobus, non sapevano e commentavano. Stewart sapeva e guardava, in silenzio.

Scese alla Stazione centrale. Si sentiva osservato. Girò un buon quarto d'ora, a vuoto, prima di infilare la chiave nella serratura della cassetta. C'era un messaggio del professor Crotti.

«Caro Stewart. Bisogna trattare. Lui deve tornare vivo.»

Lesse, rilesse e rilesse ancora quella riga perentoria, senza sfumature, senza dubbi. "Crotti un traditore?" si domandò mentre tornava in corso di Porta Ticinese. Crotti era contro Lapierre? Crotti era contro

Greninger? Con chi stava? E lui, Ron J. Stewart, da che parte doveva schierarsi?

Entrò nel bar.

«Signor Giulio?»

«Sì?»

«L'hanno appena cercata. Richiameranno tra dieci minuti.» Si sedette, pensieroso. Osservò due ragazze, giovanissime, che si tenevano per mano e ondeggiavano il capo al ritmo di una canzone di Leano Morelli che il juke-box diffondeva ad alto volume. Il telefono. Sarà lui. Stewart si alzò in piedi.

«Pronto?»

«Buongiorno, *mister*. C'è qualche bastardo che ha deciso che l'onorevole deve tornare in libertà. So che a te, come a me, interessa che quel porco scompaia per sempre. Non è vero?»

«C... C... Certo.»

«Stewart, se accadesse qualcosa dovremo essere pronti... Pronti a tutto, intendo... Attenzione, amico. Ricordati quanto ti ho detto... Non ci sarebbe scampo per te.»

Clic.

L'americano si ricompose. Uscì. Attraversò la via. La campanella di un tram chiese strada. A Stewart si gelò il sangue. Il professor Mario Crotti era là, fermo, davanti al portone del numero 26 di corso di Porta Ticinese. Sapeva dove abitava, dunque.

«Credo sia opportuno salire» ordinò Crotti con il tono di chi non intende essere contraddetto.

«Professore, non è prudente.»

«Ho detto di salire», e mostrò a Stewart il rigonfiamento della giacca, proprio all'altezza della vita. «Senza scherzi, capito?»

Ron fece strada. "Se Vasco sapesse, se Lapierre sapesse." Già, Lapierre. Avrebbe dovuto chiamarlo, di lì a mezz'ora. Disse a Crotti che aveva un impegno. Urgentissimo.

«Ti aspetterò» fu la risposta. «Sono certo che non farai scherzi.» Stewart aprì la porta. E fece entrare il docente.

«Tra mezz'ora sarò di ritorno.»

«Aspetterò.»

Lapierre era in casa. Il tono della voce era duro.

«Qui c'è qualcuno che vuol fare il furbo.»

«Che ne so, professore!»

«Forse tu non sai. Ma qualcun altro...»

«A chi allude?»

«Al professore italiano che hai conosciuto. E anche ad altri.»

«Perché?»

«Vorrebbero liberare il prigioniero. Il paradosso è che parecchi brigatisti sono d'accordo.»

Ron guardò fuori dalla cabina. La folla dei telefoni pubblici era in attesa del proprio turno. Doveva far presto. Pensò a Crotti che l'aspettava. Crotti, il traditore. Ma traditore di che? Traditore di chi?

«Dobbiamo impedirlo a ogni costo» disse Lapierre.

«Ho capito.»

«A ogni costo. Sai cosa significa?»

«Temo di sì.»

«A quel bastardo di Crotti penserò io. Subito.»

Interruppe la comunicazione. Stewart era sconvolto e atterrito. Se avessero saputo, sarebbe stata la fine: del professor Crotti e sua. Tornò a casa. Lo «sgradito» ospite era là, in attesa.

«Che cosa vuole da me?»

«Hai parlato con Lapierre, vero?»

«Sì.»

«Conosco i tuoi obblighi.»

«Lapierre c'è l'ha con lei.»

«Lapierre è un cretino. L'opportunità politica che viene offerta alle Br è irripetibile. Il segretario della Dc deve tornare a casa. Vivo. A ogni costo.»

«Ma loro lo vogliono morto.»

«Lo so, ma tu mi aiuterai.»

«Come?»

«Semplice. Non facendo niente. Non muovendoti. So che puntano su di te, in caso di necessità.»

«Professore, non posso. Quelli mi faranno fuori...»

«Puoi scegliere: o le loro pallottole o le nostre. Ti consiglio di stare con noi. Siamo in Italia, no? Lapierre è lontano. Da Greninger ci separa l'oceano. Ti aiuteremo. Arrivederci... compagno Stewart.»

Faceva un caldo infernale, ma ogni tanto l'americano aveva i brividi. Le 20. La stanza era così satura di fumo che gli occhi gli bruciavano. Non aprì la finestra, neppure per cambiare l'aria. Le 21. Si precipitò ad accendere tutte le luci. La casa sembrava un supermarket sotto Natale, e questo lo rassicurava. Le 22. Sprangò la porta d'ingresso. Prese una pistola, se la infilò nella cintura. La bottiglia di bourbon era semivuota, ma lui non avvertiva stato di ebbrezza. Le 23. Aveva fame. No, aveva nausea. No, era fame. No, era nausea. La stanchezza lo vinse. Forse non era neppure stanchezza. Chiuse gli occhi. Il sonno lo aggredì, dolce e silenzioso. Si addormentò con le luci accese.

Settanta

Dana si rivestì. Aveva detto a Lapierre e alla moglie che sarebbe rientrata per l'ora di cena. Era ospite. Non le andava di trasgredire. Aveva anche capito, dopo il racconto di Tissier, che non doveva dare nell'occhio, né insospettire il professore francese. Non le piaceva questo nuovo ruolo, ma non poteva fare diversamente.

Tissier entrò in ufficio. H6 era già là, puntualissimo.

«Allora?» disse allegramente.

«La vedo in forma, capo. Sono contento.»

«Fammi sentire le novità.»

«Posso riassumergliele, se vuole.»

«Ok. Riassumi pure.»

«Bene. Credo che sarà interessato ad alcuni particolari. Franco e Lapierre hanno litigato. Una lite furibonda. Il primo ha accusato il secondo di cinismo politico e di stupidità. Quello ha ricordato a Franco quali erano gli ordini. Adesso c'è un gran casino. Un intreccio di telefonate che non finisce più. Gli apparecchi del KYRIE sono surriscaldati. Roba dell'altro mondo. C'è una spaccatura, mi è parso di capire. Lapierre e Greninger puntano alla soppressione dell'ostaggio. Crotti vorrebbe liberarlo. Franco pende dalla parte di Crotti, e poi è orgoglioso. A un certo punto ha detto: "La decisione del comitato esecutivo e della direzione strategica delle Br sarà sovrana". Sento puzza di guerra interna, ha capito?»

«Molto interessante, H6. Andiamo avanti.»

L'agente, finalmente, si sentiva protagonista. Erano stati giorni di delusione. Stava arrivando l'ora della rivincita.

«C'è una cosa preoccupante, però.»

«Che cosa?»

«Si ricorda che un giorno le parlai di strane telefonate giunte al KYRIE e partite da una ditta di Como, con uffici anche in Francia?»

«Sì, mi sembra di ricordare.»

«Be'. La voce si è rifatta viva.»

«Per dire?»

«Ha comunicato a Lapierre che l'assegno era pronto.»

«Che assegno?»

«Non ho capito neanch'io.»

«Ha fatto riferimento al sequestro?»

«No. Non so. Ha detto "per l'intervento".»

«È tutto?»

«No, non ancora. Ci sono altre cose di cui le vorrei parlare, capo... Sono arrivate al KYRIE cinque o sei telefonate, da Roma e da Milano.»

«Da centri di potere?»

«Macché. Da uffici commerciali.»

«Che cosa c'è di tanto sospetto?»

«Gli uffici commerciali si chiamano KYRIE, proprio come l'istituto di Parigi.»

«Ma no!»

«Ma sì. Ho fatto consultare l'elenco di tutti gli uffici commerciali conosciuti, a Roma e a Milano. KYRIE non compare da nessuna parte. Mi hanno spiegato che gli uffici potrebbero essere stati aperti da pochi giorni.»

«In corrispondenza con il sequestro del segretario della Dc?»

«Appunto... Credo che vogliano controllare sul posto.»

«E Stewart?»

«Abbiamo registrato una telefonata da Milano. Uno ha detto a Lapierre che l'amico americano era a disposizione, ma che non ci si doveva fidare più di tanto.»

«Mi sembra che per oggi basti.»

«Non è tutto. Ricorda quell'agente del Mossad? L'anno scorso? Quel caso di spionaggio internazionale?»

«Chi? Goldstein? Renato Goldstein?»

«Proprio lui. È stato ucciso nel carcere di Brescia. Era stato arrestato. Ma il fatto più incredibile è che, prima di finire in manette, secondo le nostre fonti, si era incontrato con un americano.»

«Stewart?»

«No, si chiama Grock. Peter Grock.»

«Potrebbe essere la stessa persona.»

«È quanto sto cercando di capire.»

«Cosa potremmo fare, secondo lei, H6?»

«Io passerei all'ambasciata americana. Ho un amico che potrebbe esserci utile.»

«Confidenzialmente?»

«Ovvio.»

«Proviamo, H6. A questo punto non abbiamo più nulla da perdere.»

Settantuno

Il segretario del pontefice bussò alla porta della stanza. Il Papa si era appena svegliato.

«Sua Santità ha riposato, stanotte?»

«Purtroppo non bene, monsignore. La tragedia del nostro caro amico, prigioniero delle Brigate rosse, turba il nostro animo. Il Signore non può permettere che si consumi questo dramma.»

«Santità, temo che non ci sia nulla da fare.»

«Lo temo anch'io, monsignore. Anche se ci è rimasta qualche speranza.»

«Crede che sia possibile fare qualcosa?»

«Confido nel Signore e nella sua immensa misericordia. I segreti disegni elaborati dalla perfidia di pochi uomini potrebbero infrangersi contro l'umanità di un gruppo di rivoluzionari, convinti di poter cambiare il mondo, e l'Italia in particolare, seminando la morte e l'offesa.»

«Ma Santità, sono degli assassini!»

«Hanno commesso gravi errori, si sono macchiati di colpe, ma in fondo al loro cuore non vi sono calcoli perversi.»

«Santità, quindi non sono soltanto loro i responsabili della strage di Milano e del rapimento dell'onorevole?!»

«Monsignore, ho deciso che oggi, a mezzogiorno, farò un appello, firmato dalla nostra modesta persona.»

«Rivolto a chi, Santità?»

«Agli uomini delle Brigate rosse. Loro, gli uomini delle Brigate rosse, forse, l'ascolteranno.»

«Mi permetta un'osservazione, Santità. Forse sarebbe più opportuno lanciare un appello ai carcerieri del segretario della Democrazia cristiana, senza regalare dignità a quel gruppo di delinquenti.»

«No, monsignore. L'appello sarà per gli uomini delle Brigate rosse. Soltanto gli uomini delle Brigate rosse potranno essere illuminati dalla luce del Signore.»

Il segretario particolare uscì. Il Papa si sedette alla scrivania, prese la sua penna stilografica e scrisse, di proprio pugno, il messaggio.

«Mi rivolgo a voi, uomini delle Brigate rosse. Liberate il segretario della Democrazia cristiana. È un uomo buono, un cristiano devoto, un uomo che opera nell'interesse del prossimo. Liberatelo, senza condizioni.»

Rilesse. Arrotò la penna nel cappuccio. Schiacciò un pulsante. «Monsignore, desidero che il testo venga pubblicato sull'"Osservatore romano" e che, immediatamente, venga consegnato alla stampa. Con la massima urgenza.»

Il Santo Padre si inginocchiò davanti all'immagine della Madonna. Fu una preghiera accorata. «Madre celeste, aiutaci» disse facendosi il segno della croce.

Il direttore del giornale del Vaticano aveva bussato alla porta.

«Mi dica tutto, reverendo.»

«Santità, uomini influenti della politica italiana sono sinceramente preoccupati per il significato del suo storico messaggio.»

«Reverendo, siamo uno Stato indipendente.»

«Dalla sala stampa chiedono se...»

«L'appello deve essere pubblicato subito.»

«Come desidera, Santità.»

«Credo che domani o dopo avrò da scrivere. Vorrà dedicarmi un po' di spazio sul giornale, reverendo?»

Il sacerdote arrossì. Il tono del Papa era ironico. Capì che non era il caso di insistere, né di replicare. Si congedò, dopo aver baciato l'anello del pontefice.

Settantadue

Fu come un pugno di cento chili assestato alla bocca dello stomaco. Il Papa. Anche il Papa si rivolgeva agli «uomini delle Brigate rosse». Giusto Semprini rimase sbigottito. Tutto avrebbe immaginato, tranne quello. Il messaggio era chiaro, nessuna possibilità di errore. Il Santo Padre, con una lettera firmata, chiedeva agli uomini delle Brigate rosse di liberare l'ostaggio, senza condizioni.

Fu colpito soprattutto da quel «mi rivolgo a voi, uomini delle Brigate rosse». Perché offrire un credito non richiesto dal pulpito più alto della Chiesa cattolica? No, c'era dell'altro. Il Papa voleva dire qualcosa di preciso, e voleva dirlo soltanto agli uomini delle Brigate rosse.

"Ma noi siamo tutti uomini delle Brigate rosse" si interrogò Semprini. "O forse no?" Guardò i suoi compagni carcerieri. "Privato? È un compagno tutto d'un pezzo. Mirella? Anche lei, passionale, idealista. Setti? Un uomo assetato di giustizia. Franco?... Franco." Ci pensò per dieci minuti buoni, fino a quando lo squillo assordante del telefono non lo riportò alla realtà.

«Pronto?»

«Ileana?»

«Sì, sono io.»

«Ciao, sono Franco. Di' ai compagni di non dar troppo credito a quel prete vestito di bianco. Una trovata pubblicitaria e basta. Come vanno gli interrogatori?»

«Al solito.»

«Domani, forse, ci vediamo.»

«Arrivederci.»

Ileana riferì il messaggio del capo militare. Galletti fece una smorfia,

Mirella pure. Giusto Semprini disse che voleva coricarsi. Era esausto. Se ne andò a letto senza toccar cibo. Non voleva riconoscerlo, ma le parole del Papa l'avevano scosso. Aveva ascoltato tutti i giornali radio, aveva visto tutti i telegiornali. Quella frase, semplice e pesante come un macigno, gli rimbombava nella mente e nel cuore. Pensò a Renato Curcio, il leader cattolico delle Br; pensò al simbolo brigatista, che aveva preso il nome dalla *stella maris*, la stella del mare, un altro richiamo alla devozione; pensò ai matrimoni religiosi di tanti compagni; pensò a Mara Cagol, e alla purezza di una vita dedicata alla rivoluzione. "Che cosa avrà voluto dire il Papa?"

Gli altri erano nell'appartamento. Giusto si rialzò ed entrò nella stanza insonorizzata. L'uomo politico stava scrivendo.

«Che cosa fa, onorevole?»

«Scrivo a quelli che ritengo possano aiutarmi.»

«Lei è molto amico del Papa?»

La domanda colpì l'uomo politico. Stonava con tutto. Con la situazione nella quale era costretto, con la presenza del carceriere, con quella stanza. Rispose: «Sì, il Santo Padre mi onora della sua amicizia».

«Ho sentito l'appello, oggi.»

«Spero che abbia parlato al suo cuore. Al suo e al cuore degli altri.»

«Non ci facciamo condizionare da quel prete vestito di bianco.»

Era un'altra stonatura. Il segretario della Dc la colse e disse: «Io credo che lei abbia capito che cosa ha voluto dire il Santo Padre».

Settantatré

La richiesta arrivò alle otto del mattino. Il comunicato numero 10 annunciava la condanna a morte dell'ostaggio e la temporanea sospensione esecutiva della sentenza. Prevedeva un ultimatum e una sibillina proposta di scambio. L'ultimatum: quarantotto ore. La proposta di scambio: la vita del segretario della Dc in luogo della liberazione di tre brigatisti rossi detenuti nel carcere di Cuneo.

Il ministro dell'Interno convocò i suoi più stretti collaboratori. I segretari dei partiti furono tempestivi nel diffondere le loro opinioni sulla richiesta delle Br. La nuova «maggioranza allargata» sembrava compatta. «Non si cede al ricatto delle Br» disse il vicesegretario della Democrazia cristiana. «Un gesto di lassismo sarebbe mortale per il paese» aggiunse il segretario del Partito comunista. Più cauti i socialisti. Pur legati al «patto della fermezza», dicevano chiaro che bisognava fare il possibile, senza tradire il patto, per salvare la vita dell'onorevole.

Il dibattito si annunciò subito velenoso. Si capì che c'erano potenti forze intenzionate a procedere sulla strada della trattativa. Una soluzione umanitaria piaceva all'ultrasinistra, a certi settori del mondo cattolico, a numerosi intellettuali. A Parigi il comitato permanente contro la repressione sottoscrisse un appello per il «sì» alla trattativa. Firme autorevoli, ma c'era pure un Giuda transalpino: il professor Alain Lapierre.

Il presidente del Consiglio, a Roma, convocò il ministro dell'Interno e spinse per una vigorosa accelerazione delle indagini. «Cercate nei vecchi covi. Cercate dappertutto. Dobbiamo trovarlo, a ogni costo.»

Il capo della Digos di Milano alzò le spalle. «E dove lo cerchiamo?» Si fece portare l'elenco degli appartamenti che erano stati visitati negli ultimi mesi. Gli misero a disposizione una trentina di pattuglie, ma in caso di necessità avrebbe potuto chiedere l'aiuto dell'esercito.

Due vetture si diressero verso corso di Porta Ticinese. Là era stata scoperta una base di terroristi di Prima linea.

Vasco Leoni salì le scale e bussò imperiosamente.

«Fuori, Stewart! Presto.»

Ron rimase immobile. "Mi vogliono uccidere" pensò. "È arrivato il momento."

La voce intimò: «Fuori, imbecille! C'è la polizia. Vuoi farti prendere?». Stewart si infilò la giacca, aprì la porta, corse con Vasco giù per le scale. Voltarono a destra, percorsero a passo svelto quasi quattrocento metri, salirono su un taxi. In quel preciso momento otto uomini cominciavano a setacciare lo stabile numero 26 di corso di Porta Ticinese.

«Brigadiere, qui non c'è nessuno!»

«Sfondate la porta.»

Trovarono le armi, gli abiti di Stewart. Trovarono anche i due passaporti: uno intestato a Ron J. Stewart, l'altro a Peter Grock.

«Ha visto, brigadiere?»

«Ho visto. Stewart era quello del traffico di droga. Ma chi se ne frega, adesso, della droga?»

Il vicebrigadiere Russelli, mentre i colleghi continuavano a rovistare nelle stanze dell'appartamento, scese in strada, con le fotografie di Stewart e di Grock. Erano identiche. Entrò nel bar di fronte. Chiese al barista: «Ha mai visto queste facce?».

L'uomo si sporse dal bancone.

«Ma certo. È il signor Giulio.»

«Giulio?»

«Sì, diamine. C'è un tizio che si chiama Giulio e che viene qui tutti i pomeriggi. Aspetta delle telefonate.»

«Da parte di chi?»

«Che ne so... Chiedono di Giulio e lui risponde!»

Il taxi si fermò in via Monte Suello. «Queste sono le chiavi di un appartamento "pulito". Numero 4, secondo piano, interno 6. Entra e stai chiuso là. Ti chiamerò io» disse Vasco.

Stewart mise le chiavi in tasca. Trasalì. Aveva dimenticato i passaporti. Controllò nella giacca. Niente.

«Vasco, ho lasciato di là i passaporti.»

«Bel coglione sei. Adesso avranno trovato tutto. Ma non importa. Di te sanno soltanto che spacci la droga.»

«Ma scopriranno la doppia identità.»

«Cazzi tuoi, amico. Ti passerà la voglia di scappare. Senza passaporto è impossibile. Persino uno stupido come te ci può arrivare.»

«Stronzo maledetto.»

«Calma, Ron. Non è il caso di litigare. Forza, forza. Non c'è tempo da perdere. Credo che stasera avrai da fare.»

«Che cosa?»

«Preparati!»

Settantaquattro

Il passo, questa volta, era ufficiale. Un magistrato della Repubblica italiana chiedeva l'intervento e l'aiuto dei servizi segreti francesi. E aveva più d'un motivo per farlo. Stewart e Grock erano la medesima persona. E non solo. Il giudice Giovanni Lori aveva scoperto l'esistenza, a Parigi, di un gruppo di persone interessate a destabilizzare la situazione politica italiana.

«Finalmente! Gli hanno dato il via» disse trionfante Tissier.

«Che cosa significa?» domandò Dana.

«Significa che adesso possiamo raccontare tutto quel che sappiamo alle autorità italiane.»

«Arresteranno i colpevoli?»

«Speriamo.»

«Che cosa fai, ora?»

«Parto per l'Italia. Vado a parlare con il giudice Lori.»

«Posso venire con te, amore?»

«Meglio di no. Magari in un secondo tempo.»

«Ti aspetterò» rispose Dana. «Ma dove?»

«Stasera partirai per la Svizzera. Ho degli amici a San Gallo. Ti ospiteranno. A Lapierre puoi dire che vai in Germania, a casa di cugini. Ok?»

«Sì, Jean Paul. Farò come dici.»

Dana sarebbe partita alle quattro del pomeriggio. Si scambiarono l'ultimo bacio.

«A presto, tesoro.»

«A presto.»

Tissier era in preda a un'invincibile euforia. Il paziente e proficuo lavoro di tante settimane stava per essere messo a frutto. Forse era cambiato il clima politico, forse c'era la volontà di salvare il segretario della Democrazia cristiana.

H6 sopraggiunse. Si sedette sul bracciolo di una poltrona. Chiese un bicchier d'acqua.

«Problemi con l'ambasciata americana?»

«No, nessun problema. Dicono di non sapere niente di quel Grock.» L'agente si lasciò scivolare sulla poltrona. Si asciugò il sudore.

«Ci stanno mettendo i bastoni fra le ruote, capo.»

«Cioè?»

«Ormai la rete è tesa. Il KYRIE e le sue succursali italiane sono sotto controllo. La casa di Lapierre è sotto controllo. Gli uffici della ditta di Como sono sotto controllo. Ma adesso c'è dell'altro.»

«Che cosa? H6, parla, perdiana!»

«È entrato in scena qualcun altro.»

«Chi?»

«Hanno telefonato al KYRIE da una strana abitazione di Montparnasse.»

«Bene. Mettete sotto controllo i telefoni. Tutto.»

«Impossibile. Il rilevatore ci ha indicato che la casa è tappezzata di microspie. I telefoni sono tutti strariservati, strasegreti. Ha capito?»

«Chiederò al capo l'autorizzazione.»

«Temo abbiano scoperto che stiamo tenendo sotto tiro il KYRIE. Hanno speciali apparecchi rilevatori per controllare se l'interlocutore è ascoltato.»

«Spionaggio ufficiale, allora!»

«Penso di sì.»

«Meglio rinviare il viaggio in Italia.»

«Anch'io credo sia meglio, capo.»

Dall'euforia alla depressione. Tissier metteva a dura prova le sue coronarie e il suo sistema nervoso. Si concentrò, cercando di riflettere. Dunque, nonostante il «via» alla magistratura italiana, c'era chi – indubbiamente ad alto livello – non voleva che si procedesse. Il pozzo inesauribile di informazioni avrebbe potuto inaridirsi da un momento all'altro, mentre in Italia le Brigate rosse stavano decidendo se liberare o uccidere il segretario della Democrazia cristiana. Dana era al sicuro, e questo era motivo di conforto, l'unico. "Quanti altri morti – si domandò Tissier – ci riserverà questa porcheria?"

Arrivò un usciere. «Il direttore la desidera.»

"Ci siamo" pensò il funzionario. "Stavolta ci siamo." Salì le scale, evitando l'ascensore. Il cuore gli batteva come un martello. Bussò.

«Avanti, Tissier. La stavo aspettando.»

«Eccomi, direttore.»

«Ho soltanto da dirle una cosa. Dobbiamo sospendere immediatamente tutte le indagini in corso sulla nota vicenda. Ordini dall'alto.»

«È impossibile.»

«Sono gli ordini, Tissier. Non vorrei dover ricorrere a provvedimenti disciplinari. Sarebbero oltremodo spiacevoli. Si prenda un paio di giorni di riposo. Torni e parleremo del suo prossimo incarico. Arrivederci.»

Tutti i più cupi presagi s'erano avverati. A un passo dalla scoperta del punto da cui tutto aveva avuto origine, il giovane funzionario degli Affari generali era costretto a fermarsi. "Qui – pensò – non basta più la spiegazione del team sovranazionale che decide sulla testa dei governi. Qui c'è dell'altro. Gli interventi sono stati ben individuati e concreti. Ho due giorni di tempo, e in due giorni si possono fare tante cose."

Chiamò il fedele H6. Gli spiegò la situazione.

«In quarantott'ore possiamo ancora salvare il nostro lavoro.»

«Ci sto, capo. Mi costasse il posto!»

«Grazie, amico. Per prima cosa dobbiamo scoprire chi si nasconde in quella casa di Montparnasse. Cos'è? Un ufficio commerciale? Una scuola? Un altro stramaledettissimo istituto di ricerca?»

«Dobbiamo scoprirlo.»

«E allora avanti. Elaboriamo un piano.»

Settantacinque

Mancava soltanto Franco, quella sera. Il «no» a qualsiasi trattativa era stato forte e chiaro. Il paese aveva deciso di risolvere con la «fermezza a ogni costo» lo spinoso problema che le Br avevano posto. Soltanto l'appello accorato del pontefice pareva aver lasciato il segno nelle coscienze degli «uomini delle Brigate rosse».

Lui era di là, solo, chiuso a chiave. Intorno al tavolo, nell'appartamento «scoperto» erano seduti tutti: Galletti, Semprini, De Stefanis, Migliani, Crovetto, Setti, Ileana, la Zambelli e Vasco Leoni. C'era tensione, c'era nervosismo.

«Dovremo ammazzarlo. Per forza.» Privato Galletti si riascoltò. Pur nel chiuso della cucina, le sue parole gli rimbalzarono addosso come una eco. Suonavano false. Fu il primo a capirlo.

«Non credo che tutti i compagni sarebbero d'accordo. Bisognerebbe fare un sondaggio» disse Mirella Zambelli.

«Adesso un sondaggio è impossibile» intervenne Migliani. «Saremo noi e il comitato esecutivo a decidere.»

Vasco si allontanò. I suoi occhi erano iniettati di rabbia. Si avvicinò al telefono. Compose un numero. Giusto Semprini non lo perdeva di vista. Si alzò con la scusa che doveva andare in bagno. Voleva passare accanto all'ex poliziotto. Era curioso. Voleva sapere, a tutti i costi, con chi stesse parlando il misterioso e ambiguo Leoni. Attraversò la stanza e udì uno spezzone di conversazione.

«Sì, lo so... è introvabile... Chissà chi l'avrà avvertito... Spero non sia stato tu, figlio di puttana...»

Semprini si chiuse in bagno. La porta della toilette si affacciava sull'ingresso, dove c'era il telefono. Incollò l'orecchio al buco della serratura.

«D'accordo, resta lì... sì, siamo molto vicini... spero non sia necessario... ma se lo fosse... va bene, Stewart... e ricordati di non fare il furbo...»

"Stewart? E chi è questo Stewart?" pensò Semprini sforzandosi di ricordare. No, non ne aveva mai sentito parlare. Un inglese? Un americano? Un canadese? Un nome in codice? Poteva essere tutto. E poi quelle minacce: «... chi l'avrà avvertito... spero non sia stato tu... Ricordati di non fare il furbo...».

Semprini attese che riattaccasse, tirò l'acqua dello sciacquone, lasciò passare due minuti e tornò in cucina. La discussione si era infuocata. Setti stava dicendo: «Per conto mio non ho dubbi. Quello deve tornare. Le Br si rafforzerebbero. Pensate all'effetto che avrà sul paese. Certo, abbiamo da farci perdonare i morti della scorta, ma questo potrà essere dimenticato in fretta... e poi, Cristo, pensate che cosa succederà nella Dc, negli altri partiti, quando Lui tornerà. Dovranno trattarlo come un eroe, magari ne diffideranno, magari sospetteranno che abbia rivelato segreti di Stato... magari lo emargineranno, magari sarà costretto a uscire dalla Democrazia cristiana... Compagni, i pro sono più dei contro... Io voto per la liberazione».

«Tu sei pazzo» intervenne De Stefanis. «Vuoi che sul più bello ci caliamo le brache? Come signorine spaventate dal sommo pontefice? Pensate a quei cani di pennivendoli... Scriveranno che le temibili Brigate rosse sono state convinte dall'appello del Papa... No, compagni. Avevamo proposto uno scambio. Hanno detto di no. In guerra non si transige. No allo scambio? Sì alla morte.»

Ancora Setti, il padrone di casa: «Non mi preoccuperei di quel che scriveranno i giornali, e neppure dell'immagine brigatista. Ricordate il sequestro del giudice Sossi a Genova? Anche allora si scelse di liberare l'ostaggio, nonostante il no alla trattativa. La decisione la prese Renato Curcio. Da quel giorno le Br sono diventate più potenti».

«Palle – interruppe De Stefanis –, da quel giorno le Br sono cambiate. Curcio e gli altri sono tutti in galera. Non vi dice niente?»

Giusto Semprini non prese la parola. Si infilò il cappuccio ed esclamò: «Vado di là, dal prigioniero».

Entrò, in punta di piedi.

Lui era coricato, ma aveva gli occhi aperti.

«Che cosa avete deciso?»

«Niente ancora. Si sta discutendo.»

«Si ricordi che, uccidendomi, commettereste un grave errore.»

«Non dipende da me, onorevole.»

«Perché? Se dipendesse da lei?»

«Io la lascerei andare. Sarebbe un trionfo per la nostra causa.»

Il segretario della Democrazia cristiana si sollevò con fatica. Giorni di immobilità gli avevano intorpidito i muscoli.

«Che Dio la ascolti, ragazzo.»

«Non sono qui per farmi commuovere, signor uomo politico.»

«Però lei non è qui neppure per farsi prendere in giro.»

«Chi mi prende in giro?»

«State purtroppo diventando strumenti di un crimine. Non ne siete i protagonisti. Lei è intelligente. Credo abbia capito.»

«Ho capito?»

«Sì, ha capito che questa decisione non sarà presa dalle Brigate rosse.»

«Da chi, allora?»

«Non lo so, caro ragazzo. Ma si ricordi di quello che le ho detto.»

«Perché i suoi amici politici non l'aiutano? Bastava un segnale... un atto di disponibilità.»

«Non credo che loro, direttamente, possano far nulla. Certo, qualcuno si è mosso, ad altri è mancato il coraggio. Non so cosa avrei fatto io, se mi fossi trovato dall'altra parte, con un collega in ostaggio.»

«Lei ha detto che non possono far nulla.»

«Direttamente sì.»

«Che cosa significa?»

«Che ci sono intrecci che passano ben oltre le loro volontà. E poi...»

«E poi?»

«E poi credo che abbiano paura del mio ritorno, della mia presenza. Da vivo. Capisce?»

«Adesso si rimetta a riposare.»

«Posso chiederle un favore?»

«Provi a chiederlo.»

«Può domandare ai suoi compagni di entrare, tutti insieme, in questa stanza? Un favore non si nega a un condannato a morte.»

Giusto Semprini uscì, in silenzio. Raggiunse la cucina. Espose la richiesta. Vasco Leoni scattò in piedi. «Vuol dividerci, quel porco! Noi non abbiamo nulla da ascoltare.»

«E chi l'ha detto?» chiese la Zambelli.

Vasco: «Lo dico io».

Galletti: «Il ragazzo ha ragione».

Zambelli: «Ma è l'ultimo arrivato!».

Crovetto: «Andiamo a sentire. Non costa niente».

Entrarono tutti nella stanza del prigioniero. Tutti meno Vasco. Il segretario della Dc si alzò.

«Volevo salutare tutti loro, e ringraziarli per l'umanità con cui sono stato trattato. So che loro non saranno responsabili della mia eventuale soppressione.»

Mirella Zambelli: «Perché dice così, onorevole? Le Brigate rosse hanno un governo e un parlamento. Le decisioni sono collegiali e sovrane».

«Mi permetta di dissentire. Credo che loro abbiano una notevole preparazione politica. Ci sono spinte ideali, nella loro battaglia, che non possono essere trascurate, anche se i metodi adoperati sono più che discutibili. Ma questa volta credo che la loro volontà conti ben poco. Altri, e forse lontano da qui, stanno decidendo quale sarà la mia fine.»

Semprini: «Ci dica chi».

«Non lo so. I nomi non hanno importanza. Sono le forze che contano. Adesso le forze che si sono servite di loro chiederanno l'ultimo tributo.»

Vasco era dietro la porta. «Quel bastardo vi sta ingannando» gridò.

«Piantala!» strillò Semprini.

L'ex poliziotto si allontanò. Afferrò il telefono, compose il numero. Due squilli.

«Pronto?»

«Procurati una macchina. Subito.»

«Non ho documenti.»

«Rubala.»

«Quando?»

«Subito, cretino. Poi torna a casa.»

Attaccò il ricevitore. Se ne andò in cucina. Gli altri uscirono dalla stanza un quarto d'ora dopo. Si tolsero i cappucci. Vasco Leoni notò che i volti erano angosciati, tormentati. "Quel porco c'è riuscito" pensò. Guardò l'orologio. Le 22.30. Squillò il telefono. Corse Ileana.

«Ciao Franco. Allora?»

«Allora niente.»

«Sarebbe?»

«Il comitato esecutivo non ha preso nessuna decisione. Quattro voti pro e quattro contro.»

«Parità.»

«Sì, parità.»

«E allora?»

«Decidete voi.»

«Noi?»

«Sì, e subito.»

Ileana prese, dalla borsetta, un fazzoletto di carta. Era commossa. Mai avrebbe pensato, nella sua vita, che la decisione sulla vita o sulla morte di uno degli uomini più potenti del paese sarebbe dipesa anche dal suo voto. Rientrò in cucina. Contò i presenti. Nove. Un altro pareggio era impossibile. Di lì a poco il segretario della Dc sarebbe stato ucciso, oppure sarebbe stato liberato.

«Chi era?»

«Franco» rispose Ileana. «Ha detto che dobbiamo decidere noi. Il comitato esecutivo è spaccato, quattro da una parte e quattro dall'altra. Noi siamo nove. Questa è la notte della verità.»

Vasco chiese la parola. Era insolitamente calmo. «Compagni, mi rendo conto che adesso tutto diventa difficile. Abbiamo una terribile responsabilità. Dovremmo risponderne a tutto il movimento rivoluzionario. So che è sempre triste uccidere un uomo.»

"Bastardo" pensò Semprini. "Tu hai ammazzato i tuoi colleghi senza un timore, senza un dubbio, senza un attimo di incertezza e di paura."

«So che è triste. Però dobbiamo procedere. Hanno detto no allo scambio e noi diciamo no alla vita. Voto per la morte.»

Semprini: «No, io sono per la liberazione. Le ragioni di questo nuovo assassinio sono controrivoluzionarie. Voto per la liberazione».

«Anch'io.» Tutti guardarono Mirella Zambelli, la *pasionaria*, l'irriducibile compagna Clara. «Nessuno mi ha convinto che uccidendolo faremo un buon servizio alla causa. Al contrario. Liberiamolo.»

"Due a uno" pensò Vasco, e cercò di carpire le volontà segrete sul volto degli altri.

Crovetto: «Scusatemi compagni. La tremenda responsabilità che ci è stata affidata non contempla sentimentalismi, né questioni di parte. Noi rischiamo la pelle, tanto quanto devono rischiarla gli altri. È un problema di codice di comportamento. Noi abbiamo proposto un ultimatum, fissato le condizioni, rispettato le regole della guerra. Perché, compagni, non dimentichiamolo, noi siamo in guerra, e la guerra non prevede cedimenti. Noi le regole le abbiamo rispettate. Gli altri no. Voto per l'esecuzione della sentenza».

Due a due. In questo spietato pallottoliere immaginario le leggi della vita e della morte parevano essere diventate un gioco. Giusto Semprini e Vasco Leoni, indirettamente portavoce dei due opposti schieramenti, scrutavano gli altri, per rubarne gli umori, per alimentarne le debolezze, per vincerne la paura. Era una scommessa, come una schedina al Totocalcio, come una fiche sulla roulette. In palio c'era la vita del segretario della Democrazia cristiana.

«Anch'io voto per la morte.» Privato Galletti pronunciò la sua sentenza a testa bassa. «Avrei preferito non votare. Questa storia non mi è mai piaciuta, fin dall'inizio. Qualcuno dei compagni lo sa bene. Meglio finire, una volta per sempre, cancellando tutto. Anche Lui.»

Parlò il padrone di casa, l'architetto Giovanni Setti. «Un uomo di buon senso», lo aveva considerato dal primo momento Semprini. «Sono l'ultimo arrivato, oppure il penultimo: della causa ho imparato a conoscere le esigenze, gli obblighi, le sofferte decisioni. Quell'uomo, vivo, sarà la testimonianza del nostro trionfo. Porterà dalla nostra parte migliaia di compagni. Seminerà il panico nel sistema, nel regime. Ve ne rendete conto, almeno? Ucciderlo sarebbe come seppellire una storia che è viva nella coscienza del proletariato. Salviamolo!»

«Mio marito ha ragione» si associò Ileana. «Penso le stesse identiche cose.»

Semprini era raggiante. Mancavano soltanto due interventi. Migliani e De Stefanis. Poi sarebbe stata l'ora delle decisioni. Restituire il segretario della Dc alla sua famiglia, al suo partito, al paese. Oppure imbracciare il mitra per l'esecuzione.

De Stefanis disse tre parole: «Noi dobbiamo ammazzarlo». Sarebbe stato inutile chiedergli di motivare la sua sentenza. Il giovane era pallido, probabilmente sull'orlo di un collasso. Emise il verdetto tutto d'un fiato. Vasco Leoni sospirò profondamente. Adesso tutti gli sguardi erano concentrati su Migliani. Pasquale Migliani.

Quattro a quattro. La vita dell'uomo politico dipendeva da lui. Nella cucina di casa Setti c'era un silenzio irreale. Migliani accese una sigaretta. Aprì la camicia sul collo. Chiese un minuto di tempo. Tremava. Disse che doveva andare in bagno. Tornò che era di un bianco cadaverico. Aveva vomitato. Il suo travaglio era diventato un dramma. Tutti i giochi che erano stati fatti (se erano stati fatti per davvero) intorno alla vita del segretario democristiano venivano improvvisamente azzerati. Inutili. L'ora delle decisioni definitive e irreversibili lo aveva toccato. Nella vita può succedere. Gli altri aspettavano un sì o un no. Pollice verso o pollice alzato. Semprini e Vasco Leoni erano immobili, lo sguardo concentrato sulle labbra di Pasquale Migliani.

«Avanti, perdio. Basta!» sbraitò l'ex poliziotto.

Migliani fece un balzo sulla sedia. Quel grido l'aveva risvegliato. Il travaglio era finito. La decisione era presa.

«Sono d'accordo con i compagni che intendono liberare il prigioniero.»

Semprini gridò tutta la sua gioia, con l'entusiasmo di un tifoso dopo il gol decisivo. Setti e la moglie si abbracciarono. Mirella Zambelli era commossa. Vasco Leoni spalancò gli occhi. «No, no, non è possibile.»

Giusto entrò nella stanza del prigioniero. Il segretario della Dc stava aspettando la sua sentenza. Il giovane era senza cappuccio nero. Per l'emozione, se l'era dimenticato.

«Onorevole, lei è libero. Tra poco non sarà più qui dentro.»

L'uomo politico si fece avanti. Barcollava. Le lacrime gli rigavano il viso. Fece per abbracciare Semprini, ma si trattenne. Temeva d'essere respinto. Il giovane avanzò, strinse le mani sulle spalle dell'ostaggio.

«Il Signore vi ha illuminato.»

«No, onorevole. Ci ha illuminato la giustizia.»

«Grazie.»

«Non deve ringraziare. Si prepari. Tra poco usciamo.»

De Stefanis, Migliani e Crovetto se n'erano già andati. La Zambelli e Semprini scesero in cantina. L'architetto Setti portò nel garage la sua macchina. L'uomo politico salì e prese posto sul sedile posteriore. La vettura imboccò la via privata Antonio Smareglia. Erano le 23.23. Percorsero via Negroli, poi a sinistra in viale Corsica. La strada era praticamente deserta. Viale Forlanini, verso l'aeroporto. L'uomo politico guardò fuori dai finestrini. Si stropicciò le palpebre. Le luci della strada l'abbagliavano. Era libero. Tutte le previsioni più nere erano smentite dai fatti. Presto avrebbe rivisto sua moglie, i figli. Presto sarebbe tornato in piazza del Gesù. Come lo avrebbero trattato? Con diffidenza? Con amicizia? Pensò ai colleghi di partito: chi sarebbe stato contento del suo ritorno, chi lo avrebbe trattato da «pazzo», chi avrebbe fatto di tutto per emarginarlo. Quattrocento metri, svoltarono a destra, sulla tangenziale, direzione Bologna. Alberi, case alte di cemento rosso con le luci accese. Si fermarono sotto un cartello che indicava il limite di velocità. Quaranta all'ora.

«Ecco, onorevole. La lasciamo qui. Buona fortuna.»

«Che Dio vi benedica.»

Scese, si accostò alla barriera protettiva della carreggiata. Le poche auto sfrecciavano senza rispetto dei limiti di velocità. Si aggiustò i capelli con le dita della mano destra. "Mi prenderanno per un ubriaco, per un barbone" si disse, sorridendo fra sé. "Adesso fermerò un'automobile. No, ancora un attimo. Libero, sono libero." Non riusciva a crederci. Non riusciva a capacitarsi di quel che era accaduto. Forse i brigatisti si erano sentiti presi in giro. Forse erano stati toccati dalle parole del Papa. O forse dalle sue. No, non bastava, era una spiegazione insufficiente. Pensò ai nipotini e alla faccia che avrebbero fatto, rivedendolo. «Nonno, quanto sei brutto.» Sorrise ancora. Un brivido gli percorse la schiena. Faceva freddo.

In casa Setti, Vasco Leoni sollevò la cornetta.

«Pronto?»

«Sì, sono io.»

Settantasei

«Pronto, Ansa?»

«Sì, è l'Ansa.»

«Fate ancora in tempo per una notizia?»

«Dipende.»

«Decidete voi. Qui Brigate rosse, colonne riunite...»

«Pronto? Pronto? Come ha detto?»

«Qui Brigate rosse, colonne riunite. La direzione strategica ha deciso di liberare il segretario imperialista della Democrazia cristiana. L'ostaggio è già uscito dalla prigione del popolo. È l'atto umanitario più alto che l'organizzazione sia stata disposta a fare per insegnare agli sciocchi, agli increduli e a tutti i servi del potere quanto straordinaria è l'onestà dell'intero movimento rivoluzionario.»

Clic.

Mirella Zambelli, la dura compagna Clara, lo abbracciò e lo baciò. «Bravo, Nettuno. Perfetto!»

Il capo della redazione milanese dell'Ansa fu chiamato a casa. Stava dormendo. «È libero.» Il messaggio correva da un filo all'altro, da un giornale all'altro, da una casa all'altra. Il presidente del Consiglio fu avvisato dal segretario, e dispose un'immediata convocazione di tutti i suoi ministri. In piazza del Gesù si accesero le luci. Lo stato maggiore della Democrazia cristiana si radunò in fretta. La voce era volata di bocca in bocca. Il Santo Padre era inginocchiato, in preghiera, nella sua stanza. Quando gli comunicarono la notizia alzò gli occhi al cielo, congiunse le mani. «Grazie, Signore, di averci dato questa gioia.» Il presidente degli Stati Uniti d'America si trovava a un ricevimento. A Washington erano passate da poco le 18. Uno del suo staff lo raggiunse trafelato. «*Mister president... Mister president... He is free... He is free...*» Il capo della più grande potenza della Terra si commosse. Avrebbe voluto improvvisare un discorso, ma dalle sue labbra uscì soltanto una frase laconica: «È un momento importante per la democrazia, per la libertà, per il futuro di un paese alleato che tanto ci è caro». A Mosca il presidente e segretario del Partito comunista dell'Unione delle repubbliche socialiste sovietiche dettò, immediatamente, contro ogni regola protocollare, un telegramma al suo omologo, il capo dello Stato italiano: «È un giorno di gioia per tutti i popoli dell'Unione Sovietica. Colga, signor presidente, i sensi della nostra più profonda soddisfazione». Alfred Greninger spense la radio. Sul suo volto era stampato un sorrisetto perfido. «Idioti. Siete un branco di idioti.»

Giusto Semprini era felice. Avrebbe voluto spiegare all'Ansa dove il segretario della Dc era stato rilasciato. Però gli ordini erano stati precisi. Per il primo annuncio, nessun dettaglio. Era contento ugualmente. La conclusione della vicenda, nonostante la strage della scorta dell'onorevole, era in sintonia con le idee che aveva assimilato (e nelle quali credeva) durante i primi tormentati mesi di lotta armata. Prese sottobraccio Clara e cominciò a fantasticare ad alta voce. «Te l'immagini che casino, già stanotte, a piazza del Gesù? Secondo me scoppieranno liti, contrasti, guerre interne, vendette. Sono sicuro che mai e poi mai avrebbero immaginato il ritorno del Nostro. Pensa che vittoria per il proletariato! Curcio diceva che bisogna far esplodere le contraddizioni all'interno del sistema. Più esplosione di questa! Il segretario della Dc che torna sul proscenio, dopo una tragica prigionia nel carcere del popolo. Torna e regola i conti. Quanti conti da regolare! Quanti inspiegabili silenzi, quanta stupidità, quante bugie sono state dette, pubblicamente, dal giorno del sequestro. Qualcuno, sono certo, cercherà di sputtanarlo, metterà in giro la voce che Lui ha rivelato delicatissimi segreti di Stato. Che cosa farà, Lui? Resterà nella Dc? Se ne andrà? E come si comporteranno gli altri partiti? I socialisti? I comunisti? Per noi, Clara, sarà il trionfo.»

Mirella Zambelli lo ascoltava e lo guardava. Era contagiata da tanta spontaneità, da tanto entusiasmo permeato da ingenuità. «Sei una brava persona, compagno Nettuno.»

«Che dici? Torniamo subito a casa?»

«Io avrei voglia di bere qualcosa. È festa, stanotte!»

«Meglio di no, Clara. È poco prudente. E poi voglio sentire cosa pensano i compagni.»

«Hai ragione. Andiamo.»

La vettura dell'architetto Setti, utilizzata per il rilascio dell'ostaggio, rispuntò all'inizio della via privata Antonio Smareglia. Semprini spense il motore. Salirono in ascensore. Suonarono il campanello.

«Ileana, siamo noi.»

«Entrate.»

Marito e moglie erano seduti in cucina, davanti alla radio, in attesa di notizie. Il piccolo Mirko era già nel mondo dei sogni.

«Com'è andata?»

«Bene. L'abbiamo lasciato sulla tangenziale.»

«Avete telefonato?»

«Tutto fatto.»

«La radio non ha ancora detto niente.»

«Credo che il nostro ostaggio avrà avuto da sbracciarsi non poco, prima di trovare l'automobile giusta. Chissà dove sarà, adesso.»

Una sonora risata chiuse la conversazione.

«Vasco?» chiese Giusto Semprini.

«Strano quel Vasco» rispose Setti, pensieroso. «Era agitatissimo. Appena siete usciti ha fatto una telefonata. Una misteriosa telefonata. Parlava a bassa voce, coprendosi la bocca con la mano sinistra, per non farsi sentire. Poi se n'è andato, sbattendo la porta. Questa soluzione non gli va proprio giù.»

«Penso anch'io» disse il giovane brigatista.

«E ora voi che cosa farete? Per me, per Ileana e il bimbo ricomincia la vita di tutti i giorni. È stata un'esperienza irripetibile.»

«Io e Clara torniamo a Lambrate. Privato sarà già là.»

«Siate prudenti.»

«Certo. Se non ti dispiace, sarebbe bene che uno di noi restasse qui a dormire, stanotte. Uscire insieme è un rischio troppo grande.»

«Come desiderate, compagni. La casa è vostra. Un goccetto? L'ultimo?»

«Ma sì, ce lo meritiamo.»

Giovanni Setti prelevò dalla vetrinetta del salotto una preziosa bottiglia di grappa friulana. «Cinquanta gradi, compagni. Anche se fa caldo, va giù che è un piacere.»

«Alla vittoria del proletariato!»

I bicchieri si toccarono.

Settantasette

Non aveva avuto neppure il tempo di discutere. Era l'ultima cosa che gli chiedevano. Ma era la più terribile, la più spietata. Avrebbe potuto rifiutarsi? No, stavolta no. "Ancora stavolta e poi basta." Bevve un intero bicchiere di bourbon. Scese in garage. L'auto era lì, una 128 di colore blu. Pronta. Via Monte Suello era vuota. Girò a destra. Guardò l'orologio. Le 23.22. "Tra poco lo rilasceranno. Adesso. È ora." Percorse via Negroli, svoltò a sinistra in viale Corsica. Il cavalcavia, viale Forlanini, le frecce della tangenziale. La imboccò. Lui era là, seduto sul guardrail.

Si fermò. Lo guardò un attimo, perplesso. È Lui veramente? La barba era lunga, gli abiti stropicciati. I fari della 128 davano di quell'uomo un'immagine surreale. Sembrava smarrito, come un pulcino che avesse perduto la chioccia. Si portò la mano sul volto, per proteggerlo dal fascio di luce improvviso.

«Serve aiuto?»

«Oh, grazie. Temevo che non si fermasse nessuno.»

«Salga, allora.»

«Grazie, grazie.»

«Io vado verso Bologna.»

«Va bene tutto. Anche Bologna.»

«Ma lei... Lei è...» Ron J. Stewart si complimentò con se stesso. Era riuscito perfettamente a simulare la sorpresa.

«Sì, sono il segretario della Democrazia cristiana. Mi hanno rilasciato pochi minuti fa.»

«Santo cielo.»

«Sì, anch'io ringrazio il cielo. Non so chi abbia pregato per me.»

«Allora usciamo subito dall'autostrada. Torniamo indietro.»

«No, mi hanno detto che è meglio andare un po' più avanti. Devono avere il tempo di nascondersi. Non posso tradirli.»

Stewart accelerò. La prima uscita. Aveva per nome una sigla, C.A.M.M. Procedette. La seconda uscita. Via Mecenate. Passò oltre.

«Penso di rivolgermi alla polizia o ai carabinieri. Loro sapranno aiutarla.»

La terza uscita: Paullo. "Alla prossima" si disse Stewart. Vide che l'indicazione successiva era "Via Emilia" e notò, con la coda dell'occhio, un ampio piazzale abbandonato. "Là" decise. Il segretario della Dc non si rese subito conto. L'auto imboccò lo svincolo, percorse cinquanta metri e ripiegò verso destra. Sullo sfondo c'era una barriera di piante, una rete metallica. C'erano dei rifiuti.

«Ci fermiamo già?» chiese l'uomo politico.

«Sì, onorevole.»

Il volto di Stewart si era fatto improvvisamente duro. "Ora o mai più." Si sbottonò il giubbotto. Infilò la mano sotto l'ascella sinistra. Le dita impugnarono una pistola.

Lui sgranò gli occhi. «Gesummio – mormorò –, non è possibile.» Si guardò intorno. Le auto sfrecciavano a pochi metri di distanza. Nessuno avrebbe sospettato di nulla. Magari avrebbero pensato che sulla 128 c'erano due amanti in cerca di buio.

«Perché?» chiese piangendo.

«Devo farlo, onorevole. Sono gli ordini.»

«Ma quali ordini? Le Brigate rosse hanno deciso di liberarmi. Hanno votato. La maggioranza...»

«Si vede che c'è un'altra maggioranza, onorevole. E ora basta. Costa anche a me.»

Montò il silenziatore. Lui cercò di aprire la portiera. Ron gli afferrò il braccio. L'uomo politico era stremato, ma raccolse le forze. Un pugno sferrato alla cieca sfiorò l'americano, che si ritrasse.

«Adesso basta.»

La pistola sputò una, due, tre, quattro pallottole, tutte dirette al capo del segretario della Democrazia cristiana. Colpito a morte. L'uomo si accasciò sul sedile. Ci fu improvvisamente silenzio. Stewart scese. Gli girava la testa. Si avvicinò a un cespuglio e vomitò l'anima. Si asciugò la bocca con un fazzoletto di carta. Chiuse la macchina a chiave.

«È finita, maledizione, è finita» disse, attraversando lo svincolo.

Il traffico era intenso. Attese che passasse un tir, poi attraversò la prima carreggiata, guadagnò il manto erboso dello spazio tra le corsie opposte. Superò anche la seconda carreggiata e poi si lanciò, di corsa, giù per la scarpata. Le strade della periferia di Milano erano, quella notte, completamente deserte. Salì sul primo autobus. Non sapeva neppure dove andasse. Si sedette. Era pallido. Il mezzo si fermò in piazza Napoli.

Scese, si guardò intorno. Nessuno. Doveva tornare a casa, in via Monte Suello. Pensò a Vasco: "Quel bastardo sarà soddisfatto". Pensò a Crotti. "Mi troverà. Mi ammazzerà. Che cosa faccio, adesso?" Fermò un taxi. Prese la decisione. «In piazza Vetra» ordinò.

Era senza documenti. Era senza niente. Gli restava un'unica possibilità di identificazione: la carta di credito dell'American Express. Il carcere. Voleva una cella, Ron J. Stewart. In una cella si sarebbe sentito più sicuro. Ma quella sera doveva andar tutto storto. Si mescolò tra i drogati, in attesa della polizia. Niente, un'Alfetta neppure a pagarla! Erano quasi le due di notte, quando l'americano si coricò sotto un albero, coprendosi con il giubbotto. Della pistola e del silenziatore si era liberato in piazza Napoli. Li aveva gettati in un bidone della spazzatura, dopo aver svuotato il caricatore.

Aveva bisogno di alcol, aveva bisogno di una doccia, aveva bisogno di andarsene. Non ne poteva più. Quel «basta» gli rimbombava nelle tempie come il tuono prima di un temporale. "Basta, basta."

Si risvegliò che era ancora buio. Non era solo. Quattro occasionali compagni avevano scelto il suo stesso albero. Erano lì, tutti in fila. Soltanto uno, il più fortunato o il più previdente, si era infilato in un sacco a pelo.

Stewart si alzò. Quelle due ore di sonno gli avevano rinfrescato la mente. L'idea del carcere era stata scartata. In qualche modo doveva tornare a casa, doveva pur incassare il premio della sua fedeltà. Greninger, Lapierre e Vasco l'avrebbero aiutato. Crotti? Era uno, poteva essere neutralizzato. Un taxi.

«Dove deve andare?»

«In via Monte Suello.»

Settantotto

Alle otto il giudice Giovanni Lori accese la radio. Udì il segnale del notiziario e si stese nel letto ad ascoltare.

«... Con una telefonata all'Ansa di Milano, ieri notte alle 23.35 le Brigate rosse hanno annunciato d'aver liberato il segretario della Democrazia cristiana. Ma dell'uomo politico non ci sono tracce, almeno per adesso. I terroristi non hanno detto dove è stato rilasciato, e in queste ore si stanno intrecciando le ipotesi: un ritardo provocato dalla lunga attesa di un passaggio in automobile? Un incidente?... Quali altri misteri nasconde questa vicenda?»

Lori si rialzò, aggrottando la fronte.

«Dallo studio centrale, Aldo Bello. La notizia della liberazione del segretario della Democrazia cristiana è stata accolta con gioia in tutto il mondo. Il presidente del Consiglio...»

Squillò il telefono. Lori rispose: «Chi è?».

«Sono Tissier, signor giudice.»

«Buongiorno. Ha sentito la notizia?»

«Signor giudice, credo ci sia un equivoco.»

«Un equivoco?»

«Sì, dai controlli che lei conosce abbiamo appreso una notizia agghiacciante. Il segretario della Dc è stato ucciso.»

«Ma le Brigate rosse...»

«Lo sappiamo. Però è così. Devono essere accadute strane cose.»

«Dove si trova il... cadavere?»

«In un'automobile. Però non si sa dove... Probabilmente a Milano.»

«Avviso subito i colleghi.»

«Meglio di no. Prendo il primo aereo e vengo a Genova, da lei. Mi fido soltanto di lei, capisce?»

«L'aspetto! Quando arriverà?»

«Nel tardo pomeriggio. La chiamo a casa e ci vediamo a cena.»
«*Monsieur*, è proprio sicuro di quel che mi ha detto?»
«Purtroppo sì, *maître*.»
Giovanni Lori era sconvolto. Si riavvicinò alla radio.

«... Riceviamo in questo momento la notizia. Un appello del ministro dell'Interno. Un appello alle Brigate rosse. Non siamo ancora in grado di sapere se il segretario della Dc sia davvero libero, come annunciato per telefono ieri notte. Attendiamo precise coordinate.»
Giusto Semprini fece un balzo sul letto. Anche Privato Galletti e Mirella Zambelli erano in piedi.
«Ma che cosa è successo?»
«Non l'hanno ancora trovato.»
«Impossibile.»
«Hai sentito il ministro dell'Interno?»
«Certo che ho sentito.»
«Penso che sia accaduto qualcosa di grave.»
«Che cosa? Perdio!»
«E che ne so.»
«Franco dov'è?»
«Non saprei dove rintracciarlo.»
La voce dello speaker uscì strozzata dalla radiolina.
«Zitti.»
«... Cinque minuti fa è giunta una chiamata alla redazione dell'Ansa di Venezia, con un terribile messaggio: "Qui Brigate rosse. Il segretario della Democrazia cristiana è stato giustiziato. La decisione di eseguire la sentenza di morte è stata presa a maggioranza". La telefonata contraddice quella, per il momento più credibile, giunta ieri notte alle 23.35 all'Ansa di Milano. Negli ambienti politici della capitale regna la più totale confusione. Messaggi con richieste di chiarimento stanno arrivando dalle ambasciate di numerosi paesi stranieri...»
Semprini impallidì. Mirella Zambelli si lasciò cadere sul letto. Galletti passeggiava nervosamente nella stanza.
«Me ne fotto delle regole» disse Privato. «Nettuno, sai che ero contrario alla liberazione, ma questo non c'entra. La maggioranza ha deciso una cosa e la decisione va rispettata, porca miseria! Vestiti, scendi, entra nella prima cabina e chiama l'Ansa. Digli esattamente dove lo avete liberato.»

«Non pensi che Franco si incazzerà?» intervenne Mirella.

«Me ne fotto, Clara... Questa storia, compagni, mi puzza di porcata.»

Semprini si infilò i pantaloni, una maglietta, aprì la porta e uscì.

«Pronto, Ansa?»

Dall'altra parte una voce d'uomo: «Ci siamo, ci siamo...».

«Qui Brigate rosse, colonne riunite. Ripetiamo. La direzione strategica ha deciso di liberare il segretario imperialista della Democrazia cristiana. L'ostaggio è stato rilasciato ieri, alle 23.35, sulla tangenziale per Bologna, all'incrocio con viale Forlanini.»

«Pronto? Pronto?»

«Ogni altra comunicazione è da ritenersi falsa.»

Settantanove

Era stordito. Quella notte, prima di coricarsi nell'appartamento di via Monte Suello, aveva telefonato a Lapierre, per avvertirlo che quell'«immondo compito» era stato eseguito e per illustrarne i dettagli. Il professore si era dilungato in felicitazioni, in elogi, in suggerimenti. Strillava di gioia come un isterico. «Fantastico, Ron, fantastico.»

L'americano aveva chiesto: «E adesso?».

«Adesso dobbiamo pensare a te. Sei stato grandioso.»

«Non vorrei avere guai seri!»

«A causa di chi? Di quello scemo di Mario?»

«Be' sì, anche.»

«Non ti preoccupare. Quello non farà male neppure a una mosca.»

«Insomma, quando ci risentiamo?»

«Domani. Chiama domani. Ora vattene a letto.»

Ron J. Stewart era troppo stanco per chiedere altro. Non riusciva a cancellare dalla mente l'immagine di quel volto, di quegli occhi, la voce di quella supplica. «Perché?... Perché?...» Aveva inghiottito due aspirine, ci aveva bevuto sopra un bicchiere di bourbon e si era addormentato. Un sonno pesantissimo.

Mezzogiorno. Accese la radio.

«... il cadavere giaceva, riverso, sul sedile di una 128, rubata il giorno prima, e ritrovata in una piazzola della tangenziale, all'altezza dell'uscita per la via Emilia.»

«... la tragica notizia, dopo le speranze alimentate ieri notte, dalla telefonata dei sedicenti brigatisti, ha fatto precipitare il mondo politico nello sconforto. Migliaia di lavoratori, in tutte le città, si stanno riversando nelle piazze, per protestare contro questo nuovo atto di barbarie...»

«Non si riesce ancora a capire il motivo delle due telefonate, una ieri notte e una stamattina, con le quali un presunto portavoce delle Brigate rosse annunciava l'avvenuta liberazione dell'ostaggio. Il fatto più strano è che proprio il presunto portavoce delle Br ha offerto l'esatta segnalazione per la scoperta del cadavere del segretario della Democrazia cristiana... Non si esclude, ma per il momento è soltanto un'ipotesi, che la decisione di uccidere il leader politico sia stata presa dopo accesi contrasti. Evidentemente non tutti erano d'accordo sull'esecuzione della sentenza di morte...»

«In attesa di nuove informazioni sul delitto del segretario democristiano, ecco le altre notizie... Milano. Lutto nel mondo accademico. Il professor Mario Crotti, docente di lettere e filosofia, politicamente vicino al mondo dell'ultrasinistra, si è tolto la vita stamane, gettandosi dal davanzale della finestra della sua abitazione, al quinto piano di viale Mincio. Sembra che Crotti soffrisse, da tempo, di crisi depressive. Lascia la moglie e due figli...»

Ron J. Stewart ascoltò la notizia senza scomporsi. Era preparato. Il messaggio isterico di Lapierre («Quello non farà male neppure a una mosca») non poteva non essere letto che come una condanna a morte. "Chissà come avranno fatto" pensò, e scrollò le spalle.

Bussarono. Tre colpi secchi sul battente della porta. Era Vasco. Aprì. Portava una finta barbetta, occhiali fumé, abito grigio.

«Non mi riconosci?»

«Ora sì.»

«Tutto a posto?»

«A posto... Ho sentito Greninger. Era molto soddisfatto... Ha detto che avrai una lauta ricompensa... Non badano a spese, quelli...»

«Posso partire subito?»

«Non ancora, Ron. Meglio aspettare che si calmino le acque. Tra i brigatisti è guerra. Quelli che ieri sera hanno deciso di liberare il segretario della Dc sono furibondi. Stanno tempestando di telefonate i centralini dei giornali e delle agenzie... Nessuno gli dà retta... Ah, ah. Mi par di vederla, la faccia di Nettuno. Stupido ragazzetto, un provinciale, un bovaro... Non ha capito un cazzo.»

«E Franco?»

«Sparito.»

«Gli hai parlato?»

«No. Credo abbia parecchi problemi... Affari suoi.»

«E se decidesse di parlare?»

«Cosa potrebbe dire?»

«Raccontare della liberazione, per filo e per segno.»

«Sono cazzi di Franco, non nostri... Da oggi, mister Stewart, questo paese volta pagina.»

Ottanta

Mise nella ventiquattrore una camicia, un paio di calzini, le mutande di ricambio, il necessario per la barba, lo spazzolino da denti, un tubetto di Colgate e una busta grigia spessa due centimetri, piena di documenti. In una delle tasche della valigetta infilò due microcassette Sony MC-60. Si ravviò i capelli, si guardò allo specchio. "L'ultima missione di questa storia" pensò. Una missione privata. La sera prima, infatti, il capo dell'ufficio aveva intimato di sospendere immediatamente qualsiasi indagine riguardante il caso italiano, l'assassinio dell'uomo politico e il resto. «Abbiamo già fatto abbastanza, caro Tissier» aveva deliberato.

Lui aveva tentato una reazione, proponendo al capo una «tregua» di altre quarantotto ore. Poi avrebbe abbandonato il caso. Niente. Dagli ordini, quello era passato alle minacce. «Stia attento. Qui si rischia grosso. Io non voglio rischiare più.»

Si era arreso, Tissier. «Me ne vado in vacanza per una settimana.»

«Ottima idea» era stata la risposta.

Ma prima della vacanza, che già meditava di trascorrere con Dana, il funzionario degli Affari generali voleva compiere l'ultimo passo: mantenere la promessa che aveva fatto al giudice Lori. Gli avrebbe spiegato che, da quel momento in poi, sarebbe calata la saracinesca del silenzio. Almeno da parte sua.

Suonarono alla porta. «Capo, sono io.»

«Vieni H6, vecchio amico, generoso collega di questa battaglia perduta.»

«Perché perduta, capo?»

«Perché non ce ne occupiamo più.»

Probabilmente H6 avrebbe preferito una lettera di licenziamento. Come schiaffeggiato dalle parole del suo superiore, abbassò gli occhi. Non aveva neppure voglia di commentare. Tutto era chiaro, purtroppo.

«La ragione di Stato, caro H6. La ragione di Stato.»

«Ma quale ragione di Stato?»

«Quella del potere.»

«Uno si danna l'anima, litiga con la moglie, lavora giorno e notte, dimentica i problemi dei figli, dimentica di pagare l'affitto, di pagare la bolletta del telefono, gli tagliano la luce, fuma cinquanta sigarette al giorno... Per che cosa? Per un cazzo di niente... Uno crede di battersi per la Repubblica degli onesti... Ti fanno anche correre... "Ma sì, quanto sei bravo! Magari poi ti diamo la medaglia..." E alla fine eccoci qui, come due poveracci, con la testa piena di notizie che farebbero tremare il mondo, e la bocca chiusa, cucita. Se l'apri, magari, ti può accadere di finire contro un muro, con il freno manomesso...»

«So quel che provi, H6. Lo provo anch'io. Ti capisco e ti ammiro. Forse la situazione non è tragica come pensi, ma non siamo lontani. Meglio darci un taglio, H6. Meglio. Per tutti e due.»

«Le consegno queste ultime bobine, capo. Ne faccia ciò che crede.»

«Che roba è, ancora?»

«Le telefonate che Franco ha fatto al KYRIE. Franco, come avrà capito, è il capo militare delle Br.»

«A chi ha telefonato? Che cosa ha detto?»

«È terrorizzato da quel che sta succedendo nelle Br. Lotte furibonde, minacce di scissioni, gente che se ne vuole andare...»

«Avevamo ragione, allora?»

«Certo. Avevamo ragione. Le Brigate rosse avevano liberato il segretario della Democrazia cristiana. Gli altri, gli Stewart, i Lapierre, i Vasco l'hanno ammazzato.»

«E Franco?»

«Ha fatto il pesce in barile. Forte con i deboli e debole con i forti. Nel momento delle scelte, ha lasciato scegliere gli altri. Teneva il piede in due scarpe, insomma. Da una parte flirtava con Lapierre; dall'altra voleva salvare l'"integrità democratica", sì, proprio "integrità democratica" ha detto, dell'organizzazione eversiva.»

«E ora?»

«Cerca di ricucire, ma forse è tardi. Qualcuno sta già abbandonando le Brigate rosse.»

«Chi per esempio?»

«Ho registrato la telefonata con un giovane che ha partecipato all'operazione di Milano. Un ragazzo, Nettuno è il nome di battaglia, Giusto

Semprini il nome vero... Ho controllato. Questo Semprini è di Reggio Emilia. La polizia italiana lo cerca da mesi.»

«Semprini, hai detto?»

«Sì, Semprini. Giusto Semprini.»

«Di Reggio Emilia?»

«Sì, di Reggio Emilia. Franco ha cercato di dissuaderlo, ma lui niente. Irremovibile. Ha detto che si sarebbe costituito.»

«Dove?»

«Non l'ha specificato.»

Tissier premette le dita delle mani sulle tempie. Semprini, Giusto Semprini. Dove aveva sentito quel nome? Un ragazzo italiano, «era pulito, non aveva misteri, lui». Ecco dove l'aveva sentito: il Drugstore, Dana. Era stata Dana a parlargliene.

«Ci sono H6, ci sono.»

Compose il numero di San Gallo, in Svizzera. 0041...

«Pronto? Vorrei parlare con Dana.»

«Subito... Danaaa... telefono!»

«Tesoro, sono io.»

«Jean Paul, caro, caro. Quanto ti ho pensato.»

«Prendi il primo aereo. Raggiungimi a Parigi. Comunicami l'ora d'arrivo. Ti aspetterò al Charles de Gaulle, al banco della Swissair.»

«Perché?»

«Ti porto con me in Italia.»

«In Italia?»

«Sì amore. Parleremo durante il viaggio.»

La vide subito. Le corse incontro. L'abbracciò, la baciò, quasi si trattasse di una scena da film.

«Amore, che cosa è successo?»

«È successo che mi hanno tolto l'inchiesta. Tutto bloccato. Disco rosso. E guai a chi viola le regole.»

«Quindi? Cosa facciamo?»

«Prima di mollare, dobbiamo fare qualcosa. Insieme.»

«Dimmi, se posso.»

«Ricordo che mi parlasti di un tuo amico italiano, un ragazzo al quale avevi voluto molto bene.»

«Giusto?»

«Sì, Giusto Semprini.»

«Dio mio, cosa gli è successo?»

«Era nel gruppo dei rapitori del segretario della Dc.»

Dana impallidì. «Giusto? Ma non è possibile.»

«È così. Però lui voleva liberarlo. E adesso si è stancato. Vuole uscire dall'organizzazione. Forse potrà dare una mano alla magistratura italiana... Tu mi avevi detto che lui ti capiva, che con te si confidava...»

«Certo, certo. Te l'avevo detto.»

«Forse la tua presenza potrà aiutarlo.»

«Sono pronta, Jean Paul. Per te, che ora sei il mio amore, e per Giusto.»

«Andiamo, allora!»

Ottantuno

Partì per Scandiano quello stesso pomeriggio. Era finito tutto. Come accecato da un brusco risveglio, Giusto Semprini vide la strada del suo fallimento, la fine di qualsiasi speranza, la triste conclusione di un viaggio rivoluzionario. Anche la riserva di giustificazioni alla quale uno attinge prima di dichiarare la propria sconfitta era esaurita.

Niente.

Tutto svanito.

I compagni traditi.

I compagni mandati al macello da individui senza scrupoli. L'espresso attraversò il Po, e quel nome di battaglia, Nettuno, finì nelle acque del fiume. Basta. Giusto pensava che fosse arrivato il momento dell'espiazione. Si scoprì gli occhi lucidi, ma non se ne vergognò. Era naturale. Pensò a come lo avrebbero accolto, al paese. I carabinieri pronti con il mandato di cattura. I genitori sconvolti, ma felici di rivederlo. La Bianca. "Bianca... Avrà trovato un altro uomo?" «Mi avrà dimenticato?» bisbigliò, mentre il treno, cigolando, stava fermandosi alla stazione di Parma.

E poi i compagni del Partito comunista. "Chissà cosa avranno pensato." Che cosa andava cercando Giusto Semprini? Il mondo pareva una cosa distante, un concetto lontano. Si sentiva solo, in mezzo alla gente. Sempre più solo. Pensò a quand'era ragazzo. Pensò al calcio. Pensò a Dana. Pensò che una cella di prigione sarebbe stata necessaria per dimenticare tutto, per cancellare tutto. Anche la gioia di quella sera, quando aveva accompagnato verso la liberazione il segretario della Democrazia cristiana.

«Reggio Emilia... stazione di Reggio Emilia.»

Quell'annuncio lo svegliò, come dopo un lungo sonno. Era arrivato. Scese gli scalini. Comprò «il Resto del Carlino». Salì su un taxi.

«Via Verdi numero...»

«Numero?»

«No, mi porti in questura.»

«Va bene.»

Pagò la corsa, scese. Si fece coraggio. Ancora cinque metri e il piantone gli avrebbe chiesto chi era e cosa voleva. Ripeté mentalmente la frase che aveva preparato. "Mi chiamo Semprini Giusto, sono un brigatista. Desidero costituirmi."

No, non andava bene. Troppo banale. Non se la sentiva di dichiararsi pubblicamente sconfitto al primo agente di guardia. "Mi chiami il commissario." Pensò e scartò. No, non andava bene, pareva una frase del tipo: "Lei non sa chi sono io". Semprini se ne vergognò.

E mentre stava ancora decidendo sul da farsi, sentì una voce alle sue spalle.

«Giusto!»

Si girò.

«Giusto!»

Sgranò gli occhi.

«Giusto!»

Non ebbe il tempo di riaversi.

Era Dana.

Dana.

«Quando sei arrivata?»

«Non far domande. Abbracciami.»

Si strinsero con foga.

«Andiamo via» disse lei.

«Non posso.»

«Perché?»

«Devo presentarmi alla polizia.»

«Vai, ti aspetto.»

«No, non aspettarmi.»

«Giusto, che cosa ti succede?»

«Come sei arrivata qui, piccina?»

«In aereo, a Bologna, questo pomeriggio. Ero a San Gallo, in Svizzera, ma qualcosa, dentro, mi ha detto che tu avevi bisogno... Sono andata dai tuoi genitori...»

«Che cosa ti hanno detto?»

«Che non ti vedevano da mesi. È vero?»

«Sì, è vero.»

«Perché?»

«Sono finito dentro una storia pazzesca, Dana mia. E ora devo pagare.»

«Anch'io ero precipitata nel baratro, Giusto. Ma sono ancora qui, pronta a sperare.»

«Io non spero più.»

Le voltò le spalle e si diresse verso l'agente di guardia.

«Mi chiamo Giusto Semprini. Forse mi state cercando.»

Ottantadue

Più passavano i giorni e più quel cadavere, trovato sul sedile di una 128 blu, in una squallida piazzola della tangenziale di Milano, turbava le coscienze e alimentava i sospetti. Come alla fine di un incubo, le forze politiche si erano risvegliate dal torpore e si stavano facendo la guerra. *Lacrime e polemiche* fu il titolo di un quotidiano romano. Il «partito della fermezza», che non aveva voluto cedere al ricatto dei terroristi, contro il «partito della trattativa», che si diceva convinto di un fatto: la vita del segretario della Dc poteva essere salvata.

«Non si imboccò la strada della trattativa per cecità politica? Oppure per convenienze di Palazzo?» chiese in parlamento il leader di un partito alla sinistra del Pci.

Il giorno dopo i comunisti risposero. «Anche se si fosse ceduto, Lui sarebbe morto ugualmente. Così avevano deciso.» Un'identica opinione, almeno nella sostanza, fu espressa da un giovane deputato della Dc il quale, con linguaggio ermetico, parlò di «combinato disposto» che, con tutta probabilità, lanciava sospetti di responsabilità ben oltre il modesto perimetro rivoluzionario delle Brigate rosse.

Una squallida polemica politica fu poi montata da un settimanale di estrema destra, che raccontò un retroscena su una cena di lavoro, a Roma, tra professionisti, presente uno dei notabili di spicco della Dc. Quest'ultimo, secondo l'autore dell'articolo, avrebbe detto a un certo punto: «E se tornasse vivo, che cosa facciamo?». Raffica di smentite, minacce di querele. Il veleno correva, senza ostacoli, nelle vie di Roma, dove si gestisce il potere.

La tensione crebbe il giorno della solenne messa di Stato. I funerali, infatti, si erano svolti in forma privata, per esplicita volontà della famiglia dell'onorevole ammazzato. Alla messa erano presenti: il capo del governo, i ministri, i sottosegretari, i segretari di tutti i partiti. Il celebrante era il Papa. Il pontefice, durante l'omelia, non mancò di lanciare occhiate di fuoco agli uomini del Palazzo. Forse riteneva che non fosse stato fatto tutto il possibile per ottenere che il segretario della Dc tornasse fra i suoi cari? O forse conosceva qualche altro segreto? Anche il severo sguardo del Papa fu interpretato come un segnale di condanna per qualcuno. Ma per chi?

Nella sede del Sisde, il servizio segreto per la sicurezza interna, si stava preparando la missione da inviare a Londra per l'annuale incontro tra i rappresentanti degli organismi di sicurezza dell'Europa occidentale. Fu consegnato a un funzionario un testo urgente da spedire, via telex, a Parigi.

«Vorremmo sapere a che punto sono le indagini sui legami internazionali del terrorismo. E se, in particolare, il vostro ufficio ha raccolto elementi utili all'inchiesta sul sequestro e l'assassinio del segretario della Democrazia cristiana. Stop.»

Ron J. Stewart ripiegò il giornale, accese una sigaretta. Uscì. Salì sull'autobus e raggiunse piazza Cordusio. Ai telefoni pubblici compose il numero di Alain Lapierre.

«Buongiorno, c'è il professore?»

«Chi parla?»

«Sono Ron.»

«Il professore e la moglie sono partiti in vacanza. Sono la colf.»

«Quando torneranno?»

«Non me l'hanno detto. Mi hanno lasciato due mesi di stipendio anticipato. Quindi, penso sarà una lunga vacanza.»

«Fottuto bastardo.»

«Come ha detto?»

«Niente signorina, grazie.»

Solo. Lo volevano lasciare solo. Chiamò Washington, Hotel Marriott.

«Buongiorno. Posso lasciare un messaggio per Mister Alfred Greninger?»

«*Mister*, sono sei giorni che non lo vediamo. Ci hanno detto che è partito. In vacanza.»

«Gli lasci un biglietto.»

«Da parte di mister?»

«Stewart. Ron Stewart.»

«Testo?»

«Schifoso figlio di puttana. La pagherai.»

«Ho capito bene?»

«Ha capito benissimo.»

Stavolta era veramente in trappola. Senza documenti. Lapierre in vacanza per almeno due mesi. Greninger sparito. L'avevano scaricato? Ma no, c'era sempre Vasco. "E se Vasco non si facesse più vedere? No, non possono farmi questo" disse fra sé. "So troppe cose. Se soltanto aprissi bocca li farei saltare tutti, come birilli... E se mi facessero passare per pazzo? Chi crederebbe che il professor Mario Crotti è stato ucciso? Chi crederebbe che una potente organizzazione internazionale aveva deciso di uccidere prima Walter Bianchi, poi il commissario Giri, poi il segretario della Democrazia cristiana? Senza dimenticare il povero Isgrulescu?"

Salì su un taxi. «In via Monte Suello.»

Vide, all'angolo con via Negroli, tre auto della polizia. Scese dal taxi, pagò la corsa, e si diresse a piedi verso l'assembramento. C'erano vetture della questura lungo tutta la strada, e anche nella via privata Antonio Smareglia. Stavano portando via due persone, un uomo e una donna.

Chiese a un passante: «Chi sono?».

«Ho sentito dire che hanno arrestato un architetto e la moglie. Sono quelli del covo dove è stato tenuto prigioniero il segretario della Democrazia cristiana.»

«Davvero?»

«Così ho sentito dire da un reporter.»

Ron J. Stewart tornò sui suoi passi. Lentamente raggiunse via Monte Suello, la sua abitazione provvisoria. Era abbattuto. Davanti al portone c'era Vasco Leoni.

«Hai visto?»

«Sì, hanno scoperto...»

«Certo. Questo, ricordatelo bene, capita agli idioti... Felici, erano felici di aver liberato il segretario della Dc.» Vasco Leoni rispose con una battuta sibillina. «Qualcuno ha avvertito la polizia che in quella casa c'erano alcune stanze insonorizzate dietro un armadio... Quegli stupidi non avevano ancora smantellato la prigione. C'era pure il drappo con la stella a cinque punte... Poveri fessi.»

Ron J. Stewart rabbrividì.

Ottantatré

Il piatto di bianchetti arrivò sul tavolo ancora fumante. Jean Paul Tissier ne andava matto. Il giudice Giovanni Lori sorrise. «Almeno una piccola gioia possiamo ancora concedercela.»

A Genova era tornato il sole. I due uomini, custodi di ingombranti segreti, si accingevano a scambiarsi preziose ma ormai inutili informazioni. Tissier, scoprendo subito le carte, disse che non avrebbe più potuto collaborare.

«Ci hanno fermato, *maître*.»

«Chi vi ha fermato?»

«L'ordine è arrivato dal vertice del servizio.»

«Questioni interne?»

«No, credo di no. Questioni internazionali.»

Il funzionario degli Affari generali iniziò il suo lungo racconto. Le prime intercettazioni. La casa di Alain Lapierre. La strana morte di Ian Isgrulescu. Stewart. Grock. Goldstein. I controlli all'istituto KYRIE. Le visite di Franco. La scoperta di succursali del KYRIE a Milano e a Roma, nei giorni caldi del sequestro dell'uomo politico. Le armi. L'arresto di Lubo Keminar in Cecoslovacchia. Le telefonate dall'ufficio di una ditta di Como. Alfred Greninger. Lo strano edificio di Montparnasse.

«Qui ci siamo impantanati.»

«Non capisco.»

«I miei agenti hanno spiegato che il rilevatore segnalava decine di microspie.»

«E i telefoni?»

«Tutti riservati, strariservati. Ovviamente stracontrollati.»

«Non c'è verso di aggirare l'ostacolo?»

«Direi di no, *maître*. Qui non siamo di fronte a organizzazioni qualsiasi.»

«Organizzazioni ufficiali?»

«No, ufficiali no, ma basi di copertura di organizzazioni ufficiali.»

«Spionaggio, eh? Ma di quale paese?»

«Questo non posso. Non sono autorizzato.»

«Centrali dell'Ovest o dell'Est?»

«Non posso, *maître*. Mi creda, non posso. Anche se lei ha più di un elemento per poterlo capire.»

«Non può aiutarmi, allora?»

«Il capo mi ha obbligato a rinunciare. Al massimo, proprio per farle un piacere, potrei far fotografare, da distanza, le targhe delle auto davanti all'ufficio di Montparnasse.»

«Una caccia inutile?»

«Temo di sì.»

Giovanni Lori era deluso. Anche stavolta vedeva affiorare i mille tentacoli che sempre avvolgono chi si avvicina alle camere di compensazione, dove tutti i giochi sono possibili. Tissier accostò alle labbra il bicchiere di vino bianco.

«Alla salute, *maître*.»

«Alla salute, amico» rispose con amarezza il giudice.

«Credo di averle detto tutto. Anche se adesso avrò più di un rimorso. Non è facile vivere con certi segreti nascosti dentro. Segreti che finiranno sepolti nella nostra coscienza.»

«Perché lei è così pessimista?»

«Realista, *maître*. Realista. Mi creda, io sono con lei, ma ho imparato troppe volte che cosa voglia dire essere zelanti quando si gioca con il fuoco.»

«È molto triste.»

«Prima di lasciarla, però, voglio offrirle un'ultima informazione. C'è un ragazzo, uno delle Brigate rosse, che è uscito dall'organizzazione. Non ne poteva più. Non so che cosa abbia capito. Certo, ha colto l'essenza del problema. Che cioè, dopo la decisione di liberare il segretario della Dc, sono arrivate pressioni esterne.»

«Che cosa mi dice? Non sono state le Brigate rosse ad ammazzare l'onorevole?»

«No, loro l'avevano liberato, sulla tangenziale. Era corretta quella telefonata giunta all'Ansa di Milano.»

«Adesso capisco... Ma, allora, chi l'ha ucciso?»

«L'esecutore è stato Stewart.»

«Stewart? Quell'americano?»

«Esatto. Proprio lui.»

«E il ragazzo di cui mi ha parlato?»

«Si chiama Giusto, Giusto Semprini. È di Reggio Emilia. Credo che si sia costituito proprio là.»

«Come ha saputo questa storia?»

«Casualmente. C'è una ragazza che mi sta molto a cuore, è la moglie di Lubo Keminar. Certo, vedo mille domande sul suo volto... È una storia lunga, forse un giorno gliela racconterò... Ma adesso è poco importante... L'importante è che questa ragazza, Dana, era ed è molto amica di Semprini.»

«Una cecoslovacca?»

«Sì, si erano conosciuti a Praga. Un amore fra studenti. Lei gli vuol molto bene... Lei, ora, è a Reggio Emilia, all'hotel... non ricordo il nome, però ho il numero di telefono. Eccolo.»

«Grazie, ma che cosa può fare?»

«Lei, *maître*, può chiedere di incontrare, per un interrogatorio, questo ragazzo?»

«Certamente, magari nel quadro dell'inchiesta sull'assassinio di Walter Bianchi.»

«Perfetto. Credo che questo Semprini cederà. Ma se fosse necessario un aiuto, Dana sarà a sua disposizione. La sua presenza potrebbe essere decisiva.»

Uno strillone entrò nel ristorante. Aveva sotto il braccio le copie, fresche di stampa, di un quotidiano del pomeriggio. Giovanni Lori ne acquistò una e deglutì. In prima pagina, sotto un titolo a nove colonne, le fotografie dell'architetto Giovanni Setti e della moglie Ileana Rometti. *Scoperti due carcerieri del segretario Dc.*

«Ne hanno presi due!»

Jean Paul Tissier osservò il titolo, scrutò le foto. Quel «marito e moglie» gli dicevano qualcosa.

«Sì, è la strada giusta. Buona fortuna, *maître*. Io torno a Parigi.»

Ottantaquattro

Il terzo giorno di interrogatorio si aprì con la voce di un agente di custodia del carcere di Reggio Emilia: «Il magistrato ti aspetta!».

"Il magistrato ti aspetta." Ormai quella frase l'aveva imparata a memoria. Venti giorni di isolamento l'avevano fatto riflettere su tutto. Su quella scelta di diserzione maturata in fretta, sul desiderio di dare un taglio netto a ogni cosa: alla lotta armata, un «bieco suicidio», a un mondo clandestino che, sotto la crosta della rivoluzione, nascondeva i vizi e i paradossi di una vita squallidamente borghese, dove l'attentato diventava eccitazione e l'assassinio un atto liberatorio. Ne aveva nausea, ma rifiutava l'idea di essere stato vittima di un complotto. «No, non ho mai avuto l'impressione che le scelte fossero pilotate.» «Quella sera Franco telefonò e disse che il comitato esecutivo era diviso. Che dovevamo decidere noi.» Però quel che era successo dopo annegava nel mare dei dubbi, delle più intime sofferenze. "Forse l'ala dura delle Br aveva avuto il sopravvento in extremis?"

Questo pensava. E più pensava, più si rendeva conto che non esistevano sbocchi razionali. Forse aveva ragione il giudice, con quelle sue domande insistenti, che nascevano da una conoscenza profonda del terrorismo. No, non del terrorismo, ma della lotta di classe.

"Via, Giusto – disse a se stesso –, facciamola finita con queste sottigliezze. Altro che lotta di classe. Altro che democrazia rivoluzionaria." Di notte si svegliava, si alzava, si lavava la faccia. Sua madre gli portava, ogni mercoledì, il pacco della biancheria, un salame, una torta. Bianca era venuta a trovarlo due volte. Era sempre lei. Dolce, comprensiva, in attesa. Ma di che? Troppo dolce, troppo comprensiva, troppo «in attesa». Si sentiva un verme. Che diritto aveva, Semprini Giusto, di approfittare di quella ragazza che l'avrebbe aspettato anche per anni? Quando lei gli disse che c'erano forze politiche interessate a un progetto di pacificazione, che si pensava a facilitazioni, a sconti di pena per i dissociati dalla lotta armata, aveva risposto con una scrollata di spalle. "Cazzate. Solenni cazzate. Sto bene dentro. Devo riflettere."

«Il magistrato ti aspetta!» Ancora la voce dell'agente di custodia. La porta della cella si aprì. Giusto entrò nella stanza dei colloqui. Vide un volto che non conosceva.

«Lei chi è?»

«Buongiorno. Sono Giovanni Lori, magistrato di Genova.»

«E il dottor Belli?»

«Oggi la interrogherò io... L'assassinio di Walter Bianchi.»

«Ah, sì, Bianchi. Non so niente di quel fatto.»

«L'immaginavo» disse il giudice Lori facendo un cenno all'agente. La guardia uscì. Rientrò. Non era solo. Dana.

«Dana, sei ancora qui?»

«Sì, Giusto, come avrei potuto andarmene sapendoti in difficoltà?»

Si abbracciarono, convulsamente. Il ragazzo scoppiò a piangere.

«Tu non sai, tesoro. Tu non sai.»

«Forse capisco più di quanto credi.»

«Dana, ma perché? Chi te lo fa fare?»

«Fidati di quest'uomo, Giusto. Te lo chiedo io.»

Si asciugò il viso. Si ricompose.

«Signor giudice, penso di aver detto tutto al suo collega di Milano.»

Lori aprì un quaderno. Si concentrò su alcuni appunti. Dana prese le mani di Semprini tra le sue. Il cancelliere si sedette davanti alla macchina per scrivere. L'ex pc-iota di Reggio Emilia raccontò ancora una volta la sua vicenda di rivoluzionario. La crisi con il Partito comunista. La tessera strappata. Genova. Il convegno contro la repressione. L'assassinio di Walter Bianchi. Il colloquio con Franco.

Lori fu comprensivo. Ogni virgola era importante per offrire cemento e chiarezza a quella che, per il momento, senza prove documentali, era soltanto un'ipotesi giudiziaria. C'era un collegamento tra i fatti di Genova e l'assassinio del segretario della Dc? Dana strinse forte le mani di Giusto.

Il ragazzo era diventato disponibile. La persona che aveva di fronte era un essere umano, forse in grado di comprendere i suoi drammi, il suo stato d'animo. Si creò una specie di feeling difficile da decifrare.

Più le domande del magistrato si facevano insistenti e arrembanti, più Semprini sentiva svanire le ultime barriere di reticenza.

«Posso darti del tu?»

«Prego, signor giudice.»

«Hai mai avuto l'impressione che là, nella via privata Antonio Smareglia, si muovessero strani individui?»

«Uno soltanto mi procurò un senso di fastidio. Il poliziotto traditore Vasco Leoni. Si comportava diversamente dagli altri compagni. Quando decidemmo per la liberazione dell'ostaggio, era furibondo.»

«Hai mai notato qualche strana telefonata?»

Giusto Semprini s'irrigidì. Rifiutava persino l'idea di quella domanda. Era un buco nero che aveva dentro. Strinse le dita di Dana e si accasciò sul tavolo.

«Agente, dell'aceto, per cortesia!»

Giusto si riprese, guardò negli occhi Dana. Scrutò il magistrato.

«Perché mi chiede questo, dottor Lori?»

«Perché me lo devi dire. È importante!»

«Non posso. Ho paura... No, non posso... Che cosa mi succede, Dana?»

La ragazza lo incalzò, con dolce determinazione. «Liberati di tutto, tesoro. Non tacere nulla. È questo il maledetto rospo che ti tormenta.»

Chiese di restar solo, per cinque minuti. Fece aprire una finestra. Rifletté. Quel che stava per dire avrebbe gettato un'ombra su tutto il suo recente passato rivoluzionario. Avrebbe tradito il ricordo di compagni meravigliosi, come Mirella Zambelli, la Clara; come Privato Galletti, il brusco Bruno. Lo aggredivano dubbi e rimorsi. Si fece il segno della croce. Non succedeva da almeno dieci anni.

Rientrò. Era pallido e agitato. Si sedette.

«Dottor Lori. Un giorno... Sì, la sera della decisione c'era molta tensione... Eravamo divisi... Vasco Leoni si allontanò... per telefonare... Io m'insospettii... mi chiusi in bagno... udii spezzoni di conversazione... "Sì, lo so, è introvabile... Chissà chi l'avrà avvertito... Spero non sia stato tu, figlio di puttana..."»

«A chi si riferiva?»

«Non lo so.»

«Fece dei nomi?»

Semprini tremava come una foglia. Dana l'accarezzò, dolcemente.

«Ecco, disse qualcosa come: "D'accordo, resta lì... siamo molto vicini... spero non sia necessario, ma se lo fosse... Va bene, Stewart".»

«Stewart?» Il giudice Lori trasalì. «Hai sentito proprio Stewart?»

«Sì giudice, proprio Stewart... Mi chiesi anche chi poteva essere. Un inglese? Un americano? Un nome in codice?»

Giovanni Lori si alzò. Era emozionato. Dana spalancò gli occhi. L'agente di custodia si avvicinò a Semprini, per portarlo via.

«Grazie, ragazzo» disse il magistrato. «Hai reso un grande servizio alla giustizia. La giustizia te ne sarà riconoscente.»

Semprini si buttò tra le braccia di Dana. Singhiozzava. «Cosa ho fatto, Dana? Cosa ho fatto!»

«Starai meglio, *zlato*» rispose la ragazza. «Mi fermerò qui a Reggio. Ti verrò a trovare.»

«Quando lei vorrà» intervenne il magistrato. «Il giudice di sorveglianza concederà tutti i permessi.»

Giovanni Lori ripartì per Genova. Il cerchio, finalmente, stava per chiudersi.

Ottantacinque

Erano anni che i giudici impegnati sul fronte del terrorismo chiedevano una banca dati. Un cervello elettronico al quale poter affidare preziose informazioni, e dal quale poter ricevere, in pochi secondi, il dossier di un personaggio, i suoi precedenti, tutti i possibili collegamenti giudiziari. C'erano state promesse, giuramenti solenni (magari sull'onda di angosciosi fatti di cronaca), poi il silenzio. Questione di fondi? O di volontà politica? Giovanni Lori, che a Reggio Emilia era venuto a conoscenza di fatti che interessavano a un suo collega milanese, ordinò due fotocopie del verbale. Una la consegnò alla cancelleria della procura. L'altra la fece recapitare al magistrato che indagava sull'assassinio del segretario della Dc.

Occorreva comportarsi così, «artigianalmente». "Povera giustizia" pensò, e si lasciò andare a tristi considerazioni sulle alte responsabilità e i modesti stipendi degli operatori della giustizia.

Entrò uno dei suoi collaboratori.

«Ha chiesto lei il trasferimento a Milano di quel brigatista, Giusto Semprini mi pare?»

«Io no. Sarà stato il collega di Milano.»

«Strano!»

«Perché strano?»

«Legga qui.»

Un quotidiano, in una pagina interna, pubblicava un lungo articolo sull'inchiesta Br. Aria fritta, salvo le ultime righe, dove si leggeva che «erano attesi sviluppi clamorosi». E più avanti: «È trapelata una sorprendente, anzi esplosiva indiscrezione. Uno dei brigatisti, costituitosi nelle scorse settimane, ha deciso di dissociarsi dalla lotta armata e di denunciare le responsabilità dei complici, coinvolti nell'odioso assassinio del segretario della Democrazia cristiana. Non solo. Il terrorista dissociato avrebbe rivelato l'ambiguo ruolo di un americano, che era in contatto con i rapitori dell'uomo politico». Tutto si aspettava di leggere, Giovanni Lori, ma non quello.

Chiamò al telefono il collega di Milano.

«Hai ricevuto il pacchetto?»

«Sì, due giorni fa.»

«Hai letto i giornali?»

«Non me ne parlare, Giovanni. Sono infuriato. Non so da dove sia venuta fuori questa storia.»

«È veramente pazzesco... Qui rischiamo tutti... Rischiamo la pelle, intendo.»

«A chi lo dici!»

Ai misteri se ne sommavano altri. Un'addizione senza fine. "Ma esiste una fine?" si chiese il giudice Lori, sempre più sfiduciato.

Tornò a casa. Indossò l'accappatoio. Era nervoso. Troppo nervoso. Le emozioni degli ultimi giorni avrebbero stroncato un ventenne. Ripensò ad Andrea Giri. "Povero amico mio. Quanto avevi ragione!"

Ron nascose la busta nella tasca sinistra dei pantaloni. Mise il biglietto aereo nel portafoglio. Poi osservò il passaporto. Nuovo fiammante. Aveva un'altra identità, adesso. Oltre a quelle di Ron Stewart e Peter Grock, ecco la terza: Robert Colombo, quarant'anni, di Philadelphia, figlio di italiani. Due differenti sensazioni si imposero. Ron, da una parte, ora si sentiva più sicuro. Sapeva che, con il biglietto aereo e il passaporto, la fine dell'avventura era vicina. Dall'altra, invece, era turbato. Era a causa di quello strano messaggio di Vasco Leoni. «Ascolta la radio, questa sera, a mezzanotte. Ascolta e aspettami.»

Le 23.55. Stewart accese il transistor. Musica classica. Ancora musica classica. Segnale orario. Notizie. «Milano. Il poliziotto traditore, coinvolto nell'inchiesta sull'assassinio del segretario della Dc è stato arrestato. Vasco Leoni è già stato rinchiuso a San Vittore.»

Leoni arrestato? La testa di Stewart stava per scoppiare. Era stato proprio Leoni a dirgli di accendere la radio, a mezzanotte, per ascoltare il notiziario. E il notiziario lo aveva informato che Leoni era finito in galera. Se aveva capito poco, fino a cinque minuti prima, adesso Stewart non capiva più niente. Leoni si era fatto arrestare? Una cattura pilotata? "Al diavolo – pensò l'americano –, ho il passaporto e il biglietto aereo. Si arrangeranno."

Ottantasei

«Un incendio?»

«Sì, direttore!»

«Dove?»

«Nelle celle d'isolamento.»

«No, Dio mio, no... Mandate tutti gli uomini disponibili... Dov'è Leoni?»

«È là, direttore.»

«Qui ci rimetto il posto... Presto, fate presto.»

La porta della cella si aprì. Vasco Leoni diede una spintarella affettuosa a Nicola Lanzi, un giovane delinquente comune. «Sei stato magnifico. Mi ricorderò di te. Andiamo, adesso!»

I detenuti, intossicati dal fumo, tossivano e urlavano. «Guardie, qui ci lasciamo la pelle.» I due agenti di custodia, che si trovavano davanti al cancello, erano stati storditi, legati e imbavagliati.

«Che cosa succede fuori?» gridò Leoni.

«Presto, presto... C'è una rivolta.»

«Una rivolta?»

«Sì, fa parte del piano. Vai...»

Il poliziotto-traditore non ci pensò due volte. Fece un balzo, superò i corpi dei secondini immobilizzati, aprì il cancello, passò dall'altra parte. Quattordici, quindici. «Eccola.» Giusto Semprini, dentro, tremava di paura. «Fatemi uscire. Fatemi uscire!»

"Non mi scappi" pensò Leoni.

«Nicola? Nicola?»

«Eccomi!»

«La chiave, dov'è la chiave?»

«È là in fondo, nella guardiola.»

«C'è qualcuno?»

«No, sono tutti fuori.»

«Valla a prendere. Subito.»

La chiave della cella numero 16 entrò nella toppa. Semprini voltava le spalle alla feritoia. Aveva le mani giunte. Piangeva. Piangeva e pregava. Si asciugò la fronte, madida di sudore. Sudore freddo. Al fallimento di un'esperienza rivoluzionaria, alla quale aveva sacrificato i suoi entusiasmi, si aggiungeva il fallimento di una vita. La speranza della «resurrezione morale» non riusciva a lenire le ferite che si erano aperte, profonde, nella sua coscienza. Aveva trovato la forza di reagire, grazie a Bianca, grazie ai genitori, grazie a Dana. Era scoppiato a piangere, la sera prima, quando aveva saputo che la direzione e il consiglio di fabbrica dell'azienda dove lavorava saltuariamente come disegnatore, giù a Scandiano, gli avrebbero offerto l'assunzione.

«Gli amici e i compagni ti aspettano. A presto.» Lui li aveva traditi, loro lo perdonavano.

Strinse i pugni. «Ce la farò. Ce la devo fare.»

Si voltò.

Un brivido gli attraversò il corpo, dal capo ai piedi. Un brivido di paura, di autentica paura. Fissò quegli occhi di ghiaccio, malvagi, di morte.

«Tu!»

«Io, sporco bastardo. Io in persona. In carne e ossa.»

«Tu!»

«Sì, verme schifoso. Io. Qui. Per farti pagare tutto.»

«Mi vuoi uccidere?»

«Hai cantato, eh, figlio di una gran puttana?... Hai raccontato tutto... Non ti piacevo, eh, contadino dei miei coglioni.»

«Chi sei, Vasco Leoni? Che cosa vuoi fare? Chi siete voi?»

«Gente che non ama i tradimenti.»

«Ma io non ho tradito nessuno. I compagni delle Brigate rosse...»

«Lascia perdere quegli idioti.»

«L'hai ucciso tu, l'onorevole?»

«No, ma è come se l'avessi fatto.»

«Chi c'è dietro di voi? Dimmelo, dimmelo...»

«Questo!»

La mano destra si aprì. Stringeva una catenella metallica. «Non posso aspettare, compagnuccio dei miei stivali.»

Strinse i denti, spalancò gli occhi. Giusto Semprini tentò di divincolarsi, ma la stretta del poliziotto-traditore era terribile, invincibile.

«Aiuto! Aiuto! Mi vuole ammazzare!»

Nessuno lo udì. Fuori dal raggio delle celle di isolamento infuriava la battaglia. Lanci di tegole, gas lacrimogeni, grida.

Vasco Leoni strinse la catenella attorno al collo del giovane, poi tirò con tutta la forza. «Noooooooooooo...» Fu l'ultimo grido di Giusto Semprini.

Il finto brigatista guadagnò l'uscita. Vide un gruppo di rivoltosi a non più di cinque metri dalle guardie, in fondo, verso l'ingresso del carcere di San Vittore. C'era una spessa cortina di fumo. Leoni decise di giocare la sua carta, e con quanto fiato aveva in gola urlò: «Hanno ammazzato Semprini! Hanno ammazzato Semprini!».

Il panico si impossessò degli agenti. «Presto, alla cella di Semprini!» gridò il maresciallo.

Vasco Leoni si nascose dietro una porta, li lasciò passare, poi di corsa raggiunse l'uscita. Strappò a un detenuto una pietra acuminata, balzò alle spalle dell'agente che stava vicino al portone. «Crepa, cretino.» Poi lo sollevò, aprì il portone. Le prime gazzelle dei carabinieri stavano arrivando. Lasciò cadere a terra l'agente, sanguinante e tramortito, e cominciò a correre verso viale Papiniano. Un colpo di pistola lo sfiorò. C'era un'auto laggiù, una potente auto. Pronta a portarlo via.

Sali. «Vai, scemo, vai!...»

La vettura dei militari si lanciò all'inseguimento. «Pronto, centrale... presto... C'è un evaso... Lo stiamo inseguendo... Viale Papiniano... sì, cazzo, Papiniano... Ma Cristo, certo che la rivolta continua... mandate delle auto, tutte quelle che avete.»

L'auto di Leoni giunse in corso di Porta Genova. «Rallenta... Io scendo qui... Tu vattene» disse all'autista.

«Così prendono me!»

«E chi se ne fotte.»

Spalancò la portiera, si buttò fuori, rotolò sull'asfalto. Aveva duecento metri di vantaggio. Riuscì a rialzarsi. Entrò in un portone. Si sedette sul primo scalino. Non c'era nessuno. Le auto della polizia e dei carabinieri continuavano l'inseguimento. Guardò l'orologio. L'una e un quarto. Avvertì un dolore al braccio sinistro. Perdeva sangue. Strinse il fazzoletto sopra la ferita. Uscì.

Qualche metro più avanti trovò una stazione di taxi.

«In via Monte Suello.»

Ottantasette

Il cielo era buio. L'aereo si tuffò fra le nuvole e cominciò la discesa. Una vecchietta ripiegò il giornale che teneva fra le mani. Dana non aveva fatto che piangere. La hostess, a un certo punto, si era avvicinata e, commossa, l'aveva abbracciata.

«Deve soffrire molto, signora.»

«Sì, non ne posso più. Vorrei tanto farla finita.»

«Non dica questo. Io non so quali siano i suoi problemi, ma devono essere seri e gravi... Sapesse quante persone ho cercato di confortare quassù, in cielo... Ricordo una donna che andava a Buenos Aires. Andava a cercare suo figlio... Sparito, capisce? Anche lei disse che voleva togliersi la vita... Cercai di spiegarle quel che sentivo. È così difficile leggere un volto. Si può soltanto intuire... Lei mi ha scritto una lunga lettera! Aveva ritrovato suo figlio... Mi ringraziava... Spero che sia così anche per lei...»

«Grazie, signorina.»

Dana sollevò il capo, affondò nello schienale e ripiombò nei suoi dolori. Aveva avvertito che c'era qualcosa di strano in quell'improvviso trasferimento. Aveva cercato subito, ma invano, un colloquio con Giusto, a Milano. Glielo avevano concesso per il giorno dopo. Il giorno dopo quell'orribile delitto che aveva provocato l'ira di tutti. Il direttore del carcere trasferito. I giornali che parlavano di un «nuovo tradimento». Ma che cosa gliene fregava, a lei, dei giornali? Aveva perduto Giusto. Il suo Giusto, il ragazzo al quale si era appoggiata, e per il quale avrebbe fatto tutto.

Scese la scaletta. L'aria fresca di Parigi fu come una frustata sul viso. Ritirò il bagaglio e si avviò verso l'uscita. C'era una vetrata trasparente. Lui l'aspettava.

«Jean Paul!»

Non riuscì a trattenere il grido. Dopo tutto ciò che aveva passato le rimaneva quell'uomo, un uomo che era disposto a cominciare con lei una nuova vita, lontano da Parigi, lontano da Praga, lontano dall'Italia. Dove, non aveva importanza. Magari in Australia, o forse in Sudafrica. Andava bene qualsiasi posto pur di dimenticare la morte, il KYRIE, Lubo, Lapierre, l'intrigo, la paura, l'angoscia.

«Jean Paul! Jean Paul!»

Anche Jean Paul Tissier piangeva. Era rimasto immobile, il volto terreo.

«Dana. Mia piccola Dana.»

«Che cosa c'è ancora, amore mio?»

«Il tocco finale di questa storia maledetta, Dana.»

«Ti hanno minacciato?»

«No. Ho dato le dimissioni dall'ufficio. Ho chiesto che mi trasferiscano altrove, nell'ambasciata di un paese possibilmente lontanissimo.»

«Mi porterai con te?»

«Lo sai, amore... ma adesso scusami...»

Singhiozzava come un bambino. Si coprì il volto. Lei lo accarezzò, cercò di calmarlo.

«Speravo nel tuo conforto, amore. Invece sono io a doverti consolare.»

«È pazzesco, Dana mia.»

«Che cosa c'è di pazzesco, dopo quel che abbiamo vissuto?»

«Leggi qui.»

Un telex spiegazzato. Quattro righe. «Il giudice genovese Giovanni Lori è stato ucciso questo pomeriggio da un commando di terroristi. Con una telefonata all'Ansa le Brigate rosse hanno rivendicato il delitto. È la ventesima vittima dall'inizio...»

Era troppo. Dana scivolò a terra. La folla anonima dell'aeroporto prese improvvisamente le complessive sembianze di un volto umano.

«Che cosa è successo?»

Jean Paul sollevò Dana. «Niente, niente, è soltanto un lieve malore.»

«Tenga questo, signore, glielo spruzzi sul volto... Si riavrà immediatamente.»

Dana aprì gli occhi.

«Partiamo subito, Jean Paul!»

«Sì, tesoro, subito. Subito!»

«Dove andiamo?»

«Ad Ankara, in Turchia.»

«Va bene dovunque. Ma andiamo!»

La hostess dell'Air France controllò i due biglietti.

«Mi scusi, signore. Loro due sono prenotati per dopodomani.»

«Vogliamo partire subito, con il primo volo.»

«Vediamo. Sì, ci sono posti per Istanbul sul volo delle 22, ma dovranno fermarsi là a dormire. Il primo aereo per Ankara parte, da là, alle dieci del mattino.»

«Va bene, anzi benissimo.»

Le luci di Parigi si allontanavano. Dana si strinse a Jean Paul. «È finita, tesoro. Avremo una vita per dimenticare tutto.»

"Una vita" pensò Tissier. Rifletté sul maledetto destino di quella maledettissima storia. Li avevano ammazzati quasi tutti. Non volevano testimoni, né gente che fosse a conoscenza dei segreti di quella vicenda. Non volevano lasciar tracce. Nessuno avrebbe saputo nulla della trama ordita per eliminare il segretario della Democrazia cristiana.

«Stai pensando a tutti quei morti?»

«Sì, Dana. E sto pensando che la verità, forse, non si saprà mai. Magari un giorno, fra cinquant'anni, qualcuno aprirà gli archivi. E salteranno fuori litri di inutile veleno.»

«Inutile, Jean Paul?»

«Chissà come sarà il mondo fra cinquant'anni. Il tempo cancella, la memoria si indebolisce, e anche la più feroce verità non farà più paura, Dana.»

Istanbul, la porta dell'Oriente. Sul vecchio autobus della Turkish Airlines diretto al terminal, salirono novantasei passeggeri. Controllo dei passaporti. Visite all'ufficio cambi. Dogana.

Sul primo bancone, i bagagli di Tissier e della sua donna furono aperti da un giovane agente. Frugò dappertutto. Con un gessetto fece un segno sulle valigie.

«Possono andare.»

Dal bancone vicino, un altro doganiere discuteva con un goffo passeggero.

«Mi faccia vedere il passaporto.»

«Eccolo.»

«Robert Colombo... americano... Ok, *mister*.»

Jean Paul e Dana si avviarono, scrollando le spalle, verso l'uscita. Anche Ron J. Stewart, con la nuova identità, prese le sue valigie e salì sul taxi. Diretto in città.

Postfazione

La telefonata arrivò a metà pomeriggio di una calda giornata di inizio luglio del 1981. «Ciao Ferrari, sono Salvatore Di Paola. Ti spiace fare un salto nel mio ufficio? Ti devo parlare con urgenza.» Guardai, sorpreso, i miei due colleghi inviati, Nicola D'Amico e Fabio Felicetti. Insieme condividevamo l'onore di occupare l'ufficio che fu di Dino Buzzati, al pianterreno del «Corriere della Sera», in via Solferino, dove forse nacque un suo capolavoro, *Il deserto dei Tartari*. Libro straordinario e fenomenale metafora sui tempi lunghi e le attese infinite che logoravano la nostra impazienza e condizionavano – noi pensavamo – la vita e la salute del giornale. «Chissà cosa vorrà l'azienda. Vado e poi vi racconto.» Salutai i colleghi, mi infilai la giacca estiva e salii le scale.

Di Paola, con il quale ero da tempo in confidenza, era un dirigente curioso, che amava il «Corriere» e non pensava soltanto ai lauti compensi della pletora di super manager dei nostri giorni. Era il numero tre del gruppo editoriale, ma praticamente era rimasto il più alto in grado, visto che l'editore, Angelo Rizzoli, e il direttore generale, Bruno Tassan Din, erano stati di fatto esautorati dopo l'esplosione dello scandalo P2.

Mi aspettava sulla porta del suo ufficio. «Vieni, Antonio, siediti. Devo dirti subito una cosa: siamo nella merda.» Lo disse senza preamboli, con brutale franchezza, strappandomi un sorriso di piena condivisione.

«Lo scandalo della P2 è devastante. Abbiamo bisogno di dare alla gente, ai nostri lettori, inequivocabili segnali di pulizia. Tu hai coraggio, ti occupi di terrorismo. Hai rischiato la pelle. Vivi con la scorta. Ecco, dovresti scrivere un saggio su questi anni devastanti.»

A volte, forse per temporanea pigrizia mentale, vengo travolto dal desiderio di rifiutare sempre e comunque, anche se caratterialmente sono l'esatto contrario. «No, Salvatore. Non me la sento. Non sono pronto. È una responsabilità che va oltre le mie forze.»

«Antonio, se ho pensato di chiamarti è perché so quanto ami e quanto sei legato al nostro "Corriere della Sera". Il "Corriere", adesso, ha bisogno di te... Non cercare scuse. Fatti venire un'idea.»

Per prendere tempo, risposi: «Ci penso qualche giorno». Di Paola, determinatissimo: «Qualche giorno? Non hai capito. Tu andrai a firmare il contratto in Rizzoli domattina. Scrivi quello che vuoi».

Alla fine, lo so, la fantasia e il gusto del rischio mi hanno sempre soccorso. Anzi, quando mi lanciano il guanto della sfida, non riesco a sottrarmi.

Guardai Salvatore Di Paola. «Quello che posso fare è un romanzo, dove racconterei tutto ciò che non ho potuto scrivere perché non ne ho le prove assolute.»

«Perfetto. Non voglio neppure conoscere i dettagli.»

«Fermati, Salvatore. Mi devi ascoltare. Racconterò alcuni segreti che si nascondono dietro l'assassinio di un leader politico. Immagini già chi è. Non farò nomi, neppure di lui. Altererò i tempi, il luogo della strage, le decisioni delle Brigate rosse. Non è pura fantasia: intreccerò alcune confidenze che ho ricevuto da amici magistrati, preziose notizie ignorate dai giornali e indiscrezioni davvero piccanti, con una trama parallela. Ti avviso che chi leggerà capirà tutto. Te la senti? Ve la sentite? Sei sicuro?»

«Te l'ho detto e te lo ripeto. Carta bianca. Ti prendo l'appuntamento per domattina.»

Credo che qualsiasi autore sarebbe stato felice di tanta generosità e di tanta fiducia. Impiegai mezz'ora per illustrare il progetto al dirigente della Rizzoli Libri, che si chiamava Piero Gelli (un caso di imbarazzante e sofferta omonimia). Firmai il contratto, che prevedeva la consegna del testo entro sei mesi. Tre giorni dopo ricevetti l'anticipo e cominciai a lavorare per rispettare i tempi. Sei mesi più tardi: consegna del libro e un sudario di silenzio. Silenzio di tomba dalla casa editrice. Nessuno chiamava. Sergio Pautasso, il responsabile della narrativa, taceva. Quando parlavo con il suo ufficio, rispondevano che si stava valutando. Ma valutando cosa? Eppure continuavo a essere ingenuamente ottimista.

Alla fine quel romanzo, che ha più di trentacinque anni, non è mai stato pubblicato, come avevano previsto gli amici ai quali l'avevo fatto leggere. Persone di cui mi fidavo, e che erano state generose: alcune di informazioni davvero scottanti, altre di preziosi consigli. «Antonio – mi dissero –, ci vogliono molto coraggio, una dose smisurata di anticonformismo e la determinazione di colpire i vari poteri per pubblicare questo libro.»

Eccomi qui, trentacinque anni dopo, con i capelli bianchi ma l'intatto desiderio di condividere con i lettori (in primo luogo i giovani, che di quegli anni sanno poco o niente, ma anche i «diversamente giovani», che invece ricordano quasi tutto) una storia che oggi non fa più scandalo, come la nuova Commissione Moro, voluta da Matteo Renzi, sta ricostruendo tra mille difficoltà. La storia che non si poteva scrivere, oggi, è persino meno traumatica di quanto sta emergendo dai lavori della commissione parlamentare. Il delitto Moro fu una grande porcheria internazionale.

Devo fare un passo indietro. Anzi ne devo fare due. Il primo passo riporta all'aprile del 1979, quando il direttore del «Corriere della Sera», Franco Di Bella, mi chiese di partire subito per Padova, dove mi avrebbero poi raggiunto i colleghi Giancarlo Pertegato e Walter Tobagi. C'era stata una serie di clamorosi arresti nel mondo dell'Autonomia operaia organizzata, a cominciare dalla quasi totalità dei docenti della facoltà di Scienze politiche, a partire dal barone Toni Negri. Erano stati scoperti legami con le Brigate rosse, e si sospettavano responsabilità dirette per il sequestro e l'assassinio di Aldo Moro, avvenuto l'anno prima.

Il 28 aprile, a oltre venti giorni dalla retata, il sostituto procuratore della Repubblica Pietro Calogero mi ricevette, assieme ad altri colleghi. Fece il punto sull'inchiesta. Spiegò le connessioni che erano state scoperte a Parigi, presso l'istituto di ricerca Hyperion. Ci confidò che i servizi segreti francesi avevano collaborato fruttuosamente all'indagine, anche se avevano fatto sapere che la collaborazione doveva ritenersi sospesa, perché gravemente compromessa. Calogero mi guardò dritto negli occhi: «Ferrari, purtroppo il suo giornale, il "Corriere della Sera", ci ha tradito».

Mi sembrava un'accusa infamante, incomprensibile e profondamente ingiusta. Ma prima che potessi esternare la mia reazione di corrierista doc, il giudice precisò: «Non lei, Ferrari, naturalmente. Ha letto la prima pagina del "Corriere" di quattro giorni fa? La rilegga, e ricordi quanto le ho detto».

Rammentavo il titolo, clamoroso, *Secondo i servizi segreti era a Parigi il quartier generale delle Brigate rosse*, e l'articolo. Ricordavo che la rivelazione dell'«uomo dei servizi» era stata raccolta da un collega che stimavo e stimo. Mi chiesi, in pochi secondi, che cosa avrei fatto io se avessi avuto quella notizia, quello scoop.

«Capisco il suo turbamento» mi disse Calogero. «Apprezzo sempre il lavoro di voi giornalisti. Ma sappiate che anche voi potete essere strumenti inconsapevoli di giochi orrendi. Se foste "consapevoli", sarebbe davvero una tragedia per la libertà di questo paese.»

Quella conversazione si sedimentò nella mia mente, ed è logico che, da quel giorno, cercai di ragionare molto più attentamente su tutto ciò che accadeva, anche su dettagli che parevano marginali. Per esempio fui molto colpito da una notizia. La scarcerazione e la scomparsa di un ricco americano, che era stato arrestato a Bologna per traffico di droga nel 1975, e che era tornato misteriosamente in libertà. In carcere si era infiltrato nelle Br e, come poi si seppe, era un uomo legato alla Cia. Si chiamava Ronald Hadley Stark. Anni dopo, nel 1985, venni a sapere anche che Stark era morto nelle Antille, in circostanze davvero particolari.

È chiaro che molte fiaccole si erano accese nella mia mente.

All'inizio del 1981, un collega de «L'Espresso» che stimavo moltissimo, Franco Giustolisi, compagno di tante missioni giornalistiche in giro per l'Italia, rientrando a Milano da Padova mi fece una strana confidenza. «Hai fegato, Antonio. Ma attento. Tu scrivi spesso che la loggia P2 si staglia dietro molte storie di terrorismo. Ho sentito che il tuo giornale non ne è estraneo.»

Ricordo che reagii con insofferenza. «Anche tu, Franco! Ce l'avete proprio tutti con il "Corriere". Non crederò mai a una cosa del genere.» Giustolisi mi sorrise, enigmatico. Cambiammo discorso.

La sera del 20 maggio 1981 ero al giornale. Credo che aspettassi due amici della redazione per un pokerino notturno. Chiacchieravamo di calcio quando, in sala Albertini, entrò un fattorino. Aveva in mano un telex. Il capo del servizio politico sbiancò. «L'elenco! Arriva l'elenco della P2.» Pokerino svanito. Tutti in fila davanti al telex, mentre la macchina vomitava, con il suo ritmo scandito da ogni lettera. Quasi mille nomi.

Eravamo diventati tutti guardoni. «Hai visto chi c'è?» «Incredibile.»
La lista era come una frustata. Non so quanti possano immaginare
che cosa abbia voluto dire, per un amante del «Corriere», scoprire che
i vertici del suo giornale erano dentro. Quasi tutti. Fu chiamato a casa
il direttore, che arrivò trafelato. Vide l'elenco. Quattro parole: «Bene,
si pubblichi tutto».

Al centralino del «Corriere» fioccavano telefonate notturne, nervo-
sissime. Chi compilò quella pagina, che aveva un titolo imbarazzato,
La presunta lista della Loggia P2, fece molto più degli straordinari.
Molti volevano smentire subito: chi sdegnosamente, chi con rabbia,
chi si affidava al giudizio della gente, chi minacciava querele. Ricordo due cose di quella notte di tregenda. La fatica dei colleghi della
redazione per inserire le smentite, che suonavano ridicole, talvolta
patetiche, talora grottesche. Poi l'autentica fitta di dolore per colleghi
professionisti, compreso un giovanissimo talento che consideravo quasi
un allievo, i quali erano andati a inginocchiarsi davanti a quel brutto
ceffo di Licio Gelli. Un lercio burattinaio con disegni delinquenziali
e golpisti, in Italia come in Argentina, in Uruguay e altrove. Non
mi aveva sconvolto la presenza nella lista dei politici, dei generali, di
tutti i capi dei servizi segreti, di alcuni magistrati. L'intero codazzo
istituzionale di questo bellissimo ma slabbrato paese, abitato da
troppi camerieri del potere. Lo davo per scontato. Fui fulminato
dalla presenza del cantante Claudio Villa (sì, caro Reuccio, la vanità
e la piaggeria fanno brutti scherzi!) e da quella del grande imitatore
Alighiero Noschese, che conoscevo personalmente. Povero Alighiero,
forse Gelli lo aveva utilizzato per telefonate ricattatorie. L'artista –
dissero – non resse alla vergogna e si tolse la vita. Magari era vero che
soffrisse di depressione.

Avendo poi seguito, a Torino, numerose udienze del processo alle Br,
e avendo ammirato l'equilibrio del presidente della corte d'assise Guido
Barbaro, un educato garantista che era il beniamino di noi inviati speciali, rimasi raggelato nel vedere anche il suo nome nella lista della P2.
In quei momenti, mentre si spiegavano carriere fulminanti, tessevamo
collegamenti inquietanti. Quella notte non dormii.

Meno di due mesi più tardi, quando fui chiamato da Salvatore Di
Paola, ero ancora sotto choc, anche se nella vita ci si abitua a tutto. Il
mio «Corriere» ferito era come una pugnalata alla schiena di ciascuno
di noi.

Anni dopo, quando un collega tentò di far pubblicare sul nostro magazine un'intervista a Licio Gelli, mi consultai con il supervisore del settimanale, il mio migliore amico Francesco Cevasco, collega bravo e limpidissimo, che già aveva deciso di impedirne la pubblicazione senza consultare nessuno. In quanto delegato sindacale degli inviati speciali, convocai un'assemblea. «Se esce l'intervista, cari colleghi, propongo uno sciopero immediato, senza trattative e senza compromessi. A muso duro.» Ferruccio de Bortoli, all'epoca capo dell'Economia, si mise la giacca e, passando davanti all'ufficio di direzione, disse: «Se esce l'intervista, il giornale ve lo fate da soli». Il direttore Paolo Mieli fu d'accordo con noi. L'intervista non fu pubblicata.

Ma torniamo al libro. Il tempo passava e la Rizzoli non mi dava notizie. Si erano lamentati per la lunghezza del testo. Pautasso compiva salti mortali (o quasi) per spiegarmi che c'erano «cose che non andavano». Scuse pietose. Cambiò il direttore della divisione libri. Arrivò Valerio Riva, ruvido galantuomo. Mi fece una telefonata di fuoco: «Cazzo! La scuola di Parigi. Perché non esce questo libro?». Mi venne da ridere: «Non chiederlo a me». Riva si impegnò, ma poco dopo fu allontanato. Arrivò Oreste Del Buono, che mi disse chiaramente: «Non ce la sentiamo. Mi spiace». Decisi di ritirare il mio *Il Segreto*. Chiesi solo l'ultima rata dell'anticipo. Una causa? Al «Corriere della Sera» e alla casa editrice Rizzoli non l'avrei mai fatta. Provai allora con altri editori.

Devo però essere sincero. Da una parte mi urtava questa tremebonda cortina da prima Repubblica, dove certe libertà non erano previste; dall'altra comprendevo le resistenze, e in qualche caso le condividevo. In realtà, con questo romanzo, ero andato – per quei tempi – ben oltre i binari della mia autonomia e del mio ruolo professionale. Ero insofferente ed ero giunto a una conclusione: non volete il libro? Me ne farò una ragione.

Cominciai la mia seconda vita professionale: inviato speciale all'estero.

Due episodi. Ero stato incaricato di partire, ancora una volta, per Parigi. Dovevo raccontare la vita da esuli dei ricercati italiani per terrorismo. Il mio direttore, Piero Ostellino, presuntuoso ma schietto e sicuramente per bene, mi disse: «Lo so, lo so che Negri non ti ama. Dice che sei una specie di carabiniere». Risposi con una battuta: «Be', direttore, quanto onore! Meglio somigliare a un carabiniere che a Toni Negri». Tornato a casa, mi consultai con la mia compagna di allora, Agnes Spaak. Reagì con istinto protettivo: «Non mi piace, Antonio. Torna subito al giornale». E mi suggerì: «Chiedi al direttore cosa volesse dire. Insomma da dove veniva quella battuta».

Tornai da Ostellino. Mi spiegò che era arrivata una lettera di Toni Negri dalla Francia. Era indirizzata a «Fabio Barbieri, caporedattore del "Corriere della Sera"». Informazione assolutamente inesatta. Sbagliata, falsa, anche se in realtà il collega de «il mattino di Padova» e poi inviato de «la Repubblica» era stato in corsa per essere assunto nel nostro «Corriere», e qualche giornale vi aveva accennato. Un membro della segreteria di redazione, Inigo Scarpa, aveva privilegiato la carica e non il nome del destinatario e aveva aperto la lettera. Ostellino mi spiegò che era formalmente un «corpo di reato». Arrivava da un ricercato, anzi da un condannato a trent'anni di prigione. L'azienda, mi disse, «l'ha fatta consegnare al magistrato».

Domandai: «Che cosa si dice nella lettera?».

Ostellino mi rispose: «Fanfaronate. Alla fine Negri si rivolge a Barbieri per chiedergli in sostanza di non utilizzarti su questi argomenti, in nome dell'antica amicizia». Barbieri era stato infatti in Potere operaio, proprio come il professore padovano.

«Direttore, quando è arrivata la lettera?»

«Mi sembra un mese fa.»

«E tu non mi hai informato?»

«Ma no, Antonio. Non c'erano minacce dirette a te.»

«Piero, mi hai esposto al rischio di finire stritolato da qualche fogliaccio calunniatore...»

«Secondo me esageri.»

«Al punto che domani andrò anch'io dallo stesso magistrato. Farò una dichiarazione a futura memoria.» Così feci, e chiesi che fosse messa agli atti.

Chi non ha vissuto l'atmosfera di quegli anni velenosi non può immaginare, neppur lontanamente, come si viveva e come vivevano coloro che seguivano per il proprio giornale le vicende del terrorismo. C'erano le minacce, le tensioni, le paure personali e i timori familiari, le calunnie esplicite e quelle fabbricate con le allusioni.

Nel 1980 il mio collega Walter Tobagi, che con me raccontava i mali del nostro paese, era stato ucciso da un commando di praticanti terroristi, dopo essere stato sepolto di insinuazioni. Potete quindi immaginare quanto fosse delicata una lettera di un personaggio come Toni Negri, magari ripresa e commentata dai fogli che raccoglievano pettegolezzi e spazzatura. Forse amplificata da coloro – non sapete quanti! – che allora erano estremisti dell'ultrasinistra e poi sono entrati con le fanfare nelle stanze del potere. Soprattutto di destra. Ero turbato e sconcertato dalla gravità di quell'episodio.

Due giorni dopo partii per Parigi. Incontrai Oreste Scalzone e altri espatriati sfuggiti alla giustizia italiana. Nessuno di loro amava Negri. Una sera rientrai in albergo, al Montalembert, e il portiere mi consegnò un pacco. Dentro, una pila di fotocopie e un bigliettino anonimo in francese. Lessi: «Sappiamo la disavventura che ha avuto con il suo libro *Il Segreto*. Vogliamo farle sapere che cosa sta per pubblicare la Rizzoli. Titolo: *Il treno di Finlandia*, autore: Toni Negri. Trova qui le fotocopie del testo».

Ero allibito e, direi, scandalizzato. Ne scrissi tranquillamente in un paio di articoli, contando sul fatto che nessuno sarebbe intervenuto per chiedermene ragione. Ostellino è sempre stato un vero liberale. Ovviamente, svelato il segreto, scoppiò un piccolo scandalo in casa editrice, e il libro di Negri fu scartato. Uscì, in grave ritardo rispetto ai tempi previsti, con un piccolo editore.

Mi capitò, molti anni dopo, di incontrare Fabio Barbieri a Davos per il World Economic Forum. Stavamo cenando con i colleghi al ristorante Morosani. Si parlava di amicizia. Dissi: «Fabio, tu sei mio amico da anni, ma con me non ti sei comportato da amico. So che sei stato contattato dal nostro direttore generale di allora, Luigi Guastamacchia».

Rispose: «Sì, è vero. Ci conosciamo e frequentiamo da tempo. Lo incontrai, mi parlò della lettera di Negri e mi chiese notizie e valutazioni sul tuo conto». Lo incalzai. «E tu, amico mio, non mi dicesti nulla? Vergognati.» I colleghi presenti nel ristorante di Davos impallidirono. Il nostro Danilo Taino, eccellente giornalista, grande corrispondente, analista e soprattutto uomo verticale, tornando in albergo mi prese sottobraccio e disse: «Antonio, quel che ho sentito è davvero sconvolgente». Fabio, senza riferirsi direttamente a quell'episodio, si mostrava pentito e dispiaciuto. Qualche tempo prima di morire (era malato e lo avevo saputo), venne a Gerusalemme con la moglie. Gli stetti vicino in questo suo pellegrinaggio in Terrasanta.

Questo è il passato.

Oggi, come vedete, *Il Segreto* è uscito. L'ho riletto tre volte, per riprendere confidenza con una vicenda che ha segnato la mia vita. L'ostinazione ha vinto. «Guastafeste della memoria» mi ha definito con amicizia e simpatia l'ambasciatore Sergio Romano. Ne sono fiero. Ma c'è di più. Finirà che dovrò ringraziare chi, trentacinque anni fa, rifiutò di pubblicarlo. Oggi il mio romanzo quasi combacia con la realtà.

Indice

Clash

a novel

Other books in the Soul Surfer Series:

Soul Surfer Bible

Fiction:
Burned (Book Two)
Storm (Book Three)
Crunch (Book Four)

Nonfiction:
Ask Bethany—FAQs: Surfing, Faith & Friends
Rise Above: A 90-Day Devotional

a novel

By Rick Bundschuh
Inspired by Bethany Hamilton

ZONDERVAN.com/
AUTHORTRACKER
follow your favorite authors

Clash
Copyright © 2007 by Bethany Hamilton

Requests for information should be addressed to:
Zonderkidz, *Grand Rapids, Michigan* 49530

Library of Congress Cataloging-in-Publication Data

Bundschuh, Rick, 1951-
   Clash / by Rick Bundschuh ; inspired by Bethany Hamilton.
      p. cm. -- (Soul surfers series)
   Summary: One year after losing an arm in a shark attack, fourteen-year-old
   Bethany   Hamilton is still a champion surfer and serves as an inspiration to
   others, but her faith is tested when an unpleasant new girl seeks her friendship.
   ISBN-13: 978-0-310-71222-0 (softcover)
   ISBN-10: 0-310-71222-X (softcover)
   1. Hamilton, Bethany—Juvenile fiction. [1. Hamilton, Bethany—Fiction. 2.
   Surfing—Fiction. 3. Christian life—Fiction. 4. Amputees—Fiction. 5. People with
   disabilities—Fiction. 6. Samoa—Fiction.] I. Title.
   PZ7.B915126Cla 2007
      [Fic]--dc22

                                                              2006029322

All Scripture quotations, unless otherwise indicated, are taken from the HOLY BIBLE,
NEW INTERNATIONAL VERSION ®. Copyright © 1973, 1978, 1984 by International
Bible Society. Used by permission of Zondervan. All Rights Reserved.

Zonderkidz is a trademark of Zondervan.

Editor: Barbara Scott
Art direction and design: Merit Alderink
Interior compositon: Christine Orejuela-Winkelman
Illustrations: Monika Roe
Photography: Noah Hamilton

Printed in the United States of America

07 08 09 10 11 12 • 14 13 12 11 10 9 8 7 6 5 4 3 2

For Allegra

Introduction

There is something you need to know—this book is fiction. The story and most of the people in it are made up.

Except for Bethany.

I have known Bethany Hamilton since she was a little kid. I have shot paintballs at her brothers, spent lots of time with her parents, Tom and Cheri, and surfed with them all. My role in their lives has been that of a friend and pastor. I was at the hospital the day Bethany was attacked by the shark and have helped Bethany get her fascinating story told.

So when I tell you a story about Bethany, her friends, or her parents, please understand that I am writing about what I am pretty sure they would really do and say if they found themselves in the situations described in this book.

And I am not really writing fiction when I tell you that Bethany is a smoothie addict or that she has a dog named Ginger or that she is homeschooled so she can train for surf contests. A lot of that stuff is exactly how Bethany is and how she lives her life.

You will probably see that I don't try to pretend that Bethany is a saint or some kind of perfect human being. I have seen her get in very hot water for camp pranks taken too far, and I know that from time to time she can be as cranky, self-absorbed, or annoying as any of us. The picture I will paint of her is that of a normal young lady, who, although imperfect, tries her best to love and honor God and let him guide her steps.

This is the Bethany that I know.

I will tell you something about Hawaii too. You see, I live there and surf all the same spots as Bethany and know many of the same characters that populate the island. The places, cultural quirks, and names are pretty much exactly what you would find if you came to visit or live here.

Because surfing is a big part of what Bethany does, I will try to explain to those of you who have never experienced the sport what it is like to ride the warm, clear waves of Hawaii. I can do this with some confidence because I was surfing long before Bethany was even born. But please understand that describing surfing to someone who has never surfed is like trying to describe the taste of a mango to someone who has never sunk their teeth into that rich orange fruit. Words can only get you so far.

Finally, these stories are not just about tanned, talented surf kids in an exotic land. They are about situations that people everywhere can relate to. Even here in paradise there are problems, and when you take a good look at them, you find that those same problems are found in Tulsa, Tucson, or Timbuktu!

So, I hope you enjoy this little adventure.

Rick Bundschuh
Kauai, Hawaii

Prologue

"Bethany!" The voice sounded small and far away as the salty ocean breeze blew across her face. Bethany grinned and turned back to enjoy the view. She loved how the morning sun ricocheted off the ocean surface, sending jewels of light across the tops of the waves. From underneath the huge ironwood trees, she had an awesome view of the northern coastline with its soaring jade-colored cliffs and sandy beaches.

She could experience this a million times over and never grow tired of it.

She was a child of the ocean.

We all are, Bethany thought, looking up to see her friends jogging toward her through the warm sand with their boards.

"Let's go!" she said, running for the water. Then, without another word, she plunged into the Pacific, her red-and-white surfboard floating under her.

Beneath the water, Bethany blew bubbles and opened her eyes. She could see the reef spreading out, with little alleys of sand running between the dark green reef heads. She finally broke the surface and whipped her long, white-blonde hair back while stroking hard and deep in the water with both arms. Her laughter echoed over the water as she chased her friends through the shallow reef and out into deeper water.

This was Bethany's Hawaii — beautiful sun-drenched islands, the water lapping around her as both hands gripped the nose of her board.

Bethany glanced down at the watch around her left wrist. It was especially designed for girl surfers — it was waterproof, dainty yet rugged, and included a tide function. She caught the time — 8:07 a.m. — and then let her arm slide off into the water while continuing to hold the nose of the board with her right hand.

Suddenly, something gray and large loomed up, startling the breath out of her. She thrashed and twisted away from it.

Then the bright sky turned dark. The water, the green hills, her friends, and even her surfboard dissolved into deep gray and then black...

Bethany gasped and lurched up in bed.

Blinking rapidly in the dark room, she could feel her heart pounding in her chest. *Just a dream,* she reminded herself as she listened to the soft breathing of her friend Malia coming from the futon on the floor.

Just a dream... Despite knowing that, Bethany reached over and felt for her left arm. The place where it should have been was hollow and empty, and she felt a momentary stab of grief over her loss.

Not just a dream—a *nightmare!* It was a nightmare that had replayed what had actually happened to her just a year ago when she'd been attacked by a shark—a horrible day that had cost Bethany her arm and almost took her life.

At least the nightmares didn't come as often anymore. Not like they used to.

Bethany felt the beat of her heart slowly return to normal as the memory of the horrible attack faded. In the darkness of her room, the lanky teenager stretched out under the sheets and let the comfort and safety of her own bed, in the house she had lived in all her life, with a family who loved her, erase the nightmare.

I'm still alive, she thought. *Still breathing. Still laughing. Still surfing.* Everyone told her it was a miracle...and she knew that. Deep down she also sensed there was a reason behind the miracle—even if she didn't know what the reason was...yet.

With a sigh, she sank back into her soft pillow and let sleep envelop her once again.

By morning she would have no recollection of the nightmare that once again had startled her out of a deep sleep. Nor would she remember waking at all that night.

She was a child of the ocean—but she was also a child of God. And as with all of his children, he came and comforted her. The comfort came in the form of love from her family and friends. They helped her deal with the bad dreams and soothed her with words that washed over her like a gentle ocean tide.

A couple of miles away, another girl lay awake in her bed, eyes wide open as she stared up at the ceiling and wondered if anyone would ever understand how lonely she was—or how rotten she felt inside.

Out of nowhere came a high-pitched buzz.

The noise, centered in her left ear, sounded as if a dentist had mistakenly gone to work on her eardrum. Only it wasn't a dentist.

It was a mosquito.

The thirteen-year-old gave an angry swat at her ear, and the sound disappeared. She sat straight up in bed.

The black, star-speckled sky peeked in from between Jenna's bedroom curtains as she fanned herself with her hand. It was so *hot*—a sticky, humid hot that was nothing like the dry heat of her home in Arizona.

Jenna squirmed to get comfortable in this new bed, in this new home, thousands of miles and a whole ocean away from everything and everyone she had ever known.

The glowing face of the clock on the bedside table read 2:02 a.m. It was still too early for the ever-present roosters to start their song.

Then the itching started—on her feet, between her fingers, on her legs, arms, and face. The mosquito buzzing in her ear had only been one of an army of bloodsucking intruders that had somehow found their way into Jenna's house and honed in on her sleeping form by sensing the carbon dioxide from her exhaled breath. In the blackness, Jenna muttered words of exasperation as she scratched wildly at the itching bites.

Here she was in paradise—Kauai, the crown jewel of the Hawaiian Islands—or so she was told. She preferred to think of it as jail. She had been dragged halfway around the world because her mother "needed a change" (which was code for "I met a man") and then plunked down in this mosquito-infested cell of a room.

Why am I even here? she wondered, even though she knew there was no one to give her an answer.

She missed Arizona. She missed the vast stretches of desert that were the entranceway to her home, the snow-crested mountains, the thick forests that smelled richly of pine. Most of all, she missed her horse, Patchwork.

Well, not *her* horse, exactly. Jenna owned a share of the horse, a share that her mother had bought for Jenna's eleventh birthday. On Saturdays after she had finished with her chores, Jenna would ride her bike the two miles to the stables. The rest of the afternoon would be spent caring for Patchwork and riding through the woods on the sturdy mare. Jenna had probably stomped in protest and shed more tears over the horse than she did over anything else when they left Arizona.

As silly as it seemed, she even missed her old bed, her dresser, the well-worn but comfortable sofa, and the nicked kitchen table where she had dyed Easter eggs, frosted Christmas cookies with friends, and completed her homework.

They were all gone, sold in a massive garage sale because her mother said they weren't worth the expense of shipping them all the way to Hawaii.

Jenna squirmed, sweating and itching in the small rented house filled with bloodthirsty mosquitoes, croaking geckos, and giant cockroaches. It was jail all right. Soon she would be forced to start school with total strangers, whose everyday use of pidgin English was mumbo-jumbo to her, and where she, with her freckles, white skin, and red hair, would stand out like a sore thumb.

It didn't matter that this place was a land of endless summer weather. It didn't matter that you could pick coconuts off the ground or ripe mangos and avocados off the trees. It didn't matter that the rain was warm, the sunsets incredible, or the ocean enticing. She didn't belong here. This was not her home.

She was only here because her mother "needed a change."

Jenna buried her face in her pillow and wept loudly, consumed by an overpowering wave of loneliness and frustration, wishing with all of her heart that someone would comfort her.

one

Dawn crept over the jagged green mountains, and the sunlight slid into the bedroom window of four-teen-year-old Bethany Hamilton.

Bethany groaned, pulling the sheets up over her head as the light bounced off the polished surface of the trophies and mementos that lined her walls.

Her room, like her spirit, reflected the ocean.

Small bottles of shells, collected season after season, sat on the shelf. The size and beauty of them showed progress from a toddler, scooping up tiny treasures from the sand, to a young girl with mask and snorkel, snatching up larger, rarer speci-mens from their home on the reef, and finally, to a world traveler, bringing home exotic shells from beaches all around the world.

Her CDs, stacked willy-nilly on the shelf and spilling onto the floor, had titles that showed a taste for not only surf-saturated sounds but also for Christian rock.

On a hook near the door hung a selection of bathing suits, each different in color and style but all bearing the logo of *Rip Curl*, the surf clothing manufacturer that long ago had spotted the girl's talent and made sure that she had plenty of their product to wear as she surfed.

"Come on, Bethany," a voice, still full of sleep, mumbled from near the floor. "I hear the surf calling us."

"We stayed up way too late last night," Bethany's muffled voice protested from under the sheets.

"There wasn't any school to get up for this morning."

"I never have to get up for school in the morning," Bethany said.

There was a short pause, and then the voice on the floor replied, "That's because you're a home-school geek!"

Bethany dropped the sheets and grinned. "Malia, you're just jealous because you have to climb on that sweaty ol' schoolbus that I drive by on my way to surf every morning."

Suddenly, the room exploded with a flurry of flying pillows as the two girls batted at one another and squealed in mock pain and laughter.

In the midst of the battle, the door burst open and Ginger, Bethany's Shar-Pei dog, flew into the fray, barking and jumping up and down. Both girls laughed even harder.

Breathing hard, the pillow fight soon calmed down. Moments later, Bethany's mom, Cheri, popped her head around the corner.

"It's about time you sleepyheads woke up. I've had breakfast ready for a while now—thought you two would be on dawn patrol."

"Malia made me stay up and watch *Master and Commander* again. She's in love with one of the lieutenants."

"I'm sure she had to force you," said Cheri Hamilton with a twinkle in her eye. "Malia, how was the futon?"

"Awesome! But Mrs. Hamilton—did you know Bethany *snores*?"

"I do not!" protested Bethany.

"You do too!" Malia grinned.

With that, the pillow war started up again.

"Come on, girls, breakfast is waiting. If you don't hurry, Tim will eat it all," Mrs. Hamilton said. "And don't forget to turn off the fans. Our electric bills are high enough as it is."

"Sure, Mom," Bethany said in between swats with a pillow.

Within a few minutes, the girls emerged from the bedroom, giggling: Bethany, tall and lanky with a snarled tangle of sun-bleached hair, and Malia, small and thin-boned, with thick black hair and oval-shaped eyes that gave hint to an Asian background. Two normal girls. The only thing that would attract the attention of a stranger would be the empty left sleeve of Bethany's T-shirt.

It was still strange how in one moment in time—one blink of an eye—her life had changed forever. The fourteen-foot shark that attacked her had quickly severed her left arm, taking a massive bite out of her board before he swam off, leaving her to die. But God had other plans for Bethany.

Bleeding severely from the traumatic wound, a quarter-mile offshore and forty-five minutes from the nearest hospital, Bethany had been blessed by the quick work and calm heads of the Blanchard family—Alana, Byron, and their dad Holt—who "just happened" to be there at the moment she needed someone to save her life.

Soon after that came the media firestorm, and Bethany's close scrape with death was splashed over every television station and newspaper. But it was her remarkable spirit, coupled with a genuine faith in God, that kept her in the media spotlight, not as a tragic story but as a model of determination and courage.

Within a month of the attack, Bethany overcame her fears and surfed again. Not only did she relearn the art of surfing, but she went on to win contests.

Bethany's mom made allowances for her daughter's handicap: oranges and bananas were peeled and the bread was cut before the girls came to the table. But for Bethany, the loss of an arm provided only a temporary challenge for most things and a change of activity or choices for other ones.

Tying shoelaces with one hand was difficult and time-consuming. Bethany had already spent most of her life barefoot or wearing inexpensive rubber sandals, but now any shoes or boots she would need to purchase had to be put through the "can-I-do-this-with-one-hand?" test. Slip-ons worked best. Velcro straps performed the job as well.

Tackling simple tasks such as peeling a giant jabon—a grapefruit-type fruit that grows all over Hawaii—was performed by sitting on the floor, holding the fruit between her bare feet, and tearing into the thick skin with her right hand.

For surfing, Bethany had made one compensation: a handle attached to the deck of the surfboard gave her a head start to get to her feet. By losing an arm, she'd lost the ability to use the push-up grasp surfers use to hang onto the surfboard when diving deep enough to get under the crushing water of a broken wave.

The girls had finished their breakfast by the time Bethany's older brother Tim, the second in the line of three siblings, came stumbling from his room.

"Bethany," Tim said groggily, "you didn't leave any for me!"

"Snooze, you lose," Bethany shot back.

"There's more on the counter." Their mother grinned, shaking her head. "Juice is in the fridge."

"Oh, and Tim," Bethany added playfully, "last one up has to do dishes. Bye!"

And with that, the girls giggled and darted from the table. "We're ready to go, Mom!"

"Not until you put away the futon and straighten your room," Mom said, evoking a grin from Tim.

Within minutes, the chores were done and Bethany and Malia were in the garage, pulling their surfboards from their resting places against the wall.

"Whatcha think, Bethany?" Malia said. "The Bay? Pine Trees? Chicken Wings? Rock Quarry?"

"I'm not sure," Bethany said, chewing her bottom lip. "I didn't check the surf report this morning, but I bet my mom did."

"I wish my mom and dad surfed," Malia said.

Bethany grinned. "Noah says we were all born with saltwater in our veins."

Malia laughed. "Sounds like something your brother would say."

"North, northeast swell—four to six feet," Mrs. Hamilton announced as she came around the corner. "My bet is on Kalihiwai, especially with the tide at this hour."

Both girls grinned at each other.

"Let's go! I *love* that wave, and it's one of the best barrels on the island," Bethany said excitedly. Then she noticed her friend's hesitation. "You okay with that, Malia?"

"Sure," Malia said, trying to sound more confident than she felt.

Bethany sensed her friend's uneasiness and reached for Malia's hand.

"Malia, you can do it! Even though you're a goofy foot like me and this is a big right, you still have an advantage. At least you can grab your rail with your left hand. I gotta pull in real tight to make it, so we'll both be working at it."

Malia brightened at the encouragement.

It was fun surfing with Bethany. She always made it fun. It wasn't about who was better, bigger, braver, stronger, or more fluid. It was mostly about having fun and enjoying what God had provided: the warm sun, the crystal-clear water, the turtles darting along the cliffs, and the crisp tubing waves.

"Don't forget, girls," Mrs. Hamilton cheerfully reminded them, "the best surfer in the water isn't the one who's ripping the hardest, it's the one who's having the most fun!"

Both girls looked at each other and then back to Bethany's mom. "Ancient surf wisdom," she added gravely, and they all laughed.

With that, Mrs. Hamilton slid behind the wheel of her minivan packed with surfboards, and the two girls piled into the van, followed by Ginger.

"Hope you don't mind if I stop by the bank on the way," Cheri said as she backed out of the driveway and saw Bethany's frown in the rearview mirror.

"Mom! The bank isn't even *open* this early," Bethany said impatiently, wanting to get to the beach.

"The ATM is always open, Bethany," Cheri said—and Bethany saw her *mom's* frown in the rearview mirror. Not good. Cheri opened her mouth to say something else, but Malia beat her to the punch...with something that sounded like a *growl.*

"What—" Cheri started.

"Sorry, Mom!" Bethany said, suddenly contrite, and then she and Malia grinned at each other, pleased with their new code.

"Okay...so what was the growl for?"

"Aslan," Malia announced, as if that would explain everything. Both girls laughed, seeing Mrs. Hamilton's confused expression.

"We were talking about the *Chronicles of Narnia* books last night," Bethany explained. "I told Malia it would be cool if God could roar at us like Aslan to let us know if we did something wrong—"

"So, I offered to roar at Bethany if she does something wrong," Malia added. "And she offered to roar at me if I do something wrong."

"Ah," Cheri said, "that sounds like the mark of a true friendship!"

Bethany nodded, glancing shyly at Malia as her mom pulled into the shopping center. She *was* a true friend—even if it didn't bother her to hit the waves late as much as it did Bethany. She watched her mom head for the ATM, while Malia scrambled across the lot to get some lip balm.

"Take your time," Bethany called after Malia with a mischievous grin. "We're only missing perfect waves!" She tilted her car seat back as far as it would go and leaned back so the warm sun and soft trade winds could blow across her face. All she needed now was her board and a wave.

That's when she heard the fight.

"You don't care!" a girl's voice shouted in the clear morning air.

"I do care," an older woman's voice replied. Not quite as loudly, but clearly perturbed.

"If you *really* cared about me, you would've never done it. You would've never made me move here!"

Bethany felt an uncomfortable feeling wash over her, and she sank lower in her seat. She didn't want to hear what was going on, but it was hard not to. *Way too loud to block it out, that's for sure.*

"You don't care if I'm happy! All you care about is if *he's* happy!" yelled the girl.

Mother/daughter feud, no doubt about it.

"Look, life has been stressful for me too," the mother shot back. "I'm doing the best I can to sat-isfy everyone, but you—you're never satisfied!"

The young voice rose another octave.

"Oh, sure! You were thinking about my feelings the whole time. Like you cared that I had to leave my horse, like you cared that I had to leave my friends, like you cared that you made us sell every-thing to come here! You're nothing more than a self-centered..." And then she used a swear word on her mother. In fact, she unleashed a torrent of horrible words on her mother.

Bethany winced.

The Hamilton kids had always been taught to respect and honor their parents—even if they disagreed with them. And while Bethany knew that from time to time she could get a little sarcastic—like this morning with the diversion to the bank before going surfing—to truly show disrespect at the level that was coming from the car nearby was unthinkable.

It was a firm family rule.

The voices in the other car scrambled together as the mother returned the verbal abuse, and the argument ended with both parties yelling and swearing at each other at the top of their lungs.

Bethany considered for a moment showing herself by sliding up into her seat when, suddenly, they stopped shouting. A car started, and Bethany raised her head slowly to catch a glimpse at the brawlers.

She only managed to catch the back end of an older-model tan sedan with a broken taillight speeding away.

"Unbelievable!" Bethany muttered.

A few moments later, her mom appeared at the car door. "Okay! Let's go surfing!"

"Malia isn't back yet," said Bethany with a distracted frown.

Then the slap of flip-flops could be heard as Malia ran to the car.

"Sorry, sorry!" she said. "I got behind a guy who paid for all his stuff with change."

"Excuses, excuses," Bethany said teasingly, then turned back to her mom. "Mom, what would you do if Noah, Tim, or I ever swore at you?"

"First, I would cry," said her mother.

"Cry?"

"I'd cry because I would be hurt by your lack of respect."

"Oh," Bethany said softly with a side glance at Malia, but her best friend was turned, looking out the window.

"And then I would tell your father," said Cheri. "And then *you* would cry." Bethany's mother smiled.

"Ah!" Bethany said. "Then it would be Ivory soap time."

"A full diet of Ivory soap, followed by restriction to your room until you're eighteen, and hours of slave labor—oh, and surfboards hacked to pieces."

"You mean you wouldn't pull off my fingernails too?" Bethany laughed.

"Honestly, I don't know what your father would do," her mother said. "But I'm sure it would cure the situation once and for all. Why? Are you thinking of cussing me out?"

"No, I just overheard some girl cursing at her mom, and it kinda made me sick to my stomach. I just don't get families that do stuff like that." She glanced at Malia, who appeared to be thinking hard about all that was being said.

"We've taught you well, thank God. It *should* bother you. Who was it? Someone we know?"

"We don't know them," Bethany said and then wrinkled her nose. "I don't think I want to, either."

Malia didn't say a word, which seemed odd to Bethany. Instead, Malia turned and looked back out the window. But not before Bethany had caught the troubled look on her friend's face.

two

The conversation was soon forgotten as Bethany's mother steered the minivan around the narrow cliff-side roads, passing new million-dollar homes of movie stars and the ramshackle houses of a few old-time residents. Bethany and Malia hung their heads out the windows, drinking in the rich smell of blossoming plumeria trees and laughing at wild chickens that darted quickly out of their path, hustling young chicks in front of them.

Then the road dropped down a steep incline that opened up onto a majestic bay. Bethany felt her excitement rise. At the near end of the crescent, there were only a couple of cars with empty surf racks that bore greasy stains from melted surfboard wax on their rust-eaten roofs and trunks.

Plenty of room left for us, Bethany thought happily.

Just past the cars, a long rugged point of black volcanic rock loomed out into the sea. Around that point in the ocean steamed head-high waves that marched toward the beach before suddenly pitching forward, like a huge arm reaching for shore.

Bethany spotted a surfer racing across the standing wave. She motioned for Malia to watch while he tucked himself into a ball as the lip of the wave tossed over him, placing him in the tube for a few seconds before spitting him out in a burst of spray.

"Wooo! Looks like fun, Malia! And it isn't too big—just fun size."

"I wish I hadn't hurt my shoulder playing tennis the other day!" Bethany's mother said wistfully.

"What's that you always say?" Bethany patted her mom's arm. "The apple doesn't fall too far from the tree!"

Bethany winked, and Malia laughed. The wind and waves had erased whatever it was that was troubling her, and Bethany could tell her best friend was itching to hit the surf.

Within moments, the van was parked, sunscreen applied, surfboards waxed up, and the girls were trotting quickly along the sand toward the paddle-out spot.

Bethany glanced over her shoulder as her mom pulled out the video camera and tripod from the back of the van. She gave her mother one last wave, and her mom waved back before turning to talk with a group of tourists who were slowly encircling her. Bethany shook her head as she continued to jog toward the ocean.

Bethany still didn't get it—all the attention of people wanting to have their pictures taken with her and wanting her autograph. She didn't get it, but she was trying.

"What an awesome opportunity you've been given!" she remembered her mom whispering to her after an interview at the hospital. "To share your faith with so many—people you might have never met if this hadn't happened."

Yet, she didn't know how she was going to help someone else when she was just learning how to help herself.

Bethany felt Malia reach for her hand as their bare feet slapped on wet sand—time to pray. Malia had picked up the habit from Bethany—and Bethany from her father, when she was first learning to surf.

The prayer was simple. Bethany, aloud and without shame, thanked God for his creation and for the privilege of enjoyment he had given. Then she asked that he would give them his protection while in the water.

Considering what she had gone through only a year ago, the request had a powerful ring to it—one that seemed to hang in the air between them for a moment.

"Amen," both girls said at the same time and then laughed and sprinted out into the waves.

The first twenty feet of ocean bottom was covered with thick, large-grained sand. After that, it was replaced by coral-encrusted rocks that fanned out into a sharp reef. The girls quickly scrambled onto their boards as the bottom turned rocky, and then they paddled toward their surfer's playground on a riptide.

Rips, as they're known by surfers, are spent waves that create their own pathway back to the ocean in a kind of a reverse but under-the-surface river. They also cause the greatest danger for visitors, small children, or those unfamiliar with the ways of the ocean. Most people who have drowned in the waters around Hawaii stepped into a riptide and were dragged out to sea by an invisible surge far too strong to swim against.

Surfers like Bethany and Malia, with their greater understanding of the ocean and its dangers, often use a rip to get a free ride out to the action.

The girls ended their trip on the rip by racing each other to the lineup, laughing and duck diving under several clean but not terribly powerful waves along the way.

The other faces in the water were familiar ones—like Pete, the old-school guy on a thick, long board who actually surfed wearing a baseball cap to protect his balding head. To keep track of his hat, Pete had leashed it to his leather necklace. The other surfer watching the next set of waves was Eddie, a hefty, dark Hawaiian guy who spoke thick pidgin English with a happy smile.

"Hey, Bethany!" Eddie said as the girls paddled by him.

"Hey," Bethany chirped back in greeting.

Bethany paddled out farther than the others. She was gunning for the larger of the waves, and from her experience at this surf spot, she knew exactly what objects on the beach to line up with in order to get the most exhilarating ride.

She didn't have to wait long. A bump in the water appeared on the horizon and raced toward the surfers. Bethany guessed that the second or third wave would be larger than the first. She scrambled toward the bump that was now taking the shape of a swell by pulling powerfully with her right arm and compensating for the pull toward the right by correcting with the lean of her body.

The first wave rolled under her board, unbroken. The second wave stacked up in front of her. This was the one!

Bethany spun her board toward shore and paddled hard. Like a plane racing down the runway, she paddled hard into the wave. When it hit the shallow reef, the wave suddenly jacked straight up. The offshore winds tore away at the lip of the wave, casting off a plume of spray. Bethany took one last stroke and felt the bottom fall away. This was the critical point—the takeoff.

With years of experience that made the difficult look effortless, Bethany planted her hand flat on her board and did a one-hand push-up. Then in one lightning-quick movement she drew her legs beneath her and bounced to her feet as both she and the surfboard dropped down the face of the wave.

Now planted firmly on her feet with a strong but elegant stance, Bethany let gravity take her past the vertical face of the wave and out into the flat water before throwing her weight and speed into a hard bottom turn that threw a sheet of spray into the air.

Rising back to face the wave, Bethany found what surfers call the *sweet spot*—the place where the wave has the most speed and where the prospects of the wave curling over her in a tube were the most likely.

Bethany's heart soared! She was born for this. The wave stood up all the way across the end of the cove as it unwrapped on the shallow reef. A stall or misstep now would not only create a wipe-out but would toss Bethany up on the shallow, razor-sharp reef. She was unafraid.

The crest of the wave began to pitch out. Bethany tucked her body down to keep the lip from hitting her in the head, and a spinning circle of powder blue and green water enveloped her in a tube. The sound changed to a kind of hollow, gentle roar, as if she were inside of a can.

Bethany could see out the end of the barreling wave. She could see Malia smiling and hooting as she stroked out of the way and over the wave.

It lasted only a second or two, and then with a terrific burst of speed, Bethany shot out of the tube and raced down the wall of the wave, pulling huge turns off the lip of the wave and ending her ride with a magnificent attempt to break her airborne record.

Grinning from ear to ear, Bethany rejoined her friend in the lineup. "Okay, Malia, just one more for me. I'm starving!"

"Right behind you," Malia called after her.

A medium-sized wave rolled in, and Bethany scratched toward it at an angle. Having spent a lifetime in the ocean and knowing this particular surf spot, she quickly read the incoming wave and positioned herself in the right place to catch it. A few strokes later, she was sailing past Malia, shouting "food!" at the top of her lungs.

Moments later, an even larger wave scooped up Malia, and after a wild ride, she swept forward in a spray of white water to join Bethany as they paddled the rest of the way to shore together.

Jenna wasn't in the mood to admit she was wrong. But she couldn't help thinking that the sun did feel pretty good and that the ocean was incredibly beautiful. She felt the ocean inviting her to wash off in its cleansing waves.

Wading in up to her knees, Jenna felt the strong fingers of the waves grab at her calves and try to pull her back to sea with them. She even caught a glimpse of a sea turtle as it poked its head out of the water before stroking away.

This was a first for Jenna. She had never actually been in the ocean before. Its endless expanse made even the biggest lakes she had seen at home look puny. Like the intense sun, a few rays of hope warmed her heart.

Maybe I could learn to like this place, she thought, daydreaming.

She didn't notice the two girls coming in from the surf until they were almost right on top of her. For a moment, Jenna was dumbfounded by the shock of seeing a girl her own age, dressed in a cute bathing suit, tanned and rising up out of the water... with only one arm.

Then she remembered seeing the TV reports about a girl from Hawaii who was on her way to success as a pro surfer until she lost her arm to a shark. She'd also heard about the girl's miracle comeback. *Gotta be the same girl*, Jenna thought.

"Hi," the blonde girl said. Jenna smiled shyly.

"Hi." Jenna felt her face turn as red as her hair as the girl and her friend's eyes traveled to the red mosquito bites that covered her body.

"Looks like some skeeters got to you," the blonde girl observed.

"Yeah, they attacked while I was asleep," she said. "Terrorists."

Both girls grinned at her. "Did you have a fan going?" the blonde asked.

"Fan? No...why?"

"If you set a fan up to blow on you, you won't get bit," the dark-haired girl explained.

"That's news to me," Jenna said. "Good news."

"Yeah," the blonde nodded. "It's a trick most locals know about—hotels should tell you guys that stuff."

"Oh, I'm not visiting. I live here. Well, I just moved here."

"I'm Malia," the dark-haired girl said, offering a wet hand to Jenna.

"I'm Bethany," the blonde girl said, then grinned. "I'd offer you a handshake, too, but I'm holding my board, so there's none to spare."

Jenna dusted the sand off her hand and shook Malia's hand. "I'm Jenna. Thanks for the tip about the fan. I would've needed a blood transfusion if I had to go through this for another night."

Both Bethany and Malia laughed.

"Well, see ya later," Bethany said.

"Yeah, see ya," Jenna said.

And with that, the two surfers jogged up the beach toward a woman who appeared to be waiting for them.

Jenna watched from the shoreline as the girls buried their faces in towels and pawed through an ice chest.

She noticed the tourists lounging on their cheap grass mats turning their heads toward the girls, pointing and talking among themselves.

Then she saw one of them, an older woman in a bright floral print bathing suit and floppy beach hat, pull a camera from her beach bag and wander over to the girls who were busy stuffing slabs of fruit in their mouths.

Jenna couldn't hear the conversation, but she could tell that a request for a photo was in the works.

Not long after the photo opportunity, more cars pulled up to the beach. Most had surfboards stacked on top or poking out of the rear windows or truck beds. A group of teenage girls piled out of two of the cars, laughing and greeting each other. The Hanalei Girls Surf Team—an unofficial mix of young girls of the same general age, who lived in the same area, attended the same schools, and most important, surfed together—collected their towels, small ice chests, and surfboards, and waved at the adults who had given them a ride.

The resourceful girls had phoned around and discovered that Bethany and Malia were at Kalihiwai getting some waves and that it wasn't crowded for a change. This was Bethany's gang, the group of girls who had been her friends since childhood. These were the people who knew her and liked her before and after the loss of her arm. These were the girls who stood with her, who understood her, who accepted her for who she was and would be her friend if she went on to be a world champion surfer or if she decided to go the soul surfer route and surf only for personal enjoyment.

Becoming a part of the Hanalei Girls Surf Team wasn't easy. The girls' long history with each other had glued them into a unified force that outsiders could seldom penetrate. The Hawaiian term for them was *hui*, meaning a group, club, or gang. Because they tended to show up en masse not only to surf spots but to the movies or other events, people would often say, "Here comes that *hui* of girls!"

The girls filtered down to the sand and tossed their gear near the Hamiltons and Malia.

"Going back out?" one of them asked Bethany and Malia.

"Yeah, as soon as I finish stuffing my face," Bethany replied with full cheeks, making Malia laugh.

The rest of the girls joined in, and Jenna felt herself really smiling for the first time in a long time. She didn't mean to eavesdrop. Without realizing it, she had slowly made her way nearer to their little gathering.

She didn't know anything about the Hanalei Girls Surf Team, but she couldn't help feeling like she wanted to be a part of their world as she watched them wax up their boards and head for the ocean.

Maybe I've made too big of a deal out of this move, Jenna thought. *Maybe Mom really does know what she's doing.*

Jenna smiled wryly. Wouldn't her mother *love* to hear that!

Just then a car horn bleated from the parking lot, shaking her from her thoughts. Jenna turned to see her mother had come to pick her up.

"Did you have a good time?" her mom asked as Jenna climbed into the car.

"It was okay," Jenna admitted a bit reluctantly. "I saw a sea turtle up pretty close."

"Really?"

"Yeah, it was kinda cool. And I think I met that girl on TV who had her arm bitten off by a shark. I mean she didn't say that to me, but she surfs and obviously lives here. Her name is Bethany. That's the same girl, isn't it?"

"I think so. I'm glad you had a good time."

Jenna glanced sideways at her mom and then fell silent.

She didn't want to admit it just yet, but there *was* something wonderful and magical about the beach. She had never known that saltwater tasted so salty or that sea turtles would come in so close to the beach. She never realized how such a little wave could so easily knock you off balance or how walking on dry sand was like walking across hot coals and yet at the shoreline it could be soothing and cool.

On top of that, it was kind of cool to meet someone she'd seen on TV. And besides, that person had been *nice* to her.

What had really shocked her—and kind of excited her—was the number of *girls* who surfed.

Up until that morning at the beach, she had always thought of surfing as a guy's sport, like skateboarding or something.

Today almost every surfer was a girl—*a girl!* This was a wonderful world, full of new sensations, sights, and people.

As the car pulled into the long driveway of Jenna's new rented home, a small *ohana*, or family house constructed behind a larger home, she was hit with another thought.

"Mom, are you going to Wal-Mart anytime today?"

"Well, I have to drop off some paperwork in town. Why? Do you need something?"

"I think you ought to pick up a couple of fans," Jenna said. "I hear the local people sleep with them blowing on them because of the mosquitoes."

"I can see how it might keep you cool, but how does that help with bugs?"

"The mosquitoes don't like the breeze; it blows them away before they can land on you."

"Who knew?" Jenna's mom said with a small smile. "Sure, I'll stop and get a couple of fans."

"Oh, and you might want to get us some bug repellent too," said Jenna. "In case what I heard about the fans isn't exactly right. I'm really tired of being a Happy Meal for bugs."

Jenna's mom rolled her eyes. "Happy Meal?"

They looked at each other and then laughed— the sound surprised them both after weeks of constant bickering. They were still grinning as they took their shoes off and placed them side by side at the front door.

"By the way, what's the deal with this shoe thing?" Jenna asked.

"I think it's a Hawaiian custom. I read somewhere that you will really insult people who live here if you wear your shoes into their houses."

"Why?"

"I don't know," her mom said, "but I think it's kind of a good idea. It does keep the mud and sand out." Jenna rolled her eyes this time. "Well, when in Rome, do as the Romans do."

"Riiight," Jenna said. Then, in spite of herself, she started to wonder if her mom was right about that too.

Bethany and her friends weren't exactly Romans, but there was something different about them—something she wanted to be a part of.

She thought about them late into the night, with her new fan blowing at full strength across her bed. Even the discomfort of a few patches of sunburn, spots she had missed while greasing up, didn't bother her.

Tomorrow is Sunday, she thought sleepily. *Wish I knew what those girls will be doing…bet it's something fun.*

three

Sunday morning at Bethany's house was a beehive of activity as the family prepared for church.

Bethany, her dad, and her brothers had cracked a dawn patrol at a nearby surf spot and were now quickly trying to shower, eat, and change into clean clothes before Mom herded them out the door.

"Is Malia coming to church this morning?" Bethany's mom asked in the middle of the rush.

"I dunno," Bethany said around a piece of toast. "If she can get a ride she will."

"Give her a call, and tell her we'll stop by and get her on our way," Mrs. Hamilton said, putting the juice back in the fridge. "Tell her I have a couple of books from the *Chronicles of Narnia* to give her too."

Soon, the entire family piled into the van and bumped down the road to Malia's house. Even though Noah and Tim were old enough to drive and had their own cars, it was a tradition to go to church as a family.

"Sunday is family day," their parents had long ago told the kids. Over the years, in spite of busy schedules and changing lives, they had managed to stick to that idea.

The Hamilton's family church, located on the north shore, held services in a large tent on the grounds of a private school. Bethany often joked that she went to the circus church because the large blue stripes of the huge tent made it look as if there should be elephants and clowns running around as well.

Set up inside the tent were several hundred chairs and a large stage that held a full band. The edges of the tent could be rolled up to allow the cool trade winds to blow through or dropped down in case of the wild weather that sometimes blew rain sideways.

As the van crunched over the gravel parking lot, Bethany and Malia spotted their friends making their way across the church campus. Most of the girls were a part of the Hanalei Girls Surf Team who, like Malia, had developed an interest in God in spite of the lack of interest their parents had about spiritual things.

From between two cars, a young woman popped out and waved furiously at the Hamiltons. It was Sarah Hill. Sarah served as youth director for the church and was also one of the main reasons so many young surf girls had come to know Christ.

"Bethany! Malia!" Sarah shouted.

Bethany smiled. It was fun going to youth group meetings during the week—a lot more fun than most people realized. Sarah had helped her see that faith in Christ wasn't about following a list of rules or just believing because your parents believed. It was about hanging close and personal with the most loving person in the universe—God.

Bethany and Malia quickly picked up their pace across the parking lot when they heard the worship band warming up. Church time!

People of every shape and size and from every walk of life trickled out of cars and trucks to join them in their trek to the big top. Men were dressed in aloha shirts, shorts, and rubber slippers or sandals. Some women showed up with skirts or dresses, but compared to mainland attire, they were all very casual—a dress code that was a big part of the island style. Anyone with a tie would stand out like a sore thumb. Anyone with a suit and tie would look as if he came from another planet.

Wet surfboards strapped high on top of car roofs were proof of pre-church surf sessions, and freshly waxed boards waited expectantly to grab some waves after the service.

Sarah Hill slid up next to Bethany and Malia as they walked toward the tent opening.

"Are you coming to the Get Outta School barbecue this evening?" she asked.

"Get Outta School? I almost forgot!" Bethany said.

"That's because you never go to school," said Malia.

"I do too! I go to school at my kitchen table every day."

Malia rolled her eyes as if to say, *Tough life!*

"Actually, I kind of miss public school," Bethany said. "I just can't keep up if I'm traveling and training."

"You can come to the barbecue anyway," Sarah smiled. "It's for the whole youth group to say hello to summer and goodbye to school."

"You can count me in," said Malia.

"I'll be there too," Bethany said. "You don't think I'd miss a chance to taste your famous strawberry pie!" Sarah was known for her secret recipe for strawberry pie, which appeared at the end of every youth gathering.

"You'll have to get behind me," Malia said with a grin.

"Pie junky," Bethany shot back.

"Great!" Sarah laughed as the girls arrived at the tent entrance. "I'll see you tonight, if not before."

After church, the Hamiltons returned home, where Bethany and Malia quickly made tropical smoothie lunches out of mango, pineapple, banana, and guava juice. As soon as their straws sucked the bottom of their glasses, the girls hustled off to load their surfboards in the car and change into swim gear.

"Timmy, will you drive us to Pine Trees?" Bethany asked. Her brother grinned at her.

"Sure, if you make me a smoothie."

"Come on," Bethany pleaded. "We wanna get in the water as soon as we can, so we can make it back in time for the barbecue tonight."

"Guess you better start walking then," Tim said with a smile.

Bethany weighed the trade-off for only a moment before she decided that it was fair enough. Then she hurried over to the blender and started assembling the ingredients for another smoothie.

"You can make one for me too!" came a voice from the back of the porch. It was Noah, the oldest of the Hamilton kids.

"No problem," sang Bethany, "but you have to clean everything up!"

There was silence as Noah weighed the trade-off in *his* mind.

"All right," Noah sighed. "I guess that's fair."

Bethany pushed the button on the blender, and it roared to life, slicing and then mashing the fruit and juice into a thick, delicious fluid.

A few moments later, smoothie in hand, Tim backed his car out of the driveway while Bethany hung her head out of the window to smell the perfume of the plumeria trees that lined the entrance to her home.

What a cool day, Bethany thought happily. Then, with no warning, she suddenly heard the voice of that young girl who had yelled at her mother run through her head: "*You don't care!*"

"Tim, did you ever yell at Mom or Dad?" Bethany asked, suddenly. She saw Malia glance up.

"Why would you ask me something like that?" said Tim.

"I overheard a girl and her mom arguing the other day, and they said terrible things to each other." Bethany frowned. "Now I can't stop thinking about it."

"Yeah, well, some people yell like that," Tim said as he studied the road ahead.

"Maybe, but they probably yell at home where nobody can hear them instead of in the grocery store parking lot," Bethany pressed.

"I yelled at Mom once."

"Really?" Bethany said, glancing back at Malia with a look that said, *Tim?* She looked back at her brother. "What happened?"

"It was a long time ago, so I don't remember all the details. But I do remember that I yelled something kinda bad at her—some word I heard other kids saying at school. I don't even know if I knew what it meant, but I knew you weren't supposed to say it. In the end, I had to spend a lot of time picking weeds." Tim grimaced. "It was terrible. My friends would come over to play, and I had to send them away. I would get up, eat, and then pick weeds until it was time to go to bed."

"How long did that last?"

"Three or four years."

"Seriously!" Bethany said, and Tim smiled.

"Long enough to learn my lesson," he answered finally. Uncharacteristically, big brother Tim reached over and put his hand on her shoulder as she and Malia started to pile out of the car. "You gotta understand something, Bethany. We're Christians—not every family has that. Because some people don't have God in their lives, they aren't able to see things the way we do."

"I know that," Bethany said a bit impatiently.

"No, I don't think you do," Tim said as she started to shut the door.

Bethany frowned at her brother—but Malia gave him a small smile of gratitude.

A few hours later, returning sandy and salty from the beach, the girls raced for the Hamilton's outdoor shower to rinse off.

"You owe me another smoothie," Tim shouted after them.

"Sorry! Only one per customer!" Bethany called out as she plunged under the spray of the showerhead.

Within a few minutes, wet bathing suits were drying on the line and the girls, hair still clingy wet, were dressed and ready for the youth group barbecue.

"I'll take you," Mrs. Hamilton offered.

"Thanks, Mom!"

"And I won't even make you fix me a smoothie," her mom added. "At least not today."

"Shoot, Bethany," Malia said. "I need to learn how to make smoothies as good as you. You have this taxi service sewn up tight!"

"That's because mine are the best," Bethany said with a delighted laugh.

"It's true!" added her mother.

"Secret sauce," Bethany advised. "Mom, did you know that Malia will soon be a professional smoothie maker?"

"What do you mean?"

"I got a summer job at Hanalei Harry's Smoothie Shack," said Malia.

"Good for you," Mrs. Hamilton said with a wink. "Watch out, Bethany, you have competition now!"

Soon the van pulled into the crowded driveway of Sarah's house. Cars were parked on both sides of the narrow street and even on the lawn in front of the youth director's house. It was a necessity in rural Hawaii, but thankfully, the tropical conditions made lawns as tough as nails and virtually bullet-proof.

The delicious smell of cooking meat wafted through the air, and the chatter and laughter from dozens of conversations competed with the sound of contemporary Christian music rolling out of the stereo.

As soon as the girls hopped out of the van, Bethany's stomach growled. A smoothie lunch was no match for a couple hours of hard surfing, and the aroma was almost too much to take.

Young people stood in small knots both inside and outside Sarah's house. The conversations were all pretty similar—summer plans and school reminiscences. Some kids, reflecting on the past year like book reviewers, were trading stories about the personalities of various teachers and which classes were toughest.

Just outside the back steps of the house stood a small cluster of girls. They were dressed in the kind of clothes made popular in surf magazines. Tanned, with sun-kissed hair, they chatted with casual elegance. They laughed and talked as if they were longtime friends. Many were part of the Hanalei Girls Surf Team.

Bethany and Malia joined the conversation as everyone made plans for the summer: trips to the mainland, surf explorations on the other side of the island, and countless overnight stays at each other's homes.

"Did you hear that Brooke moved up here from the south side?" Monica announced.

"Really?" Bethany said.

"Her dad transferred jobs to this side of the island, and with the price of gas, they thought it would be better just to move over," replied Monica.

"That's cool," said Bethany. "She's a pretty good surfer."

"Yeah, well, I hope she doesn't think that just because she's living on this side of the island, she can be part of us!" said Monica defiantly.

Bethany said nothing. She had mixed feelings about the "us and them" attitude a number of the girls carried. Part of her appreciated the tightly knit *hui* and the long and deep friendships that came with it. She was glad for the loyalty of these friends and didn't want to lose it by inviting others to join the group.

At the same time, she remembered Sarah Hill's teachings about the danger a group faces when it becomes too exclusive or turns into a snobby clique.

The conversation trailed away as everyone loaded paper plates with burgers, chili, rice, and salad.

After the meal, Sarah squeezed all her students into the living room. Sitting on a stool in the corner, she opened her Bible and read to them these words from Matthew 13:44: "The kingdom of heaven is like treasure hidden in a field. When a man found it, he hid it again, and then in his joy went and sold all he had and bought that field."

Bethany was surprised to see Sarah look up from her Bible at *her*. After a long, thoughtful moment, Sarah glanced around at the rest of the group.

"Wherever you go this summer and whatever you end up doing," Sarah continued, "God may put people in your life who need to discover the terrific treasure a relationship with God can be. He may also put treasure in your path that you don't recognize. In fact, sometimes the treasure is kinda crusty and ugly-looking on the surface, but after you wash off the dirt, you find the real value there. God may want to use you as a guide to bring someone else to his treasure field or even as a prospector to discover treasure around you."

Bethany nodded and then glanced at her friends. She enjoyed Bible studies, even though she often found it difficult to concentrate for long periods of time.

I think I have the attention span of a lightning bolt, Bethany thought with a pang of guilt.

Sarah was one of the few people who held Bethany's attention when she taught from the Bible. *Thankfully, it was a very short talk tonight,* Bethany thought. Sarah soon closed in prayer, and the race was on for strawberry pie.

Malia was a dessert nut. About the only dessert Bethany really enjoyed was Sarah's homemade strawberry pie, probably because it was thick with fruit. So it was a bit of a disappointment when she finally made her way to the dessert table to find the pie tin empty.

Other kids were greedily gobbling up the other kinds of dessert, but none of them held any interest for Bethany. She gave a little sigh and went to return her unused plate and utensils.

It was then that she saw Malia trying to hide herself in the corner. On her dessert plate were not one, but two large pieces of Sarah's famous strawberry pie.

Bethany strolled over to her friend. "Guess what? The pie was all gone before I even got to it!"

Malia said nothing. One piece of her pie was almost finished, the other untouched. The two girls locked eyes for a moment. It was really not a big thing—it was only a piece of pie. Malia was normally a gracious and generous girl, but as anyone could see, strawberry pie was her weakness. Bethany knew she didn't *need* a piece of pie. In fact, none of the kids *needed* a piece of pie. But here was her good friend having a moment of greedy, self-centered delight.

"Grrrrrrr." The sound came out of Bethany softly at first. "Grrrrrrr-raaaR!" she roared. The sound of a lion, a very unhappy lion.

Malia slowly smiled at Bethany. "Okay, okay. You're right!" she said in a way that seemed almost like a confession. She slipped the piece of pie onto Bethany's clean plate with a sigh. "I knew I was being a pig. Thank you for growling at me, though."

"That's what friends are for," Bethany said. "True friends!"

They grinned at each other and then joined in with the swirl of students who were still talking excitedly about the summer ahead of them.

Just two miles away, Jenna dug through her old suitcase of clothes, trying her best not to cry. The morning had started off pretty well—at least there weren't any new mosquito bites to deal with. But as the day wore on, she felt more and more depressed ... and alone. Her mom had evidently decided it was more important to spend Sunday with her new boyfriend.

What was I thinking? That some miracle would happen and those girls would just come find me and invite me to go with them somewhere?

Jenna shoved the clothes into the dresser drawers, not really caring where or how they landed. She stopped only long enough to swipe angrily at the tears streaming down her face.

Who cares, anyway!? She felt the shout rise up in her.

Then something strange happened. She remembered something her dad said to her years ago ... before he died. She could hear his voice now like a thought inside her head.

Even though I won't always be here to take care of you, remember, *God has plans for you—a future for you ... full of hope.*

four

The first morning of summer vacation drowned out any hope for a day in the sun. The massive storm system that came rolling in from the south drenched the island with heavy sheets of rain and caused a collective sigh to echo across the island from kids who had anxiously awaited their first day of freedom.

Bethany heard the raindrops pelt hard against her bedroom window. This was the kind of day for staying in bed, not for going to the beach. In spite of that thought, she threw her covers back and slipped out of bed.

Pro surfers had to train in both good weather and bad. It was a good idea, really. A lot of contests were held in less than ideal weather conditions. And with a local contest scheduled for this weekend, she had to keep in top form.

But it *was* raining miserably.

She almost fell back in bed and pulled the sheets back over her head. It was tempting, but she willed herself to get up.

Her mother's knock at her door came a few short minutes later, and within half an hour, Bethany and her mom were splashing through puddles on their drive to the beach.

Pulling up to the surf spot called Pine Trees, Bethany saw that the stiff offshore wind was creating extremely choppy conditions. Gusts snapped off the top of forming waves, billowing spray high into the air after each peak.

Bethany frowned.

"Ugh!" her mother said, echoing her thoughts. "Think I'll stay in the van with a good book. Don't forget, I have to be at my dentist appointment in an hour, kiddo."

Bethany nodded and slipped out of the car. As she lifted up the rear van door, she wondered why on earth she hadn't just stayed in bed. She probably could've just skipped today. But some inner strength pushed her to keep going in spite of herself.

"Never know where God will lead you—or what you might learn, Bethany," her dad liked to say. She smiled as she dug around for her wet suit top.

"This'll help," she said under her breath, feeling a little better about the day as she quickly slipped the top over her head.

Bethany slid her surfboard from the rack, bent her head away from the driving rain, and trotted toward the surf. *In a few seconds I'll be wet anyway, so this rain doesn't matter.*

There was only one other surfer in the water as she plunged into the warm, stormy sea. *He's violating the rule about surfing alone,* Bethany thought. She hoped more surfers showed up despite the rain.

Bethany's first wave was surprisingly fun, considering the conditions. The hard offshore winds were acting as an unseen hand, pushing back against the tumbling wave just long enough so that Bethany could squeeze into the tube and shoot out again. With every turn she hurled huge arcs of spray into the air, which were carried away by the trade winds.

Finally, another car pulled into the parking lot, windshield wipers banging away furiously. She felt several pairs of eyes on her as she performed the graceful water ballet.

Bethany was relieved to see two middle-age men paddle into the lineup on long boards—even if it meant sharing the best waves. *Thank you, God!* It was uncomfortable surfing with just one other person, especially when she didn't know the skill of the other guy catching the waves.

In a mad dash to escape the heavy sheets of rain, Malia ducked under the awning of the smoothie stand to report for the first day of her summer job.

"At least this weather will give you time to learn your job without customers getting all impatient with you, like they did me," her boss said with a grin. Malia wiped the rain off her face with a paper towel.

Malia's boss explained that her job would be to slice up fresh fruit, clean the blenders, and make smoothies for customers. But because the smoothie stand offered little shelter from the rain, it was virtually empty most of the morning— except for a few locals who drove up in their cars and ordered smoothies for the road.

By lunchtime, her boss felt confident enough to let Malia run the stand alone. No sooner had her boss left than Bethany showed up.

Malia had her back turned, so Bethany shouted out, "I'd like 145 banana mango smoothies, *delivered*!"

Malia spun around with a grin. "I knew it was you!"

Bethany, who had been surfing all morning in spite of the rain, shivered as she sat on one of four stools tucked under the eaves of the stand. She'd asked her mom to drop her off with her bike just in case it cleared up. Bethany was starting to wonder just how smart that was.

"How's the first day on the job?" she asked.

"Kinda easy. My boss already left me alone to run the shop. Want a smoothie? I'm almost as good as you now!"

"No, actually I want something hot," Bethany said, trying to control her shivering. "But once I warm up, I'll take a chance."

"No chances—it's a sure thing!" said Malia.

"What? Are you working on commission?"

"No, but I want to see if the smoothie master approves of my work."

"All I've got is wet money; will you take it?" Bethany asked, holding out a limp five dollar bill to Malia.

"Do I have a choice?"

"No!" Bethany laughed, snatching the five out of Malia's reach. "I'm going across the street to get some *siamen* to go, first. We'll do the deal when I get back."

Grinning, Bethany ran through the rain to the restaurant on the other side of the street. Safely inside, she leaned against the door and watched the rivulets of water pour off of the roof and into the street.

What a lousy first day of summer!

Suddenly, an older model sedan—tan with a cracked taillight—came to an abrupt stop in the street. Even though the windows were rolled up and fogged, a sign that the air-conditioning was not working, Bethany could hear a familiar voice. The voice was shouting...again.

Only this time the girl got out of the car, and with a few tense words to her mother, she slammed the door, pulled the hood of a light sweatshirt over her head, and stomped off.

Bethany rolled her eyes. *No excuse for acting like that,* she thought, feeling a little righteous indignation. She had forgotten Sarah's words from the night of the barbecue.

The screen door of the kitchen slapped shut, and a slender Hawaiian guy handed Bethany a large foam bowl, steaming with noodles, and a pair of chopsticks.

"Thank you," Bethany said as she traded soggy money for the soup. She was just about to head out the door with her food when Monica walked in.

"Hey, Monica," Bethany smiled. "I was just about to head over to Hanalei Harry's so Malia could whip me up a smoothie."

"Hey back. I was going to order something to go. Why don't we just eat it here and head across the street for a smoothie with Malia after?"

"Sounds like a plan."

After wandering around Hanalei town for a while, Jenna started looking for a place to grab something to drink. It was then that she noticed Hanalei Harry's Smoothie Shack. She quickly eyed the menu and glanced up to find Malia grinning back at her.

"Didn't I meet you the other day at the beach? You were with that Bethany girl," Jenna said shyly, feeling her spirits rise a little. The fight with her mom had been bad—so bad that she'd wondered briefly about trying to find a way back to Arizona.

"Yeah!" Malia nodded. "You were the one with the mosquito war story. Did you get a chance to pick up some fans?"

"Yep," Jenna said, taking a seat on one of the stools. She held up her arms to display only a few faded welts. "Works like a charm."

"Sweet," said Malia.

"I've gotta live here—but I don't have to be on the menu, right?"

Malia laughed. "Where're you from?"

"Arizona," Jenna said, warming to the girl's laughter. "But not the desert part. I came from the mountains. I always have to explain that 'cause most people don't realize there are mountains in Arizona."

"I always think of it as a desert," Malia admitted. "So you like it there better, and your mom made you move or something?"

"My mom..." Jenna's words trailed off. "It's nice here, nicer than I thought, but I had to leave all my friends, my horse, my house, everything."

Malia sensed there was a story this customer wanted to share.

"Let me get this smoothie for you, and you can hang out and tell me all about you," Malia offered kindly.

"Thanks," Jenna said, suddenly feeling like she wanted to open up and share. There was something different about Malia—something good that made it okay to talk.

For the next half hour Jenna told Malia her tale of frustration about leaving everything comfortable and familiar for the unwelcome trip to Hawaii—all so her mom could continue a relationship with a man she had met.

Her anger at the whole situation simmered just below the surface, but during her conversation, she managed not to say terrible things about her mom to Malia.

"I really miss my horse...and my friends," Jenna said.

"You'll make new friends," Malia assured her. "It's tougher during the summer to connect, but hang around the beach, and it won't be long. Hey, you met us the first day, didn't you?"

"Yeah, I guess so," Jenna said, feeling better.

While Jenna talked, the rain-filled clouds drifted away and the sun peeked out of blue holes in the sky. Soon there was enough sun to dry up puddles and make the idea of lounging on the beach attractive again.

"Well, I've taken enough of your time," said Jenna. "I think I'll go hang out on the beach."

"Sounds like a plan," said Malia. "See you around." She picked up the empty smoothie glass. "Hey, Jenna! You ought to come to the surf contest this Saturday at Pine Trees. It's really fun."

Jenna had no idea where Pine Trees Beach was located, so Malia pointed out directions from the Smoothie Shack.

"Maybe Bethany and I can give you some surfing lessons," Malia offered.

"That would be great!" Jenna said.

Later, as Jenna walked down to the beach, it seemed that the whole day had taken on a new glow. Malia would have been surprised to know just how much her few words of kindness had meant to this new girl.

For Jenna, the fact that there was one person on this whole mosquito-infested island who was willing to talk to her, to ask questions about her life, her likes, her experiences, was exhilarating.

After having such a bad fight with her mother and suddenly hearing her dad's voice, she'd wondered if she was going crazy. But now she knew she wasn't.

She felt like she might just have a future—and a hope.

Jenna had only been gone a few moments when Bethany and Monica showed up at the smoothie shack.

"This place is cool," Monica said, looking around.

"Hey guys! Ready to be blown away by my ultimate smoothies?" Malia asked as soon as they plunked down on their stools.

"I brought you another victim, didn't I?" Bethany shot back. Malia grinned wickedly.

"Hey, you'll never guess what I saw earlier," Bethany went on. "The same car from the shopping center. You know...the one where that girl was going off on her mom. And guess what? The girl is still going off today."

"She was here," Malia said.

"Who?"

"That girl you heard yelling at her mom."

"No way! She didn't go off on you, did she, for not putting the straw deep enough in the smoothie or something?" Bethany winked at Monica, but Malia frowned.

"She actually seems kinda nice. What's really funny is she's the same girl we met on the beach the other day—the one with the mosquito bites."

"Hmm. Maybe she was nice to you," Bethany said. "But in my book really nice people don't scream and yell at other people, especially their parents."

"Well, that's easy for you to say. Don't you remember what Tim said? Maybe she just hasn't been taught by parents like yours." Malia looked Bethany in the eye. "My parents aren't saints, either, remember?"

"But you didn't hear the stuff that girl was saying!" Bethany argued, avoiding her friend's stare. "I just can't imagine how anyone could treat her mother that way. I mean, I know it happens. I just don't like it, and I'm not really all fired up about hanging out with someone like that. Now how about that smoothie?"

Malia shrugged and pointed to the menu board. "Take your pick," she said. "Anyhow, I invited her to come to the surf contest on Saturday."

"O—kay," said Bethany slowly, sensing there was more to the story.

"And...well...see, I said that maybe we could give her some lessons," Malia admitted almost apologetically.

"We?" Bethany said incredulously. "You got a mouse in your pocket?"

Monica laughed.

"Come on!" Malia said. "You're always giving surf lessons to someone...even to the kookiest people."

"We're surfing in that contest, Malia!"

"Yeah, I know, but there's always a lot of free time after our heats."

"Why did you commit me?" Bethany asked finally.

"Because she met you, she heard about you, you were friendly to her," Malia reminded her with a pleading look.

"That was before I saw what she was really like," Bethany replied. "Besides, you don't need my help, you can teach her yourself. After all, she's *your* friend."

Malia sensed something odd in the way Bethany said that last line, but she decided to shrug it off. Bethany was not the type to get jealous if other friends came into the picture, but she *was* very careful about what kind of friends she chose to hang out with herself.

Monica, who had been listening to the exchange between Malia and Bethany, decided to add her two cents' worth.

"Malia, I know that you and Bethany are always picking up strays and dragging them around with you, but you've gotta remember that we've got to keep the Hanalei Girls Surf Team *special*!"

"I'm not saying to make her part of the team or anything," Malia protested. "I'm just trying to be helpful to a new kid on the island."

"Yeah, well, if you start giving some kid surf lessons, the next thing you know she'll want to hang out with us all the time, and we don't even know her."

"And I'm not sure I want to know her," tossed in Bethany. "The stray Malia found seems to have fleas."

"Just be careful who you invite to hang out with us," Monica added.

"Yeah, okay, we'll just play it by ear," said Malia, stung by the less than charitable reaction from her friends. "So, what kind of smoothie magic do you want me to mix up for you?"

"I dunno. They all look so good!" said Monica. "How am I supposed to decide?"

Jenna's mom showed up late to pick her up at the beach. Instead of getting mad about it—or bringing up the boyfriend deal—Jenna brushed it off, feeling the new bounce in her step as she made her way over to the car.

"Good day in spite of the rain?"

"Way better than I expected!" Jenna said with a wide smile—a smile that she hoped would call a truce between them. She took a deep breath and plunged ahead. "Mom, can I go to a surf contest this Saturday?"

"Well, if you get your chores done and if you promise not to go out too far—"

"Mom! I'm not five years old anymore!" Jenna said, exasperated. She paused and then tiptoed on thin ice. "And I'd *really* like a new bathing suit."

"What's wrong with your old one?!"

"Nothing, really. I ..." Jenna frowned. "They just wear different stuff than we did back in Arizona." Her mom pursed her lips, staring straight ahead as she drove.

"Money doesn't grow on trees, you know."

"Please, Mom? Please? I'll even work for it if you want."

"Well," her mom said, glancing over as a small smile formed on her lips, "let's see how much they are when we get to town."

"Okay," Jenna said eagerly, "but I think you have to buy them at a surf shop, and there's a surf shop just up the road."

As the car pulled onto the highway, Jenna caught a glimpse of herself in the side mirror. It was an image she hadn't seen in awhile. It was a girl smiling.

five

Bethany couldn't help smiling. After a couple days of rain, the sun had crawled out from behind the clouds, the trade winds wound down, and the island returned to the warm, sunny paradise made famous on so many postcards. It was awesome surfing weather.

Floating on the water, she felt her excitement build as she spotted the large swell coming toward her. While most girls tended to back away from bigger surf, she came alive in it. Bethany waited for the perfect moment and then pitched herself over the face of the wave, using gravity to sweep her down the wave as she simultaneously sprang to her feet.

Moments later, she shot forward toward shore in an impressive spray of white water that seemed to glint like diamonds in the bright sun. *What an awesome day!* she thought happily.

Bethany was so relieved that she didn't have to work out in the rain again. She was even more relieved when she saw Monica waving at her from her beach cruiser in the parking lot. Bethany had been training like crazy for the contest and was looking forward to taking a little break.

She also needed someone to talk to. Malia had been working so much they hadn't had a chance to get together, so Bethany had been left to deal with her thoughts by herself. Not fun.

After quickly packing her surf gear in the back of her mom's van, Bethany and Monica were off, pedaling their beach cruisers down the coconut palm-tree-lined road that led to Hanalei Bay Pier. Glimpses of turquoise water flashed past them between the rows of expensive homes.

"Wouldn't it be great to live in one of these houses?" Monica said dreamily.

"Yeah, until a tsunami came," Bethany answered wryly. "Remember the story of the house built on sand?"

"Sure, I remember that story, but the guy had a great view while it lasted," Monica laughed.

The bikes wheeled down a bumpy little path and then onto the concrete deck of the pier. Along the edge of the pier, old men and women with brown wrinkled faces hidden under large floppy hats fished with cane poles. At the end of the pier was a large roofed pavilion with a stainless steel ladder reaching down into the water. In a former life, the pier had been a hub of shipping activity, but now it served primarily as a tourist attraction and viewpoint for those wanting to watch beginners catch the small waves that brushed under its pilings.

Most island children saw the pier as a launch pad and would jump together in groups, laughing wildly as they cannonballed into the warm ocean only to scramble back up the ladder and do it again.

Bethany and Monica laid their bikes down at the end of the pier and stared into the water.

"Look!" Bethany pointed. "Hammerheads!"

Sure enough, baby hammerhead sharks, about a foot in length, darted in and out of the pilings.

"That's nuts!" said Monica.

"Haven't you ever seen them before? They're here a lot," Bethany said.

"They're too small to hurt you, aren't they?"

"Yeah, right now they're way more afraid of you than you should be of them. Give them a few years to grow and it will be the other way around."

"I wonder where their mommy is?"

"Sharks don't make good moms; they give birth and swim off," Bethany said thoughtfully as she stared down into the water. "The mom is probably a long way away."

"I hope so," Monica said, glancing back at Bethany.

"I hope so too."

"And all those guys," Monica said, pointing to the surfers in the water, "really hope so."

"Did you know that sharks eat other sharks?"

"No. Why would they do that?"

"Cannibals," Bethany said, wrinkling her nose in disgust. "They'll even eat their own family and friends."

"Sharks have friends?"

"Uh, no, I guess not." Bethany laughed. "But if they did, they would eat them."

The girls stared silently at the small sharks for a while, and as they did, Bethany felt troubled thoughts swirl through her mind again. She looked up at her friend.

"Monica, I think we have to be careful that we don't make our *hui* so tight that we hurt other people."

"What do you mean?" Monica said in surprise. "You aren't saying that we should just let any poser or wannabe hang out with us?"

"I don't know exactly what I'm saying," Bethany answered. She suddenly felt an uncomfortable feeling—kind of like a nudge. She sighed and went on. "I mean, I really value having close friendships with all my friends in the Hanalei Girls Surf Team, but I think we have to be really careful. Maybe we should be more open to people that God would want us to invite in."

"What if God wanted us to invite everyone into our crew?" Monica asked, narrowing her eyes a little.

"I don't know if he would ask that, but if he did, I don't think we would have much choice."

"Are you trying to include that friend of Malia's into our group? The girl doesn't even surf! I would rather invite Brooke from the south side."

"No, I'm not saying that. I just think that even though we've gotta keep our friendship tight, we gotta still be willing to be friendly and make friends with other people."

"How are we going to do that?" asked Monica.

"I dunno. I can't explain it, but it's like I keep getting this feeling the past two days that I can't get rid of—like God's trying to talk—but I haven't been listening."

Bethany frowned, suddenly feeling confused and more than a little embarrassed under Monica's sharp stare. "Or something like that..."

The bike ride home was a scenic one but a quiet one too, as the girls bounced along unpaved roads under huge canopies of bright green trees, both lost in their thoughts.

At the entrance to a golf course they parted company, and Bethany started the short pedal to her home while Monica had the longer trek to the condominiums she lived in up the road.

Bethany still felt troubled, but she decided for the time being to force their conversation to the back of her mind. She had Saturday's contest to think about, after all...and what was more important than that?

six

Early Saturday morning the promoters were already setting up the judging tents, and vendors were staking out their sections of the beach and parking lot where they would be selling food, beverages, and souvenirs to the crowd.

Soon a long procession of cars, with surfboards stacked on their roofs, made their way to the Pine Trees parking lot. The water quickly filled with contestants getting in practice runs, while the beach sprouted umbrellas and sand chairs like multicolored mushrooms. Cars pulled up and dropped off spectators and contestants alike, who were prepared for the day with ice chests, beach chairs, and surf gear.

A few miles away, the Hamilton household was on full alert.

In the garage, Bethany's dad, Tom, was selecting the right surfboards from a quiver of water vehicles. Having a backup board was essential in the event of changing surf conditions or board breakage.

Noah checked and rechecked his camera gear and unplugged oversized camcorder batteries from their charger and stuffed them into a backpack. His role, with help from Tim, would be to take pictures and video of Bethany's surfing. The images from this contest would go to sponsors and on his sister's website, and they would provide Bethany with footage to polish her style.

Tim hauled ice chests to the car that his mom had filled with every conceivable goodie. Hawaiians follow a "my ice chest, your ice chest" tradition, meaning whatever you bring to the beach is fair game for all your friends and acquaintances. Bethany's mom had packed accordingly.

Meanwhile, Bethany debated about what to wear from a number of bathing suits that had been donated to her by a sponsor. At the last minute she decided on a red, white, and blue combination and ran into the bathroom to change as her dad hollered from the van to hurry up.

Nothing like rushing me when I'm nervous, she thought as she scrambled out of the house and into the van.

Soon the Hamilton crew, surrounded by surfboards, ice chests, camera gear, and beach chairs, clattered across the small single-car bridge that marked the entrance to the Hanalei valley.

Bethany heard her dad breathe a heavy sigh of relief as they finally escaped the mass exodus of traffic by pulling into the driveway of a family friend.

"Cheri, which one is our firstborn? Because I think we should give him to the McCoys for letting us park here."

"It's a small price for a good parking space," her mom grinned.

"The least we could do," Bethany added, trying to sound innocent—until she winked at Noah and everyone laughed.

Before the family exited the car, Dad held up his hand. "Hey! Before everything gets going, let's pray." Bethany lowered her head with the rest of her family.

"Lord," their dad prayed, "we give this whole event to you. If your name will be glorified by Bethany doing well in the contest, we ask for your help for her, and if your name will be honored better by her losing, we will be happy with that as well. We ask for safety for all those taking part today. In the name of your son, Jesus, amen!"

"Amen," echoed all the voices in the van.

The family quickly loaded their arms with gear and began their slow migration to the beach. Bethany, a single surfboard under her arm, looked over at her brother Tim, who struggled under the burden of several surfboards and an ice chest.

"Hey, Tim, there are times when having only one arm really pays off!"

Tim only grunted in return.

Once the family had established a spot on the sand, Bethany walked over to the registration table, signed in, and picked up her complimentary T-shirt. She would be surfing a bit later in the day in a heat with a friend and a couple of girls from the south side of the island.

Malia, along with a number of other girls, drifted on to the beach, and soon the Hamilton location became an encampment for all the Hanalei Girls Surf Team.

"Hurry, Mom!" Jenna shouted to the closed bath-room door. "I don't want to be late!"

"I'm going as fast as I can," said the muffled voice of her mom. "You ought to be happy that I'm getting up early to drop you off at the beach before I go to work."

Jenna caught sight of her image in the hall mir-ror and frowned slightly.

Like most people her age, she was not entirely pleased with what she observed. She really liked her new neon blue and green swimsuit. But she wished her hair wasn't so red and her skin didn't look so...white. Her critique of her body would have continued right down to her toes, but the bathroom door opened and her mom came out and said, "Okay, let's go!"

Following the surfboard-laden cars across the Hanalei Bridge, Jenna's mom found Pine Tree Beach easily. Jenna quickly exited the car and waved goodbye to her mother.

The beach was alive with activity and color. Bright pennants, with the names of sponsoring companies emblazoned upon them, drifted high above the tents in the gentle breeze as tanned men and women, surfboards under their arms, swarmed over the beach.

Suddenly, an air horn sounded, and four men wearing colored Lycra jerseys and holding surfboards bounded toward the water. The surf meet was on.

Jenna stood wide-eyed, taking it all in.

Bethany glanced up briefly at the sound of the air horn and then bent over to finish stretching her hamstrings. She and her friends had hiked farther down the crescent bay to a location out of the contest area in order to tune up and practice for their upcoming heats.

Doing stretching exercises on the hard sand was the first step, and the girls, although young and limber, took this part of the routine seriously. Even a slight injury could mean the difference between winning and losing in a contest with aggressive and talented competitors.

A small rectangle of wax was passed around, and the girls scraped it over the top of their surfboards in order to create an uneven surface so they wouldn't slip off.

Leashes were fastened. Those who planted their right foot in the back of their stance put their leash on that foot. Those who favored their left foot or "goofy foot," as Bethany did, hooked the leash on that one.

The rolling whitewater grabbed at the knees of the girls as they waded into deeper water. Unlike many places in Hawaii, the Pine Trees area had a smooth sandy bottom completely free of reef or rocks.

When they reached waist-deep water, the girls slid onto their boards and stroked out toward the horizon. Their objective was the smooth blue water just past the breaking point. Even though their movements looked effortless, it took stamina, skill, and a lot of practice to make it look so easy.

As the whitewater from a breaking wave exploded in front of the girls, they quickly grabbed the rail of their surfboards and, with one fluid motion, pointed the nose deep under the wave while drawing one knee under them and throwing the other foot out and up as balance.

This maneuver, if done properly, would allow the girls to dive under the power and reversing force of the wave. If done improperly, the end result could mean that they would be pushed all the way back to the beach. Bethany and her friends zipped through the crashing whitewater like pros.

For the next hour the girls raced along the face of powder blue waves, executing arcing turns and finding the tube time and time again.

Jenna, not recognizing anyone, found a spot on the sand and watched in awe as the remarkably talented, bronzed men and women took to the water in competition.

Behind her, the announcer called out a commentary on what was happening in the water and on the scores of the winners. Every few minutes the air horn would sound, indicating the start or end of a heat.

Just then, Jenna noticed a cluster of girls standing at the edge of the water. Each wore a different colored jersey. One of the girls Jenna recognized, even though her back was turned. She was tall — taller than the others. She had almost white-blonde hair, and the left sleeve of her jersey was knotted. It was Bethany, the girl she had met the week before on the beach.

The starting horn blared, and Bethany raced toward the waves, her long legs giving her a sprinting advantage that she would otherwise lose because she could only paddle with one arm.

Shortly after the shark attack and her return to a competitive career, contest judges had offered her special consideration due to her handicap. Bethany turned them down cold. She would compete at the same level, with the same rules as the rest of the girls. If she had a physical disadvantage, then she would just work harder to overcome it.

Now paddling to the take-off spot with breakneck speed, Bethany and the other girls in the heat would compete for the top seat in a good-natured but aggressive battle.

Points were given for each wave ridden and were also determined by how long a surfer stayed on the wave and how complicated the maneuvers were that were done on the wave. A surfer could win a contest by catching lots and lots of waves with the best rides of those waves being counted for points. Yet it was possible to win a contest by catching just a few waves and outperforming the competitors.

Surfers could suffer penalties as well. Taking a wave that an opponent was already riding would result in a "triangle" for the offending surfer as would shoving or pushing another surfer, trying to dismount them from the wave.

A small wave popped up, and several girls scrambled to take the point position on it. Bethany, her ocean sense honed by many hours looking at the horizon, felt before she saw that there was something more substantial than this wave. Rather than chase the small swell in, she paddled farther out.

Suddenly, a large breaker loomed up. It was one of the larger set waves of the day. Bethany smiled to herself. She knew she had the wave since the other girls were hopelessly inside and scrambling just to avoid being caught by its breaking power.

She spun her board toward shore and took several strokes with her powerful right arm. Bethany felt the bottom drop out of the wave, and she gracefully came to her feet. This wave was now hers to control.

Bethany used the speed of the drop to drive out into the flat water in front of the pitching wave and then dig hard on her inside rail to snap the board back up the face of the wave, stalling midway up on the breaker.

Bethany saw the wall of water stand up in front of her. She knew she had to take one of two opportunities: she could power drive across the wall and use her speed to make huge snap turns, or she could sink her back foot, stall just a moment more, and slip into the spitting tube.

With the ease of a champion, Bethany slowed her drive and let a turquoise lip of water envelop her.

On the beach, people jumped to their feet. Her dad began counting under his breath: "One thousand one, one thousand two..."

Bethany had vanished completely behind the curtain of water; only the tip of her board was visible.

"One thousand three, one thousand four, one thousand five..."

Cameras whirled and clicked.

With a huge burst of spray, Bethany exploded from inside the collapsing wave. Hoots and cheers went up, and judges, not waiting for her to finish her ride, began to scribble on their pads.

Bethany continued her drive down the wave, picking up speed, which she used in a stunning backslash maneuver, snapping back to a small floater as the wave diminished on the shore.

Bethany smiled to herself. She knew that her competitors would have a tough time matching that wave in the limited time each heat was held.

She turned her board away from the beach and paddled back for more.

On the beach, Jenna found herself on her feet, cheering for Bethany. And even though she didn't really understand a lot of what she had just seen performed, she knew it took real skill to pull it off.

The air horn sounded, and Jenna watched from a short distance away as Bethany's friends and family went down to the water's edge to congratulate her as she came sliding in on her belly.

Everyone seemed so happy for her. Jenna inched closer to the group, feeling invisible — but wanting to be a part of something that felt so...good. Jenna saw a woman that she didn't recognize laugh and toss a towel on Bethany's head as she stood up.

"Great job, kiddo!" the woman said with a smile.

"Thanks, Sarah!" Bethany said, hugging the woman.

"We're so proud of you," Bethany's mom whispered.

"Ho! You gotta come see your ride!" a young man, who must have been her brother, shouted as he replayed the video over and over to the crowd standing around him.

Jenna trailed behind them as they made their way back to the judges' tent.

"And the winner of the junior division, with an incredible barrel ride of over five seconds, is Bethany Hamilton!" sounded the loudspeaker.

Before long, Bethany was standing on the winner's platform, a beautiful lei around her neck and a *haku*, or headband lei, on her head, holding a huge trophy as the emcee continued on about the "Comeback Kid."

When the microphone came to her, Bethany said a simple thank you to God and her family and then handed it back to the fast-talking commentator and the next round of winners.

Jenna held herself back as a group of girls she didn't know surrounded Bethany. She recognized Malia in the group, but it seemed too odd—too uncomfortable—to push her way in.

She wanted to tell Bethany that she was impressed with her surfing ability and that she admired the fact that she hadn't let the shark attack stop her from her dreams. She wanted to say thank you for the small kindness shown to her. She wanted to say that she didn't know many people on the island that she could call a friend and that she hoped that Bethany and Malia might be those people.

All this was going through her head as Bethany pawed through the ice chest, looking for something. Her huge trophy lay heating up on a beach towel, and her lei, Jenna noticed, was now draped around her mom's neck.

Bethany found a large bottle of water and guzzled it down quickly and in a very unladylike way.

"Bethany!" her mom said, laughing.

Bethany smiled sheepishly and plopped down in a beach chair, bottle of water in her hand. Then she looked up—looked right at Jenna—and looked down again. But not before Jenna had seen that she recognized her.

She doesn't want to be bothered with someone like me, Jenna thought, a low, sinking feeling swirling over her.

Jenna walked away as quickly as she could, not pausing to watch the other surfers for fear someone might see the tears in her eyes. She had almost reached her own towel when she heard someone say her name.

"Jenna?"

She turned around and saw that it was Malia.

"I thought I recognized the red hair. Did you see the contest?" Malia asked excitedly.

"Yeah, sweet," Jenna swallowed and managed a cheerful smile. "And Bethany won."

"With a tube ride like that she could have fallen off on every other wave and still won," Malia said, rolling her eyes good naturedly. "So, are you still up for a surf lesson?"

Jenna studied Malia's face; she really seemed sincere.

"I would, but I'm going to have to go pretty soon." She grinned sheepishly. "And then there's the fact that I don't have a surfboard!"

Then a thought came to Jenna, a thought that bubbled up through the rejection and clung to the hope that she could still be a part of it all.

"Malia, where do you buy a surfboard?"

"New or used?"

"Oh, for sure, used," Jenna said.

"Well, usually people buy those off friends or maybe from the paper or at a garage sale. What size are you looking for?"

Jenna's face had a blank look on it, so Malia looked at her size.

"If I were you, I'd start with an eight-footer. Much longer, and it would be hard to carry, and much shorter, too hard to catch waves with it if you haven't surfed much."

"Eight foot. Okay...I can remember that."

Jenna's mom, holding shoes in her hand, approached the girls.

"Jenna, I've been looking all over the beach for you! You were supposed to be at the parking lot for me to pick you up twenty minutes ago!"

"Oh, uh, I'm sorry, Mom. I lost track of time," Jenna said, mortified that her mom had yelled at her in front of Malia.

Jenna's mom scowled at her.

"Okay, see you later," Malia said cheerfully, as if she sensed trouble brewing. "We'll give the surf lessons a rain check."

"Yeah, later," said Jenna, already turning toward the parking lot with the slow, weary shuffle of someone who's not so sure "later" was going to happen.

The ride home was unpleasant, as she'd expected, but Jenna didn't pay much attention to the lecture her mother delivered. Malia had given her back a sliver of hope, and she wasn't about to let go of it. Not yet.

She had another adventure on her mind: to buy a surfboard and learn to surf.

 *seven*

After showering, Jenna scoured the classified section of the paper for surfboards. She found a few, but they were not the right size, and some seemed very expensive.

She piled all of her money on her bedspread and counted it several times. Including quarters, dimes, and nickels, she had just about ninety dollars saved up. If she got creative, she might make it to a hundred.

Jenna dug around for change in all the usual places: under sofa cushions and in drawers. In the end, she was a few dollars richer but still short of the hundred-dollar goal.

The next morning, a Sunday, Jenna stuffed her money in the pocket of her shorts, hopped on a bike, and started cruising the neighborhoods for garage sales.

As with many things, garage sales seem to be everywhere—until you start looking for them. Then they are as scarce as hen's teeth. Jenna stumbled upon several, but the offerings were a hodgepodge of leftover stuff with not a surfboard to be found.

She had just about finished the one-mile loop and was approaching home from the back way when she spotted a hand-lettered sign stuck in a lawn that read, Garage Sale Today.

The early bargain hunters had already been at this location too. Only a few boxes of used clothing and electronic odds and ends seemed to be left. Under the shade of the eaves sat a large, dark-skinned Hawaiian man. His massive flat feet were wrapped in well-worn rubber slippers, and his thick arms were locked around a solid belly. He wore a wide smile, and his eyes danced with warmth.

Encouraged, she laid her bike on its side on the lawn and wandered into the garage. The big man turned his head, watching her.

She glanced around for a moment. No surfboards anywhere. She sighed in defeat and then turned back toward her bike.

"Can't find what you are looking for?" the big man sang out.

"No," Jenna said shyly, glancing back at him.

"Well? Maybe I can help. What you afta?"

"A surfboard."

"Ah, you gotta know for where to look, sistah," he said with a smile. "Come!"

With that he pulled his huge body off the chair and strolled into the middle of the garage. He paused, looked up at the ceiling, and pointed.

There in the rafters were surfboards of all sizes, almost a dozen of them. Jenna couldn't believe it.

"What size you looking for?"

"Eight foot," she whispered, trying not to get her hopes too high.

"I got one of dem for sure," said the big man, who produced a small rickety ladder and reached up into the rafters.

He pulled down a yellowing eight-foot board with a softly rounded nose.

"I used to ride dis years ago. Was more skinny in dem days," he added with a laugh.

"Uh, how much is this?" asked Jenna.

"Hmm. How much you have?"

"Well, I have a little over ninety-three dollars."

"As all you money?"

"Yeah, that's all my savings," Jenna said, and then rushed on. "But if you'll hold it for me, maybe I can earn some more."

"I tell you what," said the man. "You can have 'um for twenty bucks if you promise to be da best surfa in da watta."

"How can I do that?"

The man squatted a bit and looked the young redhead straight in the eyes. His voice turned merry as he said, "By having da most fun!"

On her way home, Jenna couldn't stop grinning, in spite of struggling to guide her bike with one hand, while cradling her new-used surfboard with her left.

She imagined herself gliding across the waves as she had seen Bethany do the day before. She imagined herself tanned and fit, talking with the Hanalei girls.

When Jenna got home, she put the surfboard in the backyard under a tree. The board still had a leash on it, although it was old and worn. She practiced fastening its Velcro strap on and off her ankle. She didn't know anything about being a goofy foot or a regular foot, so she tried it on both ankles to see if there was a right way to wear the thing.

Her mom was less than enthusiastic, though, when she got home and learned of Jenna's purchase.

"I don't know if just jumping into surfing is such a good idea," her mom ventured, looking over the board.

Jenna felt her new world about to drop out from underneath her.

"Why not?"

"Well, it's a dangerous sport," said her mother.

"Lots and lots of girls surf, so it can't be that dangerous."

"It's the ocean that's dangerous. And those girls know the ocean because they were raised around it. It has dangerous animals too—just ask that Bethany girl. I don't want you eaten by a shark."

"Mom!" Jenna said, feeling the tears well up in her eyes.

"Jenna, you can't…you don't…" her mother stammered, taken aback by tears instead of Jenna's usual shouting.

"I don't what?"

"Those girls are strong swimmers," her mom said finally.

"I swam every summer in the public pool back home!" Jenna said. "Besides, surfboards have a rope thing that is attached to you in case you fall off."

Jenna's mother sighed and then relented.

"I guess," she said, "if it will make you happy. But I still think we should both learn a little more about what it takes before you jump into that ocean."

"Thank you, thank you, Mom!" said Jenna gleefully. "And you don't have to worry. Those girls I told you about promised to give me lessons. So…can you take me to the beach now?

"Now?"

"Okay, after lunch."

"I suppose," her mother said, forcing a smile.

With that, Jenna spun away and went outside to hose the dust off her new used surfboard.

eight

Bethany spotted the Hanalei girls as soon as service was over, and she quickly made her way over to the little group that had formed around Malia. Her eyes grew wide, as she saw Malia hold a bandaged, swollen foot up for all to see.

"Shoot, Malia! What did you do to yourself?"

"I sprained my ankle last night," Malia explained with a hint of embarrassment. "Jumping on our trampoline with my sister. My timing was off. Hurt so bad when I landed on it, I thought it was broken."

"Looks like you won't be surfing with us today," Holly said.

"Nah, I can't even put a leash on this foot," said Malia. "But I may just come down and hang out."

"That's cool," Holly said. "How long do you think you'll be out of the water?"

"I dunno. As soon as I can put some real weight on it, I'll be back in."

"You want us to pick you up on the way?" Bethany offered and was surprised when Malia shook her head no.

"Nah, it's okay. If I decide to go, I'll ask my mom to drive me down."

"Okay," Bethany said, still staring at Malia. Something was wrong, but she wasn't sure what it was.

"So," Monica piped in, "if you can't surf, you have to shoot photos of us!"

"No way!" shot back Malia.

"That's the rule!" said Monica, half joking. "Those who can't surf must take photos of those who can."

"They'd all be out of focus anyway," Bethany teased, getting a small smile from Malia.

Just then, Sarah Hill walked up and said, "Malia! What in the world happened to you?"

Jenna had a dilemma.

On the advice of Malia, she had purchased an eight-foot surfboard. But now she realized that the little sedan her mother drove was not much longer than her surfboard. And the car had no racks to throw the board on.

Jenna tried everything she could think of to fit the board into the car. She laid the passenger seat flat, but the board would not squeeze into the space. She rolled the back windows down and tried to shove the board through the car sideways, but then she realized that the first passing car would no doubt snap off the nose of the surfboard. She opened the trunk but found that its tiny space would not come close to accommodating an eight-foot surfboard.

When she had just about given up, Jenna spotted a latch on top of the back seat. She pulled it, and half of the back seat flopped forward. Victory!

Through a combination of laying down the front and back seats, Jenna was able to get most of her board into the car, with only a foot of it sticking past the rear bumper. She carefully wrapped the back end of the surfboard in a towel and then used a bungee cord to hold down the trunk lid.

Her mom came out of the house and took one look at the packing job Jenna had performed and commented, "Good thing there are only two of us!"

Jenna couldn't agree more. She smiled and slid into the backseat behind her mother. She was glad that her mother's boyfriend was not around today.

The car started up, and slack key Hawaiian music flooded out over the radio.

Normally Jenna would have asked her mom to change the station to something with more of a rock 'n' roll sound, but today this was just fine. It sounded like the kind of music to go to the beach with—a soundtrack for a surfer girl.

When Jenna arrived at Pine Trees, she found the scene completely different than the day before.

Yesterday the place bustled with people and surfboards. Today the parking lot was almost empty and only a few clusters of people dotted the beach. The water was almost vacant of surfers.

She pulled her surfboard out of the car, actually said thank you to her mother, and slowly walked down the sandy trail to the beach.

Jenna was disappointed to see that none of the Hanalei girls were around. She laid the surfboard in the sand with the deck up and spread out her beach towel. Then she vigorously covered her pale body with sunblock. She didn't notice that the warm tropical sun had quickly melted the wax on her surfboard, turning the deck liquid with its slippery wax.

Jenna stared at the ocean and wondered how she should start. She secretly had hoped that someone—Malia, Bethany, or one of the other girls—would give her some pointers about surfing. But no one was there.

She would have to do it herself.

Jenna stood up and fumbled with the leash. She fastened it on her left ankle, which turned out to be the wrong leg, because she tried to stand on the surfboard and felt very awkward—like the leash might trip her. So she switched the leash to her right ankle.

Jenna picked up her surfboard, and the runny wax smeared along her arm. "Gross!" she said out loud.

Trudging toward the crashing waves, Jenna tried to remember what she had seen the day before so that she could imitate it.

She made a painful mistake. Rather than point the nose of her board toward the ocean, she put the board in the water sideways and tried to push it out to sea in that manner.

The first small wave to come rolling in picked up the surfboard and smacked it hard into Jenna's shins.

"Oww!" she cried, rubbing her legs.

When she recaptured her surfboard, Jenna pushed it a little way into the surf and then flopped on top of it. But the greasy sunblock that coated her body acted like butter on top of the now unwaxed board, and she slid off the side almost immediately. Over and over again she tried to find her balance in merely lying down on the board, but a bit of rolling whitewater kept sending her tumbling into the surf.

Jenna realized that this surfing sport was a lot harder than it looked and that she was going to need help.

Bethany and the girls trickled down the beach as they lugged their boards and gear, checking out the waves with the ease that comes from years of practice.

"The swells look a lot bigger today," Jasmine said. Bethany grinned at her, feeling the excitement of the challenge building inside.

"Yeah! No time to lose!" she declared as she quickly pulled the chunk of white surf wax from a pocket in her towel and scraped it across the surface of her board. A thick fresh coat of wax roughed up the wax that already covered the deck.

"There limps Malia!" Monica announced, looking up from working on her own board.

Sure enough, Malia was slowly hobbling down the trail, with a small knapsack on her back and a folding beach chair under her arm. She wore shorts and a T-shirt over her bathing suit.

"Malia, the surf has picked up," said Bethany excitedly.

"Yeah, I can see!" said Malia. "Looks like I'm watching today though."

"Yeah, too bad," Bethany said, encouraged to see her friend's smile. "I'm going to ride that far sand bar. It's cranking out perfect lefts!"

Bethany looked up to see a wet, pathetic figure stumble from the water. She was clearly exhausted and dragging behind her an old yellowed eight-foot surfboard.

It was Jenna.

Bethany quickly bent back over her board again and began to work on it so she wouldn't have to deal with the new girl. The other girls seemed to take her cue and continued to work on their boards in silence.

"Hi, Bethany!" Jenna said weakly.

"Uh, um, hi!" Bethany said with a sideways glance to Malia, who was now frowning. She looked away from Malia and tried to brush away the small pang of guilt that nudged at her heart.

Suddenly, the crack of a wave grabbed Bethany's and the other girls' attention. A huge set had just bombed into the bay.

"Whoa!" Bethany exclaimed.

"Um, Bethany," Jenna said, interrupting Bethany's thoughts of surfing, "I just got this surfboard and was...well, I'm kinda having a hard time figuring out how to do this, and I was wondering if you...especially since Malia is hurt...could give me a little help?"

Now it's true that the excitement of the magnificent waves rolling in had captured Bethany's attention. And it was also true that the presence of the restless girls in the pack behind her saying, "Come on, let's go!" put some pressure on. And it was true that this wet, pale girl was not part of her friendship circle or even on the radar screen of being a potential candidate to join the Hanalei Girls Surf Team. But what was most true was that Bethany didn't really *want* to get to know this new girl. She had already had a glimpse into what the girl was like and had decided she didn't care at all for what she saw.

So she gave Jenna a polite brush-off.

"Well, maybe later," Bethany said. "I'm gonna surf right now!" Then she added, trying to be helpful, "You'll probably find it a lot easier if you go up the beach and try to figure it out where the surf's not so big!"

Bethany saw the hopeful look on Jenna's face disappear as she quickly mumbled, "Okay, I understand," and turned away. She saw it—but pretended she didn't. Instead, Bethany slipped the piece of wax back into the pocket of her towel. When she looked up, Malia locked eyes with her, a disapproving frown deepening on her face.

"Grrrrr," growled Malia softly to Bethany. Nobody but Bethany heard with the crashing sound of waves in the background.

"Come on, Malia! Everyone has gotta learn on their own," Bethany said, knowing full well what Malia was saying to her. "*I'm going surfing!*" It sounded childish even to her own ears. She took off in a run to catch up with the other girls and paddled out into the lineup.

Bethany reveled in the sun-sparkled water, listening to the laughter of her friends. The waves were as awesome as she had imagined. It was one of those sweet days you wanted to remember forever. She was surfing well and strong, shredding wave after wave with skill and grace, *out-surfing* everyone else. But she wasn't having any fun.

She couldn't get Malia's growl out of her mind.

All at once Bethany felt the rush of feelings that she had tried to ignore over the last week flood over her heart. She felt guilty, selfish, and foolish. She knew she hadn't shown any mercy or understanding toward Jenna. She also knew that she had chosen to ignore the fact that her stable family life was a blessing that others might never get to taste.

Someone had asked for her help, and she had chosen to satisfy her own selfish desires instead. And now she was riding the best waves she had surfed in months, but she couldn't enjoy them.

Okay, God, Bethany prayed, cringing on the inside. *I'm sorry, I blew it.*

"I'm going back in!" Bethany suddenly announced as Monica paddled past her.

"What?" Monica glanced over, startled.

"I'll be back. I've got something to do," Bethany said with grim determination.

"Well, I hope you don't mind if I take your waves while you're gone," Monica called after her. But Bethany wasn't listening. She quickly caught the next wave and rode it all the way to the beach.

Unfastening the leash from her ankle, she trotted back to where Malia slumped in her beach chair.

"Where'd that kid go?" Bethany asked Malia, feeling a strange urgency come over her.

"You mean Jenna?" Malia said, shielding her eyes against the sun.

"Yeah," said Bethany. "I told her to go up the beach. The waves are smaller and easier to learn on next to the pier." Bethany squinted in that direction. "But I can't see her."

"I see somebody about to go into the water *down* the beach," Malia said, suddenly trying to stand. "And that's the *worst* place to go if you're a beginner."

Bethany turned and stared intently in the direction Malia had pointed.

"That's her!" Bethany exclaimed, and then she took off running as fast as her long legs could fly.

nine

Jenna had sat on the sand for a long time, trying to catch her breath from her recent attempt. Then a steely determination came over her. She would show those girls. She would learn to surf without any of their help. She would earn their respect and friendship by becoming as good a surfer as they were. Maybe better.

With determination, she had picked up her surfboard and started walking along the surf line. Bethany's tip for her was to head toward the gentle, small waves that were the learning ground for all the local kids.

Instead, she unknowingly headed toward a part of the beach with a whole different personality.

As Jenna came to the arch in the bay, she stopped and looked at the ocean. This looked like the perfect spot to paddle out. Waves broke on both sides, but here, right in front of her, was a fifty-foot patch of what looked to be calm water. She slipped the leash onto her ankle and waded into the surf.

The bottom was a mix of sand and reef. This bothered Jenna, but she reasoned that once she paddled out she could paddle back up the beach toward the sandy part of the break.

Lying down on her surfboard, she found that without any waves crashing into her she could balance herself with ease. Encouraged, she stroked out toward the horizon and found she was moving quickly.

This is easy, she thought.

But paddling used muscles she had never used before, and she was tiring quickly. Jenna pulled her arms out of the water and rested them on the edge of her board. To her astonishment, Jenna realized she was still moving. Without paddling she was being carried out toward the darker blue water.

She had paddled out in a rip.

Bethany, running down the beach, saw the red-headed girl lay her surfboard down in the deceptive calm of the riptide. She saw how quickly the girl and board were swept into deep water and felt her heart skip a beat.

By the time she got to the spot where Jenna had paddled out, Bethany was panting as she frantically scanned the waves for Jenna. *Please help me find her, God!*

Jenna felt a small trickle of fear wash over her as she realized she was being taken out much farther than she felt comfortable with. She tried to paddle her board back toward shore, but the current relentlessly carried her out to sea. Her weakening arms were almost useless now, and panic set in.

Suddenly, a huge wave seemed to loom out of nowhere. It crashed in front of the wide-eyed young girl. The explosion of whitewater that followed hurled Jenna off her surfboard and into a swirling, washing machine of foam and waves that twisted and turned her upside down, spinning her round and round as if she were a rag doll. Her arms and feet flailed, to no avail. The ocean was in control.

The wave loosened its grip, and she popped to the surface. In her desperation for air, she gasped and sucked down a gulp of saltwater as well. Coughing and sputtering, she looked around for help, but at the same terrible moment, Jenna realized something was pulling down on her leg, keeping her head from completely breaking free of the surface of the water.

She could see her surfboard lying flat on the face of the sea, ten feet away, but something was holding her. She couldn't move.

Under the water, Jenna's leash had wrapped around a coral reef head and, unknown to her, it was keeping her trapped in one location.

Jenna dog-paddled ferociously. Then in horror, she saw another wave loom up over her.

A wave of pure fear washed over Jenna. In a burst of energy she grappled with all her might against the force holding her down, and just as the wave cracked above her, she felt herself go free. Then came the tumbling and tossing darkness of the broken wave.

She had snapped the old leash and was free. But she was free without her lifeline. Her surfboard had washed away.

On the beach Bethany had finally spotted Jenna and quickly debated her options. The safest thing to do would be to sprint back to the lifeguard station and let the professionals handle this. But in Hawaii, with so many beaches, lifeguard stations are few and far between, placed in spots where large numbers of people gather.

Here in this corner of the bay, the nearest lifeguard was half a mile away. By the time they could respond, it would be too late.

Bethany's first impulse was to swim out to the girl, but she knew the danger of trying to rescue a panicking person. With only one arm to use, it could mean drowning for both of them.

But when the second wave hit Jenna and snapped her leash, a plan dropped into Bethany's head. Jenna's surfboard had been picked up by the onrushing wave and was sweeping toward the shore. Bethany was sure she could reach it and use it in the rescue.

She plunged into the surf, artfully dodging rocks and reef until she came to water deep enough to swim. With a powerful kick, honed to perfection in swim team, and stroking hard with one arm, Bethany cut through the water toward the bobbing surfboard.

Another wave was racing against Bethany for possession of the board. If the wave beat her to the goal, it could drag the surfboard farther away and out of reach or take it on to the rocks.

Bethany saw that the race would be close, and she pushed harder. Reaching the board at the same instant as Bethany, the wave grabbed the eight-foot chunk of foam and wrenched it from her grasp.

As it sailed by, Bethany felt the remnants of the leash slide past her hand. She closed her fist and snagged it. Quickly pulling the surfboard toward her, Bethany scrambled onto it with ease.

Now powerfully stroking with one strong arm, she plowed into the frothing white water, gripping hard to the edge of the surfboard to keep it from being wrenched from her hands as she paddled toward the bobbing red head in the distance.

Jenna had gone into full panic mode, coughing up water. She was disoriented by having been spun around by the powerful wave surge. She was tired and weak, her dog paddling only barely keeping her buoying above water. Fear gave way to a desperate automatic struggle to survive—a struggle that the next set wave rising on the horizon could end.

The horrible knowledge that she could die swept through her mind. She had almost given into the inevitability of it when she remembered her father's words to her, *"God has plans for you—a future for you...full of hope."*

Jenna saw the whitewater explode thirty feet in front of her. She knew that when it rolled over her, she would not have the strength to fight anymore.

Suddenly, the yellowing nose of her old surfboard floated into view. At the same time she felt a strong arm pull her onto the deck.

"Hold on tight!" demanded Bethany.

The wave was almost on top of the two girls.

Bethany covered Jenna with much of her body as she shifted the weight of both of their bodies to maneuver the board in the direction of the shore.

The whitewater hit them with a jolt. Bethany held on to Jenna with her arm and clasped the back rails of the surfboard between her knees to keep the pair from washing off.

With the first shock of the powerful water, the surfboard launched out in front of the rolling wave, and Jenna felt herself being propelled shoreward at an incredible speed.

She heard Bethany's soothing voice from behind saying, "We're fine, we're fine, we're almost there."

Within moments, sand appeared under the board, and Bethany slid off the back into waist-deep water and pushed Jenna along.

A small wave came rushing from behind and picked up the surfboard in its path. Bethany turned loose, and Jenna felt herself racing toward the beach.

"Stand up!" Bethany shouted.

As tired and weak as she was, the encouraging voice shot something extra into her, and Jenna pushed herself up on the board, standing in a wide stinkbug-looking stance.

She rode all the way to the beach with the voice of Bethany cheering behind her.

As they walked along the beach, Bethany carried the exhausted girl's surfboard.

"Thank you," Jenna said quietly. "I was just about to give up."

"Well, you can't do that," Bethany said kindly. "And you can't give up on surfing, either."

Bethany stopped walking for a moment and looked Jenna straight in the eye. "Jenna, I'm really sorry about being so cold and selfish when you first asked for help learning to surf. God is still working on me. In fact, he was working on me big time after you walked away, which is how I ended up being where you were a few minutes ago."

"What do you mean, God is still working on you?" asked Jenna.

"It's kind of like a voice that whispers to you, and you know it's not your own thoughts," Bethany explained shyly.

"I think I've heard something like that voice," Jenna said with a note of amazement. They looked at each other and smiled.

For the rest of the walk back to where Malia waited, Bethany explained to Jenna about her relationship with Jesus Christ and how he wants to be invited into a relationship with everyone and to grow inside of them. She explained to her about how God had given her strength to conquer her fears after the shark attack and how he was beside her as she struggled to relearn to surf.

What Bethany said felt right to Jenna. Jenna could remember things her dad had said to her years ago about God—that God was "her rock." Jenna felt that God was probably talking to her too ... through her memories of her dad.

"I thought you were just strong and determined," Jenna said, glancing over at Bethany.

"Not strong and determined enough to do it without God's help," said Bethany. "Everybody, sooner or later, finds themselves getting washed around in life, kind of like you did out there. Without him, we drown!"

"It's a lot to think about," Jenna said. "But it kind of makes sense."

"Yeah, well, take it in slowly," said Bethany. "It's like surfing; you learn an awful lot just by trying and failing."

"Well, I won't have any trouble with that part," Jenna said wryly, and they both laughed.

Malia, who had helplessly watched the drama unfold, quickly hobbled down the beach to meet the pair.

"Jenna! That's *down* the beach, not *up* the beach! It's only for experts down there!"

"Yeah, I found that out," said Jenna.

"Why don't you rest a while and get something to eat," said Bethany. "My ice chest is the blue one over there. My mom always puts in extra stuff, so help yourself!"

"Thanks," said Jenna.

"I'm going surfing, but when I come back in, I promise, I'll give you surf lessons!" said Bethany.

"I think that might be a good idea," Jenna said with a grin.

"We all need lessons from time to time," Bethany said, but she was looking at Malia, smiling.

"See ya in a bit!" she said after a moment.

With that, she jogged down to the edge of the ocean and plunged in.

ten

A cooling breeze lifted the curtains in Jenna's room. Outside her window, ginger plants were in bloom, and the breeze brought their delicate sweet smell in with it.

On the wall, Jenna had pinned pictures of waves next to pictures of horses in full gallop. She was a child of the ocean now too, but more important, she was also a child of God.

Jenna glanced up from the New Testament that she had been reading while lying on her bed, and she smiled—a smile that she felt deep in her heart.

It had been six months since Bethany had pulled her in from the surf, and Jenna would be the first to admit, it hadn't always been easy. But it had been exciting *and* adventurous.

She had worked hard to get the fundamentals of surfing down pat. And with encouragement from Bethany, Malia, and the other girls of the Hanalei Surf Team, she had enrolled in swimming lessons at the neighborhood pool.

"We aren't coming out to rescue you again if your leash breaks," they had told her. "You're gonna have to swim yourself outta those problems."

While not yet tackling the bigger, more dangerous waves, Jenna felt right at home on the smaller, zippy waves.

The Hanalei girls had, for the most part, been gracious and warm toward her. Monica was less than thrilled with her entry into the friendship circle and still kept a cool distance from her. But Bethany, Malia, and the rest of the girls had made Jenna a welcomed guest at their spot at the beach anytime she showed up.

And Jenna had discovered something else in her journey around the island: there were actual cowboys living in Hawaii! Not much different than those she had known in Arizona. Thanks to her new friend from the garage sale, she learned that the paniolo, or Hawaiian cowboy, is an old and revered part of the island culture.

Because there were stables nearby where visitors would take horseback rides into the Kauai backcountry, Jenna was able to find an after-school job grooming and caring for horses. She still didn't own one outright, but the owners kindly allowed her to saddle and ride one of her favorites whenever possible.

But the biggest change in Jenna's life was that she had discovered firsthand what it meant to know Jesus Christ as Lord and Savior.

At first she had been cautious, even a bit skeptical about the whole God thing. But so many of the girls she had met seemed to talk about God in an easy, relaxed, and natural way, as if it were the most obvious and common thing to talk to him, be guided by him, and live for him.

These girls (and not a few guys) were not weird, sheltered church kids. They were attractive, normal, fun-loving teenagers who seemed to find excitement, energy, and fun without the typical mix of sex, alcohol, or drugs.

Jenna was fascinated, and for a time she merely watched and listened. And even though Sarah Hill had offered to pick her up for youth group or for church on Sunday, she resisted. As always, she wanted to find her way on her own.

Thankfully, it didn't take another near-death moment for her to see the truth. It just seemed to grow in her day by day until one day, she finally accepted Sarah's invitation and started attending youth group meetings, and then occasionally, the big tent church.

What Sarah taught made good sense to her. Jenna asked if it might be possible to get a Bible, and later that evening Sarah dropped off a brand-new and very easy-to-read copy of the New Testament.

Somewhere in the middle of her reading that night, Jenna had put down the Bible and said a few simple words to God. She sensed that she had crossed a line. That there was something real and powerful going on, and it seemed to be the turning point in her life. She had become a believer in Christ.

Her mom was skeptical about the new faith thing, but Jenna never wavered. And not long after she had made the decision to follow Jesus, she also made another very important step. She apologized to her mom for all the times that she had hurt her. Even though it was hard for them to see eye to eye sometimes, she knew in her heart she needed to make an effort to be nicer to her mom.

Because it mattered to God... and her mom too.

Not long after she apologized, her mom had actually agreed to go to church with Jenna when she could make it.

Jenna heard the gravel driveway crunch under the tires of a car. She jumped from her bed, grabbed a small backpack and ice chest, which sat in the hallway, and burst through the door.

Sarah's car, roof rack stacked high with surfboards, stopped in front of her house.

"Come on, slowpoke, let's go!" called someone from inside the car.

Jenna tossed her gear in the back end of Sarah's car and then ran back onto the porch. She produced a small surfboard wrapped in a striped red board bag.

"Wow! New board?" one of the girls asked.

"New used board," Jenna said with a grin. "Bethany gave it to me ... said she outgrew it."

"It's a lot shorter than your old eight-footer," said Sarah. "Can you ride it?"

"We'll find out soon enough!"

Just then the postal carrier pulled up and stuck a wad of mail into the mailbox.

"Hold on a second," Jenna said to Sarah as she jumped out of the car to check the mail.

Rummaging through the mailbox, she pulled out a large colorful postcard and ran back to the car.

"Whatcha get?" asked Sarah.

"It's a postcard from Bethany," Jenna said.

"Where is she now?" asked one of the girls, with just a hint of jealousy in her voice.

"This postcard is from Australia," said Jenna.

"That Bethany is sooooo lucky," said Malia from the front seat. "I wish I could travel around the world like she does."

"This time of year, the water is pretty cold down under," reminded Sarah. "I'm sure Bethany has to wear a wetsuit and booties."

"Ugh, I hate cold water! She can have it," one of the girls responded.

"She says here that she and her family are going to Samoa after they leave Australia. Where's Samoa?" Jenna asked.

"It's somewhere south of us," Malia said.

It took over an hour of driving to get to their spot. The winter swells that normally give surf to the Hanalei side of the island were starting to diminish, and the swells coming from the southern hemisphere were beginning to show up on the other side of the island.

Sarah had offered to take her crew on a "surfari" to the south side of the island to grab the new south swell hitting those shores.

Eventually, the girls stood on the coarse sand in front of a surf spot called the Waiohai. This place was all reef bottom and sharp as well. Surfing this spot would have been unthinkable for Jenna a few months before, but today she confidently looked at the crisp lefts without a speck of fear.

Tourists from the nearby hotel clogged just about every available space on the sand, but the girls managed to find an open spot where they could drop their ice chests and towels.

After waxing up their boards, they stood on the edge of the water together, looking at the break in the distance.

"Anyone care to offer up a prayer before we go?" asked Sarah.

"I will," Jenna said without hesitation.

In an Australian hotel room Bethany rubbed a sore calf muscle as a chilly rain soaked the patio furniture outside. She had not done as well as she had hoped in her contest heat, but she knew that this was just one competition among many and that she would have more chances to move up in the ratings.

The cold water always played havoc with her calf muscles if she didn't stretch extra before surfing, and now she was paying the price.

On the dresser, her mom had left the travel brochures for the surf camp in Samoa that they would be heading to after Australia. Bethany felt the excitement of the trip warm her in spite of the weather. This would be a family vacation—a surfing family vacation to be exact. No contests, no photo shoots, no people looking for autographs. Just two weeks hidden away at a remote beach camp.

And even better, the camp held only twelve surfers. With the five Hamiltons, that left only seven other surfers at the camp to deal with.

"This oughta be heaven," Bethany whispered.

Then she picked up a letter that was at the top of their mail stack and saw that it was from Jenna. She opened the letter and took out a single sheet of stationery.

Dear Bethany,

You'll never guess what I did when I was reading the New Testament the other afternoon! I accepted Jesus as my Savior! Aren't you excited?

*It's only been a few days, but I feel
so different. Like Jesus is right there,
next to me. It's so awesome.*

*I'm learning more all the time
about surfing and about God. Thanks
again for giving me your board—I
rode on it the other day, and it's pretty
sweet.*

*I hope you're having a cool time
surfing down under.*

Love,
Jenna

Bethany folded the letter and gently wiped a
tear from her eye. Her mom's words as she lay in
that hospital room a lifetime ago came back to her.

*What an awesome opportunity you've
been given! To share your faith with so many
people—people you might never have met if this
hadn't happened.*

Bethany hadn't really understood those words
at the time—and had actually wondered how she
could help someone else when she was still learning how to help herself.

Thank you for Jenna, Lord, Bethany prayed.
*Thank you for teaching me that when we help oth-
ers, we help ourselves grow closer to you.*

Bethany grinned, remembering Sarah's words:
"*God may put a treasure in your path that you*

don't recognize. Sometimes the treasure is crusty on the surface, but after you wash off the dirt, you find the real value there."

Soul series

Burned
a novel

CHECK OUT
this excerpt
from book two in the
Soul Surfer Series.

written by Rick Bundschuh

inspired by Bethany Hamilton

kidz

 *one*

Bethany felt like she had stepped into another world—or *something* like that.

Still groggy from the plane trip from Australia, she blinked a couple of times and pulled her iPod headset down around her neck as she glanced around the busy little airport. Samoa didn't seem like the Treasure Island that her mom was so into talking about lately—but it did kind of feel like another world.

A world of giants.

Giants that wore knee-length wraparound skirts—or *lavalavas* as her mom called them. She watched the group of men as they passed her by with their suitcases and grinned to herself. *Bet no one would mistake them for girls!* She glanced at Noah as he fell into step beside her.

"*Big* people, huh?"

"I wouldn't want to play rugby against any of these guys," Noah admitted.

"You wouldn't last playing rugby against any of the *girls!*" Tim said, eyeing Noah's thin frame with a sly grin.

"I don't know—the girls are really pretty," Bethany laughed. "Might be worth the pain." Her attention was suddenly drawn to the group ahead of them. *Had to be surfers*, she thought, eyeing the three young guys with their sun-bleached hair and trademark broad shoulders. The youngest turned and said something to one of the older boys. Bethany guessed him to be close to her age. He had long wavy hair and his nose and cheeks were speckled from constant peeling. The bright red shirt he was wearing had the logo of a California surfboard company on it.

Surfers—I knew it! Bethany thought smugly.

"At least *I'm* not crazy enough to get a tattoo," Noah said as he shifted the board bag to his other shoulder. Bethany glanced back at him, momentarily confused.

"Tattoo?" She looked between her brothers and frowned. That's what she got for sleeping on the plane; she always missed the good stuff.

"*Samoan* tattoo," Tim nodded excitedly. "They're awesome; a lot of geometric design. Really tribal."

Bethany made a face. "Only thing I want on my skin is some sun."

"You're not getting anything tattooed, Tim," Bethany's dad said dryly from somewhere behind them as their mom laughed.

Tim grinned. "Or how about a *Maori* tattoo— you know, the big ones that cover your face?"

"Might be an improvement, Dad," Noah interjected.

"Don't give him any ideas," Bethany's mom said exasperatedly, and they all laughed as they headed for customs.

Other than the surfboards, the Hamiltons traveled light; each had a carry-on with shorts, bathing suits, T-shirts, and one set of "going to dinner clothes." They moved quickly through the line and into the night.

Outside, the warm humid air blew around Bethany, reminding her of home. She turned her face toward the star-spattered sky. Actually it *was* home, having her family with her. Even though it was almost midnight, she felt the excitement of being in a new place and couldn't help wondering what kind of waves she would catch this trip.

When she looked down again, she noticed a huge, dark-skinned man leaning against the van parked at the curb. He was wearing a flowered aloha shirt, a lavalava, and a pair of well-worn rubber slippers.

She saw his eyes take in their surfboard bags, and he began to wave wildly, charging over to grab the heavier of the loads.

"*Talafoa*! My name is Tagiilima," he said, extending a large palm to Tom, Bethany's dad. "You Hamiltons?"

Bethany's dad nodded, and Tagiilima vigorously shook his hand—along with the rest of his body.

Ask Bethany

Written by Bethany Hamilton
with Doris Rikkers

Softcover • ISBN 0-310-71227-0

In her chatty and breezy style,
typical of any online conversation,
Bethany Hamilton shares information
on a wide variety of topics about
her life and faith.

Rise Above

Written by Bethany Hamilton
with Doris Rikkers

Softcover • ISBN 0-310-71226-2

Young girls will get encouraging words
from the Bible and from courageous,
young surfer Bethany Hamilton to see
them through their day. Topics that every
young girl faces will be addressed in this
devotional book. An extra, tucked-in feature will give the girls the "inside scoop"
on what Bethany's life is all about.

Available now at your local bookstore!

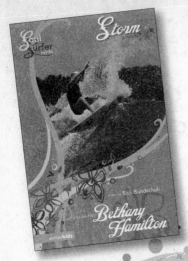

Storm

Written by Rick Bundschuh,
Inspired by Bethany Hamilton

Fiction • Softcover • ISBN 0-310-71224-6

In *Storm*, Bethany helps a young family lost on the Hanakapiai Trail. As Bethany's youth group struggles to raise funds for a mission trip, her small act of kindness blesses them all.

Crunch

Written by Rick Bundschuh,
Inspired by Bethany Hamilton

Fiction • Softcover • ISBN 0-310-71225-4

On a trip to Mexico, Bethany meets a soccer-loving little boy who captures her heart in an unexpected way. Because of a promise she makes him, Bethany's competition in a prestigious surf contest is threatened.

We want to hear from you. Please send your comments about this book to us in care of zreview@zondervan.com. Thank you.

ZONDERVAN.com/
AUTHORTRACKER
follow your favorite authors

MW00754908

© Adam Nadel

About the Author

JOHN GROGAN has spent more than twenty-five years as a news-paper journalist, most recently as metropolitan columnist for the *Philadelphia Inquirer*. Previously he worked as a reporter, bureau chief, and columnist at newspapers in Michigan and Florida. He also is the former editor in chief of Rodale's *Organic Gardening* magazine. His work has won numerous awards, including the National Press Club's Consumer Journalism Award.

He lives in the Pennsylvania countryside with his wife, Jenny; their three children; and their new dog, Gracie.

Marley & Me

Life and Love with
the World's Worst Dog

John Grogan

HARPER

NEW YORK · LONDON · TORONTO · SYDNEY

HARPER

A hardcover edition of this book was published in 2005 by William Morrow, an imprint of HarperCollins Publishers.

MARLEY & ME. Copyright © 2005 by John Grogan. All rights reserved. Printed in the United States of America. No part of this book may be used or reproduced in any manner whatsoever without written permission except in the case of brief quotations embodied in critical articles and reviews. For information address HarperCollins Publishers, 10 East 53rd Street, New York, NY 10022.

HarperCollins books may be purchased for educational, business, or sales promotional use. For information please write: Special Markets Department, HarperCollins Publishers, 10 East 53rd Street, New York, NY 10022.

FIRST HARPER PAPERBACK PUBLISHED 2008.

Designed by Renato Stanisic

The Library of Congress has catalogued the hardcover edition as follows:

Grogan, John.
   Marley & me: life and love with the world's worst dog / John Grogan.—
1st ed.
      p. cm.
   ISBN-13: 978-0-06-081708-4
   ISBN-10: 0-06-081708-9
   1. Labrador retriever—Florida—Biography. 2. Grogan, John, 1957–.
I. Title.

SF429.L3G76 2005
636.752'7'092—dc22
[B]   2005040010

ISBN 978-0-06-171865-6 (tie-in edition)

08 09 10 11 12 WBC/RRD 10 9 8 7 6 5 4 3 2 1

In memory of my father, Richard Frank Grogan,
whose gentle spirit infuses every page of this book

Contents

Preface

The Perfect Dog

In the summer of 1967, when I was ten years old, my father caved in to my persistent pleas and took me to get my own dog. Together we drove in the family station wagon far into the Michigan countryside to a farm run by a rough-hewn woman and her ancient mother. The farm produced just one commodity—dogs. Dogs of every imaginable size and shape and age and temperament. They had only two things in common: each was a mongrel of unknown and indistinct ancestry, and each was free to a good home. We were at a mutt ranch.

"Now, take your time, son," Dad said. "Your decision today is going to be with you for many years to come."

I quickly decided the older dogs were somebody else's charity case. I immediately raced to the puppy cage. "You want to pick one that's not timid," my father coached. "Try rattling the cage and see which ones aren't afraid."

I grabbed the chain-link gate and yanked on it with a loud clang. The dozen or so puppies reeled backward, collapsing

on top of one another in a squiggling heap of fur. Just one remained. He was gold with a white blaze on his chest, and he
charged the gate, yapping fearlessly. He jumped up and excitedly licked my fingers through the fencing. It was love at first
sight.

I brought him home in a cardboard box and named him
Shaun. He was one of those dogs that give dogs a good name.
He effortlessly mastered every command I taught him and was
naturally well behaved. I could drop a crust on the floor and
he would not touch it until I gave the okay. He came when I
called him and stayed when I told him to. We could let him out
alone at night, knowing he would be back after making his
rounds. Not that we often did, but we could leave him alone in
the house for hours, confident he wouldn't have an accident
or disturb a thing. He raced cars without chasing them and
walked beside me without a leash. He could dive to the bottom of our lake and emerge with rocks so big they sometimes
got stuck in his jaws. He loved nothing more than riding in the
car and would sit quietly in the backseat beside me on family
road trips, content to spend hours gazing out the window at
the passing world. Perhaps best of all, I trained him to pull me
through the neighborhood dog-sled-style as I sat on my bicycle, making me the hands-down envy of my friends. Never
once did he lead me into hazard.

He was with me when I smoked my first cigarette (and my
last) and when I kissed my first girl. He was right there beside
me in the front seat when I snuck out my older brother's Cor-
vair for my first joyride.

Shaun was spirited but controlled, affectionate but calm.
He even had the dignified good manners to back himself modestly into the bushes before squatting to do his duty, only his
head peering out. Thanks to this tidy habit, our lawn was safe
for bare feet.

Relatives would visit for the weekend and return home determined to buy a dog of their own, so impressed were they with Shaun—or "Saint Shaun," as I came to call him. It was a family joke, the saint business, but one we could almost believe. Born with the curse of uncertain lineage, he was one of the tens of thousands of unwanted dogs in America. Yet by some stroke of almost providential good fortune, he became wanted. He came into my life and I into his—and in the process, he gave me the childhood every kid deserves.

The love affair lasted fourteen years, and by the time he died I was no longer the little boy who had brought him home on that summer day. I was a man, out of college and working across the state in my first real job. Saint Shaun had stayed behind when I moved on. It was where he belonged. My parents, by then retired, called to break the news to me. My mother would later tell me, "In fifty years of marriage, I've only seen your father cry twice. The first time was when we lost Mary Ann"—my sister, who was stillborn. "The second time was the day Shaun died."

Saint Shaun of my childhood. He was a perfect dog. At least that's how I will always remember him. It was Shaun who set the standard by which I would judge all other dogs to come.

CHAPTER 1

And Puppy Makes Three

We were young. We were in love. We were rollicking in those sublime early days of marriage when life seems about as good as life can get. We could not leave well enough alone.

And so on a January evening in 1991, my wife of fifteen months and I ate a quick dinner together and headed off to answer a classified ad in the *Palm Beach Post*.

Why we were doing this, I wasn't quite sure. A few weeks earlier I had awoken just after dawn to find the bed beside me empty. I got up and found Jenny sitting in her bathrobe at the glass table on the screened porch of our little bungalow, bent over the newspaper with a pen in her hand.

There was nothing unusual about the scene. Not only was the *Palm Beach Post* our local paper, it was also the source of half of our household income. We were a two-newspaper-career couple. Jenny worked as a feature writer in the *Post*'s "Accent" section; I was a news reporter at the competing paper in the area, the South Florida *Sun-Sentinel*, based an hour south in Fort Laud-

erdale. We began every morning poring over the newspapers, seeing how our stories were played and how they stacked up to the
competition. We circled, underlined, and clipped with abandon.

But on this morning, Jenny's nose was not in the news pages
but in the classified section. When I stepped closer, I saw she was
feverishly circling beneath the heading "Pets—Dogs."

"Uh," I said in that new-husband, still-treading-gently voice. "Is
there something I should know?"

She did not answer.

"Jen-Jen?"

"It's the plant," she finally said, her voice carrying a slight edge
of desperation.

"The plant?" I asked.

"That dumb plant," she said. "The one we killed."

The one *we* killed? I wasn't about to press the point, but for
the record it was the plant that *I* bought and *she* killed. I had surprised her with it one night, a lovely large dieffenbachia with
emerald-and-cream variegated leaves. "What's the occasion?"
she'd asked. But there was none. I'd given it to her for no reason
other than to say, "Damn, isn't married life great?"

She had adored both the gesture and the plant and thanked
me by throwing her arms around my neck and kissing me on
the lips. Then she promptly went on to kill my gift to her with
an assassin's coldhearted efficiency. Not that she was trying to;
if anything, she nurtured the poor thing to death. Jenny didn't
exactly have a green thumb. Working on the assumption that all
living things require water, but apparently forgetting that they
also need air, she began flooding the dieffenbachia on a daily
basis.

"Be careful not to overwater it," I had warned.

"Okay," she had replied, and then dumped on another gallon.

The sicker the plant got, the more she doused it, until finally it
just kind of melted into an oozing heap. I looked at its limp skele-

ton in the pot by the window and thought, *Man, someone who believes in omens could have a field day with this one.*

Now here she was, somehow making the cosmic leap of logic from dead flora in a pot to living fauna in the pet classifieds. *Kill a plant, buy a puppy.* Well, of course it made perfect sense.

I looked more closely at the newspaper in front of her and saw that one ad in particular seemed to have caught her fancy. She had drawn three fat red stars beside it. It read: "Lab puppies, yellow. AKC purebred. All shots. Parents on premises."

"So," I said, "can you run this plant-pet thing by me one more time?"

"You know," she said, looking up. "I tried so hard and look what happened. I can't even keep a stupid houseplant alive. I mean, how hard is *that*? All you need to do is water the damn thing."

Then she got to the real issue: "If I can't even keep a plant alive, how am I ever going to keep a baby alive?" She looked like she might start crying.

The Baby Thing, as I called it, had become a constant in Jenny's life and was getting bigger by the day. When we had first met, at a small newspaper in western Michigan, she was just a few months out of college, and serious adulthood still seemed a far distant concept. For both of us, it was our first professional job out of school. We ate a lot of pizza, drank a lot of beer, and gave exactly zero thought to the possibility of someday being anything other than young, single, unfettered consumers of pizza and beer.

But years passed. We had barely begun dating when various job opportunities—and a one-year postgraduate program for me—pulled us in different directions across the eastern United States. At first we were one hour's drive apart. Then we were three hours apart. Then eight, then twenty-four. By the time we both landed together in South Florida and tied the knot, she was nearly thirty. Her friends were having babies. Her body was sending her strange messages. That once seemingly eternal window of procreative opportunity was slowly lowering.

I leaned over her from behind, wrapped my arms around her shoulders, and kissed the top of her head. "It's okay," I said. But I had to admit, she raised a good question. Neither of us had ever really nurtured a thing in our lives. Sure, we'd had pets growing up, but they didn't really count. We always knew our parents would keep them alive and well. We both knew we wanted to one day have children, but was either of us really up for the job? Children were so . . . so . . . scary. They were helpless and fragile and looked like they would break easily if dropped.

A little smile broke out on Jenny's face. "I thought maybe a dog would be good practice," she said.

As we drove through the darkness, heading northwest out of town where the suburbs of West Palm Beach fade into sprawling country properties, I thought through our decision to bring home a dog. It was a huge responsibility, especially for two people with full-time jobs. Yet we knew what we were in for. We'd both grown up with dogs and loved them immensely. I'd had Saint Shaun and Jenny had had Saint Winnie, her family's beloved English setter. Our happiest childhood memories almost all included those dogs. Hiking with them, swimming with them, playing with them, getting in trouble with them. If Jenny really only wanted a dog to hone her parenting skills, I would have tried to talk her in off the ledge and maybe placate her with a goldfish. But just as we knew we wanted children someday, we knew with equal certainty that our family home would not be complete without a dog sprawled at our feet. When we were dating, long before children ever came on our radar, we spent hours discussing our childhood pets, how much we missed them and how we longed someday—once we had a house to call our own and some stability in our lives—to own a dog again.

Now we had both. We were together in a place we did not plan to leave anytime soon. And we had a house to call our very own.

It was a perfect little house on a perfect little quarter-acre fenced lot just right for a dog. And the location was just right, too, a funky city neighborhood one and a half blocks off the Intracoastal Waterway separating West Palm Beach from the rarified mansions of Palm Beach. At the foot of our street, Churchill Road, a linear green park and paved trail stretched for miles along the waterfront. It was ideal for jogging and bicycling and Rollerblading. And, more than anything, for walking a dog.

The house was built in the 1950s and had an Old Florida charm—a fireplace, rough plaster walls, big airy windows, and French doors leading to our favorite space of all, the screened back porch. The yard was a little tropical haven, filled with palms and bromeliads and avocado trees and brightly colored coleus plants. Dominating the property was a towering mango tree; each summer it dropped its heavy fruit with loud thuds that sounded, somewhat grotesquely, like bodies being thrown off the roof. We would lie awake in bed and listen: *Thud! Thud! Thud!*

We bought the two-bedroom, one-bath bungalow a few months after we returned from our honeymoon and immediately set about refurbishing it. The prior owners, a retired postal clerk and his wife, loved the color green. The exterior stucco was green. The interior walls were green. The curtains were green. The shutters were green. The front door was green. The carpet, which they had just purchased to help sell the house, was green. Not a cheery kelly green or a cool emerald green or even a daring lime green but a puke-your-guts-out-after-split-pea-soup green accented with khaki trim. The place had the feel of an army field barracks.

On our first night in the house, we ripped up every square inch of the new green carpeting and dragged it to the curb. Where the carpet had been, we discovered a pristine oak plank floor that, as best we could tell, had never suffered the scuff of a single shoe. We painstakingly sanded and varnished it to a high sheen. Then we went out and blew the better part of two weeks' pay for a handwoven Persian rug, which we unfurled in the living room in front of the fireplace. Over the months, we repainted every green surface and replaced every green accessory. The postal clerk's house was slowly becoming our own.

Once we got the joint just right, of course, it only made sense that we bring home a large, four-legged roommate with sharp toenails, large teeth, and exceedingly limited English-language skills to start tearing it apart again.

"Slow down, dingo, or you're going to miss it," Jenny scolded. "It should be coming up any second." We were driving through inky blackness across what had once been swampland, drained after World War II for farming and later colonized by suburbanites seeking a country lifestyle.

As Jenny predicted, our headlights soon illuminated a mailbox marked with the address we were looking for. I turned up a gravel drive that led into a large wooded property with a pond in front of the house and a small barn out back. At the door, a middle-aged woman named Lori greeted us, a big, placid yellow Labrador retriever by her side.

"This is Lily, the proud mama," Lori said after we introduced ourselves. We could see that five weeks after birth Lily's stomach was still swollen and her teats pronounced. We both got on our knees, and she happily accepted our affection. She was just what we pictured a Lab would be—sweet-natured, affectionate, calm, and breathtakingly beautiful.

"Where's the father?" I asked.

"Oh," the woman said, hesitating for just a fraction of a second. "Sammy Boy? He's around here somewhere." She quickly added, "I imagine you're dying to see the puppies."

She led us through the kitchen out to a utility room that had been drafted into service as a nursery. Newspapers covered the floor, and in one corner was a low box lined with old beach towels. But we hardly noticed any of that. How could we with nine tiny yellow puppies stumbling all over one another as they clamored to check out the latest strangers to drop by? Jenny gasped. "Oh my," she said. "I don't think I've ever seen anything so cute in my life."

We sat on the floor and let the puppies climb all over us as Lily happily bounced around, tail wagging and nose poking each of her offspring to make sure all was well. The deal I had struck with Jenny when I agreed to come here was that we would check the pups out, ask some questions, and keep an open mind as to whether we were ready to bring home a dog. "This is the first ad we're answering," I had said. "Let's not make any snap decisions." But thirty seconds into it, I could see I had already lost the battle. There was no question that before the night was through one of these puppies would be ours.

Lori was what is known as a backyard breeder. When it came to buying a purebred dog, we were pure novices, but we had read enough to know to steer clear of the so-called puppy mills, those commercial breeding operations that churn out purebreds like Ford churns out Tauruses. Unlike mass-produced cars, however, mass-produced pedigree puppies can come with serious hereditary problems, running the gamut from hip dysplasia to early blindness, brought on by multigenerational inbreeding.

Lori, on the other hand, was a hobbyist, motivated more by love of the breed than by profit. She owned just one female and one male. They had come from distinct bloodlines, and she had

the paper trail to prove it. This would be Lily's second and final litter before she retired to the good life of a countrified family pet.
With both parents on the premises, the buyer could see firsthand
the lineage—although in our case, the father apparently was outside and out of pocket.

The litter consisted of five females, all but one of which already had deposits on them, and four males. Lori was asking $400
for the remaining female and $375 for the males. One of the
males seemed particularly smitten with us. He was the goofiest of
the group and charged into us, somersaulting into our laps and
clawing his way up our shirts to lick our faces. He gnawed on our
fingers with surprisingly sharp baby teeth and stomped clumsy
circles around us on giant tawny paws that were way out of proportion to the rest of his body. "That one there you can have for
three-fifty," the owner said.

Jenny is a rabid bargain hunter who has been known to drag
home all sorts of things we neither want nor need simply because they were priced too attractively to pass up. "I know you
don't golf," she said to me one day as she pulled a set of used
clubs out of the car. "But you wouldn't believe the deal I got on
these." Now I saw her eyes brighten. "Aw, honey," she cooed. "The
little guy's on clearance!"

I had to admit he was pretty darn adorable. Frisky, too. Before
I realized what he was up to, the rascal had half my watchband
chewed off.

"We have to do the scare test," I said. Many times before I had
recounted for Jenny the story of picking out Saint Shaun when I
was a boy, and my father teaching me to make a sudden move or
loud noise to separate the timid from the self-assured. Sitting in
this heap of pups, she gave me that roll of the eyes that she reserved for odd Grogan-family behavior. "Seriously," I said. "It
works."

I stood up, turned away from the puppies, then swung quickly back around, taking a sudden, exaggerated step toward them. I stomped my foot and barked out, "Hey!" None seemed too concerned by this stranger's contortions. But only one plunged forward to meet the assault head-on. It was Clearance Dog. He plowed full steam into me, throwing a cross-body block across my ankles and pouncing at my shoelaces as though convinced they were dangerous enemies that needed to be destroyed.

"I think it's fate," Jenny said.

"Ya think?" I said, scooping him up and holding him in one hand in front of my face, studying his mug. He looked at me with heart-melting brown eyes and then nibbled my nose. I plopped him into Jenny's arms, where he did the same to her. "He certainly seems to like us," I said.

And so it came to be. We wrote Lori a check for $350, and she told us we could return to take Clearance Dog home with us in three weeks when he was eight weeks old and weaned. We thanked her, gave Lily one last pat, and said good-bye.

Walking to the car, I threw my arm around Jenny's shoulder and pulled her tight to me. "Can you believe it?" I said. "We actually got our dog!"

"I can't wait to bring him home," she said.

Just as we were reaching the car, we heard a commotion coming from the woods. Something was crashing through the brush—and breathing very heavily. It sounded like what you might hear in a slasher film. And it was coming our way. We froze, staring into the darkness. The sound grew louder and closer. Then in a flash the thing burst into the clearing and came charging in our direction, a yellow blur. A very *big* yellow blur. As it galloped past, not stopping, not even seeming to notice us, we could see it was a large Labrador retriever. But it was nothing like the sweet Lily we had just cuddled with inside. This one was soaking wet and covered up to its belly in mud and burrs. Its tongue hung out wildly to one side, and froth flew off its jowls as it barreled past.

In the split-second glimpse I got, I detected an odd, slightly crazed, yet somehow joyous gaze in its eyes. It was as though this animal had just seen a ghost—and couldn't possibly be more tickled about it.

Then, with the roar of a stampeding herd of buffalo, it was gone, around the back of the house and out of sight. Jenny let out a little gasp.

"I think," I said, a slight queasiness rising in my gut, "we just met Dad."

CHAPTER 2

Running with the Blue Bloods

Our first official act as dog owners was to have a fight. It began on the drive home from the breeder's and continued in fits and snippets through the next week. We could not agree on what to name our Clearance Dog. Jenny shot down my suggestions, and I shot down hers. The battle culminated one morning before we left for work.

"*Chelsea?*" I said. "That is *such* a chick name. No boy dog would be caught dead with the name Chelsea."

"Like he'll really know," Jenny said.

"Hunter," I said. "Hunter is perfect."

"*Hunter?* You're kidding, right? What are you, on some macho, sportsman trip? Way too masculine. Besides, you've never hunted a day in your life."

"He's a male," I said, seething. "*He's supposed to be masculine.* Don't turn this into one of your feminist screeds."

This was not going well. I had just taken off the gloves. As Jenny wound up to counterpunch, I quickly tried to return the deliberations to my leading candidate. "What's wrong with Louie?"

"Nothing, if you're a gas-station attendant," she snapped.

"Hey! Watch it! That's my grandfather's name. I suppose we should name him after your grandfather? 'Good dog, *Bill*!' "

As we fought, Jenny absently walked to the stereo and pushed the play button on the tape deck. It was one of her marital combat strategies. When in doubt, drown out your opponent. The lilting reggae strains of Bob Marley began to pulse through the speakers, having an almost instant mellowing effect on us both.

We had only discovered the late Jamaican singer when we moved to South Florida from Michigan. In the white-bread backwaters of the Upper Midwest, we'd been fed a steady diet of Bob Seger and John Cougar Mellencamp. But here in the pulsing ethnic stew that was South Florida, Bob Marley's music, even a decade after his death, was everywhere. We heard it on the car radio as we drove down Biscayne Boulevard. We heard it as we sipped *cafés cubanos* in Little Havana and ate Jamaican jerk chicken in little holes-in-the-wall in the dreary immigrant neighborhoods west of Fort Lauderdale. We heard it as we sampled our first conch fritters at the Bahamian Goombay Festival in Miami's Coconut Grove section and as we shopped for Haitian art in Key West.

The more we explored, the more we fell in love, both with South Florida and with each other. And always in the background, it seemed, was Bob Marley. He was there as we baked on the beach, as we painted over the dingy green walls of our house, as we awoke at dawn to the screech of wild parrots and made love in the first light filtering through the Brazilian pepper tree outside our window. We fell in love with his music for what it was, but also for what it defined, which was that moment in our lives when we ceased being two and became one. Bob Marley was the soundtrack for our new life together in this strange, exotic, rough-and-tumble place that was so unlike anywhere we had lived before.

And now through the speakers came our favorite song of all, because it was so achingly beautiful and because it spoke so clearly to us. Marley's voice filled the room, repeating the chorus over and over: "Is this love that I'm feeling?" And at the exact same moment, in perfect unison, as if we had rehearsed it for weeks, we both shouted, "Marley!"

"That's it!" I exclaimed. "That's our name." Jenny was smiling, a good sign. I tried it on for size. "Marley, come!" I commanded. "Marley, stay! Good boy, Marley!"

Jenny chimed in, "You're a cutie-wootie-woo, Marley!"

"Hey, I think it works," I said. Jenny did, too. Our fight was over. We had our new puppy's name.

The next night after dinner I came into the bedroom where Jenny was reading and said, "I think we need to spice the name up a little."

"What are you talking about?" she asked. "We both love it."

I had been reading the registration papers from the American Kennel Club. As a purebred Labrador retriever with both parents properly registered, Marley was entitled to AKC registration as well. This was only really needed if you planned to show or breed your dog, in which case there was no more important piece of paper. For a house pet, however, it was superfluous. But I had big plans for our Marley. This was my first time rubbing shoulders with anything resembling high breeding, my own family included. Like Saint Shaun, the dog of my childhood, I was a mutt of indistinct and undistinguished ancestry. My lineage represented more nations than the European Union. This dog was the closest to blue blood I would ever get, and I wasn't about to pass up whatever opportunities it offered. I admit I was a little starstruck.

"Let's say we want to enter him in competitions," I said. "Have you ever seen a champion dog with just one name? They always have big long titles, like Sir Dartworth of Cheltenham."

"And his master, Sir Dorkshire of West Palm Beach," Jenny said.

"I'm serious," I said. "We could make money studding him out. Do you know what people pay for top stud dogs? They all have fancy names."

"Whatever floats your boat, honey," Jenny said, and returned to her book.

The next morning, after a late night of brainstorming, I cornered her at the bathroom sink and said, "I came up with the perfect name."

She looked at me skeptically. "Hit me," she said.

"Okay. Are you ready? Here goes." I let each word fall slowly from my lips: "Grogan's . . . Majestic . . . Marley . . . of . . . Churchill." *Man*, I thought, *does that sound regal*.

"Man," Jenny said, "does that sound dumb."

I didn't care. I was the one handling the paperwork, and I had already written in the name. In ink. Jenny could smirk all she wanted; when Grogan's Majestic Marley of Churchill took top honors at the Westminster Kennel Club Dog Show in a few years, and I gloriously trotted him around the ring before an adoring international television audience, we'd see who would be laughing.

"Come on, my dorky duke," Jenny said. "Let's have breakfast."

Homeward Bound

While we counted down the days until we could bring Marley home, I belatedly began reading up on Labrador retrievers. I say *belatedly* because virtually everything I read gave the same strong advice: *Before* buying a dog, make sure you thoroughly research the breed so you know what you're getting into. Oops.

An apartment dweller, for instance, probably wouldn't do well with a Saint Bernard. A family with young children might want to avoid the sometimes unpredictable chow chow. A couch potato looking for a lapdog to idle the hours away in front of the television would likely be driven insane by a border collie, which needs to run and work to be happy.

I was embarrassed to admit that Jenny and I had done almost no research before settling on a Labrador retriever. We chose the breed on one criterion alone: curb appeal. We often had admired them with their owners down on the Intracoastal Waterway bike trail—big, dopey, playful galumphs that seemed to love life with a passion not often seen in this world. Even more embarrassing, our decision was influenced not by *The Complete Dog Book*, the bible of dog breeds published by the American Kennel Club, or by any other reputable guide. It was influenced by that other heavyweight of canine literature, "The Far Side" by Gary Larson. We were huge fans of the cartoon. Larson filled his panels with witty, urbane Labs doing and saying the darnedest things. Yes, they talked! What wasn't to like? Labs were immensely amusing animals—at least in Larson's hands. And who couldn't use a little more amusement in life? We were sold.

Now, as I pored through more serious works on the Labrador retriever, I was relieved to learn that our choice, however ill informed, was not too wildly off the mark. The literature was filled with glowing testimonials about the Labrador retriever's loving, even-keeled personality, its gentleness with children, its lack of aggression, and its desire to please. Their intelligence and malleability had made them a leading choice for search-and-rescue training and as guide dogs for the blind and handicapped. All this boded well for a pet in a home that would sooner or later likely include children.

One guide gushed: "The Labrador retriever is known for its intelligence, warm affection for man, field dexterity and undying devotion to any task." Another marveled at the breed's immense loyalty. All these qualities had pushed the Labrador retriever from a specialty sporting dog, favored by bird hunters because of its skill at fetching downed pheasants and ducks from frigid waters, into America's favorite family pet. Just the year before, in 1990, the Labrador retriever had knocked the cocker spaniel out of the top spot on the American Kennel Club registry as the nation's most popular breed. No other breed has come close to overtaking the Lab since. In 2004 it took its fifteenth straight year as the AKC's top dog, with 146,692 Labs registered. Coming in a distant second were golden retrievers, with 52,550, and, in third place, German shepherds, with 46,046.

Quite by accident, we had stumbled upon a breed America could not get enough of. All those happy dog owners couldn't be wrong, could they? We had chosen a proven winner. And yet the literature was filled with ominous caveats.

Labs were bred as working dogs and tended to have boundless energy. They were highly social and did not do well left alone for long periods. They could be thick-skulled and difficult to train. They needed rigorous daily exercise or they could become destructive. Some were wildly excitable and hard for even experienced dog handlers to control. They had what could seem like eternal puppyhoods, stretching three years or more. The long, exuberant adolescence required extra patience from owners.

They were muscular and bred over the centuries to be inured to pain, qualities that served them well as they dove into the icy waters of the North Atlantic to assist fishermen. But in a home setting, those same qualities also meant they could be like the proverbial bull in the china closet. They were big, strong, barrel-chested animals that did not always realize their own strength. One owner would later tell me she once tied her male Lab to the frame of her garage door so he could be nearby while she washed the car in the driveway. The dog spotted a squirrel and lunged, pulling the large steel doorframe right out of the wall.

And then I came across a sentence that struck fear in my heart. "The parents may be one of the best indications of the future temperament of your new puppy. A surprising amount of behavior is inherited." My mind flashed back to the frothing, mud-caked banshee that came charging out of the woods, the night we picked out our puppy. *Oh my,* I thought. The book counseled to insist, whenever possible, on seeing both the dam and the sire. My mind flashed back again, this time to the breeder's ever-so-slight hesitation when I asked where the father was. *Oh . . . he's around here somewhere.* And then the way she quickly changed the topic. It was all making sense. Dog buyers in the know would have demanded to meet the father. And what would they have found? A manic dervish tearing blindly through the night as if demons were close on his tail. I said a silent prayer that Marley had inherited his mother's disposition.

Individual genetics aside, purebred Labs all share certain predictable characteristics. The American Kennel Club sets standards for the qualities Labrador retrievers should possess. Physically, they are stocky and muscular, with short, dense, weather-resistant coats. Their fur can be black, chocolate brown, or a range of yellows, from light cream to a rich fox red. One of the Labrador retriever's main distinguishing characteristics is its thick, powerful tail, which resembles that of an otter and can clear a coffee table in one quick swipe. The head is large and blocky, with powerful jaws and high-set, floppy ears. Most Labs are about two feet tall in the withers, or top of the shoulders, and the typical male weighs sixty-five to eighty pounds, though some can weigh considerably more.

But looks, according to the AKC, are not all that make a Lab a Lab. The club's breed standard states: "True Labrador retriever temperament is as much a hallmark of the breed as the 'otter' tail. The ideal disposition is one of a kindly, outgoing, tractable nature, eager to please and non-aggressive towards man or animal. The Labrador has much that appeals to people. His gentle ways, intelligence and adaptability make him an ideal dog."

An ideal dog! Endorsements did not come much more glowing than that. The more I read, the better I felt about our decision. Even the caveats didn't scare me much. Jenny and I would naturally throw ourselves into our new dog, showering him with attention and affection. We were dedicated to taking as long as needed to properly train him in obedience and social skills. We were both enthusiastic walkers, hitting the waterfront trail nearly every evening after work, and many mornings, too. It would be just natural to bring our new dog along with us on our power walks. We'd tire the little rascal out. Jenny's office was only a mile away, and she came home every day for lunch, at which time she could toss balls to him in the backyard to let him burn off even more of this boundless energy we were warned about.

A week before we were to bring our dog home, Jenny's sister, Susan, called from Boston. She, her husband, and their two children planned to be at Disney World the following week; would Jenny like to drive up and spend a few days with them? A doting aunt who looked for any opportunity to bond with her niece and nephew, Jenny was dying to go. But she was torn. "I won't be here to bring little Marley home," she said.

"You go," I told her. "I'll get the dog and have him all settled in and waiting for you when you get back."

I tried to sound nonchalant, but secretly I was overjoyed at the prospect of having the new puppy all to myself for a few days of uninterrupted male bonding. He was to be our joint project, both of ours equally. But I never believed a dog could answer to two masters, and if there could be only one alpha leader in the household hierarchy, I wanted it to be me. This little three-day run would give me a head start.

A week later Jenny left for Orlando—a three-and-a-half-hour drive away. That evening after work, a Friday, I returned to the breeder's house to fetch the new addition to our lives. When Lori brought my new dog out from the back of the house, I gasped audibly. The tiny, fuzzy puppy we had picked out three weeks earlier had more than doubled in size. He came barreling at me and ran headfirst into my ankles, collapsing in a pile at my feet and rolling onto his back, paws in the air, in what I could only hope was a sign of supplication. Lori must have sensed my shock. "He's a growing boy, isn't he?" she said cheerily. "You should see him pack away the puppy chow!"

I leaned down, rubbed his belly, and said, "Ready to go home, Marley?" It was my first time using his new name for real, and it felt right.

In the car, I used beach towels to fashion a cozy nest for him on the passenger seat and set him down in it. But I was barely out of the driveway when he began squirming and wiggling his way out of the towels. He belly-crawled in my direction across the seat, whimpering as he advanced. At the center console, Marley met the first of the countless predicaments he would find himself in over the course of his life. There he was, hind legs hanging over the passenger side of the console and front legs hanging over the driver's side. In the middle, his stomach was firmly beached on the emergency brake. His little legs were going in all directions, clawing at the air. He wiggled and rocked and swayed, but he was grounded like a freighter on a sandbar. I reached over and ran my hand down his back, which only excited him more and brought on a new flurry of squiggling. His hind paws desperately sought purchase on the carpeted hump between the two seats. Slowly, he began working his hind quarters into the air, his butt rising up, up, up, tail furiously going, until the law of gravity finally kicked in. He slalomed headfirst down the other side of the console, somersaulting onto the floor at my feet and flipping onto his back. From there it was a quick, easy scramble up into my lap.

Man, was he happy—desperately happy. He quaked with joy as he burrowed his head into my stomach and nibbled the buttons of my shirt, his tail slapping the steering wheel like the needle on a metronome.

I quickly discovered I could affect the tempo of his wagging by simply touching him. When I had both hands on the wheel, the beat came at a steady three thumps per second. *Thump. Thump. Thump.* But all I needed to do was press one finger against the top of his head and the rhythm jumped from a waltz to a bossa nova. *Thump-thump-thump-thump-thump-thump!* Two fingers and it jumped up to a mambo. *Thump-thumpa-thump-thump-thumpa-thump!* And when I cupped my entire hand over his head and massaged my fingers into his scalp, the beat exploded into a machine-gun, rapid-fire samba. *Thumpthumpthump-thumpthumpthumpthumpthump!*

"Wow! You've got rhythm!" I told him. "You really are a reggae dog."

When we got home, I led him inside and unhooked his leash. He began sniffing and didn't stop until he had sniffed every square inch of the place. Then he sat back on his haunches and looked up at me with cocked head as if to say, *Great digs, but where are my brothers and sisters?*

The reality of his new life did not fully set in until bedtime. Before leaving to get him, I had set up his sleeping quarters in the one-car garage attached to the side of the house. We never parked there, using it more as a storage and utility room. The washer and dryer were out there, along with our ironing board. The room was dry and comfortable and had a rear door that led out into the fenced backyard. And with its concrete floor and walls, it was virtually indestructible. "Marley," I said cheerfully, leading him out there, "this is your room."

I had scattered chew toys around, laid newspapers down in the middle of the floor, filled a bowl with water, and made a bed out of a cardboard box lined with an old bedspread. "And here is where you'll be sleeping," I said, and lowered him into the box. He was used to such accommodations but had always shared them with his siblings. Now he paced the perimeter of the box and looked forlornly up at me. As a test, I stepped back into the house and closed the door. I stood and listened. At first nothing. Then a slight, barely audible whimper. And then full-fledged crying. It sounded like someone was in there torturing him.

I opened the door, and as soon as he saw me he stopped. I reached in and pet him for a couple of minutes, then left again. Standing on the other side of the door, I began to count. One, two, three . . . He made it seven seconds before the yips and cries began again. We repeated the exercise several times, all with the same result. I was tired and decided it was time for him to cry himself to sleep. I left the garage light on for him, closed the door, walked to the opposite side of the house, and crawled into bed. The concrete walls did little to muffle his pitiful cries. I lay there, trying to ignore them, figuring any minute now he would give up and go to sleep. The crying continued. Even after I wrapped my pillow around my head, I could still hear it. I thought of him out there alone for the first time in his life, in this strange environment without a single dog scent to be had anywhere. His mother was missing in action, and so were all his siblings. The poor little thing. How would I like it?

I hung on for another half hour before getting up and going to him. As soon as he spotted me, his face brightened and his tail began to beat the side of the box. It was as if he were saying, *Come on, hop in; there's plenty of room.* Instead, I lifted the box with him in it and carried it into my bedroom, where I placed it on the floor tight against the side of the bed. I lay down on the very edge of the mattress, my arm dangling into the box. There, my hand resting on his side, feeling his rib cage rise and fall with his every breath, we both drifted off to sleep.

CHAPTER 4

Mr. Wiggles

For the next three days I threw myself with abandon into our new puppy. I lay on the floor with him and let him scamper all over me. I wrestled with him. I used an old hand towel to play tug-of-war with him—and was surprised at how strong he already was. He followed me everywhere—and tried to gnaw on anything he could get his teeth around. It took him just one day to discover the best thing about his new home: toilet paper. He disappeared into the bathroom and, five seconds later, came racing back out, the end of the toilet-paper roll clenched in his teeth, a paper ribbon unrolling behind him as he sprinted across the house. The place looked like it had been decorated for Halloween.

Every half hour or so I would lead him into the backyard to relieve himself. When he had accidents in the house, I scolded him. When he peed outside, I placed my cheek against his and praised him in my sweetest voice. And when he pooped outside, I carried on as though he had just delivered the winning Florida Lotto ticket.

When Jenny returned from Disney World, she threw herself into him with the same utter abandon. It was an amazing thing to behold. As the days unfolded I saw in my young wife a calm, gentle, nurturing side I had not known existed. She held him; she caressed him; she played with him; she fussed over him. She combed through every strand of his fur in search of fleas and ticks. She rose every couple of hours through the night—night after night—to take him outside for bathroom breaks. That more than anything was responsible for him becoming fully house-broken in just a few short weeks.

Mostly, she fed him.

Following the instructions on the bag, we gave Marley three large bowls of puppy chow a day. He wolfed down every morsel in a matter of seconds. What went in came out, of course, and soon our backyard was as inviting as a minefield. We didn't dare venture out into it without eyes sharply peeled. If Marley's appetite was huge, his droppings were huger still, giant mounds that looked virtually unchanged from what had earlier gone in the other end. Was he even digesting this stuff?

Apparently he was. Marley was growing at a furious pace. Like one of those amazing jungle vines that can cover a house in hours, he was expanding exponentially in all directions. Each day he was a little longer, a little wider, a little taller, a little heavier. He was twenty-one pounds when I brought him home and within weeks was up to fifty. His cute little puppy head that I so easily cradled in one hand as I drove him home that first night had rapidly morphed into something resembling the shape and heft of a blacksmith's anvil. His paws were enormous, his flanks already rippled with muscle, and his chest almost as broad as a bulldozer. Just as the books promised, his slip of a puppy tail was becoming as thick and powerful as an otter's.

What a tail it was. Every last object in our house that was at knee level or below was knocked asunder by Marley's wildly wagging weapon. He cleared coffee tables, scattered magazines, knocked framed photographs off shelves, sent beer bottles and wineglasses flying. He even cracked a pane in the French door. Gradually every item that was not bolted down migrated to higher ground safely above the sweep of his swinging mallet. Our friends with children would visit and marvel, "Your house is already baby-proofed!"

Marley didn't actually wag his tail. He more wagged his whole body, starting with the front shoulders and working backward. He was like the canine version of a Slinky. We swore there were no bones inside him, just one big, elastic muscle. Jenny began calling him Mr. Wiggles.

And at no time did he wiggle more than when he had something in his mouth. His reaction to any situation was the same: grab the nearest shoe or pillow or pencil—really, any item would do—and run with it. Some little voice in his head seemed to be whispering to him, "Go ahead! Pick it up! Drool all over it! Run!"

Some of the objects he grabbed were small enough to conceal, and this especially pleased him—he seemed to think he was getting away with something. But Marley would never have made it as a poker player. When he had something to hide, he could not mask his glee. He was always on the rambunctious side, but then there were those moments when he would explode into a manic sort of hyperdrive, as if some invisible prankster had just goosed him. His body would quiver, his head would bob from side to side, and his entire rear end would swing in a sort of spastic dance. We called it the Marley Mambo.

"All right, what have you got this time?" I'd say, and as I approached he would begin evasive action, waggling his way around the room, hips sashaying, head flailing up and down like a whinnying filly's, so overjoyed with his forbidden prize he could not contain himself. When I would finally get him cornered and pry open his jaws, I never came up empty-handed. Always there was something he had plucked out of the trash or off the floor or, as he got taller, right off the dining room table. Paper towels, wadded Kleenex, grocery receipts, wine corks, paper clips, chess pieces, bottle caps—it was like a salvage yard in there. One day I pried open his jaws and peered in to find my paycheck plastered to the roof of his mouth.

Within weeks, we had a hard time remembering what life had been like without our new boarder. Quickly, we fell into a routine. I started each morning, before the first cup of coffee, by taking him for a brisk walk down to the water and back. After breakfast and before my shower, I patrolled the backyard with a shovel, burying his land mines in the sand at the back of the lot. Jenny left for work before nine, and I seldom left the house before ten, first locking Marley out in the concrete bunker with a fresh bowl of water, a host of toys, and my cheery directive to "be a good boy, Marley." By twelve-thirty, Jenny was home on her lunch break, when she would give Marley his midday meal and throw him a ball in the backyard until he was tuckered out. In the early weeks, she also made a quick trip home in the middle of the afternoon to let him out. After dinner most evenings we walked together with him back down to the waterfront, where we would stroll along the Intracoastal as the yachts from Palm Beach idled by in the glow of the sunset.

Stroll is probably the wrong word. Marley strolled like a runaway locomotive strolls. He surged ahead, straining against his leash with everything he had, choking himself hoarse in the process. We yanked him back; he yanked us forward. We tugged; he pulled, coughing like a chain smoker from the collar strangling him. He veered left and right, darting to every mailbox and shrub, sniffing, panting, and peeing without fully stopping, usually getting more pee on himself than the intended target. He circled behind us, wrapping the leash around our ankles before lurching forward again, nearly tripping us. When someone approached with another dog, Marley would bolt at them joyously, rearing up on his hind legs when he reached the end of his leash, dying to make friends. "He sure seems to love life," one dog owner commented, and that about said it all.

He was still small enough that we could win these leash tug-of-wars, but with each week the balance of power was shifting. He was growing bigger and stronger. It was obvious that before long he would be more powerful than either of us. We knew we would need to rein him in and teach him to heel properly before he dragged us to humiliating deaths beneath the wheels of a passing car. Our friends who were veteran dog owners told us not to rush the obedience regimen. "It's too early," one of them advised. "Enjoy his puppyhood while you can. It'll be gone soon enough, and then you can get serious about training him."

That is what we did, which is not to say that we let him totally have his way. We set rules and tried to enforce them consistently. Beds and furniture were off-limits. Drinking from the toilet, sniffing crotches, and chewing chair legs were actionable offenses, though apparently worth suffering a scolding for. *No* became our favorite word. We worked with him on the basic commands—come, stay, sit, down—with limited success. Marley was young and wired, with the attention span of algae and the volatility of nitroglycerine. He was so excitable, any interaction at all would send him into a tizzy of bounce-off-the-walls, triple-espresso exuberance. We wouldn't realize it until years later, but he showed early signs of that condition that would later be coined to describe the behavior of thousands of hard-to-control, ants-in-their-pants schoolchildren. Our puppy had a textbook case of attention deficit hyperactivity disorder.

Still, for all his juvenile antics, Marley was serving an important role in our home and our relationship. Through his very helpless-

ness, he was showing Jenny she could handle this maternal nurturing thing. He had been in her care for several weeks, and she
hadn't killed him yet. Quite to the contrary, he was thriving. We
joked that maybe we should start withholding food to stunt his
growth and suppress his energy levels.

Jenny's transformation from coldhearted plant killer to nurturing dog mom continued to amaze me. I think she amazed herself
a little. She was a natural. One day Marley began gagging violently. Before I even fully registered that he was in trouble, Jenny
was on her feet. She swooped in, pried his jaws open with one
hand, and reached deep into his gullet with the other, pulling out
a large, saliva-coated wad of cellophane. All in a day's work. Marley let out one last cough, banged his tail against the wall, and
looked up at her with an expression that said, *Can we do it
again?*

As we grew more comfortable with the new member of our family, we became more comfortable talking about expanding our
family in other ways. Within weeks of bringing Marley home, we
decided to stop using birth control. That's not to say we decided
to get pregnant, which would have been way too bold a gesture
for two people who had dedicated their lives to being as indecisive as possible. Rather, we backed into it, merely deciding to
stop trying *not* to get pregnant. The logic was convoluted, we realized, but it somehow made us both feel better. No pressure.
None at all. We weren't trying for a baby; we were just going to let
whatever happened happen. Let nature take its course. *Que será,
será* and all that.

Frankly, we were terrified. We had several sets of friends who
had tried for months, years even, to conceive without luck and
who had gradually taken their pitiful desperation public. At dinner parties they would talk obsessively about doctor's visits,

sperm counts, and timed menstrual cycles, much to the discomfort of everyone else at the table. I mean, what were you supposed to say? "I think your sperm counts sound just fine!" It was almost too painful to bear. We were scared to death we would end up joining them.

Jenny had suffered several severe bouts of endometriosis before we were married and had undergone laparoscopic surgery to remove excess scar tissue from her fallopian tubes, none of which boded well for her fertility. Even more troubling was a little secret from our past. In those blindly passionate early days of our relationship, when desire had a stranglehold on anything resembling common sense, we had thrown caution into the corner with our clothes and had sex with reckless abandon, using no birth control whatsoever. Not just once but many times. It was incredibly dumb, and, looking back on it several years later, we should have been kissing the ground in gratitude for miraculously escaping an unwanted pregnancy. Instead, all either of us could think was, *What's wrong with us? No normal couple could possibly have done all that unprotected fornicating and gotten away with it.* We were both convinced conceiving was going to be no easy task.

So as our friends announced their plans to try to get pregnant, we remained silent. Jenny was simply going to stash her birth-control prescription away in the medicine cabinet and forget about it. If she ended up pregnant, fantastic. If she didn't, well, we weren't actually trying anyway, now, were we?

Winter in West Palm Beach is a glorious time of year, marked by crisp nights and warm, dry, sunny days. After the insufferably long, torpid summer, most of it spent in air-conditioning or hopping from one shade tree to the next in an attempt to dodge the blistering sun, winter was our time to celebrate the gentle side of the subtropics. We ate all our meals on the back porch, squeezed fresh orange juice from the fruit of the backyard tree each morning, tended a tiny herb garden and a few tomato plants along the side of the house, and picked saucer-sized hibiscus blooms to float in little bowls of water on the dining room table. At night we slept beneath open windows, the gardenia-scented air wafting in over us.

On one of those gorgeous days in late March, Jenny invited a friend from work to bring her basset hound, Buddy, over for a dog playdate. Buddy was a rescued pound dog with the saddest face I had ever seen. We let the two dogs loose in the backyard, and off they bounded. Old Buddy wasn't quite sure what to make of this hyperenergized yellow juvenile who raced and streaked and ran tight circles around him. But he took it in good humor, and the two of them romped and played together for more than an hour before they both collapsed in the shade of the mango tree, exhausted.

A few days later Marley started scratching and wouldn't stop. He was clawing so hard at himself, we were afraid he might draw blood. Jenny dropped to her knees and began one of her routine inspections, working her fingers through his coat, parting his fur as she went to see his skin below. After just a few seconds, she called out, "Damn it! Look at this." I peered over her shoulder at where she had parted Marley's fur just in time to see a small black dot dart back under cover. We laid him flat on the floor and began going through every inch of his fur. Marley was thrilled with the two-on-one attention and panted happily, his tail thumping the floor. Everywhere we looked we found them. Fleas! Swarms of them. They were between his toes and under his collar and burrowed inside his floppy ears. Even if they were slow enough to catch, which they were not, there were simply too many of them to even begin picking off.

We had heard about Florida's legendary flea and tick problems. With no hard freezes, not even any frosts, the bug populations were never knocked back, and they flourished in the warm, moist environment. This was a place where even the millionaires' mansions along the ocean in Palm Beach had cockroaches. Jenny was freaked out; her puppy was crawling with vermin. Of course, we blamed Buddy without having any solid proof. Jenny had images of not only the dog being infested but our entire home, too. She grabbed her car keys and ran out the door.

A half hour later she was back with a bag filled with enough chemicals to create our own Superfund site. There were flea baths and flea powders and flea sprays and flea foams and flea dips. There was a pesticide for the lawn, which the guy at the store told her we had to spray if we were to have any hope of bringing the little bastards to their knees. There was a special comb designed to remove insect eggs.

I reached into the bag and pulled out the receipt. "Jesus Christ, honey," I said. "We could have rented our own crop duster for this much."

My wife didn't care. She was back in assassin mode—this time to protect her loved ones—and she meant business. She threw herself into the task with a vengeance. She scrubbed Marley in the laundry tub, using special soaps. She then mixed up the dip, which contained the same chemical, I noted, as the lawn insecticide, and poured it over him until every inch of him was saturated. As he was drying in the garage, smelling like a miniature Dow Chemical plant, Jenny vacuumed furiously—floors, walls, carpets, curtains, upholstery. And then she sprayed. And while she doused the inside with flea killer, I doused the outside with it. "You think we nailed the little buggers?" I asked when we were finally finished.

"I think we did," she said.

Our multipronged attack on the flea population of 345 Churchill Road was a roaring success. We checked Marley daily, peering between his toes, under his ears, beneath his tail, along his belly, and everywhere else we could reach. We could find no sign of a flea anywhere. We checked the carpets, the couches, the bottoms of the curtains, the grass—nothing. We had annihilated the enemy.

CHAPTER 5

The Test Strip

A few weeks later we were lying in bed reading when Jenny closed her book and said, "It's probably nothing."

"What's probably nothing," I said absently, not looking up from my book.

"My period's late."

She had my attention. "Your period? It is?" I turned to face her.

"That happens sometimes. But it's been over a week. And I've been feeling weird, too."

"Weird how?"

"Like I have a low-level stomach flu or something. I had one sip of wine at dinner the other night, and I thought I was going to throw up."

"That's not like you."

"Just the thought of alcohol makes me nauseous."

I wasn't going to mention it, but she also had been rather cranky lately.

"Do you think—" I began to ask.

"I don't know. Do you?"

"How am I supposed to know?"

"I almost didn't say anything," Jenny said. "Just in case—you know. I don't want to jinx us."

That's when I realized just how important this was to her—and to me, too. Somehow parenthood had snuck up on us; we were ready for a baby. We lay there side by side for a long while, saying nothing, looking straight ahead.

"We're never going to fall asleep," I finally said.

"The suspense is killing me," she admitted.

"Come on, get dressed," I said. "Let's go to the drugstore and get a home test kit."

We threw on shorts and T-shirts and opened the front door, Marley bounding out ahead of us, overjoyed at the prospect of a late-night car ride. He pranced on his hind legs by our tiny Toyota Tercel, hopping up and down, shaking, flinging saliva off his jowls, panting, absolutely beside himself with anticipation of the big moment when I would open the back door. "Geez, you'd think he was the father," I said. When I opened the door, he leaped into the backseat with such gusto that he sailed clear to the other side without touching down, not stopping until he cracked his head loudly, but apparently with no ill effect, against the far window.

The pharmacy was open till midnight, and I waited in the car with Marley while Jenny ran in. There are some things guys just are not meant to shop for, and home pregnancy tests come pretty close to the top of the list. The dog paced in the backseat, whining, his eyes locked on the front door of the pharmacy. As was his nature whenever he was excited, which was nearly every waking moment, he was panting, salivating heavily.

"Oh for God's sake, settle down," I told him. "What do you think she's going to do? Sneak out the back door on us?" He responded by shaking himself off in a great flurry, showering me in a spray of dog drool and loose hair. We had become used to Mar-

ley's car etiquette and always kept an emergency bath towel on
the front seat, which I used to wipe down myself and the interior
of the car. "Hang tight," I said. "I'm pretty sure she plans to return."

Five minutes later Jenny was back, a small bag in her hand. As
we pulled out of the parking lot, Marley wedged his shoulders
between the bucket seats of our tiny hatchback, balancing his
front paws on the center console, his nose touching the
rearview mirror. Every turn we made sent him crashing down,
chest first, against the emergency brake. And after each spill, unfazed and happier than ever, he would teeter back up on his
perch.

A few minutes later we were back home in the bathroom
with the $8.99 kit spread out on the side of the sink. I read the
directions aloud. "Okay," I said. "It says it's accurate ninety-nine
percent of the time. First thing you have to do is pee in this cup."
The next step was to dip a skinny plastic test strip into the urine
and then into a small vial of a solution that came with the kit.
"Wait five minutes," I said. "Then we put it in the second solution
for fifteen minutes. If it turns blue, you're officially knocked up,
baby!"

We timed off the first five minutes. Then Jenny dropped the
strip into the second vial and said, "I can't stand here watching it."

We went out into the living room and made small talk, pretending we were waiting for something of no more significance
than the teakettle to boil. "So how about them Dolphins," I
quipped. But my heart was pounding wildly, and a feeling of nervous dread was rising from my stomach. If the test came back
positive, whoa, our lives were about to change forever. If it came
back negative, Jenny would be crushed. It was beginning to dawn
on me that I might be, too. An eternity later, the timer rang. "Here
we go," I said. "Either way, you know I love you."

I went to the bathroom and fished the test strip out of the vial.
No doubt about it, it was blue. As blue as the deepest ocean. A

dark, rich, navy-blazer blue. A blue that could be confused with no other shade. "Congratulations, honey," I said.

"Oh my God" is all she could answer, and she threw herself into my arms.

As we stood there by the sink, arms around each other, eyes closed, I gradually became aware of a commotion at our feet. I looked down and there was Marley, wiggling, head bobbing, tail banging the linen-closet door so hard I thought he might dent it. When I reached down to pet him, he dodged away. Uh-oh. It was the Marley Mambo, and that could mean just one thing.

"What do you have this time?" I said, and began chasing him. He loped into the living room, weaving just out of my reach. When I finally cornered him and pried open his jaws, at first I saw nothing. Then far back on his tongue, on the brink of no return, ready to slip down the hatch, I spotted something. It was skinny and long and flat. And as blue as the deepest ocean. I reached in and pulled out our positive test strip. "Sorry to disappoint you, pal," I said, "but this is going in the scrapbook."

Jenny and I started laughing and kept laughing for a long time. We had great fun speculating on what was going through that big blocky head of his. *Hmmm, if I destroy the evidence, maybe they'll forget all about this unfortunate episode, and I won't have to share my castle with an interloper after all.*

Then Jenny grabbed Marley by the front paws, lifted him up on his hind legs and danced around the room with him. "You're going to be an uncle!" she sang. Marley responded in his trademark way—by lunging up and planting a big wet tongue squarely on her mouth.

The next day Jenny called me at work. Her voice was bubbling. She had just returned from the doctor, who had officially confirmed the results of our home test. "He says all systems are go," she said.

The night before, we had counted back on the calendar, trying to pinpoint the date of conception. She was worried that she had already been pregnant when we went on our hysterical flea-eradication spree a few weeks earlier. Exposing herself to all those pesticides couldn't be good, could it? She raised her concerns with the doctor, and he told her it was probably not an issue. Just don't use them anymore, he advised. He gave her a prescription for prenatal vitamins and told her he'd see her back in his office in three weeks for a sonogram, an electronic-imaging process that would give us our first glimpse of the tiny fetus growing inside Jenny's belly.

"He wants us to make sure we bring a videotape," she said, "so we can save our own copy for posterity."

On my desk calendar, I made a note of it.

CHAPTER 6

Matters of the Heart

✳

The natives will tell you South Florida has four seasons. Subtle ones, they admit, but four distinct seasons nonetheless. Do not believe them. There are only two—the warm, dry season and the hot, wet one. It was about the time of this overnight return to tropical swelter when we awoke one day to realize our puppy was a puppy no more. As rapidly as winter had morphed into summer, it seemed, Marley had morphed into a gangly adolescent. At five months old, his body had filled out the baggy wrinkles in its oversized yellow fur coat. His enormous paws no longer looked so comically out of proportion. His needle-sharp baby teeth had given way to imposing fangs that could destroy a Frisbee—or a brand-new leather shoe—in a few quick chomps. The timbre of his bark had deepened to an intimidating boom. When he stood on his hind legs, which he did often, tottering around like a dancing Russian circus bear, he could rest his front paws on my shoulders and look me straight in the eye.

The first time the veterinarian saw him, he let out a soft whistle and said, "You're going to have a big boy on your hands."

And that we did. He had grown into a handsome specimen, and I felt obliged to point out to the doubting Miss Jenny that my formal name for him was not so far off the mark. Grogan's Majestic Marley of Churchill, besides residing on Churchill Road, was the very definition of majestic. When he stopped chasing his tail, anyway. Sometimes, after he ran every last ounce of nervous energy out of himself, he would lie on the Persian rug in the living room, basking in the sun slanting through the blinds. His head up, nose glistening, paws crossed before him, he reminded us of an Egyptian sphinx.

We were not the only ones to notice the transformation. We could tell from the wide berth strangers gave him and the way they recoiled when he bounded their way that they no longer viewed him as a harmless puppy. To them he had grown into something to be feared.

Our front door had a small oblong window at eye level, four inches wide by eight inches long. Marley lived for company, and whenever someone rang the bell, he would streak across the house, going into a full skid as he approached the foyer, careening across the wood floors, tossing up throw rugs as he slid and not stopping until he crashed into the door with a loud thud. He then would hop up on his hind legs, yelping wildly, his big head filling the tiny window to stare straight into the face of whoever was on the other side. For Marley, who considered himself the resident Welcome Wagon, it was a joyous overture. For door-to-door salespeople, postal carriers, and anyone else who didn't know him, though, it was as if Cujo had just jumped out of the Stephen King novel and the only thing that stood between them and a merciless mauling was our wooden door. More than one stranger, after ringing the doorbell and seeing Marley's barking face peering out at them, beat a quick retreat to the middle of the driveway, where they stood waiting for one of us to answer.

This, we found, was not necessarily a bad thing.

Ours was what urban planners call a changing neighborhood. Built in the 1940s and '50s and initially populated by snowbirds and retirees, it began to take on a gritty edge as the original homeowners died off and were replaced by a motley group of renters and working-class families. By the time we moved in, the neighborhood was again in transition, this time being gentrified by gays, artists, and young professionals drawn to its location near the water and its funky, Deco-style architecture.

Our block served as a buffer between hard-bitten South Dixie Highway and the posh estate homes along the water. Dixie Highway was the original U.S. 1 that ran along Florida's eastern coast and served as the main route to Miami before the arrival of the interstate. It was five lanes of sun-baked pavement, two in each direction with a shared left-turn lane, and it was lined with a slightly decayed and unseemly assortment of thrift stores, gas stations, fruit stands, consignment shops, diners, and mom-and-pop motels from a bygone era.

On the four corners of South Dixie Highway and Churchill Road stood a liquor store, a twenty-four-hour convenience mart, an import shop with heavy bars on the window, and an open-air coin laundry where people hung out all night, often leaving bottles in brown bags behind. Our house was in the middle of the block, eight doors down from the action.

The neighborhood seemed safe to us, but there were telltales of its rough edge. Tools left out in the yard disappeared, and during a rare cold spell, someone stole every stick of firewood I had stacked along the side of the house. One Sunday we were eating breakfast at our favorite diner, sitting at the table we always sat at, right in the front window, when Jenny pointed to a bullet hole in the plate glass just above our heads and noted dryly, "That definitely wasn't there last time we were here."

One morning as I was pulling out of our block to drive to work, I spotted a man lying in the gutter, his hands and face bloody. I parked and ran up to him, thinking he had been hit by a car. But when I squatted down beside him, a strong stench of alcohol and urine hit me, and when he began to talk, it was clear he was inebriated. I called an ambulance and waited with him, but when the crew arrived he refused treatment. As the paramedics and I stood watching, he staggered away in the direction of the liquor store.

And there was the night a man with a slightly desperate air about him came to my door and told me he was visiting a house in the next block and had run out of gas for his car. Could I lend him five dollars? He'd pay me back first thing in the morning. *Sure you will, pal,* I thought. When I offered to call the police for him instead, he mumbled a lame excuse and disappeared.

Most unsettling of all was what we learned about the small house kitty-corner from ours. A murder had taken place there just a few months before we moved in. And not just a run-of-the-mill murder, but a horribly gruesome one involving an invalid widow and a chain saw. The case had been all over the news, and before we moved in we were well familiar with its details—everything, that is, except the location. And now here we were living across the street from the crime scene.

The victim was a retired schoolteacher named Ruth Ann Nedermier, who had lived in the house alone and was one of the original settlers of the neighborhood. After hip-replacement surgery, she had hired a day nurse to help care for her, which was a fatal decision. The nurse, police later ascertained, had been stealing checks out of Mrs. Nedermier's checkbook and forging her signature.

The old woman had been frail but mentally sharp, and she confronted the nurse about the missing checks and the unexplained charges to her bank account. The panicked nurse bludgeoned the poor woman to death, then called her boyfriend, who arrived with a chain saw and helped her dismember the body in the bathtub. Together they packed the body parts in a large trunk, rinsed the woman's blood down the drain, and drove away.

For several days, Mrs. Nedermier's disappearance remained a mystery, our neighbors later told us. The mystery was solved when a man called the police to report a horrible stench coming from his garage. Officers discovered the trunk and its ghastly contents. When they asked the homeowner how it got there, he told them the truth: his daughter had asked if she could store it there for safekeeping.

Although the grisly murder of Mrs. Nedermier was the most-talked-about event in the history of our block, no one had mentioned a word about it to us as we prepared to buy the house. Not the real estate agent, not the owners, not the inspector, not the surveyor. Our first week in the house, the neighbors came over with cookies and a casserole and broke the news to us. As we lay in our bed at night, it was hard not to think that just a hundred feet from our bedroom window a defenseless widow had been sawn into pieces. It was an inside job, we told ourselves, something that would never happen to us. Yet we couldn't walk by the place or even look out our front window without thinking about what had happened there.

Somehow, having Marley aboard with us, and seeing how strangers eyed him so warily, gave us a sense of peace we might not have had otherwise. He was a big, loving dope of a dog whose defense strategy against intruders would surely have been to lick them to death. But the prowlers and predators out there didn't need to know that. To them he was big, he was powerful, and he was unpredictably crazy. And that is how we liked it.

Pregnancy suited Jenny well. She began rising at dawn to exercise and walk Marley. She prepared wholesome, healthy meals, loaded with fresh vegetables and fruits. She swore off caffeine and diet sodas and, of course, all alcohol, not even allowing me to stir a tablespoon of cooking sherry into the pot.

We had sworn to keep the pregnancy a secret until we were confident the fetus was viable and beyond the risk of miscarriage, but on this front neither of us did well. We were so excited that we dribbled out our news to one confidant after another, swearing each to silence, until our secret was no longer a secret at all. First we told our parents, then our siblings, then our closest friends, then our office mates, then our neighbors. Jenny's stomach, at ten weeks, was just starting to round slightly. It was beginning to seem real. Why not share our joy with the world? By the time the day arrived for Jenny's examination and sonogram, we might as well have plastered it on a billboard: John and Jenny are expecting.

I took off work the morning of the doctor's appointment and, as instructed, brought a blank videotape so I could capture the first grainy images of our baby. The appointment was to be part checkup, part informational meeting. We would be assigned to a nurse-midwife who could answer all our questions, measure Jenny's stomach, listen for the baby's heartbeat, and, of course, show us its tiny form inside of her.

We arrived at 9:00 A.M., brimming with anticipation. The nurse-midwife, a gentle middle-aged woman with a British accent, led us into a small exam room and immediately asked: "Would you like to hear your baby's heartbeat?" Would we ever, we told her. We listened intently as she ran a sort of microphone hooked to a speaker over Jenny's abdomen. We sat in silence, smiles frozen on our faces, straining to hear the tiny heartbeat, but only static came through the speaker.

The nurse said that was not unusual. "It depends on how the baby is lying. Sometimes you can't hear anything. It might still be a little early." She offered to go right to the sonogram. "Let's have a look at your baby," she said breezily.

"Our first glimpse of baby Grogie," Jenny said, beaming at me. The nurse-midwife led us into the sonogram room and had Jenny lie back on a table with a monitor screen beside it.

"I brought a tape," I said, waving it in front of her.

"Just hold on to it for now," the nurse said as she pulled up Jenny's shirt and began running an instrument the size and shape of a hockey puck over her stomach. We peered at the computer monitor at a gray mass without definition. "Hmm, this one doesn't seem to be picking anything up," she said in a completely neutral voice. "We'll try a vaginal sonogram. You get much more detail that way."

She left the room and returned moments later with another nurse, a tall bleached blonde with a monogram on her fingernail. Her name was Essie, and she asked Jenny to remove her panties, then inserted a latex-covered probe into her vagina. The nurse was right: the resolution was far superior to that of the other sonogram. She zoomed in on what looked like a tiny sac in the middle of the sea of gray and, with the click of a mouse, magnified it, then magnified it again. And again. But despite the great detail, the sac just looked like an empty, shapeless sock to us. Where were the little arms and legs the pregnancy books said would be formed by ten weeks? Where was the tiny head? Where was the beating heart? Jenny, her neck craned sideways to see the screen, was still brimming with anticipation and asked the nurses with a little nervous laugh, "Is there anything in there?"

I looked up to catch Essie's face, and I knew the answer was the one we did not want to hear. Suddenly I realized why she hadn't been saying anything as she kept clicking up the magnification. She answered Jenny in a controlled voice: "Not what you'd expect to see at ten weeks." I put my hand on Jenny's knee. We both continued staring at the blob on the screen, as though we could will it to life.

"Jenny, I think we have a problem here," Essie said. "Let me get Dr. Sherman."

As we waited in silence, I learned what people mean when they describe the swarm of locusts that descends just before they faint. I felt the blood rushing out of my head and heard buzzing in my ears. *If I don't sit down,* I thought, *I'm going to collapse.* How embarrassing would that be? My strong wife bearing the news stoically as her husband lay unconscious on the floor, the nurses trying to revive him with smelling salts. I half sat on the edge of the examining bench, holding Jenny's hand with one of mine and stroking her neck with the other. Tears welled in her eyes, but she didn't cry.

Dr. Sherman, a tall, distinguished-looking man with a gruff but affable demeanor, confirmed that the fetus was dead. "We'd be able to see a heartbeat, no question," he said. He gently told us what we already knew from the books we had been reading. That one in six pregnancies ends in miscarriage. That this was nature's way of sorting out the weak, the retarded, the grossly deformed. Apparently remembering Jenny's worry about the flea sprays, he told us it was nothing we did or did not do. He placed his hand on Jenny's cheek and leaned in close as if to kiss her. "I'm sorry," he said. "You can try again in a couple of months."

We both just sat there in silence. The blank videotape sitting on the bench beside us suddenly seemed like an incredible embarrassment, a sharp reminder of our blind, naïve optimism. I wanted to throw it away. I wanted to hide it. I asked the doctor: "Where do we go from here?"

"We have to remove the placenta," he said. "Years ago, you wouldn't have even known you had miscarried yet, and you would have waited until you started hemorrhaging."

He gave us the option of waiting over the weekend and returning on Monday for the procedure, which was the same as an abortion, with the fetus and placenta being vacuumed from the uterus. But Jenny wanted to get it behind her, and so did I. "The sooner the better," she said.

"Okay then," Dr. Sherman said. He gave her something to force her to dilate and was gone. Down the hall we could hear him enter another exam room and boisterously greet an expectant mother with jolly banter.

Alone in the room, Jenny and I fell heavily into each other's arms and stayed that way until a light knock came at the door. It was an older woman we had never seen before. She carried a sheaf of papers. "I'm sorry, sweetie," she said to Jenny. "I'm so sorry." And then she showed her where to sign the waiver acknowledging the risks of uterine suction.

When Dr. Sherman returned he was all business. He injected Jenny first with Valium and then Demerol, and the procedure was quick if not painless. He was finished before the drugs seemed to fully kick in. When it was over, she lay nearly unconscious as the sedatives took their full effect. "Just make sure she doesn't stop breathing," the doctor said, and he walked out of the room. I couldn't believe it. Wasn't it his job to make sure she didn't stop breathing? The waiver she signed never said "Patient could stop breathing at any time due to overdose of barbiturates." I did as I was told, talking to her in a loud voice, rubbing her arm, lightly slapping her cheek, saying things like, "Hey, Jenny! What's my name?" She was dead to the world.

After several minutes Essie stuck her head in to check on us. She caught one glimpse of Jenny's gray face and wheeled out of the room and back in again a moment later with a wet washcloth and smelling salts, which she held under Jenny's nose for what seemed forever before Jenny began to stir, and then only briefly. I kept talking to her in a loud voice, telling her to breathe deeply so I could feel it on my hand. Her skin was ashen; I found her pulse: sixty beats per minute. I nervously dabbed the wet cloth across her forehead, cheeks, and neck. Eventually, she came around, though she was still extremely groggy. "You had me worried," I said. She just looked blankly at me as if trying to ascertain why I might be worried. Then she drifted off again.

A half hour later the nurse helped dress her, and I walked her out of the office with these orders: for the next two weeks, no baths, no swimming, no douches, no tampons, no sex.

In the car, Jenny maintained a detached silence, pressing herself against the passenger door, gazing out the window. Her eyes were red but she would not cry. I searched for comforting words without success. Really, what could be said? We had lost our baby. Yes, I could tell her we could try again. I could tell her that many couples go through the same thing. But she didn't want to hear it, and I didn't want to say it. Someday we would be able to see it all in perspective. But not today.

I took the scenic route home, winding along Flagler Drive, which hugs West Palm Beach's waterfront from the north end of town, where the doctor's office was, to the south end, where we lived. The sun glinted off the water; the palm trees swayed gently beneath the cloudless blue sky. It was a day meant for joy, not for us. We drove home in silence.

When we arrived at the house, I helped Jenny inside and onto the couch, then went into the garage where Marley, as always, awaited our return with breathless anticipation. As soon as he saw me, he dove for his oversized rawhide bone and proudly paraded it around the room, his body wagging, tail whacking the washing machine like a mallet on a kettledrum. He begged me to try to snatch it from him.

"Not today, pal," I said, and let him out the back door into the yard. He took a long pee against the loquat tree and then came barreling back inside, took a deep drink from his bowl, water sloshing everywhere, and careened down the hall, searching for

Jenny. It took me just a few seconds to lock the back door, mop up the water he had spilled, and follow him into the living room.

When I turned the corner, I stopped short. I would have bet a week's pay that what I was looking at couldn't possibly happen. Our rambunctious, wired dog stood with his shoulders between Jenny's knees, his big, blocky head resting quietly in her lap. His tail hung flat between his legs, the first time I could remember it not wagging whenever he was touching one of us. His eyes were turned up at her, and he whimpered softly. She stroked his head a few times and then, with no warning, buried her face in the thick fur of his neck and began sobbing. Hard, unrestrained, from-the-gut sobbing.

They stayed like that for a long time, Marley statue-still, Jenny clutching him to her like an oversized doll. I stood off to the side feeling like a voyeur intruding on this private moment, not quite knowing what to do with myself. And then, without lifting her face, she raised one arm up toward me, and I joined her on the couch and wrapped my arms around her. There the three of us stayed, locked in our embrace of shared grief.

CHAPTER 7

Master and Beast

The next morning, a Saturday, I awoke at dawn to find Jenny lying on her side with her back to me, weeping softly. Marley was awake, too, his chin resting on the mattress, once again commiserating with his mistress. I got up and made coffee, squeezed fresh orange juice, brought in the newspaper, made toast. When Jenny came out in her robe several minutes later, her eyes were dry and she gave me a brave smile as if to say she was okay now.

After breakfast, we decided to get out of the house and walk Marley down to the water for a swim. A large concrete breakwater and mounds of boulders lined the shore in our neighborhood, making the water inaccessible. But if you walked a half dozen blocks to the south, the breakwater curved inland, exposing a small white sand beach littered with driftwood—a perfect place for a dog to frolic. When we reached the little beach, I wagged a stick in front of Marley's face and unleashed him. He stared at the stick as a starving man would stare at a loaf of bread, his eyes never leaving the prize. "Go get it!" I shouted, and hurled the stick as far out into the water as I could. He cleared the concrete wall in one spectacular leap, galloped down the beach and out into the shallow water, sending up plumes of spray around him. This is what Labrador retrievers were born to do. It was in their genes and in their job description.

No one is certain where Labrador retrievers originated, but this much is known for sure: it was not in Labrador. These muscular, short-haired water dogs first surfaced in the 1600s a few hundred miles to the south of Labrador, in Newfoundland. There, early diarists observed, the local fishermen took the dogs to sea with them in their dories, putting them to good use hauling in lines and nets and fetching fish that came off the hooks. The dogs' dense, oily coats made them impervious to the icy waters, and their swimming prowess, boundless energy, and ability to cradle fish gently in their jaws without damaging the flesh made them ideal work dogs for the tough North Atlantic conditions.

How the dogs came to be in Newfoundland is anyone's guess. They were not indigenous to the island, and there is no evidence that early Eskimos who first settled the area brought dogs with them. The best theory is that early ancestors of the retrievers were brought to Newfoundland by fishermen from Europe and Britain, many of whom jumped ship and settled on the coast, establishing communities. From there, what is now known as the Labrador retriever may have evolved through unintentional, willynilly cross-breeding. It likely shares common ancestry with the larger and shaggier Newfoundland breed.

However they came to be, the amazing retrievers soon were pressed into duty by island hunters to fetch game birds and waterfowl. In 1662, a native of St. John's, Newfoundland, named W. E. Cormack journeyed on foot across the island and noted the abundance of the local water dogs, which he found to be "admirably trained as retrievers in fowling and . . . otherwise useful."

The British gentry eventually took notice and by the early nine-teenth century were importing the dogs to England for use by sportsmen in pursuit of pheasant, grouse, and partridges.

According to the Labrador Retriever Club, a national hobbyist group formed in 1931 and dedicated to preserving the integrity of the breed, the name Labrador retriever came about quite inadvertently sometime in the 1830s when the apparently geographically challenged third earl of Malmesbury wrote to the sixth duke of Buccleuch to gush about his fine line of sporting retrievers. "We always call mine Labrador dogs," he wrote. From that point forward, the name stuck. The good earl noted that he went to great lengths to keep "the breed as pure as I could from the first." But others were less religious about genetics, freely crossing Labradors with other retrievers in hopes that their excellent qualities would transfer. The Labrador genes proved indomitable, and the Labrador retriever line remained distinct, winning recognition by the Kennel Club of England as a breed all its own on July 7, 1903.

B. W. Ziessow, an enthusiast and longtime breeder, wrote for the Labrador Retriever Club: "The American sportsmen adopted the breed from England and subsequently developed and trained the dog to fulfill the hunting needs of this country. Today, as in the past, the Labrador will eagerly enter ice cold water in Minnesota to retrieve a shot bird; he'll work all day hunting doves in the heat of the Southwest—his only reward is a pat for a job well done."

This was Marley's proud heritage, and it appeared he had inherited at least half of the instinct. He was a master at pursuing his prey. It was the concept of returning it that he did not seem to quite grasp. His general attitude seemed to be, *If you want the stick back that bad, YOU jump in the water for it.*

He came charging back up onto the beach with his prize in his teeth. "Bring it here!" I yelled, slapping my hands together. "C'mon, boy, give it to me!" He pranced over, his whole body wagging with excitement, and promptly shook water and sand all over me. Then to my surprise he dropped the stick at my feet. *Wow,* I thought. *How's that for service?* I looked back at Jenny, sitting on a bench beneath an Australian pine, and gave her a thumbs-up. But when I reached down to pick up the stick, Marley was ready. He dove in, grabbed it, and raced across the beach in crazy figure-eights. He swerved back, nearly colliding with me, taunting me to chase him. I made a few lunges at him, but it was clear he had both speed and agility on his side. "You're supposed to be a Labrador retriever!" I shouted. "Not a Labrador evader!"

But what I had that my dog didn't was an evolved brain that at least slightly exceeded my brawn. I grabbed a second stick and made a tremendous fuss over it. I held it over my head and tossed it from hand to hand. I swung it from side to side. I could see Marley's resolve softening. Suddenly, the stick in his mouth, just moments earlier the most prized possession he could imagine on earth, had lost its cachet. My stick drew him in like a temptress. He crept closer and closer until he was just inches in front of me. "Oh, a sucker is born every day, isn't he, Marley?" I cackled, rubbing the stick across his snout and watching as he went cross-eyed trying to keep it in his sights.

I could see the little cogs going in his head as he tried to figure out how he could grab the new stick without relinquishing the old one. His upper lip quivered as he tested the concept of making a quick two-for-one grab. Soon I had my free hand firmly around the end of the stick in his mouth. I tugged and he tugged back, growling. I pressed the second stick against his nostrils. "You know you want it," I whispered. And did he ever; the temptation was too much to bear. I could feel his grip loosening. And then he made his move. He opened his jaws to try to grab the second stick without losing the first. In a heartbeat, I whipped both sticks high above my head. He leaped in the air, barking and spinning, obviously at a loss as to how such a carefully laid battle strategy could have gone so badly awry. "This is why I am the master and you are the beast," I told him. And with that he shook more water and sand in my face.

I threw one of the sticks out into the water and he raced after it, yelping madly as he went. He returned a new, wiser opponent. This time he was cautious and refused to come anywhere near me. He stood about ten yards away, stick in mouth, eying the new object of his desire, which just happened to be the old object of his desire, his first stick, now perched high above my head. I could see the cogs moving again. He was thinking, *This time I'll just wait right here until he throws it, and then he'll have no sticks and I'll have both sticks.* "You think I'm really dumb, don't you, dog," I said. I heaved back and with a great, exaggerated groan hurled the stick with all my might. Sure enough, Marley roared into the water with his stick still locked in his teeth. The only thing was, I hadn't let go of mine. Do you think Marley figured that out? He swam halfway to Palm Beach before catching on that the stick was still in my hand.

"You're cruel!" Jenny yelled down from her bench, and I looked back to see she was laughing.

When Marley finally got back onshore, he plopped down in the sand, exhausted but not about to give up his stick. I showed him mine, reminding him how far superior it was to his, and ordered, "Drop it!" I cocked my arm back as if to throw, and the dummy bolted back to his feet and began heading for the water again. "Drop it!" I repeated when he returned. It took several tries, but finally he did just that. And the instant his stick hit the sand, I launched mine into the air for him. We did it over and over, and each time he seemed to understand the concept a little more clearly. Slowly the lesson was sinking into that thick skull of his. If he returned his stick to me, I would throw a new one for him. "It's like an office gift exchange," I told him. "You've got to give to get." He leaped up and smashed his sandy mouth against mine, which I took to be an acknowledgment of a lesson learned.

As Jenny and I walked home, the tuckered Marley for once did not strain against his leash. I beamed with pride at what we had accomplished. For weeks Jenny and I had been working to teach him some basic social skills and manners, but progress had been painfully slow. It was like we were living with a wild stallion— and trying to teach it to sip tea from fine porcelain. Some days I felt like Anne Sullivan to Marley's Helen Keller. I thought back to Saint Shaun and how quickly I, a mere ten-year-old boy, had been able to teach him all he needed to know to be a great dog. I wondered what I was doing wrong this time.

But our little fetching exercise offered a glimmer of hope. "You know," I said to Jenny, "I really think he's starting to get it."

She looked down at him, plodding along beside us. He was soaking wet and coated in sand, spittle foaming on his lips, his hard-won stick still clenched in his jaws. "I wouldn't be so sure of that," she said.

The next morning I again awoke before dawn to the sounds of Jenny softly sobbing beside me. "Hey," I said, and wrapped my arms around her. She nestled her face against my chest, and I could feel her tears soaking through my T-shirt.

"I'm fine," she said. "Really. I'm just—you know."

I did know. I was trying to be the brave soldier, but I felt it, too, the dull sense of loss and failure. It was odd. Less than forty-eight hours earlier we had been bubbling with anticipation over our new baby. And now it was as if there had never been a pregnancy at all. As if the whole episode was just a dream from which we were having trouble waking.

Later that day I took Marley with me in the car to pick up a few groceries and some things Jenny needed at the pharmacy. On the way back, I stopped at a florist shop and bought a giant bouquet of spring flowers arranged in a vase, hoping they would cheer her up. I strapped them into the seat belt in the backseat beside Marley so they wouldn't spill. As we passed the pet shop, I made the split-second decision that Marley deserved a pick-me-up, too. After all, he had done a better job than I at comforting the inconsolable woman in our lives. "Be a good boy!" I said. "I'll be right back." I ran into the store just long enough to buy an oversized rawhide chew for him.

When we got home a few minutes later, Jenny came out to meet us, and Marley tumbled out of the car to greet her. "We have a little surprise for you," I said. But when I reached in the backseat for the flowers, the surprise was on me. The bouquet was a mix of white daisies, yellow mums, assorted lilies, and bright red carnations. Now, however, the carnations were nowhere to be found. I looked more closely and found the decapitated stems that minutes earlier had held blossoms. Nothing else in the bouquet was disturbed. I glared at Marley and he was dancing around like he was auditioning for *Soul Train*. "Get over here!" I yelled, and when I finally caught him and pried open his jaws, I found the incontrovertible evidence of his guilt. Deep in his cavernous mouth, tucked up in one jowl like a wad of chewing tobacco, was a single red carnation. The others presumably were already down the hatch. I was ready to murder him.

I looked up at Jenny and tears were streaming down her cheeks. But this time, they were tears of laughter. She could not have been more amused had I flown in a mariachi band for a private serenade. There was nothing left for me to do but laugh, too.

"That dog," I muttered.

"I've never been crazy about carnations anyway," she said.

Marley was so thrilled to see everyone happy and laughing again that he jumped up on his hind legs and did a break dance for us.

• • •

The next morning, I awoke to bright sun dappling through the branches of the Brazilian pepper tree and across the bed. I glanced at the clock; it was nearly eight. I looked over at my wife sleeping peacefully, her chest rising and falling with long, slow breaths. I kissed her hair, draped an arm across her waist, and closed my eyes again.

CHAPTER 8

A Battle of Wills

✳

When Marley was not quite six months old, we signed him up for obedience classes. God knew he needed it. Despite his stick-fetching breakthrough on the beach that day, he was proving himself a challenging student, dense, wild, constantly distracted, a victim of his boundless nervous energy. We were beginning to figure out that he wasn't like other dogs. As my father put it shortly after Marley attempted marital relations with his knee, "That dog's got a screw loose." We needed professional help.

Our veterinarian told us about a local dog-training club that offered basic obedience classes on Tuesday nights in the parking lot behind the armory. The teachers were unpaid volunteers from the club, serious amateurs who presumably had already taken their own dogs to the heights of advanced behavior modification. The course ran eight lessons and cost fifty dollars, which we thought was a bargain, especially considering that Marley could destroy fifty dollars' worth of shoes in thirty seconds. And the club all but guaranteed we'd be marching home after graduation with the next great Lassie. At registration we met the woman who would be teaching our class. She was a stern, no-nonsense dog trainer who subscribed to the theory that there are no incorrigible dogs, just weak-willed and hapless owners.

The first lesson seemed to prove her point. Before we were fully out of the car, Marley spotted the other dogs gathering with their owners across the tarmac. A party! He leaped over us and out of the car and was off in a tear, his leash dragging behind him. He darted from one dog to the next, sniffing private parts, dribbling pee, and flinging huge wads of spit through the air. For Marley it was a festival of smells—so many genitals, so little time—and he was seizing the moment, being careful to stay just ahead of me as I raced after him. Each time I was nearly upon him, he would scoot a few feet farther away. I finally got within striking distance and took a giant leap, landing hard with both feet on his leash. This brought him to a jolting halt so abrupt that for a moment I thought I might have broken his neck. He jerked backward, landed on his back, flipped around, and gazed up at me with the serene expression of a heroin addict who had just gotten his fix.

Meanwhile, the instructor was staring at us with a look that could not have been more withering had I decided to throw off my clothes and dance naked right there on the blacktop. "Take your place, please," she said curtly, and when she saw both Jenny and me tugging Marley into position, she added: "You are going to have to decide which of you is going to be trainer." I started to explain that we both wanted to participate so each of us could work with him at home, but she cut me off. "A dog," she said definitively, "can only answer to one master." I began to protest, but she silenced me with that glare of hers—I suppose the same glare she used to intimidate her dogs into submission—and I slinked off to the sidelines with my tail between my legs, leaving Master Jenny in command.

This was probably a mistake. Marley was already considerably stronger than Jenny and knew it. Miss Dominatrix was only a few sentences into her introduction on the importance of establishing dominance over our pets when Marley decided the standard poodle on the opposite side of the class deserved a closer look. He lunged off with Jenny in tow.

All the other dogs were sitting placidly beside their masters at tidy ten-foot intervals, awaiting further instructions. Jenny was fighting valiantly to plant her feet and bring Marley to a halt, but he lumbered on unimpeded, tugging her across the parking lot in pursuit of hot-poodle butt-sniffing action. My wife looked amazingly like a water-skier being towed behind a powerboat. Everyone stared. Some snickered. I covered my eyes.

Marley wasn't one for formal introductions. He crashed into the poodle and immediately crammed his nose between her legs. I imagined it was the canine male's way of asking, "So, do you come here often?"

After Marley had given the poodle a full gynecological examination, Jenny was able to drag him back into place. Miss Dominatrix announced calmly, "That, class, is an example of a dog that has been allowed to think he is the alpha male of his pack. Right now, he's in charge." As if to drive home the point, Marley attacked his tail, spinning wildly, his jaws snapping at thin air, and in the process he wrapped the leash around Jenny's ankles until she was fully immobilized. I winced for her, and gave thanks that it wasn't me out there.

The instructor began running the class through the sit and down commands. Jenny would firmly order, "Sit!" And Marley would jump up on her and put his paws on her shoulders. She would press his butt to the ground, and he would roll over for a belly rub. She would try to tug him into place, and he would grab the leash in his teeth, shaking his head from side to side as if he were wrestling a python. It was too painful to watch. At one point I opened my eyes to see Jenny lying on the pavement face-down and Marley standing over her, panting happily. Later she told me she was trying to show him the down command.

As class ended and Jenny and Marley rejoined me, Miss Dominatrix intercepted us. "You really need to get control over that animal," she said with a sneer. *Well, thank you for that valuable advice. And to think we had signed up simply to provide comic relief for the rest of the class.* Neither of us breathed a word. We just retreated to the car in humiliation and drove home in silence, the only sound Marley's loud panting as he tried to come down from the high of his first structured classroom experience. Finally I said, "One thing you can say for him, he sure loves school."

The next week Marley and I were back, this time without Jenny. When I suggested to her that I was probably the closest thing to an alpha dog we were going to find in our home, she gladly relinquished her brief title as master and commander and vowed to never show her face in public again. Before leaving the house, I flipped Marley over on his back, towered over him, and growled in my most intimidating voice, "I'm the boss! You're not the boss! I'm the boss! Got it, Alpha Dog?" He thumped his tail on the floor and tried to gnaw on my wrists.

The night's lesson was walking on heel, one I was especially keen on mastering. I was tired of fighting Marley every step of every walk. He already had yanked Jenny off her feet once when he took off after a cat, leaving her with bloody knees. It was time he learned to trot placidly along by our sides. I wrestled him to our spot on the tarmac, yanking him back from every dog we passed along the way. Miss Dominatrix handed each of us a short length of chain with a steel ring welded to each end. These, she told us, were choker collars and would be our secret weapons for teaching our dogs to heel effortlessly at our sides. The choker chain was brilliantly simple in design. When the dog behaved and walked beside its master as it was supposed to, with slack in its lead, the chain hung limply around its neck. But if the dog lunged forward or veered off course, the chain tightened like a noose, choking the errant hound into gasping submission. It didn't take long, our instructor promised, before dogs learned to submit or die of asphyxia. *Wickedly delicious,* I thought.

I started to slip the choker chain over Marley's head, but he saw it coming and grabbed it in his teeth. I pried his jaw open to pull it out and tried again. He grabbed it again. All the other dogs had their chains on; everyone was waiting. I grabbed his muzzle with one hand and with the other tried to lasso the chain over his snout. He was pulling backward, trying to get his mouth open so he could attack the mysterious coiled silver snake again. I finally forced the chain over his head, and he dropped to the ground, thrashing and snapping, his paws in the air, his head jerking from side to side, until he managed to get the chain in his teeth again. I looked up at the teacher. "He likes it," I said.

As instructed, I got Marley to his feet and got the chain out of his mouth. Then, as instructed, I pushed his butt down into a sit position and stood beside him, my left leg brushing his right shoulder. On the count of three, I was to say, "Marley, heel!" and step off with my left—never my right—foot. If he began to wander off course, a series of minor corrections—sharp little tugs on the leash—would bring him back into line. "Class, on the count of three," Miss Dominatrix called out. Marley was quivering with excitement. The shiny foreign object around his neck had him in a complete lather. "One . . . two . . . three."

"Marley, heel!" I commanded. As soon as I took my first step, he took off like a fighter jet from an aircraft carrier. I yanked back hard on the leash and he made an awful coughing gasp as the chain tightened around his airway. He sprang back for an instant, but as soon as the chain loosened, the momentary choking was behind him, ancient history in that tiny compartment of his brain dedicated to life lessons learned. He lunged forward again. I yanked back and he gasped once more. We continued like this the entire length of the parking lot, Marley yanking ahead, me yanking back, each time with increasing vigor. He was coughing and panting; I was grunting and sweating.

"Rein that dog in!" Miss Dominatrix yelled. I tried to with all my might, but the lesson wasn't sinking in, and I considered that Marley just might strangle himself before he figured it out. Meanwhile, the other dogs were prancing along at their owners' sides, responding to minor corrections just as Miss Dominatrix said they would. "For God's sake, Marley," I whispered. "Our family pride is on the line."

The instructor had the class queue up and try it again. Once again, Marley lurched his way manically across the blacktop, eyes bulging, strangling himself as he went. At the other end, Miss Dominatrix held Marley and me up to the class as an example of how not to heel a dog. "Here," she said impatiently, holding out her hand. "Let me show you." I handed the leash to her, and she efficiently tugged Marley around into position, pulling up on the choker as she ordered him to sit. Sure enough, he sank back on his haunches, eagerly looking up at her. *Damn.*

With a smart yank of the lead, Miss Dominatrix set off with him. But almost instantly he barreled ahead as if he were pulling the lead sled in the Iditarod. The instructor corrected hard, pulling him off balance; he stumbled, wheezed, then lunged forward again. It looked like he was going to pull her arm out of its socket. I should have been embarrassed, but I felt an odd sort of satisfaction that often comes with vindication. She wasn't having any more success than I was. My classmates snickered, and I beamed with perverse pride. *See, my dog is awful for everyone, not just me!*

Now that I wasn't the one being made the fool, I had to admit,

the scene was pretty hilarious. The two of them, having reached
the end of the parking lot, turned and came lurching back toward
us in fits and starts, Miss Dominatrix scowling with what clearly
was apoplectic rage, Marley joyous beyond words. She yanked furiously at the leash, and Marley, frothing at the mouth, yanked
back harder still, clearly enjoying this excellent new tug-of-war
game his teacher had called on him to demonstrate. When he
caught sight of me, he hit the gas. With a near-supernatural burst
of adrenaline, he made a dash for me, forcing Miss Dominatrix to
break into a sprint to keep from being pulled off her feet. Marley
didn't stop until he slammed into me with his usual joie de vivre.
Miss Dominatrix shot me a look that told me I had crossed some
invisible line and there would be no crossing back. Marley had
made a mockery of everything she preached about dogs and dis-
cipline; he had publicly humiliated her. She handed the leash
back to me and, turning to the class as if this unfortunate little
episode had never occurred, said, "Okay, class, on the count of
three . . ."

When the lesson was over, she asked if I could stay after for a
minute. I waited with Marley as she patiently fielded questions
from other students in the class. When the last one had left, she
turned to me and, in a newly conciliatory voice, said, "I think your
dog is still a little young for structured obedience training."

"He's a handful, isn't he?" I said, feeling a new camaraderie
with her now that we'd shared the same humiliating experience.

"He's simply not ready for this," she said. "He has some growing
up to do."

It was beginning to dawn on me what she was getting at. "Are
you trying to tell me—"

"He's a distraction to the other dogs."

"—that you're—"

"He's just too excitable."

"—kicking us out of class?"

"You can always bring him back in another six or eight months."

"So you're kicking us out?"

"I'll happily give you a full refund."

"You're kicking us out."

"Yes," she finally said. "I'm kicking you out."

Marley, as if on cue, lifted his leg and let loose a raging stream of urine, missing his beloved instructor's foot by mere centimeters.

Sometimes a man needs to get angry to get serious. Miss Dominatrix had made me angry. I owned a beautiful, purebred Labrador retriever, a proud member of the breed famous for its ability to guide the blind, rescue disaster victims, assist hunters, and pluck fish from roiling ocean swells, all with calm intelligence. How dare she write him off after just two lessons? So he was a bit on the spirited side; he was filled with nothing but good intentions. I was going to prove to that insufferable stuffed shirt that Grogan's Majestic Marley of Churchill was no quitter. We'd see her at Westminster.

First thing the next morning, I had Marley out in the backyard with me. "Nobody kicks the Grogan boys out of obedience school," I told him. "Untrainable? We'll see who's untrainable. Right?" He bounced up and down. "Can we do it, Marley?" He wiggled. "I can't hear you! Can we do it?" He yelped. "That's better. Now let's get to work."

We started with the sit command, which I had been practicing with him since he was a small puppy and which he already was quite good at. I towered over him, gave him my best alpha-dog scowl, and in a firm but calm voice ordered him to sit. He sat. I praised. We repeated the exercise several times. Next we moved to the down command, another one I had been practicing with him. He stared intently into my eyes, neck straining forward, anticipating my directive. I slowly raised my hand in the air and held it there as he waited for the word. With a sharp downward motion, I snapped my fingers, pointed at the ground and said, "Down!" Marley collapsed in a heap, hitting the ground with a thud. He could not possibly have gone down with more gusto had a mortar shell just exploded behind him. Jenny, sitting on the porch with her coffee, noticed it, too, and yelled out, "Incoming!"

After several rounds of hit-the-deck, I decided to move up to the next challenge: come on command. This was a tough one for Marley. The coming part was not the problem; it was waiting in place until we summoned him that he could not get. Our attention-deficit dog was so anxious to be plastered against us he could not sit still while we walked away from him.

I put him in the sit position facing me and fixed my eyes on his. As we stared at each other, I raised my palm, holding it out in front of me like a crossing guard. "Stay," I said, and took a step backward. He froze, staring anxiously, waiting for the slightest sign that he could join me. On my fourth step backward, he could take it no longer and broke free, racing up and tumbling against me. I admonished him and tried it again. And again and again. Each time he allowed me to get a little farther away before charging. Eventually, I stood fifty feet across the yard, my palm out toward him. I waited. He sat, locked in position, his entire body quaking with anticipation. I could see the nervous energy building in him; he was like a volcano ready to blow. But he held fast. I counted to ten. He did not budge. His eyes froze on me; his muscles bulged. *Okay, enough torture,* I thought. I dropped my hand and yelled, "Marley, come!"

As he catapulted forward, I squatted and clapped my hands to encourage him. I thought he might go racing willy-nilly across the yard, but he made a beeline for me. *Perfect!* I thought. "C'mon, boy!" I coached. "C'mon!" And come he did. He was barreling right at me. "Slow it down, boy," I said. He just kept coming. "Slow down!" He had this vacant, crazed look on his face, and in the instant before impact I realized the pilot had left the wheelhouse. It was a one-dog stampede. I had time for one final command. "STOP!" I screamed. *Blam!* He plowed into me without breaking stride and I pitched backward, slamming hard to the ground. When I opened my eyes a few seconds later, he was straddling me with all four paws, lying on my chest and desperately licking my face. *How did I do, boss?* Technically speaking, he had followed orders exactly. After all, I had failed to mention anything about stopping once he got to me.

"Mission accomplished," I said with a groan.

Jenny peered out the kitchen window at us and shouted, "I'm off to work. When you two are done making out, don't forget to close the windows. It's supposed to rain this afternoon." I gave Linebacker Dog a snack, then showered and headed off to work myself.

When I arrived home that night, Jenny was waiting for me at the front door, and I could tell she was upset. "Go look in the garage," she said.

I opened the door into the garage and the first thing I spotted was Marley, lying on his carpet, looking dejected. In that instant snapshot image, I could see that his snout and front paws were not right. They were dark brown, not their usual light yellow, caked in dried blood. Then my focus zoomed out and I sucked in my breath. The garage—our indestructible bunker—was a shambles. Throw rugs were shredded, paint was clawed off the concrete walls, and the ironing board was tipped over, its fabric cover hanging in ribbons. Worst of all, the doorway in which I stood looked like it had been attacked with a chipper-shredder. Bits of wood were sprayed in a ten-foot semicircle around the door, which was gouged halfway through to the other side. The bottom three feet of the doorjamb were missing entirely and nowhere to be found. Blood streaked the walls from where Marley had shredded his paws and muzzle. "Damn," I said, more in awe than anger. My mind flashed to poor Mrs. Nedermier and the chainsaw murder across the street. I felt like I was standing in the middle of a crime scene.

Jenny's voice came from behind me. "When I came home for lunch, everything was fine," she said. "But I could tell it was getting ready to rain." After she was back at work, an intense storm moved through, bringing with it sheets of rain, dazzling flashes of lightning, and thunder so powerful you could almost feel it thump against your chest.

When she arrived home a couple of hours later, Marley, standing amid the carnage of his desperate escape attempt, was in a complete, panic-stricken lather. He was so pathetic she couldn't bring herself to yell at him. Besides, the incident was over; he would have no idea what he was being punished for. Yet she was so heartsick about the wanton attack on our new house, the house we had worked so hard on, that she could not bear to deal with it or him. "Wait till your father gets home!" she had threatened, and closed the door on him.

Over dinner, we tried to put what we were now calling "the wilding" in perspective. All we could figure was that, alone and terrified as the storm descended on the neighborhood, Marley decided his best chance at survival was to begin digging his way into the house. He was probably listening to some ancient denning instinct handed down from his ancestor, the wolf. And he pursued his goal with a zealous efficiency I wouldn't have thought possible without the aid of heavy machinery.

When the dishes were done, Jenny and I went out into the garage where Marley, back to his old self, grabbed a chew toy and bounced around us, looking for a little tug-of-war action. I held him still while Jenny sponged the blood off his fur. Then he

watched us, tail wagging, as we cleaned up his handiwork. We
threw out the rugs and ironing-board cover, swept up the shredded remains of our door, mopped his blood off the walls, and
made a list of materials we would need from the hardware store
to repair the damage—the first of countless such repairs I would
end up making over the course of his life. Marley seemed positively ebullient to have us out there, lending a hand with his re-
modeling efforts. "You don't have to look so happy about it," I
scowled, and brought him inside for the night.

CHAPTER 9

The Stuff Males Are Made Of

Every dog needs a good veterinarian, a trained professional who can keep it healthy and strong and immunized against disease. Every new dog owner needs one, too, mostly for the advice and reassurance and free counsel veterinarians find themselves spending inordinate amounts of their time dispensing. We had a few false starts finding a keeper. One was so elusive we only ever saw his high-school-aged helper; another was so old I was convinced he could no longer tell a Chihuahua from a cat. A third clearly was catering to Palm Beach heiresses and their palm-sized accessory dogs. Then we stumbled upon the doctor of our dreams. His name was Jay Butan—Dr. Jay to all who knew him—and he was young, smart, hip, and extraordinarily kind. Dr. Jay understood dogs like the best mechanics understand cars, intuitively. He clearly adored animals yet maintained a healthy sensibility about their role in the human world. In those early months, we kept him on speed dial and consulted him about the most inane concerns. When Marley began to develop rough scaly patches on his elbows, I feared he was developing some rare and, for all we knew, contagious skin ailment. Relax, Dr. Jay told me, those were just calluses from lying on the floor. One day Marley yawned wide and I spotted an odd purple discoloration on the back of his tongue. *Oh my God,* I thought. *He has cancer.* Kaposi's sarcoma of the mouth. Relax, Dr. Jay advised, it was just a birthmark.

Now, on this afternoon, Jenny and I stood in an exam room with him, discussing Marley's deepening neurosis over thunderstorms. We had hoped the chipper-shredder incident in the garage was an isolated aberration, but it turned out to be just the beginning of what would become a lifelong pattern of phobic, irrational behavior. Despite Labs' reputation as excellent gun dogs, we had ended up with one who was mortally terrified of anything louder than a popping champagne cork. Firecrackers, backfiring engines, and gunshots all terrified him. Thunder was a house of horrors all its own. Even the hint of a storm would throw Marley into a meltdown. If we were home, he would press against us, shaking and drooling uncontrollably, his eyes darting nervously, ears folded back, tail tucked between his legs. When he was alone, he turned destructive, gouging away at whatever stood between him and perceived safety. One day Jenny arrived home as clouds gathered to find a wild-eyed Marley standing on top of the washing machine, dancing a desperate jig, his nails clicking on the enamel top. How he got up there and why he felt the urge in the first place, we never determined. People could be certifiably nuts, and as best as we could figure, so could dogs.

Dr. Jay pressed a vial of small yellow pills into my hand and said, "Don't hesitate to use these." They were sedatives that would, as he put it, "take the edge off Marley's anxiety." The hope, he said, was that, aided by the calming effects of the drug, Marley would be able to more rationally cope with storms and eventually realize they were nothing but a lot of harmless noise. Thunder anxiety was not unusual in dogs, he told us, especially in Florida, where huge boomers rolled across the peninsula nearly every afternoon during the torpid summer months. Marley nosed the vial in my hands, apparently eager to get started on a life of drug dependency.

Dr. Jay scruffed Marley's neck and began working his lips as though he had something important to say but wasn't quite sure how to say it. "And," he said, pausing, "you probably want to start thinking seriously about having him neutered."

"Neutered?" I repeated. "You mean, as in . . ." I looked down at the enormous set of testicles—comically huge orbs—swinging between Marley's hind legs.

Dr. Jay gazed down at them, too, and nodded. I must have winced, maybe even grabbed myself, because he quickly added: "It's painless, really, and he'll be a lot more comfortable." Dr. Jay knew all about the challenges Marley presented. He was our sounding board on all things Marley and knew about the disastrous obedience training, the numbskull antics, the destructiveness, the hyperactivity. And lately Marley, who was seven months old, had begun humping anything that moved, including our dinner guests. "It'll just remove all that nervous sexual energy and make him a happier, calmer dog," he said. He promised it wouldn't dampen Marley's sunny exuberance.

"God, I don't know," I said. "It just seems so . . . so final."

Jenny, on the other hand, was having no such compunctions. "Let's snip those suckers off!" she said.

"But what about siring a litter?" I asked. "What about carrying on his bloodline?" All those lucrative stud fees flashed before my eyes.

Again Dr. Jay seemed to be choosing his words carefully. "I think you need to be realistic about that," he said. "Marley's a great family pet, but I'm not sure he's got the credentials he would need to be in demand for stud." He was being as diplomatic as possible, but the expression on his face gave him away. It almost screamed out, *Good God, man! For the sake of future generations, we must contain this genetic mistake at all costs!*

I told him we would think about it, and with our new supply of mood-altering drugs in hand, we headed home.

It was at this same time, as we debated slicing away Marley's manhood, that Jenny was placing unprecedented demands on mine. Dr. Sherman had cleared her to try to get pregnant again. She accepted the challenge with the single-mindedness of an Olympic athlete. The days of simply putting away the birth control pills and letting whatever might happen happen were behind us. In the insemination wars, Jenny was going on the offensive. For that, she needed me, a key ally who controlled the flow of ammunition. Like most males, I had spent every waking moment from the age of fifteen trying to convince the opposite sex that I was a worthy mating partner. Finally, I had found someone who agreed. I should have been thrilled. For the first time in my life, a woman wanted me more than I wanted her. This was guy heaven. No more begging, no more groveling. Like the best stud dogs, I was at last in demand. I should have been ecstatic. But suddenly it all just seemed like work, and stressful work at that. It was not a rollicking good romp that Jenny craved from me; it was a baby. And that meant I had a job to perform. This was serious business. That most joyous of acts overnight became a clinical drill involving basal-temperature checks, menstrual calendars, and ovulation charts. I felt like I was in service to the queen.

It was all about as arousing as a tax audit. Jenny was used to me being game to go at the slightest hint of an invitation, and she assumed the old rules still applied. I would be, let's say, fixing the garbage disposal and she would walk in with her calendar in hand and say, "I had my last period on the seventeenth, which

means"—and she would pause to count ahead from that date—
"that we need to do it—NOW!"

The Grogan men have never handled pressure well, and I was no
exception. It was only a matter of time before I suffered the ultimate male humiliation: performance failure. And once that happened, the game was over. My confidence was shot, my nerve gone.
If it happened once, I knew it could happen again. Failure evolved
into a self-fulfilling prophecy. The more I worried about performing
my husbandly duty, the less I was able to relax and do what had
always come naturally. I quashed all signs of physical affection lest
I put ideas in Jenny's head. I began to live in mortal fear that my
wife would, God forbid, ask me to rip her clothes off and have my
way with her. I began thinking that perhaps a life of celibacy in a remote monastery wouldn't be such a bad future after all.

Jenny was not about to give up so easily. She was the hunter; I
was the prey. One morning when I was working in my newspaper's West Palm Beach bureau, just ten minutes from home, Jenny
called from work. Did I want to meet her at home for lunch? *You
mean alone? Without a chaperone?*

"Or we could meet at a restaurant somewhere," I countered. A
very crowded restaurant. Preferably with several of our coworkers along. And both mothers-in-law.

"Oh, c'mon," she said. "It'll be fun." Then her voice lowered to
a whisper and she added, "Today's a good day. I . . . think . . .
I'm . . . ovulating." A wave of dread washed over me. *Oh God, no.
Not the O word.* The pressure was on. It was time to perform or
perish. To, quite literally, rise or fall. *Please don't make me,* I
wanted to plead into the phone. Instead I said as coolly as I could,
"Sure. Does twelve-thirty work?"

When I opened the front door, Marley, as always, was there to
greet me, but Jenny was nowhere to be found. I called out to her.

"In the bathroom," she answered. "Out in a sec." I sorted through the mail, killing time, a general sense of doom hovering over me, the way I imagined it hovered over people waiting for their biopsy results. "Hey there, sailor," a voice behind me said, and when I turned around, Jenny was standing there in a little silky two-piece thing. Her flat stomach peeked out from below the top, which hung precariously from her shoulders by two impossibly thin straps. Her legs had never looked longer. "How do I look?" she said, holding her hands out at her sides. She looked incredible, that's how she looked. When it comes to sleepwear, Jenny is squarely in the baggy T-shirt camp, and I could tell she felt silly in this seductive getup. But it was having the intended effect.

She scampered into the bedroom with me in pursuit. Soon we were on top of the sheets in each other's arms. I closed my eyes and could feel that old lost friend of mine stirring. The magic was returning. *You can do this, John.* I tried to conjure up the most impure thoughts I could. *This was going to work!* My fingers fumbled for those flimsy shoulder straps. *Roll with it, John. No pressure.* I could feel her breath now, hot and moist on my face. And heavy. Hot, moist, heavy breath. *Mmmm, sexy.*

But wait. What was that smell? Something on her breath. Something at once familiar and foreign, not exactly unpleasant but not quite enticing, either. I knew that smell, but I couldn't place it. I hesitated. *What are you doing, you idiot? Forget the smell. Focus, man. Focus!* But that smell—I could not get it out of my head. *You're getting distracted, John. Don't get distracted.* What was it? *Stay the course!* My curiosity was getting the better of me. *Let it go, guy. Let it go!* I began sniffing the air. A food; yes, that was it. But what food? Not crackers. Not chips. Not tuna fish. I almost had it. It was . . . Milk-Bones?

Milk-Bones! That was it! She had Milk-Bone breath. *But why?* I wondered—and I actually heard a little voice ask the question in my head—*Why has Jenny been eating Milk-Bones?* And besides, I could feel her lips on my neck . . . How could she be kissing my neck and breathing in my face all at once? It didn't make any—

Oh . . . my . . . God.

I opened my eyes. There, inches from my face, filling my entire frame of vision, loomed Marley's huge head. His chin rested on the mattress, and he was panting up a storm, drool soaking into the sheets. His eyes were half closed—and he looked entirely too in love. "Bad dog!" I shrieked, recoiling across the bed. "No! No! Go to bed!" I frantically ordered. "Go to bed! Go lie down!" But it was too late. The magic was gone. The monastery was back.

At ease, soldier.

The next morning I made an appointment to take Marley in to have his balls cut off. I figured if I wasn't going to have sex for the rest of my life, he wasn't either. Dr. Jay said we could drop Marley off before we went to work and pick him up on our way home. A week later, that's just what we did.

As Jenny and I got ready, Marley caromed happily off the walls, sensing an impending outing. For Marley, any trip was a good trip; it didn't matter where we were going or for how long. Take out the trash? *No problem!* Walk to the corner for a gallon of milk? *Count me in!* I began to feel pangs of guilt. The poor guy had no idea what lay in store for him. He trusted us to do the right thing, and here we were secretly plotting to emasculate him. Did betrayal get any more treacherous than this?

"Come here," I said, and wrestled him to the floor where I gave him a vigorous belly scratch. "It won't be so bad. You'll see. Sex is highly overrated." Not even I, still rebounding from my bad run of luck the last couple of weeks, believed that. Who was I fooling? Sex was great. Sex was incredible. The poor dog was going to miss out on life's single greatest pleasure. The poor bastard. I felt horrible.

And I felt even worse when I whistled for him and he bounded out the door and into the car with utter blind faith that I would not steer him wrong. He was revved up and ready to go on whatever excellent adventure I saw fit. Jenny drove and I sat in the passenger seat. As was his habit, Marley balanced his front paws on the center console, his nose touching the rearview mirror. Every time Jenny touched the brakes, he went crashing into the windshield, but Marley didn't care. He was riding shotgun with his two best friends. Did life get any better than this?

I cracked my window, and Marley began listing to starboard, leaning against me, trying to catch a whiff of the outdoor smells. Soon he had squirmed his way fully onto my lap and pressed his nose so firmly into the narrow crack of the window that he snorted each time he tried to inhale. *Oh, why not?* I thought. This was his last ride as a fully equipped member of the male gender; the least I could do was give him a little fresh air. I opened the window wide enough for him to stick his snout out. He was enjoying the sensation so much, I opened it farther, and soon his entire head was out the window. His ears flapped behind him in the wind, and his tongue hung out like he was drunk on the ether of the city. God, was he happy.

As we drove down Dixie Highway, I told Jenny how bad I felt about what we were about to put him through. She was beginning to say something no doubt totally dismissive of my qualms when I noticed, more with curiosity than alarm, that Marley had hooked both of his front paws over the edge of the half-open window. And now his neck and upper shoulders were hanging out of the car, too. He just needed a pair of goggles and a silk scarf to look like one of those World War I flying aces.

"John, he's making me nervous," Jenny said.

"He's fine," I answered. "He just wants a little fresh—"

At that instant he slid his front legs out the window until his armpits were resting on the edge of the glass.

"John, grab him! Grab him!"

Before I could do anything, Marley was off my lap and scrambling out the window of our moving car. His butt was up in the air, his hind legs clawing for a foothold. He was making his break. As his body slithered past me, I lunged for him and managed to grab the end of his tail with my left hand. Jenny was braking hard in heavy traffic. Marley dangled fully outside the moving car, suspended upside down by his tail, which I had by the most tenuous of grips. My body was twisted around in a position that didn't allow me to get my other hand on him. Marley was frantically trotting along with his front paws on the pavement.

Jenny got the car stopped in the outside lane with cars lining up behind us, horns blaring. "Now what?" I yelled. I was stuck. I couldn't pull him back in the window. I couldn't open the door. I couldn't get my other arm out. And I didn't dare let go of him or he would surely dash in the path of one of the angry drivers swerving around us. I held on for dear life, my face, as it were, scrunched against the glass just inches from his giant flapping scrotum.

Jenny put the flashers on and ran around to my side, where she grabbed him and held him by the collar until I could get out and help her wrestle him back into the car. Our little drama had unfolded directly in front of a gas station, and as Jenny got the car back into gear I looked over to see that all the mechanics had come out to take in the show. I thought they were going to wet themselves, they were laughing so hard. "Thanks, guys!" I called out. "Glad we could brighten your morning."

When we got to the clinic, I walked Marley in on a tight leash just in case he tried any more smart moves. My guilt was gone, my resolve hardened. "You're not getting out of this one, Eunuch Boy," I told him. He was huffing and puffing, straining against his leash to sniff all the other animal smells. In the waiting area he was able to terrorize a couple of cats and tip over a stand filled with pamphlets. I turned him over to Dr. Jay's assistant and said, "Give him the works."

That night when I picked him up, Marley was a changed dog. He was sore from the surgery and moved gingerly. His eyes were bloodshot and droopy from the anesthesia, and he was still groggy. And where those magnificent crown jewels of his had swung so proudly, there was . . . nothing. Just a small, shriveled flap of skin. The irrepressible Marley bloodline had officially and forever come to an end.

CHAPTER 10

The Luck of the Irish

Our lives increasingly were being defined by work. Work at the newspapers. Work on the house. Work around the yard. Work trying to get pregnant. And, nearly a full-time vocation in itself, work raising Marley. In many ways, he was like a child, requiring the time and attention a child requires, and we were getting a taste of the responsibility that lay ahead of us if we ever did have a family. But only to a degree. Even as clueless as we were about parenting, we were pretty sure we couldn't lock the kids in the garage with a bowl of water when we went out for the day.

We hadn't even reached our second wedding anniversary and already we were feeling the grind of responsible, grown-up, married life. We needed to get away. We needed a vacation, just the two of us, far from the obligations of our daily lives. I surprised Jenny one evening with two tickets to Ireland. We would be gone for three weeks. There would be no itineraries, no guided tours, no must-see destinations. Only a rental car, a road map, and a

guide to bed-and-breakfast inns along the way. Just having the
tickets in hand lifted a yoke from our shoulders.

First we had a few duties to dole out, and at the top of the list
was Marley. We quickly ruled out a boarding kennel. He was too
young, too wired, too rambunctious to be cooped up in a pen
twenty-three hours a day. As Dr. Jay had predicted, neutering had
not diminished Marley's exuberance one bit. It did not affect his
energy level or loony behavior, either. Except for the fact that he
no longer showed an interest in mounting inanimate objects, he
was the same crazed beast. He was way too wild—and too unpredictably destructive when panic set in—to pawn off at a
friend's house. Or even at an enemy's house, for that matter. What
we needed was a live-in dog-sitter. Obviously, not just anyone
would do, especially given the challenges Marley presented. We
needed someone who was responsible, trustworthy, *very* patient,
and strong enough to reel in seventy pounds of runaway Labrador
retriever.

We made a list of every friend, neighbor, and coworker we
could think of, then one by one crossed off names. Total party
boy. *Scratch*. Too absentminded. *Scratch*. Averse to dog drool.
Scratch. Too mousy to control a dachshund let alone a Lab. *Scratch*.
Allergic. *Scratch*. Unwilling to pick up dog droppings. *Scratch*.
Eventually, we were left with just one name. Kathy worked in my
office and was single and unattached. She grew up in the rural
Midwest, loved animals, and longed to someday trade in her small
apartment for a house with a yard. She was athletic and liked to
walk. True, she was shy and a little on the meek side, which could
make it hard for her to impose her will on alpha Marley, but otherwise she would be perfect. Best of all, she said yes.

The list of instructions I prepared for her couldn't have been
more painstakingly detailed were we leaving a critically ill infant
in her care. The Marley Memo ran six full pages single-spaced and
read in part:

FEEDING: Marley eats three times a day, one two-cup measure at each meal. The measuring cup is inside the bag. Please feed him when you get up in the morning and when you get home from work. The neighbors will come in to feed him mid-afternoon. This totals six cups of food a day, but if he's acting famished please give him an extra cup or so. As you're aware, all that food has to go somewhere. See POOP PATROL below.

VITAMINS: Each morning, we give Marley one Pet Tab vitamin. The best way to give it to him is to simply drop it on the floor and pretend he's not supposed to have it. If he thinks it's forbidden, he will wolf it down. If for some reason that doesn't work, you can try disguising it in a snack.

WATER: In hot weather, it's important to keep plenty of fresh water on hand. We change the water next to his food bowl once a day and top it off if it's running low. A word of caution: Marley likes to submerge his snout in the water bowl and play submarine. This makes quite a mess. Also his jowls hold a surprising amount of water, which runs out as he walks away from the bowl. If you let him, he'll wipe his mouth on your clothes and the couches. One last thing: He usually shakes after taking a big drink, and his saliva will fly onto walls, lampshades, etc. We try to wipe this up before it dries, at which time it becomes almost impossible to remove.

FLEAS AND TICKS: If you notice these on him, you can spray him with the flea and tick sprays we have left. We've also left an insecticide that you can spray on the rugs, etc., if you think a problem is starting. Fleas are tiny and fast, and hard to catch, but they seldom bite humans, we've found, so I wouldn't be too concerned. Ticks are larger and slow and we do occasionally see these on him. If you spot one on him and have the stomach for it, just pick it off and either crush it in a tissue (you may need to use your fingernails; they're amazingly tough) or wash it down the sink or toilet (the best option if the tick is engorged with blood). You've probably read about ticks spreading Lyme disease to humans and all the long-term health problems that can cause, but several vets have assured us that there is very little danger of contracting Lyme disease here in Florida. Just to make sure, wash your hands well after removing a tick. The best way to pick a tick off Marley is to give him a toy to hold in his mouth to keep him occupied, and then pinch his skin together with one hand while you use your fingernails of the other hand as pincers to pull the tick off. Speaking of which, if he gets too smelly, and you're feeling brave, you can give him a bath in the kiddie pool we have in the backyard (for just that purpose), but wear a bathing suit. You'll get wet!

EARS: Marley tends to get a lot of wax buildup in his ears, which if left untreated can lead to infections. Once or twice while we're gone, please use cotton balls and the blue ear-cleaning solution to clean as much gunk out of his ears as you can. It's pretty nasty stuff so make sure you're wearing old clothes.

WALKS: Without his morning walk, Marley tends to get into mischief in the garage. For your own sanity, you may also want to give him a quick jaunt before bed, but that's optional. You will want to use the choker chain to walk him, but never leave it on him when he's unattended. He could strangle himself, and knowing Marley he probably would.

BASIC COMMANDS: Walking him is much easier if you can get him to heel. Always begin with him in a sitting position at your left, then give the command "Marley, heel!" and step off on your left foot. If he tries to lunge

ahead, give him a sharp jerk on the leash. That usually
works for us. (He's been to obedience school!) If he's
off the leash, he usually is pretty good about coming to
you with the command "Marley, come!" Note: It's best
if you're standing and not crouched down when you
call him.

THUNDERSTORMS: Marley tends to get a little freaked-
out during storms or even light showers. We keep his
sedatives (the yellow pills) in the cupboard with the
vitamins. One pill thirty minutes before the storm arrives
(you'll be a weather forecaster before you know it!) should
do the trick. Getting Marley to swallow pills is a bit of an
art form. He won't eat them like he does his vitamins, even
if you drop them on the floor and pretend he shouldn't
have them. The best technique is to straddle him and pry
his jaws open with one hand. With the other, you push the
pill as far down his throat as you can get it. It needs to be
past the point of no return or he will cough it back up.
Then stroke his throat until he swallows it. Obviously,
you'll want to wash up afterward.

POOP PATROL: I have a shovel back under the mango
tree that I use for picking up Marley's messes. Feel free
to clean up after him as much or as little as you like,
depending on how much you plan to walk around the
backyard. Watch your step!

OFF-LIMITS: We do NOT allow Marley to:

✳ Get up on any piece of furniture.
✳ Chew on furniture, shoes, pillows, etc.
✳ Drink out of the toilet. (Best to keep lid down at all
    times, though beware: He's figured out how to flip it up
    with his nose.)

* Dig in the yard or uproot plants and flowers. He usually does this when he feels he's not getting enough attention.
* Go in any trash can. (You may have to keep it on top of the counter.)
* Jump on people, sniff crotches, or indulge in any other socially unacceptable behavior. We've especially been trying to cure him of arm chewing, which, as you can imagine, not a lot of people appreciate. He still has a way to go. Feel free to give him a swat on the rump and a stern "No!"
* Beg at the table.
* Push against the front screen door or the porch screens. (You'll see several have already been replaced.)

Thanks again for doing all this for us, Kathy. This is a giant favor. I'm not quite sure how we could have managed otherwise. Hope you and Marley become good pals and you are as entertained by him as we are.

I brought the instructions in to Jenny and asked if there was anything I had forgotten. She took several minutes to read them and then looked up and said, "What are you thinking? You can't show her this." She was waving them at me. "You show her this and you can forget about Ireland. She's the only person we could find willing to do this. If she reads this, that's it. She'll start running and won't stop until she hits Key West." Just in case I had missed it the first time around, she repeated: "What on earth were you thinking?"

"So you think it's too much?" I asked.

But I've always believed in full disclosure, and show it to her I did. Kathy did flinch noticeably a few times, especially as we went over tick-removal techniques, but she kept any misgivings to herself. Looking daunted and just a little green, but far too kind to renege on a promise, she held fast. "Have a great trip," she said. "We'll be fine."

Ireland was everything we dreamed it would be. Beautiful, bucolic, lazy. The weather was gloriously clear and sunny most days, leading the locals to fret darkly about the possibility of drought. As we had promised ourselves, we kept no schedules and set no itineraries. We simply wandered, bumping our way along the coast, stopping to stroll or shop or hike or quaff Guinness or simply gaze out at the ocean. We stopped the car to talk to farmers bringing in their hay and to photograph ourselves with sheep standing in the road. If we saw an interesting lane, we turned down it. It was impossible to get lost because we had no place we needed to be. All of our duties and obligations back home were just distant memories.

As evening approached each day, we would begin looking for a place to spend the night. Invariably, these were rooms in private homes run by sweet Irish widows who doted on us, served us tea, turned down our sheets, and always seemed to ask us the same question, "So, would you two be planning to start a family soon?" And then they would leave us in our room, flashing back knowing, oddly suggestive smiles as they closed the door behind them.

Jenny and I became convinced there was a national law in Ireland that required all guest beds to face a large, wall-mounted likeness of either the pope or the Virgin Mary. Some places provided both. One even included an oversized set of rosary beads that dangled from the headboard. The Irish Celibate Traveler Law also dictated that all guest beds be extremely creaky, sounding a rousing alarm every time one of its occupants so much as rolled over.

It all conspired to create a setting that was about as conducive to amorous relations as a convent. We were in someone else's home—someone else's *very Catholic* home—with thin walls and a loud bed and statues of saints and virgins, and a nosy hostess who, for all we knew, was hovering on the other side of the door. It was the last place you would think to initiate sex. Which, of course, made me crave my wife in new and powerful ways.

We would turn off the lights and crawl into bed, the springs groaning under our weight, and immediately I would slip my hand beneath Jenny's top and onto her stomach.

"No way!" she would whisper.

"Why not?" I would whisper back.

"Are you nuts? Mrs. O'Flaherty is right on the other side of that wall."

"So what?"

"We can't!"

"Sure we can."

"She'll hear everything."

"We'll be quiet."

"Oh, *right*!"

"Promise. We'll barely move."

"Well, go put a T-shirt or something over the pope first," she would finally say, relenting. "I'm not doing anything with him staring at us."

Suddenly, sex seemed so . . . so . . . illicit. It was like I was in high school again, sneaking around under my mother's suspicious gaze. To risk sex in these surroundings was to risk shameful humiliation at the communal breakfast table the next morning. It was to risk Mrs. O'Flaherty's raised eyebrow as she served up eggs and fried tomatoes, asking with a leering grin, "So, was the bed comfortable for you?"

Ireland was a coast-to-coast No Sex Zone. And that was all the invitation I needed. We spent the trip bopping like bunnies.

Still, Jenny couldn't stop fretting about her big baby back home.

Every few days she would feed a fistful of coins into a pay phone and call home for a progress report from Kathy. I would stand outside the booth and listen to Jenny's end of the conversation.

"He did? . . . Seriously? . . . Right into traffic? . . . You weren't hurt, were you? . . . Thank God. . . . I would have screamed, too. . . . What? Your shoes? . . . Oh no! *And* your purse? . . . We'll certainly pay for repairs. . . . Nothing left at all? . . . Of course, we insist on replacing them. . . . And he what? . . . Wet cement, you say? What's the chance of that happening?"

And so it would go. Each call was a litany of transgressions, one worse than the next, many of which surprised even us, hardened survivors of the puppy wars. Marley was the incorrigible student and Kathy the hapless substitute teacher. He was having a field day.

When we arrived home, Marley raced outside to greet us. Kathy stood in the doorway, looking tired and strained. She had the faraway gaze of a shell-shocked soldier after a particularly unrelenting battle. Her bag was packed and sitting on the front porch, ready to go. She held her car key in her hand as if she could not wait to escape. We gave her gifts, thanked her profusely, and told her not to worry about the ripped-out screens and other damage. She excused herself politely and was gone.

As best as we could figure, Kathy had been unable to exert any authority at all over Marley, and even less control. With each victory, he grew bolder. He forgot all about heeling, dragging her behind him wherever he wished to go. He refused to come to her. He grabbed whatever suited him—shoes, purses, pillows—and would not let go. He stole food off her plate. He rifled through the garbage. He even tried taking over her bed. He had decided he was in charge while the parents were away, and he was not going to let some mild-mannered roommate pull rank and put the kibosh on his fun.

"Poor Kathy," Jenny said. "She looked kind of broken, don't you think?"

"Shattered is more like it."

"We probably shouldn't ask her to dog-sit for us again."

"No," I answered. "That probably wouldn't be a good idea."

Turning to Marley, I said, "The honeymoon's over, Chief. Starting tomorrow, you're back in training."

The next morning Jenny and I both started back to work. But first I slipped the choker chain around Marley's neck and took him for a walk. He immediately lunged forward, not even pretending to try to heel. "A little rusty, are we?" I asked, and heaved with all my might on his leash, knocking him off his paws. He righted himself, coughed, and looked up at me with a wounded expression as if to say, *You don't have to get rough about it. Kathy didn't mind me pulling.*

"Get used to it," I said, and placed him in a sit position. I adjusted the choke chain so it rode high on his neck, where experience had taught me it had the most effect. "Okay, let's try this again," I said. He looked at me with cool skepticism.

"Marley, heel!" I ordered, and stepped briskly off on my left foot with his leash so short my left hand was actually gripping the end of his choke chain. He lurched and I tugged sharply, tightening the stranglehold without mercy. "Taking advantage of a poor woman like that," I mumbled. "You ought to be ashamed of yourself." By the end of the walk, my grip on the leash so tight that my knuckles had turned white, I finally managed to convince him I wasn't fooling around. This was no game but rather a real-life lesson in actions and consequences. If he wanted to lurch, I would choke him. Every time, without exception. If he wanted to cooperate and walk by my side, I would loosen my grip and he would barely feel the chain around his neck. Lurch, choke; heel, breathe. It was simple enough for even Marley to grasp. Over and over and over again we repeated the sequence as we marched up and down the bike path. Lurch, choke; heel, breathe. Slowly it was dawning on him that I was the master and he was the pet, and that was the way it was going to stay. As we turned in to the driveway, my recalcitrant dog trotted along beside me, not perfectly but respectably. For the first time in his life he was actually heeling, or at least attempting a close proximity of it. I would take it as a victory. "Oh, yes," I sang joyously. "The boss is back."

Several days later Jenny called me at the office. She had just been to see Dr. Sherman. "Luck of the Irish," she said. "Here we go again."

CHAPTER 11

The Things He Ate

T his pregnancy was different. Our miscarriage had
taught us some important lessons, and this time we
had no intention of repeating our mistakes. Most important, we kept our news the most closely guarded secret since
D-day. Except for Jenny's doctors and nurses, no one, not even
our parents, was brought into our confidence. When we had
friends over, Jenny sipped grape juice from a wineglass so as not
to raise suspicions. In addition to the secrecy, we were simply
more measured in our excitement, even when we were alone. We
began sentences with conditional clauses, such as "If everything
works out . . ." and "Assuming all goes well." It was as though we
could jinx the pregnancy simply by gushing about it. We didn't
dare let our joy out of check lest it turn and bite us.

We locked away all the chemical cleaners and pesticides. We
weren't going down that road again. Jenny became a convert to
the natural cleaning powers of vinegar, which was up to even the
ultimate challenge of dissolving Marley's dried saliva off the walls.
We found that boric acid, a white powder lethal to bugs and

harmless to humans, worked pretty well at keeping Marley and his bedding flea-free. And if he needed an occasional flea dip, we would leave it to professionals.

Jenny rose at dawn each morning and took Marley for a brisk walk along the water. I would just be waking up when they returned, smelling of briny ocean air. My wife was the picture of robust health in all ways but one. She spent most days, all day long, on the verge of throwing up. But she wasn't complaining; she greeted each wave of nausea with what can only be described as gleeful acceptance, for it was a sign that the tiny experiment inside her was chugging along just fine.

Indeed it was. This time around, Essie took my videotape and recorded the first faint, grainy images of our baby. We could hear the heart beating, see its four tiny chambers pulsing. We could trace the outline of the head and count all four limbs. Dr. Sherman popped his head into the sonogram room to pronounce everything perfect, and then looked at Jenny and said in that booming voice of his, "What are you crying for, kid? You're supposed to be happy." Essie whacked him with her clipboard and scolded, "You go away and leave her alone," then rolled her eyes at Jenny as if to say, "Men! They are so clueless."

When it came to dealing with pregnant wives, clueless would describe me. I gave Jenny her space, sympathized with her in her nausea and pain, and tried not to grimace noticeably when she insisted on reading her *What to Expect When You're Expecting* book aloud to me. I complimented her figure as her belly swelled, saying things like "You look great. Really. You look like a svelte little shoplifter who just slipped a basketball under her shirt." I even tried my best to indulge her increasingly bizarre and irrational behavior. I was soon on a first-name basis with the overnight clerk at the twenty-four-hour market as I stopped in at all hours for ice cream or apples or celery or chewing gum in flavors I never knew existed. "Are you sure this is clove?" I would ask him. "She says it has to be clove."

One night when Jenny was about five months pregnant she got it in her head that we needed baby socks. Well, sure we did, I agreed, and of course we would lay in a full complement before the baby arrived. But she didn't mean we would need them eventually; she meant we needed them right now. "We won't have anything to put on the baby's feet when we come home from the hospital," she said in a quavering voice.

Never mind that the due date was still four months away. Never mind that by then the outside temperature would be a frosty ninety-six degrees. Never mind that even a clueless guy like me knew a baby would be bundled head to toe in a receiving blanket when released from the maternity ward.

"Honey, c'mon," I said. "Be reasonable. It's eight o'clock on Sunday night. Where am I supposed to find baby socks?"

"We need socks," she repeated.

"We have weeks to get socks," I countered. "Months to get socks."

"I just see those little tiny toes," she whimpered.

It was no use. I drove around grumbling until I found a Kmart that was open and picked out a festive selection of socks that were so ridiculously minuscule they looked like matching thumb warmers. When I got home and poured them out of the bag, Jenny was finally satisfied. At last we had socks. And thank God we had managed to grab up the last few available pair before the national supply ran dry, which could have happened at any moment without warning. Our baby's fragile little digits were now safe. We could go to bed and sleep in peace.

As the pregnancy progressed, so did Marley's training. I worked with him every day, and now I was able to entertain our friends by yelling, "Incoming!" and watching him crash to the floor, all four limbs splayed. He came consistently on command (unless there was something riveting his attention, such as another dog, cat, squirrel, butterfly, mailman, or floating weed seed); he sat consistently (unless he felt strongly like standing); and heeled reliably (unless there was something so tempting it was worth strangling himself over—see dogs, cats, squirrels, etc., above). He was coming along, but that's not to say he was mellowing into a calm, well-behaved dog. If I towered over him and barked stern orders, he would obey, sometimes even eagerly. But his default setting was stuck on eternal incorrigibility.

He also had an insatiable appetite for mangoes, which fell by the dozens in the backyard. Each weighed a pound or more and was so sweet it could make your teeth ache. Marley would stretch out in the grass, anchor a ripe mango between his front paws, and go about surgically removing every speck of flesh from the skin. He would hold the large pits in his mouth like lozenges, and when he finally spit them out they looked like they had been cleaned in an acid bath. Some days he would be out there for hours, noshing away in a fruit-and-fiber frenzy.

As with anyone who eats too much fruit, his constitution began to change. Soon our backyard was littered with large piles of loose, festively colored dog droppings. The one advantage to this was that you would have to be legally blind to accidentally step in a heap of his poop, which in mango season took on the radiant fluorescence of orange traffic cones.

He ate other things as well. And these, too, did pass. I saw the evidence each morning as I shoveled up his piles. Here a toy plastic soldier, there a rubber band. In one load a mangled soda-bottle top. In another the gnawed cap to a ballpoint pen. "So that's where my comb went!" I exclaimed one morning.

He ate bath towels, sponges, socks, used Kleenex. Handi Wipes were a particular favorite, and when they eventually came out the other end, they looked like little blue flags marking each fluorescent orange mountain.

Not everything went down easily, and Marley vomited with the ease and regularity of a hard-core bulimic. We would hear him let out a loud *gaaaaack!* in the next room, and by the time we rushed in, there would be another household item, sitting in a puddle of half-digested mangoes and dog chow. Being considerate, Marley never puked on the hardwood floors or even the kitchen linoleum if he could help it. He always aimed for the Persian rug.

Jenny and I had the foolish notion that it would be nice to have a dog we could trust to be alone in the house for short periods. Locking him in the bunker every time we stepped out was becoming tedious, and as Jenny said, "What's the point of having a dog if he can't greet you at the door when you get home?" We knew full well we didn't dare leave him in the house unaccompanied if there was any possibility of a rainstorm. Even with his doggie downers, he still proved himself capable of digging quite energetically for China. When the weather was clear, though, we didn't want to have to lock him in the garage every time we stepped out for a few minutes.

We began leaving him briefly while we ran to the store or dropped by a neighbor's house. Sometimes he did just fine and we would return to find the house unscathed. On these days, we would spot his black nose pushed through the miniblinds as he stared out the living room window waiting for us. Other days he didn't do quite so well, and we usually knew trouble awaited us before we even opened the door because he was not at the window but off hiding somewhere.

In Jenny's sixth month of pregnancy, we returned after being away for less than an hour to find Marley under the bed—at his size, he really had to work to get under there—looking like he'd just murdered the mailman. Guilt radiated off him. The house seemed fine, but we knew he was hiding some dark secret, and we walked from room to room, trying to ascertain just what he had done wrong. Then I noticed that the foam cover to one of the stereo speakers was missing. We looked everywhere for it. Gone without a trace. Marley just might have gotten away with it had I not found incontrovertible evidence of his guilt when I went on poop patrol the next morning. Remnants of the speaker cover surfaced for days.

During our next outing, Marley surgically removed the woofer cone from the same speaker. The speaker wasn't knocked over or in any way amiss; the paper cone was simply gone, as if someone had sliced it out with a razor blade. Eventually he got around to doing the same to the other speaker. Another time, we came home to find that our four-legged footstool was now three-legged, and there was no sign whatsoever—not a single splinter—of the missing limb.

We swore it could never snow in South Florida, but one day we opened the front door to find a full blizzard in the living room. The air was filled with soft white fluff floating down. Through the near whiteout conditions we spotted Marley in front of the fireplace, half buried in a snowdrift, violently shaking a large feather pillow from side to side as though he had just bagged an ostrich.

For the most part we were philosophical about the damage. In every dog owner's life a few cherished family heirlooms must fall. Only once was I ready to slice him open to retrieve what was rightfully mine.

For her birthday I bought Jenny an eighteen-karat gold necklace, a delicate chain with a tiny clasp, and she immediately put it on. But a few hours later she pressed her hand to her throat and screamed, "My necklace! It's gone." The clasp must have given out or never been fully secured.

"Don't panic," I told her. "We haven't left the house. It's got to be right here somewhere." We began scouring the house, room by room. As we searched, I gradually became aware that Marley was more rambunctious than usual. I straightened up and looked at him. He was squirming like a centipede. When he noticed I had him in my sights, he began evasive action. *Oh, no,* I thought—the Marley Mambo. It could mean only one thing.

"What's that," Jenny asked, panic rising in her voice, "hanging out of his mouth?"

It was thin and delicate. And gold. "Oh, shit!" I said.

"No sudden moves," she ordered, her voice dropping to a whisper. We both froze.

"Okay, boy, it's all right," I coaxed like a hostage negotiator on a SWAT team. "We're not mad at you. Come on now. We just want the necklace back." Instinctively, Jenny and I began to circle him from opposite directions, moving with glacial slowness. It was as if he were wired with high explosives and one false move could set him off.

"Easy, Marley," Jenny said in her calmest voice. "Easy now. Drop the necklace and no one gets hurt."

Marley eyed us suspiciously, his head darting back and forth between us. We had him cornered, but he knew he had something we wanted. I could see him weighing his options, a ransom demand, perhaps. *Leave two hundred unmarked Milk-Bones in a plain paper bag or you'll never see your precious little necklace again.*

"Drop it, Marley," I whispered, taking another small step forward. His whole body began to wag. I crept forward by degrees. Almost imperceptibly, Jenny closed in on his flank. We were within striking distance. We glanced at each other and knew, without speaking, what to do. We had been through the Property Recovery Drill countless times before. She would lunge for the hindquarters, pinning his back legs to prevent escape. I would lunge for the head, prying open his jaws and nabbing the contraband. With any luck, we'd be in and out in a matter of seconds. That was the plan, and Marley saw it coming.

We were less than two feet away from him. I nodded to Jenny and silently mouthed, "On three." But before we could make our move, he threw his head back and made a loud smacking sound. The tail end of the chain, which had been dangling out of his mouth, disappeared. "He's eating it!" Jenny screamed. Together we dove at him, Jenny tackling him by the hind legs as I gripped him in a headlock. I forced his jaws open and pushed my whole hand into his mouth and down his throat. I probed every flap and crevice and came up empty. "It's too late," I said. "He swallowed it." Jenny began slapping him on the back, yelling, "Cough it up, damn it!" But it was no use. The best she got out of him was a loud, satisfied burp.

Marley may have won the battle, but we knew it was just a matter of time before we won the war. Nature's call was on our side. Sooner or later, what went in had to come out. As disgusting as the thought was, I knew if I poked through his excrement long enough, I would find it. Had it been, say, a silver chain, or a gold-plated chain, something of any less value, my queasiness might have won out. But this chain was solid gold and had set me back a decent chunk of pay. Grossed out or not, I was going in.

And so I prepared Marley his favorite laxative—a giant bowl of dead-ripe sliced mangoes—and settled in for the long wait. For three days I followed him around every time I let him out, eagerly waiting to swoop in with my shovel. Instead of tossing his piles over the fence, I carefully placed each on a wide board in the grass and poked it with a tree branch while I sprayed with a garden hose, gradually washing the digested material away into the grass and leaving behind any foreign objects. I felt like a gold miner working a sluice and coming up with a treasure trove of swallowed junk, from shoelaces to guitar picks. But no necklace. Where the hell was it? Shouldn't it have come out by now? I began wondering if I had missed it, accidentally washing it into the grass, where it would remain lost forever. But how could I miss a twenty-inch gold chain? Jenny was following my recovery operation from the porch with keen interest and even came up with a new nickname for me. "Hey, Scat Man Doo, any luck yet?" she called out.

On the fourth day, my perseverance paid off. I scooped up Marley's latest deposit, repeating what had become my daily refrain—"I can't believe I'm doing this"—and began poking and spraying. As the poop melted away, I searched for any sign of the necklace. Nothing. I was about to give up when I spotted something odd: a small brown lump, about the size of a lima bean. It wasn't even close to being large enough to be the missing jewelry, yet clearly it did not seem to belong there. I pinned it down with my probing branch, which I had officially christened the Shit Stick, and gave the object a strong blast from the hose nozzle. As the water washed it clean, I got a glimmer of something exceptionally bright and shiny. Eureka! I had struck gold.

The necklace was impossibly compressed, many times smaller than I would have guessed possible. It was as though some unknown alien power, a black hole perhaps, had sucked it into a mysterious dimension of space and time before spitting it out again. And, actually, that wasn't too far from the truth. The strong stream of water began to loosen the hard wad, and gradually the lump of gold unraveled back to its original shape, untangled and unmangled. Good as new. No, actually better than new. I took it inside to show Jenny, who was ecstatic to have it back, despite its dubious passage. We both marveled at how blindingly bright it was now—far more dazzling than when it had gone in. Marley's stomach acids had done an amazing job. It was the most brilliant gold I had ever seen. "Man," I said with a whistle. "We should open a jewelry-cleaning business."

"We could make a killing with the dowagers in Palm Beach," Jenny agreed.

"Yes, ladies," I parroted in my best slick-salesman voice, "our secret patented process is not available at any store! The proprietary Marley Method will restore your treasured valuables to a blinding brilliance you never thought possible."

"It's got possibilities, Grogan," Jenny said, and went off to disinfect her recovered birthday present. She wore that gold chain for years, and every time I looked at it I had the same vivid flashback to my brief and ultimately successful career in gold speculation. Scat Man Doo and his trusty Shit Stick had gone where no man had ever gone before. And none should ever go again.

CHAPTER 12

Welcome to the Indigent Ward

Y
ou don't give birth to your first child every day, and
so, when St. Mary's Hospital in West Palm Beach
offered us the option of paying extra for a luxury
birthing suite, we jumped at the chance. The suites looked like
upper-end hotel rooms, spacious, bright, and well appointed with
wood-grained furniture, floral wallpaper, curtains, a whirlpool
bath, and, just for Dad, a comfy couch that folded out into a bed.
Instead of standard-issue hospital food, "guests" were offered a
choice of gourmet dinners. You could even order a bottle of
champagne, though this was mostly for the fathers to chug on
their own, as breast-feeding mothers were discouraged from having more than a celebratory sip.

"Man, it's just like being on vacation!" I exclaimed, bouncing
on the Dad Couch as we took a tour several weeks before Jenny's
due date.

The suites catered to the yuppie set and were a big source of
profits for the hospital, bringing in hard cash from couples with

money to blow above the standard insurance allotment for deliveries. A bit of an indulgence, we agreed, but why not?

When Jenny's big day came and we arrived at the hospital, overnight bag in hand, we were told there was a little problem.

"A problem?" I asked.

"It must be a good day for having babies," the receptionist said cheerfully. "All the birthing suites are already taken."

Taken? This was the most important day of our lives. What about the comfy couch and romantic dinner for two and champagne toast? "Now, wait a second," I complained. "We made our reservation weeks ago."

"I'm sorry," the woman said with a noticeable lack of sympathy. "We don't exactly have a lot of control over when mothers go into labor."

She made a valid point. It wasn't like she could hurry someone along. She directed us to another floor, where we would be issued a standard hospital room. But when we arrived in the maternity ward, the nurse at the counter had more bad news. "Would you believe every last room is filled?" she said. No, we couldn't. Jenny seemed to take it in stride, but I was getting testy now. "What do you suggest, the parking lot?" I snapped.

The nurse smiled calmly at me, apparently well familiar with the antics of nervous fathers-to-be, and said, "Don't you worry. We'll find a spot for you."

After a flurry of phone calls, she sent us down a long hallway and through a set of double doors, where we found ourselves in a mirror image of the maternity ward we had just left except for one obvious difference—the patients were definitely not the buttoned-down, disposable-income yuppies we had gone through Lamaze class with. We could hear the nurses talking in Spanish to patients, and standing in the hallway outside the rooms, brown-skinned men holding straw hats in rugged hands waited nervously.

Palm Beach County is known as a playground for the obscenely rich, but what is less widely known is that it also is home to huge farms that stretch across drained Everglades swamp for miles west of town. Thousands of migrant workers, mostly from Mexico and Central America, migrate into South Florida each growing season to pick the peppers, tomatoes, lettuce, and celery that supply much of the East Coast's winter vegetable needs. It seems we had discovered where the migrant workers came to have their babies. Periodically, a woman's anguished scream would pierce the air, followed by awful moans and calls of *"Mi madre!"* The place sounded like a house of horrors. Jenny was white as a ghost.

The nurse led us into a small cubicle containing one bed, one chair, and a bank of electronic monitors and handed Jenny a gown to change into. "Welcome to the indigent ward!" Dr. Sherman said brightly when he breezed in a few minutes later. "Don't be fooled by the bare-bones rooms," he said. They were outfitted with some of the most sophisticated medical equipment in the hospital, and the nurses were some of the best trained. Because poor women often lacked access to prenatal care, theirs were some of the highest-risk pregnancies. We were in good hands, he assured us as he broke Jenny's water. Then, as quickly as he had appeared, he was gone.

Indeed, as the morning progressed and Jenny fought her way through ferocious contractions, we discovered we were in very good hands. The nurses were seasoned professionals who exuded confidence and warmth, attentively hovering over her, checking the baby's heartbeat and coaching Jenny along. I stood helplessly by, trying my best to be supportive, but it wasn't working. At one point Jenny snarled at me through gritted teeth, "If you ask me one more time how I'm doing, I'm going to RIP YOUR FACE OFF!" I must have looked wounded because one of the nurses walked around to my side of the bed, squeezed my shoulders sympathetically, and said, "Welcome to childbirth, Dad. It's all part of the experience."

I began slipping out of the room to join the other men waiting in the hallway. Each of us leaned against the wall beside our respective doors as our wives screamed and moaned away. I felt a little ridiculous, dressed in my polo shirt, khakis, and Top-Siders, but the farmworkers didn't seem to hold it against me. Soon we were smiling and nodding knowingly to one another. They couldn't speak English and I couldn't speak Spanish, but that didn't matter. We were in this together.

Or almost together. I learned that day that in America pain relief is a luxury, not a necessity. For those who could afford it—or whose insurance covered it, as ours did—the hospital provided epidurals, which delivered pain-blocking oblivion directly into the central nervous system. About four hours into Jenny's labor, an anesthesiologist arrived and slipped a long needle through the skin along her spine and attached it to an intravenous drip. Within minutes, Jenny was numb from the waist down and resting comfortably. The Mexican women nearby were not so lucky. They were left to tough it out the old-fashioned way, and their shrieks continued to puncture the air.

The hours passed. Jenny pushed. I coached. As night fell I stepped out into the hall bearing a tiny swaddled football. I lifted my newborn son above my head for my new friends to see and called out, *"Es el niño!"* The other dads flashed big smiles and held up their thumbs in the international sign of approval. Unlike our heated struggle to name our dog, we would easily and almost instantly settle on a name for our firstborn son. He would be named Patrick for the first of my line of Grogans to arrive in the United States from County Limerick, Ireland. A nurse came into our cubicle and told us a birthing suite was now available. It seemed rather beside the point to change rooms now, but she helped Jenny into a wheelchair, placed our son in her arms, and whisked us away. The gourmet dinner wasn't all it was cracked up to be.

During the weeks leading up to her due date, Jenny and I had had long strategy talks about how best to acclimate Marley to the new arrival who would instantly knock him off his until-now undisputed perch as Most Favored Dependent. We wanted to let him down gently. We had heard stories of dogs becoming terribly jealous of infants and acting out in unacceptable ways—everything from urinating on prized possessions to knocking over bassinets to outright attacks—that usually resulted in a one-way ticket to the pound. As we converted the spare bedroom into a nursery, we gave Marley full access to the crib and bedding and all the various accoutrements of infancy. He sniffed and drooled and licked until his curiosity was satisfied. In the thirty-six hours that Jenny remained hospitalized recuperating after the birth, I made frequent trips home to visit Marley, armed with receiving blankets and anything else that carried the baby's scent. On one of my visits, I even brought home a tiny used disposable diaper, which Marley sniffed with such vigor I feared he might suck it up his nostril, requiring more costly medical intervention.

When I finally brought mother and child home, Marley was oblivious. Jenny placed baby Patrick, asleep in his car carrier, in the middle of our bed and then joined me in greeting Marley out in the garage, where we had an uproarious reunion. When Marley had settled down from frantically wild to merely desperately happy, we brought him into the house with us. Our plan was to just go about our business, not pointing the baby out to him. We would hover nearby and let him gradually discover the presence of the newcomer on his own.

Marley followed Jenny into the bedroom, jamming his nose

deep into her overnight bag as she unpacked. He clearly had no idea there was a living thing sitting on our bed. Then Patrick stirred and let out a small, birdlike chirp. Marley's ears pulled up and he froze. *Where did that come from?* Patrick chirped again, and Marley lifted one paw in the air, pointing like a bird dog. My God, he was *pointing* at our baby boy like a hunting dog would point at . . . *prey*. In that instant, I thought of the feather pillow he had attacked with such ferocity. He wasn't so dense as to mistake a baby for a pheasant, was he?

Then he lunged. It was not a ferocious "kill the enemy" lunge; there were no bared teeth or growls. But it wasn't a "welcome to the neighborhood, little buddy" lunge, either. His chest hit the mattress with such force that the entire bed jolted across the floor. Patrick was wide awake now, eyes wide. Marley recoiled and lunged again, this time bringing his mouth within inches of our newborn's toes. Jenny dove for the baby and I dove for the dog, pulling him back by the collar with both hands. Marley was beside himself, straining to get at this new creature that somehow had snuck into our inner sanctum. He reared on his hind legs and I pulled back on his collar, feeling like the Lone Ranger with Silver. "Well, that went well," I said.

Jenny unbuckled Patrick from his car seat; I pinned Marley between my legs and held him tightly by the collar with both fists. Even Jenny could see Marley meant no harm. He was panting with that dopey grin of his; his eyes were bright and his tail was wagging. As I held tight, she gradually came closer, allowing Marley to sniff first the baby's toes, then his feet and calves and thighs. The poor kid was only a day and a half old; and he was already under attack by a Shop-Vac. When Marley reached the diaper, he seemed to enter an altered state of consciousness, a sort of Pampers-induced trance. He had reached the holy land. The dog looked positively euphoric.

"One false move, Marley, and you're toast," Jenny warned, and

she meant it. If he had shown even the slightest aggression toward the baby, that would have been it. But he never did. We soon
learned our problem was not keeping Marley from hurting our
precious baby boy. Our problem was keeping him out of the diaper pail.

As the days turned into weeks and the weeks into months, Marley
came to accept Patrick as his new best friend. One night early on,
as I was turning off the lights to go to bed, I couldn't find Marley
anywhere. Finally I thought to look in the nursery, and there he
was, stretched out on the floor beside Patrick's crib, the two of
them snoring away in stereophonic fraternal bliss. Marley, our
wild crashing bronco, was different around Patrick. He seemed to
understand that this was a fragile, defenseless little human, and
he moved gingerly whenever he was near him, licking his face
and ears delicately. As Patrick began crawling, Marley would lie
quietly on the floor and let the baby scale him like a mountain,
tugging on his ears, poking his eyes, and pulling out little fistfuls
of fur. None of it fazed him. Marley just sat like a statue. He was a
gentle giant around Patrick, and he accepted his second-fiddle status with bonhomie and good-natured resignation.

Not everyone approved of the blind faith we placed in our
dog. They saw a wild, unpredictable, and powerful beast—he was
approaching a hundred pounds by now—and thought us fool-
hardy to trust him around a defenseless infant. My mother was
firmly in this camp and not shy about letting us know it. It pained
her to watch Marley lick her grandson. "Do you know where that
tongue has been?" she would ask rhetorically. She warned us
darkly that we should never leave a dog and a baby alone in the
same room. The ancient predatory instinct could surface without
warning. If it were up to her, a concrete wall would separate Marley and Patrick at all times.

One day while she was visiting from Michigan, she let out a shriek from the living room. "John, quick!" she screamed. "The dog's biting the baby!" I raced out of the bedroom, half dressed, only to find Patrick swinging happily in his wind-up swing, Marley lying beneath him. Indeed, the dog was snapping at the baby, but it was not as my panicky mother had feared. Marley had positioned himself directly in Patrick's flight path with his head right where Patrick's bottom, strapped in a fabric sling, stopped at the peak of each arc before swinging back in the opposite direction. Each time Patrick's diapered butt came within striking distance, Marley would snap playfully at it, goosing him in the process. Patrick squealed with delight. "Aw, Ma, that's nothing," I said. "Marley just has a thing for his diapers."

Jenny and I settled into a routine. At nighttime she would get up with Patrick every few hours to nurse him, and I would take the 6:00 A.M. feeding so she could sleep in. Half asleep, I would pluck him from his crib, change his diaper, and make a bottle of formula for him. Then the payoff: I would sit on the back porch with his tiny, warm body nestled against my stomach as he sucked on the bottle. Sometimes I would let my face rest against the top of his head and doze off as he ate lustily. Sometimes I would listen to National Public Radio and watch the dawn sky turn from purple to pink to blue. When he was fed and I had gotten a good burp out of him, I would get us both dressed, whistle for Marley, and take a morning walk along the water. We invested in a jogging stroller with three large bicycle tires that allowed it to go pretty much anywhere, including through sand and over curbs. The three of us must have made quite a sight each morning, Marley out in front leading the charge like a mush dog, me in the rear holding us back for dear life, and Patrick in the middle, gleefully waving his arms in the air like a traffic cop. By the time we arrived home, Jenny would be up and have coffee on. We would strap Patrick into his high chair and sprinkle Cheerios on the tray for him, which Marley would snitch the instant we turned away, laying his head sideways on the tray and using his tongue to scoop them into his mouth. *Stealing food from a baby,* we thought; *how low will he stoop?* But Patrick seemed immensely amused by the whole routine, and pretty soon he learned how to push his Cheerios over the side so he could watch Marley scramble around, eating them off the floor. He also discovered that if he dropped Cheerios into his lap, Marley would poke his head up under the tray and jab Patrick in the stomach as he went for the errant cereal, sending him into peals of laughter.

Parenthood, we found, suited us well. We settled into its rhythms, celebrated its simple joys, and grinned our way through its frustrations, knowing even the bad days soon enough would be cherished memories. We had everything we could ask for. We had our precious baby. We had our numbskull dog. We had our little house by the water. Of course, we also had each other. That November, my newspaper promoted me to columnist, a coveted position that gave me my own space on the section front three times a week to spout off about whatever I wanted. Life was good. When Patrick was nine months old, Jenny wondered aloud when we might want to start thinking about having another baby.

"Oh, gee, I don't know," I said. We always knew we wanted more than one, but I hadn't really thought about a time frame. Repeating everything we had just gone through seemed like something best not rushed into. "I guess we could just go back off birth control again and see what happens," I suggested.

"Ah," Jenny said knowingly. "The old *Que será, será* school of family planning."

"Hey, don't knock it," I said. "It worked before."

So that is what we did. We figured if we conceived anytime in the next year, the timing would be about right. As Jenny did the math, she said, "Let's say six months to get pregnant and then nine more months to deliver. That would put two full years between them."

It sounded good to me. Two years was a long way off. Two years was next to an eternity. Two years was almost not real. Now that I had proved myself capable of the manly duty of insemination, the pressure was off. No worries, no stress. Whatever would be would be.

A week later, Jenny was knocked up.

CHAPTER 13

A Scream in the Night

❊

With another baby growing inside her, Jenny's odd, late-night food cravings returned. One night it was root beer, the next grapefruit. "Do we have any Snickers bars?" she asked once a little before midnight. It looked like I was in for another jaunt down to the all-night convenience store. I whistled for Marley, hooked him to his leash, and set off for the corner. In the parking lot, a young woman with teased blond hair, bright lavender lips, and some of the highest heels I had ever seen engaged us. "Oh, he's so cute!" she gushed. "Hi, puppy. What's your name, cutie?" Marley, of course, was more than happy to strike up a friendship, and I pulled him tight against me so he wouldn't slobber on her purple miniskirt and white tank top. "You just want to kiss me, poochie, don't you?" she said, and made smooching noises with her lips.

As we chatted, I wondered what this attractive woman was doing out in a parking lot along Dixie Highway alone at this hour. She did not appear to have a car. She did not appear to be on her way into or out of the store. She was just there, a parking-lot ambassador cheerfully greeting strangers and their dogs as they approached as though she were our neighborhood's answer to the Wal-Mart greeters. Why was she so immensely friendly? Beautiful women were never friendly, at least not to strange men in parking lots at midnight. A car pulled up, and an older man rolled down his window. "Are you Heather?" he asked. She shot me a bemused smile as if to say, *You do what you have to do to pay the rent.* "Gotta run," she said, hopping into the car. "Bye, puppy."

"Don't fall too in love, Marley," I said as they drove off. "You can't afford her."

A few weeks later, at ten o'clock on a Sunday morning, I walked Marley to the same store to buy a *Miami Herald,* and again we were approached, this time by two young women, teenagers really, who both looked strung out and nervous. Unlike the first woman we had met, they were not terribly attractive and had taken no efforts to make themselves more so. They both looked desperate for their next hit off a crack pipe. "Harold?" one of them asked me. "Nope," I said, but what I was thinking was, *Do you really think some guy would show up for anonymous sex and bring his Labrador retriever along?* How twisted did these two think I was? As I pulled a newspaper out of the box in front of the store, a car arrived—Harold, I presumed—and the girls drove off with him.

I wasn't the only one witnessing the burgeoning prostitution trade along Dixie Highway. On a visit, my older sister, dressed as modestly as a nun, went for a midday walk and was propositioned twice by would-be johns trolling by in cars. Another guest arrived at our house to report that a woman had just exposed her breasts to him as he drove past, not that he particularly minded.

In response to complaints from residents, the mayor promised to publicly embarrass men arrested for soliciting, and the police began running stings, positioning undercover women officers on the corner and waiting for would-be customers to take the bait.

The decoy cops were the homeliest hookers I had ever seen—think J. Edgar Hoover in drag—but that didn't stop men from seeking their services. One bust went down on the curb directly in front of our house—with a television news crew in tow.

If it had been just the hookers and their customers, we could have made our separate peace, but the criminal activity didn't stop there. Our neighborhood seemed to grow dicier each day. On one of our walks along the water, Jenny, suffering a particularly debilitating bout of pregnancy-related nausea, decided to head home alone while I continued on with Patrick and Marley. As she walked along a side street, she heard a car idling behind her. Her first thought was that it was a neighbor pulling up to say hello or someone needing directions. When she turned to look into the car, the driver sat fully exposed and masturbating. After he got the expected response, he sped in reverse down the street so as to hide his license tag.

When Patrick was not quite a year old, murder again came to our block. Like Mrs. Nedermier, the victim was an elderly woman who lived alone. Hers was the first house as you turned onto Churchill Road off Dixie Highway, directly behind the all-night, open-air Laundromat, and I only knew her to wave to as I passed. Unlike Mrs. Nedermier's murder, this crime did not afford us the tidy self-denial of an inside job. The victim was chosen at random, and the attacker was a stranger who snuck into her house while she was in the backyard hanging her laundry on a Saturday afternoon. When she returned, he bound her wrists with telephone cord and shoved her beneath a mattress as he ransacked the house for money. He fled with his plunder as my frail neighbor slowly suffocated beneath the weight of the mattress. Police quickly arrested a drifter who had been seen hanging around the coin laundry; when they emptied his pockets they found his total haul had been sixteen dollars and change. The price of a human life.

The crime swirling around us made us grateful for Marley's

bigger-than-life presence in our house. So what if he was an avowed pacifist whose most aggressive attack strategy was known as the Slobber Offensive? Who cared if his immediate response to the arrival of any stranger was to grab a tennis ball in the hope of having someone new to play catch with? The intruders didn't need to know that. When strangers came to our door, we no longer locked Marley away before answering. We stopped assuring them how harmless he was. Instead we now let drop vaguely ominous warnings, such as "He's getting so unpredictable lately," and "I don't know how many more of his lunges this screen door can take."

We had a baby now and another on the way. We were no longer so cheerfully cavalier about personal safety. Jenny and I often speculated about just what, if anything, Marley would do if someone ever tried to hurt the baby or us. I tended to think he would merely grow frantic, yapping and panting. Jenny placed more faith in him. She was convinced his special loyalty to us, especially to his new Cheerios pusher, Patrick, would translate in a crisis to a fierce primal protectiveness that would rise up from deep within him. "No way," I said. "He'd ram his nose into the bad guy's crotch and call it a day." Either way, we agreed, he scared the hell out of people. That was just fine with us. His presence made the difference between us feeling vulnerable or secure in our own home. Even as we continued to debate his effectiveness as a protector, we slept easily in bed knowing he was beside us. Then one night he settled the dispute once and for all.

It was October and the weather still had not turned. The night was sweltering, and we had the air-conditioning on and windows shut. After the eleven o'clock news I let Marley out to pee, checked Patrick in his crib, turned off the lights, and crawled into bed beside Jenny, already fast asleep. Marley, as he always did, collapsed in a heap on the floor beside me, releasing an exaggerated sigh. I was just drifting off when I heard it—a shrill, sustained, piercing noise. I was instantly wide awake, and Marley was, too. He stood frozen beside the bed in the dark, ears cocked. It came again, penetrating the sealed windows, rising above the hum of the air conditioner. A scream. A woman's scream, loud and un-mistakable. My first thought was teenagers clowning around in the street, not an unusual occurrence. But this was not a happy, stop-tickling-me scream. There was desperation in it, real terror, and it was dawning on me that someone was in terrible trouble.

"Come on, boy," I whispered, slipping out of bed.

"Don't go out there." Jenny's voice came from beside me in the dark. I hadn't realized she was awake and listening.

"Call the police," I told her. "I'll be careful."

Holding Marley by the end of his choker chain, I stepped out onto the front porch in my boxer shorts just in time to glimpse a figure sprinting down the street toward the water. The scream came again, from the opposite direction. Outside, without the walls and glass to buffer it, the woman's voice filled the night air with an amazing, piercing velocity, the likes of which I had heard only in horror movies. Other porch lights were flicking on. The two young men who shared a rental house across the street from me burst outside, wearing nothing but cutoffs, and ran toward the screams. I followed cautiously at a distance, Marley tight by my side. I saw them run up on a lawn a few houses away and then, seconds later, come dashing back toward me.

"Go to the girl!" one of them shouted, pointing. "She's been stabbed."

"We're going after him!" the other yelled, and they sprinted off barefoot down the street in the direction the figure had fled. My neighbor Barry, a fearless single woman who had bought and re-habilitated a rundown bungalow next to the Nedermier house, jumped into her car and joined the chase.

I let go of Marley's collar and ran toward the scream. Three doors down I found my seventeen-year-old neighbor standing alone in her driveway, bent over, sobbing in jagged raspy gasps. She clasped her ribs, and beneath her hands I could see a circle of blood spreading across her blouse. She was a thin, pretty girl with sand-colored hair that fell over her shoulders. She lived in the house with her divorced mother, a pleasant woman who worked as a night nurse. I had chatted a few times with the mother, but I only knew her daughter to wave to. I didn't even know her name.

"He said not to scream or he'd stab me," she said, sobbing; her words gushed out in heaving, hyperventilated gulps. "But I screamed. I screamed, and he stabbed me." As if I might not believe her, she lifted her shirt to show me the puckered wound that had punctured her rib cage. "I was sitting in my car with the radio on. He just came out of nowhere." I put my hand on her arm to calm her, and as I did I saw her knees buckling. She collapsed into my arms, her legs folding fawnlike beneath her. I eased her down to the pavement and sat cradling her. Her words came softer, calmer now, and she fought to keep her eyes open. "He told me not to scream," she kept saying. "He put his hand on my mouth and told me not to scream."

"You did the right thing," I said. "You scared him away."

It occurred to me that she was going into shock, and I had not the first idea what to do about it. *Come on, ambulance. Where are you?* I comforted her in the only way I knew how, as I would comfort my own child, stroking her hair, holding my palm against her cheek, wiping her tears away. As she grew weaker, I kept telling her to hang on, help was on the way. "You're going to be okay," I said, but I wasn't sure I believed it. Her skin was ashen. We sat alone on the pavement like that for what seemed hours but was in actuality, the police report later showed, about three minutes. Only gradually did I think to check on what had become of Marley. When I looked up, there he stood, ten feet from us, facing the street, in a determined, bull-like crouch I had never seen before. It was a fighter's stance. His muscles bulged at the neck; his jaw was clenched; the fur between his shoulder blades bristled. He was intensely focused on the street and appeared poised to lunge. I realized in that instant that Jenny had been right. If the armed assailant returned, he would have to get past my dog first. At that moment I knew—I absolutely knew without doubt—that Marley would fight him to the death before he would let him at us. I was emotional anyway as I held this young girl, wondering if she was dying in my arms. The sight of Marley so uncharacteristically guarding us like that, so majestically fierce, brought tears to my eyes. Man's best friend? Damn straight he was.

"I've got you," I told the girl, but what I meant to say, what I should have said, was that *we* had her. Marley and me. "The police are coming," I said. "Hold on. Please, just hold on."

Before she closed her eyes, she whispered, "My name is Lisa."

"I'm John," I said. It seemed ridiculous, introducing ourselves in these circumstances as though we were at a neighborhood potluck. I almost laughed at the absurdity of it. Instead, I tucked a strand of her hair behind her ear and said, "You're safe now, Lisa."

Like an archangel sent from heaven, a police officer came charging up the sidewalk. I whistled to Marley and called, "It's okay, boy. He's okay." And it was as if, with that whistle, I had broken some kind of trance. My goofy, good-natured pal was back, trotting in circles, panting, trying to sniff us. Whatever ancient instinct had welled up from the recesses of his ancestral psyche was back in its bottle again. Then more officers swarmed around us, and soon an ambulance crew arrived with a stretcher and wads of sterile gauze. I stepped out of the way, told the police what I could, and walked home, Marley loping ahead of me.

Jenny met me at the door and together we stood in the front window watching the drama unfold on the street. Our neighborhood looked like the set from a police television drama. Red strobe lights splashed through the windows. A police helicopter hovered overhead, shining its spotlight down on backyards and alleys. Cops set up roadblocks and combed the neighborhood on foot. Their efforts would be in vain; a suspect was never apprehended and a motive never determined. My neighbors who gave chase later told me they had not even caught a glimpse of him. Jenny and I eventually returned to bed, where we both lay awake for a long time.

"You would have been proud of Marley," I told her. "It was so strange. Somehow he knew how serious this was. He just knew. He felt the danger, and he was like a completely different dog."

"I told you so," she said. And she had.

As the helicopter thumped the air above us, Jenny rolled onto her side and, before drifting off, said, "Just another ho-hum night in the neighborhood." I reached down and felt in the dark for Marley, lying beside me.

"You did all right tonight, big guy," I whispered, scratching his ears. "You earned your dog chow." My hand on his back, I drifted off to sleep.

It said something about South Florida's numbness to crime that the stabbing of a teenage girl as she sat in her car in front of her home would merit just six sentences in the morning newspaper. The *Sun-Sentinel*'s account of the crime ran in the briefs column on page 3B beneath the headline "Man Attacks Girl."

The story made no mention of me or Marley or the guys across the street who set out half naked after the assailant. It didn't mention Barry, who gave chase in her car. Or all the neighbors up and down the block who turned on porch lights and dialed 911. In South Florida's seamy world of violent crime, our neighborhood's drama was just a minor hiccup. No deaths, no hostages, no big deal.

The knife had punctured Lisa's lung, and she spent five days in the hospital and several weeks recuperating at home. Her mother kept the neighbors apprised of her recovery, but the girl remained inside and out of sight. I worried about the emotional wounds the attack might leave. Would she ever again be comfortable leaving the safety of her home? Our lives had come together for just three minutes, but I felt invested in her as a brother might be in a kid sister. I wanted to respect her privacy, but I also wanted to see her, to prove to myself she was going to be all right.

Then as I washed the cars in the driveway on a Saturday, Marley chained up beside me, I looked up and there she stood. Prettier than I had remembered. Tanned, strong, athletic—looking whole again. She smiled and asked, "Remember me?"

"Let's see," I said, feigning puzzlement. "You look vaguely familiar. Weren't you the one in front of me at the Tom Petty concert who wouldn't sit down?"

She laughed, and I asked, "So how are you doing, Lisa?"

"I'm good," she said. "Just about back to normal."

"You look great," I told her. "A little better than the last time I saw you."

"Yeah, well," she said, and looked down at her feet. "What a night."

"What a night," I repeated.

That was all we said about it. She told me about the hospital, the doctors, the detective who interviewed her, the endless fruit baskets, the boredom of sitting at home as she healed. But she steered clear of the attack, and so did I. Some things were best left behind.

Lisa stayed a long time that afternoon, following me around the yard as I did chores, playing with Marley, making small talk. I sensed there was something she wanted to say but could not bring herself to. She was seventeen; I didn't expect her to find the words. Our lives had collided without plan or warning, two strangers thrown together by a burst of inexplicable violence. There had been no time for the usual proprieties that exist between neighbors; no time to establish boundaries. In a heartbeat, there we were, intimately locked together in crisis, a dad in boxer shorts and a teenage girl in a blood-soaked blouse, clinging to each other and to hope. There was a closeness there now. How could there not be? There was also awkwardness, a slight embarrassment, for in that moment we had caught each other with our guards down. Words were not necessary. I knew she was grateful that I had come to her; I knew she appreciated my efforts to comfort her, however lame. She knew I cared deeply and was in her corner. We had shared something that night on the pavement— one of those brief, fleeting moments of clarity that define all the others in a life—that neither of us would soon forget.

"I'm glad you stopped by," I said.

"I'm glad I did, too," Lisa answered.

By the time she left, I had a good feeling about this girl. She was strong. She was tough. She would move forward. And indeed I found out years later, when I learned she had built a career for herself as a television broadcaster, that she had.

CHAPTER 14

An Early Arrival

"John."

Through the fog of sleep, I gradually registered my name being called. "John. John, wake up." It was Jenny; she was shaking me. "John, I think the baby might be coming."

I propped myself up on an elbow and rubbed my eyes. Jenny was lying on her side, knees pulled to her chest. "The baby what?"

"I'm having bad cramps," she said. "I've been lying here timing them. We need to call Dr. Sherman."

I was wide awake now. *The baby was coming?* I was wild with anticipation for the birth of our second child—another boy, we already knew from the sonogram. The timing, though, was wrong, terribly wrong. Jenny was twenty-one weeks into the pregnancy, barely halfway through the forty-week gestation period. Among her motherhood books was a collection of high-definition in vitro photographs showing a fetus at each week of development. Just days earlier we had sat with the book, studying the photos taken at twenty-one weeks and marveling at how our baby was coming along. At twenty-one weeks a fetus can fit in the palm of a hand. It weighs less than a pound. Its eyes are fused shut, its fingers like fragile little twigs, its lungs not yet developed enough to distill oxygen from air. At twenty-one weeks, a baby is barely viable. The chance of surviving outside the womb is small, and the chance of surviving without serious, long-term health problems smaller yet. There's a reason nature keeps babies in the womb for nine long months. At twenty-one weeks, the odds are exceptionally long.

"It's probably nothing," I said. But I could feel my heart pounding as I speed-dialed the ob-gyn answering service. Two minutes later Dr. Sherman called back, sounding groggy himself. "It might just be gas," he said, "but we better have a look." He told me to get Jenny to the hospital immediately. I raced around the house, throwing items into an overnight bag for her, making baby bottles, packing the diaper bag. Jenny called her friend and coworker Sandy, another new mom who lived a few blocks away, and asked if we could drop Patrick off. Marley was up now, too, stretching, yawning, shaking. *Late night road trip!* "Sorry, Mar," I told him as I led him out to the garage, grave disappointment on his face. "You've got to hold down the fort." I scooped Patrick out of his crib, buckled him into his car seat without waking him, and into the night we went.

At St. Mary's neonatal intensive care unit, the nurses quickly went to work. They got Jenny into a hospital gown and hooked her to a monitor that measured contractions and the baby's heartbeat. Sure enough, Jenny was having a contraction every six minutes. This was definitely not gas. "Your baby wants to come out," one of the nurses said. "We're going to do everything we can to make sure he doesn't just yet."

Over the phone Dr. Sherman asked them to check whether she was dilating. A nurse inserted a gloved finger and reported that Jenny was dilated one centimeter. Even I knew this was not good. At ten centimeters the cervix is fully dilated, the point at which, in a normal delivery, the mother begins to push. With each painful cramp, Jenny's body was pushing her one step closer to the point of no return.

Dr. Sherman ordered an intravenous saline drip and an injection of the labor inhibitor Brethine. The contractions leveled out, but less than two hours later they were back again with a fury, requiring a second shot, then a third.

For the next twelve days Jenny remained hospitalized, poked and prodded by a parade of perinatalogists and tethered to monitors and intravenous drips. I took vacation time and played single parent to Patrick, doing my best to hold everything together— the laundry, the feedings, meals, bills, housework, the yard. Oh, yes, and that other living creature in our home. Poor Marley's status dropped precipitously from second fiddle to not even in the orchestra. Even as I ignored him, he kept up his end of the relationship, never letting me out of his sight. He faithfully followed me as I careened through the house with Patrick in one arm, vacuuming or toting laundry or fixing a meal with the other. I would stop in the kitchen to toss a few dirty plates into the dishwasher, and Marley would plod in after me, circle around a half dozen times trying to pinpoint the exact perfect location, and then drop to the floor. No sooner had he settled in than I would dart to the laundry room to move the clothes from the washing machine to the dryer. He would follow after me, circle around, paw at the throw rugs until they were arranged to his liking, and plop down again, only to have me head for the living room to pick up the newspapers. So it would go. If he was lucky, I would pause in my mad dash to give him a quick pat.

One night after I finally got Patrick to sleep, I fell back on the couch, exhausted. Marley pranced over and dropped his rope tug toy in my lap and looked up at me with those giant brown eyes of his. "Aw, Marley," I said. "I'm beat." He put his snout under the rope toy and flicked it up in the air, waiting for me to try to grab it, ready to beat me to the draw. "Sorry, pal," I said. "Not tonight." He crinkled his brow and cocked his head. Suddenly, his comfortable daily routine was in tatters. His mistress was mysteriously absent, his master no fun, and nothing the same. He let out a little whine, and I could see he was trying to figure it out. *Why doesn't John want to play anymore? What happened to the morning walks? Why no more wrestling on the floor? And where exactly is Jenny, anyway? She hasn't run off with that Dalmatian in the next block, has she?*

Life wasn't completely bleak for Marley. On the bright side, I had quickly reverted to my premarriage (read: slovenly) lifestyle. By the power vested in me as the only adult in the house, I suspended the Married Couple Domesticity Act and proclaimed the once banished Bachelor Rules to be the law of the land. While Jenny was in the hospital, shirts would be worn twice, even three times, barring obvious mustard stains, between washes; milk could be drunk directly from the carton, and toilet seats would remain in the upright position unless being sat on. Much to Marley's delight, I instituted a 24/7 open-door policy for the bathroom. After all, it was just us guys. This gave Marley yet a new opportunity for closeness in a confined space. From there, it only made sense to let him start drinking from the bathtub tap. Jenny would have been appalled, but the way I saw it, it sure beat the toilet. Now that the Seat-Up Policy was firmly in place (and thus, by definition, the Lid-Up Policy, too), I needed to offer Marley a viable alternative to that attractive porcelain pool of water just begging him to play submarine with his snout.

I got into the habit of turning the bathtub faucet on at a trickle while I was in the bathroom so Marley could lap up some cool, fresh water. The dog could not have been more thrilled had I built him an exact replica of Splash Mountain. He would twist his head up under the faucet and lap away, tail banging the sink behind him. His thirst had no bounds, and I became convinced he had been a camel in an earlier life. I soon realized I had created a bathtub monster; pretty soon Marley began going into the bathroom alone without me and standing there, staring forlornly at the faucet, licking at it for any lingering drop, flicking the drain knob with his nose until I couldn't stand it any longer and would come in and turn it on for him. Suddenly the water in his bowl was somehow beneath him.

The next step on our descent into barbarity came when I was showering. Marley figured out he could shove his head past the shower curtain and get not just a trickle but a whole waterfall. I'd be lathering up and without warning his big tawny head would pop in and he'd begin lapping at the shower spray. "Just don't tell Mom," I said.

I tried to fool Jenny into thinking I had everything effortlessly under control. "Oh, we're totally fine," I told her, and then, turning to Patrick, I would add, "aren't we, partner?" To which he would give his standard reply: "Dada!" and then, pointing at the ceiling fan: "Fannnnn!" She knew better. One day when I arrived with Patrick for our daily visit, she stared at us in disbelief and asked, "What in God's name did you do to him?"

"What do you mean, what did I do to him?" I replied. "He's great. You're great, aren't you?"

"Dada! Fannnn!"

"His outfit," she said. "How on earth—"

Only then did I see. Something was amiss with Patrick's snap-on one-piece, or "onesie" as we manly dads like to call it. His chubby thighs, I now realized, were squeezed into the armholes, which were so tight they must have been cutting off his circulation. The collared neck hung between his legs like an udder. Up top, Patrick's head stuck out through the unsnapped crotch, and his arms were lost somewhere in the billowing pant legs. It was quite a look.

"You goof," she said. "You've got it on him upside down."

"That's your opinion," I said.

But the game was up. Jenny began working the phone from her hospital bed, and a couple of days later my sweet, dear aunt Anita, a retired nurse who had come to America from Ireland as a teenager and now lived across the state from us, magically appeared, suitcase in hand, and cheerfully went about restoring order. The Bachelor Rules were history.

When her doctors finally let Jenny come home, it was with the strictest of orders. If she wanted to deliver a healthy baby, she was to remain in bed, as still as possible. The only time she was allowed on her feet was to go to the bathroom. She could take one quick shower a day, then back into bed. No cooking, no changing diapers, no walking out for the mail, no lifting anything heavier than a toothbrush—and that meant her baby, a stipulation that nearly killed her. Complete bed rest, no cheating. Jenny's doctors had successfully shut down the early labor; their goal now was to keep it shut down for the next twelve weeks minimum. By then the baby would be thirty-five weeks along, still a little puny but fully developed and able to meet the outside world on its own terms. That meant keeping Jenny as still as a glacier. Aunt Anita, bless her charitable soul, settled in for the long haul. Marley was tickled to have a new playmate. Pretty soon he had Aunt Anita trained, too, to turn on the bathtub faucet for him.

A hospital technician came to our home and inserted a catheter into Jenny's thigh; this she attached to a small battery-powered pump that strapped to Jenny's leg and delivered a continuous trickle of labor-inhibiting drugs into her bloodstream. As if that weren't enough, she rigged Jenny with a monitoring system that looked like a torture device—an oversized suction cup attached to a tangle of wires that hooked into the telephone. The suction cup attached to Jenny's belly with an elastic band and registered the baby's heartbeat and any contractions, sending them via phone line three times a day to a nurse who watched for the first hint of trouble. I ran down to the bookstore and returned with a small fortune in reading materials, which Jenny devoured in the first three days. She was trying to keep her spirits up, but the boredom, the tedium, the hourly uncertainty about the health of her unborn child, were conspiring to drag her down. Worst of all, she was a mother with a fifteen-month-old son whom she was not allowed to lift, to run to, to feed when he was hungry, to bathe when he was dirty, to scoop up and kiss when he was sad. I would drop him on top of her on the bed, where he would pull her hair and stick his fingers into her mouth. He'd point to the whirling paddles above the bed, and say, "Mama! Fannnnn!" It made her smile, but it wasn't the same. She was slowly going stir-crazy.

Her constant companion through it all, of course, was Marley. He set up camp on the floor beside her, surrounding himself with a wide assortment of chew toys and rawhide bones just in case Jenny changed her mind and decided to jump out of bed and engage in a little spur-of-the-moment tug-of-war. There he held vigil, day and night. I would come home from work and find Aunt Anita in the kitchen cooking dinner, Patrick in his bouncy seat beside her. Then I would walk into the bedroom to find Marley standing beside the bed, chin on the mattress, tail wagging, nose nuzzled into Jenny's neck as she read or snoozed or merely stared at the ceiling, her arm draped over his back. I marked off each day on the calendar to help her track her progress, but it only served as a reminder of how slowly each minute, each hour, passed. Some people are content to spend their lives in idle recline; Jenny was not one of them. She was born to bustle, and the forced idleness dragged her down by imperceptible degrees, a little more each day. She was like a sailor caught in the doldrums, waiting with increasing desperation for the faintest hint of a breeze to fill the sails and let the journey continue. I tried to be encouraging, saying things like "A year from now we're going to look back on this and laugh," but I could tell part of her was slipping from me. Some days her eyes were very far away.

When Jenny had a full month of bed rest still to go, Aunt Anita packed her suitcase and kissed us good-bye. She had stayed as long as she could, in fact extending her visit several times, but she had a husband at home who she only half jokingly fretted was quite possibly turning feral as he survived alone on TV dinners and ESPN. Once again, we were on our own.

I did my best to keep the ship afloat, rising at dawn to bathe and dress Patrick, feed him oatmeal and puréed carrots, and take him and Marley for at least a short walk. Then I would drop Patrick at Sandy's house for the day while I worked, picking him up again in the evening. I would come home on my lunch hour to make Jenny her lunch, bring her the mail—the highlight of her day—throw sticks to Marley, and straighten up the house, which was slowly taking on a patina of neglect. The grass went uncut, the laundry unwashed, and the screen on the back porch remained unrepaired after Marley crashed through it, cartoon-style, in pursuit of a squirrel. For weeks the shredded screen flapped in the breeze, becoming a de facto doggie door that allowed Marley to come and go as he pleased between the backyard and house during the long hours home alone with the bedridden Jenny. "I'm going to fix it," I promised her. "It's on the list." But I could see dismay in her eyes. It took all of her self-control not to jump out of bed and whip her home back into shape. I grocery-shopped after Patrick was asleep for the night, sometimes walking the aisles at midnight. We survived on carry-outs, Cheerios, and pots of pasta. The journal I had faithfully kept for years abruptly went silent.

There was simply no time and less energy. In the last brief entry, I wrote only: "Life is a little overwhelming right now."

Then one day, as we approached Jenny's thirty-fifth week of pregnancy, the hospital technician arrived at our door and said, "Congratulations, girl, you've made it. You're free again." She unhooked the medicine pump, removed the catheter, packed up the fetal monitor, and went over the doctor's written orders. Jenny was free to return to her regular lifestyle. No restrictions. No more medications. We could even have sex again. The baby was fully viable now. Labor would come when it would come. "Have fun," she said. "You deserve it."

Jenny tossed Patrick over her head, romped with Marley in the backyard, tore into the housework. That night we celebrated by going out for Indian food and catching a show at a local comedy club. The next day the three of us continued the festivities by having lunch at a Greek restaurant. Before the gyros ever made it to our table, however, Jenny was in full-blown labor. The cramps had begun the night before as she ate curried lamb, but she had ignored them. She wasn't going to let a few contractions interrupt her hard-earned night on the town. Now each contraction nearly doubled her over. We raced home, where Sandy was on standby to take Patrick and keep an eye on Marley. Jenny waited in the car, puffing her way through the pain with sharp, shallow breaths as I grabbed her overnight bag. By the time we got to the hospital and checked into a room, Jenny was dilated to seven centimeters. Less than an hour later, I held our new son in my arms. Jenny counted his fingers and toes. His eyes were open and alert, his cheeks blushed.

"You did it," Dr. Sherman declared. "He's perfect."

Conor Richard Grogan, five pounds and thirteen ounces, was born October 10, 1993. I was so happy I barely gave a second thought to the cruel irony that for this pregnancy we had rated one of the luxury suites but had hardly a moment to enjoy it. If the delivery had been any quicker, Jenny would have given birth in the parking lot of the Texaco station. I hadn't even had time to stretch out on the Dad Couch.

Considering what we had been through to bring him safely into this world, we thought the birth of our son was big news— but not so big that the local news media would turn out for it. Below our window, though, a crush of television news trucks gathered in the parking lot, their satellite dishes poking into the sky. I could see reporters with microphones doing their stand-ups in front of the cameras. "Hey, honey," I said, "the paparazzi have turned out for you."

A nurse, who was in the room attending to the baby, said, "Can you believe it? Donald Trump is right down the hall."

"Donald Trump?" Jenny asked. "I didn't know he was pregnant."

The real estate tycoon had caused quite a stir when he moved to Palm Beach several years earlier, setting up house in the sprawling former mansion of Marjorie Merriweather Post, the late cereal heiress. The estate was named Mar-a-Lago, meaning "Sea to Lake," and as the name implied, the property stretched for seventeen acres from the Atlantic Ocean to the Intracoastal Waterway and included a nine-hole golf course. From the foot of our street we could look across the water and see the fifty-eight-bedroom mansion's Moorish-influenced spires rising above the palm trees. The Trumps and the Grogans were practically neighbors.

I flicked on the TV and learned that The Donald and girlfriend Marla Maples were the proud parents of a girl, appropriately named Tiffany, who was born not long after Jenny delivered Conor. "We'll have to invite them over for a playdate," Jenny said.

We watched from the window as the television crews swarmed in to catch the Trumps leaving the hospital with their new baby to return to their estate. Marla smiled demurely as she held her newborn for the cameras to capture; Donald waved and gave a jaunty wink. "I feel great!" he told the cameras. Then they were off in a chauffeured limousine.

The next morning when our turn came to leave for home, a pleasant retiree who volunteered at the hospital guided Jenny and baby Conor through the lobby in a wheelchair and out the automatic doors into the sunshine. There were no camera crews, no satellite trucks, no sound bites, no live reports. It was just us and our senior volunteer. Not that anyone was asking, but I felt great, too. Donald Trump was not the only one bursting with pride over his progeny.

The volunteer waited with Jenny and the baby while I pulled the car up to the curb. Before buckling my newborn son into his car seat, I lifted him high above my head for the whole world to see, had anyone been looking, and said, "Conor Grogan, you are every bit as special as Tiffany Trump, and don't you ever forget it."

CHAPTER 15

A Postpartum Ultimatum

These should have been the happiest days of our lives, and in many ways they were. We had two sons now, a toddler and a newborn, just seventeen months apart. The joy they brought us was profound. Yet the darkness that had descended over Jenny while she was on forced bed rest persisted. Some weeks she was fine, cheerfully tackling the challenges of being responsible for two lives completely dependent on her for every need. Other weeks, without warning, she would turn glum and defeated, locked in a blue fog that sometimes would not lift for days. We were both exhausted and sleep deprived. Patrick was still waking us at least once in the night, and Conor was up several more times, crying to be nursed or changed. Seldom did we get more than two hours of uninterrupted sleep at a stretch. Some nights we were like zombies, moving silently past each other with glazed eyes, Jenny to one baby and I to the other. We were up at midnight and at two and at three-thirty and again at five. Then the sun would rise and with it another day, bringing renewed hope and a bone-aching weariness as we began the cycle over again. From down the hall would come Patrick's sweet, cheery, wide-awake voice—"Mama! Dada! Fannnn!"—and as much as we tried to will it otherwise, we knew sleep, what there had been of it, was behind us for another day. I began making the coffee stronger and showing up at work with shirts wrinkled and baby spit-up on my ties. One morning in my newsroom, I caught the young, attractive editorial assistant staring intently at me. Flattered, I smiled at her. *Hey, I might be a dad twice over now, but the women still notice me.* Then she said, "Do you know you have a Barney sticker in your hair?"

Complicating the sleep-deprived chaos that was our lives, our new baby had us terribly worried. Already underweight, Conor was unable to keep nourishment down. Jenny was on a single-minded quest to nurse him to robust health, and he seemed equally intent on foiling her. She would offer him her breast, and he would oblige her, suckling hungrily. Then, in one quick heave, he would throw it all up. She would nurse him again; he would eat ravenously, then empty his stomach yet again. Projectile vomiting became an hourly occurrence in our lives. Over and over the routine repeated itself, each time Jenny becoming more frantic. The doctors diagnosed reflux and referred us to a specialist, who sedated our baby boy and snaked a scope down his throat to scrutinize his insides. Conor eventually would outgrow the condition and catch up on his weight, but for four long months we were consumed with worry over him. Jenny was a basket case of fear and stress and frustration, all exacerbated by lack of sleep, as she nursed him nearly nonstop and then watched helpless as he tossed her milk back at her. "I feel so inadequate," she would say. "Moms are supposed to be able to give their babies everything they need." Her fuse was as short as I had seen it, and the smallest infractions—a cupboard door left open, crumbs on the counter—would set her off.

The good news was that Jenny never once took out her anxiety on either baby. In fact, she nurtured both of them with almost obsessive care and patience. She poured every ounce of herself into them. The bad news was that she directed her frustration and anger at me and even more at Marley. She had lost all patience with him. He was squarely in her crosshairs and could do no right. Each transgression—and there continued to be many— pushed Jenny a little closer to the edge. Oblivious, Marley stayed the course with his antics and misdeeds and boundless ebullience. I bought a flowering shrub and planted it in the garden to commemorate Conor's birth; Marley pulled it out by the roots the same day and chewed it into mulch. I finally got around to replacing the ripped porch screen, and Marley, by now quite accustomed to his self-made doggie door, promptly dove through it again. He escaped one day and when he finally returned, he had a pair of women's panties in his teeth. I didn't want to know.

Despite the prescription tranquilizers, which Jenny was feeding him with increasing frequency, more for her sake than for his, Marley's thunder phobia grew more intense and irrational each day. By now a soft shower would send him into a panic. If we were home, he would merely glom on to us and salivate nervously all over our clothes. If we weren't home, he sought safety in the same warped way, by digging and gouging through doors and plaster and linoleum. The more I repaired, the more he destroyed. I could not keep up with him. I should have been furious, but Jenny was angry enough for both of us. Instead, I started covering for him. If I found a chewed shoe or book or pillow, I hid the evidence before she could find it. When he crashed through our small home, the bull in our china closet, I followed behind him, straightening throw rugs, righting coffee tables, and wiping up the spittle he flung on the walls. Before Jenny discovered them, I would race to vacuum up the wood chips in the garage where he had gouged the door once again. I stayed up late into the night patching and sanding so by morning when Jenny awoke the latest damage would be covered over. "For God's sake, Marley, do you have a death wish?" I said to him one night as he stood at my side, tail wagging, licking my ear as I knelt and repaired the most recent destruction. "You've got to stop this."

It was into this volatile environment that I walked one evening. I opened the front door to find Jenny beating Marley with her fists. She was crying uncontrollably and flailing wildly at him, more like she was pounding a kettledrum than imposing a beating, landing glancing blows on his back and shoulders and neck. "Why? Why do you do this?" she screamed at him. "Why do you wreck everything?" In that instant I saw what he had done. The couch cushion was gouged open, the fabric shredded and the stuffing pulled out. Marley stood with head down and legs splayed as though leaning into a hurricane. He didn't try to flee or dodge the blows; he just stood there and took each one without whimper or complaint.

"Hey! Hey! Hey!" I shouted, grabbing her wrists. "Come on. Stop. Stop!" She was sobbing and gasping for breath. "Stop," I repeated.

I stepped between her and Marley and shoved my face directly in front of hers. It was like a stranger was staring back at me. I did not recognize the look in her eyes. "Get him out of here," she said, her voice flat and tinged with a quiet burn. "Get him out of here now."

"Okay, I'll take him out," I said, "but you settle down."

"Get him out of here and keep him out of here," she said in an unsettling monotone.

I opened the front door and he bounded outside, and when I turned back to grab his leash off the table, Jenny said, "I mean it. I want him gone. I want him out of here for good."

"Come on," I said. "You don't mean that."

"I mean it," she said. "I'm done with that dog. You find him a new home, or I will."

She couldn't mean it. She loved this dog. She adored him despite his laundry list of shortcomings. She was upset; she was stressed to the breaking point. She would reconsider. For the moment I thought it was best to give her time to cool down. I walked out the door without another word. In the front yard, Marley raced around, jumping into the air and snapping his jaws, trying to bite the leash out of my hand. He was his old jolly self, apparently no worse for the pummeling. I knew she hadn't hurt him. In all honesty, I routinely whacked him much harder when I played rough with him, and he loved it, always bounding back for more. As was a hallmark of his breed, he was immune to pain, an unstoppable machine of muscle and sinew. Once when I was in the driveway washing the car, he jammed his head into the bucket of soapy water and galloped blindly off across the front lawns with the bucket firmly stuck over his head, not stopping until he crashed full force into a concrete wall. It didn't seem to faze him. But slap him lightly on the rump with an open palm in anger, or even just speak to him with a stern voice, and he acted deeply wounded. For the big dense oaf that he was, Marley had an incredibly sensitive streak. Jenny hadn't hurt him physically, not even close, but she had crushed his feelings, at least for the moment. Jenny was everything to him, one of his two best pals in the whole world, and she had just turned on him. She was his mistress and he her faithful companion. If she saw fit to strike him, he saw fit to suck it up and take it. As far as dogs went, he was not good at much; but he was unquestionably loyal. It was my job now to repair the damage and make things right again.

Out in the street, I hooked him to his leash and ordered, "Sit!" He sat. I pulled the choker chain up high on his throat in preparation for our walk. Before I stepped off I ran my hand over his head and massaged his neck. He flipped his nose in the air and looked up at me, his tongue hanging halfway down his neck. The incident with Jenny appeared to be behind him; now I hoped it would be behind her, as well. "What am I going to do with you, you big dope?" I asked him. He leaped straight up, as though outfitted with springs, and smashed his tongue against my lips.

Marley and I walked for miles that evening, and when I finally opened the front door, he was exhausted and ready to collapse quietly in the corner. Jenny was feeding Patrick a jar of baby food as she cradled Conor in her lap. She was calm and appeared back to her old self. I unleashed Marley and he took a huge drink, lapping lustily at the water, sloshing little tidal waves over the side of his bowl. I toweled up the floor and stole a glance in Jenny's direction; she appeared unperturbed. Maybe the horrible moment had passed. Maybe she had reconsidered. Maybe she felt sheepish about her outburst and was searching for the words to apologize. As I walked past her, Marley close at my heels, she said in a calm, quiet voice without looking at me, "I'm dead serious. I want him out of here."

Over the next several days she repeated the ultimatum enough times that I finally accepted that this was not an idle threat. She wasn't just blowing off steam, and the issue was not going away. I was sick about it. As pathetic as it sounds, Marley had become my male-bonding soul mate, my near-constant companion, my friend. He was the undisciplined, recalcitrant, nonconformist, politically incorrect free spirit I had always wanted to be, had I been brave enough, and I took vicarious joy in his unbridled verve. No matter how complicated life became, he reminded me of its simple joys. No matter how many demands were placed on me, he never let me forget that willful disobedience is sometimes worth the price. In a world full of bosses, he was his own master. The thought of giving him up seared my soul. But I had two children to worry about now and a wife whom we needed. Our household was being held together by the most tenuous of threads. If losing Marley made the difference between meltdown and stability, how could I not honor Jenny's wishes?

I began putting out feelers, discreetly asking friends and coworkers if they might be interested in taking on a lovable and lively two-year-old Labrador retriever. Through word of mouth, I learned of a neighbor who adored dogs and couldn't refuse a canine in need. Even he said no. Unfortunately, Marley's reputation preceded him.

Each morning I opened the newspaper to the classifieds as if I might find some miracle ad: "Seeking wildly energetic, out-of-control Labrador retriever with multiple phobias. Destructive qualities a plus. Will pay top dollar." What I found instead was a booming trade in young adult dogs that, for whatever reason, had not worked out. Many were purebreds that their owners had spent several hundred dollars for just months earlier. Now they were being offered for a pittance or even for free. An alarming number of the unwanted dogs were male Labs.

The ads were in almost every day, and were at once heart-breaking and hilarious. From my insider's vantage point, I recognized the attempts to gloss over the real reasons these dogs were back on the market. The ads were full of sunny euphemisms for the types of behavior I knew all too well. "Lively . . . loves people . . . needs big yard . . . needs room to run . . . energetic . . . spirited . . . powerful . . . one of a kind." It all added up to the same thing: a dog its master could not control. A dog that had become a liability. A dog its owner had given up on.

Part of me laughed knowingly; the ads were comical in their deception. When I read "fiercely loyal" I knew the seller really meant "known to bite." "Constant companion" meant "suffers separation anxiety," and "good watchdog" translated to "incessant barker." And when I saw "best offer," I knew too well that the desperate owner really was asking, "How much do I need to pay you to take this thing off my hands?" Part of me ached with sadness. I was not a quitter; I did not believe Jenny was a quitter, either. We were not the kind of people who pawned off our problems in the classifieds. Marley was undeniably a handful. He was nothing like the stately dogs both of us had grown up with. He had a host of bad habits and behaviors. Guilty as charged. He also had come a great distance from the spastic puppy we had brought home two years earlier. In his own flawed way, he was trying. Part of our journey as his owners was to mold him to our needs, but part also was to accept him for what he was. Not just to accept him, but to celebrate him and his indomitable canine spirit. We had brought into our home a living, breathing being, not a fashion accessory to prop in the corner. For better or worse, he was our dog. He was a part of our family, and, for all his flaws, he had returned our affection one hundredfold. Devotion such as his could not be bought for any price.

I was not ready to give up on him.

Even as I continued to make halfhearted inquiries about finding Marley a new home, I began working with him in earnest. My own private Mission: Impossible was to rehabilitate this dog and prove to Jenny he was worthy. Interrupted sleep be damned, I began rising at dawn, buckling Patrick into the jogging stroller, and heading down to the water to put Marley through the paces. Sit. Stay. Down. Heel. Over and over we practiced. There was a desperation to my mission, and Marley seemed to sense it. The stakes were different now; this was for real. In case he didn't fully understand that, I spelled it out for him more than once without mincing words: "We're not screwing around here, Marley. This is it. Let's go." And I would put him through the commands again, with my helper Patrick clapping and calling to his big yellow friend, "Waddy! Hee-O!"

By the time I reenrolled Marley in obedience school, he was a different dog from the juvenile delinquent I had first shown up with. Yes, still as wild as a boar, but this time he knew I was the boss and he was the underling. This time there would be no lunges toward other dogs (or at least not many), no out-of-control surges across the tarmac, no crashing into strangers' crotches. Through eight weekly sessions, I marched him through the commands on a tight leash, and he was happy—make that overjoyed—to cooperate. At our final meeting, the trainer—a relaxed woman who was the antithesis of Miss Dominatrix—called us forward. "Okay," she said, "show us what you've got."

I ordered Marley into a sit position, and he dropped neatly to his haunches. I raised the choker chain high around his throat and with a crisp tug of the lead ordered him to heel. We trotted across the parking lot and back, Marley at my side, his shoulder brushing my calf, just as the book said it should. I ordered him to sit again, and I stood directly in front of him and pointed my finger at his forehead. "Stay," I said calmly, and with the other hand I dropped his leash. I stepped backward several paces. His big brown eyes fixed on me, waiting for any small sign from me to release him, but he remained anchored. I walked in a 360-degree circle around him. He quivered with excitement and tried to rotate his head, Linda Blair–style, to watch me, but he did not budge. When I was back in front of him, just for kicks, I snapped my fingers and yelled, "Incoming!" He hit the deck like he was storming Iwo Jima. The teacher burst out laughing, a good sign. I turned my back on him and walked thirty feet away. I could feel his eyes burning into my back, but he held fast. He was quaking violently by the time I turned around to face him. The volcano was getting ready to blow. Then, spreading my feet into a wide boxer's stance in anticipation of what was coming, I said, "Marley . . ." I let his name hang in the air for a few seconds. "Come!" He shot at me with everything he had, and I braced for impact. At the last instant I deftly sidestepped him with a bullfighter's grace, and he blasted past me, then circled back and goosed me from behind with his nose.

"Good boy, Marley," I gushed, dropping to my knees. "Good, good, good boy! You a good boy!" He danced around me like we had just conquered Mount Everest together.

At the end of the evening, the instructor called us up and handed us our diploma. Marley had passed basic obedience training, ranking seventh in the class. So what if it was a class of eight and the eighth dog was a psychopathic pit bull that seemed intent on taking a human life at the first opportunity? I would take it. Marley, my incorrigible, untrainable, undisciplined dog, had passed. I was so proud I could have cried, and in fact I actually might have had Marley not leapt up and promptly eaten his diploma.

On the way home, I sang "We Are the Champions" at the top of my lungs. Marley, sensing my joy and pride, stuck his tongue in my ear. For once, I didn't even mind.

There was still one piece of unfinished business between Marley and me. I needed to break him of his worst habit of all: jumping on people. It didn't matter if it was a friend or a stranger, a child or an adult, the meter reader or the UPS driver. Marley greeted them the same way—by charging at them full speed, sliding across the floor, leaping up, and planting his two front paws on the person's chest or shoulders as he licked their face. What had been cute when he was a cuddly puppy had turned obnoxious, even terrifying for some recipients of his uninvited advances. He had knocked over children, startled guests, dirtied our friends' dress shirts and blouses, and nearly taken down my frail mother. No one appreciated it. I had tried without success to break him of jumping up, using standard dog-obedience techniques. The message was not getting through. Then a veteran dog owner I respected said, "You want to break him of that, give him a swift knee in the chest next time he jumps up on you."

"I don't want to hurt him," I said.

"You won't hurt him. A few good jabs with your knee, and I guarantee you he'll be done jumping."

It was tough-love time. Marley had to reform or relocate. The next night when I arrived home from work, I stepped in the front door and yelled, "I'm home!" As usual, Marley came barreling across the wood floors to greet me. He slid the last ten feet as though on ice, then lifted off to smash his paws into my chest and slurp at my face. Just as his paws made contact with me, I gave one swift pump of my knee, connecting in the soft spot just below his rib cage. He gasped slightly and slid down to the floor, looking up at me with a wounded expression, trying to figure out what had gotten into me. He had been jumping on me his whole life; what was with the sudden sneak attack?

The next night I repeated the punishment. He leapt, I kneed, he dropped to the floor, coughing. I felt a little cruel, but if I were going to save him from the classifieds, I knew I had to drive home the point. "Sorry, guy," I said, leaning down so he could lick me with all four paws on the ground. "It's for your own good."

The third night when I walked in, he came charging around the corner, going into his typical high-speed skid as he approached. This time, however, he altered the routine. Instead of leaping, he kept his paws on the ground and crashed headfirst into my knees, nearly knocking me over. I'd take that as a victory. "You did it, Marley! You did it! Good boy! You didn't jump up." And I got on my knees so he could slobber me without risking a sucker punch. I was impressed. Marley had bent to the power of persuasion.

The problem was not exactly solved, however. He may have been cured of jumping on me, but he was not cured of jumping on anyone else. The dog was smart enough to figure out that only I posed a threat, and he could still jump on the rest of the human race with impunity. I needed to widen my offensive, and to do that I recruited a good friend of mine from work, a reporter named Jim Tolpin. Jim was a mild-mannered, bookish sort, balding, bespectacled, and of slight build. If there was anyone Marley thought he could jump up on without consequence, it was Jim. At the office one day I laid out the plan. He was to come to the house after work, ring the doorbell, and then walk in. When Marley jumped up to kiss him, he was to give him all he had. "Don't be shy about it," I coached. "Subtlety is lost on Marley."

That night Jim rang the bell and walked in the door. Sure enough, Marley took the bait and raced at him, ears flying back. When Marley left the ground to leap up on him, Jim took my advice to heart. Apparently worried he would be too timid, he dealt a withering blow with his knee to Marley's solar plexus, knocking the wind out of him. The thud was audible across the room. Marley let out a loud moan, went bug-eyed, and sprawled on the floor.

"Jesus, Jim," I said. "Have you been studying kung fu?"

"You told me to make him feel it," he answered.

He had. Marley got to his feet, caught his breath, and greeted Jim the way a dog should—on all four paws. If he could have talked, I swear he would have cried uncle. Marley never again jumped up on anyone, at least not in my presence, and no one ever kneed him in the chest or anywhere else again.

One morning, not long after Marley abandoned his jumping habit, I woke up and my wife was back. My Jenny, the woman I loved who had disappeared into that unyielding blue fog, had returned to me. As suddenly as the postpartum depression had swept over her, it swept away again. It was as if she had been exorcised of her demons. They were gone. Blessedly gone. She was strong, she was upbeat, she was not only coping as a young mother of two, but thriving. Marley was back in her good graces, safely on solid ground. With a baby in each arm, she leaned to kiss him. She threw him sticks and made him gravy from hamburger drippings. She danced him around the room when a good song came on the stereo. Sometimes at night when he was calm, I would find her lying on the floor with him, her head resting on his neck. Jenny was back. Thank God, she was back.

CHAPTER 16

The Audition

Some things in life are just too bizarre to be anything but true, so when Jenny called me at the office to tell me Marley was getting a film audition, I knew she couldn't be making it up. Still, I was in disbelief. "A what?" I asked.

"A film audition."

"Like for a movie?"

"Yes, like for a movie, dumbo," she said. "A feature-length movie."

"Marley? A feature-length movie?"

We went on like this for some time as I tried to reconcile the image of our lug-head chewer of ironing boards with the image of a proud successor to Rin Tin Tin leaping across the silver screen, pulling helpless children from burning buildings.

"Our Marley?" I asked one more time, just to be sure.

It was true. A week earlier, Jenny's supervisor at the *Palm Beach Post* called and said she had a friend who needed to ask a favor of us. The friend was a local photographer named Colleen McGarr who had been hired by a New York City film-production company called the Shooting Gallery to help with a movie they planned to make in Lake Worth, the town just south of us. Colleen's job was to find a "quintessential South Florida household" and photograph it top to bottom—the bookshelves, the refrigerator magnets, the closets, you name it—to help the directors bring realism to the film.

"The whole set crew is gay," Jenny's boss told her. "They're trying to figure out how married couples with kids live around here."

"Sort of like an anthropological case study," Jenny said.

"Exactly."

"Sure," Jenny agreed, "as long as I don't have to clean first."

Colleen came over and started photographing, not just our possessions but us, too. The way we dressed, the way we wore our hair, the way we slouched on the couch. She photographed toothbrushes on the sink. She photographed the babies in their cribs. She photographed the quintessentially heterosexual couple's eunuch dog, too. Or at least what she could catch of him on film. As she observed, "He's a bit of a blur."

Marley could not have been more thrilled to participate. Ever since babies had invaded, Marley took his affection where he could find it. Colleen could have jabbed him with a cattle prod; as long as he was getting some attention, he was okay with it. Colleen, being a lover of large animals and not intimidated by saliva showers, gave him plenty, dropping to her knees to wrestle with him.

As Colleen clicked away, I couldn't help thinking of the possibilities. Not only were we supplying raw anthropological data to the filmmakers, we were essentially being given our own personal casting call. I had heard that most of the secondary actors and all of the extras for this film would be hired locally. What if the director spotted a natural star amid the kitchen magnets and poster art? Stranger things had happened.

I could just picture the director, who in my fantasy looked a lot like Steven Spielberg, bent over a large table scattered with hundreds of photographs. He flips impatiently through them, muttering, "Garbage! Garbage! This just won't do." Then he freezes over a single snapshot. In it a rugged yet sensitive, quintessentially heterosexual male goes about his family-man business. The director stubs his finger heavily into the photo and shouts to his assistants, "Get me this man! I must have him for my film!" When they finally track me down, I at first humbly demur before finally agreeing to take the starring role. After all, the show must go on.

Colleen thanked us for opening our home to her and left. She gave us no reason to believe she or anyone else associated with the movie would be calling back. Our duty was now fulfilled. But a few days later when Jenny called me at work to say, "I just got off the phone with Colleen McGarr, and you are NOT going to believe it," I had no doubt whatsoever that I had just been discovered. My heart leapt. "Go on," I said.

"She says the director wants Marley to try out."

"Marley?" I asked, certain I had misheard. She didn't seem to notice the dismay in my voice.

"Apparently, he's looking for a big, dumb, loopy dog to play the role of the family pet, and Marley caught his eye."

"Loopy?" I asked.

"That's what Colleen says he wants. Big, dumb, and loopy."

Well, he had certainly come to the right place. "Did Colleen mention if he said anything about me?" I asked.

"No," Jenny said. "Why would he?"

Colleen picked Marley up the next day. Knowing the importance of a good entrance, he came racing through the living room to greet her at full bore, pausing only long enough to grab the nearest pillow in his teeth because you never knew when a busy film director might need a quick nap, and if he did, Marley wanted to be ready.

When he hit the wood floor, he flew into a full skid, which did not stop until he hit the coffee table, went airborne, crashed into a chair, landed on his back, rolled, righted himself, and collided head-on with Colleen's legs. At least he didn't jump up, I noted.

"Are you sure you don't want us to sedate him?" Jenny asked.

The director would want to see him in his unbridled, unmedicated state, Colleen insisted, and off she went with our desperately happy dog beside her in her red pickup truck.

Two hours later Colleen and Company were back and the verdict was in: Marley had passed the audition. "Oh, shut up!" Jenny shrieked. "No way!" Our elation was not dampened a bit when Colleen told us Marley was the only one up for the part. Nor when she broke the news that his would be the only nonpaying role in the movie.

I asked her how the audition went.

"I got Marley in the car and it was like driving in a Jacuzzi," she said. "He was slobbering on everything. By the time I got him there, I was drenched." When they arrived at production headquarters at the GulfStream Hotel, a faded tourist landmark from an earlier era overlooking the Intracoastal Waterway, Marley immediately impressed the crew by jumping out of the truck and tearing around the parking lot in random patterns as if expecting the aerial bombing to commence at any moment. "He was just berserk," she recounted, "completely mental."

"Yeah, he gets a little excited," I said.

At one point, she said, Marley grabbed the checkbook out of a crew member's hand and raced away, running a series of tight figure-eights to nowhere, apparently determined this was one way to guarantee a paycheck.

"We call him our Labrador evader," Jenny apologized with the kind of smile only a proud mother can give.

Marley eventually calmed down enough to convince everyone he could do the part, which was basically to just play himself. The movie was called *The Last Home Run,* a baseball fantasy in which a seventy-nine-year-old nursing home resident becomes a twelve-year-old for five days to live his dream of playing Little League ball. Marley was cast as the hyperactive family dog of the Little League coach, played by retired major-league catcher Gary Carter.

"They really want him to be in their movie?" I asked, still incredulous.

"Everyone loved him," Colleen said. "He's perfect."

In the days leading up to shooting, we noticed a certain subtle change in Marley's bearing. A strange calm had come over him. It was as if passing the audition had given him new confidence. He was almost regal. "Maybe he just needed someone to believe in him," I told Jenny.

If anyone believed, it was her, Stage Mom Extraordinaire. As the first day of filming approached, she bathed him. She brushed him. She clipped his nails and swabbed out his ears.

On the morning shooting was to begin, I walked out of the bedroom to find Jenny and Marley tangled together as if locked in mortal combat, bouncing across the room. She was straddling him with her knees tightly hugging his ribs and one hand grasping the end of his choker chain as he bucked and lurched. It was like having a rodeo right in my own living room. "What in God's name are you doing?" I asked.

"What's it look like?" she shot back. "Brushing his teeth!"

Sure enough, she had a toothbrush in the other hand and was doing her best to scrub his big white ivories as Marley, frothing prodigiously at the mouth, did his best to eat the toothbrush. He looked positively rabid.

"Are you using toothpaste?" I asked, which of course begged the bigger question, "And how exactly do you propose getting him to spit it out?"

"Baking soda," she answered.

"Thank God," I said. "So it's *not* rabies?"

An hour later we left for the GulfStream Hotel, the boys in their car seats and Marley between them, panting away with uncharacteristically fresh breath. Our instructions were to arrive by 9:00 A.M., but a block away, traffic came to a standstill. Up ahead the road was barricaded and a police officer was diverting traffic away from the hotel. The filming had been covered at length in the newspapers—the biggest event to hit sleepy Lake Worth since *Body Heat* was filmed there fifteen years earlier—and a crowd of spectators had turned out to gawk. The police were keeping everyone away. We inched forward in traffic, and when we finally got up to the officer I leaned out the window and said, "We need to get through."

"No one gets through," he said. "Keep moving. Let's go."

"We're with the cast," I said.

He eyed us skeptically, a couple in a minivan with two toddlers and family pet in tow. "I said move it!" he barked.

"Our dog is in the film," I said.

Suddenly he looked at me with new respect. "You have the dog?" he asked. The dog was on his checklist.

"I have the dog," I said. "Marley the dog."

"Playing himself," Jenny chimed in.

He turned around and blew his whistle with great fanfare. "He's got the dog!" he shouted to a cop a half block down. "Marley the Dog!"

And that cop in turn yelled to someone else, "He's got the dog! Marley the Dog's here!"

"Let 'em through!" a third officer shouted from the distance.

"Let 'em through!" the second cop echoed.

The officer moved the barricade and waved us through. "Right this way," he said politely. I felt like royalty. As we rolled past him he said once again, as if he couldn't quite believe it, "He's got the dog."

In the parking lot outside the hotel, the film crew was ready for action. Cables crisscrossed the pavement; camera tripods and microphone booms were set up. Lights hung from scaffolding. Trailers held racks of costumes. Two large tables of food and drinks were set up in the shade for cast and crew. Important-looking people in sunglasses bustled about. Director Bob Gosse greeted us and gave us a quick rundown of the scene to come. It was simple enough. A minivan pulls up to the curb, Marley's make-believe owner, played by the actress Liza Harris, is at the wheel. Her daughter, played by a cute teenager named Danielle from the local performing-arts school, and son, another local budding actor not older than nine, are in the back with their family dog, played by Marley. The daughter opens the sliding door and hops out; her brother follows with Marley on a leash. They walk off camera. End of scene.

"Easy enough," I told the director. "He should be able to handle that, no problem." I pulled Marley off to the side to wait for his cue to get into the van.

"Okay, people, listen up," Gosse told the crew. "The dog's a little nutty, all right? But unless he completely hijacks the scene, we're going to keep rolling." He explained his thinking: Marley was the real thing—a typical family dog—and the goal was to capture him behaving as a typical family dog would behave on a typical family outing. No acting or coaching; pure cinema verité. "Just let him do his thing," he coached, "and work around him."

When everyone was set to go, I loaded Marley into the van and handed his nylon leash to the little boy, who looked terrified of him. "He's friendly," I told him. "He'll just want to lick you. See?" I stuck my wrist into Marley's mouth to demonstrate.

Take one: The van pulls to the curb. The instant the daughter slides open the side door, a yellow streak shoots out like a giant fur ball being fired from a cannon and blurs past the cameras trailing a red leash.

"Cut!"

I chased Marley down in the parking lot and hauled him back.

"Okay, folks, we're going to try that again," Gosse said. Then to the boy he coached gently, "The dog's pretty wild. Try to hold on tighter this time."

Take two. The van pulls to the curb. The door slides open. The daughter is just beginning to exit when Marley huffs into view and leaps out past her, this time dragging the white-knuckled and white-faced boy behind him.

"Cut!"

Take three. The van pulls up. The door slides open. The daughter exits. The boy exits, holding the leash. As he steps away from the van the leash pulls taut, stretching back inside, but no dog follows. The boy begins to tug, heave, and pull. He leans into it and gives it everything he has. Not a budge. Long, painfully empty seconds pass. The boy grimaces and looks back at the camera.

"Cut!"

I peered into the van to find Marley bent over licking himself where no male was ever meant to lick. He looked up at me as if to say, *Can't you see I'm busy?*

Take four: I load Marley into the back of the van with the boy and shut the door. Before Gosse calls "Action!" he breaks for a few minutes to confer with his assistants. Finally, the scene rolls. The van pulls to the curb. The door slides open. The daughter steps out. The boy steps out, but with a bewildered look on his face. He peers directly into the camera and holds up his hand. Dangling from it is half the leash, its end jagged and wet with saliva.

"Cut! Cut! Cut!"

The boy explained that as he waited in the van, Marley began gnawing on the leash and wouldn't stop. The crew and cast were staring at the severed leash in disbelief, a mix of awe and horror on their faces as though they had just witnessed some great and mysterious force of nature. I, on the other hand, was not surprised in the least. Marley had sent more leashes and ropes to their graves than I could count; he even managed to chew his way through a rubber-coated steel cable that was advertised "as used in the airline industry." Shortly after Conor was born, Jenny came home with a new product, a doggie travel harness that allowed her to buckle Marley into a car seat belt so he couldn't wander around the moving vehicle. In the first ninety seconds using the new device, he managed to chew through not only the heavy harness itself but the shoulder strap of our brand-new minivan.

"Okay, everybody, let's take a break!" Gosse called out. Turning to me, he asked—in an amazingly calm voice—"How quickly can you find a new leash?" He didn't have to tell me how much each lost minute cost him as his union-scale actors and crew sat idle.

"There's a pet store a half mile from here," I said. "I can be back in fifteen minutes."

"And this time get something he can't chew through," he said.

I returned with a heavy chain leash that looked like something a lion trainer might use, and the filming continued, take after failed take. Each scene was worse than the one before. At one point, Danielle the teenage actress let out a desperate shriek mid-scene and screamed with true horror in her voice, "Oh my God! His thing is out!"

"Cut!"

In another scene, Marley was panting so loudly at Danielle's feet as she spoke on the telephone to her love interest that the sound engineer flipped off his headphones in disgust and complained loudly, "I can't hear a word she's saying. All I hear is heavy breathing. It sounds like a porn flick."

"Cut!"

So went day 1 of shooting. Marley was a disaster, unmitigated and without redemption. Part of me was defensive—*Well, what did they expect for free? Benji?*—and part was mortified. I self-consciously stole glances at the cast and crew and could see it plainly on their faces: *Where did this animal come from, and how can we send him back?* At the end of the day one of the assistants, clipboard in hand, told us the shooting lineup was still undecided for the next morning. "Don't bother coming in tomorrow," he said. "We'll call if we need Marley." And to ensure there was no confusion, he repeated: "So unless you hear from us, don't show up. Got it?" Yeah, I got it, loud and clear. Gosse had sent his underling to do the dirty work. Marley's fledgling acting career was over. Not that I could blame them. With the possible exception of that scene in *The Ten Commandments* where Charlton Heston parts the Red Sea, Marley had presented the biggest logistical nightmare in the history of cinema. He had caused who knows how many thousands of dollars in needless delays and wasted film. He had slimed countless costumes, raided the snack table, and nearly toppled a thirty-thousand-dollar camera. They were cutting their losses, writing us out. It was the old "Don't call us, we'll call you" routine.

"Marley," I said when we got home, "your big chance and you really blew it."

The next morning I was still fretting over our dashed dreams of stardom when the phone rang. It was the assistant, telling us to get Marley to the hotel as soon as possible. "You mean you want him back?" I asked.

"Right away," he said. "Bob wants him in the next scene."

I arrived thirty minutes later, not quite believing they had invited us back. Gosse was ebullient. He had watched the raw footage from the day before and couldn't have been happier. "The dog was hysterical!" he gushed. "Just hilarious. Pure madcap genius!" I could feel myself standing taller, chest puffing out.

"We always knew he was a natural," Jenny said.

Shooting continued around Lake Worth for several more days,

and Marley continued to rise to the occasion. We hovered in the wings with the other stage parents and hangers-on, chatting, socializing, and then falling abruptly silent whenever the stagehand yelled, "Ready on set!" When the word "Cut!" rang out, the party continued. Jenny even managed to get Gary Carter and Dave Winfield, the Baseball Hall of Fame all-star who was making a cameo in the movie, to sign baseballs for each of the boys.

Marley was lapping up stardom. The crew, especially the women, fawned over him. The weather was brutally hot, and one assistant was assigned the exclusive duty of following Marley around with a bowl and a bottle of spring water, pouring him drinks at will. Everyone, it seemed, was feeding him snacks off the buffet table. I left him with the crew for a couple of hours while I checked in at work, and when I returned I found him sprawled out like King Tut, paws in the air, accepting a leisurely belly rub from the strikingly gorgeous makeup artist. "He's such a lover!" she cooed.

Stardom was starting to go to my head, too. I began introducing myself as "Marley the Dog's handler" and dropping lines such as "For his next movie, we're hoping for a barking part." During one break in the shooting, I walked into the hotel lobby to use the pay phone. Marley was off his leash and sniffing around the furniture several feet away. A concierge, apparently mistaking my star for a stray, intercepted him and tried to hustle him out a side door. "Go home!" he scolded. "Shoo!"

"Excuse me?" I said, cupping my hand over the mouthpiece of the phone and leveling the concierge with my most withering stare. "Do you have any idea who you're talking to?"

We remained on the set for four straight days, and by the time we were told Marley's scenes were all completed and his services no longer needed, Jenny and I both felt we were part of the Shooting Gallery family. Granted, the only unpaid members of the family, but members nonetheless. "We love you guys!" Jenny blurted out to all within earshot as we herded Marley into the minivan. "Can't wait to see the final cut!"

But wait we did. One of the producers told us to give them eight months and then call and they'd mail us an advance copy. After eight months when I called, however, a front-desk person put me on hold and returned several minutes later to say, "Why don't you try in another couple months?" I waited and tried, waited and tried, but each time was put off. I started feeling like a stalker, and I could imagine the receptionist, hand cupped over the phone, whispering to Gosse at the editing table, "It's that crazy dog guy again. What do you want me to tell him this time?"

Eventually I stopped calling, resigned that we would never see *The Last Home Run,* convinced that no one ever would, that the project had been abandoned on the editing-room floor on account of the overwhelming challenges of trying to edit that damn dog out of every scene. It would be two full years later before I would finally get my chance to see Marley's acting skills.

I was in Blockbuster when on a whim I asked the clerk if he knew anything about a movie called *The Last Home Run.* Not only did he know about it; he had it in stock. In fact, as luck would have it, not a single copy was checked out.

Only later would I learn the whole sad story. Unable to attract a national distributor, the Shooting Gallery had no choice but to relegate Marley's movie debut to that most ignoble of celluloid fates. *The Last Home Run* had gone straight to video. I didn't care. I raced home with a copy and yelled to Jenny and the kids to gather round the VCR. All told, Marley was on-screen for less than two minutes, but I had to say they were two of the livelier minutes in the film. We laughed! We cried! We cheered!

"Waddy, that you!" Conor screamed.

"We're famous!" Patrick yelled.

Marley, never one to get hung up on pretenses, seemed unimpressed. He yawned and crawled beneath the coffee table. By the time the end credits rolled, he was sound asleep. We waited with breath held as the names of all the actors of the two-legged variety had scrolled by. For a minute, I thought our dog was not going to merit a credit. But then there it was, listed in big letters across the screen for all to see: "Marley the Dog . . . As Himself."

CHAPTER 17

In the Land of Bocahontas

One month after filming ended for *The Last Home Run,* we said good-bye to West Palm Beach and all the memories it held. There had been two more murders within a block of our home, but in the end it was clutter, not crime, that drove us from our little bungalow on Churchill Road. With two children and all the accoutrements that went with them, we were packed, quite literally, to the rafters. The house had taken on the pallid sheen of a Toys "R" Us factory outlet. Marley was ninety-seven pounds, and he could not turn around without knocking something over. Ours was a two-bedroom house, and we foolishly thought the boys could share the second room. But when they kept waking each other up, doubling our nocturnal adventures, we moved Conor out to a narrow space between the kitchen and the garage. Officially, it was my "home office," where I played guitar and paid bills. To anyone who saw it, though, there was really no sugarcoating it: We had moved our baby out into the breezeway. It sounded horrible. A breezeway was just a half step up from a garage, which, in turn, was nearly synonymous with a barn. And what kind of parents would raise their boy in a barn? A breezeway had a certain unsecured sound to it: a place open to the wind—and anything else that might blow in. Dirt, allergens, stinging insects, bats, criminals, perverts. A breezeway was where you would expect to find the garbage cans and wet tennis shoes. And in fact it was the place where we kept Marley's food and water bowls, even after Conor took up residence there, not because it was a space fit only for an animal but simply because that's where Marley had come to expect them.

Our breezeway-cum-nursery sounded Dickensian, but it really wasn't that bad; it was almost charming. Originally, it was built as a covered, open-air pass-through between the house and garage, and the previous owners had closed it in years earlier. Before declaring it a nursery, I replaced the old leaky jalousies with modern, tight-fitting windows. I hung new blinds and applied a fresh coat of paint. Jenny covered the floor with soft rugs, hung cheerful drawings, and dangled whimsical mobiles from the ceiling. Still, how did it look? Our son was sleeping in the breezeway while the dog had full run of the master bedroom.

Besides, Jenny was now working half-time for the *Post*'s feature section, and mostly from home, as she attempted to juggle children and career. It only made sense for us to relocate closer to my office. We agreed it was time to move.

Life is full of little ironies, and one of them was the fact that, after months of searching, we settled on a house in the one South Florida city I took the greatest glee in publicly ridiculing. That place was Boca Raton, which, translated from the Spanish, means literally "Mouth of the Rat." And what a mouth it was.

Boca Raton was a wealthy Republican bastion largely populated with recent arrivals from New Jersey and New York. Most of the money in town was new money, and most of those who had it didn't know how to enjoy it without making fools of themselves. Boca Raton was a land of luxury sedans, red sports cars, pink stucco mansions crammed onto postage-stamp lots, and balkanized walled developments with guards at the gates. The men favored linen pants and Italian loafers sans socks and spent inordinate amounts of time making important-sounding cell-phone calls to one another. The women were tanned to the consistency of the Gucci leather bags they favored, their burnished skin set off by hair dyed alarming shades of silver and platinum.

The city crawled with plastic surgeons, and they had the biggest homes and most radiant smiles of all. For Boca's well-preserved women, breast implants were a virtual requirement of residency. The younger women all had magnificent boob jobs; the older women all had magnificent boob jobs *and* face-lifts. Butt sculpting, nose jobs, tummy tucks, and tattooed mascara rounded out the cosmetic lineup, giving the city's female population the odd appearance of being foot soldiers in an army of anatomically correct inflatable dolls. As I once sang in a song I wrote for a press skit, "Liposuction and silicone, a girl's best friends in Boca Raton."

In my column I had been poking fun at the Boca lifestyle, starting with the name itself. Residents of Boca Raton never actually called their city Boca Raton. They simply referred to it by the familiar "Boca." And they did not pronounce it as the dictionary said they should, with a long *O, BO-kuh*. Rather they gave it a soft, nasal, Jersey-tinged inflection. It was *BOHW-kuh!* as in, "Oh, the manicured shrubbery is *bew-tee-ful* here in *BOHW-kuh!*"

The Disney movie *Pocahontas* was in the theaters then, and I launched a running spoof on the Indian-princess theme, which I titled "Bocahontas." My gold-draped protagonist was an indigenous suburban princess who drove a pink BMW, her rock-hard, surgically enhanced breasts jutting into the steering wheel, allowing her to drive hands-free, talking on her cell phone and teasing her frosted hair in the rearview mirror as she raced to the tanning salon. Bocahontas lived in a pastel designer wigwam, worked out each morning at the tribal gym—but only if she could find parking within ten feet of the front door—and spent her afternoons stalking wild furs, trusty AmEx card in hand, at the ceremonial hunting grounds known as Town Center Mall.

"Bury my Visa at Mizner Park," Bocahontas intones solemnly in one of my columns, a reference to the city's toniest shopping strip. In another, she adjusts her buckskin Wonderbra and campaigns to make cosmetic surgery tax-deductible.

My characterization was cruel. It was uncharitable. It was only slightly exaggerated. Boca's real-life Bocahontases were the biggest fans of those columns, trying to figure out which of them had inspired my fictional heroine. (I'll never tell.) I was frequently invited to speak before social and community groups and invariably someone would stand up and ask, "Why do you hate *BOHW-kuh* so much?" It wasn't that I hated Boca, I told them; it was just that I loved high farce. No place on earth delivered it quite like the pretty-in-pink Mouth of the Rat.

So it only made sense that when Jenny and I finally settled on a house, it was located at ground zero of the Boca experience, midway between the waterfront estates of east Boca Raton and the snooty gated communities of west Boca Raton (which, I relished pointing out to the very zip-code-conscious residents, fell outside the city limits in unincorporated Palm Beach County). Our new neighborhood was in one of the few middle-class sections in the city, and its residents liked to joke with a certain reverse snobbery that they were on the wrong side of both sets of tracks. Sure enough, there were two sets of railroad tracks, one defining the eastern boundary of the neighborhood and one the western. At night you could lie in bed and listen to the freight trains moving through on their way to and from Miami.

"Are you crazy?" I said to Jenny. "We can't move to Boca! I'll be run out of town on a rail. They'll serve my head up on a bed of organic mesclun greens."

"Oh, come on," she said. "You're exaggerating again."

My paper, the *Sun-Sentinel,* was the dominant newspaper in Boca Raton, far outpacing the *Miami Herald,* the *Palm Beach Post,* or even the local *Boca Raton News* in circulation. My work was widely read in the city and its western developments, and because my photograph appeared above my column, I was frequently recognized. I didn't think I was exaggerating. "They'll skin me alive and hang my carcass in front of Tiffany's," I said.

But we had been looking for months, and this was the first house that met all our criteria. It was the right size at the right price and in the right place, strategically located between the two offices where I split my time. The public schools were about as good as public schools got in South Florida, and for all its superficialities, Boca Raton had an excellent park system, including some of the most pristine ocean beaches in the Miami–Palm Beach metropolitan area. With more than a little trepidation, I agreed to go forward with the purchase. I felt like a not-so-secret agent infiltrating the enemy's encampment. The barbarian was about to slip inside the gate, an unapologetic Boca-basher crashing the Boca garden party. Who could blame them for not wanting me?

When we first arrived, I slinked around town self-consciously, convinced all eyes were on me. My ears burned, imagining people were whispering as I passed. After I wrote a column welcoming myself to the neighborhood (and eating a fair amount of crow in the process), I received a number of letters saying things like "You trash our city and now you want to live here? What a shameless hypocrite!" I had to admit, they made a point. An ardent city booster I knew from work couldn't wait to confront me. "So," he said gleefully, "you decided tacky Boca isn't such a bad place after all, huh? The parks and the tax rate and the schools and beaches and zoning, all that's not so bad when it comes time to buy a house, is it?" All I could do was roll over and cry uncle.

I soon discovered, however, that most of my neighbors here on the wrong side of both sets of tracks were sympathetic to my written assaults on what one of them called "the gauche and vulgar among us." Pretty soon I felt right at home.

Our house was a 1970s-vintage four-bedroom ranch with twice the square footage of our first home and none of the charm. The place had potential, though, and gradually we put our mark on it. We ripped up the wall-to-wall shag carpeting and installed oak floors in the living room and Italian tile everywhere else. We replaced the ugly sliding glass doors with varnished French doors, and I slowly turned the bereft front yard into a tropical garden teeming with gingers and heliconias and passion vines that butterflies and passersby alike stopped to drink in.

The two best features of our new home had nothing to do with the house itself. Visible from our living room window was a small city park filled with playground equipment beneath towering pines. The children adored it. And in the backyard, right off the new French doors, was an in-ground swimming pool. We hadn't wanted a pool, worrying about the risk to our two toddlers, and Jenny made our Realtor blanch when she suggested filling it in. Our first act on the day we moved in was to surround the pool with a four-foot-high fence worthy of a maximum-security prison. The boys—Patrick had just turned three and Conor eighteen months when we arrived—took to the water like a pair of dolphins. The park became an extension of our backyard and the pool an extension of the mild season we so cherished. A swimming pool in Florida, we soon learned, made the difference between barely enduring the withering summer months and actually enjoying them.

No one loved the backyard pool more than our water dog, that proud descendant of fishermen's retrievers plying the ocean swells off the coast of Newfoundland. If the pool gate was open, Marley would charge for the water, getting a running start from the family room, going airborne out the open French doors and, with one bounce off the brick patio, landing in the pool on his belly with a giant flop that sent a geyser into the air and waves over the edge. Swimming with Marley was a potentially life-threatening adventure, a little like swimming with an ocean liner. He would come at you full speed ahead, his paws flailing out in front of him. You'd expect him to veer away at the last minute, but he would simply crash into you and try to climb aboard. If you were over your head, he pushed you beneath the surface. "What do I look like, a dock?" I would say, and cradle him in my arms to let him catch his breath, his front paws still paddling away on autopilot as he licked the water off my face.

One thing our new house did not have was a Marley-proof bunker. At our old house, the concrete one-car garage was pretty much indestructible, and it had two windows, which kept it tolerably comfortable even in the dead of summer. Our Boca house had a two-car garage, but it was unsuitable for housing Marley or any other life-form that could not survive temperatures above 150 degrees. The garage had no windows and was stiflingly hot. Besides, it was finished in drywall, not concrete, which Marley had already proved himself quite adept at pulverizing. His thunder-induced panic attacks were only getting worse, despite the tranquilizers.

The first time we left him alone in our new house, we shut him in the laundry room, just off the kitchen, with a blanket and a big bowl of water. When we returned a few hours later, he had scratched up the door. The damage was minor, but we had just mortgaged our lives for the next thirty years to buy this house, and we knew it didn't bode well. "Maybe he's just getting used to his new surroundings," I offered.

"There's not even a cloud in the sky," Jenny observed skeptically. "What's going to happen the first time a storm hits?"

The next time we left him alone, we found out. As thunder-heads rolled in, we cut our outing short and hurried home, but it was too late. Jenny was a few steps ahead of me, and when she opened the laundry-room door she stopped short and uttered, "Oh my God." She said it the way you would if you had just dis-covered a body hanging from the chandelier. Again: "Oh . . . My . . . God." I peeked in over her shoulder, and it was uglier than I had feared. Marley was standing there, panting frantically, his paws and mouth bleeding. Loose fur was everywhere, as though the thunder had scared the hair right out of his coat. The damage was worse than anything he had done before, and that was saying a lot. An entire wall was gouged open, obliterated clear down to the studs. Plaster and wood chips and bent nails were every-where. Electric wiring lay exposed. Blood smeared the floor and the walls. It looked, literally, like the scene of a shotgun homicide.

"Oh my God," Jenny said a third time.

"Oh my God," I repeated. It was all either of us could say.

After several seconds of just standing there mute, staring at the carnage, I finally said, "Okay, we can handle this. It's all fixable." Jenny shot me her look; she had seen my repairs. "I'll call a dry-wall guy and have it professionally repaired," I said. "I won't even try to do this one myself." I slipped Marley one of his tranquilizers and worried silently that this latest destructive jag might just throw Jenny back into the funk she had sunk into after Conor's birth. Those blues, however, seemed to be long behind her. She was surprisingly philosophical about it.

"A few hundred bucks and we'll be good as new," she chirped.

"That's what I'm thinking, too," I said. "I'll give a few extra speeches to bring in some cash. That'll pay for it."

Within a few minutes, Marley was beginning to mellow. His eyelids grew heavy and his eyes deeply bloodshot, as they always did when he was doped up. He looked like he belonged at a Grateful Dead concert. I hated to see him this way, I always hated it, and always resisted sedating him. But the pills helped him move past the terror, past the deadly threat that existed only in his mind. If he were human, I would call him certifiably psychotic. He was delusional, paranoid, convinced a dark, evil force was coming from the heavens to take him. He curled up on the rug in front of the kitchen sink and let out a deep sigh. I knelt beside him and stroked his blood-caked fur. "Geez, dog," I said. "What are we going to do with you?" Without lifting his head, he looked up at me with those bloodshot stoner eyes of his, the saddest, most mournful, eyes I have ever seen, and just gazed at me. It was as if he were trying to tell me something, something important he needed me to understand. "I know," I said. "I know you can't help it."

The next day Jenny and I took the boys with us to the pet store and bought a giant cage. They came in all different sizes, and when I described Marley to the clerk he led us to the largest of them all. It was enormous, big enough for a lion to stand up and turn around in. Made out of heavy steel grating, it had two bolt-action barrel locks to hold the door securely shut and a heavy steel pan for a floor. This was our answer, our own portable Alcatraz. Conor and Patrick both crawled inside and I slid the bolts shut, locking them in for a moment. "What do you guys think?" I asked. "Will this hold our Superdog?"

Conor teetered at the cage door, his fingers through the bars like a veteran inmate, and said, "Me in jail."

"Waddy's going to be our prisoner!" Patrick chimed in, delighted at the prospect.

Back home, we set up the crate next to the washing machine. Portable Alcatraz took up nearly half the laundry room. "Come here, Marley!" I called when it was fully assembled. I tossed a Milk-Bone in and he happily pranced in after it. I closed and bolted the door behind him, and he stood there chewing his treat, unfazed by the new life experience he was about to enter, the one known in mental-health circles as "involuntary commitment."

"This is going to be your new home when we're away," I said cheerfully. Marley stood there panting contentedly, not a trace of concern on his face, and then he lay down and let out a sigh. "A good sign," I said to Jenny. "A very good sign."

That evening we decided to give the maximum-security dog-containment unit a test run. This time I didn't even need a Milk-Bone to lure Marley in. I simply opened the gate, gave a whistle, and in he walked, tail banging the metal sides. "Be a good boy, Marley," I said. As we loaded the boys into the minivan to go out to dinner, Jenny said, "You know something?"

"What?" I asked.

"This is the first time since we got him that I don't have a pit in my stomach leaving Marley alone in the house," she said. "I never even realized how much it put me on edge until now."

"I know what you mean," I said. "It was always a guessing game: 'What will our dog destroy this time?' "

"Like, 'How much will this little night out at the movies cost us?' "

"It was like Russian roulette."

"I think that crate is going to be the best money we ever spent," she said.

"We should have done this a long time ago," I agreed. "You can't put a price on peace of mind."

We had a great dinner out, followed by a sunset stroll on the beach. The boys splashed in the surf, chased seagulls, threw fistfuls of sand in the water. Jenny was uncharacteristically relaxed. Just knowing Marley was safely secured inside Alcatraz, unable to hurt himself or anything else, was a balm. "What a nice outing this has been," she said as we walked up the front sidewalk to our house.

I was about to agree with her when I noticed something in

my peripheral vision, something up ahead that wasn't quite right. I turned my head and stared at the window beside the front door. The miniblinds were shut, as they always were when we left the house. But about a foot up from the bottom of the window the metal slats were bent apart and something was sticking through them.

Something black. And wet. And pressed up against the glass. "What the—?" I said. "How could . . . Marley?"

When I opened the front door, sure enough, there was our one-dog welcoming committee, wiggling all over the foyer, pleased as punch to have us home again. We fanned out across the house, checking every room and closet for telltales of Marley's unsupervised adventure. The house was fine, untouched. We converged on the laundry room. The crate's door stood wide open, swung back like the stone to Jesus' tomb on Easter morning. It was as if some secret accomplice had snuck in and sprung our inmate. I squatted down beside the cage to have a closer look. The two bolt-action barrel locks were slid back in the open position, and—a significant clue—they were dripping with saliva. "It looks like an inside job," I said. "Somehow Houdini here licked his way out of the Big House."

"I can't believe it," Jenny said. Then she uttered a word I was glad the children were not close enough to hear.

We always fancied Marley to be as dumb as algae, but he had been clever enough to figure out how to use his long, strong tongue through the bars to slowly work the barrels free from their slots. He had licked his way to freedom, and he proved over the coming weeks that he was able to easily repeat the trick whenever he wanted. Our maximum-security prison had in fact turned out to be a halfway house. Some days we would return to find him resting peacefully in the cage; other days he'd be waiting at the front window. Involuntary commitment was not a concept Marley was going to take lying down.

We took to wiring both locks in place with heavy electrical cable. That worked for a while, but one day, with distant rumbles on
the horizon, we came home to find that the bottom corner of the
cage's gate had been peeled back as though with a giant can
opener, and a panicky Marley, his paws again bloodied, was firmly
stuck around the rib cage, half in and half out of the tight opening. I bent the steel gate back in place as best I could, and we began wiring not only the slide bolts in place but all four corners of
the door as well. Pretty soon we were reinforcing the corners of
the cage itself as Marley continued to put his brawn into busting
out. Within three months the gleaming steel cage we had thought
so impregnable looked like it had taken a direct hit from a how-
itzer. The bars were twisted and bent, the frame pried apart, the
door an ill-fitting mess, the sides bulging outward. I continued to
reinforce it as best I could, and it continued to hold tenuously
against Marley's full-bodied assaults. Whatever false sense of security the contraption had once offered us was gone. Each time we
left, even for a half hour, we wondered whether this would be the
time that our manic inmate would bust out and go on another
couch-shredding, wall-gouging, door-eating rampage. So much for
peace of mind.

CHAPTER 18

Alfresco Dining

Marley didn't fit into the Boca Raton scene any better than I did. Boca had (and surely still has) a disproportionate share of the world's smallest, yappiest, most pampered dogs, the kind of pets that the Bocahontas set favored as fashion accessories. They were precious little things, often with bows in their fur and cologne spritzed on their necks, some even with painted toenails, and you would spot them in the most unlikely of places—peeking out of a designer handbag at you as you waited in line at the bagel shop; snoozing on their mistresses' towels at the beach; leading the charge on a rhinestone-studded leash into a pricey antiques store. Mostly, you could find them cruising around town in Lexuses, Mercedes-Benzes, and Jaguars, perched aristocratically behind the steering wheels on their owners' laps. They were to Marley what Grace Kelly was to Gomer Pyle. They were petite, sophisticated, and of discriminating taste. Marley was big, clunky, and a sniffer of genitalia. He wanted so much to have them invite him into their circle; they so much were not about to.

With his recently digested obedience certificate under his belt, Marley was fairly manageable on walks, but if he saw something he liked, he still wouldn't hesitate to lunge for it, threat of strangulation be damned. When we took strolls around town, the high-rent pooches were always worth getting all choked up over. Each time he spotted one, he would break into a gallop, barreling up to it, dragging Jenny or me behind him at the end of the leash, the noose tightening around his throat, making him gasp and cough. Each time Marley would be roundly snubbed, not only by the Boca minidog but by the Boca minidog's owner, who would snatch up young Fifi or Suzi or Cheri as if rescuing her from the jaws of an alligator. Marley didn't seem to mind. The next minidog to come into sight, he would do it all over again, undeterred by his previous jilting. As a guy who was never very good at the rejection part of dating, I admired his perseverance.

Outside dining was a big part of the Boca experience, and many restaurants in town offered alfresco seating beneath palm trees whose trunks and fronds were studded with strings of tiny white lights. These were places to see and be seen, to sip caffè lattes and jabber into cell phones as your companion stared vacantly at the sky. The Boca minidog was an important part of the alfresco ambience. Couples brought their dogs with them and hooked their leashes to the wrought-iron tables where the dogs would contentedly curl up at their feet or sometimes even sit up at the table beside their masters, holding their heads high in an imperious manner as if miffed by the waiters' inattentiveness.

One Sunday afternoon Jenny and I thought it would be fun to take the whole family for an outside meal at one of the popular meeting places. "When in Boca, do as the Bocalites," I said. We loaded the boys and the dog into the minivan and headed to Mizner Park, the downtown shopping plaza modeled after an Italian piazza with wide sidewalks and endless dining possibilities. We parked and strolled up one side of the three-block strip and down the other, seeing and being seen—and what a sight we must have made. Jenny had the boys strapped into a double stroller that could have been mistaken for a maintenance cart, loaded up in the back with all manner of toddler paraphernalia, from applesauce to wet wipes. I walked beside her, Marley, on full Boca minidog alert, barely contained at my side. He was even wilder than usual, beside himself at the possibility of getting near one of the little purebreds prancing about, and I gripped hard on his leash. His tongue hung out and he panted like a locomotive.

We settled on a restaurant with one of the more affordable menus on the strip and hovered nearby until a sidewalk table opened up. The table was perfect—shaded, with a view of the piazza's central fountain, and heavy enough, we were sure, to secure an excitable hundred-pound Lab. I hooked the end of Marley's leash to one of the legs, and we ordered drinks all around, two beers and two apple juices.

"To a beautiful day with my beautiful family," Jenny said, holding up her glass for a toast. We clicked our beer bottles; the boys smashed their sippy cups together. That's when it happened. So fast, in fact, that we didn't even realize it had happened. All we knew was that one instant we were sitting at a lovely outdoor table toasting the beautiful day, and the next our table was on the move, crashing its way through the sea of other tables, banging into innocent bystanders, and making a horrible, ear-piercing, industrial-grade shriek as it scraped over the concrete pavers. In that first split second, before either of us realized exactly what bad fate had befallen us, it seemed distinctly possible that our table was possessed, fleeing our family of unwashed Boca invaders, which most certainly did not belong here. In the next split second, I saw that it wasn't our table that was haunted, but our dog. Marley was out in front, chugging forward with every ounce of rippling muscle he had, the leash stretched tight as piano wire.

In the fraction of a second after that, I saw just where Marley was heading, table in tow. Fifty feet down the sidewalk, a delicate French poodle lingered at her owner's side, nose in the air. *Damn,* I remember thinking, *what is his thing for poodles?* Jenny and I both sat there for a moment longer, drinks in hand, the boys between us in their stroller, our perfect little Sunday afternoon unblemished except for the fact that our table was now motoring its way through the crowd. An instant later we were on our feet, screaming, running, apologizing to the customers around us as we went. I was the first to reach the runaway table as it surged and scraped down the piazza. I grabbed on, planted my feet, and leaned back with everything I had. Soon Jenny was beside me, pulling back, too. I felt like we were action heroes in a western, giving our all to rein in the runaway train before it jumped the tracks and plunged over a cliff. In the middle of all the bedlam, Jenny actually turned and called over her shoulder, "Be right back, boys!" *Be right back?* She made it sound so ordinary, so expected, so planned, as if we often did this sort of thing, deciding on the spur of the moment that, oh, why not, it might just be fun to let Marley lead us on a little table stroll around town, maybe doing a bit of window-shopping along the way, before we circled back in time for appetizers.

When we finally got the table stopped and Marley reeled in, just feet from the poodle and her mortified owner, I turned back to check on the boys, and that's when I got my first good look at the faces of my fellow alfresco diners. It was like a scene out of one of those E. F. Hutton commercials where an entire bustling crowd freezes in silence, waiting to hear a whispered word of investment advice. Men stopped in midconversation, cell phones in their hands. Women stared with opened mouths. The Bocalites were aghast. It was finally Conor who broke the silence. "Waddy go walk!" he screamed with delight.

A waiter rushed up and helped me drag the table back into

place as Jenny held Marley, still fixated on the object of his desire, in a death grip. "Let me get some new place settings," the waiter said.

"That won't be necessary," Jenny said nonchalantly. "We'll just be paying for our drinks and going."

It wasn't long after our excellent excursion into the Boca alfresco-dining scene that I found a book in the library titled *No Bad Dogs* by the acclaimed British dog trainer Barbara Woodhouse. As the title implied, *No Bad Dogs* advanced the same belief that Marley's first instructor, Miss Dominatrix, held so dear—that the only thing standing between an incorrigible canine and greatness was a befuddled, indecisive, weak-willed human master. Dogs weren't the problem, Woodhouse held; people were. That said, the book went on to describe, chapter after chapter, some of the most egregious canine behaviors imaginable. There were dogs that howled incessantly, dug incessantly, fought incessantly, humped incessantly, and bit incessantly. There were dogs that hated all men and dogs that hated all women; dogs that stole from their masters and dogs that jealously attacked defenseless infants. There were even dogs that ate their own feces. *Thank God*, I thought, *at least he doesn't eat his own feces.*

As I read, I began to feel better about our flawed retriever. We had gradually come to the firm conclusion that Marley was indeed the world's worst dog. Now I was buoyed to read that there were all sorts of horrid behaviors he did *not* have. He didn't have a mean bone in his body. He wasn't much of a barker. Didn't bite. Didn't assault other dogs, except in the pursuit of love. Considered everyone his best friend. Best of all, he didn't eat or roll in scat. Besides, I told myself, there are no bad dogs, only inept, clueless owners like Jenny and me. It was our fault Marley turned out the way he had.

Then I got to chapter 24, "Living with the Mentally Unstable Dog." As I read, I swallowed loudly. Woodhouse was describing Marley with an understanding so intimate I could swear she had been bunking with him in his battered crate. She addressed the manic, bizarre behavior patterns, the destructiveness when left alone, the gouged floors and chewed rugs. She described the attempts by owners of such beasts "to make some place either in the house or yard dogproof." She even addressed the use of tranquilizers as a desperate (and largely ineffective) last measure to try to return these mentally broken mutts to the land of the sane.

"Some are born unstable, some are made unstable by their living conditions, but the result is the same: the dogs, instead of being a joy to their owners, are a worry, an expense, and often bring complete despair to an entire family," Woodhouse wrote. I looked down at Marley snoozing at my feet and said, "Sound familiar?"

In a subsequent chapter, titled "Abnormal Dogs," Woodhouse wrote with a sense of resignation: "I cannot stress often enough that if you wish to keep a dog that is not normal, you must face up to living a slightly restricted existence." *You mean like living in mortal fear of going out for a gallon of milk?* "Although *you* may love a subnormal dog," she continued, "other people must not be inconvenienced by it." *Other people such as, hypothetically speaking, Sunday diners at a sidewalk café in Boca Raton, Florida?*

Woodhouse had nailed our dog and our pathetic, codependent existence. We had it all: the hapless, weak-willed masters; the mentally unstable, out-of-control dog; the trail of destroyed property; the annoyed and inconvenienced strangers and neighbors. We were a textbook case. "Congratulations, Marley," I said to him. "You qualify as subnormal." He opened his eyes at the sound of his name, stretched, and rolled onto his back, paws in the air.

I was expecting Woodhouse to offer a cheery solution for the owners of such defective merchandise, a few helpful tips that, when properly executed, could turn even the most manic of pets into Westminster-worthy show dogs. But she ended her book on a much darker note: "Only the owners of unbalanced dogs can really know where the line can be drawn between a dog that is sane and one that is mentally unsound. No one can make up the owner's mind as to what to do with the last kind. I, as a great dog lover, feel it is kinder to put them to sleep."

Put them to sleep? Gulp. In case she wasn't making herself clear, she added, "Surely, when all training and veterinary help has been exhausted and there is no hope that the dog will ever live a reasonably normal existence, it is kinder to pet and owner to put the dog to sleep."

Even Barbara Woodhouse, lover of animals, successful trainer of thousands of dogs their owners had deemed hopeless, was conceding that some dogs were simply beyond help. If it were up to her, they would be humanely dispatched to that great canine insane asylum in the sky.

"Don't worry, big guy," I said, leaning down to scratch Marley's belly. "The only sleep we're going to be doing around this house is the kind you get to wake up from."

He sighed dramatically and drifted back to his dreams of French poodles in heat.

It was around this same time that we also learned not all Labs are created equal. The breed actually has two distinct subgroups: English and American. The English line tends to be smaller and stockier than the American line, with blockier heads and gentle, calm dispositions. They are the favored line for showing. Labs belonging to the American line are noticeably larger and stronger, with sleeker, less squat features. They are known for their endless energy and high spirits and favored for use in the field as hunting and sports dogs. The same qualities that make the American line

of Labs so unstoppably superb in the woods makes them challenges in the family home. Their exuberant energy level, the literature warned, should not be underestimated.

As the brochure for a Pennsylvania retriever breeder, Endless
Mountain Labradors, explains it: "So many people ask us, 'What's
the difference between the English and the American (field)
Labs?' There is such a big difference that the AKC is considering
splitting the breed. There is a difference in build, as well as temperament. If you are looking for strictly a field dog for field trial
competition, go for the American field dog. They are athletic, tall,
lanky, thin, but have VERY hyper, high-strung personalities, which
do not lend themselves to being the best 'family dogs.' On the
other hand, the English Labs are very blocky, stocky, shorter in
their build. Very sweet, quiet, mellow, lovely dogs."

It didn't take me long to figure out which line Marley belonged
to. It was all beginning to make sense. We had blindly picked out
a type of Lab best suited to stampeding across the open wilderness all day. If that weren't enough, our specific choice just happened to be mentally unbalanced, unwound, and beyond the
reach of training, tranquilizers, or canine psychiatry. The kind of
subnormal specimen an experienced dog trainer like Barbara
Woodhouse might just consider better off dead. *Great,* I thought.
Now we find out.

Not long after Woodhouse's book opened our eyes to Marley's
crazed mind, a neighbor asked us to take in their cat for a week
while they were on vacation. Sure, we said, bring him over. Compared with a dog, cats were easy. Cats ran on autopilot, and this
cat in particular was shy and elusive, especially around Marley. He
could be counted on to hide beneath the couch all day and only
come out after we were asleep to eat his food, kept high out of
Marley's reach, and use the kitty-litter box, which we tucked

away in a discreet corner of the screened patio that enclosed the pool. There was nothing to it, really. Marley was totally unaware the cat was even in the house.

Midway through the cat's stay with us, I awoke at dawn to a loud, driving beat resonating through the mattress. It was Marley, quivering with excitement beside the bed, his tail slapping the mattress at a furious rate. *Whomp! Whomp! Whomp!* I reached out to pet him, and that sent him into evasive maneuvers. He was prancing and dancing beside the bed. The Marley Mambo. "Okay, what do you have?" I asked him, eyes still shut. As if to answer, Marley proudly plopped his prize onto the crisp sheets, just inches from my face. In my groggy state, it took me a minute to process what exactly it was. The object was small, dark, of indefinable shape, and coated in a coarse, gritty sand. Then the smell reached my nostrils. An acrid, pungent, putrid smell. I bolted upright and pushed backward against Jenny, waking her up. I pointed at Marley's gift to us, glistening on the sheets.

"That's not . . ." Jenny began, revulsion in her voice.

"Yes, it is," I said. "He raided the kitty-litter box."

Marley couldn't have looked more proud had he just presented us with the Hope diamond. As Barbara Woodhouse had so sagely predicted, our mentally unstable, abnormal mutt had entered the feces-eating stage of his life.

CHAPTER 19

Lightning Strikes

❃

After Conor's arrival, everyone we knew—with the exception of my very Catholic parents who were praying for dozens of little Grogans—assumed we were done having children. In the two-income, professional crowd in which we ran, one child was the norm, two were considered a bit of an extravagance, and three were simply unheard-of. Especially given the difficult pregnancy we had gone through with Conor, no one could understand why we might want to subject ourselves to the messy process all over again. But we had come a long way since our newlywed days of killing houseplants. Parenthood became us. Our two boys brought us more joy than we ever thought anyone or anything possibly could. They defined our life now, and while parts of us missed the leisurely vacations, lazy Saturdays reading novels, and romantic dinners that lingered late into the night, we had come to find our pleasures in new ways—in spilled applesauce and tiny nose prints on window-panes and the soft symphony of bare feet padding down the hall-way at dawn. Even on the worst days, we usually managed to find something to smile over, knowing by now what every parent sooner or later figures out, that these wondrous days of early parenthood—of diapered bottoms and first teeth and incomprehensible jabber—are but a brilliant, brief flash in the vastness of an otherwise ordinary lifetime.

We both rolled our eyes when my old-school mother clucked at us, "Enjoy them while you can because they'll be grown up before you know it." Now, even just a few years into it, we were realizing she was right. Hers was a well-worn cliché but one we could already see was steeped in truth. The boys *were* growing up fast, and each week ended another little chapter that could never again be revisited. One week Patrick was sucking his thumb, the next he had weaned himself of it forever. One week Conor was our baby in a crib; the next he was a little boy using a toddler bed for a trampoline. Patrick was unable to pronounce the *L* sound, and when women would coo over him, as they often did, he would put his fists on his hips, stick out his lip, and say, "Dos yadies are yaughing at me." I always meant to get it on videotape, but one day the *L*'s came out perfectly, and that was that. For months we could not get Conor out of his Superman pajamas. He would race through the house, cape flapping behind him, yelling, "Me Stupe Man!" And then it was over, another missed video moment.

Children serve as impossible-to-ignore, in-your-face timepieces, marking the relentless march of one's life through what otherwise might seem an infinite sea of minutes, hours, days, and years. Our babies were growing up faster than either of us wanted, which partially explains why, about a year after moving to our new house in Boca, we began trying for our third. As I said to Jenny, "Hey, we've got four bedrooms now; why not?" Two tries was all it took. Neither of us would admit we wanted a girl, but of course we did, desperately so, despite our many pronouncements during the pregnancy that having three boys would be just great.

When a sonogram finally confirmed our secret hope, Jenny draped her arms over my shoulders and whispered, "I'm so happy I could give you a little girl." I was so happy, too.

Not all our friends shared our enthusiasm. Most met news of our pregnancy with the same blunt question: "Did you mean to?" They just could not believe a third pregnancy could be anything other than an accident. If indeed it was not, as we insisted, then they had to question our judgment. One acquaintance went so far as to chastise Jenny for allowing me to knock her up again, asking, in a tone best reserved for someone who had just signed over all her worldly possessions to a cult in Guyana: "What *were* you thinking?"

We didn't care. On January 9, 1997, Jenny gave me a belated Christmas present: a pink-cheeked, seven-pound baby girl, whom we named Colleen. Our family only now felt like it was complete. If the pregnancy for Conor had been a litany of stress and worry, this pregnancy was textbook perfect, and delivering at Boca Raton Community Hospital introduced us to a whole new level of pampered customer satisfaction. Just down the hall from our room was a lounge with a free, all-you-can-drink cappuccino station—so very *Boca*. By the time the baby finally came, I was so jacked up on frothy caffeine, I could barely hold my hands still to snip the umbilical cord.

When Colleen was one week old, Jenny brought her outside for the first time. The day was crisp and beautiful, and the boys and I were in the front yard, planting flowers. Marley was chained to a tree nearby, happy to lie in the shade and watch the world go by. Jenny sat in the grass beside him and placed the sleeping Colleen in a portable bassinet on the ground between them. After several minutes, the boys beckoned for Mom to come closer to see their handiwork, and they led Jenny and me around the garden beds as

Colleen napped in the shade beside Marley. We wandered behind some large shrubbery from where we could still see the baby but passersby on the street could not see us. As we turned back, I stopped and motioned for Jenny to look out through the shrubs. Out on the street, an older couple walking by had stopped and were gawking at the scene in our front yard with bewildered expressions. At first, I wasn't sure what had made them stop and stare. Then it hit me: from their vantage point, all they could see was a fragile newborn alone with a large yellow dog, who appeared to be babysitting single-handedly.

We lingered in silence, stifling giggles. There was Marley, looking like an Egyptian sphinx, lying with his front paws crossed, head up, panting contentedly, every few seconds pushing his snout over to sniff the baby's head. The poor couple must have thought they had stumbled on a case of felony child neglect. No doubt the parents were out drinking at a bar somewhere, having left the infant alone in the care of the neighborhood Labrador retriever, who just might attempt to nurse the infant at any second. As if he were in on the ruse, Marley without prompting shifted positions and rested his chin across the baby's stomach, his head bigger than her whole body, and let out a long sigh as if he were saying, *When are those two going to get home?* He appeared to be protecting her, and maybe he was, though I'm pretty sure he was just drinking in the scent of her diaper.

Jenny and I stood there in the bushes and exchanged grins. The thought of Marley as an infant caregiver—Doggie Day Care—was just too good to let go. I was tempted to wait there and see how the scene would play out, but then it occurred to me that one scenario might involve a 911 call to the police. We had gotten away with storing Conor out in the breezeway, but how would we explain this one? ("Well, I know how it must look, Officer, but he's actually surprisingly responsible . . .") We stepped out of the bushes and waved to the couple—and watched the relief wash over their faces. Thank God, that baby hadn't been thrown to the dogs after all.

"You must really trust your dog," the woman said somewhat cautiously, betraying a belief that dogs were fierce and unpredictable and had no place that close to a defenseless newborn.

"He hasn't eaten one yet," I said.

Two months after Colleen arrived home I celebrated my fortieth birthday in a most inauspicious manner, namely, by myself. The Big Four-O is supposed to be a major turning point, the place in life where you bid restless youth farewell and embrace the predictable comforts of middle age. If any birthday merited a blowout celebration, it was the fortieth, but not for me. We were now responsible parents with three children; Jenny had a new baby pressed to her breast. There were more important things to worry about. I arrived home from work, and Jenny was tired and worn down. After a quick meal of leftovers, I bathed the boys and put them to bed while Jenny nursed Colleen. By eight-thirty, all three children were asleep, and so was my wife. I popped a beer and sat out on the patio, staring into the iridescent blue water of the lit swimming pool. As always, Marley was faithfully at my side, and as I scratched his ears, it occurred to me that he was at about the same turning point in life. We had brought him home six years earlier. In dog years, that would put him somewhere in his early forties now. He had crossed unnoticed into middle age but still acted every bit the puppy. Except for a string of stubborn ear infections that required Dr. Jay's repeated intervention, he was healthy. He showed no signs whatsoever of growing up or winding down. I had never thought of Marley as any kind of role model, but sitting there sipping my beer, I was aware that maybe he held the secret for a good life. Never slow down, never look back, live each day with adolescent verve and spunk and curiosity and playfulness. If you think you're still a young pup, then maybe you are, no matter what the calendar says. Not a bad philosophy for life, though I'd take a pass on the part that involved vandalizing couches and laundry rooms.

"Well, big guy," I said, pressing my beer bottle against his cheek in a kind of interspecies toast. "It's just you and me tonight. Here's to forty. Here's to middle age. Here's to running with the big dogs right up until the end." And then he, too, curled up and went to sleep.

I was still moping about my solitary birthday a few days later when Jim Tolpin, my old colleague who had broken Marley of his jumping habit, called unexpectedly and asked if I wanted to grab a beer the next night, a Saturday. Jim had left the newspaper business to pursue a law degree at about the same time we moved to Boca Raton, and we hadn't spoken in months. "Sure," I said, not stopping to wonder why. Jim picked me up at six and took me to an English pub, where we quaffed Bass ale and caught up on each other's lives. We were having a grand old time until the bartender called out, "Is there a John Grogan here? Phone for John Grogan."

It was Jenny, and she sounded very upset and stressed-out. "The baby's crying, the boys are out of control, and I just ripped my contact lens!" she wailed into the phone. "Can you come home right away?"

"Try to calm down," I said. "Sit tight. I'll be right home." I hung up, and the bartender gave me a you-poor-sorry-henpecked-bastard kind of a nod and simply said, "My sympathies, mate."

"Come on," Jim said. "I'll drive you home."

When we turned onto my block, both sides of the street were lined with cars. "Somebody's having a party," I said.

"Looks like it," Jim answered.

"For God's sakes," I said when we reached the house. "Look at that! Someone even parked in my driveway. If that isn't nerve."

We blocked the offender in, and I invited Jim inside. I was still griping about the inconsiderate jerk who parked in my driveway when the front door swung open. It was Jenny with Colleen in her arms. She didn't look upset at all. In fact, she had a big grin on her face. Behind her stood a bagpipe player in kilts. *Good God! What have I walked in on?* Then I looked beyond the bagpipe player and saw that someone had taken down the kiddy fence around the pool and launched floating candles on the water. The deck was crammed with several dozen of my friends, neighbors, and coworkers. Just as I was making the connection that all those cars on the street belonged to all these people in my house, they shouted in unison, "HAPPY BIRTHDAY, OLD MAN!"

My wife had not forgotten after all.

When I was finally able to snap my jaw shut, I took Jenny in my arms, kissed her on the cheek, and whispered in her ear, "I'll get you later for this."

Someone opened the laundry-room door looking for the trash can, and out bounded Marley in prime party mode. He swept through the crowd, stole a mozzarella-and-basil appetizer off a tray, lifted a couple of women's miniskirts with his snout, and made a break for the unfenced swimming pool. I tackled him just as he was launching into his signature running belly flop and dragged him back to solitary confinement. "Don't worry," I said. "I'll save you the leftovers."

It wasn't long after the surprise party—a party whose success was marked by the arrival of the police at midnight to tell us to pipe down—that Marley finally was able to find validation for his intense fear of thunder. I was in the backyard on a Sunday afternoon under brooding, darkening skies, digging up a rectangle of grass to plant yet another vegetable garden. Gardening was becoming a serious hobby for me, and the better I got at it, the more I wanted to grow. Slowly I was taking over the entire back-yard. As I worked, Marley paced nervously around me, his internal barometer sensing an impending storm. I sensed it, too, but I wanted to get the project done and figured I would work until I felt the first drops of rain. As I dug, I kept glancing at the sky, watching an ominous black thunderhead forming several miles to the east, out over the ocean. Marley was whining softly, beckoning me to put down the shovel and head inside. "Relax," I told him. "It's still miles away."

The words had barely left my lips when I felt a previously unknown sensation, a kind of quivering tingle on the back of my neck. The sky had turned an odd shade of olive gray, and the air seemed to go suddenly dead as though some heavenly force had grabbed the winds and frozen them in its grip. *Weird*, I thought as I paused, leaning on my shovel to study the sky. That's when I heard it: a buzzing, popping, crackling surge of energy, similar to what you sometimes can hear standing beneath high-tension power lines. A sort of *pfffffffffffft* sound filled the air around me, followed by a brief instant of utter silence. In that instant, I knew trouble was coming, but I had no time to react. In the next fraction of a second, the sky went pure, blindingly white, and an explosion, the likes of which I had never heard before, not in any storm, at any fireworks display, at any demolition site, boomed in my ears. A wall of energy hit me in the chest like an invisible linebacker. When I opened my eyes who knows how many seconds later, I was lying facedown on the ground, sand in my mouth, my shovel ten feet away, rain pelting me. Marley was down, too, in his hit-the-deck stance, and when he saw me raise my head he wiggled desperately toward me on his belly like a soldier trying to slide beneath barbed wire. When he reached me he climbed right on my back and buried his snout in my neck, frantically lick-

ing me. I looked around for just a second, trying to get my bear-
ings, and I could see where the lightning had struck the power-
line pole in the corner of the yard and followed the wire down to
the house about twenty feet from where I had been standing. The
electrical meter on the wall was in charred ruins.

"Come on!" I yelled, and then Marley and I were on our feet,
sprinting through the downpour toward the back door as new
bolts of lightning flashed around us. We did not stop until we
were safely inside. I knelt on the floor, soaking wet, catching my
breath, and Marley clambered on me, licking my face, nibbling
my ears, flinging spit and loose fur all over everything. He was
beside himself with fear, shaking uncontrollably, drool hanging
off his chin. I hugged him, tried to calm him down. "Jesus, that
was close!" I said, and realized that I was shaking, too. He
looked up at me with those big empathetic eyes that I swore
could almost talk. I was sure I knew what he was trying to tell
me. *I've been trying to warn you for years that this stuff can
kill you. But would anyone listen? Now will you take me seriously?*

The dog had a point. Maybe his fear of thunder had not been
so irrational after all. Maybe his panic attacks at the first distant
rumblings had been his way of telling us that Florida's violent
thunderstorms, the deadliest in the country, were not to be dis-
missed with a shrug. Maybe all those destroyed walls and gouged
doors and shredded carpets had been his way of trying to build a
lightning-proof den we could all fit into snugly. And how had we
rewarded him? With scoldings and tranquilizers.

Our house was dark, the air-conditioning, ceiling fans, televi-
sions, and several appliances all blown out. The circuit breaker
was fused into a melted mess. We were about to make some elec-
trician a very happy man. But I was alive and so was my trusty
sidekick. Jenny and the kids, tucked safely away in the family

room, didn't even know the house had been hit. We were all present and accounted for. What else mattered? I pulled Marley into my lap, all ninety-seven nervous pounds of him, and made him a promise right then and there: Never again would I dismiss his fear of this deadly force of nature.

CHAPTER 20

Dog Beach

As a newspaper columnist, I was always looking for interesting and quirky stories I could grab on to. I wrote three columns each week, which meant that one of the biggest challenges of the job was coming up with a constant stream of fresh topics. Each morning I began my day by scouring the four South Florida daily newspapers, circling and clipping anything that might be worth weighing in on. Then it was a matter of finding an approach or angle that would be mine. My very first column had come directly from the headlines. A speeding car crammed with eight teenagers had flipped into a canal along the edge of the Everglades. Only the sixteen-year-old driver, her twin sister, and a third girl had escaped the submerged car. It was a huge story that I knew I wanted to come in on, but what was the fresh angle I could call my own? I drove out to the lonely crash site hoping for inspiration, and before I even stopped the car I had found it. The classmates of the five dead children had transformed the pavement into a tapestry of spray-painted eulogies. The blacktop was covered shoulder-to-shoulder for more than a half mile, and the raw emotion of the outpouring was palpable. Notebook in hand, I began copying the words down. "Wasted youth," said one message, accompanied by a painted arrow pointing off the road and into the water. Then, there in the middle of the communal catharsis, I found it: a public apology from the young driver, Jamie Bardol. She wrote in big, loopy letters, a child's scrawl: "I wish it would have been me. I'm sorry." I had found my column.

Not all topics were so dark. When a retiree received an eviction notice from her condo because her pudgy pooch exceeded the weight limit for pets, I swooped in to meet the offending heavyweight. When a confused senior citizen crashed her car into a store while trying to park, fortunately hurting no one, I was close behind, speaking to witnesses. The job would take me to a migrant camp one day, a millionaire's mansion the next, and an inner-city street corner the day after that. I loved the variety; I loved the people I met; and more than anything I loved the near-total freedom I was afforded to go wherever I wanted whenever I wanted in pursuit of whatever topic tickled my curiosity.

What my bosses did not know was that behind my journalistic wanderings was a secret agenda: to use my position as a columnist to engineer as many shamelessly transparent "working holidays" as I possibly could. My motto was "When the columnist has fun, the reader has fun." Why attend a deadening tax-adjustment hearing in pursuit of column fodder when you could be sitting, say, at an outdoor bar in Key West, large alcoholic beverage in hand? Someone had to do the dirty work of telling the story of the lost shakers of salt in Margaritaville; it might as well be me. I lived for any excuse to spend a day goofing around, preferably in shorts and T-shirt, sampling various leisurely and recreational pursuits that I convinced myself the public needed someone to fully investigate. Every profession has its tools of the trade, and mine included a reporter's notebook, a bundle of pens, and a beach towel. I began carrying sunscreen and a bathing suit in my car as a matter of routine.

I spent one day blasting through the Everglades on an airboat and another hiking along the rim of Lake Okeechobee. I spent a day bicycling scenic State Road A1A along the Atlantic Ocean so I could report firsthand on the harrowing proposition of sharing the pavement with confused blueheads and distracted tourists. I spent a day snorkeling above the endangered reefs off Key Largo and another firing off clips of ammunition at a shooting range with a two-time robbery victim who swore he would never be victimized again. I spent a day lolling about on a commercial fishing boat and a day jamming with a band of aging rock musicians. One day I simply climbed a tree and sat for hours enjoying the solitude; a developer planned to bulldoze the grove in which I sat to make way for a high-end housing development, and I figured the least I could do was give this last remnant of nature amid the concrete jungle a proper funeral. My biggest coup of all was when I talked my editors into sending me to the Bahamas so I could be on the forward edge of a brewing hurricane that was making its way toward South Florida. The hurricane veered harmlessly out to sea, and I spent three days beachside at a luxury hotel, sipping piña coladas beneath blue skies.

It was in this vein of journalistic inquiry that I got the idea to take Marley for a day at the beach. Up and down South Florida's heavily used shoreline, various municipalities had banned pets, and for good reason. The last thing beachgoers wanted was a wet, sandy dog pooping and peeing and shaking all over them as they worked on their tans. NO PETS signs bristled along nearly every stretch of sand.

There was one place, though, one small, little-known sliver of beach, where there were no signs, no restrictions, no bans on four-legged water lovers. The beach was tucked away in an unincorporated pocket of Palm Beach County about halfway between

West Palm Beach and Boca Raton, stretching for a few hundred yards and hidden behind a grassy dune at the end of a dead-end street. There was no parking, no restroom, no lifeguard, just an unspoiled stretch of unregulated white sand meeting endless water. Over the years, its reputation spread by word of mouth among pet owners as one of South Florida's last safe havens for dogs to come and frolic in the surf without risking a fine. The place had no official name; unofficially, everyone knew it as Dog Beach.

Dog Beach operated on its own set of unwritten rules that had evolved over time, put in place by consensus of the dog owners who frequented it, and enforced by peer pressure and a sort of silent moral code. The dog owners policed themselves so others would not be tempted to, punishing violators with withering stares and, if needed, a few choice words. The rules were simple and few: Aggressive dogs had to stay leashed; all others could run free. Owners were to bring plastic bags with them to pick up any droppings their animal might deposit. All trash, including bagged dog waste, was to be carted out. Each dog should arrive with a supply of fresh drinking water. Above all else, there would be absolutely no fouling of the water. The etiquette called for owners, upon arriving, to walk their dogs along the dune line, far from the ocean's edge, until their pets relieved themselves. Then they could bag the waste and safely proceed to the water.

I had heard about Dog Beach but had never visited. Now I had my excuse. This forgotten vestige of the rapidly disappearing Old Florida, the one that existed before the arrival of waterfront condo towers, metered beach parking, and soaring real estate values, was in the news. A pro-development county commissioner had begun squawking about this unregulated stretch of beach and asking why the same rules that applied to other county beaches should not apply here. She made her intent clear: outlaw the furry critters, improve public access, and open this valuable resource to the masses.

I immediately locked in on the story for what it was: a perfect excuse to spend a day at the beach on company time. On a drop-dead-perfect June morning, I traded my tie and briefcase for swimsuit and flip-flops and headed with Marley across the Intra-coastal Waterway. I filled the car with as many beach towels as I could find—and that was just for the drive over. As always, Marley's tongue was hanging out, spit flying everywhere. I felt like I was on a road trip with Old Faithful. My only regret was that the windshield wipers weren't on the inside.

Following Dog Beach protocol, I parked several blocks away, where I wouldn't get a ticket, and began the long hike in through a sleepy neighborhood of sixties-vintage bungalows, Marley leading the charge. About halfway there, a gruff voice called out, "Hey, Dog Guy!" I froze, convinced I was about to be busted by an angry neighbor who wanted me to keep my damn dog the hell off his beach. But the voice belonged to another pet owner, who approached me with his own large dog on a leash and handed me a petition to sign urging county commissioners to let Dog Beach stand. Speaking of standing, we would have stood and chatted, but the way Marley and the other dog were circling each other, I knew it was just a matter of seconds before they either (a) lunged at each other in mortal combat or (b) began a family. I yanked Marley away and continued on. Just as we reached the path to the beach, Marley squatted in the weeds and emptied his bowels. Perfect. At least that little social nicety was out of the way. I bagged up the evidence and said, "To the beach!"

When we crested the dune, I was surprised to see several people wading in the shallows with their dogs securely tethered to leashes. What was this all about? I expected the dogs to be running free in unbridled, communal harmony. "A sheriff's deputy was just here," one glum dog owner explained to me. "He said from now on they're enforcing the county leash ordinance and we'll be fined if our dogs are loose." It appeared I had arrived too late to fully enjoy the simple pleasures of Dog Beach. The police, no doubt at the urging of the politically connected anti–Dog Beach forces, were tightening the noose. I obediently walked Marley along the water's edge with the other dog owners, feeling more like I was in a prison exercise yard than on South Florida's last unregulated spit of sand.

I returned with him to my towel and was just pouring Marley a bowl of water from the canteen I had lugged along when over the dune came a shirtless tattooed man in cutoff blue jeans and work boots, a muscular and fierce-looking pit bull terrier on a heavy chain at his side. Pit bulls are known for their aggression, and they were especially notorious during this time in South Florida. They were the dog breed of choice for gang members, thugs, and toughs, and often trained to be vicious. The newspapers were filled with accounts of unprovoked pit bull attacks, sometimes fatal, against both animals and humans. The owner must have noticed me recoiling because he called out, "Don't you worry. Killer's friendly. He don't never fight other dogs." I was just beginning to exhale with relief when he added with obvious pride, "But you should see him rip open a wild hog! I'll tell you, he can get it down and gutted in about fifteen seconds."

Marley and Killer the Pig-Slaying Pit Bull strained at their leashes, circling, sniffing furiously at each other. Marley had never been in a fight in his life and was so much bigger than most other dogs that he had never been intimidated by a challenge, either. Even when a dog attempted to pick a fight, he didn't take the hint. He would merely pounce into a playful stance, butt up, tail wagging, a dumb, happy grin on his face. But he had never before been confronted by a trained killer, a gutter of wild game. I pictured Killer lunging without warning for Marley's throat and not letting go. Killer's owner was unconcerned. "Unless you're a wild hog, he'll just lick you to death," he said.

I told him the cops had just been here and were going to ticket people who didn't obey the leash ordinance. "I guess they're cracking down," I said.

"That's bullshit!" he yelled, and spit into the sand. "I've been bringing my dogs to this beach for years. You don't need no leash at Dog Beach. Bullshit!" With that he unclipped the heavy chain, and Killer galloped across the sand and into the water. Marley reared back on his hind legs, bouncing up and down. He looked at Killer and then up at me. He looked back at Killer and back at me. His paws padded nervously on the sand, and he let out a soft, sustained whimper. If he could talk, I knew what he would have asked. I scanned the dune line; no cops anywhere in sight. I looked at Marley. *Please! Please! Pretty please! I'll be good. I promise.*

"Go ahead, let him loose," Killer's owner said. "A dog ain't meant to spend his life on the end of a rope."

"Oh, what the hell," I said, and unsnapped the leash. Marley dashed for the water, kicking sand all over us as he blasted off. He crashed into the surf just as a breaker rolled in, tossing him under the water. A second later his head reappeared, and the instant he regained his footing he threw a cross-body block at Killer the Pig-Slaying Pit Bull, knocking both of them off their feet. Together they rolled beneath a wave, and I held my breath, wondering if Marley had just crossed the line that would throw Killer into a homicidal, Lab-butchering fury. But when they popped back up again, their tails were wagging, their mouths grinning. Killer jumped on Marley's back and Marley on Killer's, their jaws clamping playfully around each other's throats. They chased each other up the waterline and back again, sending plumes of spray flying on either side of them. They pranced, they danced, they wrestled, they dove. I don't think I had ever before, or have ever since, witnessed such unadulterated joy.

The other dog owners took our cue, and pretty soon all the dogs, about a dozen in total, were running free. The dogs all got along splendidly; the owners all followed the rules. It was Dog Beach as it was meant to be. This was the real Florida, unblemished and unchecked, the Florida of a forgotten, simpler time and place, immune to the march of progress.

There was only one small problem. As the morning progressed, Marley kept lapping up salt water. I followed behind him with the bowl of fresh water, but he was too distracted to drink. Several times I led him right up to the bowl and stuck his nose into it, but he spurned the fresh water as if it were vinegar, wanting only to return to his new best friend, Killer, and the other dogs.

Out in the shallows, he paused from his play to lap up even more salt water. "Stop that, you dummy!" I yelled at him. "You're going to make yourself . . ." Before I could finish my thought, it happened. A strange glaze settled over his eyes and a horrible churning sound began to erupt from his gut. He arched his back high and opened and shut his mouth several times, as if trying to clear something from his craw. His shoulders heaved; his abdomen contorted. I hurried to finish my sentence: ". . . sick."

The instant the word left my lips, Marley fulfilled the prophecy, committing the ultimate Dog Beach heresy. *GAAAAAAAAACK!*

I raced to pull him out of the water, but it was too late. Everything was coming up. *GAAAAAAAAACK!* I could see last night's dog chow floating on the water's surface, looking surprisingly like it had before it went in. Bobbing among the nuggets were undigested corn kernels he had swiped off the kids' plates, a milk-jug cap, and the severed head of a tiny plastic soldier. The entire evacuation took no more than three seconds, and the instant his stomach was emptied he looked up brightly, apparently fully recovered with no lingering aftereffects, as if to say, *Now that I've got that taken care of, who wants to bodysurf?* I glanced nervously around, but no one had seemed to notice. The other dog owners were occupied with their own dogs farther down the beach, a mother not far away was focused on helping her toddler make a sandcastle, and the few sunbathers scattered about were lying flat on their backs, eyes closed. *Thank God!* I thought, as I waded into Marley's puke zone, roiling the water with my feet as nonchalantly as I could to disperse the evidence. *How embarrassing would that have been?* At any rate, I told myself, despite the technical violation of the No. 1 Dog Beach Rule, we had caused no real harm. After all, it was just undigested food; the fish would be thankful for the meal, wouldn't they? I even picked out the milk-jug cap and soldier's head and put them in my pocket so as not to litter.

"Listen, you," I said sternly, grabbing Marley around the snout and forcing him to look me in the eye. "Stop drinking salt water. What kind of a dog doesn't know enough to not drink salt water?" I considered yanking him off the beach and cutting our adventure short, but he seemed fine now. There couldn't possibly be anything left in his stomach. The damage was done, and we had gotten away with it undetected. I released him and he streaked down the beach to rejoin Killer.

What I had failed to consider was that, while Marley's stomach may have been completely emptied, his bowels were not. The sun was reflecting blindingly off the water, and I squinted to see Marley frolicking among the other dogs. As I watched, he abruptly disengaged from the play and began turning in tight circles in the shallow water. I knew the circling maneuver well. It was what he did every morning in the backyard as he prepared to defecate. It was a ritual for him, as though not just any spot would do for the gift he was about to bestow on the world. Sometimes the circling could go on for a minute or more as he sought just the perfect patch of earth. And now he was circling in the shallows of Dog Beach, on that brave frontier where no dog had dared to poop before. He was entering his squatting position. And this time, he had an audience. Killer's dad and several other dog owners were standing within a few yards of him. The mother and her daughter had turned from their sandcastle to gaze out to sea. A couple approached, walking hand in hand along the water's edge. "No," I whispered. "Please, God, no."

"Hey!" someone yelled out. "Get your dog!"

"Stop him!" someone else shouted.

As alarmed voices cried out, the sunbathers propped themselves up to see what all the commotion was about.

I burst into a full sprint, racing to get to him before it was too late. If I could just reach him and yank him out of his squat before his bowels began to move, I might be able to interrupt the whole awful humiliation, at least long enough to get him safely up on the dune. As I raced toward him, I had what can only be described as an out-of-body experience. Even as I ran, I was looking down from above, the scene unfolding one frozen frame at a time. Each step seemed to last an eternity. Each foot hit the sand with a dull thud. My arms swung through the air; my face contorted in a sort of agonized grimace. As I ran, I absorbed the slow-mo frames around me: a young woman sunbather, holding her top in place over her breasts with one hand, her other hand plastered over her mouth; the mother scooping up her child and retreating from the water's edge; the dog owners, their faces twisted with disgust, pointing; Killer's dad, his leathery neck bulging, yelling. Marley was done circling now and in full squat position, looking up to the heavens as if saying a little prayer. And I heard my own voice rising above the din and uncoiling in an oddly guttural, distorted, drawn-out scream: *"Nooooooooooooooooo!"*

I was almost there, just feet from him. "Marley, no!" I screamed. "No, Marley, no! No! No! No!" It was no use. Just as I reached him, he exploded in a burst of watery diarrhea. Everyone was jumping

back now, recoiling, fleeing to higher ground. Owners were grabbing their dogs. Sunbathers scooped up their towels. Then it was
over. Marley trotted out of the water onto the beach, shook off
with gusto, and turned to look at me, panting happily. I pulled a
plastic bag out of my pocket and held it helplessly in the air. I
could see immediately it would do no good. The waves crashed
in, spreading Marley's mess across the water and up onto the
beach.

"Dude," Killer's dad said in a voice that made me appreciate
how the wild hogs must feel at the instant of Killer's final, fatal
lunge. "That was not cool."

No, it wasn't cool at all. Marley and I had violated the sacred
rule of Dog Beach. We had fouled the water, not once but twice,
and ruined the morning for everyone. It was time to beat a quick
retreat.

"Sorry," I mumbled to Killer's owner as I snapped the leash on
Marley. "He swallowed a bunch of seawater."

Back at the car, I threw a towel over Marley and vigorously
rubbed him down. The more I rubbed, the more he shook, and
soon I was covered in sand and spray and fur. I wanted to be mad
at him. I wanted to strangle him. But it was too late now. Besides,
who wouldn't get sick drinking a half gallon of salt water? As
with so many of his misdeeds, this one was not malicious or pre-
meditated. It wasn't as though he had disobeyed a command or
set out to intentionally humiliate me. He simply had to go and he
went. True, at the wrong place and the wrong time and in front of
all the wrong people. I knew he was a victim of his own diminished mental capacity. He was the only beast on the whole beach
dumb enough to guzzle seawater. The dog was defective. How
could I hold that against him?

"You don't have to look so pleased with yourself," I said as I
loaded him into the backseat. But pleased he was. He could not
have looked happier had I bought him his own Caribbean island.

What he did not know was that this would be his last time setting a paw in any body of salt water. His days—or rather, hours—as a beach bum were behind him. "Well, Salty Dog," I said on the drive home, "you've done it this time. If dogs are banned from Dog Beach, we'll know why." It would take several more years, but in the end that's exactly what happened.

CHAPTER 21

A Northbound Plane

Shortly after Colleen turned two, I inadvertently set off a fateful series of events that would lead us to leave Florida. And I did it with the click of a mouse. I had wrapped up my column early for the day and found myself with a half hour to kill as I waited for my editor. On a whim I decided to check out the website of a magazine I had been subscribing to since not long after we bought our West Palm Beach house. The magazine was *Organic Gardening,* which was launched in 1942 by the eccentric J. I. Rodale and went on to become the bible of the back-to-the-earth movement that blossomed in the 1960s and 1970s.

Rodale had been a New York City businessman specializing in electrical switches when his health began to fail. Instead of turning to modern medicine to solve his problems, he moved from the city to a small farm outside the tiny borough of Emmaus, Pennsylvania, and began playing in the dirt. He had a deep distrust of technology and believed the modern farming and gardening methods sweeping the country, nearly all of them relying on chemical pesticides and fertilizers, were not the saviors of American agriculture they purported to be. Rodale's theory was that the chemicals were gradually poisoning the earth and all of its inhabitants. He began experimenting with farming techniques that mimicked nature. On his farm, he built huge compost piles of decaying plant matter, which, once the material had turned to rich black humus, he used as fertilizer and a natural soil builder. He covered the dirt in his garden rows with a thick carpet of straw to suppress weeds and retain moisture. He planted cover crops of clover and alfalfa and then plowed them under to return nutrients to the soil. Instead of spraying for insects, he unleashed thousands of ladybugs and other beneficial insects that devoured the destructive ones. He was a bit of a kook, but his theories proved themselves. His garden flourished and so did his health, and he trumpeted his successes in the pages of his magazine.

By the time I started reading *Organic Gardening,* J. I. Rodale was long dead and so was his son, Robert, who had built his father's business, Rodale Press, into a multimillion-dollar publishing company. The magazine was not very well written or edited; reading it, you got the impression it was put out by a group of dedicated but amateurish devotees of J.I.'s philosophy, serious gardeners with no professional training as journalists; later I would learn this was exactly the case. Regardless, the organic philosophy increasingly made sense to me, especially after Jenny's miscarriage and our suspicion that it might have had something to do with the pesticides we had used. By the time Colleen was born, our yard was a little organic oasis in a suburban sea of chemical weed-and-feed applications and pesticides. Passersby often stopped to admire our thriving front garden, which I tended with increasing passion, and they almost always asked the same question: "What do you put on it to make it look so good?" When I answered, "I don't," they looked at me uncomfortably, as though they had just stumbled upon something unspeakably subversive going on in well-ordered, homogeneous, conformist Boca Raton.

That afternoon in my office, I clicked through the screens at *organicgardening.com* and eventually found my way to a button that said "Career Opportunities." I clicked on it, why I'm still not sure. I loved my job as a columnist; loved the daily interaction I had with readers; loved the freedom to pick my own topics and be as serious or as flippant as I wanted to be. I loved the newsroom and the quirky, brainy, neurotic, idealistic people it attracted. I loved being in the middle of the biggest story of the day. I had no desire to leave newspapers for a sleepy publishing company in the middle of nowhere. Still, I began scrolling through the Rodale job postings, more idly curious than anything, but midway down the list I stopped cold. *Organic Gardening*, the company's flagship magazine, was seeking a new managing editor. My heart skipped a beat. I had often daydreamed about the huge difference a decent journalist could make at the magazine, and now here was my chance. It was crazy; it was ridiculous. A career editing stories about cauliflower and compost? Why would I want to do that?

That night I told Jenny about the opening, fully expecting her to tell me I was insane for even considering it. Instead she surprised me by encouraging me to send a résumé. The idea of leaving the heat and humidity and congestion and crime of South Florida for a simpler life in the country appealed to her. She missed four seasons and hills. She missed falling leaves and spring daffodils. She missed icicles and apple cider. She wanted our kids and, as ridiculous as it sounds, our dog to experience the wonders of a winter blizzard. "Marley's never even chased a snowball," she said, stroking his fur with her bare foot.

"Now, there's a good reason for changing careers," I said.

"You should do it just to satisfy your curiosity," she said. "See what happens. If they offer it to you, you can always turn them down."

I had to admit I shared her dream about moving north again.

As much as I enjoyed our dozen years in South Florida, I was a northern native who had never learned to stop missing three things: rolling hills, changing seasons, and open land. Even as I grew to love Florida with its mild winters, spicy food, and comically irascible mix of people, I did not stop dreaming of someday escaping to my own private paradise—not a postage-stamp-sized lot in the heart of hyperprecious Boca Raton but a real piece of land where I could dig in the dirt, chop my own firewood, and tromp through the forest, my dog at my side.

I applied, fully convincing myself it was just a lark. Two weeks later the phone rang and it was J. I. Rodale's granddaughter, Maria Rodale. I had sent my letter to "Dear Human Resources" and was so surprised to be hearing from the owner of the company that I asked her to repeat her last name. Maria had taken a personal interest in the magazine her grandfather had founded, and she was intent on returning it to its former glory. She was convinced she needed a professional journalist, not another earnest organic gardener, to do that, and she wanted to take on more challenging and important stories about the environment, genetic engineering, factory farming, and the burgeoning organic movement.

I arrived for the job interview fully intending to play hard to get, but I was hooked the moment I drove out of the airport and onto the first curving, two-lane country road. At every turn was another postcard: a stone farmhouse here, a covered bridge there. Icy brooks gurgled down hillsides, and furrowed farmland stretched to the horizon like God's own golden robes. It didn't help that it was spring and every last tree in the Lehigh Valley was in full, glorious bloom. At a lonely country stop sign, I stepped out of my rental car and stood in the middle of the pavement. For as far as I could see in any direction, there was nothing but woods and meadows. Not a car, not a person, not a building. At the first pay phone I could find, I called Jenny. "You're not going to believe this place," I said.

Two months later the movers had the entire contents of our Boca house loaded into a gigantic truck. An auto carrier arrived to haul off our car and minivan. We turned the house keys over to the new owners and spent our last night in Florida sleeping on the floor of a neighbor's home, Marley sprawled out in the middle of us. "Indoor camping!" Patrick shrieked.

The next morning I arose early and took Marley for what would be his last walk on Florida soil. He sniffed and tugged and pranced as we circled the block, stopping to lift his leg on every shrub and mailbox we came to, happily oblivious to the abrupt change I was about to foist on him. I had bought a sturdy plastic travel crate to carry him on the airplane, and following Dr. Jay's advice, I clamped open Marley's jaws after our walk and slipped a double dose of tranquilizers down his throat. By the time our neighbor dropped us off at Palm Beach International Airport, Marley was red-eyed and exceptionally mellow. We could have strapped him to a rocket and he wouldn't have minded.

In the terminal, the Grogan clan cut a fine form: two wildly excited little boys racing around in circles, a hungry baby in a stroller, two stressed-out parents, and one very stoned dog. Rounding out the lineup was the rest of our menagerie: two frogs, three goldfish, a hermit crab, a snail named Sluggy, and a box of live crickets for feeding the frogs. As we waited in line at check-in, I assembled the plastic pet carrier. It was the biggest one I could find, but when we reached the counter, a woman in uniform looked at Marley, looked at the crate, looked back at Marley, and said, "We can't allow that dog aboard in that container. He's too big for it."

John Grogan

"The pet store said this was the 'large dog' size," I pleaded.

"FAA regulations require that the dog can freely stand up inside and turn fully around," she explained, adding skeptically, "Go ahead, give it a try."

I opened the gate and called Marley, but he was not about to voluntarily walk into this mobile jail cell. I pushed and prodded, coaxed and cajoled; he wasn't budging. Where were the dog biscuits when I needed them? I searched my pockets for something to bribe him with, finally fishing out a tin of breath mints. This was as good as it was going to get. I took one out and held it in front of his nose. "Want a mint, Marley? Go get the mint!" and I tossed it into the crate. Sure enough, he took the bait and blithely entered the box.

The lady was right; he didn't quite fit. He had to scrunch down so his head wouldn't hit the ceiling; even with his nose touching the back wall, his butt stuck out the open door. I scrunched his tail down and closed the gate, nudging his rear inside. "What did I tell you?" I said, hoping she would consider it a comfortable fit.

"He's got to be able to turn around," she said.

"Turn around, boy," I beckoned to him, giving a little whistle. "Come on, turn around." He shot a glance over his shoulder at me with those doper eyes, his head scraping the ceiling, as if awaiting instructions on just how to accomplish such a feat.

If he could not turn around, the airline was not letting him aboard the flight. I checked my watch. We had twelve minutes left to get through security, down the concourse, and onto the plane. "Come here, Marley!" I said more desperately. "Come on!" I snapped my fingers, rattled the metal gate, made kissy-kissy sounds. "Come on," I pleaded. "Turn around." I was about to drop to my knees and beg when I heard a crash, followed almost immediately by Patrick's voice.

"Oops," he said.

"The frogs are loose!" Jenny screamed, jumping into action.

"Froggy! Croaky! Come back!" the boys yelled in unison.

My wife was on all fours now, racing around the terminal as the frogs cannily stayed one hop ahead of her. Passersby began to stop and stare. From a distance you could not see the frogs at all, just the crazy lady with the diaper bag hanging from her neck, crawling around like she had started the morning off with a little too much moonshine. From their expressions, I could tell they fully expected her to start howling at any moment.

"Excuse me a second," I said as calmly as I could to the airline worker, then joined Jenny on my hands and knees.

After doing our part to entertain the early-morning travel crowd, we finally captured Froggy and Croaky just as they were ready to make their final leap for freedom out the automatic doors. As we turned back, I heard a mighty ruckus coming from the dog crate. The entire box shivered and lurched across the floor, and when I peered in I saw that Marley had somehow gotten himself turned around. "See?" I said to the baggage supervisor. "He can turn around, no problem."

"Okay," she said with a frown. "But you're really pushing it."

Two workers lifted Marley and his crate onto a dolly and wheeled him away. The rest of us raced for our plane, arriving at the gate just as the flight attendants were closing the hatch. It occurred to me that if we missed the flight, Marley would be arriving alone in Pennsylvania, a scene of potential pandemonium I did not even want to contemplate. "Wait! We're here!" I shouted, pushing Colleen ahead of me, the boys and Jenny trailing by fifty feet.

As we settled into our seats, I finally allowed myself to exhale. We had gotten Marley squared away. We had captured the frogs. We had made the flight. Next stop, Allentown, Pennsylvania. I could relax now. Through the window I watched as a tram pulled up with the dog crate sitting on it. "Look," I said to the kids. "There's Marley." They waved out the window and called, "Hi, Waddy!"

As the engines revved and the flight attendant went over the safety precautions, I pulled out a magazine. That's when I noticed Jenny freeze in the row in front of me. Then I heard it, too. From below our feet, deep in the bowels of the plane, came a sound, muffled but undeniable. It was pitifully mournful sound, a sort of primal call that started low and rose as it went. *Oh, dear Jesus, he's down there howling.* For the record, Labrador retrievers do not howl. Beagles howl. Wolves howl. Labs do not howl, at least not well. Marley had attempted to howl twice before, both times in answer to a passing police siren, tossing back his head, forming his mouth into an *O* shape, and letting loose the most pathetic sound I have ever heard, more like he was gargling than answering the call of the wild. But now, no question about it, he was howling.

The passengers began to look up from their newspapers and novels. A flight attendant handing out pillows paused and cocked her head quizzically. A woman across the aisle from us looked at her husband and asked: "Listen. Do you hear that? I think it's a dog." Jenny stared straight ahead. I stared into my magazine. If anyone asked, we were denying ownership.

"Waddy's sad," Patrick said.

No, son, I wanted to correct him, *some strange dog we have never seen before and have no knowledge of is sad.* But I just pulled my magazine higher over my face, following the advice of the immortal Richard Milhous Nixon: plausible deniability. The jet engines whined and the plane taxied down the runway, drowning out Marley's dirge. I pictured him down below in the dark hold, alone, scared, confused, stoned, not even able to fully stand up. I imagined the roaring engines, which in Marley's warped mind might be just another thunderous assault by random lightning bolts determined to take him out. The poor guy. I wasn't willing to admit he was mine, but I knew I would be spending the whole flight worrying about him.

The airplane was barely off the ground when I heard another little crash, and this time it was Conor who said, "Oops." I looked down and then, once again, stared straight into my magazine. *Plausible deniability.* After several seconds, I furtively glanced around. When I was pretty sure no one was staring, I leaned forward and whispered into Jenny's ear: "Don't look now, but the crickets are loose."

CHAPTER 22

In the Land of Pencils

We settled into a rambling house on two acres perched on the side of a steep hill. Or perhaps it was a small mountain; the locals seemed to disagree on this point. Our property had a meadow where we could pick wild raspberries, a woods where I could chop logs to my heart's content, and a small, spring-fed creek where the kids and Marley soon found they could get exceptionally muddy. There was a fireplace and endless garden possibilities and a white-steepled church on the next hill, visible from our kitchen window when the leaves dropped in the fall.

Our new home even came with a neighbor right out of Central Casting, an orange-bearded bear of a man who lived in a 1790s stone farmhouse and on Sundays enjoyed sitting on his back porch and shooting his rifle into the woods just for fun, much to Marley's unnerved dismay. On our first day in our new house, he walked over with a bottle of homemade wild-cherry wine and a basket of the biggest blackberries I had ever seen. He introduced himself as Digger. As we surmised from the nickname, Digger made his living as an excavator. If we had any holes we needed dug or earth we wanted moved, he instructed, we were to just give a shout and he'd swing by with one of his big machines. "And if you hit a deer with your car, come get me," he said with a wink. "We'll butcher it up and split the meat before the game officer knows a thing." No doubt about it, we weren't in Boca anymore.

There was only one thing missing from our new bucolic existence. Minutes after we pulled into the driveway of our new house, Conor looked up at me, big tears rolling out of his eyes, and declared: "I thought there were going to be pencils in Pencilvania." For our boys, now ages seven and five, this was a near deal breaker. Given the name of the state we were adopting, both of them arrived fully expecting to see bright yellow writing implements hanging like berries from every tree and shrub, there for the plucking. They were crushed to learn otherwise.

What our property lacked in school supplies, it made up for in skunks, opossums, woodchucks, and poison ivy, which flourished along the edge of our woods and snaked up the trees, giving me hives just to look at it. One morning I glanced out the kitchen window as I fumbled with the coffeemaker and there staring back at me was a magnificent eight-point buck. Another morning a family of wild turkeys gobbled its way across the backyard. As Marley and I walked through the woods down the hill from our house one Saturday, we came upon a mink trapper laying snares. A mink trapper! Almost in my backyard! What the Bocahontas set would have given for that connection.

Living in the country was at once peaceful, charming—and just a little lonely. The Pennsylvania Dutch were polite but cautious of outsiders. And we were definitely outsiders. After South Florida's legion crowds and lines, I should have been ecstatic about the solitude. Instead, at least in the early months, I found myself darkly ruminating over our decision to move to a place where so few others apparently wanted to live.

Marley, on the other hand, had no such misgivings. Except for the crack of Digger's gun going off, the new country lifestyle fit him splendidly. For a dog with more energy than sense, what wasn't to like? He raced across the lawn, crashed through the brambles, splashed through the creek. His life's mission was to catch one of the countless rabbits that considered my garden their own personal salad bar. He would spot a rabbit munching the lettuce and barrel off down the hill in hot pursuit, ears flapping behind him, paws pounding the ground, his bark filling the air. He was about as stealthy as a marching band and never got closer than a dozen feet before his intended prey scampered off into the woods to safety. True to his trademark, he remained eternally optimistic that success waited just around the bend. He would loop back, tail wagging, not discouraged in the least, and five minutes later do it all over again. Fortunately, he was no better at sneaking up on the skunks.

Autumn came and with it a whole new mischievous game: Attack the Leaf Pile. In Florida, trees did not shed their leaves in the fall, and Marley was positively convinced the foliage drifting down from the skies now was a gift meant just for him. As I raked the orange and yellow leaves into giant heaps, Marley would sit and watch patiently, biding his time, waiting until just the right moment to strike. Only after I had gathered a mighty towering pile would he slink forward, crouched low. Every few steps, he would stop, front paw raised, to sniff the air like a lion on the Serengeti stalking an unsuspecting gazelle. Then, just as I leaned on my rake to admire my handiwork, he would lunge, charging across the lawn in a series of bounding leaps, flying for the last several feet and landing in a giant belly flop in the middle of the pile, where he growled and rolled and flailed and scratched and snapped, and, for reasons not clear to me, fiercely chased his tail, not stopping until my neat leaf pile was scattered across the lawn again. Then he would sit up amid *his* handiwork, the shredded remains of leaves clinging to his fur, and give me a self-satisfied look, as if his contribution were an integral part of the leaf-gathering process.

Our first Christmas in Pennsylvania was supposed to be white. Jenny and I had had to do a sales job on Patrick and Conor to convince them that leaving their home and friends in Florida was for the best, and one of the big selling points was the promise of snow. Not just any kind of snow, but deep, fluffy, made-for-postcards snow, the kind that fell from the sky in big silent flakes, piled into drifts, and was of just the right consistency for shaping into snowmen. And snow for Christmas Day, well, that was best of all, the Holy Grail of northern winter experiences. We wantonly spun a Currier and Ives image for them of waking up on Christmas morning to a starkly white landscape, unblemished except for the solitary tracks of Santa's sleigh outside our front door.

In the week leading up to the big day, the three of them sat in the window together for hours, their eyes glued on the leaden sky as if they could will it to open and discharge its load. "Come on, snow!" the kids chanted. They had never seen it; Jenny and I hadn't seen it for the last quarter of our lives. We wanted snow, but the clouds would not give it up. A few days before Christmas, the whole family piled into the minivan and drove to a farm a half mile away where we cut a spruce tree and enjoyed a free hayride and hot apple cider around a bonfire. It was the kind of classic northern holiday moment we had missed in Florida, but one thing was absent. Where was the damn snow? Jenny and I were beginning to regret how recklessly we had hyped the inevitable first snowfall. As we hauled our fresh-cut tree home, the sweet scent of its sap filling the van, the kids complained about getting gypped. First no pencils, now no snow; what else had their parents lied to them about?

Christmas morning found a brand-new toboggan beneath the tree and enough snow gear to outfit an excursion to Antarctica, but the view out our windows remained all bare branches, dormant lawns, and brown cornfields. I built a cheery fire in the fireplace and told the children to be patient. The snow would come when the snow would come.

New Year's arrived and still it did not come. Even Marley seemed antsy, pacing and gazing out the windows, whimpering softly, as if he too felt he had been sold a bill of goods. The kids returned to school after the holiday, and still nothing. At the breakfast table they gazed sullenly at me, the father who had betrayed them. I began making lame excuses, saying things like "Maybe little boys and girls in some other place need the snow more than we do."

"Yeah, right, Dad," Patrick said.

Three weeks into the new year, the snow finally rescued me from my purgatory of guilt. It came during the night after everyone was asleep, and Patrick was the first to sound the alarm, running into our bedroom at dawn and yanking open the blinds. "Look! Look!" he squealed. "It's here!" Jenny and I sat up in bed to behold our vindication. A white blanket covered the hillsides and cornfields and pine trees and rooftops, stretching to the horizon. "Of course, it's here," I answered nonchalantly. "What did I tell you?"

The snow was nearly a foot deep and still coming down. Soon Conor and Colleen came chugging down the hall, thumbs in mouths, blankies trailing behind them. Marley was up and stretching, banging his tail into everything, sensing the excitement. I turned to Jenny and said, "I guess going back to sleep isn't an option," and when she confirmed it was not, I turned to the kids and shouted, "Okay, snow bunnies, let's suit up!"

For the next half hour we wrestled with zippers and leggings and buckles and hoods and gloves. By the time we were done, the kids looked like mummies and our kitchen like the staging area for the Winter Olympics. And competing in the Goof on Ice Downhill Competition, Large Canine Division, was . . . Marley the Dog. I opened the front door and before anyone else could step out, Marley blasted past us, knocking the well-bundled Colleen over in the process. The instant his paws hit the strange white stuff—*Ah, wet! Ah, cold!*—he had second thoughts and attempted an abrupt about-face. As anyone who has ever driven a car in snow knows, sudden braking coupled with tight U-turns is never a good idea.

Marley went into a full skid, his rear end spinning out in front of him. He dropped down on one flank briefly before bouncing upright again just in time to somersault down the front porch steps and headfirst into a snowdrift. When he popped back up a second later, he looked like a giant powdered doughnut. Except for a black nose and two brown eyes, he was completely dusted in white. The Abominable Snowdog. Marley did not know what to make of this foreign substance. He jammed his nose deep into it and let loose a violent sneeze. He snapped at it and rubbed his face in it. Then, as if an invisible hand reached down from the heavens and jabbed him with a giant shot of adrenaline, he took off at full throttle, racing around the yard in a series of giant, loping leaps interrupted every several feet by a random somersault or nosedive. Snow was almost as much fun as raiding the neighbors' trash.

To follow Marley's tracks in the snow was to begin to understand his warped mind. His path was filled with abrupt twists and turns and about-faces, with erratic loops and figure-eights, with corkscrews and triple lutzes, as though he were following some bizarre algorithm that only he could understand. Soon the kids were taking his lead, spinning and rolling and frolicking, snow packing into every crease and crevice of their outerwear. Jenny came out with buttered toast, mugs of hot cocoa, and an announcement: school was canceled. I knew there was no way I was getting my little two-wheel-drive Nissan out the driveway anytime soon, let alone up and down the unplowed mountain roads, and I declared an official snow day for me, too.

I scraped the snow away from the stone circle I had built that fall for backyard campfires and soon had a crackling blaze going. The kids glided screaming down the hill in the toboggan, past the campfire and to the edge of the woods, Marley chasing behind them. I looked at Jenny and asked, "If someone had told you a year ago that your kids would be sledding right out their back door, would you have believed them?"

"Not a chance," she said, then wound up and unleashed a snowball that thumped me in the chest. The snow was in her hair, a blush in her cheeks, her breath rising in a cloud above her.

"Come here and kiss me," I said.

Later, as the kids warmed themselves by the fire, I decided to try a run on the toboggan, something I hadn't done since I was a teenager. "Care to join me?" I asked Jenny.

"Sorry, Jean Claude, you're on your own," she said.

I positioned the toboggan at the top of the hill and lay back on it, propped up on my elbows, my feet tucked inside its nose. I began rocking to get moving. Not often did Marley have the opportunity to look down at me, and having me prone like that was tantamount to an invitation. He sidled up to me and sniffed my face. "What do you want?" I asked, and that was all the welcome he needed. He clambered aboard, straddling me and dropping onto my chest. "Get off me, you big lug!" I screamed. But it was too late. We were already creeping forward, gathering speed as we began our descent.

"Bon voyage!" Jenny yelled behind us.

Off we went, snow flying, Marley plastered on top of me, licking me lustily all over my face as we careered down the slope. With our combined weight, we had considerably more momentum than the kids had, and we barreled past the point where their tracks pe-tered out. "Hold on, Marley!" I screamed. "We're going into the woods!"

We shot past a large walnut tree, then between two wild cherry trees, miraculously avoiding all unyielding objects as we crashed through the underbrush, brambles tearing at us. It sud-denly occurred to me that just up ahead was the bank leading down several feet to the creek, still unfrozen. I tried to kick my feet out to use as brakes, but they were stuck. The bank was steep, nearly a sheer drop-off, and we were going over. I had time only to wrap my arms around Marley, squeeze my eyes shut, and yell, "Whoaaaaaa!"

Our toboggan shot over the bank and dropped out from be-neath us. I felt like I was in one of those classic cartoon moments, suspended in midair for an endless second before falling to ru-inous injury. Only in this cartoon I was welded to a madly salivat-ing Labrador retriever. We clung to each other as we crash-landed into a snowbank with a soft *poof* and, hanging half off the tobog-gan, slid to the water's edge. I opened my eyes and took stock of my condition. I could wiggle my toes and fingers and rotate my neck; nothing was broken. Marley was up and prancing around me, eager to do it all over again. I stood up with a groan and, brushing myself off, said, "I'm getting too old for this stuff." In the months ahead it would become increasingly obvious that Marley was, too.

Sometime toward the end of that first winter in Pennsylvania I be-gan to notice Marley had moved quietly out of middle age and into retirement. He had turned nine that December, and ever so slightly he was slowing down. He still had his bursts of unbridled, adrenaline-pumped energy, as he did on the day of the first snow-fall, but they were briefer now and farther apart. He was content to snooze most of the day, and on walks he tired before I did, a first in our relationship. One late-winter day, the temperature above freezing and the scent of spring thaw in the air, I walked him down our hill and up the next one, even steeper than ours, where the white church perched on the crest beside an old cemetery filled with Civil War veterans. It was a walk I took often and one that even the previous fall Marley had made without visible effort, despite the angle of the climb, which always got us both panting. This time, though, he was falling behind. I coaxed him along, calling out words of encouragement, but it was like watching a toy slowly wind down as its battery went dead. Marley just did not have the oomph needed to make it to the top. I stopped to let him rest before continuing, something I had never had to do before. "You're not going soft on me, are you?" I asked, leaning over and stroking his face with my gloved hands. He looked up at me, his eyes bright, his nose wet, not at all concerned about his flagging energy. He had a contented but tuckered-out look on his face, as though life got no better than this, sitting along the side of a country road on a crisp late-winter's day with your master at your side. "If you think I'm carrying you," I said, "forget it."

The sun bathed over him, and I noticed just how much gray had crept into his tawny face. Because his fur was so light, the effect was subtle but undeniable. His whole muzzle and a good part of his brow had turned from buff to white. Without us quite realizing it, our eternal puppy had become a senior citizen.

That's not to say he was any better behaved. Marley was still up to all his old antics, simply at a more leisurely pace. He still stole food off the children's plates. He still flipped open the lid of the kitchen trash can with his nose and rummaged inside. He still strained at his leash. Still swallowed a wide assortment of household objects. Still drank out of the bathtub and trailed water from his gullet. And when the skies darkened and thunder rumbled, he

still panicked and, if alone, turned destructive. One day we arrived home to find Marley in a lather and Conor's mattress
splayed open down to the coils.

Over the years, we had become philosophical about the damage, which had become much less frequent now that we were
away from Florida's daily storm patterns. In a dog's life, some plaster would fall, some cushions would open, some rugs would
shred. Like any relationship, this one had its costs. They were
costs we came to accept and balance against the joy and amusement and protection and companionship he gave us. We could
have bought a small yacht with what we spent on our dog and all
the things he destroyed. Then again, how many yachts wait by the
door all day for your return? How many live for the moment they
can climb in your lap or ride down the hill with you on a toboggan, licking your face?

Marley had earned his place in our family. Like a quirky but
beloved uncle, he was what he was. He would never be Lassie or
Benji or Old Yeller; he would never reach Westminster or even the
county fair. We knew that now. We accepted him for the dog he
was, and loved him all the more for it.

"You old geezer," I said to him on the side of the road that late-
winter day, scruffing his neck. Our goal, the cemetery, was still a
steep climb ahead. But just as in life, I was figuring out, the desti-
nation was less important than the journey. I dropped to one
knee, running my hands down his sides, and said, "Let's just sit
here for a while." When he was ready, we turned back down the
hill and poked our way home.

CHAPTER 23

Poultry on Parade

❋

That spring we decided to try our hand at animal husbandry. We owned two acres in the country now; it only seemed right to share it with a farm animal or two. Besides, I was editor of *Organic Gardening,* a magazine that had long celebrated the incorporation of animals—and their manure—into a healthy, well-balanced garden. "A cow would be fun," Jenny suggested.

"A cow?" I asked. "Are you crazy? We don't even have a barn; how can we have a cow? Where do you suggest we keep it, in the garage next to the minivan?"

"How about sheep?" she said. "Sheep are cute." I shot her my well-practiced you're-not-being-practical look.

"A goat? Goats are adorable."

In the end we settled on poultry. For any gardener who has sworn off chemical pesticides and fertilizers, chickens made a lot of sense. They were inexpensive and relatively low-maintenance. They needed only a small coop and a few cups of cracked corn each morning to be happy. Not only did they provide fresh eggs, but, when let loose to roam, they spent their days studiously scouring the property, eating bugs and grubs, devouring ticks, scratching up the soil like efficient little rototillers, and fertilizing with their high-nitrogen droppings as they went. Each evening at dusk they returned to their coop on their own. What wasn't to like? A chicken was an organic gardener's best friend. Chickens made perfect sense. Besides, as Jenny pointed out, they passed the cuteness test.

Chickens it was. Jenny had become friendly with a mom from school who lived on a farm and said she'd be happy to give us some chicks from the next clutch of eggs to hatch. I told Digger about our plans, and he agreed a few hens around the place made sense. Digger had a large coop of his own in which he kept a flock of chickens for both eggs and meat.

"Just one word of warning," he said, folding his meaty arms across his chest. "Whatever you do, don't let the kids name them. Once you name 'em, they're no longer poultry, they're pets."

"Right," I said. Chicken farming, I knew, had no room for sentimentality. Hens could live fifteen years or more but only produced eggs in their first couple of years. When they stopped laying, it was time for the stewing pot. That was just part of managing a flock.

Digger looked hard at me, as if divining what I was up against, and added, "Once you name them, it's all over."

"Absolutely," I agreed. "No names."

The next evening I pulled into the driveway from work, and the three kids raced out of the house to greet me, each cradling a newborn chick. Jenny was behind them with a fourth in her hands. Her friend, Donna, had brought the baby birds over that afternoon. They were barely a day old and peered up at me with cocked heads as if to ask, "Are you my mama?"

Patrick was the first to break the news. "I named mine Feathers!" he proclaimed.

"Mine is Tweety," said Conor.

"My wicka Wuffy," Colleen chimed in.

I shot Jenny a quizzical look.

"Fluffy," Jenny said. "She named her chicken Fluffy."

"Jenny," I protested. "What did Digger tell us? These are farm animals, not pets."

"Oh, get real, Farmer John," she said. "You know as well as I do that you could never hurt one of these. Just look at how cute they are."

"Jenny," I said, the frustration rising in my voice.

"By the way," she said, holding up the fourth chick in her hands, "meet Shirley."

Feathers, Tweety, Fluffy, and Shirley took up residence in a box on the kitchen counter, a lightbulb dangling above them for warmth. They ate and they pooped and they ate some more—and grew at a breathtaking pace. Several weeks after we brought the birds home, something jolted me awake before dawn. I sat up in bed and listened. From downstairs came a weak, sickly call. It was croaky and hoarse, more like a tubercular cough than a proclamation of dominance. It sounded again: *Cock-a-doodle-do!* A few seconds ticked past and then came an equally sickly, but distinct, reply: *Rook-ru-rook-ru-roo!*

I shook Jenny and, when she opened her eyes, asked: "When Donna brought the chicks over, you did ask her to check to make sure they were hens, right?"

"You mean you can do that?" she asked, and rolled back over, sound asleep.

It's called sexing. Farmers who know what they are doing can inspect a newborn chicken and determine, with about 80 percent accuracy, whether it is male or female. At the farm store, sexed chicks command a premium price. The cheaper option is to buy "straight run" birds of unknown gender. You take your chances with straight run, the idea being that the males will be slaughtered young for meat and the hens will be kept to lay eggs. Playing the straight-run gamble, of course, assumes you have what it takes to kill, gut, and pluck any excess males you might end up with. As anyone who has ever raised chickens knows, two roosters in a flock is one rooster too many.

As it turned out, Donna had not attempted to sex our four chicks, and three of our four "laying hens" were males. We had on our kitchen counter the poultry equivalent of Boys Town U.S.A. The thing about roosters is they're never content to play second chair to any other rooster. If you had equal numbers of roosters and hens, you might think they would pair off into happy little Ozzie and Harriet–style couples. But you would be wrong. The males will fight endlessly, bloodying one another gruesomely, to determine who will dominate the roost. Winner takes all.

As they grew into adolescents, our three roosters took to posturing and pecking and, most distressing considering they were still in our kitchen as I raced to finish their coop in the backyard, crowing their testosterone-pumped hearts out. Shirley, our one poor, overtaxed female, was getting way more attention than even the most lusty of women could want.

I had thought the constant crowing of our roosters would drive Marley insane. In his younger years, the sweet chirp of a single tiny songbird in the yard would set him off on a frenetic barking jag as he raced from one window to the next, hopping up and down on his hind legs. Three crowing roosters a few steps from his food bowl, however, had no effect on him at all. He didn't seem to even know they were there. Each day the crowing grew louder and stronger, rising up from the kitchen to echo through the house at five in the morning. *Cock-a-doodle-dooooo!* Marley slept right through the racket. That's when it first occurred to me that maybe he wasn't just ignoring the crowing; maybe he couldn't hear it. I walked up behind him one afternoon as he snoozed in the kitchen and said, "Marley?" Nothing. I said it louder: "Marley!" Nothing. I clapped my hands and shouted, "MARLEY!" He lifted his head and looked blankly around, his ears up, trying to figure out what it was his radar had detected. I did it again, clapping loudly and shouting his name. This time he turned his head enough to catch a glimpse of me standing behind him. *Oh, it's you!* He bounced up, tail wagging, happy—and clearly surprised—to see me. He bumped up against my legs in greeting and gave me a sheepish look as if to ask, *What's the idea sneaking up on me like that?* My dog, it seemed, was going deaf.

It all made sense. In recent months Marley seemed to simply ignore me in a way he never had before. I would call for him and he would not so much as glance my way. I would take him outside before turning in for the night, and he would sniff his way across the yard, oblivious to my whistles and calls to get him to turn back. He would be asleep at my feet in the family room when someone would ring the doorbell—and he would not so much as open an eye.

Marley's ears had caused him problems from an early age. Like many Labrador retrievers, he was predisposed to ear infections, and we had spent a small fortune on antibiotics, ointments, cleansers, drops, and veterinarian visits. He even underwent surgery to shorten his ear canals in an attempt to correct the problem. It had not occurred to me until after we brought the impossible-to-ignore roosters into our house that all those years of problems had taken their toll and our dog had gradually slipped into a muffled world of faraway whispers.

Not that he seemed to mind. Retirement suited Marley just fine, and his hearing problems didn't seem to impinge on his leisurely country lifestyle. If anything, deafness proved fortuitous for him, finally giving him a doctor-certified excuse for disobeying. After all, how could he heed a command that he could not hear? As thick-skulled as I always insisted he was, I swear he figured out how to use his deafness to his advantage. Drop a piece of steak into his bowl, and he would come trotting in from the next room. He still had the ability to detect the dull, satisfying thud of meat on metal. But yell for him to come when he had somewhere else he'd rather be going, and he'd stroll blithely away from you, not even glancing guiltily over his shoulder as he once would have.

"I think the dog's scamming us," I told Jenny. She agreed his hearing problems seemed selective, but every time we tested him, sneaking up, clapping our hands, shouting his name, he would not respond. And every time we dropped food into his bowl, he would come running. He appeared to be deaf to all sounds except the one that was dearest to his heart or, more accurately, his stomach: the sound of dinner.

Marley went through life insatiably hungry. Not only did we give him four big scoops of dog chow a day—enough food to sustain an entire family of Chihuahuas for a week—but we began freely supplementing his diet with table scraps, against the better advice of every dog guide we had ever read. Table scraps, we knew, simply programmed dogs to prefer human food to dog chow (and given the choice between a half-eaten hamburger and dry kibble, who could blame them?). Table scraps were a recipe for canine obesity. Labs, in particular, were prone to chubbiness, especially as they moved into middle age and beyond. Some Labs, especially those of the English variety, were so rotund by adulthood, they looked like they'd been inflated with an air hose and were ready to float down Fifth Avenue in the Macy's Thanksgiving Day Parade.

Not our dog. Marley had many problems, but obesity was not among them. No matter how many calories he devoured, he always burned more. All that unbridled high-strung exuberance consumed vast amounts of energy. He was like a high-kilowatt electric plant that instantly converted every ounce of available fuel into pure, raw power. Marley was an amazing physical specimen, the kind of dog passersby stopped to admire. He was huge for a Labrador retriever, considerably bigger than the average male of his breed, which runs sixty-five to eighty pounds. Even as he aged, the bulk of his mass was pure muscle—ninety-seven pounds of rippled, sinewy brawn with nary an ounce of fat anywhere on him. His rib cage was the size of a small beer keg, but the ribs themselves stretched just beneath his fur with no spare padding. We were not worried about obesity; exactly the opposite. On our many visits to Dr. Jay before leaving Florida, Jenny and I would voice the same concerns: We were feeding him tremendous amounts of food, but still he was so much thinner than most Labs, and he always appeared famished, even immediately after wolfing down a bucket of kibble that looked like it was meant for a draft horse. Were we slowly starving him? Dr. Jay always responded the same way. He would run his hands down Marley's sleek sides, setting him off on a desperately happy Labrador evader journey around the cramped exam room, and tell us that, as far as physical attributes went, Marley was just about perfect. "Just keep doing what you're doing," Dr. Jay would say. Then, as Marley lunged between his legs or snarfed a cotton ball off the counter, Dr. Jay would add: "Obviously, I don't need to tell you that Marley burns a lot of nervous energy."

Each evening after we finished dinner, when it came time to give Marley his meal, I would fill his bowl with chow and then freely toss in any tasty leftovers or scraps I could find. With three young children at the table, half-eaten food was something we had in plentiful supply. Bread crusts, steak trimmings, pan drippings, chicken skins, gravy, rice, carrots, puréed prunes, sandwiches, three-day-old pasta—into the bowl it went. Our pet may have behaved like the court jester, but he ate like the Prince of Wales. The only foods we kept from him were those we knew to be unhealthy for dogs, such as dairy products, sweets, potatoes, and chocolate. I have a problem with people who buy human food for their pets, but larding Marley's meals with scraps that would otherwise be thrown out made me feel thrifty—waste not, want not—and charitable. I was giving always-appreciative Marley a break from the endless monotony of dog-chow hell.

When Marley wasn't acting as our household garbage disposal, he was on duty as the family's emergency spill-response team. No mess was too big a job for our dog. One of the kids would flip a full bowl of spaghetti and meatballs on the floor, and we'd simply whistle and stand back while Old Wet Vac sucked up every last noodle and then licked the floor until it gleamed. Errant peas, dropped celery, runaway rigatoni, spilled applesauce, it didn't matter what it was. If it hit the floor, it was history. To the amazement of our friends, he even wolfed down salad greens.

Not that food had to make it to the ground before it ended up in Marley's stomach. He was a skilled and unremorseful thief, preying mostly on unsuspecting children and always after checking to make sure neither Jenny nor I was watching. Birthday parties were bonanzas for him. He would make his way through the crowd of five-year-olds, shamelessly snatching hot dogs right out of their little hands. During one party, we estimated he ended up getting two-thirds of the birthday cake, nabbing piece after piece off the paper plates the children held on their laps.

It didn't matter how much food he devoured, either through legitimate means or illicit activities. He always wanted more. When deafness came, we weren't completely surprised that the only sound he could still hear was the sweet, soft thud of falling food.

One day I arrived home from work to find the house empty. Jenny and the kids were out somewhere, and I called for Marley but got no response. I walked upstairs, where he sometimes snoozed when left alone, but he was nowhere in sight. After I changed my clothes, I returned downstairs and found him in the kitchen up to no good. His back to me, he was standing on his hind legs, his front paws and chest resting on the kitchen table as he gobbled down the remains of a grilled cheese sandwich. My first reaction was to loudly scold him. Instead I decided to see how close I could get before he realized he had company. I tiptoed up behind him until I was close enough to touch him. As he chewed the crusts, he kept glancing at the door that led into the garage, knowing that was where Jenny and the kids would enter upon their return. The instant the door opened, he would be on the floor under the table, feigning sleep. Apparently it had not occurred to him that Dad would be arriving home, too, and just might sneak in through the front door.

"Oh, Marley?" I asked in a normal voice. "What do you think you're doing?" He just kept gulping the sandwich down, clueless to my presence. His tail was wagging languidly, a sign he thought he was alone and getting away with a major food heist. Clearly he was pleased with himself.

I cleared my throat loudly, and he still didn't hear me. I made kissy noises with my mouth. Nothing. He polished off one sandwich, nosed the plate out of the way, and stretched forward to reach the crusts left on a second plate. "You are such a bad dog," I said as he chewed away. I snapped my fingers twice and he froze midbite, staring at the back door. *What was that? Did I hear a car door slam?* After a moment, he convinced himself that whatever he heard was nothing and went back to his purloined snack.

That's when I reached out and tapped him once on the butt. I might as well have lit a stick of dynamite. The old dog nearly jumped out of his fur coat. He rocketed backward off the table and, as soon as he saw me, dropped onto the floor, rolling over to expose his belly to me in surrender. "Busted!" I told him. "You are so busted." But I didn't have it in me to scold him. He was old; he was deaf; he was beyond reform. I wasn't going to change him. Sneaking up on him had been great fun, and I laughed out loud when he jumped. Now as he lay at my feet begging for forgiveness I just found it a little sad. I guess secretly I had hoped he'd been faking all along.

I finished the chicken coop, an A-frame plywood affair with a drawbridge-style gangplank that could be raised at night to keep out predators. Donna kindly took back two of our three roosters and exchanged them for hens from her flock. We now had three girls and one testosterone-pumped guy bird that spent every waking minute doing one of three things: pursuing sex, having sex, or crowing boastfully about the sex he had just scored. Jenny observed that roosters are what men would be if left to their own devices, with no social conventions to rein in their baser instincts, and I couldn't disagree. I had to admit, I kind of admired the lucky bastard.

We let the chickens out each morning to roam the yard, and Marley made a few gallant runs at them, charging ahead barking for a dozen paces or so before losing steam and giving up. It was as though some genetic coding deep inside him was sending an urgent message: "You're a retriever; they are birds. Don't you think it might be a good idea to chase them?" He just did not have his heart in it. Soon the birds learned the lumbering yellow beast was no threat whatsoever, more a minor annoyance than anything else, and Marley learned to share the yard with these new, feathered interlopers. One day I looked up from weeding in the garden to see Marley and the four chickens making their way down the row toward me as if in formation, the birds pecking and Marley sniffing as they went. It was like old friends out for a Sunday stroll. "What kind of self-respecting hunting dog are you?" I chastised him. Marley lifted his leg and peed on a tomato plant before hurrying to rejoin his new pals.

CHAPTER 24

The Potty Room

Aperson can learn a few things from an old dog. As the months slipped by and his infirmities mounted, Marley taught us mostly about life's uncompromising finiteness. Jenny and I were not quite middle-aged. Our children were young, our health good, and our retirement years still an unfathomable distance off on the horizon. It would have been easy to deny the inevitable creep of age, to pretend it might somehow pass us by. Marley would not afford us the luxury of such denial. As we watched him grow gray and deaf and creaky, there was no ignoring his mortality—or ours. Age sneaks up on us all, but it sneaks up on a dog with a swiftness that is both breathtaking and sobering. In the brief span of twelve years, Marley had gone from bubbly puppy to awkward adolescent to muscular adult to doddering senior citizen. He aged roughly seven years for every one of ours, putting him, in human years, on the downward slope to ninety.

His once sparkling white teeth had gradually worn down to

brown nubs. Three of his four front fangs were missing, broken
off one by one during crazed panic attacks as he tried to chew his
way to safety. His breath, always a bit on the fishy side, had taken
on the bouquet of a sun-baked Dumpster. The fact that he had
acquired a taste for that little appreciated delicacy known as
chicken manure didn't help, either. To our complete revulsion,
he gobbled the stuff up like it was caviar.

His digestion was not what it once had been, and he became
as gassy as a methane plant. There were days I swore that if I lit a
match, the whole house would go up. Marley was able to clear an
entire room with his silent, deadly flatulence, which seemed to
increase in direct correlation to the number of dinner guests we
had in our home. "Marley! Not again!" the children would scream
in unison, and lead the retreat. Sometimes he drove even himself
away. He would be sleeping peacefully when the smell would
reach his nostrils; his eyes would pop open and he'd furl his brow
as if asking, *"Good God! Who dealt it?"* And he would stand up
and nonchalantly move into the next room.

When he wasn't farting, he was outside pooping. Or at least
thinking about it. His choosiness about where he squatted to
defecate had grown to the point of compulsive obsession. Each
time I let him out, he took longer and longer to decide on the perfect spot. Back and forth he would promenade; round and round
he went, sniffing, pausing, scratching, circling, moving on, the
whole while sporting a ridiculous grin on his face. As he combed
the grounds in search of squatting nirvana, I stood outside, sometimes in the rain, sometimes in the snow, sometimes in the dark
of night, often barefoot, occasionally just in my boxer shorts,
knowing from experience that I didn't dare leave him unsupervised lest he decide to meander up the hill to visit the dogs on the
next street.

Sneaking away became a sport for him. If the opportunity presented itself and he thought he could get away with it, he would bolt for the property line. Well, not exactly bolt. He would more sniff and shuffle his way from one bush to the next until he was out of sight. Late one night I let him out the front door for his final walk before bed. Freezing rain was forming an icy slush on the ground, and I turned around to grab a slicker out of the front closet. When I walked out onto the sidewalk less than a minute later, he was nowhere to be found. I walked out into the yard, whistling and clapping, knowing he couldn't hear me, though pretty sure all the neighbors could. For twenty minutes I prowled through our neighbors' yards in the rain, making quite the fashion statement dressed in boots, raincoat, and boxer shorts. I prayed no porch lights would come on. The more I hunted, the angrier I got. *Where the hell did he mosey off to this time?* But as the minutes passed, my anger turned to worry. I thought of those old men you read about in the newspaper who wander away from nursing homes and are found frozen in the snow three days later. I returned home, walked upstairs, and woke up Jenny. "Marley's disappeared," I said. "I can't find him anywhere. He's out there in the freezing rain." She was on her feet instantly, pulling on jeans, slipping into a sweater and boots. Together we broadened the search. I could hear her way up the side of the hill, whistling and clucking for him as I crashed through the woods in the dark, half expecting to find him lying unconscious in a creek bed.

Eventually our paths met up. "Anything?" I asked.

"Nothing," Jenny said.

We were soaked from the rain, and my bare legs were stinging from the cold. "Come on," I said. "Let's go home and get warm and I'll come back out with the car." We walked down the hill and up the driveway. That's when we saw him, standing beneath the overhang out of the rain and overjoyed to have us back. I could have killed him. Instead, I brought him inside and toweled him off, the unmistakable smell of wet dog filling the kitchen. Exhausted from his late-night jaunt, Marley conked out and did not budge till nearly noon the next day.

Marley's eyesight had grown fuzzy, and bunnies could now scamper past a dozen feet in front of him without him noticing. He was shedding his fur in vast quantities, forcing Jenny to vacuum every day—and still she couldn't keep up with it. Dog hair insinuated itself into every crevice of our home, every piece of our wardrobe, and more than a few of our meals. He had always been a shedder, but what had once been light flurries had grown into full-fledged blizzards. He would shake and a cloud of loose fur would rise around him, drifting down onto every surface. One night as I watched television, I dangled my leg off the couch and absently stroked his hip with my bare foot. At the commercial break, I looked down to see a sphere of fur the size of a grapefruit near where I had been rubbing. His hairballs rolled across the wood floors like tumbleweeds on a windblown plain.

Most worrisome of all were his hips, which had mostly forsaken him. Arthritis had snuck into his joints, weakening them and making them ache. The same dog that once could ride me bronco-style on his back, the dog that could lift the entire dining room table on his shoulders and bounce it around the room, could now barely pull himself up. He groaned in pain when he lay down, and groaned again when he struggled to his feet. I did not realize just how weak his hips had become until one day when I gave his rump a light pat and his hindquarters collapsed beneath him as though he had just received a cross-body block. Down he went. It was painful to watch.

Climbing the stairs to the second floor was becoming increasingly difficult for him, but he wouldn't think of sleeping alone on the main floor, even after we put a dog bed at the foot of the stairs for him. Marley loved people, loved being underfoot, loved rest-ing his chin on the mattress and panting in our faces as we slept, loved jamming his head through the shower curtain for a drink as we bathed, and he wasn't about to stop now. Each night when Jenny and I retired to our bedroom, he would fret at the foot of the stairs, whining, yipping, pacing, tentatively testing the first step with his front paw as he mustered his courage for the ascent that not long before had been effortless. From the top of the stairs, I would beckon, "Come on, boy. You can do it." After several minutes of this, he would disappear around the corner in order to get a running start and then come charging up, his front shoul-ders bearing most of his weight. Sometimes he made it; some-times he stalled midflight and had to return to the bottom and try again. On his most pitiful attempts he would lose his footing en-tirely and slide ingloriously backward down the steps on his belly. He was too big for me to carry, but increasingly I found myself fol-lowing him up the stairs, lifting his rear end up each step as he hopped forward on his front paws.

Because of the difficulty stairs now posed for him, I assumed Marley would try to limit the number of trips he made up and down. That would be giving him far too much credit for common sense. No matter how much trouble he had getting up the stairs, if I returned downstairs, say to grab a book or turn off the lights, he would be right on my heels, clomping heavily down behind me. Then, seconds later, he would have to repeat the torturous climb. Jenny and I both took to sneaking around behind his back once he was upstairs for the night so he would not be tempted to follow us back down. We assumed sneaking downstairs without his knowledge would be easy now that his hearing was shot and he was sleeping longer and more heavily than ever. But he always seemed to know when we had stolen away. I would be reading in bed and he would be asleep on the floor beside me, snoring heav-ily. Stealthily, I would pull back the covers, slide out of bed, and tiptoe past him out of the room, turning back to make sure I hadn't disturbed him. I would be downstairs for only a few minutes when I would hear his heavy steps on the stairs, coming in search of me. He might be deaf and half blind, but his radar apparently was still in good working order.

This went on not only at night but all day long, too. I would be reading the newspaper at the kitchen table with Marley curled up at my feet when I would get up for a refill from the coffeepot across the room. Even though I was within sight and would be coming right back, he would lumber with difficulty to his feet and trudge over to be with me. No sooner had he gotten comfortable at my feet by the coffeepot than I would return to the table, where he would again drag himself and settle in. A few minutes later I would walk into the family room to turn on the stereo, and up again he would struggle, following me in, circling around and collapsing with a moan beside me just as I was ready to walk away. So it would go, not only with me but with Jenny and the kids, too.

As age took its toll, Marley had good days and bad days. He had good minutes and bad minutes, too, sandwiched so close together sometimes it was hard to believe it was the same dog.

One evening in the spring of 2002, I took Marley out for a short walk around the yard. The night was cool, in the high forties, and windy. Invigorated by the crisp air, I started to run, and Marley, feeling frisky himself, galloped along beside me just like in the old days. I even said out loud to him, "See, Marl, you still have some of the puppy in you." We trotted together back to the front door, his tongue out as he panted happily, his eyes alert. At the porch stoop, Marley gamely tried to leap up the two steps— but his rear hips collapsed on him as he pushed off, and he found himself awkwardly stuck, his front paws on the stoop, his belly resting on the steps and his butt collapsed flat on the sidewalk. There he sat, looking up at me like he didn't know what had caused such an embarrassing display. I whistled and slapped my hands on my thighs, and he flailed his front legs valiantly, trying to get up, but it was no use. He could not lift his rear off the ground. "Come on, Marley!" I called, but he was immobilized. Finally, I grabbed him under the front shoulders and turned him sideways so he could get all four legs on the ground. Then, after a few failed tries, he was able to stand. He backed up, looked apprehensively at the stairs for a few seconds, and loped up and into the house. From that day on, his confidence as a champion stair climber was shot; he never attempted those two small steps again without first stopping and fretting.

No doubt about it, getting old was a bitch. And an undignified one at that.

Marley reminded me of life's brevity, of its fleeting joys and missed opportunities. He reminded me that each of us gets just one shot at the gold, with no replays. One day you're swimming halfway out into the ocean convinced this is the day you will catch that seagull; the next you're barely able to bend down to drink out of your water bowl. Like Patrick Henry and everyone else, I had but one life to live. I kept coming back to the same question: What in God's name was I doing spending it at a gardening magazine? It wasn't that my new job did not have its rewards. I was proud of what I had done with the magazine. But I missed newspapers desperately. I missed the people who read them and the people who write them. I missed being part of the big story of the day, and the feeling that I was in my own small way helping to make a difference. I missed the adrenaline surge of writing on deadline and the satisfaction of waking up the next morning to find my in-box filled with e-mails responding to my words. Mostly, I missed telling stories. I wondered why I had ever walked away from a gig that so perfectly fit my disposition to wade into the treacherous waters of magazine management with its bare-bones budgets, relentless advertising pressures, staffing headaches, and thankless behind-the-scenes editing chores.

When a former colleague of mine mentioned in passing that the *Philadelphia Inquirer* was seeking a metropolitan columnist, I leapt without a second's hesitation. Columnist positions are extremely hard to come by, even at smaller papers, and when a position does open up it's almost always filled internally, a plum handed to veteran staffers who've proved themselves as reporters. The *Inquirer* was well respected, winner of seventeen Pulitzer Prizes over the years and one of the country's great newspapers. I was a fan, and now the *Inquirer*'s editors were asking to meet me. I wouldn't even have to relocate my family to take the job. The office I would be working in was just forty-five minutes down the Pennsylvania Turnpike, a tolerable commute. I don't put much stock in miracles, but it all seemed too good to be true, like an act of divine intervention.

In November 2002, I traded in my gardening togs for a *Philadelphia Inquirer* press badge. It quite possibly was the happiest day of my life. I was back where I belonged, in a newsroom as a columnist once again.

I had only been in the new job for a few months when the first big snowstorm of 2003 hit. The flakes began to fall on a Sunday night, and by the time they stopped the next day, a blanket two feet deep covered the ground. The children were off school for three days as our community slowly dug out, and I filed my columns from home. With a snowblower I borrowed from my neighbor, I cleared the driveway and opened a narrow canyon to the front door. Knowing Marley could never climb the sheer walls to get out into the yard, let alone negotiate the deep drifts once he was off the path, I cleared him his own "potty room," as the kids dubbed it—a small plowed space off the front walkway where he could do his business. When I called him outside to try out the new facilities, though, he just stood in the clearing and sniffed the snow suspiciously. He had very particular notions about what constituted a suitable place to answer nature's call, and this clearly was not what he had in mind. He was willing to lift his leg and pee, but that's where he drew the line. *Poop right here? Smack in front of the picture window? You can't be serious.* He turned and, with a mighty heave to climb up the slippery porch steps, went back inside.

That night after dinner I brought him out again, and this time Marley no longer could afford the luxury of waiting. He had to go. He nervously paced up and down the cleared walkway, into the potty room and out onto the driveway, sniffing the snow, pawing at the frozen ground. *No, this just won't do.* Before I could stop him, he somehow clambered up and over the sheer snow wall the snowblower had cut and began making his way across the yard toward a stand of white pines fifty feet away. I couldn't believe it; my arthritic, geriatric dog was off on an alpine trek. Every couple of steps his back hips collapsed on him and he sank down into the snow, where he rested on his belly for a few seconds before struggling back to his feet and pushing on. Slowly, painfully, he made his way through the deep snow, using his still-strong front shoulders to pull his body forward. I stood in the driveway, wondering how I was going to rescue him when he finally got stuck and could go no farther. But he trudged on and finally made it to the closest pine tree. Suddenly I saw what he was up to. The dog had a plan. Beneath the dense branches of the pine, the snow was just a few inches deep. The tree acted like an umbrella, and once underneath it Marley was free to move about and squat comfortably to relieve himself. I had to admit, it was

pretty brilliant. He circled and sniffed and scratched in his cus-
tomary way, trying to locate a worthy shrine for his daily offering.
Then, to my amazement, he abandoned the cozy shelter and
lunged back into the deep snow en route to the next pine tree.
The first spot looked perfect to me, but clearly it was just not up
to his sterling standards.

With difficulty he reached the second tree, but again, after
considerable circling, found the area beneath its branches unsuitable. So he set off to the third tree, and then the fourth and the
fifth, each time getting farther from the driveway. I tried calling
him back, though I knew he couldn't hear me. "Marley, you're going to get stuck, you dumbo!" I yelled. He just plowed ahead with
single-minded determination. The dog was on a quest. Finally, he
reached the last tree on our property, a big spruce with a dense
canopy of branches out near where the kids waited for the school
bus. It was here he found the frozen piece of ground he had been
looking for, private and barely dusted with snow. He circled a few
times and creakily squatted down on his old, shot, arthritis-
riddled haunches. There he finally found relief. Eureka!

With mission accomplished, he set off on the long journey
home. As he struggled through the snow, I waved my arms and
clapped my hands to encourage him. "Keep coming, boy! You can
make it!" But I could see him tiring, and he still had a long way to
go. "Don't stop now!" I yelled. A dozen yards from the driveway,
that's just what he did. He was done. He stopped and lay down in
the snow, exhausted. Marley did not exactly look distressed, but
he didn't look at ease, either. He shot me a worried look. *Now
what do we do, boss?* I had no idea. I could wade through the
snow to him, but then what? He was too heavy for me to pick up
and carry. For several minutes I stood there, calling and cajoling,
but Marley wouldn't budge.

"Hang on," I said. "Let me get my boots on and I'll come get
you." It had dawned on me that I could wrestle him up onto the

toboggan and pull him back to the house. As soon as he saw me approaching with the toboggan, my plan became moot. He jumped up, reenergized. The only thing I could think was that he remembered our infamous ride into the woods and over the creek bank and was hoping for a repeat. He lurched forward toward me like a dinosaur in a tar pit. I waded out into the snow, stomping down a path for him as I went, and he inched ahead. Finally we scrambled over the snowbank and onto the driveway together. He shook the snow off and banged his tail against my knees, prancing about, all frisky and cocky, flush with the bravado of an adventurer just back from a jaunt through uncharted wilderness. To think, I had doubted he could do it.

The next morning I shoveled a narrow path out to the far spruce tree on the corner of the property for him, and Marley adopted the space as his own personal powder room for the duration of the winter. The crisis had been averted, but bigger questions loomed. How much longer could he continue like this? And at what point would the aches and indignities of old age outstrip the simple contentment he found in each sleepy, lazy day?

CHAPTER 25

Beating the Odds

When school let out for the summer, Jenny packed the kids into the minivan and headed to Boston for a week to visit her sister. I stayed behind to work. That left Marley with no one at home to keep him company and let him out. Of the many little embarrassments old age inflicted on him, the one that seemed to bother him most was the diminished control he had over his bowels. For all Marley's bad behavior over the years, his bathroom habits had always been surefire. It was the one Marley feature we could brag about. From just a few months of age, he never, ever, had accidents in the house, even when left alone for ten or twelve hours. We joked that his bladder was made of steel and his bowels of stone.

That had changed in recent months. He no longer could go more than a few hours between pit stops. When the urge called, he had to go, and if we were not home to let him out, he had no choice but to go inside. It killed him to do it, and we always knew the second we walked into the house when he had had an accident. Instead of greeting us at the door in his exuberant manner, he would be standing far back in the room, his head hanging nearly to the floor, his tail flat between his legs, the shame radiating off him. We never punished him for it. How could we? He was nearly thirteen, about as old as Labs got. We knew he couldn't help it, and he seemed to know it, too. I was sure if he could talk, he would profess his humiliation and assure us that he had tried, really tried, to hold it in.

Jenny bought a steam cleaner for the carpet, and we began arranging our schedules to make sure we were not away from the house for more than a few hours at a time. Jenny would rush home from school, where she volunteered, to let Marley out. I would leave dinner parties between the main course and dessert to give him a walk, which, of course, Marley dragged out as long as possible, sniffing and circling his way around the yard. Our friends teasingly wondered aloud who was the real master over at the Grogan house.

With Jenny and the kids away, I knew I would be putting in long days. This was my chance to stay out after work, wandering around the region and exploring the towns and neighborhoods I was now writing about. With my long commute, I would be away from home ten to twelve hours a day. There was no question Marley couldn't be alone that long, or even half that long. We decided to board him at the local kennel we used every summer when we went on vacation. The kennel was attached to a large veterinarian practice that offered professional care if not the most personal service. Each time we went there, it seemed, we saw a different doctor who knew nothing about Marley except what was printed in his chart. We never even learned their names. Unlike our beloved Dr. Jay in Florida, who knew Marley almost as well as we did and who truly had become a family friend by the time we left, these were strangers—competent strangers but strangers nonetheless. Marley didn't seem to mind.

"Waddy go doggie camp!" Colleen screeched, and he perked up as though the idea had possibilities. We joked about the activities the kennel staff would have for him: hole digging from 9:00

to 10:00; pillow shredding from 10:15 to 11:00; garbage raiding from 11:05 to noon, and so on. I dropped him off on a Sunday evening and left my cell phone number with the front desk. Marley never seemed to fully relax when he was boarded, even in the familiar surroundings of Dr. Jay's office, and I always worried a little about him. After each visit, he returned looking gaunter, his snout often rubbed raw from where he had fretted it against the grating of his cage, and when he got home he would collapse in the corner and sleep heavily for hours, as if he had spent the entire time away pacing his cage with insomnia.

That Tuesday morning, I was near Independence Hall in downtown Philadelphia when my cell phone rang. "Could you please hold for Dr. So-and-so?" the woman from the kennel asked. It was yet another veterinarian whose name I had never heard before. A few seconds later the vet came on the phone. "We have an emergency with Marley," she said.

My heart rose in my chest. "An emergency?"

The vet said Marley's stomach had bloated with food, water, and air and then, stretched and distended, had flipped over on itself, twisting and trapping its contents. With nowhere for the gas and other contents to escape, his stomach had swelled painfully in a life-threatening condition known as gastric dilatation-volvulus. It almost always required surgery to correct, she said, and if left untreated could result in death within a few hours.

She said she had inserted a tube down his throat and released much of the gas that had built up in his stomach, which relieved the swelling. By manipulating the tube in his stomach, she had worked the twist out of it, or as she put it, "unflipped it," and he was now sedated and resting comfortably.

"That's a good thing, right?" I asked cautiously.

"But only temporary," the doctor said. "We got him through the immediate crisis, but once their stomachs twist like that, they almost always will twist again."

"Like how almost always?" I asked.

"I would say he has a one percent chance that it won't flip again," she said. *One percent? For God's sake,* I thought, *he has better odds of getting into Harvard.*

"One percent? That's it?"

"I'm sorry," she said. "It's very grave."

If his stomach did flip again—and she was telling me it was a virtual certainty—we had two choices. The first was to operate on him. She said she would open him up and attach the stomach to the cavity wall with sutures to prevent it from flipping again. "The operation will cost about two thousand dollars," she said. I gulped. "And I have to tell you, it's very invasive. It will be tough going for a dog his age." The recovery would be long and difficult, assuming he made it through the operation at all. Sometimes older dogs like him did not survive the trauma of the surgery, she explained.

"If he was four or five years old, I would be saying by all means let's operate," the vet said. "But at his age, you have to ask yourself if you really want to put him through that."

"Not if we can help it," I said. "What's the second option?"

"The second option," she said, hesitating only slightly, "would be putting him to sleep."

"Oh," I said.

I was having trouble processing it all. Five minutes ago I was walking to the Liberty Bell, assuming Marley was happily relaxing in his kennel run. Now I was being asked to decide whether he should live or die. I had never even heard of the condition she described. Only later would I learn that bloat was fairly common in some breeds of dogs, especially those, such as Marley, with deep barrel chests. Dogs who scarfed down their entire meal in a few quick gulps—Marley, once again—also seemed to be at higher risk. Some dog owners suspected the stress of being in a kennel could trigger bloat, but I later would see a professor of veterinarian medicine quoted as saying his research showed no connection between kennel stress and bloat. The vet on the phone acknowledged Marley's excitement around the other dogs in the kennel could have brought on the attack. He had gulped down his food as usual and was panting and salivating heavily, worked up by all the other dogs around him. She thought he might have swallowed so much air and saliva that his stomach began to dilate on its long axis, making it vulnerable to twisting. "Can't we just wait and see how he does?" I asked. "Maybe it won't twist again."

"That's what we're doing right now," she said, "waiting and watching." She repeated the one percent odds and added, "If his stomach flips again, I'll need you to make a quick decision. We can't let him suffer."

"I need to speak with my wife," I told her. "I'll call you back."

When Jenny answered her cell phone she was on a crowded tour boat with the kids in the middle of Boston Harbor. I could hear the boat's engine chugging and the guide's voice booming through a loudspeaker in the background. We had a choppy, awkward conversation over a bad connection. Neither of us could hear the other well. I shouted to try to communicate what we were up against. She was only getting snippets. Marley . . . emergency . . . stomach . . . surgery . . . put to sleep.

There was silence on the other end. "Hello?" I said. "Are you still there?"

"I'm here," Jenny said, then went quiet again. We both knew this day would come eventually; we just did not think it would be today. Not with her and the kids out of town where they couldn't even have their good-byes; not with me ninety minutes away in downtown Philadelphia with work commitments. By the end of the conversation, through shouts and blurts and pregnant pauses, we decided there was really no decision at all. The vet was right. Marley was fading on all fronts. It would be cruel to put him through a traumatic surgery to simply try to stave off the inevitable. We could not ignore the high cost, either. It seemed obscene, almost immoral, to spend that kind of money on an old dog at the end of his life when there were unwanted dogs put down every day for lack of a home, and more important, children not getting proper medical attention for lack of financial resources. If this was Marley's time, then it was his time, and we would see to it he went out with dignity and without suffering. We knew it was the right thing, yet neither of us was ready to lose him.

I called the veterinarian back and told her our decision. "His teeth are rotted away, he's stone-deaf, and his hips have gotten so bad he can barely get up the porch stoop anymore," I told her as if she needed convincing. "He's having trouble squatting to have a bowel movement."

The vet, whom I now knew as Dr. Hopkinson, made it easy on me. "I think it's time," she said.

"I guess so," I answered, but I didn't want her to put him down without calling me first. I wanted to be there with him if possible. "And," I reminded her, "I'm still holding out for that one percent miracle."

"Let's talk in an hour," she said.

An hour later Dr. Hopkinson sounded slightly more optimistic. Marley was still holding his own, resting with an intravenous drip in his front leg. She raised his odds to five percent. "I don't want you to get your hopes up," she said. "He's a very sick dog."

The next morning the doctor sounded brighter still. "He had a good night," she said. When I called back at noon, she had removed the IV from his paw and started him on a slurry of rice and meat. "He's famished," she reported. By the next call, he was up on his feet. "Good news," she said. "One of our techs just took him outside and he pooped and peed." I cheered into the phone as though he had just taken Best in Show. Then she added: "He must be feeling better. He just gave me a big sloppy kiss on the lips." Yep, that was our Marley.

"I wouldn't have thought it possible yesterday," the doc said, "but I think you'll be able to take him home tomorrow." The following evening after work, that's just what I did. He looked terrible—weak and skeletal, his eyes milky and crusted with mucus, as if he had been to the other side of death and back, which in a sense I guess he had. I must have looked a little ill myself after paying the eight-hundred-dollar bill. When I thanked the doctor for her good work, she replied, "The whole staff loves Marley. Everyone was rooting for him."

I walked him out to the car, my ninety-nine-to-one-odds miracle dog, and said, "Let's get you home where you belong." He just stood there looking woefully into the backseat, knowing it was as unattainable as Mount Olympus. He didn't even try to hop in. I called to one of the kennel workers, who helped me gingerly lift him into the car, and I drove him home with a box of medicines and strict instructions. Marley would never again gulp a huge meal in one sitting, or slurp unlimited amounts of water. His days of playing submarine with his snout in the water bowl were over. From now on, he was to receive four small meals a day and only limited rations of water—a half cup or so in his bowl at a time. In this way, the doctor hoped, his stomach would stay calm and not bloat and twist again. He also was never again to be boarded in a large kennel surrounded by barking, pacing dogs. I was convinced, and Dr. Hopkinson seemed to be, too, that that had been the precipitating factor in his close call with death.

That night, after I got him home and inside, I spread a sleeping bag on the floor in the family room beside him. He was not up to climbing the stairs to the bedroom, and I didn't have the heart to leave him alone and helpless. I knew he would fret all night if he was not at my side. "We're having a sleepover, Marley!" I proclaimed, and lay down next to him. I stroked him head to tail until huge clouds of fur rolled off his back. I wiped the mucus from the corners of his eyes and scratched his ears until he moaned with pleasure. Jenny and the kids would be home in the morning; she would pamper him with frequent minimeals of boiled hamburger and rice. It had taken him thirteen years, but Marley had finally merited people food, not leftovers but a stovetop meal made just for him. The children would throw their arms around him, unaware of how close they had come to never seeing him again.

Tomorrow the house would be loud and boisterous and full of life again. For tonight, it was just the two of us, Marley and me. Lying there with him, his smelly breath in my face, I couldn't help thinking of our first night together all those years ago after I brought him home from the breeder, a tiny puppy whimpering for his mother. I remembered how I dragged his box into the bedroom and the way we had fallen asleep together, my arm dangling over the side of the bed to comfort him. Thirteen years later, here we were, still inseparable. I thought about his puppyhood and adolescence, about the shredded couches and eaten mattresses, about the wild walks along the Intracoastal and the cheek-to-jowl dances with the stereo blaring. I thought about the swallowed objects and purloined paychecks and sweet moments of canine-human empathy. Mostly I thought about what a good and loyal companion he had been all these years. What a trip it had been.

"You really scared me, old man," I whispered as he stretched out beside me and slid his snout beneath my arm to encourage me to keep petting him. "It's good to have you home."

We fell asleep together, side by side on the floor, his rump half on my sleeping bag, my arm draped across his back. He woke me once in the night, his shoulders flinching, his paws twitching, little baby barks coming from deep in his throat, more like coughs than anything else. He was dreaming. Dreaming, I imagined, that he was young and strong again. And running like there was no tomorrow.

CHAPTER 26

Borrowed Time

Over the next several weeks, Marley bounced back from the edge of death. The mischievous sparkle returned to his eyes, the cool wetness to his nose, and a little meat to his bones. For all he'd been through, he seemed none the worse off. He was content to snooze his days away, favoring a spot in front of the glass door in the family room where the sun flooded in and baked his fur. On his new low-bulk diet of petite meals, he was perpetually ravenous and was begging and thieving food more shamelessly than ever. One evening I caught him alone in the kitchen up on his hind legs with his front paws on the kitchen counter, stealing Rice Krispies Treats from a platter. How he got up there on his frail hips, I'll never know. Infirmities be damned; when the will called, Marley's body answered. I wanted to hug him, I was so happy at the surprise display of strength.

The scare of that summer should have snapped Jenny and me out of our denial about Marley's advancing age, but we quickly returned to the comfortable assumption that the crisis was a one-time fluke, and his eternal march into the sunset could resume once again. Part of us wanted to believe he could chug on forever. Despite all his frailties, he was still the same happy-go-lucky dog. Each morning after his breakfast, he trotted into the family room to use the couch as a giant napkin, walking along its length, rubbing his snout and mouth against the fabric as he went and flipping up the cushions in the process. Then he would turn around and come back in the opposite direction so he could wipe the other side. From there he would drop to the floor and roll onto his back, wiggling from side to side to give himself a back rub. He liked to sit and lick the carpeting with lust, as if it had been larded with the most delectable gravy he had ever tasted. His daily routine included barking at the mailman, visiting the chickens, staring at the bird feeder, and making the rounds of the bathtub faucets to check for any drips of water he could lap up. Several times a day he flipped the lid up on the kitchen trash can to see what goodies he could scavenge. On a daily basis, he launched into Labrador evader mode, banging around the house, tail thumping the walls and furniture, and on a daily basis I continued to pry open his jaws and extract from the roof of his mouth all sorts of flotsam from our daily lives—potato skins and muffin wrappers, discarded Kleenex and dental floss. Even in old age, some things did not change.

As September 11, 2003, approached, I drove across the state to the tiny mining town of Shanksville, Pennsylvania, where United Flight 93 had crashed into an empty field on that infamous morning two years earlier amid a passenger uprising. The hijackers who had seized the flight were believed to be heading for Washington, D.C., to crash the plane into the White House or the Capitol, and the passengers who rushed the cockpit almost certainly saved countless lives on the ground. To mark the second anniversary of the attacks, my editors wanted me to visit the site and take my best shot at capturing that sacrifice and the lasting effect it had on the American psyche.

I spent the entire day at the crash site, lingering at the impromptu memorial that had risen there. I talked to the steady stream of visitors who showed up to pay their respects, interviewed locals who remembered the force of the explosion, sat with a woman who had lost her daughter in a car accident and who came to the crash site to find solace in communal grief. I documented the many mementoes and notes that filled the gravel parking lot. Still I was not feeling the column. What could I say about this immense tragedy that had not been said already? I went to dinner in town and pored over my notes. Writing a newspaper column is a lot like building a tower out of blocks; each nugget of information, each quote and captured moment, is a block. You start by building a broad foundation, strong enough to support your premise, then work your way up toward the pinnacle. My notebook was full of solid building blocks, but I was missing the mortar to hold them all together. I had no idea what to do with them.

After I finished my meat loaf and iced tea, I headed back to the hotel to try to write. Halfway there, on an impulse, I pulled a U-turn and drove back out to the crash site, several miles outside town, arriving just as the sun was slipping behind the hillside and the last few visitors were pulling away. I sat out there alone for a long time, as sunset turned to dusk and dusk to night. A sharp wind blew down off the hills, and I pulled my Windbreaker tight around me. Towering overhead, a giant American flag snapped in the breeze, its colors glowing almost iridescent in the last smoldering light. Only then did the emotion of this sacred place envelop me and the magnitude of what happened in the sky above this lonely field begin to sink in. I looked out on the spot where the plane hit the earth and then up at the flag, and I felt tears stinging my eyes. For the first time in my life, I took the time to count the stripes. Seven red and six white. I counted the stars, fifty of them on a field of blue. It meant more to us now, this

American flag. To a new generation, it stood once again for valor and sacrifice. I knew what I needed to write.

I shoved my hands into my pockets and walked out to the edge of the gravel lot, where I stared into the growing blackness. Standing out there in the dark, I felt many different things. One of them was pride in my fellow Americans, ordinary people who rose to the moment, knowing it was their last. One was humility, for I was alive and untouched by the horrors of that day, free to continue my happy life as a husband and father and writer. In the lonely blackness, I could almost taste the finiteness of life and thus its preciousness. We take it for granted, but it is fragile, precarious, uncertain, able to cease at any instant without notice. I was reminded of what should be obvious but too often is not, that each day, each hour and minute, is worth cherishing.

I felt something else, as well—an amazement at the boundless capacity of the human heart, at once big enough to absorb a tragedy of this magnitude yet still find room for the little moments of personal pain and heartache that are part of any life. In my case, one of those little moments was my failing dog. With a tinge of shame, I realized that even amid the colossus of human heartbreak that was Flight 93, I could still feel the sharp pang of the loss I knew was coming.

Marley was living on borrowed time; that much was clear. Another health crisis could come any day, and when it did, I would not fight the inevitable. Any invasive medical procedure at this stage in his life would be cruel, something Jenny and I would be doing more for our sake than his. We loved that crazy old dog, loved him despite everything—or perhaps *because* of everything. But I could see now the time was near for us to let him go. I got back in the car and returned to my hotel room.

• • •

The next morning, my column filed, I called home from the hotel. Jenny said, "I just want you to know that Marley really misses you."

"Marley?" I asked. "How about the rest of you?"

"Of course we miss you, dingo," she said. "But I mean Marley really, *really* misses you. He's driving us all bonkers."

The night before, unable to find me, Marley had paced and sniffed the entire house over and over, she said, poking through every room, looking behind doors and in closets. He struggled to get upstairs and, not finding me there, came back down and began his search all over again. "He was really out of sorts," she said.

He even braved the steep descent into the basement, where, until the slippery wooden stairs put it off-limits to him, Marley had happily kept me company for long hours in my workshop, snoozing at my feet as I built things, the sawdust floating down and covering his fur like a soft snowfall. Once down there, he couldn't get back up the stairs, and he stood yipping and whining until Jenny and the kids came to his rescue, holding him beneath the shoulders and hips and boosting him up step by step.

At bedtime, instead of sleeping beside our bed as he normally did, Marley camped out on the landing at the top of the stairs where he could keep watch on all the bedrooms and the front door directly at the bottom of the stairs in case I either (1) came out of hiding; or (2) arrived home during the night, on the chance I had snuck out without telling him. That's where he was the next morning when Jenny went downstairs to make breakfast. A couple of hours passed before it dawned on her that Marley still had not shown his face, which was highly unusual; he almost always was the first one down the steps each morning, charging ahead of us and banging his tail against the front door to go out. She found him sleeping soundly on the floor tight against my side of the bed. Then she saw why. When she had gotten up, she had inadvertently pushed her pillows—she sleeps with three of them—

over to my side of the bed, beneath the covers, forming a large lump where I usually slept. With his Mr. Magoo eyesight, Marley could be forgiven for mistaking a pile of feathers for his master. "He absolutely thought you were in there," she said. "I could just tell he did. He was convinced you were sleeping in!"

We laughed together on the phone, and then Jenny said, "You've got to give him points for loyalty." That I did. Devotion had always come easily to our dog.

I had been back from Shanksville for only a week when the crisis we knew could come at any time arrived. I was in the bedroom getting dressed for work when I heard a terrible clatter followed by Conor's scream: "Help! Marley fell down the stairs!" I came running and found him in a heap at the bottom of the long staircase, struggling to get to his feet. Jenny and I raced to him and ran our hands over his body, gently squeezing his limbs, pressing his ribs, massaging his spine. Nothing seemed to be broken. With a groan, Marley made it to his feet, shook off, and walked away without so much as a limp. Conor had witnessed the fall. He said Marley had started down the stairs but, after just two steps, realized everyone was still upstairs and attempted an about-face. As he tried to turn around, his hips dropped out from beneath him and he tumbled in a free fall down the entire length of the stairs.

"Wow, was he lucky," I said. "A fall like that could have killed him."

"I can't believe he didn't get hurt," Jenny said. "He's like a cat with nine lives."

But he had gotten hurt. Within minutes he was stiffening up, and by the time I arrived home from work that night, Marley was completely incapacitated, unable to move. He seemed to be sore everywhere, as though he had been worked over by thugs. What really had him laid up, though, was his front left leg; he was unable to put any weight at all on it. I could squeeze it without him yelping, and I suspected he had pulled a tendon. When he saw me, he tried to struggle to his feet to greet me, but it was no use. His left front paw was useless, and with his weak back legs, he just had no power to do anything. Marley was down to one good limb, lousy odds for any four-legged beast. He finally made it up and tried to hop on three paws to get to me, but his back legs caved in and he collapsed back to the floor. Jenny gave him an aspirin and held a bag of ice to his front leg. Marley, playful even under duress, kept trying to eat the ice cubes.

By ten-thirty that night, he was no better, and he hadn't been outside to empty his bladder since one o'clock that afternoon. He had been holding his urine for nearly ten hours. I had no idea how to get him outside and back in again so he could relieve himself. Straddling him and clasping my hands beneath his chest, I lifted him to his feet. Together we waddled our way to the front door, with me holding him up as he hopped along. But out on the porch stoop he froze. A steady rain was falling, and the porch steps, his nemesis, loomed slick and wet before him. He looked unnerved. "Come on," I said. "Just a quick pee and we'll go right back inside." He would have no part of it. I wished I could have persuaded him to just go right on the porch and be done with it, but there was no teaching this old dog that new trick. He hopped back inside and stared morosely up at me as if apologizing for what he knew was coming. "We'll try again later," I said. As if hearing his cue, he half squatted on his three remaining legs and emptied his full bladder on the foyer floor, a puddle spreading out around him. It was the first time since he was a tiny puppy that Marley had urinated in the house.

The next morning Marley was better, though still hobbling about like an invalid. We got him outside, where he urinated and defecated without a problem. On the count of three, Jenny and I together lifted him up the porch stairs to get him back inside. "I have a feeling," I told her, "that Marley will never see the upstairs of this house again." It was apparent he had climbed his last staircase. From now on, he would have to get used to living and sleeping on the ground floor.

I worked from home that day and was upstairs in the bedroom, writing a column on my laptop computer, when I heard a commotion on the stairs. I stopped typing and listened. The sound was instantly familiar, a sort of loud clomping noise as if a shod horse were galloping up a gangplank. I looked at the bedroom doorway and held my breath. A few seconds later, Marley popped his head around the corner and came sauntering into the room. His eyes brightened when he spotted me. *So there you are!* He smashed his head into my lap, begging for an ear rub, which I figured he had earned.

"Marley, you made it!" I exclaimed. "You old hound! I can't believe you're up here!"

Later, as I sat on the floor with him and scruffed his neck, he twisted his head around and gamely gummed my wrist in his jaws. It was a good sign, a telltale of the playful puppy still in him. The day he sat still and let me pet him without trying to engage me would be the day I knew he had had enough. The previous night he had seemed on death's door, and I again had braced myself for the worst. Today he was panting and pawing and trying to slime my hands off. Just when I thought his long, lucky run was over, he was back.

I pulled his head up and made him look me in the eyes. "You're going to tell me when it's time, right?" I said, more a statement than a question. I didn't want to have to make the decision on my own. "You'll let me know, won't you?"

CHAPTER 27

The Big Meadow

❄

Winter arrived early that year, and as the days grew short and the winds howled through the frozen branches, we cocooned into our snug home. I chopped and split a winter's worth of firewood and stacked it by the back door. Jenny made hearty soups and homemade breads, and the children once again sat in the window and waited for the snow to arrive. I anticipated the first snowfall, too, but with a quiet sense of dread, wondering how Marley could possibly make it through another tough winter. The previous one had been hard enough on him, and he had weakened markedly, dramatically, in the ensuing year. I wasn't sure how he would navigate ice-glazed sidewalks, slippery stairs, and a snow-covered landscape. It was dawning on me why the elderly retired to Florida and Arizona.

On a blustery Sunday night in mid-December, when the children had finished their homework and practiced their musical instruments, Jenny started the popcorn on the stove and declared a family movie night. The kids raced to pick out a video, and I whistled for Marley, taking him outside with me to fetch a basket of maple logs off the woodpile. He poked around in the frozen grass as I loaded up the wood, standing with his face into the wind, wet nose sniffing the icy air as if divining winter's descent. I clapped my hands and waved my arms to get his attention, and he followed me inside, hesitating at the front porch steps before summoning his courage and lurching forward, dragging his back legs up behind him.

Inside, I got the fire humming as the kids queued up the movie. The flames leapt and the heat radiated into the room, prompting Marley, as was his habit, to claim the best spot for himself, directly in front of the hearth. I lay down on the floor a few feet from him and propped my head on a pillow, more watching the fire than the movie. Marley didn't want to lose his warm spot, but he couldn't resist this opportunity. His favorite human was at ground level in the prone position, utterly defenseless. Who was the alpha male now? His tail began pounding the floor. Then he started wiggling his way in my direction. He sashayed from side to side on his belly, his rear legs stretched out behind him, and soon he was pressed up against me, grinding his head into my ribs. The minute I reached out to pet him, it was all over. He pushed himself up on his paws, shook hard, showering me in loose fur, and stared down at me, his billowing jowls hanging immediately over my face. When I started to laugh, he took this as a green light to advance, and before I quite knew what was happening, he had straddled my chest with his front paws and, in one big free fall, collapsed on top of me in a heap. "Ugh!" I screamed under his weight. "Full-frontal Lab attack!" The kids squealed. Marley could not believe his good fortune. I wasn't even trying to get him off me. He squirmed, he drooled, he licked me all over the face and nuzzled my neck. I could barely breathe under his weight, and after a few minutes I slid him half off me, where he remained through most of the movie, his head, shoulder, and one paw resting on my chest, the rest of him pressed against my side.

I didn't say so to anyone in the room, but I found myself clinging to the moment, knowing there would not be too many more
like it. Marley was in the quiet dusk of a long and eventful life.
Looking back on it later, I would recognize that night in front of
the fire for what it was, our farewell party. I stroked his head until
he fell asleep, and then I stroked it some more.

Four days later, we packed the minivan in preparation for a family vacation to Disney World in Florida. It would be the children's
first Christmas away from home, and they were wild with excitement. That evening, in preparation for an early-morning depar-
ture, Jenny delivered Marley to the veterinarian's office, where she
had arranged for him to spend our week away in the intensive
care unit where the doctors and workers could keep their eyes on
him around the clock and where he would not be riled by the
other dogs. After his close call on their watch the previous summer, they were happy to give him the Cadillac digs and extra attention at no extra cost.

That night as we finished packing, both Jenny and I commented on how strange it felt to be in a dog-free zone. There was
no oversized canine constantly underfoot, shadowing our every
move, trying to sneak out the door with us each time we carried
a bag to the garage. The freedom was liberating, but the house
seemed cavernous and empty, even with the kids bouncing off
the walls.

The next morning before the sun was over the tree line, we
piled into the minivan and headed south. Ridiculing the whole Disney experience is a favorite sport in the circle of parents I run with.
I've lost track of how many times I've said, "We could take the
whole family to Paris for the same amount of money." But the whole
family had a wonderful time, even naysayer Dad. Of the many potential pitfalls—sickness, fatigue-induced tantrums, lost tickets, lost
children, sibling fistfights—we escaped them all. It was a great family vacation, and we spent much of the long drive back north re-

counting the pros and cons of each ride, each meal, each swim,
each moment. When we were halfway through Maryland, just four
hours from home, my cell phone rang. It was one of the workers
from the veterinarian's office. Marley was acting lethargic, she said,
and his hips had begun to droop worse than usual. He seemed to
be in discomfort. She said the vet wanted our permission to give
him a steroid shot and pain medication. Sure, I said. Keep him comfortable, and we'd be there to pick him up the next day.

When Jenny arrived to take him home the following afternoon, December 29, Marley looked tired and a little out of sorts
but not visibly ill. As we had been warned, his hips were weaker
than ever. The doctor talked to her about putting him on a regimen of arthritis medications, and a worker helped Jenny lift him
into the minivan. But within a half hour of getting him home, he
was retching, trying to clear thick mucus from his throat. Jenny
let him out into the front yard, and he simply lay on the frozen
ground and could not or would not budge. She called me at work
in a panic. "I can't get him back inside," she said. "He's lying out
there in the cold, and he won't get up." I left immediately, and by
the time I arrived home forty-five minutes later, she had managed
to get him to his feet and back into the house. I found him
sprawled on the dining room floor, clearly distressed and clearly
not himself.

In thirteen years I had not been able to walk into the house
without him bounding to his feet, stretching, shaking, panting,
banging his tail into everything, greeting me like I'd just returned
from the Hundred Years' War. Not on this day. His eyes followed
me as I walked into the room, but he did not move his head. I
knelt down beside him and rubbed his snout. No reaction. He did
not try to gum my wrist, did not want to play, did not even lift his
head. His eyes were far away, and his tail lay limp on the floor.

Jenny had left two messages at the animal hospital and was
waiting for a vet to call back, but it was becoming obvious this

was turning into an emergency. I put a third call in. After several minutes, Marley slowly stood up on shaky legs and tried to retch again, but nothing would come out. That's when I noticed his stomach; it looked bigger than usual, and it was hard to the touch. My heart sank; I knew what this meant. I called back the veterinarian's office, and this time I described Marley's bloated stomach. The receptionist put me on hold for a moment, then came back and said, "The doctor says to bring him right in."

Jenny and I did not have to say a word to each other; we both understood that the moment had arrived. We braced the kids, telling them Marley had to go to the hospital and the doctors were going to try to make him better, but that he was very sick. As I was getting ready to go, I looked in, and Jenny and the kids were huddled around him as he lay on the floor so clearly in distress, making their good-byes. They each got to pet him and have a few last moments with him. The children remained bullishly optimistic that this dog who had been a constant part of their lives would soon be back, good as new. "Get all better, Marley," Colleen said in her little voice.

With Jenny's help, I got him into the back of my car. She gave him a last quick hug, and I drove off with him, promising to call as soon as I learned something. He lay on the floor in the backseat with his head resting on the center hump, and I drove with one hand on the wheel and the other stretched behind me so I could stroke his head and shoulders. "Oh, Marley," I just kept saying.

In the parking lot of the animal hospital, I helped him out of the car, and he stopped to sniff a tree where the other dogs all pee—still curious despite how ill he felt. I gave him a minute, knowing this might be his last time in his beloved outdoors, then tugged gently at his choker chain and led him into the lobby. Just inside the front door, he decided he had gone far enough and gingerly let himself down on the tile floor. When the techs and I were unable to get him back to his feet, they brought out a stretcher, slid him onto it, and disappeared with him behind the counter, heading for the examining area.

A few minutes later, the vet, a young woman I had never met before, came out and led me into an exam room where she put a pair of X-ray films up on a light board. She showed me how his stomach had bloated to twice its normal size. On the film, near where the stomach meets the intestines, she traced two fist-sized dark spots, which she said indicated a twist. Just as with the last time, she said she would sedate him and insert a tube into his stomach to release the gas causing the bloating. She would then use the tube to manually feel for the back of the stomach. "It's a long shot," she said, "but I'm going to try to use the tube to massage his stomach back into place." It was exactly the same one percent gamble Dr. Hopkinson had given over the summer. It had worked once, it could work again. I remained silently optimistic.

"Okay," I said. "Please give it your best shot."

A half hour later she emerged with a grim face. She had tried three times and was unable to open the blockage. She had given him more sedatives in the hope they might relax his stomach muscles. When none of that worked, she had inserted a catheter through his ribs, a last-ditch attempt to clear the blockage, also without luck. "At this point," she said, "our only real option is to go into surgery." She paused, as if gauging whether I was ready to talk about the inevitable, and then said, "Or the most humane thing might be to put him to sleep."

Jenny and I had been through this decision five months earlier and had already made the hard choice. My visit to Shanksville had only solidified my resolve not to subject Marley to any more suffering. Yet standing in the waiting room, the hour upon me once again, I stood frozen. The doctor sensed my agony and discussed the complications that could likely be expected in operating on a dog of Marley's age. Another thing troubling her, she said, was a bloody residue that had come out on the catheter, indicating problems with the stomach wall. "Who knows what we might find when we get in there," she said.

I told her I wanted to step outside to call my wife. On the cell phone in the parking lot, I told Jenny that they had tried everything short of surgery to no avail. We sat silently on the phone for a long moment before she said, "I love you, John."

"I love you, too, Jenny," I said.

I walked back inside and asked the doctor if I could have a couple of minutes alone with him. She warned me that he was heavily sedated. "Take all the time you need," she said. I found him unconscious on the stretcher on the floor, an IV shunt in his forearm. I got down on my knees and ran my fingers through his fur, the way he liked. I ran my hand down his back. I lifted each floppy ear in my hands—those crazy ears that had caused him so many problems over the years and cost us a king's ransom—and felt their weight. I pulled his lip up and looked at his lousy, worn-out teeth. I picked up a front paw and cupped it in my hand. Then I dropped my forehead against his and sat there for a long time, as if I could telegraph a message through our two skulls, from my brain to his. I wanted to make him understand some things.

"You know all that stuff we've always said about you?" I whispered. "What a total pain you are? Don't believe it. Don't believe it for a minute, Marley." He needed to know that, and something more, too. There was something I had never told him, that no one ever had. I wanted him to hear it before he went.

"Marley," I said. "You are a *great* dog."

I found the doctor waiting at the front counter. "I'm ready," I said. My voice was cracking, which surprised me because I had really believed I'd braced myself months earlier for this moment. I knew if I said another word, I would break down, and so I just nodded and signed as she handed me release forms. When the paperwork was completed, I followed her back to the unconscious Marley, and I knelt in front of him again, my hands cradling his head as she prepared a syringe and inserted it into the shunt. "Are you okay?" she asked. I nodded, and she pushed the plunger. His jaw shuddered ever so slightly. She listened to his heart and said it had slowed way down but not stopped. He was a big dog. She prepared a second syringe and again pushed the plunger. A minute later, she listened again and said, "He's gone." She left me alone with him, and I gently lifted one of his eyelids. She was right; Marley was gone.

I walked out to the front desk and paid the bill. She discussed "group cremation" for $75 or individual cremation, with the ashes returned, for $170. No, I said; I would be taking him home. A few minutes later, she and an assistant wheeled out a cart with a large black bag on it and helped me lift it into the backseat. The doctor shook my hand, told me how sorry she was. She had done her best, she said. It was his time, I said, then thanked her and drove away.

In the car on the way home, I started to cry, something I almost never do, not even at funerals. It only lasted a few minutes. By the time I pulled into the driveway, I was dry-eyed again. I left Marley in the car and went inside where Jenny was sitting up, waiting. The children were all in bed asleep; we would tell them in the morning. We fell into each other's arms and both started weeping. I tried to describe it to her, to assure her he was already deeply asleep when the end came, that there was no panic, no trauma, no pain. But I couldn't find the words. So we simply rocked in each other's arms. Later, we went outside and together lifted the heavy black bag out of the car and into the garden cart, which I rolled into the garage for the night.

CHAPTER 28

Beneath the Cherry Trees

Sleep came fitfully that night, and an hour before dawn I slid out of bed and dressed quietly so as not to wake Jenny. In the kitchen I drank a glass of water—coffee could wait—and walked out into a light, slushy drizzle. I grabbed a shovel and pickax and walked to the pea patch, which hugged the white pines where Marley had sought potty refuge the previous winter. It was here I had decided to lay him to rest.

The temperature was in the mid-thirties and the ground blessedly unfrozen. In the half dark, I began to dig. Once I was through a thin layer of topsoil, I hit heavy, dense clay studded with rocks—the backfill from the excavation of our basement—and the going was slow and arduous. After fifteen minutes I peeled off my coat and paused to catch my breath. After thirty minutes I was in a sweat and not yet down two feet. At the forty-five-minute mark, I struck water. The hole began to fill. And fill. Soon a foot of muddy cold water covered the bottom. I fetched a bucket and tried to bail it, but more water just seeped in. There was no way I could lay Marley down in that icy swamp. No way.

Despite the work I had invested in it—my heart was pounding like I had just run a marathon—I abandoned the location and scouted the yard, stopping where the lawn meets the woods at the bottom of the hill. Between two big native cherry trees, their branches arching above me in the gray light of dawn like an open-air cathedral, I sunk my shovel. These were the same trees Marley and I had narrowly missed on our wild toboggan ride, and I said out loud, "This feels right." The spot was beyond where the bull-dozers had spread the shale substrata, and the native soil was light and well drained, a gardener's dream. Digging went easily, and I soon had an oval hole roughly two by three feet around and four feet deep. I went inside and found all three kids up, sniffling quietly. Jenny had just told them.

Seeing them grieving—their first up-close experience with death—deeply affected me. Yes, it was only a dog, and dogs come and go in the course of a human life, sometimes simply because they become an inconvenience. It was only a dog, and yet every time I tried to talk about Marley to them, tears welled in my eyes. I told them it was okay to cry, and that owning a dog always ended with this sadness because dogs just don't live as long as people do. I told them how Marley was sleeping when they gave him the shot and that he didn't feel a thing. He just drifted off and was gone. Colleen was upset that she didn't have a chance to say a real good-bye to him; she thought he would be coming home. I told her I had said good-bye for all of us. Conor, our budding au-thor, showed me something he had made for Marley, to go in the grave with him. It was a drawing of a big red heart beneath which he had written: "To Marley, I hope you know how much I loved you all of my life. You were always there when I needed you. Through life or death, I will always love you. Your brother, Conor Richard Grogan." Then Colleen drew a picture of a girl with a big yellow dog and beneath it, with spelling help from her brother, she wrote, "P.S.—I will never forget you."

I went out alone and wheeled Marley's body down the hill, where I cut an armful of soft pine boughs that I laid on the floor of the hole. I lifted the heavy body bag off the cart and down into the hole as gently as I could, though there was really no graceful way to do it. I got into the hole, opened the bag to see him one last time, and positioned him in a comfortable, natural way—just as he might be lying in front of the fireplace, curled up, head tucked around to his side. "Okay, big guy, this is it," I said. I closed the bag up and returned to the house to get Jenny and the kids.

As a family, we walked down to the grave. Conor and Colleen had sealed their notes back-to-back in a plastic bag, and I placed it right beside Marley's head. Patrick used his jackknife to cut five pine boughs, one for each of us. One by one, we dropped them in the hole, their scent rising around us. We paused for a moment, then all together, as if we had rehearsed it, said, "Marley, we love you." I picked up the shovel and tossed the first scoop of dirt in. It slapped heavily on the plastic, making an ugly sound, and Jenny began to weep. I kept shoveling. The kids stood watching in silence.

When the hole was half filled, I took a break and we all walked up to the house, where we sat around the kitchen table and told funny Marley stories. One minute tears were welling in our eyes, the next we were laughing. Jenny told the story of Marley going bonkers during the filming of *The Last Home Run* when a stranger picked up baby Conor. I told about all the leashes he had severed and the time he peed on our neighbor's ankle. We described all the things he had destroyed and the thousands of dollars he had cost us. We could laugh about it now. To make the kids feel better, I told them something I did not quite believe. "Marley's spirit is up in dog heaven now," I said. "He's in a giant golden meadow, running free. And his hips are good again. And his hearing is back, and his eyesight is sharp, and he has all his teeth. He's back in his prime—chasing rabbits all day long."

Jenny added, "And having endless screen doors to crash
through." The image of him barging his way oafishly through
heaven got a laugh out of everyone.

The morning was slipping away, and I still needed to go to
work. I went back down to his grave alone and finished filling the
hole, gently, respectfully, using my boot to tamp down the loose
earth. When the hole was flush with the ground, I placed two
large rocks from the woods on top of it, then went inside, took a
hot shower, and drove to the office.

In the days immediately after we buried Marley, the whole family
went silent. The animal that was the amusing target of so many
hours of conversation and stories over the years had become a
taboo topic. We were trying to return our lives to normal, and
speaking of him only made it harder. Colleen in particular could
not bear to hear his name or see his photo. Tears would well in
her eyes and she would clench her fists and say angrily, "I don't
want to talk about him!"

I resumed my schedule, driving to work, writing my column,
coming home again. Every night for thirteen years he had waited
for me at the door. Walking in now at the end of the day was the
most painful part of all. The house seemed silent, empty, not quite
a home anymore. Jenny vacuumed like a fiend, determined to get
up the bucketsful of Marley fur that had been falling out in massive clumps for the past couple of years, insinuating itself into
every crevice and fold. Slowly, the signs of the old dog were being erased. One morning I went to put my shoes on, and inside
them, covering the insoles, lay a carpet of Marley fur, picked up
by my socks from walking on the floors and gradually deposited
inside the shoes. I just sat and looked at it—actually petted it with
two fingers—and smiled. I held it up to show Jenny and said,
"We're not getting rid of him that easy." She laughed, but that eve-

ning in our bedroom, Jenny—who had not said much all week—blurted out: "I miss him. I mean I really, *really* miss him. I ache-inside miss him."

"I know," I said. "I do, too."

I wanted to write a farewell column to Marley, but I was afraid all my emotion would pour out into a gushy, maudlin piece of self-indulgence that would only humiliate me. So I stuck with topics less dear to my heart. I did, however, carry a tape recorder with me, and when a thought came to me, I would get it down. I knew I wanted to portray him as he was and not as some impossibly perfect reincarnation of Old Yeller or Rin Tin Tin, as if there were any danger of that. So many people remake their pets in death, turning them into supernatural, noble beasts that in life did everything for their masters except fry eggs for breakfast. I wanted to be honest. Marley was a funny, bigger-than-life pain in the ass who never quite got the hang of the whole chain-of-command thing. Honestly, he might well have been the world's worst-behaved dog. Yet he intuitively grasped from the start what it meant to be man's best friend.

During the week after his death, I walked down the hill several times to stand by his grave. Partly, I wanted to make sure no wild animals were coming around at night. The grave remained undisturbed, but already I could see that in the spring I would need to add a couple of wheelbarrows of soil to fill the depression where it was settling. Mostly I just wanted to commune with him. Standing there, I found myself replaying random snippets from his life. I was embarrassed by how deep my grief went for this dog, deeper than for some humans I had known. It's not that I equated a dog's life with a human's, but outside my immediate family few people had given themselves so selflessly to me. Secretly, I brought Marley's choker chain in from the car, where it had sat since his final ride to the hospital, and stashed it beneath the underwear in my dresser, where each morning I could reach down and touch it.

I walked around all week with a dull ache inside. It was actually physical, not unlike a stomach virus. I was lethargic, unmotivated. I couldn't even muster the energy to indulge my hobbies—playing guitar, woodworking, reading. I felt out of sorts, not sure what to do with myself. I ended up going to bed early most nights, at nine-thirty, ten o'clock.

On New Year's Eve we were invited to a neighbor's house for a party. Friends quietly expressed their condolences, but we all tried to keep the conversation light and moving. This was, after all, New Year's Eve. At dinner, Sara and Dave Pandl, a pair of landscape architects who had moved back to Pennsylvania from California to turn an old stone barn into their home, and who had become our dear friends, sat at one corner of the table with me, and we talked at length about dogs and love and loss. Dave and Sara had put down their cherished Nelly, an Australian shepherd, five years earlier and buried her on the hill beside their farmhouse. Dave is one of the most unsentimental people I have ever met, a quiet stoic cut from taciturn Pennsylvania Dutch stock. But when it came to Nelly, he, too, struggled with a deep inner grief. He told me how he combed the rocky woods behind his home for days until he found the perfect stone for her grave. It was naturally shaped like a heart, and he took it to a stone carver who inscribed "Nelly" into its surface. All these years later, the death of that dog still touched them profoundly. Their eyes misted up as they told me about her. As Sara said, blinking back her tears, sometimes a dog comes along that really touches your life, and you can never forget her.

That weekend I took a long walk through the woods, and by the time I arrived at work on Monday, I knew what I wanted to say about the dog that touched my life, the one I would never forget.

I began the column by describing my walk down the hill with the shovel at dawn and how odd it was to be outdoors without

Marley, who for thirteen years had made it his business to be at my side for any excursion. "And now here I was alone," I wrote, "digging him this hole."

I quoted my father who, when I told him I had to put the old guy down, gave the closest thing to a compliment my dog had ever received: "There will never be another dog like Marley."

I gave a lot of thought to how I should describe him, and this is what I settled on: "No one ever called him a great dog—or even a good dog. He was as wild as a banshee and as strong as a bull. He crashed joyously through life with a gusto most often associated with natural disasters. He's the only dog I've ever known to get expelled from obedience school." I continued: "Marley was a chewer of couches, a slasher of screens, a slinger of drool, a tipper of trash cans. As for brains, let me just say he chased his tail till the day he died, apparently convinced he was on the verge of a major canine breakthrough." There was more to him than that, however, and I described his intuition and empathy, his gentleness with children, his pure heart.

What I really wanted to say was how this animal had touched our souls and taught us some of the most important lessons of our lives. "A person can learn a lot from a dog, even a loopy one like ours," I wrote. "Marley taught me about living each day with unbridled exuberance and joy, about seizing the moment and following your heart. He taught me to appreciate the simple things—a walk in the woods, a fresh snowfall, a nap in a shaft of winter sunlight. And as he grew old and achy, he taught me about optimism in the face of adversity. Mostly, he taught me about friendship and selflessness and, above all else, unwavering loyalty."

It was an amazing concept that I was only now, in the wake of his death, fully absorbing: Marley as mentor. As teacher and role model. Was it possible for a dog—any dog, but especially a nutty, wildly uncontrollable one like ours—to point humans to the things that really mattered in life? I believed it was. Loyalty. Courage. Devotion. Simplicity. Joy. And the things that did not matter, too. A dog has no use for fancy cars or big homes or designer clothes. Status symbols mean nothing to him. A waterlogged stick will do just fine. A dog judges others not by their color or creed or class but by who they are inside. A dog doesn't care if you are rich or poor, educated or illiterate, clever or dull. Give him your heart and he will give you his. It was really quite simple, and yet we humans, so much wiser and more sophisticated, have always had trouble figuring out what really counts and what does not. As I wrote that farewell column to Marley, I realized it was all right there in front of us, if only we opened our eyes. Sometimes it took a dog with bad breath, worse manners, and pure intentions to help us see.

I finished my column, turned it in to my editor, and drove home for the night, feeling somehow lighter, almost buoyant, as though a weight I did not even know I had been carrying was lifted from me.

CHAPTER 29

The Bad Dog Club

W hen I arrived at work the next morning, the red message light on my telephone was blinking. I punched in my access code and received a recorded warning I had never heard before. "Your mailbox is full," the voice said. "Please delete all unneeded messages."

I logged on to my computer and opened my e-mail. Same story. The opening screen was filled with new messages, and so was the next screen, and the one after that, and after that, too. The morning e-mail was a ritual for me, a visceral, if inexact, barometer of the impact that day's column had made. Some columns brought as few as five or ten responses, and on those days I knew I had not connected. Others brought several dozen, a good day. A few brought even more. But this morning there were hundreds, far more than anything I had received before. The headers at the top of the e-mails said things like "Deepest condolences," "About your loss," or simply "Marley."

Animal lovers are a special breed of human, generous of spirit, full of empathy, perhaps a little prone to sentimentality, and with hearts as big as a cloudless sky. Most who wrote and called simply wanted to express their sympathies, to tell me they, too, had been down this road and knew what my family was going through. Others had dogs whose lives were drawing to their inevitable ends; they dreaded what they knew was coming, just as we had dreaded it, too.

One couple wrote, "We fully understand and we mourn for your loss of Marley, and for our loss of Rusty. They'll always be missed, never truly replaced." A reader named Joyce wrote, "Thanks for reminding us of Duncan, who lies buried in our own backyard." A suburbanite named Debi added: "Our family understands how you feel. This past Labor Day we had to put our golden retriever Chewy to sleep. He was thirteen and had many of the same afflictions you named with your dog. When he couldn't even get up to go outside to relieve himself that last day, we knew we couldn't let him keep suffering. We, too, had a burial in our backyard, under a red maple that will always be his memorial."

An employment recruiter named Monica, owner of Katie the Lab, wrote: "My condolences and tears to you. My girl Katie is only two and I always think, 'Monica, why did you go and let this wonderful creature steal your heart like this?'" From Carmela: "Marley must have been a great dog to have a family that loved him so much. Only dog owners can understand the unconditional love they give and the tremendous heartache when they are gone." From Elaine: "Such short little lives our pets have to spend with us, and they spend most of it waiting for us to come home each day. It is amazing how much love and laughter they bring into our lives and even how much closer we become with each other because of them." From Nancy: "Dogs are one of the wonders of life and add so very much to ours." From MaryPat: "To this day I miss the sound of Max's tags jingling as he padded through the house checking things out; that silence will drive you nuts for a while, especially at night." From Connie: "It's just the

most amazing thing to love a dog, isn't it? It makes our relation-
ships with people seem as boring as a bowl of oatmeal."

When the messages finally stopped coming several days later, I
counted them up. Nearly eight hundred people, animal lovers all,
had been moved to contact me. It was an incredible outpouring,
and what a catharsis it was for me. By the time I had plowed
through them all—and answered as many as I could—I felt better,
as though I was part of a giant cyber-support group. My private
mourning had become a public therapy session, and in this
crowd there was no shame in admitting a real, piercing grief for
something as seemingly inconsequential as an old, smelly dog.

My correspondents wrote and called for another reason, too.
They wanted to dispute the central premise of my report, the
part in which I insisted Marley was the world's worst-behaved animal. "Excuse me," the typical response went, "but yours couldn't
have been the world's worst dog—because mine was." To make
their case, they regaled me with detailed accounts of their pets'
woeful behavior. I heard about shredded curtains, stolen lingerie,
devoured birthday cakes, trashed auto interiors, great escapes,
even a swallowed diamond engagement ring, which made Marley's taste for gold chains seem positively lowbrow by compari-
son. My in-box resembled a television talk show, *Bad Dogs and
the People Who Love Them,* with the willing victims lining up to
proudly brag, not about how wonderful their dogs were but
about just how awful. Oddly enough, most of the horror stories
involved large loopy retrievers just like mine. We weren't alone
after all.

A woman named Elyssa described how her Lab Mo always
broke out of the house when left alone, usually by crashing
through window screens. Elyssa and her husband thought they
had foiled Mo's wandering ways by closing and locking all the
ground-floor windows. It hadn't occurred to them to close the
upstairs windows, as well. "One day my husband came home and

saw the second-floor screen hanging loose. He was scared to death to look for him," she wrote. Just as her husband began to fear the worst, "Mo all of a sudden came around the corner of the house with his head down. He knew he was in trouble, but we were amazed he was not hurt. He had flown through the window and landed on a sturdy bush that broke his fall."

Larry the Lab swallowed his mistress's bra and then burped it up in one piece ten days later. Gypsy, another Lab with adventurous tastes, devoured a jalousie window. Jason, a retriever–Irish setter mix, downed a five-foot vacuum cleaner hose, "interior reinforcing wire and all," his owner, Mike, reported. "Jason also ate a two-by-three-foot hole in a plaster wall and backhoed a three-foot-long trench in the carpet, stretching back from his favorite spot by the window," Mike wrote, adding, "but I loved that beast."

Phoebe, a Lab mix, was kicked out of two different boarding kennels and told never to return, owner Aimee wrote. "It seems she was the gang leader in breaking out of not only her cage but doing the favor for two other dogs, too. They then helped themselves to all kinds of snacks during the overnight hours." Hayden, a hundred-pound Lab, ate just about anything he could get his jaws around, owner Carolyn reported, including a whole box of fish food, a pair of suede loafers, and a tube of superglue, "not in the same sitting." She added: "His finest hour, though, was when he tore the garage-door frame out of the wall because I had foolishly attached his leash to it so he could lie in the sunshine."

Tim reported his yellow Lab Ralph was every bit as much a food thief as Marley, only smarter. One day before going out, Tim placed a large chocolate centerpiece on top of the refrigerator where it would be safely out of Ralph's reach. The dog, his owner reported, pawed open the cupboard drawers, then used them as stairs to climb onto the counter, where he could balance on his hind legs and reach the chocolate, which was gone without a trace when his master returned home. Despite the chocolate overdose, Ralph showed no ill effects. "Another time," Tim wrote, "Ralph opened the refrigerator and emptied its contents, including things in jars."

Nancy clipped my column to save because Marley reminded her so much of her retriever Gracie. "I left the article on the kitchen table and turned to put away the scissors," Nancy wrote. "When I turned back, sure enough, Gracie had eaten the column."

Wow, I was feeling better by the minute. Marley no longer sounded all that terrible. If nothing else, he certainly had plenty of company in the Bad Dog Club. I brought several of the messages home to share with Jenny, who laughed for the first time since Marley's death. My new friends in the Secret Brotherhood of Dysfunctional Dog Owners had helped us more than they ever would know.

The days turned into weeks and winter melted into spring. Daffodils pushed up through the earth and bloomed around Marley's grave, and delicate white cherry blossoms floated down to rest on it. Gradually, life without our dog became more comfortable. Days would float by without me even thinking of him, and then some little cue—one of his hairs on my sweater, the rattle of his choker chain as I reached into my drawer for a pair of socks— would bring him abruptly back. As time passed, the recollections were more pleasant than painful. Long-forgotten moments flashed in my head with vivid clarity like clips being rerun from old home videos: The way Lisa the stabbing victim had leaned over and kissed Marley on the snout after she got out of the hospital. The way the crew on the movie set fawned over him. The way the mail lady slipped him a treat each day at the front door. The way he held mangoes in his front paws as he nibbled out the flesh. The way he snapped at the babies' diapers with that look of narcotic bliss on his face, and the way he begged for his tranquil-

izers like they were steak bits. Little moments hardly worth remembering, and yet here they were, randomly playing out on my
mental movie screen at the least likely times and places. Most of
them made me smile; a few made me bite my lip and pause.

I was in a staff meeting at the office when this one came to
me: It was back in West Palm Beach when Marley was still a
puppy and Jenny and I were still dreamy-eyed newlyweds. We
were strolling along the Intracoastal Waterway on a crisp winter's
day, holding hands, Marley out in front, tugging us along. I let him
hop up on the concrete breakwater, which was about two feet
wide and three feet above the water's surface. "John," Jenny
protested. "He could fall in." I looked at her dubiously. "How dumb
do you think he is?" I asked. "What do you think he'll do? Just walk
right off the edge into thin air?" Ten seconds later, that's exactly
what he did, landing in the water with a huge splash and requiring a complicated rescue operation on our part to get him back
up the wall and onto land again.

A few days later I was driving to an interview when out of
nowhere came another early scene from our marriage: a romantic
getaway weekend to a beachfront cottage on Sanibel Island before children arrived. The bride, the groom—and Marley. I had
completely forgotten about that weekend, and here it was again,
replaying in living color: driving across the state with him
wedged between us, his nose occasionally bumping the gearshift
lever into neutral. Bathing him in the tub of our rental place after
a day on the beach, suds and water and sand flying everywhere.
And later, Jenny and I making love beneath the cool cotton
sheets, an ocean breeze wafting over us, Marley's otter tail
thumping against the mattress.

He was a central player in some of the happiest chapters of
our lives. Chapters of young love and new beginnings, of budding
careers and tiny babies. Of heady successes and crushing disappointments; of discovery and freedom and self-realization. He

came into our lives just as we were trying to figure out what they would become. He joined us as we grappled with what every couple must eventually confront, the sometimes painful process of forging from two distinct pasts one shared future. He became part of our melded fabric, a tightly woven and inseparable strand in the weave that was us. Just as we had helped shape him into the family pet he would become, he helped to shape us, as well— as a couple, as parents, as animal lovers, as adults. Despite everything, all the disappointments and unmet expectations, Marley had given us a gift, at once priceless and free. He taught us the art of unqualified love. How to give it, how to accept it. Where there is that, most of the other pieces fall into place.

The summer after his death we installed a swimming pool, and I could not help thinking how much Marley, our tireless water dog, would have loved it, loved it more than any of us possibly could, even as he gouged the liner with his claws and clogged the filter with his fur. Jenny marveled at how easy it was to keep the house clean without a dog shedding and drooling and tracking in dirt. I admitted how nice it was to walk barefoot in the grass without watching where I stepped. The garden was definitely better off without a big, heavy-pawed rabbit chaser crashing through it. No doubt about it, life without a dog was easier and immensely simpler. We could take a weekend jaunt without arranging boarding. We could go out to dinner without worrying what family heirloom was in jeopardy. The kids could eat without having to guard their plates. The trash can didn't have to go up on the kitchen counter when we left. Once again we could sit back and enjoy in peace the wondrous show of a good lightning storm. I especially liked the freedom of moving around the house without a giant yellow magnet glued to my heels.

Still, as a family, we were not quite whole.

• • •

One morning in late summer I came down for breakfast, and Jenny handed me a section of the newspaper folded over to expose an inside page. "You're not going to believe this," she said.

Once a week, our local paper featured a dog from a rescue shelter that needed a home. The profile always featured a photograph of the dog, its name, and a brief description, written as if the dog were speaking in the first person, making its own best case. It was a gimmick the shelter people used to make the animals seem charming and adorable. We always found the doggie résumés amusing, if for no other reason than the effort made to put the best shine on unwanted animals that had already struck out at least once.

On this day, staring up from the page at me was a face I instantly recognized. Our Marley. Or at least a dog that could have been his identical twin. He was a big male yellow Lab with an anvil head, furrowed brow, and floppy ears cocked back at a comical angle. He stared directly into the camera lens with a quivering intensity that made you just know that seconds after the picture was snapped he had knocked the photographer to the ground and tried to swallow the camera. Beneath the photo was the name: Lucky. I read his sales pitch aloud. This is what Lucky had to say about himself: "Full of zip! I would do well in a home that is quiet while I am learning how to control my energy level. I have not had an easy life so my new family will need to be patient with me and continue to teach me my doggie manners."

"My God," I exclaimed. "It's him. He's back from the dead."

"Reincarnation," Jenny said.

It was uncanny how much Lucky looked like Marley and how much the description fit him, too. Full of zip? Problem controlling energy? Working on doggie manners? Patience required? We were well familiar with those euphemisms, having used them ourselves. Our mentally unbalanced dog was back, young and strong again, and wilder than ever. We both stood there, staring at the newspaper, not saying anything.

"I guess we could go look at him," I finally said.

"Just for the fun of it," Jenny added.

"Right. Just out of curiosity."

"What's the harm of looking?"

"No harm at all," I agreed.

"Well then," she said, "why not?"

"What do we have to lose?"

Acknowledgments

No man is an island, authors included, and I would like to thank the many people whose support helped me bring this book to fruition. At the top of the list, let me start by expressing my deep appreciation to my agent, the talented and indefatigable Laurie Abkemeier of DeFiore and Company, who believed in this story and my ability to tell it even before I fully did myself. I am convinced that without her unflagging enthusiasm and coaching, this book would still be locked in my head. Thank you, Laurie, for being my confidante, my advocate, my friend.

My heartfelt thanks to my wonderful editor, Mauro DiPreta, whose judicious and intelligent editing made this a better book, and to the always cheerful Joelle Yudin, who kept track of all the details. Thanks also to Michael Morrison, Lisa Gallagher, Seale Ballenger, Ana Maria Allessi, Christine Tanigawa, Richard Aquan, and everyone in the HarperCollins group for falling in love with Marley and his story, and making my dream a reality.

I owe a debt to my editors at the *Philadelphia Inquirer* for rescuing me from my self-imposed exile from the newspaper business that I love so much, and for giving me the priceless gift of my own column in one of America's greatest newspapers.

I am beyond grateful to Anna Quindlen whose early enthusiasm and encouragement meant more to me than she will ever know.

A hearty thank-you to Jon Katz, who gave me valuable advice and feedback, and whose books, especially *A Dog Year: Twelve Months, Four Dogs, and Me*, inspired me.

To Jim Tolpin, a busy lawyer who always found the time to give me free and sage advice. To Pete and Maureen Kelly, whose companionship—and cottage overlooking Lake Huron—was the tonic I needed. To Ray and JoAnn Smith for being there when I needed them most, and to Timothy R. Smith for the beautiful music that made me cry. To Digger Dan for the steady supply of smoked meats, and to my siblings, Marijo, Timothy, and Michael Grogan, for the cheerleading. To Maria Rodale for trusting me with a beloved family heirloom and helping me find my balance. To all those friends and colleagues too numerous to mention for their kindness, support, and good wishes . . . thank you all.

I could not have even contemplated this project without my mother, Ruth Marie Howard Grogan, who taught me early on the joy of a good tale well told and shared her gift for storytelling with me. With sadness, I remember and honor my biggest fan of all, my father Richard Frank Grogan, who died on December 23, 2004, as this book was going into production. He did not get the chance to read it, but I was able to sit with him one night as his health failed and read the few opening chapters aloud, even making him laugh. That smile, I will remember forever.

I owe a huge debt to my lovely and patient wife, Jenny, and my children, Patrick, Conor, and Colleen, for allowing me to trot them out into the public spotlight, sharing the most intimate of details. You guys are good sports, and I love you beyond words.

Finally (yes, last once again), I need to thank that pain-in-the-ass four-legged friend of mine, without whom there would be no *Marley & Me*. He'd be happy to know that his debt for all the shredded mattresses, gouged drywall, and swallowed valuables is now officially satisfied in full.

A Note from the Author

When I sat down to write *Marley & Me*, I had no idea what lay ahead. I knew only that there was a story inside me burning to get out, a story I needed to tell. It was the story of a young couple—my wife Jenny and me—starting a life together, and the big, nutty, incorrigible, lovable dog that changed it all. Changed us. Changed our children. Changed the family we would become. The first step in that odyssey was a column I wrote in the *Philadelphia Inquirer* on January 6, 2004, saying goodbye to that dog, Marley, a Labrador retriever like no other. The column drew such an overwhelming response I knew I had touched on something bigger, the story not just of a dog, not just of a family with a dog, but of the life journey humans and animals take together. The ups, the downs; the laughter, the tears; the joys and heartbreaks. A journey worth taking.

For nine months I wrote in solitude, mostly in the predawn darkness, not quite believing anyone would want to read an entire book about my very ordinary life. Then an amazing thing happened. My book was published and I was alone no more.

From across the country—and eventually the globe—the letters and e-mails and phone calls began arriving. They came from retirees and newlyweds, from police officers and politicians, from college students and construction workers. They came from soldiers in Iraq and schoolchildren in Brazil. They came in a daily torrent and many of them said nearly the same thing: "It was like you were describing my life." They, too, had made the journey worth taking. In the very ordinariness of our lives, I had somehow managed to find the universal.

Many of these readers have become like friends, making me laugh out loud with their tales of woefully misbehaved canines. I have grieved with them, too, as they have said goodbye to their own flawed but beloved pets. More than I can believe have embraced me like a member of their own families. One painted a beautiful portrait of Marley in oils and mailed it to me; another sent me songs she composed after the loss of her dog; several baked gourmet treats for our new dog. A K-9 officer in Los Angeles gave me an elaborate framed dog-obedience diploma because the real one had proved so elusive. Many blessed me with their sense of humor, such as the young woman who sent me a photograph with the provocative subject line "Hot bedroom action." I opened the image to find her under the covers reading Marley & Me—with her pet boxer snoozing on top of her, the covers pulled to his chin.

Every author hopes for that most elusive of grassroots phenomena: reader word-of-mouth. I owe a debt of gratitude to all those who have so enthusiastically recommended my book to friends and relatives, and to those who bought multiple copies to share, including the woman outside Philadelphia who bought twenty-five copies, one for each person on her holiday gift list. No money in the world could buy that kind of endorsement.

Marleyandme.com has evolved into a sort of boisterous town square populated by thousands of dog lovers and book aficionados sharing stories and photos and advice and consolation. Friendships have been forged, phone numbers exchanged, invitations issued. Some have met in person. Yet another gift my never-do-well Marley has bestowed upon those he has touched—the gift of community.

Jenny and I have a new dog now, and yes, it's another yellow Labrador retriever. Her name is Gracie, and she is the anti-*Marley*—sweet, calm, sedate, focused. She has dutifully appeared beside me on *Good Morning America*, the *Today* show, and the National Geographic Channel's *Dog Whisperer* without a single mishap or stolen shoe. Every day I tell her, "Gracie, you're a great dog, but don't expect me to write a book about you. You never do anything!" And that makes me smile at the memory of the eternally mischievous Marley who filled our lives with so much joyous havoc. It amuses me to no end to think he has become a household name to millions. I think he would like that.

Dogs are great. Bad dogs, if we can really call them that, are perhaps the greatest of them all.

—John Grogan, March 2008

AN EXCERPT FROM JOHN GROGAN'S NEW MEMOIR

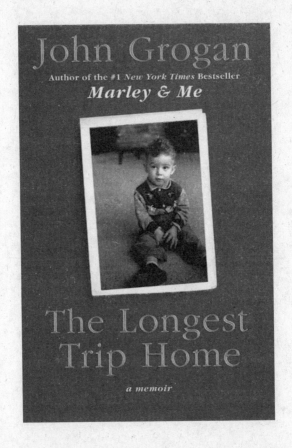

The Longest Trip Home
Now available wherever books are sold

Preface

The call came on a school night in the autumn of 2002. Jenny was out, and I was fixing dinner for our three children, who were already at the table. I grabbed the phone on the third ring.

"John!" My father's voice boomed through the earpiece. He sounded exceptionally buoyant. At eighty-six, Dad was quite the physical specimen. Just as when he was a young man, he began each morning with calisthenics, including forty push-ups. He always loved the outdoors and still cut his own acre of grass, gardened, shoveled snow, and climbed on the roof to clean the gutters. Dad bustled up and down the stairs of his home with a teenager's vigor and routinely got by on six hours of sleep. His handwriting was as neat and controlled as on the day he went to work as a draftsman for General Motors in 1940, and he honed his mind each night by breezing through the crossword puzzle in the newspaper as he ate peanuts in his trademark way—with chopsticks so he wouldn't get his fingers greasy.

There was never enough time in each day for everything he wanted to get done, and fourteen years shy of becoming a centenarian, he joked that someday when life settled down, he would get to all that leisure reading on his list. "When I retire," he'd say.

"Hey, Dad," I said. "What's up?"

"Just checking in," he said. "How's everyone there?" I gave him quick updates on the kids, told him we were all fine. We chatted aimlessly for a few minutes as I carried the pasta and sauce to the table.

I placed my hand over the mouthpiece. "It's Grandpa," I whispered to the children and motioned them to dig in.

"Everyone says hi," I told him.

"Say," he said, pausing just a little too long, "I need to talk to you about something."

"Is Mom okay?" I asked.

It was my mother we all worried about. Over the years she had grown weak and fragile. Her hips and lower back had deteriorated, rendering her all but immobile. And in recent years her memory had begun to slip. Dad had become her full-time caregiver, helping her bathe and dress, and doling out a daily regimen of medications that was comical in its quantity and complexity. Always the engineer, he kept track of them all with a meticulous flow chart. There were pills for her heart, for her diabetes, for her arthritis, for her aches, for what doctors said were the early stages of Alzheimer's disease. Despite Dad's characteristically upbeat tone, with every phone call I wondered if this would be the one with the bad news.

"Mom's fine," Dad said. "Mom's doing all right. It's me. I got a little bad news today."

"You did?" I asked, stepping out of the kitchen and away from the kids.

"It's the darnedest thing," he said. "I've been feeling a little run-down lately, but nothing worth mentioning. Just kind of tired."

"You have a lot on your plate, taking care of Mom and the house and everything."

"That's all I thought it was. But a few days ago I took Mother in to Dr. Bober for her regular checkup. The doctor took one look at me and asked, 'Are you feeling okay? You look washed out.' I told her I was a little worn down but otherwise fine, and she said, 'Well, let's get you tested just to make sure you're not anemic.'"

"And?"

"And the results came back, and sure enough, I'm anemic."

"So they give you iron or something, right?"

"They can treat the anemia, but there's more to it. The anemia is just a symptom of something a little more serious."

He hesitated a moment, and I could tell he was choosing his words carefully. "After my blood work came back, Dr. Bober said she wanted to rule out some other things and sent me in for more tests." He paused. "They show I have a kind of leukemia, and—"

"Leukemia?"

"Not the bad kind," he said quickly. "There's acute leukemia, which is what you think of when you say leukemia—the kind that can kill so quickly. I don't have that. I have something called chronic lymphocytic leukemia. It's just lying there in my bloodstream not doing anything. The doctors say it could sit there dormant for years."

"How many years?" I asked.

"Anywhere from a couple to ten or twenty," Dad said.

My mind raced to process everything I was hearing. "So that's good, right?" I asked. "It may just sit there for the rest of your life."

"That's what the doctor said: 'Go about your life, Richard, and forget about it.' I should try not to worry and they'd treat any symptoms, like the anemia, and monitor my blood every four months."

"How are you doing on the 'try not to worry' front?" I asked.

"So far pretty good," he said. "I just want to stay healthy so I can take care of Mother for as long as she needs me."

Standing phone to ear from three states away, I felt a swell of optimism. Dad always bounced back. He had bounced back from the heart attack he suffered shortly after retiring from General Motors and from prostate cancer after I was married. Dad, a man who greeted adversity with stoic determination, would bounce back from this, too. The sleeping cancer would simply be something to monitor as my father marched vigorously into his nineties, holding together the strands of the life he and my mother had spent more than a half century building together.

"It's really nothing," Dad assured me. "I'm going to follow doctors' orders and try to forget about it."

That's when I asked: "Dad, what can I do?"

"Not a thing," he insisted. "I'm fine. Really."

"Are you sure?" I asked.

"Absolutely," he said and then added the one request that was so deeply important to him, the one thing that seemed so simple and effortless, and yet the one I had such difficulty delivering to him.

"Just keep me in your prayers," he said.

Chapter 1

———

Wake up, little sleepyheads."

The voice drifted through the ether. "Wake up, wake up, boys. Today we leave on vacation." I opened one eye to see my mother leaning over my oldest brother's bed across the room. In her hand was the dreaded feather. "Time to get up, Timmy," she coaxed and danced the feather tip beneath his nostrils. Tim batted it away and tried to bury his face in the pillow, but this did nothing to deter Mom, who relished finding innovative ways to wake us each morning.

She sat on the edge of the bed and fell back on an old favorite. "Now, if you don't like Mary Kathleen McGurny just a little bit, keep a straight face," she chirped cheerily. I could see my brother, eyes still shut, lock his lips together, determined not to let her get the best of him this time. "Just a tiny bit? An eeny teeny bit?" she coaxed, and as she did she brushed the feather across his neck. He clamped his lips tight and squeezed his eyes shut. "Do I see a little smile? Oops, I think I see just a little one. You like her just a tiny bit, don't you?" Tim was twelve and loathed Mary Kathleen McGurny as only a twelve-year-old boy could loathe a girl known for picking her nose so aggressively on the playground it would bleed, which was exactly why my mother had picked her for the morning wake-up ritual. "Just a little?" she coaxed, flicking the feather across his cheek and into his ear until he could take it no more. Tim scrunched his face into a tortured grimace, and then exploded in laughter. Not that he was amused. He jumped out of bed and stomped off to the bathroom.

One victory behind her, my mother and her feather moved to the next bed and my brother Michael, who was nine and equally repelled by a girl in his class. "Now, Mikey, if you don't like Alice Treewater just a smidgeon, keep a straight face for me . . ." She kept at it until she broke his resolve. My sister, Marijo, the oldest of us four, no doubt had received the same treatment in her room before Mom had started on us boys. She always went oldest to youngest.

Then it was my turn. "Oh, Johnny boy," she called and danced the feather over my face. "Who do you like? Let me think, could it be Cindy Ann Selahowski?" I grimaced and burrowed my face into the mattress. "Keep a straight face for me if it isn't Cindy Ann Selahowski." Cindy Ann lived next door, and although I was only six and she five, she had already proposed marriage numerous times. My chin trembled as I fought to stay serious. "Is it Cindy Ann? I think it just might be," she said, darting the feather over my nostrils until I dissolved into involuntary giggles.

"Mom!" I protested as I jumped out of bed and into the cool dewy air wafting through the open window, carrying on it the scent of lilacs and fresh-cut grass.

"Get dressed and grab your beer cartons, boys," Mom announced. "We're going to Sainte Anne de Beaupré's today!" My beer carton sat at the foot of my bed, covered in leftover wallpaper, the poor man's version of a footlocker. Not that we were poor, but my parents could not resist the lure of a nickel saved. Each kid had one, and whenever we traveled, our sturdy cardboard cartons doubled as suitcases. Dad liked the way they stacked neatly in the back of the Chevrolet station wagon. Both of them loved that they were completely and utterly free.

Even in our very Catholic neighborhood, all the other families took normal summer vacations, visiting national monuments or amusement parks. Our family traveled to holy miracle sites. We visited shrines and chapels and monasteries. We lit candles and kneeled and prayed at the scenes of alleged divine interventions. The Basilica of Sainte-Anne-de-Beaupré, located on the Saint Lawrence River near Quebec, was one of the grandest miracle sites in all of North America, and it was just a seven-hour drive from our home outside Detroit. For weeks, Mom and Dad had regaled us with tales of the many miracles of healing that had happened there over the centuries, beginning in 1658 when a peasant working on the original church reported a complete cure of his rheumatism as he laid stones in the foundation. "The Lord works in mysterious ways," Dad liked to say.

When I got downstairs with my packed beer carton, Dad already had the tent trailer, in which we would sleep on our expedition, hooked to the back of the station wagon. Mom had sandwiches made, and soon we were off. Sainte-Anne-de-Beaupré did not disappoint. Carved of white stone and sporting twin spires that soared to the heavens, the basilica was the most graceful, imposing building I had ever seen. And inside was better yet: the walls of the main entrance were covered with crutches, canes, leg braces, bandages, and various other implements of infirmity too numerous to count that had been cast off by those Sainte Anne had chosen to cure.

All around us were disabled pilgrims who had come to pray for their own miracles. We lit candles, and then Mom

and Dad led us into a pew where we dropped to our knees
and prayed to Sainte Anne, even though none of us had anything that needed fixing. "You need to ask to receive," Mom
whispered, and I bowed my head and asked Sainte Anne to
let me walk again if I ever lost the use of my legs. Outside,
we climbed the hillside to make the Stations of the Cross,
pausing to pray at each of the fourteen stops depicting an
event in Jesus' final hours. The highlight of the visit was our
climb up the twenty-eight steps that were said to be an exact
replica of the steps Christ climbed to face Pontius Pilate before his crucifixion. But we didn't just climb the steps. We
climbed them on our knees, pausing on each one to say half a
Hail Mary aloud. We went in pairs, Mom and Dad first, followed by Marijo and Tim, and behind them, Michael and me.
Step One: "Hail Mary, full of grace, the Lord is with thee;
blessed art thou amongst women and blessed is the fruit of
thy womb, Jesus." As we uttered the name of Jesus, we
bowed our heads deeply. Step Two: "Holy Mary, mother of
God, pray for us sinners, now and at the hour of our death,
amen." Then we moved to the next step and started again.
Over and over we recited the prayer as we slowly made our
way to the top, Michael and I jabbing each other and crossing our eyes to see who could make the other laugh first.

On our way to the parking lot, we visited the gift shop
where I picked out a snow globe with Sainte Anne inside.
Mom filled a bottle from a spigot behind the cathedral, figuring it had to be as holy as the water from Lourdes and
other miracles sites. The parish priest would later bless it
for her, and she would keep it in the linen closet and bring it
out whenever we were sick with a particularly stubborn
fever or sore throat or earache, touching the water to our
foreheads or throats or ears and tracing a sign of the cross.

On the way home, Mom and Dad played the honeymoon game, which always delighted us kids no end. "Get down low, children, out of sight!" Mom coached and slid over in the seat up close to my father, resting her head on his shoulder and planting little kisses on his neck and cheek as he drove, both hands on the wheel and a quiet grin on his face. Dad wasn't one for displays of affection—he sent each of us off to bed at night not with a hug or a kiss but with a firm hand-shake—yet he seemed to enjoy the honeymoon game as much as the rest of us.

"Smooch smooch, Richie," Mom cooed.

We four kids lay in a heap on the backseat, looking up at them in lovebird mode and squealing at our clever sub-terfuge. Every passing motorist surely thought our parents were newlyweds on their honeymoon. Little did any of them know that the smooching couple already had four children hiding in the backseat and giggling with abandon. "Here comes another car," we'd scream in unison. "Kiss him again! Kiss him again!" And Mom would gladly comply.

Another successful family miracle trip was coming to an end. We had camped out in the crisp Canadian air, thrown rocks in Lake Ontario, eaten my mother's famous pork and beans cooked over an open fire, and prayed our way up twenty-eight steps on our knees. Life was safe and warm and good. I had parents who loved God and each other and us. I had two brothers and a sister to play and run and fight with. I had a house and toys and my own beer carton in which I could carry anything I wanted. Best of all, I had the comforting knowledge that if anything ever did go wrong, there was always Sainte Anne de Beaupré just a day's drive away, ready to use her miraculous healing powers to make everything right again. It was a dreamy, wondrous time. . . .

BOOKS BY JOHN GROGAN

THE LONGEST TRIP HOME
A Memoir

NEW IN HARDCOVER

ISBN 978-0-06-171324-8 (hardcover)

From his mischievous childhood to his aging parents' bedside, John Grogan leads us on the journey we all must take as sons and daughters to find our unique place in the world. A story of growing up, breaking away, and finding the way home again before it's too late.

A VERY MARLEY CHRISTMAS
ISBN 978-0-06-137292-6 (children's hardcover)

It's Marley's first Christmas and, being the dog he is, Marley always ends up on the wrong side of right in this hilarious holiday story.

MARLEY & ME ILLUSTRATED EDITION
ISBN 978-0-06-123822-2 (hardcover)

This beautiful gift edition features gold edging, a ribbon marker, and more than 40 full-color photographs throughout—perfect for any Marley fan!

BAD DOG, MARLEY!
ISBN 978-0-06-117114-7 (children's hardcover)

From the pages of the #1 bestseller comes a picture book for children illustrated in full color by Richard Cowdrey.

MARLEY: A DOG LIKE NO OTHER
ISBN 978-0-06-124035-5 (children's paperback)
ISBN 978-0-06-124033-1 (hardcover)

John Grogan wrote this adaptation just for kids. In his own words, here is the heartwarming and unforgettable story of a big, rambunctious dog.

www.MarleyAndMe.com • www.JohnGroganBooks.com